清詩話全編

道光期十

張寅彭　編纂
張宇超　朱洪舉　點校

國家出版基金項目
NATIONAL PUBLICATION FOUNDATION

上海古籍出版社

第十册目次

讀山谷詩評

讀山谷詩評提要

《讀山谷詩評》一卷，據道光咸豐間宜黄黄氏刊遜敏堂叢書本點校。撰者黄爵滋（一七九三—一八五三），字德成，號樹齋、一峰，江西宜黄人。道光三年進士，官至刑部左侍郎。有《仙屏書屋文録》、《詩録》。按據黄秩模咸豐元年序，其父道光二十一、二年間嘗評讀黄庭堅詩集一過，其評語至三十年庚戌始録出，而成此一册。爵滋評讀者，乃山谷全集本，故内集作「正集」，别集在外集前；各集之内按體分類，各體之内詩之次第，亦多不按編年之序。爵滋評山谷詩，多辨其體、格之出新者，頗具眼識。每指出某首五古乃五律，某首七律是七古，「七言絶究竟是古詩者十之八九」，大抵五言變律多，七言變古多，變律變古，自成一體，此誠是山谷詩最用心之處。又留意其用韻之生而穩者，一一分辨其次韻之作或自然或生硬，尤贊《次韻秦觀過陳無己書院觀鄙句之作》一首無韻不穩，爲次韻詩之「全璧」。又指出其效淵明、太白、退之等體，皆能得其神理，此與其學杜遺貌得神同，亦爲後世諸家學古之不可及處。又勾連本朝詩學，評《揚州戲題》（按此詩存於《山谷詩注》内集卷七《往歲過廣陵值早春嘗作詩云春風十里珠簾卷髣髴三生杜牧之紅藥梢頭初繭栗揚州風物鬢成絲今春有自淮南來者道揚州事戲以前韻寄王定國二首》題中。）别具隻眼：「此種詩派，漁洋所自出也。漁洋蓋專學之，故能名家。」具體指明漁洋學山谷之門徑在此。其識漁洋與山谷詩之關係，可補翁覃溪之止於宏論。又《和答登封王晦之登樓見寄》評云：「清坐、相思一層，唐人必在言外。但只要句法、句意恰到好處，雖是宋體亦未嘗不好。」不必言外餘韵，以此區別唐宋，與同時之養一齋「質實」説同趣，乃國初以來「詩中有人」、乾隆時「性靈」「肌理」諸説旨趣之延伸，説中本朝詩至乾隆時方樹立之「實」趣，故此評非可小覷也。此本編刻不善，詩題頗有誤字、闕字，又有以小序代題者，今皆予匡補，以方、圓括號示之。

《讀山谷詩評》小引

道光辛丑之冬，家大人于役楊村，居市中之蘭亭館。篋中攜帶宋黄文節公詩集，公暇隨筆評讀一過。壬寅，奉先大父諱南旋，將此本弆藏家塾。迨庚戌冬杪，秩模閉户養痾，因取是集讀之，謹逐條録出，都爲一册，編入《遜敏堂叢書》中。時咸豐元年歲次辛亥季春月朔日，男秩模謹識。

讀山谷詩評

宜黄北山黄氏仙屏書屋評本
蕉陰小槐謹録

正集

五言古

《次韵答晁無咎見贈》：「静」韵少根，「井」韵亦覺局促。此次韵之病也。

《次韵答張文潛惠寄》：「旂」、「兒」二韵，殊不自然。

《次韵子瞻贈王定國》：此首惟「屯」韵有痕迹，餘俱自然，乃次韵之佳者。

《次韵張詢齋中春晚》：此首「静」、「井」二韵却佳，「請」韵尤勝。

《題王仲弓兄弟巽亭》：起太拓。

《送劉士彦赴福建轉運判官》：「資」字不如换「宇」字。「土弊」十字，盡七閩之俗。

《次韵曾子開舍人游籍田載荷花歸》：「蟬」韵有致。

《戲答俞清老道人寒夜三首》其三：善於諷詠，却與起首末意重複。

《奉和文潛贈無咎篇末多見及以既見君子云胡不喜爲韵八首》其四：「晁」「張」二字，率意露出，此病唐人所無。

《子瞻詩句妙一世乃云效庭堅體蓋退之戲效孟郊樊宗師之比以文滑稽耳恐後生不解故以韵道之》：此詩却似效韓退之體。

《贛上食蓮有感》：比興雜陳，樂府佳致，效山谷者誰解爲此。

《晁張和答秦覯五言予亦次韵》：通篇理語，是宋人本色。

《次韵答邢惇夫》：「祟」韵强湊。

《次韵張仲謀過酺池寺齋》：「蛇」韵以後，俱湊率完篇。

《次韵秦覯過陳無己書院觀鄙句之作》：此首無韵不穩，次韵詩全璧也。

《次韵子瞻送顧子敦河北都運二首》其一：親切有味之言，可當龜鑑。

《餞子敦席上奉同孔經父八韵》：佳處前二作已盡，此詩未免蛇足。

《送李德素舒城》：「瘦」韵生而穩。

《詠伯時虎脊天馬圖》：「筆端」十字，出奇少陵之外。

《次韵文潛同遊王舍人園》：長篇排句太少，便覺不挺。亦以趁韵之故。

《次韵定國聞蘇子由卧病績溪》：「死」韵險而老。

《次韵冕仲考進士試卷》：「竹」、「粟」二韵俱好。

《次韵答秦少章乞酒》：「初無」十字，千古同慨。

《贈秦少儀》：幾以文爲詩矣。在作者筆之所到，自開生面，後人不善學之，則爲病不淺。

《宿舊彭澤懷陶令》：起一段三韵，後八韵到底，體段乏翦裁。

《次韵吴宣義三徑懷友》：此詩即效淵明體，而得其神理。

《和邢惇夫秋懷十首》：山谷此種詩體，篇數愈多，意象愈遠，爲唐人所不到。

《次韵子瞻題無咎所得與可竹二首粥字韵戲嘲無咎人字韵詠竹》其二：全是五律。

《再用前韵詠子舟所作竹》：此作便是强弩之末。「榮枯」二語，却自入道。

《次韵答斌老病起獨游東園二首》其一：「忘蹄」句用語拙。

《又和二首》其一：多用禪語，雖大家亦難討好。

《次前韵謝與迪惠所作竹五幅》：贊畫竹自不能作此長篇。末二語分明是湊韵。

《衝雨向萬載道中得逍遥觀遂託宿戲題》：戲體聊備一格，然不當入正集。

《題默軒和遵老》：此與前《戲題巫山縣用杜子美韵》詩，俱應入五律。

七言古

《謝黄從善司業寄惠山泉》：此種變律爲古，自成一體，的是變格。

《次韵錢穆父贈松扇》：此種换韵是正格。

《雙井茶送子瞻》：此種插入一疊句韵，是正格。

《以雙井茶送孔常父》：諸叠韵作俱欠自然，惟此差勝。

《戲呈孔毅父》：此作「膄」字再叠不上矣。校：「膄」字當作「腴」。前一首《以雙井茶送孔常父》有「心知韵勝舌知腴」，故云。

《以團茶洮州緑石研贈無咎文潛》：此詩得李之神，得杜之骨。

《答黄冕仲索煎雙井并簡揚休》：數詩叠韵，俱近自然。大抵七言轉折，較五言稍易耳。

《考試局與孫元忠博士竹閑對窗夜聞元忠誦書聲調悲壯戲作竹枝歌三章和之》其一：生艷獨絶之技。其二：引伸前意，不嫌重複。

《出城送客過故人東平侯趙景珍墓》：死於句下，絶不似大家吐屬。

《寄題榮州祖元大師此君軒》：詠竹而用及程嬰、杵臼等事，此《選》賦之體，非詩正格。不善學之，則泛濫牽湊，拉雜之病，無所不至。

《龜殼軒》：隔句爲韵，《三百篇》之法也。此詩可備一體。

《和范信中寓居崇寧遇雨二首》其一：「慶公」二語，此種拙朴之句，斷不可效。

五言律

〔《次韵楊明叔四首》〕「楊明叔惠詩，格律、詞意皆薰沐去其舊習，予爲之喜而不寐。文章者，道之器也。言者，行之枝葉也。故次韵作四詩報之。耕禮義之田，而深其耒。明叔言行有法，當官又敏於事而恤民，故予期之以遠者、大者。」：數詩皆語録，爲宋人通病。

七言律

《送劉季展從軍雁門二首》至〔《夢中和觴字韵》〕「崇寧二年正月己丑，夢東坡先生於寒溪西山之間。予誦《寄元明觴字韵詩》數篇。東坡笑曰：公詩更進於曩時。因和予一篇，語意清奇。予擊節賞歎。東坡亦自喜。於九曲嶺道中連誦數過，遂得之。」：數詩均是七古。

《湖口人李正臣蓄異石九峰東坡先生名曰壺中九華并爲作詩後八年自海外歸過湖口石已爲好事者所取乃和前篇以爲笑實建中靖國元年四月十六日明年當崇寧之元五月二十日庭堅繫舟湖口李正臣持此詩來石既不可復見東坡亦下世矣感歎不足因次前韵》：此詩似效坡老。

《追和東坡題李亮功歸來圖》：亦似坡老。

五言絶句

《離福巖》：看此外著不得字句，便是五絶勝境。

七言絶句

〔《夢李白誦竹枝詞三疊》〕「予既作竹枝詞，夜宿歌羅驛，夢李白相見於山間。曰：『予往謫夜郎，於此聞杜鵑，作竹枝詞三疊，世傳之不？』予細憶集中無有，請三誦，乃得之。」：三詩真太白也。

《上南陵坡》：得禪趣而不襲其貌。

《謝答聞善二兄九絶句》其八：妙境道得出。

《劉邦直送水仙花》：著一「撩」字，便移不到梅花矣。

《秋思寄子由》：老横。在七絶中另是一格。

《往歲過廣陵值早春嘗作詩云春風十里珠簾捲髣髴三生杜牧之紅藥梢頭初繭栗揚州風動鬢成絲今春有自淮南來者道揚州事戲以前韻寄王定國二首》其二：末二語用意深妙之至，惜全首非絶句正格。

《次韻文潛立春日三絶句》其一：情餘於句，是七絶正宗。

山谷七言絶，究竟是古詩者十之八九。

別集

古詩

《伯時彭蠡春牧圖》：意包於題之外，故能掉臂遊行如此。

《觀劉永年團練畫角鷹》：酷是摹杜。

《題石恪畫機織圖》：廿字中有至情、至理、至味，不可草草讀過。

外集

古詩

《還家呈伯氏》：結二語至言可箴。

《再和答爲之》：「髮」韵好。

《再和答爲之》：「洩」韵好。

《次韵晁補之廖正一贈答詩》至《再答明略二首》：諸作叠韵，俱近自然。究因七古轉摺稍寬，且叫韵多易換，故少牽湊之病。

《奉和王世弼寄上七兄先生用其韵》：長篇有筋節，不是一味鋪叙。次韵俱到自然，手筆極大，所以可傳。

《贈張仲謀》：此詩音節無不諧美。「向來」二語，去之更合。

《次韵謝外舅病不能拜復官夏雨眠起之什》：此詩體貌、神理，俱出淵明。

《次韵師厚五月十六日視田悼李彦深》：平易頗不似山谷本色。然情至則語自工，何能故求艱澀。

《和甫得竹數本於周翰喜而作詩和之》：「屐」字顯有湊韵痕跡。

《見子瞻粲字韵詩和答三人四返不困而愈崛奇輒次舊韵寄彭門》：「緩」韵雖典，終覺湊合。

又「元龍」首：「日」、「亂」二韵俱好。

《明叔知縣和示過家上冢二篇輒復次韵》：兩「寸」韵俱生新。

《聽崇德君鼓琴》：「兩忘」二語，善談琴理。

《蕭巽葛敏修二學子和余食筍詩次韵答之》：「噫」韵好。

又：善談竹理。

《寄李次翁》：「不以」二語可銘。

《再次孔四韵寄懷元翁兄弟并致問穀甫》：「印」字險，却好。

《己未過太湖僧寺得安汝爲書寄山蕷白酒長韵詩寄答》：此長篇叶韵，非通韵也，須另備一格。

《寄陳適用》：前半極清綺之致，後路稍冗。

《奉送時中攝東曹獄椽》：「如何」是七古起法。

《送彦孚主簿》：此種效退之體，固亦山谷所長。

《送吕知常赴太和丞》：此等定是老境頽唐之作。

《老杜浣花谿圖引》：老杜一生心事，寫到十足。洵是知己，他人無此實落。

《再和公擇舅氏雜言》：此種體不可學，亦不必學。

《阻水泊舟竹山下》：杜陵老境。

《别蔣穎叔》：兩四字句插入，究嫌信筆。

《定交時效鮑明遠體呈晁無咎》至《荆州即事藥名詩八首》：各詩俱備體而已。

律詩

《揚州戲題》：此種詩派，漁洋所自出也。漁洋蓋專學之，故能名家。

《病起次韵和稚川進叔倡酬之什》：「與」字殊不稱。

《稚川約晚過進叔次前韵贈稚川并呈進叔》：「蛙」字勉强否。

《和答登封王晦之登樓見寄》：「清坐」「相思」一層，唐人必在言外。但只要句法、句意恰到好處，雖是宋體，亦未嘗不好。

《同世弼韵作寄伯氏在濟南兼呈六舅祠部學士》：上半首十三覃，下半首十五咸，似又是一格。

《王彦祖惠其祖黄州制草書其後》：看他句句用事之妙。

《從人求花》：此種雖非七絶正宗，但其氣體自佳，自是大家門徑。

《次韵公定世弼登北都東樓四首》：此種詩雖非高調，以題存之可也。

《和師厚接花》：開穿鑿一派。

《次韵胡彦明同年羈旅京師寄李子飛三章一章道其困窮二章勸之歸三章言我亦欲歸耳胡李相甥

也故有檳榔之句》其三：「封侯骨」、「使鬼錢」作對，已數見矣。

《次韻奉答吉老并寄君庸》：雖拗，而不失爲律，氣格體韻，幾於不可言傳，要當意會也。

《北窗》：此首已見正集。

《和李才雨先輩快閣五首》其二：苦語新造。

《發贛上寄余洪範》：「木落」句自佳，惜不對。

古詩

《送蘇太祝歸石城》：欠叶。

《行行重行行贈別李之儀》：理語冗長之作，外集頗多。公自删之，意或亦在此。

《戲答公益春思二首》：兩首後半疊韻，俱有添減錯出。殆未經裁改之故耶。

《次韻任公漸感梅花十五韻》：流連光景之作，雖綺亦漫冗。公自删之有意。

《送陳蕭縣》：清思曲筆，在集中又是一格。

《送蒲元禮南歸》至《飲城南即事》：諸作雖稍放稍易，而情境亦有佳處，棄之誠未免可惜。

《送醇父歸蔡》：起、結七古，中五古，另成一格。

《西禪聽戴道士彈琴》：亦是縱筆之作，而氣力尚能包舉。

《題安石榴雙葉》：此種體裁，斷不必學，恐成野戰。

《戲題》：此種意境，獨太白能縱筆轉折，餘子每患不足。
《藥名詩奉送楊十三余問省清江》：此種俗體，斷不必作。
《還深父同年兄詩卷》：雖亦稍放筆，而氣體尚潔。
《招隱寄李元中》：「一段翠氣」，不成話。
《戲贈潘供奉》：「鵑」韵生趣。

律詩

《古漁父》：自是未定稿。
《贈别幾復》：山谷此種清妙之作甚夥，後人誰解學之。
《戲贈惠南禪師》：此種詩宜懸戒律。
《問漁父》：此種詩十分老境，不知何以要删。
《迎醇甫夫婦》：篇法、句意，得杜之神。
《和答任仲微贈别》：「篦」韵新穩。
《夏日夢伯兄寄江南》：山谷詩儘多自然佳句，若徒學其澀處，豈非買櫝還珠？
《留幾復飲》《再留幾復飲》：兩詩「妻」韵俱好。
《客自潭府來稱明因寺僧作静照堂求余作》：删去詩中尚有此等妙作，或更有説耶。

《講武臺南有感》：全是畫意。

《次韵庭誨按秋課出城》：「車氣」二字生極。

《題司門李文園亭》：如此押「湯」字韵，實不可學。

念堂詩話

念堂詩話提要

《念堂詩話》四卷，據道光間刊巾箱本點校。撰者崔旭（一七六七—一八四六），字曉林，號念堂，直隸慶雲人。嘉慶五年舉人，官蒲縣知縣。有《念堂詩鈔》。按此書無序跋，所記最晚爲道光二十一年辛丑至太原事，時距其去世僅五年，書應成於此數年間。全書以録存同時交游之詩爲主，亦頗記時賢論詩之語，以其師張問陶爲最詳。然崔氏論詩，實心折於紀昀與翁方綱，故書中引曉嵐語亦多，又明言覃溪之説爲乃師所不取，而仍推許不置，即此一心跡也。觀其評錢牧齋詩「骨體閒嫵媚之氣深入肌髓，讀之如聽靡靡之音」一語，雖似不經，乃猶張戒《歲寒堂詩話》評山谷詩「韵度矜持，冶容太甚，讀之足以蕩人心魄」之意，未嘗不道出錢詩入人之深者也。宜其旨趣與覃溪説詩「喜奥博不喜昌明，喜幽深不喜平直，喜含蓄不喜发露」（卷一）爲尤近。卷中之特識每如此。録詩亦非無準的，鄉貫而兼畿輔，乃其重點，卷四詳列康、乾、嘉、道間京畿各詩派，見識均不苟。蓋其自稱奉師訓「鍊識」三十餘年，故有此觀也。

念堂詩話卷一

慶雲崔旭曉林

吾慶雲邑宰能詩者，前明有文公森，詩載《明詩綜》，國朝有李公興祖、蔣公錫震、王公天慶、汪公喬年。李，鐵嶺人，康熙初宰慶時，延先高祖訥庵公重修邑志。有《課慎堂詩集》，其《鬲津草》宰慶時作。《生日自詠》云：「自憐淹滯棣城中，半榻冰紋兩袖風。老去親知如落葉，年來蹤迹等飄蓬。爭憐短髮愁邊白，且幸蒼顔酒後紅。薄宦依然生計拙，每因感慨一書空。」《熙朝雅頌集》載此詩，有改字。邑志載詩數首。蔣字豈潛，宜興人，有《青溪草堂詩刻》、《北道紀行》、《北行隨筆》、《楚遊隨筆》各一卷。《齊河道中遇雨》云：「巾車鹿鹿走危坡，無數雲山夢裏過。古驛今番更蕭瑟，夜來風雨暗齊河。」絶句云：「不辭覓徑行村遠，自愛尋詩得句遲。一片緑陰堪繫馬，嗒然忘却落花時。」《確山道中》云：「孤峰驛路亂峰環，茆屋參差夕照間。流水最能消客意，石橋留騎看青山。」《别裁集》云：「著有《清溪偶存》，詩有奇氣，惜不多見。」按《别裁》僅載二絶，歸愚先生似未見諸刻。又有《重修臨津樓徵詩啓》，載《天津府志》。王字鶴峰，有《詠白蝴蝶》集唐七律百首。汪字繡林，有《錦園詩鈔》，徽州人。年八十，西湖訪袁子才不遇，題壁云云，見《隨園詩話》。乾隆末有杜公群玉，號槑溪，雅好吟詠。其疊韵有云：「敝裘破帽風吹野，古驛荒村雪滿山。」劉可亭表兄廣恕未第時有句云：「十年況味愁中盡，八日團欒夢裏多。」杜公極稱之。後宦都中，招杜飲，酬以詩云：「詩因味好常能記，酒爲情多更易醺。」

嘉慶初，張公元英號柏峰，膚施人。前爲羅田令。有句云：「無詩題赤壁，有夢走黄州。」公子錫堂孝廉師、公猶子芥航舍人井皆能詩。

周大迂先生自郤，天津人，貌甚陋，刻意爲詩，以右丞爲宗。津門談詩者多宗之。《鯨鏗二集》載《杏花春雨江南》試律一首，中云：「一旗沽酒客，兩屐看花人。」又《蠟梅》云：「林家老婦應無妒，不禁孤山納小妻。」乾隆甲辰，余應童子試，館其家。先生拈題試同寓諸生，特蒙許可，遂出所批唐詩，指授法律。後至津門，輒以詩相質。先生受詩法于周七峰，天津人，有《卜硯山房詩鈔》行世。

鄭春潭先生悌詩學放翁，有句云：「蕎麥花猶翻浪白，芝蔴角已到頭青。塲邊早穀零星見，草際新蟲陸續聽。」講韻學，工度曲；善弈，著有《弈譜》。霑化李野田鶴贈詩云：「黄葉聲中翻曲譜，紅燈影裏著棋經。」灤州人，慶雲訓導。

慶雲前輩詩，胡貞生、陳季宣兩先生七律頗有家數。他如劉子遜之草書，釋隆庵之大字，皆可存者。陳彦伯、陳季宣、陳提顯、鄧公遴諸公，皆堪羽翼。厥後鄧黄庭、劉魯齋兩先生，往往留人屏幛間。《五公山人集》有《贈慶雲胡聖與》「十歲工草書」詩，後閲《天津府志・節孝》，有胡點妻，點爲諸生，早亡，即聖與也。重修邑志，遂采詩入《藝文》，以傳其人。

邑王紫畹先生孫蘭《崮山》詩云：「山色明初日，天風下梵聲。」《宿良王莊》云：「柝聲敲月落，水氣逼人寒。」《偶步》云：「平林纔著葉，遠水又鳴蛙。」著《晴雨軒草》。先生子健圃雄、逸圃雋皆能詩。

明萬曆間，慶雲拔貢楊羽墀州鶴修邑志，邑宰柯公一泉序而刻之。楊學問博雅，詩亦老健。《藝文》載十八首，好句如「河邊水落群灘小，天外風高一雁斜。」「老槐綴子翻新雨，蕎麥開花趁晚晴。」「春深廢堞妖狐走，秋暮平濠野雉飛。」

魏禹平坤《倚晴閣詩鈔》有《偶得玻璃眼鏡二以一贈鄧公遴爲詩報謝依韵答之》一首。鄧名鏻，從五公山人學。

慶雲劉守戎揮戰歿秦中。樂陵有薛君名偘者輓之云：「人稱南八是男兒。」守戎行八，用典尤切。天津北三十里地名桃花口，揭徯斯《楊柳謠》云「販魚桃花口」是也。明楊夢山巍亦有《桃花口》詩，《天津志》俱未載。

樂陵王司馬所禮得詩法於董曲江，五言近體尤工。《清明感懷》云：「上塚憑諸弟，驚心又此辰。松楸遊子泪，花柳故園春。詩味濃於酒，年光老似人。踏青郊外滿，殊讓爾精神。」《送弟回南》云：「氍毹空歸去，依然是冷官。壯懷與歲減，客路到秋寒。又是三年別，因知一第難。何當勤努力，六月羡鵬摶。」「慈母頻添線，獨憐遊子衣。官貧須用儉，家遠不如歸。雨濕鞭絲重，霜寒木葉稀。雙雙雲際雁，南北各分飛。」

河間紀厚齋坤《花王閣賸稿》《塞下曲》云「且喜年來邊塞近，紅閨不用夢遼西。」言邊境日蹙也。「防邊奇計誰能識，量盡寒沙夜唱籌。」言糧餉告匱也。深切明季國病。《快哉行》述其事，未著其人。《灤陽消夏録》云：「先高祖《快哉行》蓋爲許顯純諸姬流落青樓作也。」

朱竹垞詩：「詩篇雖小技，其源本經史。必也萬卷儲，始足供驅使。別材非關學，嚴叟不曉事。」

按：《滄浪詩話》：「詩有别材，非關學也。然非多讀書，則不能極其至。」竹坨但摘上二語譏之，徒欲自暢其説，則厚誣古人矣。

翁覃溪《石洲詩話》前五卷論唐、宋、金、元諸家，有明一代等諸自鄶。持論精鑿，皆從深心探索而出，不似《説詩晬語》多公家言，尤不似近日名公遊談無根，以尖酸詼謔、漫肆譏刺爲能。其大旨同竹坨之主學，而其獨得處，喜奥博不喜昌明，喜幽深不喜平直，喜含蓄不喜發露。所推重者王、孟、李、杜、韓、白、蘇、黄諸大家外，唐則司勳、東川、蘇州、柳州諸家，宋則廬陵、荆公，而尤服膺金之遺山、元之道園；至文房、賓客、劍南、簡齋，皆有微詞，而尤貶玉川、東野、松陵、後山、誠齋、仲弘諸家。予嘗參觀遺山、道園兩家，遺山諸體實勝道園，而覃溪深所傾倒，亦資性所近然也。謂曹唐如巫婆念咒，可謂絶妙善喻。

庚申鄉試，旭出張船山夫子房。辛酉春闈前以詩謁見，展閲數首，遂納於懷，喜曰：「吾又得一詩友。」題贈二律云：「直勝崔黄葉。」書卷首曰：「此老船之崔不雕也。」傳示同好，吴穀人、趙味辛、戴金溪、王熙甫諸先生各有題贈。後命旭題《船山詩草》，有云「呼我崔黄葉」，即謂此也。

王熙甫侍御寧焯，高密人，學出二李《主客圖》。題余詩卷云：「瀕海數酸儒，寒呻《主客圖》。一方難自信，千里有同迂。野曠霜飛遠，天空月上孤。將何酬古誼，嚴苦與君俱。」《闈中秋夕見懷》云：「微陰斂夕曛，暝色已紛紛。樹亂争歸鳥，天低欲暮雲。訪人談忽倦，得酒薄難醺。九日新詩好，嚴扃不可聞。」余出都時次元韵留别。嘗刻二李《二客吟》，又欲選摩詰、文房諸家爲《主客圖源》，宋四靈諸家爲《主客圖流》，不知已成書否。癸亥秋，余有《奉懷》詩寄都中。及接船山師手書，曰此人竟死。可憐可恨，余有詩哭之。

船山師《論詩絶句》云：「寫出此身真閲歷，强於餖飣古人書。」又「子規聲與鷓鴣聲，好鳥鳴春尚有情。何苦顢頇書數卷，不加箋注不分明。」蓋指覃谿而言。又「天籟自鳴天趣足，好詩不過近人情。」其宗旨如此。

船山師詩有云：「本無作詩心，對酒偶成句。不醉詩不來，既醉詩已去。」又云：「清夢尚留痕，醉夢不留影。酒人得天厚，加於仙一等。」宋益州讀之，歎賞不已，題云：「生平不下公卿拜，今讀君詩爲折腰。」

湘佩孝廉，宋益州叔祖，屬余跋其詩稿。記好句云：「野闊雲垂地，春寒雨過城。人迹河邊路，蟬聲樹裏秋。」

霑化友人李心田維以其邑前輩蘇壽昌《羨烏草堂詩》見示，吴孝廉江選刻。《濱州道中》云：「俊鶻盤空健，圓沙走水渾。秋風河上閣，夕照柳邊門。路轉時聞鳥，烟開又一村。誰家横玉笛，駐馬立黄昏。」《天津城樓》云：「孤客塵中影，高樓海上城。曉烟千里散，春水九河平。顧我仍前度，憑誰問此生。嘹嘹天外雁，何日更南征。」《晚行有感》云：「誰使輕裝薄暮行，蹇驢蹄蹶路難平。白雲近月多寒色，黄葉吟風作雨聲。秋老倍憐鴻雁影，年來偏負古今情。故園回首增長歎，衹有清溪待濯纓。」又好句「蘆荻四圍秋在水，星河萬里雁横天。」「古樹疏時殘照遠，短垣缺處暮雲多。」「貧仍故我羞知己，壯不如人負所生。」「夜黑鼠生膽，村寒雞禁聲。」「樹深慳月色，野近暱蟲聲。」皆研鍊有功。又有吴過亭秉堅《峴雲堂詩》一卷。《荆州懷古》云：「重鎮臨江踞上游，當年天險此雄州。烽銷壁壘天狼静，浪湧魚龍地肺浮。獨有文章誇屈宋，空將霸業憶孫劉。行人欲問興亡迹，雁度平沙野水秋。」

王阮亭之《古詩平仄》、《律詩定體》，趙秋谷之《聲調譜》，不見以爲秘訣，見之則無用。方虚谷《瀛奎律髓》所標詩眼，馮默庵《才調集》之起承轉合，俱小家數。徐增之《而庵説唐》、金聖歎之《唐才子詩》，則魔道矣。

明黄才伯所著《六藝流别録》，江總《閨怨》删去「池上鴛鴦」二句就七律，帛道猷《陵峰採藥觸興爲詩》篇十句，黄採起二句「連峰數千里，修竹帶平津」、五六句「茅茨隱不見，雞鳴知有人」爲絶句。如此者甚夥，此或有意節删。曹斯棟《稗販》所摘《宋詩紀事》劉才邵《夜度娘歌》，乃集中《相思曲》之四句。張擴《贈顧》詩乃古詩二篇，《中吴紀聞》節録五十六字，遂誤爲二絶。必失檢也。

潘雲留國詔，浙江永康人，以辛酉選拔令慶雲。形體雄偉，而性情風雅，詩律老健。《宿居庸關》云：「千里長驅馬足勞，暮雲留客解征袍。山川奇氣歸行橐，霜雪寒芒淬佩刀。茆店雞聲邊月苦，松林虎嘯朔風高。譙樓一夜悲笳起，頓使征人有二毛。」《登澄海樓》云：「生世長懷萬古愁，一時全付海東流。粘天浪息魚龍夜，捲地風號草木秋。歲月與人催大夢，神仙何處覓浮邱。飄然已有凌雲興，況在蓬壺島上游。」

吾邑陳瀛海喜，國初以戰功官至金華副將，勇而能詩。余於鹽山門人傅孝廉汝騏家屏上見其《偕杜于濂少參遊雙龍洞用趙松雪韵》一首云：「山城迤邐帶朝暉，携客探幽意未歸。鐵騎度峰千鏡列，銀箏喧水一虹飛。尺航卧入真仙宅，斗帳深屯老魅圍。欲捉雙龍看龍鼻，怒鱗吹雪滿征衣。」

邑武舉勾炳如文能詩。《重陽登南堤》云：「高堤遠水淡生烟，白雁黄花劇可憐。九九重陽秋老矣，三三荒徑興蕭然。佩萸漫擬腰垂綬，落帽偏驚雪滿顛。戲馬英風心尚在，却因節物惜流年。」

唐、宋以來習用「昏黄」字，「溪頭凝怨立昏黄」、「梅花月色共昏黄」尤傳誦。舍弟暘應試題出「山意衝寒欲放梅，有數點、逗昏黄」句，學使斥爲杜撰，大加譴呵，廊下諸生莫不掩口竊笑。

閩縣張春帆濟川，壬申署縣事，明春觀風，勗諸生四律。其二云：「雁在前灘龍在岡，天開文運井中央。邑志有雁灘、龍岡、文運井。固因前哲科名盛，更喜時賢姓字香。工部公門無片紙，謂劉可亭員外。孝廉史席有三長。謂崔曉林院長。里閭曾否知欽式，事友私心未敢忘。」其四云：「儒服儒冠席上珍，豈徒聲價重齊民。一心憂樂關天下，萬卷詩書友古人。偶有所思當在遠，絶無聊賴莫言貧。菜根喫出香滋味，方許人間立此身。」公子向辰，辛未成進士，有詩云：「昨宵放榜九門開，紫色泥封捷報來。千佛聯名題雁塔，群仙高會醉蓬萊。不争人説犁牛種，自笑珠生老蚌胎。早把家書付鱗羽，免教而母倚門猜。」「頻年偕計遊槐市，此日看花入杏園。人道凌雲遇楊意，我思下第有劉蕡。六街争出新花樣，兩眼猶餘舊泪痕。記否春明門外草，三年兩度送王孫。」皆綽有情味。

近日詩家，袁、蔣、趙同稱。心餘性情頗正，其《戲旦詩》有「風氣妖邪此爲極」之句，痛罵都下惡風，即此便爲扶持名教。《燕蘭小譜》、《衆香國》等刻，開罪名教矣。

史繩祖《學齋呫畢》謂：「坡公集中有《和郭正輔一字詩》『故居劍閣隔錦官』云云，注家及苕溪漁隱俱以爲公出意以文爲戲。余嘗觀唐人姚合有《洞庭蒲萄架》詩『萄藤洞庭頭』云云，此體已具，坡公因前人之體而爲戲耳。若直指爲坡，則寡見可笑矣。」旭按：庾信已有此體，在姚少監之前。史君此說，五十步笑百步也。

老杜《送楊六判官》云：「子雲清自守，今日起爲官。」葉石林以爲不對切，意「今日」字當是「令尹」字傳寫之訛。羅景綸云：「此聯之工，正爲假『雲』對『日』。如『次第尋書札，呼兒檢贈篇』亦是假以『第』對『兒』。」旭按：老杜五律起聯多對，而往往令人不覺。如「白也詩無敵，飄然思不群」，「也」字、「然」字對；「素練飄風起，蒼鷹畫作殊」，「素」字、「蒼」字對；「驥子春猶隔，鶯歌暖正繁」，「驥」字、「鶯」字對。似此頗多。

《鶴林玉露》云：「作詩者豈故欲竊古人之語以爲己語哉！景意所觸，自有偶然而同者。蓋自開闢以至於今，只是如此風花雪月，只是如此人情物態。」旭嘗有「不可故犯，不必故避」之說，景綸此論，先得我心。

鹽山趙鶴齋炯，康熙進士，能詩，工草書。門人李静山存其七十七歲手書詩草一册，有云：「不放杯空真達者，能留春駐是神仙。」「逢世拙來存傲骨，吟詩老去澹名心。」《自嘲》云：「萬事何能足，癯然一病夫。爲農遭歲旱，學古耻書奴。好雨狂風妒，高秋老病蘇。揮毫時自笑，臣法二王無？」

胡宣子夏客曰：「凡詩必説憂君憂國，太迂；但言愁饑愁寒，太卑。杜公不免有此二病。」仇滄柱駁之曰：「公之憂君國根於至性，愁饑寒出於真情。若欲避此而泛言景物，反非自來面目。」旭憶《律髓》有一聯云：「亦知遠役能添老，無奈高眠不救貧。」曉嵐相公以爲説出轉有身分，勝於詭激虚憍也。

學使吴公芳培《六十感懷》六章索和，諸生無應者。有云：「錦成五色蠶先死，珠值千金蚌不知。」所感極深。

莫水樵廣文濤刻《小繭詩鈔》，力求生新，研鍊有功。如「詩狂不拜人間佛，酒渴思澆劫後灰。」「夢裏看山遊亦卧，眼前無鏡女皆花。」「孤劍敝裘天地我，雪泥鴻爪朔南東。」《西湖秋泛》云：「雙峰倒影入層樓，眉黛新描一鏡秋。歸艇載烟烹白小，夕陽紅上美人頭。」《七夕》云：「牽牛花馥露華零，扇底招來月半庭。乞與蘭閨書韵事，水晶簾下拜秋星。」

静海毛譽斯士負異禀，浪遊於外，至於乞食，終身不娶。著有《睡生閒筆》，其《改□□食櫻桃詩戲占》云：「元劉對手擅詩名，漫把佳章幾字更。可笑粗才不自量，欲收白老作門生。」《讀放翁和淵明乞食詩》云：「事經閲歷語方新，約略説來恐未真。乞食須留僕輩和，先生豈是個中人。」

陳簡齋《墨梅》詩：「意足不求顔色似，前身相馬九方皋。」曉嵐參政亟稱之，故好學此種。《題墨竹》云：「正如嵇阮相攜立，自與山王意不同。」《畫梅》云：「草衣木食嵇中散，却自天然氣韵奇。」

趙雨帆子轅，寧海州人，嘉慶庚申舉人。詩入《山左續鈔》。工造新語，如「竹多窗格緑，山近屋簷青。」「浸花香在水，洗硯墨成雲。」「鹵草未霜紅似血，沙山映日白於銀。」《水仙》云：「琴書而外半弓地，鑪硯之間一箭花。」尤工於狀景屬對。

唐孫逖《揚子江樓》詩云：「揚子何年邑，雄圖作楚關。江連二妃渚，雲近八公山。驛道青嶂外，人烟緑嶼間。晚來潮正滿，數處落帆還。」不知何人改竄此詩，作劉長卿《晚泊無棣溝》詩。前朝修《慶雲縣志》，竟採入《藝文》，云：「無棣何年邑，長城作楚關。河通星宿海，雲近馬谷山。僧寺白雲外，人家緑渚間。晚來潮正滿，處處落帆還。」按「星宿海」始見《元史》，「馬谷山」不見圖經。唐人既無從用之，且「谷」字仄聲，律中亦無此調。《畿輔通志》作「馬容」，尤屬臆改。《鹽山志》亦採此，皆爲慶雲舊志所誤。今新志仍存之，宜删。

李鶴坪元滬《明史詠》七律百餘首，才力頗優。《成祖》云：「經營白帽頓興戎，百世難逃一字中。反相由來傳老濞，碩膚誰信法周公。兩京南北皇輿建，萬乘馳驅塞幕空。一自刺奸歸廠寺，衣冠流禍逮明終。」《神宗》云：「才相初將一德賡，中年静攝事翻更。貂璫四出山川竭，門户交持水火争。陰痞已成癰必潰，堂皇雖在棟全傾。不因梃擊連宫掖，那得宸旒對列卿。」《莊烈帝》云：「宵旰憂勤望治平，艱危誰與共功名。甫傳輔國亡元首，又見朝恩典禁兵。社稷何慙歸列祖，乾坤有恨繫蒼生。蒙塵青蓋知多少，《板》《蕩》陳來是正聲。」

古《婦病行》：「抱時無衣，襦復無裏。閉門塞牖，舍孤兒到市。」句讀最明，而譚友夏注「舍」字下云：「五字慘事，『牖舍』連讀，『孤兒到市』作句。」上下俱不成語。又其論詩動引仙佛、菩薩、明季惡習，尤爲可厭。

杜石樵侍郎堮，丙子校士畿輔，作詩甚多。《懷柔道中》云：「昔我經行麥始芽，今來已是菜生花。

鵓鳩遷樹午聲暖，蝴蝶繞畦風影斜。百日春光爲客過，一川烟景向誰誇。臨橋照見星星鬢，欲借南流送到家。」《自岔道至土木驛》云：「太古山川異，經綸草昧存。日寒春失色，沙迴地無垠。白草迷人徑，紅樓識堡門。前朝遺戍壘，恐有未招魂。」《還度居庸》云：「金鷄破曉上征鞍，一一奇峰倒轉看。信有好書經百讀，從來新曲愛重彈。回頭但指雲横塞，投足真隨水下灘。春色皇州無遠近，休將函谷論泥丸。」《塞上勸耕詞》云：「鳴鳩鳴過春山觜，耕人耕過長河尾。犖犖确确十頃田，前村後村鞭犢起。却説去年雪，一尺覆地蝗種没。要卜今年雨，三寸入土麥根活。勸農使者東方來，車騎數里生塵埃。手持勞酒勸爾飲，努力官家租賦催。不見扶蘇城下路，至今猶有秦時灰？」俱清婉可喜。

《蘇門山人詩鈔》，張子吉符升著，洪稚存序。其《桐西》一律云：「十年不記桐西路，瘦馬閒吟入莽蒼。幾葉破帆隨短岸，數株殘柳曳新霜。田園蕪盡門猶設，骨肉情多語易長。塵事勞人來又去，竹窗尊酒兩茫茫。」《抵揚州》句云：「幾處明燈天映水，半城疎柳月如秋。」

昔在蓮池書院聞邊巨峰誦隨園先生《昭君》詩云：「自關妾命薄如紙，不願官家殺畫工。」立言忠厚。後見其全集，古體學韓、孟，時出於玉川、東坡之間；近體多學杜，自負亦復不淺，畿輔一作家也。今摘數聯於此：「天空孤鳥没，日落遠山明。」「霜澄波色浄，風戰葉聲乾。」「晚鐘禪院静，孤月戒壇高。」「霜氣酣紅葉，風稜慘緑蕪。」「荒烟迷古戍，落日淡孤城。」「崩雲壓樹黑，頹照射村明。」「川摇秋練白，鴉點暮痕青。」「秋聲黄葉寺，暝色斷虹天。」「蓮的香殘鴻信晚，月廊風静杵聲高。」「一字未安芒在背，千篇已就雪盈頭。」「短劍飄零常萬里，疲驢潦倒又三年。」「藥銚薰人濃似酒，羊裘壓骨重於山。」

「輕毳浮空孤鳥没，大聲吹地早潮來。」

昔作《背菊飲酒歌》，有云：「東籬採菊亦偶然，後人傳作清高訣。」又「世間萬事類如此，何怪眼底多淵明。」船山師頗許可。後讀甌北詩云：「栽成數竿竹，自比王子猷。種就幾叢菊，又謂淵明儔。韵事遞相續，高人遍九州。人生可傳處，豈在假風流。」早爲道盡矣。

「自鋤明月種梅花」句極新，一作林逋詩，一作劉翰詩。上句是「惆悵後庭風味別」，「別」一作「薄」。細按詞意，當非逋詩。又薩天錫《雁門集》有《贈答來復上人》詩，亦云：「今日歸來如昨夢，自鋤明月種梅花。」又明卓忠毅敬，鄉人刻其稿，寥寥數首，亦有此句。上句作「雪冷江深無夢到」，與其他詩調亦同，或偶合也。《分韵集錦》亦引爲卓詩。

博野尹少宰會一有《健餘詩草》，古體僅三二首，其七言近體和雅恬静，餘味曲包。如「四方我自憐餬口，五斗何人不折腰。」「淡泊相遭人共菊，蒼涼無限月同琴。」「未過中年誰信老，常懷古處自知非。」「柳色春通仙女廟，桃花水護大王祠。」皆雅調也。

吾邑劉子遜先生善草書，名噪一時。詩刻數首，有云：「幾株殘杏抱村紅，陌上遊人坐晚風。漫道斜陽疲馬力，宛然身在畫圖中。」

南皮張春嵒太復，初名景運，字静旃，少年以詩自豪，五言如「荒雞醒客夢，殘月逐人行」，「萬山隨地湧，一水抱城流」七言「作宰原來非熱客，出山依舊是閒雲」，俱老到。晚司遷安鐸。刻《因樹山房詩鈔》，曾撰《秋坪新語》行世。

解築岩先生博覽嗜吟，與余爲忘年友。殁後，爲選定其詩，作序，刻《高南草》。解東陽先生，吾友韵圃先人也，有和蘇步耿柳枝詞全韵。其元韵云：「開春葉葉接遥村，玉笛吹來總斷魂。豈是無端眉懶放，妝樓舞榭易黄昏。」

吾邑劉升堂從宦，自南中歸，得詩一卷，才調頗佳。《晚泊》云：「寂寂寒山月，清光傍水涯。荒村生野霧，歸雁落平沙。綠樹停舟處，紅燈賣酒家。何人吹短笛，一曲落梅花。」《揚州憶舊》云：「楓冷吴江客路遲，笛聲雁影雨絲絲。重來又入揚州夢，不似春風被酒時。」後携家居天津，癸酉膺選拔。以畫謀食，絶不作詩。更名庚，字少白，殁於天津。

陳荔峰學使乙丑歲試，奬勵古學，門人張咸五以《塞下曲》取闔屬第二。光第兒應童子試，亦以《塞下曲》冠一郡。張句有「關塞阻歸夢，風霜老别顔。」「驛路笳聲苦，沙場馬步艱。」「旅雁征人泪，秋笳老將心。」光第詩原批云：「風骨甚遒，體裁亦密。」詩中用「探馬」字，批云：「《元史》有『探馬赤卒』，乃蒙古哨騎之稱，不可入詩。」旭按：《元史》「探馬赤軍」，「探馬赤」，蒙古語，謂親軍，非謂探馬也。唐顧非熊有「探馬一條塵」，江爲《塞下曲》有「雪路時聞探馬歸」句。

梅樹君同年《燕京道中》云：「崎嶇馳馬足，客路近黄昏。落日懸高樹，春烟聚小村。樵歸沙外市，人閉柳中門。草草投荒店，開懷酒一罇。」又有句云：「月落猿啼樹，霜高雁渡河。」「寒鐘烟外寺，殘夢馬頭山。」俱佳。

滄州劉雲衢性耽吟咏，《宿楊柳青古刹》有聯云：「殿深群鼠嘯，人静一燈微。」《過李氏廢園》云：

「荒蒿滿地酸風起，疎柳摇空淡月來。」《雜興》云：「但能藏酒如蘇婦，安得生兒似仲謀。」選入《滄州詩鈔》。

鹽山李霽峰性風雅，善病而耽吟。《偶成》云：「新有知音舊有盟，逍遥正好樂生平。罇中酒薄重開甕，花下棋殘再整枰。處世莫言須富貴，讀書豈盡爲功名。從來不少賢豪士，高卧林丘面百城。」有句云：「白雲閒似我，紅葉冷於人。」「婢能談藥性，僕解敬詩人。」「病多詩漸少，夜短夢偏長。」「雀喧無葉樹，人碎有魚冰。」袁玉堂云：「有新致。」

南皮張佩庚孝廉愘工詩，爲諸生時，見賞於陳荔峰學使。甲戌八月，寄書并詩十二首，有句云「不逢崔顥恨如何」、「未曾一刺到崔駰」，又「君爲渤海吟壇長，不數江南崔不雕」，其見許如此。佩庚有《防躁軒詩鈔》五言如「秋光三尺水，暮色滿城烟。」「衣冠寒士古，談笑老農真。」七言如「世事無常新舊雨，故人何處短長亭。」「書千百卷閒中福，竹兩三竿世外交。」俱有意境。

鹽山門人張江峰館於東沽，有句云：「出門惟見水，掃徑不逢人。」「人稀難問路，野曠不逢春。」「風簾春看燕，海屋夜聽潮。」「海近求魚便，庭空得月多。」「久客家隨夢，秋深夜似年。」「頭顱到白無多日，眼色能青有幾人。」

滄州白蘭芳先生工岐黄，留心内典，年近八旬，貌癯而神足。其《秋晚》詩選入《滄州詩鈔》。

楊米人暎昶《中隱軒詩鈔》有云：「官比畫師聊寫意，吏無公事可忘形。」「干卿何事風吹水，與世無争鳥在天。」「芳草緑黏遊女屐，野花紅上故人墳。」似南宋人語。

李霽峰句云：「酒在牀頭常秘貯，山除夢裏未多遊。」又《偶成》云：「庭多緑樹地多苔，滿院清陰掃不開。數罷花鬚看螘門，更無俗事上心來。」梅樹君特稱之。

滄州孫懋園德有著《春草軒草》，寄余評點，風調甚佳。其《津門竹枝詞》云：「秋風泛泛動秋蒲，冷意蕭疎入畫圖。欸乃一聲漁唱晚，滿天明月照西沽。」

鹽山諸生劉增墉攜子村居，同患瘧疾。《志慨》云：「寥落今生事，村居一病身。世儒多建白，吾道獨艱辛。燈影昏成霧，兒童哭向人。愁懷空自解，未敢達雙親。」情深筆健，所造未可量也。

樂亭同年李卷山廣滋有《觀海歌》，氣勢閎宕，雅與題稱。予微嫌其多長句，爲删置十餘字，今録之：「管窺者不可與觀天，蠡測者不可與觀海。我家瀕居本海濱，需此奇遊已十載。四月十日天氣清，同人邀我海上行。未至數里見白浪，洶湧迸作殷雷聲。蓬壺員嶠不可見，但見渾茫一氣騰晴空。乾坤晝夜恣噓噏，蕩星浴日涵空濛。陽侯乍出天吴擁，川后欲發冰夷從。變幻翕忽生萬狀，潮汐來往無終窮。天際一塔小如豆，恍惚海市開雲岫。舟人指點云是吴粤萬斛船，千里風帆如馳驟。乃知大地真浮萍，滄桑變换何人經。此中槖籥參不得，蒼茫東望雲溟溟。丈夫志氣淩八極，齋居索莫傷偪仄。到此翻疑天地寬，一片愁心蕩空碧。開襟痛飲海雲邊，欲落未落夕陽殘。睥睨乎島嶼，邂逅乎天關。醉後狂歌暮烟紫，咫尺欲到三神山。詩成徑騎赤鯉去，不見蓬萊之水半清淺，天風浩浩超塵寰。」後官御史，以言事發新疆，尋放還。

方海槎元鵾性孤介，官工部主事，閉門僻巷，刻意爲詩。所刻《鐵船樂府》，出入於鐵厓、西厓之間。論詩極詆新城，亦時賢習氣也。又駁河間以武功爲瑣碎之説，云「老杜何嘗不寫小景」。余謂老杜寫小景，亦迥與武功異，海槎徒欲自伸其説耳。

吾邑劉也僑東里，辛酉大挑，分發山左，屢以新詩見寄。署費縣時，有《過顔真卿故宅》一絶云：「蔓草斜陽訪故居，英風一代戰功餘。如何勳業成閒事，衹解争傳紙背書。」

念堂詩話卷二

慶雲崔旭曉林

周伯衡體觀，遵化州人，有《晴鶴堂詩鈔》十六卷。同年施愚山序其崖略頗詳。近日撰《遵化志》者竟未之見，不能具伯衡始末，僅引漁洋説部一則，且謂遺文無存。不知《詩持廣集》、《清詩初集》、《感舊集》、《別裁集》俱載其詩，惜里中無人，操筆者耳目又隘，致此公遺作不炳然於志乘也。

昌樂董遂林根茂老而耽吟，所著《南遊草》、《南山草》，族人耀天燦寄示。《虎倀》云：「虎倀道虎下山垠，東西跳盪欲啌人。虎陰愚倀倀媚虎，倀假虎威作人語。吁嗟倀兮虎何恩，生食爾肉役爾魂。胡不虎仇爲虎導，反來虐爾同鄉民。虎更食人人作倀，虎將棄爾置路旁。天寒月黑雪遍野，倀兮失勢徒徬徨。」五言如「疎桐斜受月，密柳細吟風。」「明河低遠樹，涼月入高樓。」七言如「天空一鶴盤雲上，江凈雙峰照水明。」「漁舟曬網圍江市，番舶乘潮入海門。」俱佳。

福山鹿松林《雪樵詩鈔》有云：「石寒山骨瘦，葉落樹身輕。」又「種花香到鄰」，又「廟古樹懸鐘」。劉大紳爲之序，稱其得詩法於劉松嵐大觀，傳高密派者也。

方鐵船《述懷》云：「山野全真多任嬾，佛仙玩世總佯狂。半生不作空頭漢，垂老權爲有髮僧。」自寫照也。又如「隙光福地痴蠅占，毛孔腴田饕蝨爭。」「萬事當場看鮑老，一官入袋笑胡孫。」詞氣激昂，琢鍊有功。至「坐破針氈也散場」，直是偈矣。其詠古諸篇，饒有筆力，輕詆古人，蔑視儒術，旨出莊、老。

樂陵王明府所擢聘五十老女，作詩索和，其首作云：「天留一段老姻緣，故意蹉跎三十年。莫向桑榆悲暮景，餘霞燦映夕陽天。」余戲和有云：「不隨桃李門春華，晚向孤山處士家。避盡東風終一嫁，前身應是老梅花。」

王健圃句云：「暝色來天地，猶爲數里行。風寒知水近，夜白覺霜清。」又「秋隨風葉盡，寒逐水雲生。」其弟逸園在津門，有句云：「一天涼雨賣黄花。」余戲呼爲「王黄花」。

張頌亭咸五近體頗入格。《柳絮》云：「暖風盈小院，春思繞晴窗。」「院静望如雪，風微香入簾。」渾融淡雅，詠物上乘。《雨聲》云：「三更蟋蟀騷人夢，一院芭蕉旅客心。」《秋夜病中》云：「滿院啼螿身是客，一窗冷雨夜如年。」從余遊數年。

門人趙虎文，字炳巖，鹽山人。《送王静山歸阜平》云：「鬼谷留遺事，棋盤萬古傳。送君還故里，令我憶先賢。野曠雲横樹，風寒雪滿天。登城西望處，恨不逐歸鞭。」

趙豹文，字蔚巖，炳巖兄。和余《秋海棠》云：「露冷三更侵睡影，風涼一夜結情根。」

紀文達公遺集《烏魯木齊雜詩》百六十首，耳目所經，自注詳明，足資考證。蘭泉廉史福慶著《志異新編》四卷，首載《異域竹枝詞》百首，所紀尤廣，并及回疆等處。尤西堂《外國竹枝》摭史傳中語，以足其數，不能如此詳悉也。

常雨來青岳《廣陵雜詠》云：「竹西歌吹久荒涼，憑弔空憐杜牧狂。歲晚心閒誰似我，一天風雪問雷塘。」有《晚菘堂吟稿》二卷。

《船山詩草》初出，里中未見。余戊午鄉試，爲何蘭士夫子所薦，與春民熙績孝廉論世好，從借讀焉。見贈和諸詩下，詳注旭姓氏里居。旭有句云：「删詩留我在，詳注惜人微。」此刻蓋吾師手定也。展誦之下，所感實深。

李監榆實齋，文襄公之元孫也。書法甚有名。罷官後僑居都中。嘗見其詩詞，俱稜稜有風骨。訪之横街南，年已七十餘，偉幹童顔，談鋒激壯，顔其室曰「窮愁著書之屋」。閲余《旅懷》詩，遂定交焉。他人嘗以其詩卷呈紀文達公，爲折角數處，傳語令改，竟不肯改，亦竟未一往謁。及文達没，哭之云：「直得布衣真一慟，燕南絶少此風流。」蓋不勝賞音之感矣。

門人興宗出《黄葉樓集》，近人太原喬西村煌詩也。《代州弔雁門尚書孫白谷》云：「大厦將傾一木禁，河山血泪痛全秦。呼庚廟算拚孤注，旁午軍書驅市人。代郡荒城依白草，雁門寒月蕩黄塵。嘻吁千古英雄地，成敗難繩報國身。」

粤西黄雲湄體正下第後作《燕臺雜詩》八首，其三云：「虎踞龍蟠勢壯哉，遼城金壘舊京開。層樓寶髻梳雲出，萬馬秋風校獵來。螞蟻墳高啼故鬼，芙蓉殿圮繡蒼苔。銷沉兩代多遺迹，直得悲凉詠史才。」「螞蟻墳」，誤用。

同年張葆，庚申順天榜首也，戊辰庶常。忽頻書「但願兒能讀父書」語，同人異之。未幾病卒，幾先見矣。

李載園符清《跋楊米人不易居詩集》云：「米人八歲能詩，有『寒月隱梨花，輕風落香雪』之句。年方冠，應試賦『鷺翥則露』詩，有『此中天似水，昨夜月初明』句。二十三歲，刻《衍波亭初稿》二卷。」

胡厚庵先生淳，吾邑名進士也。余續編《縣志》及刻《慶雲詩鈔》時搜其遺作，迄無所得。惟曉嵐先生説部云：「胡厚庵先生仿西涯新樂府，中有《繩還繩》一篇」云云。曉嵐先生幼時，胡曾館於其家，所謂「新樂府」，無從見之矣。有所撰《易觀》，存庫。

何蘭士先生《方雪齋集》板燬於火，從家寅齋孝廉借讀。今摘句云：「雕盤大漠黄雲合，馬踏荒原白草寒。」「十年烏帽欺塵鬢，一笑青山落酒杯。」「入世賢愚一丘貉，醒人名利五更雞。」「黄粱夢短成仙早，翰墨緣多作吏難。」「酒以户論君最大，詩如棋著我終低。」「醉鄉磊落封侯骨，詩國縱横定霸才。」五言：「日蒸千嶂雪，風鑄一河冰。」「波光拖地白，山勢逼天青。」「高松同佛瘦，過客比僧多。」

吴雲樵參政《曉發雄縣》云：「地凍堅於石，驢疲鈍似蛙。霜威能入幕，風力欲迴車。鼓角悲寒夜，羈情感歲華。昏昏殘夢裏，黄日霧中斜。」又句云：「水光銀破碎，樹色墨模糊。」「林深全覆路，峽小不容天。」「樹腹十圍楊大肚，山峰一角賈長頭。」「春雪丁坑清苦境，秋濤午枕黑甜鄉。」「雨擲榆錢難問卜，風摇蒲筆自書空。」「蟻穴枯梨成戰國，蜂攢晴蕊作屯田。」「熱不因人荷上露，惠而好我竹間風。」「弱絮翻風狂也蕩，廉泉釀酒聖之清。」「卿相有權難造命，扁盧無藥可醫愁。」「雁如楊尹休官去，燕似郄生入幕來。」「俗不可醫方是病，米猶能乞未爲貧。」巧不傷雅。

李監榆先生貽予《怡堂草》，李堯農世治詩也。《古意》云：「妾如蠶在室，郎如桑在田。在田桑誰採，直教妾不眠。」「月夜送郎行，郎行比月遠。夜夜月還來，月來郎不返。」綽有《子夜》、《讀曲》之致。

即墨黃柱山立世，字卓峰，有《四中閣詩鈔》。好句云：「山風吹月小，秋水到天無。」「秋水能生月，湖天不受雲。」《書茅鹿野詩後》云：「濟南山水窟，春至倍澄鮮。有客家於此，新詩清可憐。蓮花初著雨，楊柳欲生烟。他日相思處，鶴鸞雲海邊。」

大興王楷堂廷紹有詩名，所刻《澹香齋試帖》，咏史激壯雄直，意欲自成一隊。其人多言而大聲，時號爲「嚷王」。

湖州沈畹耘孝廉鑑誦其客寧晉時《清明》詩云：「春風疑不到荒城，二月餘寒草未生。簫鼓畫船鄉夢遠，最無聊賴是清明。」又「絡緯聲來秋在樹，梧桐月上客思家。」俱清婉有味。

交河蘇眉巖元峩、南皮潘薌林一桂並雋才嗜學，少時從張佩庚遊。余甚器之，呼爲「蘇海潘江」。潘己卯登賢書，早卒。其師哭之曰：「泉臺不必重悲咽，號汝潘江慰汝心。」張子諒哭之曰：「潘江蘇海爲三友，秋雨春風共一堂。」皆謂此也。蘇後成進士，爲山西令。

閩人郭文鋕《鶴井集》有《廣南雜詠》云：「松針撒室度新年，用比氍毹色更鮮。王氏何須珍舊物，家家藉地有青氈。」自注：「新年，民間采松針鋪地以代氈毯。」予憶幼時居南村，見農家元旦以秫穰布地，謂之撒歲，亦此類也。

《甌北詩話》十二卷，分論李、杜、韓、白、蘇、陸、遺山、青丘、梅村、初白諸家近體，人爲摘句，兼考訛誤，不厭其詳。然猶其著《二十二史劄記》手段，與他家詩話迥別。余擬目之曰「十家詩評」。

胡書巢德琳守青州時重刻《于欽齊乘》，有《碧腴齋詩鈔》未刻。其嗣君爲鹽山令，有循聲。記其和人《泛湖》一絶云：「酒醒衣香染未消，東風回首路迢迢。一場春夢分明在，緑暗紅稀過板橋。」《答袁簡齋》有云：「板輿奉母名園樂，匹絹傳家子舍清。」書巢，袁香亭之姊夫也。

《日知録》謂古賣糖者吹簫，今鳴金。予考徐青藤詩「敲鑼賣夜糖」，是明時賣餳鳴金之明證也。

平陰諸生朱星海，學詩於劉松嵐，有《鑄亭山人詩鈔》。句云：「龍吟潭底月，鬼嘯墓邊風。」「夕鳥原邊下，孤笻郭外行。」「驢同卷石瘦，身似片雲閒。」「虚壁學人語，危峰下鹿群。」「秋雨滴長夜，家人聚一燈。」「眼從觀海豁，氣自見山奇」。皆有冷趣，自是高密派中人。

己卯秋，因家虎臣孝廉寓劉君履綏宅，意頗厚。去後有詩云：「花香竹韵滿秋庭，朝讀儒書暮佛經。文酒交遊能愛客，河邊一月作居停。」後劉君倩人八分書之，刻於庭前假山上。

辛巳，在滄州署接梅樹君書，知袁玉堂潔作令山左，刻《蠡莊詩話》，採入鄙作。時遊津門，行將採詩過訪。及至，示以近詩。見贈云：「詩境淡於水，吟懷清若秋。連編容我讀，幾日爲君留。雨過泥沾屐，雲低樹隱樓。銜杯聞緒論，已洗客中愁。」自注：「效念堂體。」

聞安齋瀾工詩，尤長於詞。官風化店主簿，地極僻陋，官署亦頹敗。有句云：「雞犬頻登屋，衣冠不到門。」

都中識定陶許大江博，求畫先君子《寒宵煮豆圖》，後以檢發河工。辛巳秋，奉委來滄州公幹，相遇甚歡。余贈云：「一自京華别，相逢歲再闌。君方馳驥足，我尚戀豬肝。」許和云：「清吟高氣節，質語露心肝。」尤長於畫松。

諸押梅花者多好句。「自鋤明月種梅花」、「幾生修得到梅花」，膾炙人口矣。他如「一枝春雪凍梅花」、「信來憑爲寄梅花」、「簷前數片落梅花」、「東風盡日放梅花」、「天寒有鶴守梅花」、「爲君摇筆賦梅花」、「更教踏雪看梅花」、「傍籬穿竹見梅花」、「隔林迢遞見梅花」、「和衣和雪宿梅花」、「不知風雪到梅花」、「不知殘雪在梅花」、「一瓢邀月醉梅花」、「冷官不禁看梅花」、「只携樽酒酹梅花」、「夜窗無夢到梅花」、「一林江月照梅花」、「覺來新月到梅花」、「短窗明月夢梅花」、「隔簾疎影弄梅花」、「春風繞屋種梅花」、「杖藜隨處看梅花」、「捲簾燒燭看梅花」、「開門曾憶看梅花」、「寒林匹馬看梅花」、「門前依舊有梅花」、「出門無處不梅花」、「隔溪千樹種梅花」、「無錢猶自買梅花」、「江南春色遍梅花」、「不知春已到梅花」、「今年無伴折梅花」、「美人弄鏡插梅花」、「不知是雪是梅花」、「憶君魂夢到梅花」。

黄左田尚書《壺齋集》有《墨牀》、《鎮紙》、《印矩》、《茶船》、《研屏》、《畫碟》、《凍豆腐》諸小題，句云：「猛雨勢疑浮屋去，飛帆徑欲上城來。」《王秀才桂雲以曾大父秋史先生禪喜圖屬題》云：「晚而登第如東野，熱不因人似伯鸞。望水秋吟黄葉好，成山詩補白華難。百年風貌留《禪喜》，一瓣心香接古歡。幸有文孫愈二老，不同葛帔練裙單。」自注：「新城、德州後皆不振。」

會稽婁夕陽承澐以詩謁法梧門，有「青移秋岸樹，紅走夕陽波」之句，法遂稱爲「婁夕陽」。所著《雞肋内編》，中多秀句。如「江清天倒白，風静水平流。」「花氣蘭陵酒，泉聲太古琴。」「秋聲涼到水，夜氣白於烟。」「山静雲生徑，湖明月上船。」「緑漲水高岸，青移山到門。」「疎柳老官渡，夕陽明驛亭。」皆可喜。

袁玉堂曾爲一武弁作稟稿，逮訊擬遣，將發新疆。留别同人有云：「天外風雲多變態，人間雀鼠有機心。」又云：「游子飄零惟一劍，皇恩寬大或三年。」與雅雨山人「三年」、「萬里」一聯意同。

李監榆與閻雨帆中翰相唱和，自都中寄來社草，有《老將》、《老妓》諸題。監榆《老將》云：「麟臺已畫成功像，馬革能全未死身。」雨帆《老妓》云：「朦朧春夢慵抛枕，寥落秋風怯倚門。」最切合。監榆又有「倚枕燭明書」句，余最喜其善寫枕上觀書之景，似老杜「曝背竹書光」句。來書云：「閲者十餘人，率看過，知者惟足下及閻雨帆耳。」

吴白華總憲工於言情，其纏綿悱惻之情、婉約旖旎之態，楚楚可人。如《題陸濬香校書焚香却掃圖》：「十五吹簫鳳曲工，見人微暈臉波紅。斑騅芳草情根幻，身是機雲女侍中。」「亞字迴廊卐字欄，倏倏鳳尾蔭檀欒。芳塵一散兜鞋遠，小像沉熏盡日看。」又《題畫幀》云：「傾城名士省前因，妙腕偷翻鏡殿春。絶似盈盈當牖女，他生應作比肩人。」集中此類甚夥。視學順天，有離合其名爲聯曰：「少目難看文字，欠金休問功名。」後遂登彈牋。據其《和韓遺訓圖記》，乃在翰林時，從學者衆，或相戲曰：「少目幾曾眯目，欠金豈計脩金。」後乃轉用相譏也。

濟南詩人謝問山焜來津門訪梅吟齋，留贈《緑雲堂稿》一卷。其《龍山早行》云：「五更殘月上，樹外曉風輕。犬吠聞人語，雞聲送客行。微茫分野路，隱約近山城。漸覺晨光動，炊烟處處生。」《送柳碧村之西安》云：「知君不得已，乃與故人違。雪滿長安道，天寒遊子衣。秦中聽曉角，旅館掩柴扉。

莫負平生志，來年衣錦歸。」二律不假思索，自然流出，平淡有味。後刻《心儀集》，收拙詩八首。

黄仲則景仁少年工詩，才思哀艷，多沉痛悽楚之音。如「忽風忽雨春愁客，乍暖乍寒天病人。」「墨到鄉書偏黯淡，燈於客思最分明。」「纏綿絲盡抽殘繭，宛轉心傷剥後蕉。」「楚天和夢遠，湘月照愁多。」「單門餘我在，萬事讓人多。」每多苦語。其《别老母》一絶，人多傳誦：「搴幃拜母河梁去，白髮愁看眼泪枯。慘慘柴門風雪夜，此時有子不如無。」年三十五，客死於解州運城。貽書友人洪稚存經紀其喪，時乾隆四十八年也。趙希璜爲刻《兩當軒詩鈔》十四卷，又有翁覃溪選刻。予謂如善唱苦戲之優伶。

張瘦銅塤《竹葉庵集》，詩境似深而才不逮思。《岳鄂王墓》詩：「漢家誰是中興才，半壁江山絶可哀。父老争傳三字酷，君王不喜兩宫回。中原將校同星散，沙漠金繒似土堆。此恨綿綿今古集，墓門碧血碧於苔。」此題有諸名作在前，原難措手。《于忠肅墓》詩亦不佳。《林處士墓》云：「已埋白骨到今日，自有梅花只此人。」詞勝於詩。

船山師《寶雞縣題壁》詩十八首，一時盛傳天下。高家堰開有《淮陰題壁》十八首，末云：「題詩敢擬張公子，聊誌飛鴻指爪痕。」指船山言也。中云：「破格用人明主意，及時行樂老臣心。」「便死難償溝壑命，偷生真是斗筲才。」皆確有所指。

徐雲樵子威，常州人，客居濟南。喜爲詩，有《海右集》。没後，張伯良刺史杰寄金恤其母。時母亦殁，范君垌以贈金爲刻《雲樵詩選》，皆風雅中古道也。《秋日送張漁村歸天津》云：「明珠待高價，且跨蹇驢歸。黄葉孤亭晚，寒蕪夕照微。還家臨水郭，垂釣有漁磯。京洛詩名久，知君難掩扉。」《雪晴即事》云：「雪霽月光滿，曠然千古情。寒林少人迹，白屋有琴聲。無被體猶健，斷炊心益清。袁安自迂拙，甘卧洛陽城。」

乙酉十月，同門梅樹君邀予與高寄泉、錢塘陸秋生鈞、山陰陳石生詩會竹泉老人余翁廷霖十研茅廬。樹君先成七古一篇，起云：「塵海茫茫不得意，詩魔酒鬼無容地。況如我輩三五人，華屋朱門先走避。八十老翁白頭童，竹泉自號。肯與疎狂共遊戲。十月津門天不寒，東籬殘菊凌霜翠。紫蟹白魚堆滿盤，招取詩流共酣醉。」篇長不載。淋漓恣肆，大有船山師風趣。秋生繪《研廬雅集圖》，人各一卷，填詞二闋，寄泉作序一首，石生七律二首，竹泉五古，余五律，各書於卷。仲冬，李彩仙孝廉亦入社，亦一時樂事也。

余竹泉老人，山陰人，自弱冠游幕畿輔，僑居天津久。立品端正，善書詩，多古體，純任自然。飲興最豪，老而不衰，每當筵拇戰，蹋足起舞，大笑如狂。某公贈句云：「一生跳叫笑，三絕畫書詩。」晚號白頭童。嘗繪《慕雁圖》以寄歸思，題者七十餘人。

陳石生詩，壬午孝廉，有《拜石草堂詩鈔》。年十三四時登山而蹟，輾轉墮落，遇大石而止，傷額左，得不死。字石生，齋名拜石，志感也。古今體俱佳，七古學昌黎，尤能超然自立。少時讀書駝峰。其《晚歸》云：「日落暝烟生，空山怯獨行。古藤纏虎穴，怪鳥變人聲。澗静泉初響，崖危石欲傾。書樓遥可指，樹杪一燈明。」《山樓曉起》云：「獨夜山樓上，鐘聲攪客眠。海明雲化水，村遠樹生烟。一鳥下空際，亂帆來日邊。倚欄頻俯仰，愁思又茫然。」《曉發天津》云：「野店春禽喚夢回，客心又被曉風催。關前車馬争橋過，潮後魚蝦上市來。瀕海人烟含蜃氣，沿堤官柳接樓臺。五雲城闕長安近，憔悴征愁北望開。」《餘杭舟中》云：「朔風吹面峭寒生，一日舟無百里程。溪遠已過秦望麓，月高初見禹航城。燈開山市喧人語，雁落沙汀起柝聲。共説新來官長好，催租不許吏宵行。」後改名光緒，成進士，補山東曹縣令。獲山西教匪，加陞銜，今調冠縣令。

董耻夫偉業《揚州竹枝詞》末云：「夢醒揚州一酒瓢，月明何處玉人簫。《竹枝》詞好憑誰賞，絶世風流鄭板橋。」

仁和陸起潛先生飛，乾隆乙酉解元，以畫名，有《筱飲齋稿》。《贈寧仙磐》云：「老去猶爲客，飄然一笠輕。圖書浮楚澤，風雨夢蕪城。閒意如秋淡，吟身與竹清。漢陽有彭老，實筆記平生。彭爲作傳。」《富春舟中》云：「林木蒼蒼水驛空，軟帆吹送白蘋風。雨收千嶂出深碧，日落半江明斷紅。雲物勾留詩偶得，客心孤迥酒頻中。何因一踐凫鷗約，乞與魚磯學釣翁。」

同門姚伯昂侍講元之，道光元年奉使瀋陽，篆高宗純皇帝玉寶，得詩三卷，刻《使瀋草》。其《歲暮懷人》絶句有懷余一首。《憶舊游》詩風致尤佳，有云：「臺城沽酒起愁思，醉買輕舟逐柳絲。行到清溪風正好，落花春雨小姑祠。」

同年宋于庭翔鳳廣文《丙戌春闈迴避志感》有云：「滿衢又看新先輩，伏櫪空思古戰場。」「何年地下慰知己，幾處人寰著斷魂。」音節凄楚。《同飲陳碩士學士宅贈以詩》有云：「新妝不對芙蓉鏡，舊業重開苜蓿盤。」

臨川李夢巖明府傳燮詩云：「明月最多無酒夜，好風偏在住船時。」清而有味。詼諧者，詩之趣也。韓、蘇七古妙處往往在此，然不詭於正，不似近日名家肆口亂道，直戲場中之打諢、茶坊中之快書耳。徒以快一時之意，在己爲輕薄之招牌，在人爲亂性之狂藥。雅道蟊賊，莫甚於此。

余赴屯留任，道出祁縣境，地名北關，十餘里至武鄉境之南關。諺云：「南關至北關，十里九掉彎。」群山迴合，望無去路。緣山根一徑，斗折蛇行，忽南忽北，令人心迷目駭。得詩云：「對面山無縫，盤旋有徑通。輿迴逢後騎，身轉背來風。」陽城王見山晉泰以爲形容曲盡。

陽城張雋三晉有《續尤西堂擬明史樂府》一百首，詞旨豐腴，而風骨似不及方鐵船。又有《仿元遺山論詩絶句》六十首，章妥句適，而於前人成説外少所發明。大指似宗歸愚，而末尤傾倒於黄仲則，莫能原其旨也。

撫軍署遇芮城令林希白芬，吾師船山先生之妻兄也。一見如故，過從談藝，有水乳交融之雅。以所刻詩草呈正，題贈四絶。其三、四云：「船山一去無消息，冷落吟懷已十年。忽見京華門下士，喜他衣鉢有人傳。」「汾上逢君笑口開，秋風秋雨自徘徊。好傾黄葉聲中酒，今日詩人又姓崔。」

大同守王幼海先生志瀜新刻《雲中草》，記其二聯云：「野店曉風寒帶雨，高林新緑厚如山。」「平橋遠水無多浪，野店高槐一樣花。」《昭君墓》一律尤工穩。

孫鍾元先生遊譜有《劉自先仲涵兄弟索園亭額題曰既翕軒》聯云：「是我好朋友，知君難弟兄。」

有道人出口，便有太和之氣。徵君子望雅有《得閒人集》，皆講學人氣味。望雅子洤字静紫，有《擔峰詩》四卷，較勝其尊甫。

折霽山遇蘭，陽曲人，有手書《看雲山房詩草》，音節激壯，不落卑靡。《送人之伊犁》云：「斥堠河源外，陽關路正長。風回沙磧黑，日落塞雲黄。漢闕三更夢，胡笳兩鬢霜。男兒方許國，行矣慎邊防。」《輓宋夢泉》云：「宋玉才名今再見，掀髯玉塞少人知。論詩燕趙悲歌會，縱酒河山落木時。秋草已凋孺子墓，春風還拂董生帷。十年鴻爪陽關夢，尚憶逢人説項斯。自注：先生觀察甘肅時，嘗以詩就正，頗蒙推奬。」《岳陽樓》云：「極目渺無際，凌空獨此樓。中流天地盡，濁浪古今愁。作客逢摇落，懷人感滯留。憑欄一長嘯，颯颯暮潮秋。」《春寒》云：「春氣濕花龕，春風吹客簪。湘城一夜雨，愁況幾人諳。酒醒青衫薄，簾深曉夢酣。遥憐歸雁意，猶自戀江南。」《過洞庭》云：「一葉輕帆四面開，洞庭回首雪成堆。逢人惡説江湖險，曾向蛟龍窟裏來。」《寄申鐵蟾》云：「江上相逢眼倍青，無端幽怨入湘靈。百年詞客憐香草，四海離愁滿洞庭。出處消沉春後雁，知交零落曙天星。聞君已就刀圭術，何日深山寄茯苓。」《銅雀妓》云：「君令尊，妾命賤。西陵田，望不見。年年此地摇歌扇，可憐不識君王面。朝向臺前歌，暮向臺前舞。不怨朝歌與暮舞，但願速作西陵土。」《黄陵廟》云：「黄陵山前山鬼叫，疾風吹雨黄陵廟。雨落山寒不見人，鷓鴣飛向湘江道。江邊帝子餘荒丘，江雲江水空悠悠。九嶷斷絶蒼梧遠，斑竹春深萬古愁。」又句云：「花當有酒沽時放，山向無人看處青。」

屯留西有三峻山，一名麟山，書院取名焉。講堂兩壁多嵌石刻，東壁有吾鄉厲滋大宗萬《立秋日屯留道中》詩，三四云：「人行翠陌青疇裏，秋在綿雲絮雨中。」後題「雍正二年歲在庚戌，晉巡察使前督學使静海厲某。」余覓工搨數紙。

《測魚詩略》，山西白居實孕彩撰，戴楓仲廷栻刻，凡四十七首。明末諸生。《三義祠》云：「坐談到底誤神州，仰止英雄第一流。魏晉河山非復漢，關張祠廟尚從劉。當年共割三分鼎，今日同升百尺樓。志在中原雖未了，後人碑版已千秋。」

王松坪省山，沁州人，由太原學博保舉知縣，去任留别云：「一片寒氈秋復春，官閑恰稱苦吟身。忽蒙長吏勤推轂，豈有良才可牧民。久住溪山渾識我，多情花鳥欲留人。歸囊滿貯詩千首，竊幸書生已不貧。」其弟文山，戊子鄉試，予薦之。聞連薦四科不中。

王千波志湉，幼海觀察之兄也。怡情詩酒。所著《瑀玶山房詩稿》八卷，楊蓉裳稱其「近山月影涼生靄，遠樹秋聲響作團。」「春難割愛關心切，山有良緣見面多。」「古瓶花結子，小榜鳥成巢。」「果稀常計數，蔬密未分行。」「群魚追散子，雙鳥代梳翎」等句。予觀「一川柳染秋深淺，幾叠山分雨有無。」「青山繞郭時聞雁，白草連天看射雕。」「秋容深柿葉，暝色入鴉聲。」尤爲渾成。

陽曲甘子敬學博恪信因幕友王香谷寄詩一卷，囑余點定。句云：「古寺惟存佛，寒山但見松。」「斜陽開倦眼，夜月識愁心。」「霜驕三徑月，雲妒一天星。」「孤枕三更雨，寒燈一夜吟。」「深山三尺雪，古寺一聲鐘。」皆好句。又挨和余《念堂小草》二卷，可謂好事。

高寄泉、改繼珩書來，稱識蔡畹蓀傳謹，嘉善人，官長蘆鹽尹。有句云：「水是魚天地，花爲蜂稻梁。」《偕友人登高》云：「雙手執螯辜此日，兩人如雁立西風。」寄泉《贈姚朗山》云：「何幸知音遇姚合，好持同志報崔駰。」謂余向不知其工詩也。

余客滄州署，孔繡山憲彝隨父任，年方十四五，工詩畫篆刻，俊才也。别來六七年，自天津寄見懷詩，末云：「不堪回首滄江路，七載離情約略同。」又寄來近詩，有句云：「楓葉紅鋪地，蘆花白上船。」不假雕琢，自然清新。

張杏史世光寄梅樹君書云：「詩社諸君無不情投意洽，而思憶所及，惟先生與念堂翁尤惓惓不置。念翁素未識荆，而其狀貌神采，心目中時若恍惚可擬，抑又奇已。豈古人所謂中心嚮往者耶？抑釋氏所謂三生石上者耶？」杏史有《寄廬圖》，徐蘭生來晉，梅樹君致書於予，爲之索題，爲題五古一首。

葉筠潭方伯《白鶴山房詩鈔》，《七夕》云：「雙星兒女意，獨客歲時心。」淡遠有味。《明史八詠·王文成》云：「清修偉績兩巍然，一代名儒孰比肩。行三軍自孔門傳。龍埸教思留荒裔，虎旅驕心戢往年。底事群兒工詆毁，蚍蜉撼樹總堪憐。」旭按：文成良知之説，與孟子擴四端意相發明。後人詆爲禪學，過矣。文成功業炳如日星，人所共知，固不待論；即如文集，一編讀之，篇篇令人感動，他人則不然，祇此足徵實詣。而侈談性道者妄加吹索，讀此令人平氣。其《論詩絶句》：「虎賁形似亦何疑，終勝蓮花唱乞兒。學得參軍蒼鶻面，教人齒冷老伶師。」「白雪樓高氣自清，弇州健筆亦縱横。憑君莫信虞山語，浪子前朝本竊名。」鮑覺生一序，即從此出。

錢牧齋詩久奉禁，曾於他集見之，媚秀圓熟，自能成家。然骨體間嫵媚之氣深入肌髓，讀之如聽靡靡之音，殆所謂摩登伽女之淫咒也。筠潭方伯目爲「浪子竊名」，不得謂以成敗論人。

《盼怡樓詩稿》一卷，錢塘項香芷蘅著，張一峰明府穎元之母夫人也。《憶家》云：「惆悵鄉書久未通，武陵遥望隔西東。誰憐繡閣思家處，獨坐梅花細雨中。」大抵明潔皆類此。

康茂園先生基田《登京口多景樓》云：「傑閣矗雲中，憑欄四望通。雙峰通貝闕，一水接鴻濛。霸氣東南歇，朝宗江漢同。曉看初日上，照耀海門紅。」所撰《霞蔭堂集》，哲嗣龍山觀察新刻。

倪明府錫湛《梅花迴文全韵》七律十五首，故爲其難也。東、咸韵云：「銜杯共對酒鑪紅，九九寒消按始終。芟草把將酬白雪，詠花聯得借清風。巖栖月冷雲容淡，海湧香浮練影空。緘玉寄人憑折贈，鹹酸味滿貯書筒。」字句每有勉强處，抄一首。

仁和龔璱人自珍同年，季思先生之猶子也。高才自負，刻《定盦集》、《破戒草》。有《投宋于亭》詩：「遊山五岳東道主，擁書百城南面王。」「萬人叢中一握手，使我衣袖三年香。」《投包慎伯世臣》：「鄭人能知鄧析子，黄祖能知禰正平。乾隆狂客發此議，君復掉罄今公卿。」

念堂詩話卷三

慶雲崔旭曉林

余需次山右初，得詩友三人，文西亭壽華、夏詞仲寶晉、李榆村培謙。後又有林希白芬、王千波志湉、楊菊泉延亮、蔣蓮友知白、郭蓼莽書俊。

文西亭，廣西進士，官陽曲令。有《啖蔗山房詩存》，五律尤工。《宿護龍庵書室》云：「小住招提境，禪心如許清。夜涼疑有雨，城遠不知更。待月僧樓靜，烹茶佛火明。高吟殊未敢，怕遣蟄龍驚。」《登望江樓》云：「高閣俯平堤，江流碧一溪。日斜橋影落，山遠樹痕齊。野艇寒烟外，人聲小市西。短長亭畔路，時有玉驄嘶。」《并州雜感》云：「平野鬱蒼蒼，高城倚夕陽。河流汾晉合，山勢崛㠑長。關塞秋聲老，雲沙霸業荒。却聞行客語，風俗古陶唐。」「四塞關河壯，英雄割據秋。一方空位號，往事幾符劉。紫氣有時盡，白雲無限愁。霸圖今已矣，汾水自西流。」凡八首，皆激壯有神。其他好句甚多，如「鳥銜殘雨去，鐘出斷雲來。」「天連一水碧，雲放半山青。」「雲深山擁髻，水落石昂頭。」「灘聲喧客夢，月色澹鄉愁。」「潮聲寒到枕，月色冷侵衫。」「名場三折臂，世路幾掀髯。」「輕風殘槿落，細雨晚菘肥。」「水車晴激雨，溪碓冷春雲。」「雁聲孤戍月，漁火隔溪村。」「岸闊市聲遠，波恬帆影遲。」「酒隨塵夢醒，燈共客心孤。」「崖崩迂客路，樹老撼秋聲。」七言如「身世自憐旋磨蟻，功名人笑上竿魚。」「浮世才名蕉葉鹿，長途滋味蓼心蟲。」「壯心消到三條燭，客況傳憑一紙書。」皆中晚佳境。

夏慈仲寶晉，高郵人，霈次山右。有《玉延詩稿》，不名一體，五古有酷似韓、孟者。《題修伯詩卷》云：「槎枒難爲榮，磊塊豈非病。如何此少年，詩筆臻老境。萬感交佪徨，一氣走蒼勁。固非俗所知，知者當起敬。而吾竊有説，斯道本乎性。寄託無空言，身世皆左證。所遭非窮人，所諷豈時政。胡爲集牢愁，畢力鬥苦硬。君年始及冠，門才方鼎盛。趨庭得親歡，抱子衍家慶。科名既所薄，勢利了無競。宜有閒適懷，跌宕見歌詠。或者意不可，詼奇撲諸正。願發言和平，參以氣豪横。庶幾得家傳，一往以真勝。古人亦有言，爲文或傷命。胸中氣不申，哀樂失其柄。恐召東野窮，難希浣花聖。吾非此之工，抗言若可聽。異彼損者交，體柔專用佞。」《避水詞》十首，言之痛切，有云：「百年翁媼泪沾巾，大劫真難脱此身。見説汊河當溜處，夢中殺却數千人。」句云：「麥人香過還家日，梅子酸宜下第年。」《金山夜泊》云：「夢被江風吹四散，半留江北半江南。」《蘆溝橋》詩末云：「柴車駕劣馬，惟士豈奸宄。倘以盗賊待，拂衣竟去矣。莫謾疑頭銜，江南老舉子。」數語一何兀傲。《莫愁湖》云：「幾點青螺照水濱，一條蘿帶繫餘春。六朝天子渾難記，此水猶能謚美人。」《寄蔣伯生謫戍軍臺》云：「跌宕聲名隘九州，江關蕭瑟接邊秋。當年下吏無生理，意外休官得壯游。天子憐才終不殺，先生已老復何求。從來此口惟宜飲，萬里看君覓醉侯。」後并在晉作，刻《仕國弦歌》。

李榆村培謙，江西臨川人，壬午進士。霈次山右。他處見予詩草，深蒙許可。一日來訪，持論甚正。及索觀其詩，七言古才思坌湧，一往情深，五言律高視闊步。今録數首。《燕山雪寄湯茗孫舍人》云：「燕山雪滿車，江南梅正花。梅花飛香雪飛白，我在江南君在北。作官作客俱可憐，等是有家歸未得。君家六水橋，橋邊流水不通橈，但容我看芙蓉嬌。我家銅陵下，銅陵地僻無車馬，但容君看紅泉瀉。泉清泉濁君亦知，在山出山情易睽。芙蓉著花當著子，知己同心可同死。如何君愛官，不管江北寒。如何我愛客，不管江南隔江北。君官七品直幾錢，我客今年寒無氈。人言嫁女歡，不知新婦難。人言作客好，不及城頭草。願君去官我去客，汝我同歸貧亦得。」《送吳青士之京口》云：「寒雲帖天如凍蠅，關河肅肅鴻雁驚，此時道路應難行。君行何遲遲，君心我亦知。蠹魚生死託文字，一飽尚向何人期。月欲經天，無奈雨何。落葉在地，回首故柯。書生讀書不自用，朱門奴慣應同科。我聞鐵樹花開三千年，桃李但炫春風前。殘羹冷炙不能食，我死他日當誰傳。勸君且汲中冷泉，勸君且泛江頭船。江頭舉網得雙鯉，知我相思如此水。」《題畫》云：「春水摇空碧，春山盡化烟。聽鐘何處寺，倚杖晚風前。一叟過斷嶺，隔江來唤船。故鄉舊遊處，圖畫尚依然。」《山下村》云：「山行不知遠，言過山下村。溪水緑過樹，野花紅到門。主人已華髮，相遇開清樽。爲言經世拙，只是愛丘園。」《六水口夜泊》云：「月光都化水，水氣更沉山。客棹停孤潊，秋風念故關。覺寒燈影瘦，貪睡僕心閒。昨日湘江驛，尊中酒未慳。」《琵琶亭》云：「蘆花秋水白，楓葉楚山青。客棹又何處，絃聲不可聽。才人多失意，落日上孤亭。不下江州泪，風塵我暫經。」

韓侯嶺祠壁留題甚多，林希白一律人多傳誦：「五年重過嶺，下馬拜韓侯。國士祠千古，真王土一丘。靈旗翻月冷，野殿帶雲愁。往事向誰説，蕭蕭山樹秋。」

湖南楊菊泉官趙城，耽心詩古，寄來數首。其《城南即目》云：「帶雨沙田静，穿雲石徑通。人歸山色裏，秋老雁聲中。野菜萌新緑，霜桃結小紅。平生幾兩屐，身世惜匆匆。」《并門旅夜》云：「細雨城邊過，新涼袖底收。旅懷多入夜，詩事最宜秋。性嬾疎迎謁，心閒任去留。宵分群動息，緩緩數更籌。」菊泉，良吏也。道光十五年教匪曹順等謀逆，聞之，密禀霍州牧，遞禀者即教匪也。疑之，拆看，即先期作亂，全家遇害。惜哉！

菊泉母吴孺人名家楣，字蓮齋，賢而多才，博學工詩，有《繡餘詩鈔》。其《春柳用漁洋秋柳韵》有云：「十里曉烟沽酒路，一溪春水賣魚村。」《白燕用袁韵》中云：「秋風送社迎霜去，春色侵寒帶雪歸。烟暖玉堂迷素影，襟翻小巷笑烏衣。」又句云：「楓葉寒山歸客意，荻花淺渚倦遊心。」

蔣蓮友知白以拔貢生判絳州，心餘先生季子也。題予詩草云：「崔顥老詞客，騷壇冠一軍。若教拜茅土，也合享詩勳。奇句瘦於石，高才濃過雲。百年風雅寂，汾上又逢君。」格律氣韵，清雅可觀。名父之子，固自不凡。予遂録近作五律一體寄之，並索其詩稿。乃手録一册，並所撰《墨餘書異》、尊甫《忠雅堂詩集》專走見贈。又寄詩云：「一紙飄來仗好風，果然妙手總空空。名經傳去終當壽，詩到工時想必窮。古調自彈成獨契，纖塵不染避雷同。人間有限生花筆，都在先生掌握中。」其《過六盤山》云：「役役西行者，艱辛過六盤。亂雲堆谷口，落日挂征鞍。入境先諮俗，逢人耻説官。勞蹤遍天下，何日得身安？」《題畫梅詩箋》云：「生綃寫去春無迹，東閣吟來興正闌。别有奇情忘不得，瘦枝撑破一天寒。」《題宋思堂别駕詩集》云：「自古才人遇合艱，著書最好趁官閒。酣吟我亦詩中蠹，十載監州鬢已斑。」

沈雲巢編修兆澐自都寄書來，末稱「榆次令郭蓼莽悃愊無華，詩才絶佳，想必相得也。」余遂致書索觀，寄來諸體四十首，其《重陽後二日喜姪孫榮秋至自平壽》云：「過節少歡緒，霜晨門未開。菊將秋共老，人與雁同來。倒篋書盈束，關情酒滿杯。挑燈詢舊好，涼月夜徘徊。」《早行》云：「霜氣朝來肅，初陽紅一村。仄橋斜趁樹，高嶺早開門。小市人烟集，秋場兒女喧。呼童貰新釀，聊爲借餘温。」《寄家雁廬兄》云：「十載别離感，因君生遠愁。孤桐心自直，野鶴羽能修。覓句消清晝，同僧話白頭。眠雲記新夢，果否到并州？」郭，山東濰縣人。

章邱同年馬濟川汝舟爲山西襄垣令。後二十餘年，哲嗣松雲紹援守潞安，以尊甫所著《詒穀堂遺稿》寄余校定付梓。大抵皆爲諸生時作，松雲蒐輯所得者。性情正而格韵雅，有慷慨激昂之氣，正晚達而裕後之徵也。七古云：「生不願封萬户侯，亦不願識韓荆州。更不願爲漢嘉守，載酒或作凌雲遊。但願必得佳子弟，琪花瑶草盈雙眸。陶令亦有五男兒，駑駘偃蹇非驊騮。燕山金粟香風度，亭亭五桂高千秋。楊家黄花啖黄雀，四世五公參廟謀。逌然忽發蘇門嘯，十二闌干人倚樓。」《乙卯元日》云：「日色燦，雲光爛，人生百年已得半。酌酒杯淺深，圍爐烟濃淡。世情變换初無常，冷如寒冰熱如湯。十步須防九顛踬，莫騁捷足走堂堂。斗室自饒林壑趣，蠖屈蛇蟠亦有數。眼前物理皆經綸，揮麈清談豈所慕。君不見，高達夫，晚節爲詩天下無。又不見，蘧伯玉，五十知非越塵俗。」五言「螢飛孤館静，人坐一燈斜。」七言「一夜夢回池上草，連朝興發酒家旗。」「斷岸直隨蘆葉盡，虚檐全受藕花香。」「南山翠滴孤雲入，北渚烟深一雁來。」風致俱佳，余爲作跋。

庚寅冬，箕兒自太原來蒲，携《秋門詩鈔》一卷，候補大令濟南余君正酉作也。《讀杜工部集書後》云：「海内兵戈日，天涯老病身。亂離悲故國，飄泊泣孤臣。夔府秋多感，長安草不春。傷心杜陵老，憔悴帝京塵。」有《重訂山左詩彙鈔》。

周二南樂，濟南人，有《二南詩鈔》。句云：「半城烟出林梢白，隔郭山從水底青。」「一夜西風催木葉，半城秋色在蘆花。」「石泉聲近涼侵榻，竹樹陰多緑過鄰。」「久已制心同印板，未能有智似燈籠。」「文到愁時益奔放，客從醉後懶周旋。」皆有風骨。

譚康侯敬昭有《聽雲樓詩鈔》，好擬古，其幽秀之致，得竟陵遺意。《讀曲歌》云：「百舌只一舌，能作百種鳴。兩人只一心，中有千種情。情如酒，教儂醉，幾時試歡情薄厚。」「團欒紅豆梢，黏著蝸牛子。多晴看過春，相思直乾死。」《十二月十三夕》云：「長年忘作客，今夕忽思家。良夜月千里，美人天一涯。浮生笑桃梗，歸信負梅花。鼓角荒城外，蕭條度歲華。」有嶺南遺音。

因旱禱雨，官素衣徒步，禮也。余在蒲縣，省中多傳余朔望謁廟必徒行，妄也。同年宋于庭時在邱讓廬方伯署，寄詩見懷，有云：「朝衣徒步古所美，能變澆浮先約己。」蓋得諸傳聞耳。

王幼海先生官冀寧道，罣誤降官，作《蘆花》詩自寓云：「白頭卓立殿群英，瑟瑟西風兩岸聲。明月滄江成晚景，桃花流水憶初生。波濤也與魚龍近，霜露惟應鷗鷺盟。一片禪機空是色，芙蓉嬌艷任多情。」「清溪一望雪霏霏，掩映丹楓遠岫微。泥滑斜披牛徑窄，雨涼低壓釣船歸。吴江孤劍人何往，溢浦哀絃手漫揮。水碧沙明秋色爽，無心還逐亂雲飛。」四首抄二。

李監榆《雜咏》有云：「滿庭秋色比春多，奈爾寒香冷艷何。曉起窗前添少趣，西風開到剪秋羅。」所著有《亦廬閒話》、《聊齋傳奇》九種，未刻。蔣明府知讓爲點定。船山夫子嘗稱其「謗我安知非策勵，欺人到底不英雄」。與劉松嵐交好，善書，不輕與人。蒲州關廟二碑，其遺筆也。

袁玉堂潔自新疆回，依那繹堂制府於保陽，著《習静軒偶記》，皆詩話也。載余《太原懷古》一首，以爲老當益壯。

南州謝仲源周久客津門，酷好吟咏，著有《南沙草》。向寓沽上，曾讀一過，未識其人。《自題南沙草後》云：「羈離易老苦吟身，敢説推敲句有神。留得《南沙》詩一卷，他年誰是揀金人？」余讀之有感，即次其韵題二絶句：「愁中歲月客中身，想到他年轉愴神。留得一編還寂寞，枉拋心力作詩人。」「草草百年憐此身，多情容易是傷神。讀君詩句悲君志，我亦他時寂寞人。」此道光四年作也。十五年引退旋里，高寄泉寄來刻版，余詩載於前，知仲源没於津門，其猶子元鎮爲之梓行。

陽湖趙厚子先生仁基有《九曲山房和陶詩》一百十三首。首和《鎮軍參軍》一首，題作《初赴西江道經彭澤有懷陶公追和此韵》：「壯歲守貧賤，遊好在詩書。兀兀陋巷中，情往饑渴如。偶思竊微禄，整轡臨通衢。不覺塵埃厚，遂與圖史疎。道路阻且長，山川鬱以紆。志慙經過處，情親瞻眺餘。彭澤昔絃歌，數旬還舊居。我無躬耕力，惟能作蠹魚。行行不得息，空受世網拘。賜書尚未湮，終當歸敝廬。」大抵體質雅潔，音節和緩，終卷一律，舉此以見一斑。

勞敬思先生深於詩，自序云：「少耽吟咏，垂二十年。屈指從前，强半寄『西崑』廡下。年來日以韓、杜諸公相湔洗，然每一脱筆，故我依然。值此酷暑，筆硯久曠，午枕輾轉，偶用涪翁韵漫成三章，知與江西絶無似也。」詩云：「炎官方肆虐，益我幽憂病。一室尺蠖蟠，萋萋草生徑。夜蚊與晝蠅，苦惱閒適性。何時西風來，月明萬籟静。」「避暑知何處，頗疑貧即病。峩峩層冰地，欲往苦無徑。與君數晨夕，頓遂清净性。青鳥晚來時，一笑心俱静。」「迅掃酷吏威，快甚霍去病。清風來四座，微涼生三徑。簌簌松桂影，閒閒魚鳥性。無爲更飲冰，内熱一時静。」《放歌行》云：「信陵不作平原死，金臺蔓草没遺址。不須奇服慕遠遊，巢由稷契偶然耳。早歲磊塊一石餘，擬將巨緡釣鯨魚。白波海浪高於山，十年堅坐空唏嘘。今來深藏射虎手，抱犢荷耒伴耕叟。愛取當前現在身，漫向千載争不朽。卵有毛，馬有角。萬事車轉轂，百年鳥過目。胡爲乎女媧煉石誇天巧，夸父逐日矜捷足。槐安國裏白日長，邯鄲道上黄粱熟。眼底塵埃十萬斛，胸中柴棘三千束。禍福塞翁馬，得失鄭人鹿。天道難憑雲無心，人生分定布有幅。且可商山尋黄綺，漫從蝸角競蠻觸。」五言「樹密蒼烟合，天低白日斜。」「古歡《高士傳》，舊雨故人車。」「意氣錢刀盛，詩書土芥輕。」七言「世情過眼浮雲薄，花氣薰人臘酒濃。」「逢時難學乘軒鶴，垂老甘爲蠹字魚。」「漫以精心勞楮葉，喜無謡諑到娥眉。」「不向侯門稱上客，聊將餘事作詩人。」「膏肓難療惟吟癖，廣莫無垠只醉鄉。」「銷人意氣牛同皂，過眼光陰馬注坡。」「天難問處倀隨虎，事不平時鼠食牛。」

吾鄉高粱去穗謂之「秫稭」。斫卧田中，趁半乾，火燒其葉，謂之「火燎稈」，取其便用也。楊誠齋詩：「濕蘆經火自成薪。」自注云：「斫蘆卧地，而火其枝葉。」即此法也。

老杜《野人送櫻桃》詩：「數回細寫愁仍破，萬顆勻圓訝許同。」「寫」，即《曲禮》「御食於君，君賜餘，器之溉者不寫，其餘皆寫」之「寫」，注：「謂萑竹所織，不可洗滌，則傳寫於他器而食之。」受野人筠籠之送，自傳寫於他器。數回細細傳寫而愁其仍破，言櫻桃之嬌嫩也。「萬顆勻圓訝許同」之「同」，言櫻桃之一色勻圓，無大小也。原自明顯易解，而《論文》解云：「對此幾回吟咏，欲以今日消愁，乃萬顆勻圓，亦與當時無異。」如此則以「寫」爲抒寫，「愁破」爲破已之愁悶，「訝許同」則爲與昔日所賜者同。支離甚矣。下方云「憶昨」云云，解下句亦爲無著。好詩爲注所誤者甚多，不如不注之爲愈也。《論文》解「行蟻上枯梨」云「蟻行而上枯梨」，却極是。余幼時率意讀「行蟻」是也。及博觀《心解》等注，皆音「杭」，乃惑而改從「杭」音。及觀紀文達批，以音「杭」爲非，於是復從初讀如字。似此甚夥，不能一一枚舉也。

蒲縣東五里有東神山，松柏叢生，彌滿顛趾，山中佳境也。王幼海先生詩云：「勝侶相逢笑語和，自注：謂蒲邑湯明府。訟庭閒寂可張羅。樽前莫祇談歸興，愛爾東山好樹多。」即謂此也。

張芥航《書懷》有云：「發言真似一丘貉，任事都如五日官。争向人前鬥身手，知從何處奉心肝？」道盡巧宦情狀。《舟中獨酌》云：「神仙富貴兩蹉跎，彈指流光奈老何。事業難成歸未得，策勳還是酒邊多。」芥航少時與余首先唱和，别數十年，體格猶昔，而學則博矣。

汪潤民如洋《葆沖書屋集》四卷，《外集》二卷載試律、詩餘。集中以試律爲當行，他體亦工穩。如「架上書巢村學究，案頭筆冢故將軍。」「菊似陳人將委地，燕如逐妾已辭樓。」「大槐典郡真猶幻，修竹彈奸罪亦功。」「棄殘雞肋餘情淡，吹到鴻毛末力微。」集中多此類。

《静志居詩話》：「『殘雪未消雙鳳闕，新春先入五侯家。』張蠙詩也。劉績易『殘』以『霽』，易『新春』以『春風』，攘爲己作，遂以此得名。然『竹影横斜水清淺，桂香浮動月黄昏』，林君復易『踈』、『暗』二字，竟成千古名句。」旭按：黄仲則「淒涼道路看人面，浩蕩川原信馬頭」，人頗傳誦，實從王芥子「逶遲道路看人面，爛漫雲山信馬蹄」來。王又從老杜「薄俗看人面，全生學馬蹄」來。展轉脱换，所時有也。石曼卿詩「意中流水遠，愁外舊山青」，于虹亭《秋草詩》作「意中流水盡，愁外暮山低」，了無情味，與君復異矣。

李長吉負瑰奇之才，抱鬱勃之氣，故能探尋前事，深歎恨今古未嘗經道者，人猶謂「使賀且未死，少加以理，僕奴命《騷》可也」，蓋惜其詞有餘而理不足也。近人襟情才調，無異尋常，動學其虚荒誕幻，縱極其工，亦不過「山妖水魅騎旋風，魘夢囓魂黄瘴中」、「野老曾耕太白星，神狐夜哭青天片」而已。長吉，《騷》之苗裔而不能繩其祖武，已似無病呻吟。今之學長吉者，直如巫婆下神，心絶不屬，信口捏造鬼語，以嚇委巷之痴兒騃女已耳。

乾隆中袁、蔣、趙稱爲鼎足，此説不知起於何人《拜袁揖蔣圖》，程春宇力辨無其事。余嘗謂袁之情多，蔣之識正，趙之氣盛。

王惕甫好持論，王直庵以爲當世莫能難者。船山師云：「惕甫詩文，孰學孰似，但無自己在耳。」船山師於近日名家中最喜宋茘裳，最不喜翁覃谿。

方鐵船少作風情詩，爲塾師所斥，後竟入禪。見其塑金人數寸，供静室中，朝夕膜拜。人近孤冷，刻意爲詩，似非不曉事者。而談及佛經須彌山，若親履其徑者，不可解也。

洪稚存勸船山師多讀書，船山師勸稚存少讀書，二人各有見，洪説似長。然旭獨侍坐時多所質問，雖諸子、道藏，亦衝口而出，是豈不讀書者？殆恐稚存有玩物喪志之累也。及撰《三國疆域志》、乾隆府廳州縣志，頗費日力；聘修《寧國志》，經數月不下筆；後因辨三江事，與郡守失歡而去。船山師所謂「少讀書」者，得毋預意此等事乎？

九僧、四靈，吟咏推敲之功實深，但走入冷徑，以避喧囂，故行李蕭條，有似寒士赴舉，小經紀謀食耳。若壯其行色，馳騁康莊，其天資學力未必不可與顯宦富商互相先後。而遵行大路，貌爲豪華者，亦目笑之。九僧、四靈，未必望見。喟然歎也。

山西傅青主、吴天章兩徵君名最著。《蓮洋集》凡經數刻，又有二人合刻；《霜紅龕集》止見初版。吴詩「泉繞漢祠外，雪明秦樹根。」「濃雲濕西嶺，春泥霑條桑。」漁洋最賞之，取其似己也。「萬事老皆去，百年春又來。」「海入桑田白，山圍縣郭青。」「洞濕龍歸峽，風腥虎到門。」實激壯好句。傅詩多艱澀幽杳，取法竟陵，讀其「滄溟發病語，慧業生《詩歸》」二句可知已。《古意》云：「郎有萬里行，不得隨郎去。郎若封侯歸，一盞酹儂墓。」一何情至如此。

唐徐夤詩「白髮隨梳少，青山入夢多」，楊夢山巍「燈前梳白髮，馬上夢青山」實爲勝之。

明徐禎卿詩：「錦石游鱗清可憐。」張太岳集中亦有此句，易「鱗」以「魚」。《黔風》載徐瀇園闇《古意》云：「遥遥疎柳帶長汀，山色朝來一抹青。春在雨中人不見，啼鶯説與落花聽。」談廣文宣《惜春》云：「深村榆柳間紅亭，杳杳孤烟失舊青。春在雨中人不見，杜鵑啼與落花聽。」下二句同。考徐，康熙初諸生。談，雍正初舉人。《熙朝雅頌集》劉廷璣詩：「雁將天作路，鳥以樹爲家。」張南華亦有此二句，但「鳥」作「雀」，一字異耳。

吴蘭雪嵩梁舍人《聽泉樓示羅秀才》云：「三日淹笻屐，遊山雨又催。推窗放雲入，欹枕聽泉來。園筍燒初熟，瓶花養未開。天機隨處有，陶冶費清才。」《九峰雜詩》云：「庾樓回首已人間，一笠飄然未肯還。莫笑書生緣分淺，幾人冒雨入廬山？」「田塍溪路亂流通，瀑布迢迢自九峰。十里菜花黄盡處，人家都在水雲中。」此人最負盛名，晚年白髮朱顔，怡情詩酒，以《再生草》見贈。

張船山夫子嘗書旭詩卷云：「詩境已穩成極矣，此後惟須鍊識。識見一高，則筆墨羽化，纔是真通人。詩人不盡是通人，須要領此意。」奉此語三十餘年，迄無所就，有負師訓。凡立身卑污放蕩，居官貪酷驕奢，奸險巧佞，皆識不正也。發之於詩，誠中形外之道也。惟此競競自慎，不敢流蕩耳。在心爲志，發言爲詩，識者立乎詩之先，周乎詩之後者也。發乎情，止乎禮義，識爲之也；發乎情，不能止乎禮義，識不足也。以講學論識者，格致誠正之功也。

《麓堂詩話》：「識得十分，只做得八九分。未有識分數少，而作分數多者。故識先而力後。」

吴修齡云：「學問以識爲主，有識則虚心，虚心則識進；無識則氣驕，氣驕則識益下。詩無論三唐，看識力實是如何。」

滄浪主悟而曰「多讀書」，竹垞主學而曰「以悟入」。學者識之體，悟者識之用也。學與悟不相離也。「讀書破萬卷」，學也；「下筆如有神」，悟也。

韓、蘇七古一韵到底，隨園譏之。此正如賈、董諸策，開古人未開之境，何可以己所不喜而詆之？無山稱山，無水賦水，昔人所譏。作詩須真情、真景，景尚不真，情可知已。

船山夫子或目爲才子，爲狂士，乃有識之才子、狂士也。忠孝之節，兄弟之情，朋友之誼，見諸篇什，有目共睹。於朝貴無獻媚貢諛之言，於同列無含譏帶訕之語，下至能詩之奴、賣餅之叟、久侍之老僕、工書之小吏，無不一往情深，其識量爲何如？

王景豐大令耿光，滄州人。《白溝河詩》云：「白溝河，水浩浩。昔時戰争場，今成車馬道。向來白骨不可收，千古殘魂哭秋草。白日照地寒雲黄，一溪落葉無人掃。世事悠悠何足論，過客空悲天地老。」知廣東陽江縣。

王蘆汀廷樞，景豐子，茶陵州判。《淮安南樓夜宴同鐵卿中丞次韵》詩：「城上飛烏集晚晴，高樓人醉月初生。倚欄湖海連天闊，捲幔星河到坐明。鼓角長淮千里暮，管絃秋郭萬家聲。《霓裳》未倦尊前興，無奈江帆苦促程。」

王喬蔭字梧岡，蘆汀子。《茶陵登舟》云：「緑楊芳草暗長堤，江上歸帆路不迷。兩岸青山千萬叠，數聲啼鳥夕陽西。」

王蕉林棠蔭官萊州經歷。《邊月》云：「西飛一片秦時月，萬古團欒尚未闌。少婦樓中當户拜，征人馬上帶愁看。霜凝毳幕刀光白，星散穹廬旆影寒。破鏡漸隨河漢没，戍樓隱隱角聲殘。」

王問津樾蔭，喬蔭弟，嘉慶丁卯舉人，吴橋教諭，以事戍黑龍江。《聞滑臺警報不寐偶成》：自注：時點兵赴豫。「落葉打窗聲，關心夢不成。柝敲萬家月，燈閃一城兵。警報如風急，妖氛指日平。壯懷欲投筆，無路請長纓。」《康山》云：「部婁今時道姓康，小山叢桂共芬芳。繡衣摩詰初登第，妙手崑崙早擅場。救我聲纔來狴户，憐才事竟出貂璫。那堪回首金蘭契，一曲琵琶泪數行。」

王槐蔭武舉領運江南，尤好吟咏，較其諸兄有過之無不及也。《大儀懷古》云：「山抱平原水抱沙，蘄王曾此駐龍牙。壯心直欲收河朔，兵法何嘗遜岳家。縛虎蓦驚三字獄，騎驢閒看六橋花。祇今烟霧迷荒草，不見旌旗見暮鴉。」《望金焦二山》云：「江天寥廓水迢遥，鐵甕城邊上早潮。兩點忽從鰲背起，雙丸直向海門跳。憑誰跨鶴來銀島，便欲乘風弄玉簫。一葉征帆去如駛，山靈曾否笑相招。」《淝水懷古》云：「賭墅難争一著先，當時成敗總由天。中原將帥無王猛，南國功勳屬謝玄。兒輩居然能破敵，江流安得竟投鞭。八公草木知何處，風鶴聲喧落日圓。」

戈蘭舟渡，景州人，著《天花亂落山房詩集》。《丁卯橋》云：「兩度騎驢過此橋，酒瓢零落剩詩瓢。山圍北固春生草，江湧南徐暮打潮。變《雅》要知非力薄，晚唐祇是易魂消。傳聞舊宅關心訪，尚有閒花向客嬌。」《雨後湖上》云：「斷雨零雲又釀秋，無歸王粲每清遊。白楊當路傷華歲，青眼何人慰遠愁。野水緑波思載酒，斜暉紅影勸登樓。墓田禪智埋憂好，料理虚名死便休。」

多小山士宗，阜城人，乾隆癸酉拔貢生，有《瑞芸香室存稿》。《冉冉》云：「冉冉流光逝，勞勞感至今。美人歌聖代，芳草憶中林。倚杖鶴同瘦，挑燈蛩伴吟。家貧無長物，蠹簡重南金。」《寫意》云：「鏡裏知今日，胸中自昔年。愛才如好色，得句似成仙。東野言猶放，南宮老愈顛。襟懷原不惡，那便受人憐。」未周歲，自呼「小山」，因以爲字。

文安紀氏多詩人，合鈔爲《一家言》。紀北峰恒句云：「白髮勞人早，青春陋巷遲。」紀企瞻晉：「人行青鏡裏，路轉緑陰中。」紀群玉承曾：「紅葉舟邊寺，黄花郭外村。」

景州張仲亭頫有《寒竽山房詩》。《夜雨懷故園親故》云：「孤館夜蕭條，匡牀伴寂寥。饑鳶鳴暮雨，亂犬吠春潮。兄弟隔年别，雲山千里遥。故園渺何處，此夕夢迢迢。」

成過村文昭，克鞏曾孫，累世稱詩，突過前人。古體尤風骨棱棱，近體亦雅健。《懷李東皋》云：「燕市銜泥别，青楓白雁天。西風梁苑騎，涼雨秣陵船。江月悲湘瑟，春山老杜鵑。懷人如有意，一櫂洞庭烟。」

李子文雲章《送范今雨出關次留别韵》：「寵辱知君夢不驚，新詩氣壯玉關行。法曹肯脱蕭男子，世路偏窮阮步兵。天際何人飛赤舄，隴頭無水濯塵纓。卑官苦爲才名誤，躍馬龍堆學射生。」

獻縣馬梅亭廷燮《揚州》云：「鯗魚吹浪大江秋，潑眼金焦晚翠浮。明月滿船詩滿袖，玉簫聲裏過揚州。」風調絶佳。乾隆丙午舉人，官靖安知縣。

念堂詩話卷四

慶雲崔旭曉林

李坦庵昌舒，遷安人，有《挂雲山房詩草》。《需次甘肅省垣》云：「著鞭無奈路漫漫，未熟黄粱夢已闌。人羨樓臺臨水好，我愁傀儡下場難。鈍根罔識時宜合，薄福惟應義命安。寂寞琴書身萬里，枉勞知己慶彈冠。」時林弟署遷安訓導時，適引疾歸里，與相唱和。工畫山水，題余詩草有云：「千篇恣跌宕，一第竟蹉跎。」佳作甚多。

潘石湖文本，遷安諸生，累薦不售。歿後，家人摭拾遺草，得百許首，時林弟寄來一卷，中有《送王東山因病歸里》、《陽山射虎行》七古二首，特見作家風力。《灞陵尉》云：「灞陵夜，醉尉嗔，醉尉勿嗔來將軍。將軍豈必問新故，執法醉尉猶蛙怒。此尉若從細柳營，當門敢禁官家步。咄咄長材用非地，將軍同灑窮途泪。一但燕雲載尉來，醉尉不醉將軍醉。」《曉過黄台河》云：「疎嬾原成性，晨興走馬牛。笨車疲老僕，殘夢續春愁。古木下寒月，虛沙起宿鷗。一聲孤棹響，漁火點汀州。」古今各體俱稜稜有風骨，不得志而没，惜矣。

遷安馬瑟臣副車恂與弟退叔孝廉恬俱工詩。瑟臣《春雨有懷》云：「掩卷支頤任自吟，濛濛小院貯春陰。一天薄雨浮花氣，萬里歸雲繫客心。社燕有時來故壘，棲鴉無緒守空林。踏青幾日容閒步，坐聽書齋遠響沉。」退叔《自述》云：「筆頭耕破硯中田，潦倒無成廿九年。書畫儘償行處債，詩文應愛舊來緣。縈心富貴痴人夢，到手功名弟子員。最是傍觀偏巧譃，前途猶許大羅天。」

獻縣劉讓木太守廷楠有《偶一草》。其中《無題》八律爲潮州妓吴蘊玉作，序略云：「色藝絶佳，嫁巨商，被妒而返，抑鬱以亡。」詩云：「盈盈十五鬥夭斜，雲嬾烟慵初破瓜。錦水有魚多比目，雕欄無樹不雙花。虚傳越客千絲網，漫御金夫七寶車。贏得青衫老司馬，樽前重與説琵琶。」末首云：「到老春蠶未斷絲，博山沈水意迷離。盪舟何處迎桃葉，走馬無心折柳枝。豈有黄金買歌舞，偏勞紅豆種相思。青山欲表真娘墓，安得婁淞畫裏詩。」七古如《和李東田明經留别》、《題仲柘庵海天一覽圖》，皆氣足神完。

王蘭村明經守正，東光人，自少工吟，所造深細。「山窗秋月高，露滴山泉静」，「石室生微涼，花木多清影」，宛肖蘇州。《和張振之夏日書懷》云：「聞道孤山處士廬，湖波渺渺月如如。但逢佳趣皆名勝，不事機心即古初。拙句劇憐因夢得，荒園輒擬帶經鋤。近來生計君知否，一縷茶烟一卷書。」《戈德庵夫子惠寄詩扇奉和》云：「珠玉懷明訓，河汾繼遠思。每當開卷後，苦憶執經時。扇愜吹嘘願，詩成慰誨詞。此情知莫報，臨穎故遲遲。」情深味永。

王仁虎伯寅，東光人。《蘆花》四首，予最愛其末篇云：「荷殘萍老劇堪憐，裊裊疎枝漠漠烟。幾欲寫圖難著色，可思織被勝裝綿。春生南浦曾三月，冷到西風又一年。寄語秋聲館中客，蕭寒況味晚江邊。」

東光莊蘊玉《新柳》云：「未畫翠眉先作態，纔回青眼已銷魂。」《擬玉溪淚詩》：「猿嘯三聲忍未能，數行纔下又重增。靈芸翠袖凝千點，司馬青衫濕幾層。漫向樓頭憐玉箸，還愁巾上結春冰。泫然一夜傾多少，直似真珠斷綵繩。」

時林弟官獻縣訓導，丁酉歲，往遊學中，得三詩人：劉問渠清源、馬印溪龍驤、崔次龍士元，皆儁才工吟，美不勝收。劉有「泥乾溪尾通樵路，葉落林梢見鳥巢」句。馬《與崔次龍夜話》云：「凍雪明寒瓦，西簷落月孤。家貧歡趣少，名薄故人無。錢粟關生命，琴書累腐儒。獨憐君似我，竟夕話圍爐。」崔《途中作》云：「西風吹客鬢，一夜作秋霜。葉見他鄉落，天知故國涼。人情薄儉樸，世態艷冠裳。寂寞憐蘇季，歸途恨正長。」又「寒砧深巷月，黃葉滿村風。」「鄉心秋月白，歸夢亂山青。」皆中唐佳句也。

江北七子郜焕元、趙進美、彭而述、宋琬、周體觀、申涵光、趙賓，而畿輔郜、周、申三人。畿南三才子申涵光、殷岳、張蓋，開河朔派。

柏鄉三魏：裔介、裔訥、裔魯。

永年三申：涵光、涵煜、涵盼，而涵光爲最。計甫草詩云：「當代論人物，三申洵偉人。」

王企鯖刻《四家詩鈔》，郭棻、楊思聖、龐塏、紀炅。

安州三陳：德華、德榮、德正，而德正《葛城詩稿》爲最。

錢香樹先生目邊隨園連實、劉嘯谷炳、戈東長岱、李廉衣中簡、邊秋厓繼祖、戈芥舟濤、紀曉嵐昀爲河間七子。

柏鄉魏文毅公嘗選國朝名人詩，曰《觀始集》。康熙改元，復取作者近詩滙删論訂，易其名曰《溯洄集》，載畿輔凡四十六人，己詩附後。魏惟度《詩持廣集》刊於康熙十年，載畿輔二十七人。蔣鑨、翁介眉同選《清詩初集》，刊於康熙二十年，載畿輔五十餘人。鄧孝威《詩觀》，與《詩持》略同。王阮亭《感舊集》成於康熙十二年，載畿輔八人。朱觀《國朝詩正》載畿輔陳章一人。沈歸愚《别裁集》刊於乾隆二十五年，載畿輔十六人。

王敬齋有《畿輔先賢詩》，郜凌玉有《五鹿詩選》，宋蒙泉有《廣川四子詩》。

曲周張曉園主政旭擬創編畿輔詩，書肆中所有刻稿，搜羅略盡，其志甚鋭。癸酉冬卒於京邸，所存歸周鹿泉編修。甲戌春，計偕至都。李卷山編修言及其事，余力勸踵成之，二君亦以採訪相託。後周出守蒲州，李遣新疆，不知寄頓何所。散軼無存，惜哉！

武邑李友山簡有《今詩真趣編》，又抄畿輔人詩自古及今，未刻，亦未詳備。

天津梅樹君成棟，道光四年輯《津門詩鈔》三十卷，上自明末，下及生存，於首邑頗爲詳備。他州縣詩三卷，多余所蒐採。余《題樹君編詩圖》云：「編盡邑人編郡人，我如六國遭兼并。」蓋謂此也。余階升堂署佛山同知，爲開雕於廣東，實爲義舉。

陶凫薌觀察樑守大名，因畿輔詩無成書，遂屬吴更生長卿就所存直隸人詩選輯，名曰《畿輔詩傳》。又札致各郡縣，博訪遺集，聘梅樹君襄其事。又囑樹君招余往。未幾，樹君銓官去，遂薦寶坻高寄泉。余亦歸里，觀察約明春再來。丁酉復至大名，時寄泉薦任邱，邊袖石觀察留余終其事，因年老，固辭而歸。

《詩傳》六十卷，凡八百七十五人，於是畿輔詩始有成書，集其大成。他如《湖海詩傳》、《朋舊詩彙鈔》、《如蘭》、《蘭言》等集，寥寥數家，不足言也。書已成，予又得《溯洄集》、《滇南詩話》中數家，擬爲補遺，屬高寄泉終其事。

皋薌先生少時曾預王蘭泉司寇《續詞綜》、《湖海詩傳》之役，又自撰《詞綜補遺》。詩載《詩傳》中。《蒲褐山房詩話》云：「陶皋薌風流儒雅，爲近日吴閶文士之冠，尤擅倚聲。吴穀人、倪米樓諸君斂手推之。予撰《續詞綜》，搜採編排多其所助。詩不多作，少學《長慶集》而能去其淺率，無乖正始之音。」

皋薌先生《勘災阜平山中》詩云：「乍喜人烟聚，輕輿小市過。谷深沙土積，山近石墻多。簞食勞農餉，衣裝借馬馱。前騶都屏絶，騰笑恐巖阿。」「過嶺忽平坦，人烟聚一區。泉聲向灘急，山勢到村無。市長柴薪價，園荒棗栗租。停驂頻問俗，民力念艱劬。」《夜雨宿李廣文宅》云：「旅倦易瞢騰，荒齋冷似冰。亂山圍客夢，夜雨暗孤燈。骨傲難諧俗，心空欲近僧。閒看北溟水，終日送摶鵬。」《山村晚宿》云：「歸鴉争集樹，向晚指山村。燈影店收市，鐘聲僧閉門。年荒寒具小，俗儉土窑尊。更有關心事，閒從田父論。」

予赴大名途中有詩云：「韓毛兩傳久荒萊，燕趙風詩待剪裁。吟社夙心憐我老，詞壇生面喜人開。頗聞遺稿叢叢聚，不避清寒得得來。前輩有靈應一笑，白頭披誦又添陪。」予歸里，陶皋薌先生次韵見送，即訂重來之約云：「晚香亭畔剪蒿萊，準備琴尊句共裁。争看軒車高士集，還同《湖海》選樓開。《湖海詩傳》之刻，王蘭泉司寇延同校定，距今三十五年矣。姓名廿卷編初定，杖履三春許再來。差喜時清公事簡，不妨吟嘯日追陪。」予又答和云：「秋風落葉人同掃，春水桃花我定來。」

任丘邊袖石浴禮，故人巨峰教授季子也。予客津門時，從其舅氏李北癡先生讀書，方成童耳。越十年，遇於大名郡齋，挑燈話舊。出其詩卷，古今體踔厲風發，英才躍露。歎故人之有子也，爲題詩一篇。今録其近體四首。《野望》云：「春光無近遠，望望自成村。紅破杏花口，青蘇楊柳魂。草香遊騎緩，地僻佛樓尊。歸指斜陽影，飛鴉滿郭門。」《香火因緣室夜坐呈寄泉》：「黄昏街鼓響隆隆，一穗書燈兩寓公。薄有才名供嚇鼠，了無生趣苦雕蟲。絳紗夢落千門月，青鬢寒凋五夜風。且倒金尊敲鐵板，與君高唱《大江東》。」《東明曉發》：「草草琴書一馬馱，金鞭摇月走黄河。遠游有福因身健，旅困無聊惱夢多。風蹴平沙驚老雁，天圍大野響明駝。才人厮養俱千古，泪落尊前趙女歌。」《抵汴作》：「汴州形勢古東京，千里黄沙一掌平。獨鳥帶烟投壞塔，春潮吹雪打空城。土風近接燕齊壤，街市猶沿趙宋名。我是游梁倦司馬，手持杯酒酹侯生。」好句如「夕陽明雁背，秋色冷鷗心。」「涼痕挂樹一弓月，香氣射窗雙箭花。」「愁來似海真無岸，夢散如烟略有痕。」

蔣子瀟湘南，固始舉人，有《春煇閣詩鈔》。學博才優，古體拉雜繁會，跌宕不群；近體亦超脱。《漫興》云：「破空奇語莫驚猜，懷抱何曾片刻開。昨夜詩情天外至，隔河春色雨中來。豈因識字多生感，未必機心便是才。野草亦關成敗事，迎風青上項王臺。」「唾壺敲碎恨難平，愁對燈花坐到明。科第何妨與風漢，著書尚恐得儒名。自來櫪馬嘶長坂，豈有晨雞作惡聲。百尺樓頭湖海氣，盪胸早有一詩鳴。」《反行路難》云：「出門一時難，在家千日好。諺。此特肉食人，坐守妻妾老。丈夫有志四方行，一呵青天霹靂聲。未許井蛙飾邊幅，要令鼓刀知姓名。上書自薦非所耻，侏儒臣朔誰生死。慷慨著書多罪言，英雄結客叱兵子。一詩能向雞林走，五岳仙人更招手。憂患纔成識字才，風霜不止庸人口。君不見龍門作史遊名山，班超投筆來玉關。學書學劍宜如此，樂府莫歌《行路難》。」《别裁集》載魏念庭二絶句，云：「鐫板散軼，衹存平時記憶二章。」余從《澹庵草》抄古近體十首，適在行篋，覓薌先生亟採入《詩傳》。

門人馮秋槎應漢素不作詩。丙戌大挑，分發浙江，歷署天台、昌化、東陽，補壽昌，調江山，以部議引見。歸里，携來新詩一卷，多入格。如《和楊蓮坡明府留别》云：「厄來恰似楊逢閏，羽鎩真如鷁退風。」《題陸飲江廣文丁江送别圖》云：「懸車但博林泉適，投版非嫌苜蓿貧。」「芹藻春風留教澤，蓴鱸秋思促歸程。」《海塘工次》云：「官到卸肩容免累，事非經手不知難。」《過吴江》云：「春逐東風至，人隨北雁歸。」《過柳下惠墓》云：「介不三公易，師真百世留。」

寧津吴竹庵名鳳，昔都門同寓，見予詩草初刻，亟呈其師蘇梅巖先生，共相激賞。是科竹庵大挑一等，不見者三十餘年。後刻《竹庵詩鈔》，古風多大篇。如《信天緣和鄭柳門義門古蹟》八首、《芝陽紀遊》諸作，洋洋灑灑，勁氣直達，胸次尤見其正。張維屏爲作序，稱其警句，已録入《松廬詩話》中。

吴練方森《溪上》云：「溪水新添緑半篙，垂綸鎮日未嫌勞。人呼有酒頗能醉，自分無名不用逃。習静直同甘寂寞，偷閒非敢慕孤高。蓑衣箬笠扁舟穩，載月歸來興倍豪。」前德州籍。詩入《山左詩續鈔》，有《濳筠詩録》。

「亂山深處長官清」，東坡句也。葉筠潭方伯謂余可鐫作印章，遂仿陳曼生體作「亂山深處長官」六字印，甚不自喜。後爲永寧李柳村作《印譜序》，浼作一印，亦不佳。札致高寄泉爲鐫一石。

國朝會元，直隸七人：滄州李人龍、河間左敬祖、静海宫夢仁、鹽山王慶元、南皮劉有慶皆同郡；戊戌王振綱，新城人，亦相毗連。王慶元官吏部，奉使嶺南，得詩一卷。其《惠山泉試新茗》云：「携得新茶是社前，舵頭徐裊出爐烟。月明如水推篷坐，小試人間第二泉。」自然流出，興致翛然。

滄州王侶樵國均，一樵孝廉國維弟也。善篆刻，沉酣書畫，尤嗜吟咏。其《也園偶步示六樵弟》云：「十載高吟地，新聲屬阿連。墨痕還屋角，夢影忽池邊。客散敲棋候，風清習射天。重來幽興發，好句欲同聯。」又句有「杯底詩情天外至，眼前山色畫中多。」

王建詩「村童近去嫌腥食」，此真實語也。習與性成，人固有之，物亦宜然。余官蒲縣，山中貓犬投以海魚之骨，皆不食；至於馬蟻循厨入榼，糖肉等物無不覓食，惟魚蟹海味稍不相涉，或亦地氣使然與。

孫白谷先生詩鈔，順治十七年馮秋水如京序刻。五言如「湖海憐多病，乾坤苦用兵。」「燭影摇鄉思，砧聲亂旅愁。」「鴻雁關河遠，豺狼道路多。」「别恨縈春柳，新愁長緑蕪。」「遠岫孤雲没，空林一鳥歸。」「雲深時有寺，樹密若無山。」「古洞晴如雨，陰崖夏亦秋。」七言如「邱壑有時歸傲吏，乾坤何地著狂生。」「四海勞民皮已盡，三年傲吏骨猶存。」「烽火幾年勞戰伐，乾坤何日罷誅求。」皆風骨崚嶒。而

《明詩綜》未載，可謂滄海遺珠。《四庫全書提要》云：「氣象雄闊，風骨遒上，其格力乃非文士所及。」

太倉朱元圃璿詩才樸雅，性情甚正。《寄呈家慈》云：「有子不能養，饑驅累倚門。欲歸艱菽水，久别戀晨昏。已返并州路，旋羈上黨魂。縱然蹤迹定，何計奉雞豚。」《寄内》云：「及到深閨信，春光又一年。鶯花殘别路，魂夢各長天。生計憐余拙，承歡望汝賢。莫將懷遠意，堂上話綿綿。」情真語質，詩家正軌。臨没，約必三十年後始流傳，可謂有識。道光十八年，其孫壻吴勉齋明府重爲刊行。《蒲褐山房詩話》云：「元圃先得詩法於許子遜、沈敬亭二先生，故不作唐以後語。」

魏文毅公論詩云：「詩未有怨貧賤而思富貴者也。士之不能守貧，猶婦人之不能守身也。」

楊用修言晚唐五律分爲二派，一派學張籍，一派學賈島。高密李氏遵之，爲《主客圖》云：「張水部天然明麗，不事雕鏤，而氣味近道，學之可以除躁妄，祛矯飾，出入風雅。賈長江力求嶮奥，不吝心思，而氣骨凌霄，學之可以屏浮靡，却熟俗，振興頑懦。」高密派盛行於山左，覃谿先生頗有微詞。

獻縣馬瘦珊龍駟自諸生時詩名籍甚，殁後，時林寄來一卷，名不虚傳。《生日述懷》云：「霜華滿鬢了無成，慚愧文壇負薄名。一畝硯田窮措大，廿年塾館老書生。驢雖作客羞彈鋏，廣不封侯耻説兵。手把陳編自料理，夜長燒盡短燈檠。」

浮山張水屋道渥，工畫能詩，與吴穀人、法梧門、船山師爲友。《廢園》云：「故交剩有長松在，餘韻猶存野草香。」《菜花》云：「只應命似貧家女，曾把色憐饑歲人。」《汾酒》云：「清留汾水性，剛帶晉人風。」羅兩峰爲畫《騎驢圖》。罷官後自刻《水屋剩藁》。

熊雲客昂碧詩古近體力追古人，不染時習。《平山堂》云：「茶烟輕颺酒旗飄，鷗鷺飛飛逐畫橈。一路笙歌簾盡捲，桂花風裏過虹橋。」風調絶佳。《沙鷗》云：「千頃蘆花一湖水，只宜常住不宜飛。」《尺五莊題壁》云：「忘機畢竟輸鷗鳥，飛入蘆花不肯回。」皆深婉有味。

紀希籛熯述需次山右，清介自守，嗜書耽吟。《偶成》云：「白生虛室絶纖塵，境静身閒得趣真。隨分茶香清不俗，怡情翰墨淡相親。幸無官守能羈我，但了周旋嬾詣人。未解時賢忙底事，車聲門外日粼粼。」《咏物》云：「咄哉遼東人，自詡白頭豕。多見知無奇，心與灰同死。君豕自不惡，君望太奢耳。」風趣冷然。句云「遠隔千山還入夢，貧無四壁苦思家。」「愁似故交來有約，貧如久病痼難醫。」「隱身難處從牛儈，除目憑誰問馬曹。」「芳叢定有忘憂草，小圃權爲避債臺。」「酒因得趣偶留客，詩自遣懷慵示人。」「遊子暗傷親舍遠，亂山争似客愁多。」「貧家合享千金帚，老子甘爲五石瓠。」

吴笛江頡鴻詩學「西崑」，塗飾工麗。如「痴鸚談曉夢，醉蝶抱春香。」「梨雲鵑話别，芹雨燕知愁。」「棠魂摇月瘦，梅影釀春酸。」「碑角青埋天監字，草心紅上阿麽墳。」「枕上柝聲寒似雨，馬頭夢影亂於雲。」

熊雲客詩「天容疑水瀉，塔勢抱雲來。」「家山憑夢到，詩語入秋豪。」「詩味濃於酒，春陰淡入禪。」「青衫滋别泪，黄葉冷秋心。」「濃雲密布山藏寺，急雨横飛樹起濤。」「一梳白髮燈前影，四壁青山夢裏家。」《論詩》云：「若使無情能壽世，世間枯木盡開花。」此論最是。

陸次山璣，杏坡弟也，兄弟俱能詩畫。《蜀遊》詩有句云：「風急漁燈閃，天寒戍鼓沉。」「寒鐘五更後，殘月萬山西。」

夏論園際唐，涉縣令，《此君書樓詩鈔》多七律，清圓雅潔。記其句云：「白雲千里朔風緊，孤雁一聲秋月高。」

船山師詩「九原添個無名鬼，也是黄扉十五年」，張水屋詩「九泉若遇元丞相，共嘆黄金帶不來」，並謂和相。

章邱李東溟鄴好游耽吟，著有《柿園詩鈔》、《春雨樓詩稿》。「雪消平野闊，雲盡衆山高。」「山高青入屋，樹密碧圍軒。」「短榻孤燈夜，疎簾淡月天。」皆工。

馬湘帆沅詩才絶艷，官禮部主政。余最愛其《秦淮曲》云：「白舫青簾舊板橋，緑窗紅扇影迢迢。愁心鎮日如江水，併作秦淮兩度潮。」「當筵絲竹侑離尊，一舞西河一斷魂。弟子紅妝都老大，佳人誰念舊公孫？」「一樹垂陽近畫樓，撩人低拂木蘭舟。銷魂豈獨王司李，無奈春絲不解愁。」

余官山西，仲弟時林和余《遺懷》元韵見寄云：「一過中年少所歡，未登仕版宦情闌。俗人俗事愁相擾，秋雨秋風怯乍寒。家近海濱充隱易，貧逢歲歉養生難。年來惟覺添丁富，膝下賢愚一例看。」有《月沽詩草》。

三弟曙林一試不售，遂棄儒業，而性好吟咏。五律多入格，有「室暖火生香」句，似未經人道。有《柳橋詩草》。余兄弟及三子六人詩，梅樹君均刻入《津門詩鈔》。

季子光笏從余客滄州署。辛巳賃船，同州人應鄉試。壬午又與傅松泉同舟北上。余詩有云：

「送渠再上渡頭船。」是科獲售，至己丑成進士。《過滄州》詩云：「記得秋風携席帽，老親送上渡頭船。」蓋憶七年前事也。有《慧田吟草》。

古人居喪不賦詩，文文山小祥哭母，不可爲訓。潘岳悼亡在終制之後，「念此如昨日，誰知已卒歲。」可證也。故阮亭悼亡，人或譏之。然岳之爲人不足污齒頰，而斤斤於此，所謂「放飯流歠，問無齒决」者也。《退庵隨筆》云：「居喪廢業，業即『虡業』之業，謂樂器也。即三年不爲樂也。」

趙子穀輝璧，山西臨縣令。聞其能詩，未見也。及辛丑再到太原，引疾去矣。見《古香書屋詩鈔》，如「鐘聲涼似水，樹影碧生苔。」「涼月照無睡，鳴泉清到心。」「宿鳥帶雲投遠寺，疎鐘送暝入孤村。」皆工。讀李、杜、韓、蘇、陸諸家詩集，各五古一首，皆有見地。

《滹南詩話》：「退之《謁衡岳》詩云：『手持杯珓導我擲，云此最吉餘難同。』『吉』字不安，但言靈應之意可也。」旭按：已擲，成兆矣，故云。此最吉，何嘗不安？

《麓堂詩話》：「《中州集》所載金詩，皆小家數。」

杭堇浦《榕城詩話》：「《二藍集》，閩人無知者。竹垞嘗輯入《詩綜》中，以爲十子之先，閩中詩派實二藍倡之。徐惟和輯《晉安風雅》時，二藍闕焉，則此集之亡久矣。」旭官蒲縣時，大寧令藍瑛同年相契，舉《二藍合刻》見贈。瑛蓋藍澗裔孫，集固未嘗亡也。

劉因提詩，選《津門詩鈔》時屢求不可得。及王侶樵採訪滄州詩，得數十篇，皆雅正可觀。

趙厚子太守見予詩草，寄光笏書云：「寓感慨於清微，識性之簡古。」可謂知音。

或謂詩主性情，謂王阮亭如良家女。勞敬思先生曰：「伊所謂『性情』，乃古狡童、蕩婦之性情，宜以良家女爲不美也。」

黄莘田任《楊花》詩：「到底不知離别苦，後身還去作浮萍。」以此詩名，時稱「黄楊花」。《次高薑田韻》「升堂相見無餘論，誦我《楊花》七字詩」是也。其《西湖》、《虎丘》諸絶句，人多傳誦。

余有「雁叫有霜夜，星明無月天」句，又「身如無累貧原好，事到因人易亦難」，人多許可，不知何人書於荻橋店壁。戊子科調簾，車行泥淖中，得句云：「車如龜曳尾，馬似蟹爬沙。」偶書於張蘭鎮店壁，楊菊泉一見，知爲余作。

崔瑒官蠢而能詩，人呼爲「詩牛」。李榕耽詩，每雞唱，浩歌不輟，人號爲「詩雞」。管水初有「廿四番風到杏花」句，時謂之「管杏花」。馮銓有「春風閒煞海棠花」句，人謂之「馮海棠」。顧子餘有《秋柳》詩，法梧門稱爲「顧秋柳」。馬邦玉《繹山》詩用百二十「如」字，趙鹿泉目爲「百二十如山人」。

時林弟寄所抄河間李紫亭辰垣詩數首於太原。《客中清明》云：「墻外蕭聲聽賣餳，驚心時序又清明。那知風信將吹遍，只覺春陰不放晴。」「回首松楸鄉夢杳，誰家門巷柳枝輕。踏青重過來遊路，一帶裙腰緑漸生。」《六十自壽率成》：「蕭疏雙鬢漸如銀，荏苒韶華六十春。負志原無經世略，引年已作杖鄉人。兒孫滿眼堪娱老，仕宦傳家却耐貧。惟願夕陽情景好，寒窗珍重苦吟身。」「不學成仙不學禪，婆娑老子任癡顛。生來頑健應多壽，依舊風情似少年。歌舞逢場聊作戲，詩詞寫意未須傳。稱觴喜舉齊眉案，內子同庚。春報梅花二月天。二月初一生辰。」紫亭祖竹溪先生、父青墅先生皆以詩名。紫亭世其家學，詩酒自娛，以孝廉補南和學博，未幾引退。諸子鵲起，洵吾鄉之望也。

東坡云：「詩須有爲而作。」山谷云：「詩文惟不造空强作，待境而生，便自工耳。」謝茂秦云：「選唐人詩，熟讀之以奪神氣，申咏之以求聲調，玩味之以裒精華，得此三要，造乎渾淪。」王少美云：「但須真才實學，本性求情。」又云：「可意悟，不可言傳；可力學得，不可倉猝得也。」紀文達云：「善爲詩者，當先取古人佳處涵泳之，使意境活潑，如在目前，擬議之中，自生變化。」下學工夫，數語盡之。釋皎然云：「但見性情，不覩文字。」放翁云：「工夫在詩外。」覃谿用東坡句云：「自古不留訣。」嗚呼，盡之矣。

（吴忱、楊焄、張宇超點校）

消寒録

消寒録提要

《消寒録》六卷，據道光刊本著録點校。撰者王道徵（？—一八五六），字叔蘭，福建閩縣人。諸生。按此書内頁題「蘭修庵消寒録」，有道光二十二年壬寅自序，謂成於十八年戊戌仲秋，實卷四有記十九年己亥、二十年庚子事。此是四卷本。後又補撰兩卷，於道光二十八年戊申續刊六卷全本。自序又謂前曾「采輯百家」，成《清鐘詩話》十卷，此似爲彙編之著，今未見。此書專記閩人詩事。閩省乃南明小朝廷支撐危局之地，後又遭耿精忠之亂。王氏世代居閩，即留意於表彰明季國初死節之士，直至道光當時之正人貞婦循吏，以圖振綱紀、挽頽風，盡其桑梓之道義也。故雖云「消寒」，趣實非落清閒。其於此題有一正式之表述：「貞孝節烈是絶大題目，須有頓挫淋漓之筆，乃能傳出當日情事，使人詠歌於弗衰。」道及此類詩之藝術正當性，亦可爲嘉道詩壇貞女節婦詩盛行提供一解。本書所録五七古長篇及連章體之作，即往往扣人心魄，可觀世風。如郭金臺《星外樓集》載《露棺行》七古一首，抨擊殯葬惑於擇地風水之弊，題甚别緻，旨在勸戒。又如割股療親之風此時大盛，王氏作詩，雖在疑信之間，然與韓愈《鄠人對》辯難，識則反不如矣。時陳化成抗英殉職，朝野震動，特選梁章鉅五古四首，追述將軍平居之風，别有情味。王氏與江湜相知甚深，《伏敔堂詩集》中頗有交往之作，此處評江詩寫情「盡」寫景「幽折」，亦屬有見，而稍溢出閩題矣。家藏閩中文獻數千卷，多得自手抄私稿，如曹學佺詩册墨跡等，可藉觀一二。

自序

「言志」四語，載在舜典。「無邪」一言，可蔽全《詩》。詩話濫觴，此爲最古，亦此爲最簡而盡。後有作者多就旁門考究，其於開宗弟一義全未提闡，縱使費盡推敲，壓倒元白，總屬隔鞾搔癢，初何當古人譚詩之旨哉？道徵嘗於戊子中春，堅持鄙見，以采輯百家，都爲《清鐘詩話》一十卷矣。洎戊戌仲秋以後，香山歸院，月泠房空，思之子而不來，藉嘯歌爲排遣。墨緣所結，筆舌遂饒，復蒐成《消寒録》若干卷。嗟乎！環堵蕭然，一燈如豆，揚風扢雅，凍管頻呵，其岑寂淒清之況，無人見也。雖去取之間，是非或謬，而勸懲有在風化，攸關當世大雅。幸教正之。

道光壬寅年春三月閩中王道徵叔蘭識於西林書庫

蘭修庵消寒録卷一

福州王道徵叔蘭纂

父母在堂，稱觴爲壽，此天倫至樂也。朱子《壽母生朝》云：「秋風蕭爽天氣涼，此日何日升斯堂。堂中老人壽而康，紅顔緑鬢雙瞳方。家貧兒癡但深藏，五年不出門庭荒。竈陘十日九不煬，豈辨甘脆陳壺觴。低頭包羞汗如漿，老人此心久已忘。一笑謂此庸何傷，人間榮耀豈可常。惟有道義思無疆，勉勵汝節彌堅剛。某前再拜謝阿孃，自古作善天降祥。但願年年似今日，老萊母子俱徜徉。」洪力行云：「先生自同安歸，陳福公力薦於朝，堅辭不赴，召然太夫人孝養之念，未嘗忘也。嘗寓書親知云：『親年日老，生事益寥落。雖吾道固如此，而人子之心不能不慨然。』此篇直將子母真情實話，分作兩段，一則包羞，一則笑譚，發乎情止乎禮義。且五年守貧堅操，都託之賢母教誨口中，又善則歸親矣。」唐仲云：「效柏梁體，與唐人歌行不同。句句孺慕光景，不泛不支。」道徵自庚寅、壬辰，兩年連遭大故以來，孤苦無依，窮困益甚。今讀朱子此詩，感吾親之已亡，念此景之不再，滋益傷心矣。舊有《先君生忌並哭母氏》詩云：「去年少長共登堂，猶著麻衣勉進觴。今日更堪感風木，生辰徒自奠椒漿。名心久澹劉蕡策，活計空餘趙壹囊。慰我雙親無一事，何時阡表勒瀧岡。」《先母諱日》云：「家無長物貧如洗，身有沉痾勢屢更。何處可求仁者粟，頻年莫薦小人羹。黃泉念子腸應斷，白晝思親淚忽傾。兒女不知情事苦，龕前學拜笑聲生。」

唐瑯琊王德政碑，于兢撰，在今郡城東慶城寺左，《志》以爲王故宅是也。王有善政於閩，故當時請於朝，立碑頌其德，字學顔體。竊嘆五季之亂，群雄争長一隅，王獨願爲開門節度，貢獻不絶，而又能保障其民，視錢氏之刻急遠矣。此碑紀功頌德，固可與表忠觀並傳不朽也。長樂劉借村建區明府爲吾友式蒲尊甫，有《先忠懿王德政碑拓本歌》云：「蓋代功名曾識否，峻業巍巍記誰某。尚有瑯琊德政碑，德政至今傳不朽。自從石鼓置岐陽，勒石紀功祖岣嶁。之罘碣石更相師，此風遂盛周秦後。荒村野廟搜遺僻，斷碣殘碑處處有。龜趺聊以飾壯觀，鴻藻多應出能手。隃麋蠟繭磨揩新，摺疊剪裁卷軸厚。錯陳文几爛生光，寶貴藝林垂愈久。無諸開國漢初年，洞蠻遺俗秦黔首。衣食粗足耕桑中，僻陋豈稱文字藪。成公常衮相繼來，望氣漸驚射牛斗。福州學記首開先，外此碑銘同轂轂。有唐季運稍凌夷，藩鎮跳梁十八九。七閩深箐阻遐遯，十郡寇兵肆馳蹂。削平終仗大將軍，保障先資賢太守。王家奕葉産人雄，陳侯聘幣本天牖。清源初駐伯氏車，節度旋加季子綬。爾時惠政澤淪肌，到處謳歌碑載口。曾聞港誌召甘棠，自喜營屯周細柳。分封在昔庸車服，廥食迄今享圭卣。感恩已入肝脾深，書勳詎假金石壽。列狀上聞天子廷，賜碑卓立王宫右。于公往歲咏皇華，政績親嘗訪遺叟。書法由來作楷模，雄文誰敢訾排耦。千年兵燹幾經過，此物長留事非偶。忠懿祠前水自流，三槐堂側風怒吼。古跡蒼涼動心眼，紙本分明認窠臼。儒生懷舊手摩挲，一曲長歌須記取。」後宋開寶二年，錢昱修忠懿王舊居，重爲立碑。王之德政深入閩人如此。碑林操書。

于鐵樵云：「岳武穆王年十三學射於周同，挽弓三百斤。同死，朔望必設祭，塚前跪拜涕泣。引同所贈弓，發三矢而後返。父知而義之。」嗟乎，此武穆盡忠報國之見端也。師道之尊，擬於君親，何敢慢乎？道徵有詩云：「武穆年十三，學道從周同。能挽三百斤，共推萬夫雄。周同既身死，念本深私衷。每逢朔望日，塚前祭品豐。跪拜復涕泣，引發所贈弓。三矢而後返，迺父稱義童。厥後圖報國，所以終盡忠。勳名炳穹壤，史册垂無窮。吁嗟師道尊，實與君親同。如何敢欺慢，不懷前哲風。」即詠此事也。

石孺懷嘗倩人製《狎水圖》。圖作一涉水者，一老翁從岸上招之。有題云：「拙哉此老，人溺始告。祇招以手，不援以道。天下滔滔，豈彼一个。縱使知返，豈能盡導。」立論何嘗不是，但未得其實耳。余爲之解嘲云：「誰料渠將溺，奚從早與言。其權曾未屬，吾道自難援。苦口隨人勸，仁心觸處存。猶强濟川者，坐視此昏昏。」宋李燔曰：「凡人不必待仕宦有位爲職事，方爲功業，但隨力到處，有以及物，即功業矣。」所論甚碻，可與鄙意相發明。

人之有才，一見而知爲最難。同里林衡友匡詩，道徵童時即識之，然未稔其能詩也。前年卓翰堂云：「余又得一詩人矣。」常賣畫於市上。其自題《蘭花夾蝶圖》，有「何事尋芳偏愛淡，洛陽風景更繁華」之句。翰堂贈以詩云：「畫餘日日擘殘箋，自託宫詞幽怨傳。吟到街西斜照後，更無人識杜樊川。賣畫生涯樂市廛，得錢得米得詩篇。我慚淪落秋風丐，唱遍蓮花祇自憐。」余急詢其姓名，則即衡友也。他日衡友以詩稿示余，余最愛其《題畫猴》云：「老猴坐山巔，小猴知獻棗。但願天下人，如猴奉二老。」

士當窮困失居，得一知己，可以不恨。長樂林修田觀成秀才，學品兼優，爲近日黌宫佳士。惜不令早達，使當世快覩其設施耳。嘗識余於寓齋，迺一見傾心，深以器度不凡，屢叨獎借，余何敢當也。所贈《平秩集》，有載舊句云：「善端望報即因利，惡事怕天方有醫。」亦可識其爲人矣。世謂道學人作詩，不免有頭巾氣，悶煞了人。如《擊壤集》、《濂洛風雅》，其驗也。以余所見，亦不盡然。長樂陳惕園庚焕，歲貢生，品學醇正，士論翕然，奏請從祀鄉賢。門人林文儀監生爲梓《惕園初稿》，皆古文辭。從子宗英秀才以遺詩見示，中有《歲暮書懷》云：「落落乾坤七尺身，暮途倍合着精神。讀書畢世緣何事，忍把殘年媿古人。」「漸覺浮雲得失輕，偏於懷古未忘情。餘年有幾誰能料，總向書中了此生。」二作有武公敬慎之忱，無宋人陳腐之習。

白湖在福清郭外數里許，卷舒江風，含吐山月，有澄净如練之趣。明邑人何範之御轉運歸隱於此。《白湖别築》云：「東海欲垂釣，南陽初結廬。山光連野净，天影落湖虚。興到宜呼酒，病來强著書。柴桑如卜宅，應共賦閒居。」轉運簡静鎮俗，風雅淹博。父元秩公早逝，轉運弱冠執喪，哀毁如禮，奉祖母以孝聞。其居官也，培植士類，拯救同寮，祛積蠹，平冤獄。濬州江以便工賈，節省部使者供億。著《白湖集》，徐熥《晉安風雅》、朱彝尊《明詩綜》俱采之。其八世族孫則賢云：「吾鄉鄭杰《閩詩録》選至百餘篇。」

郭守仁，字敬齋，乾隆時人。余嘗於舊書中獲其殘稿，稿後有金孝廉鋐一跋，中云：「敬齋，侯官人。天性孝友，侍母終夕，不敢就寢。分家貲與從兄弟，買田産祭業，貲盡，遊粤中。卒年四十九。柩歸。余搜其篋，僅得詩若干首，録之。因跋以遺先生賢嗣，藏以待梓。」《秋日登鼓山》云：「偶步松陰覓故邱，遥看滄海白雲浮。方山屹立千年峙，曲水縈洄萬古流。清磬數聲風過雁，長天一色月澄秋。梅州勝景應輸此，竟日登臨自解愁。」《寄漢公五弟》云：「鴻飛雁去倚簾看，旅館停眠待漏殘。露滴松陰猶帶翠，霜侵草色更增寒。爲憐蘇氏聯床少，欲效姜家共被難。薄利微名須進取，迢迢前路且加餐。」《和鄭憲達先生》云：「烟鎖韓江暫繫舟，夕陽西返不停留。蓬艙夜静思鄉國，夢裏神魂到九州。」其餘諸作，亦皆可存。

丱角時瞢曈世事，每怪吾鄉舉子何故多無志上進，而不知其缺乏資斧，親舊間無從告貸也。東冶何秀巖蔚然先生，著有《孺慕軒詩集》。李周亭北上，以老母相託，先生送詩云：「李六遠行役，上堂辭老親。兒雖離膝下，母不患家貧。扶持教中婦，貲糧仰友人。行哉莫回首，我在即而身。」朋友之交，不啻骨肉。此等高誼，求諸古人，未易覯也。先生又有句云：「辛苦半生奚税駕，慈祥二字當傳薪。」

漳浦黄忠端公云：「天下長人神智者，惟有讀書。喫緊要法，秪把聖賢精義匯録一番，常置目前，不出歲月，更有進處。余玠是一武人，見他窗几墻壁間，皆是格言，每有作用，便去聖賢不遠。司馬君實是默成德行底人，所裒集前賢警策處，亦動數十幀。以此知古人學問，皆在此處下手。」道徵按，人生惟美色一關，最難打破。古來勸戒諸書，連篇累牘，又難以悉録，今擇其有韵之言，賅括而又警策者數條，以爲色迷者戒，亦余玠、司馬君實匯集格言之義也。唐翼修廣文好色，箴云：「人之一身，心爲綱維。心正身正，心邪身邪。心慕乎色，目斯妄視。心貪乎色，念斯妄舉。欲戒色兮，不在强禁。惟斂此心，專一於正。心有所主，欲自退聽。法乾之健，自强不息。惟敬惟勤，慎勿安逸。逸則思淫，勞無暇及。更有要筌，制之在眼。不見可欲，使心不亂。如此操持，庶無妄念。」惠松崖徵君《感應篇》「見他色美，起心私之。」箋注云：「貪色爲淫，淫爲大罰。《左傳》見色而説，謂之曰逆。《韓詩外傳》慶封易内，負之斧鉞。巫臣竊妻，罪至族赤。私於庚宗，叔孫不食。皆見《左傳》淫於魯宫，郝顔伏鑕。《公羊傳》申池之禍，賊由閻職。子貉之妹，終喪羊舌。《左傳》嗚呼，今人宜鑒斯轍。天有六氣，降生六疾。《左傳》亂自女戎。《晉語》女爲陽物，晦時生蠱。日入作慝，夭年喪志。非鬼非食，人生實難。皆見《左傳》受之以節。《易》、《左傳》清心窒慾，附遠厚別。《禮》逸則忘善，慾則有辟。《魯語》送目冶容，《易》、《左傳》授情國色。晉獻事見《晉語》及《公羊》。惟厲之階，《詩》惟家之索。《書》。索，音色。嫠有先夫，《左傳》季誠弱息。《漢書》不以義交，《尚書大傳》是爲惑溺。公卿宣淫，兄弟争室。烝報姘通，上淫曰烝，旁淫曰通，淫親族之妻曰報，與妻婢交曰姘。見《左傳》及《漢律》。罪大惡積。《易》生不若死，《公羊》死有餘責。《漢書》嗚呼上天，《戰國策》天威咫尺。福仁禍淫，《左傳》不爽杪忽。遠則子孫，近在目睫。淫而無罰，《左傳》未聞其説。」吕純陽詩云：「精神賣與粉枯髏，却向人間買秋石。」寒山詩云：「女色多瞞人，人惑總不見。龍麝暗熏衣，脂粉厚塗面。人呼爲牡丹，我説是花箭。射人入骨髓，死而不知怨。」司空圖云：「昨日流鶯今日蟬，起來又是夕陽天。六龍飛轡長相窘，更忽乘危自着鞭。」吕宫云：「人非木石寧無意，座列箴銘自有書。」陳組綬云：「男兒欲遂青雲志，須信人間紅粉空。」

學人作詩，多關風教。陳惕園先生《詠蝨》云：「有蝨巧謀身，緣督匿深縫。自謂三窟多，狼藉恣無恐。誰知捫蝨人，循取不遺種。倚伏彼詎知，心計信何用。」么膺輩聞之，定當大徹大悟。或謂：「渠害人肥己，鑽求不暇，保從得見此詩？」余曰：「是大不然，獨不有會念阿房宫者乎？」

巾幗中不乏高誼，既已知之，安可聽其湮没無傳也！長樂梁江田運昌太史《林義姑詩》，有小傳云：「義姑者，長樂諸生林元桂母之婢也。不知其姓。元桂幼失怙恃，中外無親屬。義姑笄將行矣，受主母託，留育郎君。薄田二頃，支持門户有餘。長爲之娶婦，勗學成弟子員。元桂婦入門而病，旋以産卒，義姑又爲之育其子。女伴憫其年長，私問之，答曰：『官事未了，吾不忍去也。』然已老矣，遂終不嫁。勤於女紅，身後事皆自備之。平生齋素奉佛，持經咒甚嚴。老壽無疾，預識死期，沐浴更新衣，趺坐合掌，誦經而逝。元桂爲之持朞服，立義姑主祀於家。初，元桂與先君子早歲交遊。及稍長，頗佻達喜博，先君子屢有規誡。義姑聞而私喜，時瀹茗治饌，命元桂留與談藝。謂之曰：『少年心性未定，但聽此友言，終當無失。』故元桂至白鬚尚俯首受先君呵責，素慣之也。義姑時往來余家，太夫人習見之，言其淑慎如人家處女云。元桂殁，而家無人，義姑事遂無知者。余悲之，爲立小傳，而係以詩，但能無所負。」「孰謂女非夫，張老存家事。王成勗幼孤，義寧異臧獲。辱不在泥塗，慚媿鬚眉者，虛承死友呼。」嗚呼，此真可以媿鬚眉男子，受人託孤者矣。

古來正人君子，其得於母教者，孟母之斷機、范母之和丸、歐陽母之畫荻，固焜耀史册矣。明季張能因利民進士，父早殁，彌留之際，指利民謂其母陳氏曰：「必教是兒，使我不死。」母哭頷之。每教利民，必欷歔雨泣，徐以父所讀經書、史鑑、諸大家文字，爲之講解。指其大意所在，及古來忠孝節義諸軼事，提而策之。利民得以有成者，皆其母有以教之也。有《聞雷》詩云：「空中霹靂聞天語，夫在山頭知不知。幼子未能傳古事，王褒抱冢亦人兒。」其隨事感發如此。著有《茹蘗集》，僅十五章。同時黄東厓景昉、許玉史豸皆有序。末附董應舉所撰墓誌銘。林子野亦能因社友也，爲題其集，有「嗟哉此母賢，茹蘗甘如飴」之句。今其詩存《居易堂集》中。

荒經之士，其校文慎無浪下雌黄，前明顔苦孔之卓己事爲可鑒已。内表兄陳謙山景蕃廣文云：「道光壬午科，某先達子某應順天鄉試，題爲『居之無倦』二句，某篇中用貞觀字房考，四川某批其卷云：『貞觀係漢時年號，如何入夫子口中？』其卷竟以此黜。先達有詩譏之云：『原來漢代有貞觀，朝號千秋考據難。《周易》、《唐書》俱未讀，如何也作内簾官。』」余爲林薌谿孝廉覼縷其事，以爲笑資。薌谿云：「貞觀事恰有絶對。某學臺考等，『學如不及』題，有用『佛時仔肩』者，批云：『此西方釋氏經文，安可以入時藝？』置之劣等。時人有聯句云：『佛時爲西土經文，宣聖低眉彌勒笑。貞觀迺東京年號，唐宗鼓掌漢皇疑。』」

詩雖小道，然其真切者，讀之悚動人心，竟大有裨於風化。吾鄉鄭大純際熙，《浩波遺集》《兩童》詩序云：「婢子阿姒七歲，母紿之賣，姒覺，抱母慟哭，不肯下。生來無啼饑聲，得小物必以分弟。雖累日饑，不以美食離母。母徐諭以賣則俱活，不賣則俱死，乃俯首從，四日不食。今且四閲月矣，猶悲啼，思歸也。里中兒一六歲，一四歲，母死，終歲不出。嬉期而猶哭。於戲，安得成人長如是！」其一云：「儒者恒苦饑，穉子乃能餓。矢口抱母死，死不離膝下。四月有餘悲，天性非假借。惜汝貧賤身，不以任風化。」其二云：「自維犬馬齒，二十有六矣。十齡母見背，今也忘天只。異哉里中兒，卒哭如始死。感恧名教身，遑爲温嶠耻。」

工寫真者，風神氣韻，妙得天致。閩縣施怡巖邦鎮，今世郭拱辰也，喜吟事，於古體尤長。有《題畫》云：「湛碧春江水，嫩緑春江樹。春風江上舟，泊在花深處。不見釣魚人，祇見釣魚具。想見得魚時，賣魚沽酒去。」又《答招遠遊》云：「利禄豈不愛，人苦不自知。而況襪線材，當此萬里馳。涉江畏波濤，登山愁險巇。原野多驚風，浩浩塵土吹。面目雖不失，衣冠亦已緇。不如茅檐下，妻孥共哺糜。」又《江邨人家》云：「長林帶矮屋，一徑沙痕白。江光澹夕暉，數笏秋山碧。人家好門徑，疎籬洞不隔。菊作鵝兒黄，柏染魚尾赤。平生慕泉石，何事求深僻。願得此卜鄰，烟霞分半壁。」道徵嘗有贈句云：「近市得詩侣，高才逃畫師。胸中藴邱壑，腕底走蛟螭。驢背思同冷，虎頭情共癡。先生足幽隱，何必采商芝。」子鳳岡、鳳岐，俱能詩。鳳岐畫學尤精。

爲師者，受人子弟重託，而終朝燕惰，虚糜館穀；或改真作僞，欺蒙父兄；甚至誘引頑徒，作諸不肖，誤人子弟，罪豈無誅？恩雨堂先生督學吾閩，《訓士》詩有云：「敷教由來重學師，廣文天許坐皋比。倘吟苜蓿闌干句，便是齋頭輕薄兒。」又云：「穩善生涯是筆耕，也須文理略分明。誤人子弟科條重，鄉會難題榜上名。」又前輩勸師傅詩：「不誤人家子共孫，天教富貴大吾門。請看受蔭垂芳者，王鄧當年道自尊。」道徵十七歲時，承家大人命，修楊子雲故事，載酒問字於梁江田先生。先生爲道徵中表舅氏，進而教之於秋竹山齋，講經談藝，誘掖甚勤。一燈熒熒，常至夜分不少倦。嘗謂道徵曰：「昔韓文公在陽山時，士之自遠來學者五六人，而區氏居其二，皆造就有所成立。其後令河南，又有招楊之罘讀書詩。韓公引掖後進之盛心，千載下猶令人感嘆。今之親戚不能相顧者，彼哉！彼哉！」噫，吾舅之所以誨道徵者，至矣。道徵今日略有所知，不至墜入下流者，皆吾舅氏教誨之功也。故道徵《戊子人日感懷》云：「鐘鳴燈灺尚追隨，往事蒼涼不可思。授受淵源常記取，江田田父是吾師。」按陳桂林相國云：「教習雖覺忙迫，而弟子之功課，即先生之學業。教學相長，人已交修，理本同源，事亦相因。好學者處此，必有一段鞭辟近裏、返躬克己工夫，決不至如邨師訓蒙、應酬句讀而已。」繇是觀之，爲師者又何樂不盡心訓迪哉？

每怪窮措大行徑，博得一官半職，外則溺志龍陽，内則銷魂燕姞，以爲補微時之吃虧，極當境之行樂，遂至枯精竭髓，大命遽傾，何其愚也。梁曼叔太史《嘆逝篇》，極寫世迷，可爲炯戒。詩云：「下士困窮時，藜藿常不飽。色莊入花叢，目語無敢挑。艱難牛衣侣，頭白誓相保。此時千蛾眉，豈若糟糠好。辛苦得一官，職屈州縣小。儼是百里侯，意氣漸輕佻。自身倚少年，床頭人已老。百金買雙鬟，千金聘窈窕。睅然一肆志，行樂極昏曉。乞兒苦得錢，當日用不了。伐性重斧斤，腐腸益醇醥。歡樂曾幾何，門外挂丹旐。老母哭斷腸，孤兒脱文葆。愛姬辭靈去，孀妻曳素縞。我年四十餘，見此已不少。俱是貧賤交，荒墳悲宿草。」

近日孝廉方正之選，多以夤緣得之。膺斯選而無愧者，其吾鄉謝發川曦先生乎？先生善事父母，先意承志，定省無違。父母染恙，求醫叩神，不遺餘力。凡視膳服藥，必親自供奉，喪盡躃踊之禮，苫塊悲哀。每日清晨，必自盥手拂拭棺柩，不使少染塵埃，三年無間。葬後烝嘗二祭，號泣墓田。家庭奉祀祖父神主，亦每日盥手拂拭。其孝敬如此。處己淡薄，接人謙和。工書法，婦孺皆知其名。年八十餘卒。陳梅修太史嘗有贈詩云：「鼉螯清修在，高懷邈屬雲。官曾辭鳳詔，人自乞羊裙。隱迹今嚴鄭，交情世紀群。向來真率會，感慨憶先芬。」自注云：「先生於壽祺爲三世交，每見輒道及先人氣誼，故有末句。」

忠義之氣塞於兩間，雖當時偶然失考，而其一生大節，終炳耀如日星。明周忠武將軍遇吉死節事，史册所書，略存梗概。道光紀元之歲，毘陵劉叔重從書攤得崇貞十六年八月董良騏所紀《合門殉難録》藁本。良騏，寧武人。與將軍交善，故能得其詳。叔重既爲付梓，余恐其傳之未廣也，復節鈔以表之：「將軍，口外邊牆三堡人。生有異力，能以手攀鹿角。年十三從軍，積功至千總。三十歲從李定國征李自成，破之，升河南守備。從王在浚征張獻忠，破之，升南陽遊擊。未一年官鄖陽。時從王在浚，征李自成，又破之，升參將，駐守山西。十三年，李賊破汴梁，在浚死之。遇吉未及救，革職拏問。旋以功多且大，免罪，降爲總旗隨征。十五年，隨王大光征李自成。大光欲斬之，以獻自成，不果。即降賊，饋黃金三千兩，大珠三百顆，名馬三百匹。賊大喜，封大光爲寧武侯。遇吉大怒。大光未降之兵僅三百名，激於遇吉之忠，士氣百倍，大破賊三百餘萬人，斬大光以歸。事聞，懷宗召見，賜宴，立升寧武總兵。遇吉既以正總兵鎮守三關，止有兵三千名，將弁三十三員，糧餉可支三月而已。十六年五月，賊大至，圍三關，相持十三日不下。遇吉出戰，連斬賊將三十一員，賊大敗，退至大原。又爲蔡懋德所敗，無入京之意矣。突有李過、張有祥、王某三人，進計於賊，用水灌入城，使人驚救水，再用兵攻城。於是破倒馬關、紫荆關二隘，只有寧武不下。七月十一日，賊將三百員，賊兵三十五萬，圍寧武城，用大炮三十位連轟，入城。城破，遇吉巷戰，勇不可當，手刃三百餘人，賊不能擒，爲亂箭射死，年五十五歲，十六年七月二十三日也。大震於京師，懷宗聞之大哭，賜祭葬，謚忠武，贈都督少保一品光禄大夫。是時賊已迫京師矣，山海關故關無一不降。夫人劉氏、子三元、女二人、女婿王文煒、外孫大寶、甥李一鯨、表兄王大年、張二、表姪之子王三、某親黄有位、弟妻之兄，同三元友人王二、姪婿李大、家人李升及妻子四人、孌童王升、馬夫王大、王五、婢媪十人，皆死之。文煒，山東平陵人，武舉人。有韜略，善王遁，早知事不可爲而不可去，有『三年恥食夷齊粟，一世空懸日月心』之句，爲賊烤死，復剉屍焉。」

俗生恒以賭博爲務，甚至寶場花會，肆志妄爲，其識趣卑污極矣。朱子《觀雙陸譜有感》云：「近從新譜識梟盧，擬唤安陽舊博徒。只恐光陰閒裏過，更教人誚牧豬奴。」恩雨堂學使有訓士詩云：「花會剛完寶局開，阿誰勾引相公來。癡心總被貪心誤，三十餘門豈易猜。」温柔敦厚，最可醒人。嗟乎，雉盧惡戲，固須洗去舊污，黑白閒争，亦勿視爲雅事，庶無破産傾家之悔，亦免廢時弛業之憂。

吕獻可嘗言：「讀書不須多，讀得一字，行取一字。」程伊川亦云：「讀得一尺，不如行得一寸。」誠以吾儒急務，惟此心體力行耳。若不能體貼，向自家身上做工夫，則孔光、張禹諸人，皆讀破萬卷，號稱淹博，而律以行己，修身之要，其能免不識字之譏乎？福清林鴻詩云：「儒生好奇古，出口談黄虞。

倘生羲皇前，所談竟何如。古人既已死，古道存遺書。一語不能踐，萬卷徒空虚。」海虞女子吴静定生氏《詠史》詩云：「不學何須誚霍光，託孤寄命報先王。匡章孔馬多經術，青史於今若個芳。」誠有味乎其言之也。

死者長已矣，生者復天各一方，回首舊遊，風流雲散，此懷人詩所爲作也。然形骸未脱，勢分猶拘，至有元日懷嚴分宜相國者，雖製作極工，何足貴乎？林書甫丞英孝廉，爲吾師陳修巖廣文弟子，又爲石仙舟夫子業師。道徵識之久矣，固常以丈人行相待也。先君棄養，嘗受其拜，亡室不禄，又受其甲，感何可忘，殆與僕有前世因者。自言前身是朔方健兒，公車屢上，視長安道就熟駕輕，毫無難色。舊時嘗於某醫扇頭見所作《懷人》十二首，注念寒微，鍾情獨至，可與張船山《懷人》諸作並傳。因索稿，悉存之。「白髮蕭蕭無見期，頻煩含涕慰孤兒。牙梳竹篦依然在，慚媿風前一展眉。」注云：洪開美嘗爲先孝廉，薙髮棄養後，見余輒悲。及稍能筆畊乃喜。」「稽首湖西賣菜傭，慎旃扶護雪泥鬆。得人死力真難報，安穩來營馬鬣封。」注云：李長源嘗爲先孝廉肩靈輀，冒雪抵高蓋山，稽首謝之，呼曰：『吾死亦得。』」「强飲當壚酒一瓢，無錢割肉市門招。挑燈乞檢田廬券，怒氣衝冠片語消。」注云：陳世暢嘗在津門樓市上，勸余賖肉奉母，家小富與人争語之，輒止。」「三十年來若弟兄，搗香擔糞兩無成。妻兒坐食田園損，萬喚千呼不入城。」注云：邵邦朗嘗業香肆，兼種田。其母與先葉孺人同姓。母殁家貧，先孺人招之，不肯至。」「兒嬉猶記上城壕，今日相看各二毛。怕聽哀絃彈別鶴，騎兵憔悴賣弓刀。」注云：陳大喜嘗爲督標馬兵，兒時與余相得。婚後再喪妻，境至困也。」「建溪篷底藥烟飛，辛苦同舟送我歸。豈敢負心車笠約，酬恩無地欲何依。注云：許朝華嘗爲府皂隸，往建寧提案，余適病瘧，同舟歸。後革役，甚貧。恨未能代籌一衣食地也。」「意氣公然壓衆人，何緣低首獨相親。敝衣破帽傭書客，楮國生涯一例貧。注云：葛潮嘗爲鼇峰書院書辦，盛氣凌人，與余獨好。今無聊，爲人作鈔胥。」「曾向燈前問漢文，推門四望雪紛紛。都忘病骨清臞甚，手爇熏鑪侍夜分。注云：羅愷嘗事余於保定寓所，能誦太史公《報任少卿書》。善筆札。」「思子臺前淚欲吞，彭殤作達仗微言。如何博進難償後，不返鼇峰舊里門。注云：陳佛保嘗爲外舅輿夫。戊寅余殤子，勸余婦勿過傷。後以逋債逃於光澤。」「殘燭風簾夜欲霜，秀才猶自喚茶忙。酒錢不受胡盧笑，還贈漳南老瓦鐺。注云：李魁嘗爲庚午科騰字號號軍，余三場遇之。」「伊吾萬里荷戈餘，面上黥文未刮除。醉脱短衣談擊刺，黑風吹雨夜窗虚。注云：劉則渾嘗遣戍，赦歸。精拳勇，性樸直。與余同寓一鉅家。」「鐵脚如飛走不停，疑年誰識老人星。羊頭車載蓮花豆，閒話昇平近百年。注云：陳良謨嘗挈其孫賣炒豆。自言雍正八年生，輒述乾隆年間福州舊事。」詩序云：「少年結客，歲莫懷人。雖曰雜流，實多雅好。博徒漿叟思之，子而不來，騶卒狗屠夢舊，遊其如昨。情焉能已，感何可言。凡十二人，各廿八字。」

戊戌閏四月十九日，道徵有詩示亡婦云：「兩戈交向一金争，使鬼通神劇可驚。死守有人長作虜，尊稱從古已呼兄。向曾箸下愁無處，趙壹囊空苦莫名。癡想尉遲公給帖，繞床阿堵與縱横。」丁藴齋云：「不減魯褒《錢神論》、燕公《錢本草》。」國朝張篤慶亦有《杖頭錢》詩云：「富莫富於杖頭錢，貧莫貧於嚴道之。銅山銅山，鑄錢萬萬千，到頭不得名一錢。杖頭百錢真我有，取自杖頭且沽酒。今日百錢今日醉，得錢沽酒常酣睡。君不見，何曾一日食萬錢，便欲下箸心茫然。洛陽亂離救不得，縱饒沽酒無顔色。眼看荆棘埋銅駝，錢乎錢乎奈若何。」沈歸愚尚書云：「此爲守錢虜棒喝也。後半所見尤大。」

蘭修庵消寒録卷二

福州王道徵叔蘭纂

鄉先達居言路而直聲震天下者，當以霞浦游磻田光繹侍御爲最。粤西張南崧贈詩云：「姓名謨畫留三殿，書策妻孥共一船。」可想立朝風節矣。梁茝林撫軍《懷游彤卣侍御》云：「侍御瑚璉器，直聲動朝端。錚錚歸田詩，以言事降官，有《留别》二律，和者遍都下。依然寸心丹。苔芩感意氣，握手多古歡。斯文獨相屬，令我懷抱殫。君臨别，屬爲封君壽言，倚裝索稿而去。」侍御主鼇峰講席十九年。癸未後，館於石井巷邱氏祠講堂，署聯云：「無術可逢時，聊兹寄迹；有人來問道，亦足談心。」

道徵幼時，閲《愓園初藁》及《東越文苑傳》，見所撰侯官孫君實學稼傳，想慕其清風亮節，恨未讀其遺編也。頃黄肖巖購得鈔本《鷗波雜草》，詩不下千餘篇，即孫君所著，經陳子盤、曾擬庵二君評點者。其時同學諸名流，如高兆、葉鳴鸞、黄晉良，皆爲之序。卷帙繁富，佳什頗多。道徵遍覽之，擷其足蔽生平者一篇，以見梗概。《逸民》云：「高士有其人，往往早自晦。織屨置道旁，被髪謝人世。白雲一以入，身共烟霞閟。却笑武陵源，乃許漁人至。名迹莫能窺，士誠各有志。」閩縣蔡明經容得學稼詩，爲賦長句云：「孫君學稼今逸民，文章忠孝兼一身。人世滄桑有變易，善繼祖父藏其真。墻東廡下作生計，白首自竄昇平春。蘭雪軒詩制作手，世無杜老非其倫。文字由來關至性，得之節義彌足珍。晴窗危坐一展卷，自歎此事元有神。澄心朗誦將百遍，口角流沫忘津津。邇來相隔百餘歲，後進漸不知其人。先生至德不可名，名之欲以揚無垠。」其傾倒於先生者至矣。先生祖承謨，父昌裔，皆名進士。承謨令崇德，卒，邑人祠祀之。昌裔督浙學政，皆得士，有清名。先生垂髫補弟子員，旋食廩餼，博學能文。兵燹之餘，流離瑣尾，晦迹於杭州之西湖。思從林逋舊隱，自號聖湖漁者。康熙辛酉，以疾終於懷慶僧舍。子起宗亦能詩。先生全集名《蘭雪軒》，總三十卷，此殆即其詩草別名也。尚編有《十六國春秋》四卷，《群書彙鈔》四十卷，及《備遺雜録》若干卷，想皆散佚矣。

修文之事，雖屬渺茫，然生而孝義，死爲神明，其理故不誣也。侯官官志齋崇徵君祖綸，父朱紱，世業鹽筴，皆以忠厚稱。後負官帑，志齋出代，繫數月，竭貲産以授代者，家遂破。志齋既貧甚，而善事其親。從朱梅崖進士受作文法，卓然以學古希聖賢爲志。乾隆四十四年，年二十八，故太傅朱石君主福建鄉試，從落卷中拔置第六，由是知名。試禮部不第，歸。石君貽書閩當道爲謀館穀，當道廉，知某邑師未聘，以告志齋，志齋曰：「去歲主是席者，吾同學友某。倘奪彼以與此，乃不願爲。」當事復改，籌得某邑，以告志齋，志齋曰：「適聞求薦某席者，吾中表兄弟也。」皆弗果就。後居南安一載，居永福三載，遊其門者，能羞爲不肖之行。嘉慶元年，詔舉孝廉方正，時汪稼門中丞屢聞志齋賢，諸夤緣少年皆被駁，而獨舉志齋以應，士論快之。志齋既以親意勉就徵。行至清湖，病殁。年四十九，無子。鄱梁江田太史哭以詩云：「大科君不愧賢書，文行過人命不如。旅舍秋燈捐館日，禪扃春草寄棺餘。家有父愁眠食，乙卯大挑，述言不與。歸，咯鮮血一口。余曰：『二丈何至此？』述言戚然曰：『親老矣。今日至此，可傷也。』蔡氏無兒付史書。豈但惜將君富壽，見白詩。每思天道一欷歔。」志齋既殁，其友謝退谷孝廉，夢志齋來告曰：「壽數已終，死矣！上帝憐我恤師母、育遺孤，命爲侯官縣城隍神。」遂偕之城隍廟莅任，退谷請依於此，志齋不可，麾之歸。侯官城隍廟在衙署内，少有知之者。明日訪其地，果如夢境所歷。久之，志齋訃至。先是，志齋師某孝廉死，家無遺産。志齋迎養師母，而撫育其孤，至成立，始還其故居。志齋字述言。退谷論次遺集，而鋟諸板，名曰《志齋居士文鈔》。

一官有一官之職，天下無虚設之官，即吾人有當盡之職。司鐸雖云冷宦，然能顧名思義，實心爲政，則其責任正匪輕也。侯官謝退谷金鑾以鴻駿之才，處卑微之位，在他人方爲退谷惜，而退谷即以此而見其設施。士君子有心斯世，何處非建豎之時乎？退谷任安溪教諭時，著《教諭語》，其言切要，有實益，轉過於吕新吾《呻吟語》，真近日好教官也。彼以秀才爲魚肉者，聞退谷之風，其亦可以少戢也已。《教諭語》分四編。其《讀書作文編》有云：「本性情發爲吟咏，而有音響節奏，是謂之詩。是故詩者，以性情爲根蒂者也。無學術，無見識，位置不高者，必不能爲古文。性情不高邁，不肫摯者，必不能爲詩。故秀才而喜言詩，喜言古文者，其品格必異於衆者也。」又云：「詩之爲道，畏俗如虎，故人之俗者，不能爲詩。俗論俗見，俗字俗句，一犯着便不成詩。」其持論懇到，皆此類。尚著有《噶嗎嘯紀略》、《泉漳治法論》、《二勿齋文鈔》諸書。

廉吏安可爲也，此優孟所作歌詞，藉以諷諫楚莊王耳。我輩食人之禄，所當鞠躬盡瘁，履潔懷清，以完其奉法守職之素，何暇計妻子無立錐之地哉？究之清白相貽家聲自遠，其後人斷無終於窮困，而不勃然興者。閩縣陳楓階宸書明府，爲渭溪夢熊將軍從弟，以乾隆壬子舉人作令湖南。清明勤慎，爲士民所愛戴。致仕歸，宦槖蕭然，惟攜書策而已。嘗有詩云：「家無儋石曾從仕，座有琴書轉賀貧。」蓋紀實也。著有《李氏蒙求詳注》、《桃花扇後序詳注》行於世。

長於説經者，其詩多未能超脱入古。余嘗讀林薌谿孝廉《四維草堂詩》，有《乙未昨夜》云：「苦寒未已還苦饑，八歲五歲三歲兒。山妻喁喁向我語，昨夜梁間落饑鼠。」《君勿爲名士》云：「君勿爲名士，名士本如娼。誰賞真顔色，空作野鴛鴦。」「君勿爲名士，名士多於鯽。大千一粟耳，立身無寸尺。」所作殊見創闢。名士如名妓一般，閲人多，鍾情少。當其盟山説誓，指水旌心，真若可信，瞥眼眎同陌路耳。正緣無真肝膽，徒有假意氣也。此汪淇東林殿颺語。薌谿所論，何乃適與暗合。若名士之不名一錢，則固古今同慨耳。

香火之因緣，未至其時，不能無待。洪塘江靈秀所鍾，多産人物，寓公亦往往結茅焉。道光己亥孟冬，郭蒹萩爲其兄秀農禱於懷安，遇地主徐君伯銘，叩以歷代人物及寓賢，得林遹、潘牥、謝瑀、林玭、林玠、林瑭、熊熙、蔡清、張經、林罃、鄭守道、趙璧、趙奮、翁興賢、翁正春、曹學佺、曾熙丙、陳鴻、沈野、徐英、陳楚白、林涵春、王君弼、曹白、陳聖泰、王國璽、王九寧、王九徵、翁煌、余甸、謝琛，凡三十一人，皆以品節文章足傳。因設主祀之金山寺，且爲各立小傳，鋟二版，嵌於廳壁。既編輯爲一書，而以意所弗歉及素無著述者，附録於後。葛回、林文瓚、林璧、周亮、許瑴、張懋爵、朱家相、翁登彦、周書、林天禄、翁希禹、黄道梁、林宗孚、王安策、葛大梁、張元鋭諸人是也。蒹秋嘗謀諸同人捐修天開圖畫樓遺址，祠祀周處士朴，以徐㶿、鄭逑配之。兹又與黄肖巖輩襄成此舉。向來一瓣香，敬爲曾南豐斯文一脈之任，兼秋可謂極力仔肩矣。但林天禄、黄道梁兩童子，俱以割肝稱奇孝，似宜破例予血食，無使餒。而葛師聖回公乃道徵母氏支，祖譜載永樂四年進士，歷山東按察使僉事，兼提督學政，陞總憲。葬東關外上埔葛厝山。正統丁卯九日，壽溪整公秀才勒詩眠牛石，云：「葛厝山頭卧石牛，鍾靈毓秀壯高邱。願教後代如前代，七塚今傳二百秋。」此詩殊見孝思，殆與周太朴「子孫何處閒爲客，松柏被人伐作薪」下一轉語，故附及之。

道徵十五歲後，從林心齋師受業，凡四五年。雅叨不棄，以爲孺子可教，他日所進，大不可量，誘掖之勤，殊深感佩。師諱登廣，閩縣歲貢生。祖芷淳，父立京，皆名孝廉。與同懷兄登廊齊名。文憎命達，屢薦不售。晚年喪子，有「誰憐老父貧兼病，長使孤兒泣且號」之句。生平著述，盡付祝融。所輯《焚餘小草》，僅數十篇而已。《秋夜登樓》云：「月上千峰晚，風生萬壑秋。何人同此夜，把酒獨登樓。身世有窮處，乾坤無盡頭。臨空一長嘯，吾意與雲遊。」《自慰》二首云：「富貴貧賤，禍福死生。修身以俟，素位而行。」「我生若此，天道則那。破涕爲笑，對酒當歌。」處困阸不堪之境，而善自排遣如此。其天懷曠達，真弗可及。黄卓人漢章明經爲吾師老友，時八十二齡，爲題集後云：「楓葉吴江五字妍，滿城風雨未全篇。願君莫感凋零草，留得焚餘與世傳。」「七十餘年興不灰，與君懷抱好同開。夢中誰索神人筆，尚覺江淹未盡才。」

梁江田師嘗謂道徵曰：「古人讀書皆有日記，記讀某書自某處至某處，看某注疏自某處至某處，讀古文某篇，時藝某篇，作某題文，臨寫某帖字，并帶記今日天時陰晴、某友來講論某書某文、吾出門爲某事酬應。如此日日記之，一日缺記，心上自然不安，不特可課勤惰，而非僻之事，亦不敢作矣。古人趙清獻公，乃至焚香告天，其毋自欺功夫如此。又須置一巨册，將自己看書所不能解者，隨手劄記，以便於師友處逐條請教。」道徵按，此法極好。陳南齋言，其鄉陳士漢字永章，號倬雲，乾隆間醇謹君子也。其人淡無所營，亦無所慕，崇德寡言，勵志篤學。嘗簿記生平一舉一動，以及天時人事、父師友教之道，私自克治。所存詩七百餘首，多本於性情，要不失於《舜典》「言志」之旨。後其子館於侯官之大穆溪，携以附篋，尋没於館，遂失其稿。南齋從他本搜録，得十四首，其於倫紀之間三致意焉。《寄弟》云：「有夢關吾弟，無才媿寡兄。」《訓兒》云：「家貧薄産宜從儉，俗尚奢風勿效尤。」

謝肇淛云：「巫覡者，奸淫奇衺之所託也。今之巫覡，江南爲甚，而江南又閩、廣爲甚。閩中富貴之家，婦人女子其敬信崇奉，無異天神。少有疾病，即禱賽祈求無虚日，亦無遺鬼，楮陌牲醪，相望於道，鐘鼓鐃鐲，不絶於庭。而横死者日衆，惜無有以禁之者。若使上有西門豹，則河伯絶娶婦之媒。下有夏仲御，則丹珠失鼓舞之勢。君正獲穤，而一郡之巫息。左震破鎖，而山川之祟消。天師杖而甘雨至，楊媪斬而火妖絶。世間第一妖惑，莫此爲甚，而世猶信之不已，何也？」道徵按，鉛山蔣清容士銓太史《驅巫》詩云：「巫祝紛紛行鬼教，可憐不遇西門豹。呵神叱鬼啼復笑，病者驚疑醫莫效。東鄰夜半擊巫鼓，擾我酣眠魂夢苦。披衣踏月登鄰堂，妻孥含泣翁卧床。老巫摇頭作神語，手持龍角咒白虎。猙獰醜怪神數層，雜以淫哇真可憎。木鸞金帖隱旗幟，高爇本命符牌鐙。我裂神像付一炬，脚踐餘灰折弓弩。吹鐙罵巫巫疾走，賓客循墻皆舌吐。巫神巫鬼紛竄逐，明晨病者起食粥。胡生師楷爲作

《驅巫》詩，三日傳誦城鄉知。前聞太守召巫召已魂，鼓樂送巫歸廟門。吁嗟乎，妖由人興胡不聞。」快人快事，不讓古人。

梁江田太史《跋選授韓文送石處士序》云：「公《送石》六韵詩：『忽騎將軍馬，自稱報恩子。』其末句云：『去去事方急，酒行可以起。』與此文同意。皆語含譏刺，見其應聘之驟，無少遲迴顧望。此殆決之於素，與夫勸仕不應者大相刺謬也。後四疊分開言之，故不覺其逼，若連貫讀之，則石生出處之義，忽易所守，既非處士之節，而其所謂受知於大夫者，不過從事之一言，非有知己之真造廬之雅。如此苟合，而望其相與有成，不亦難乎？故亦反言以結之也。公送李巽鎮襄陽、送鄭權帥南海，皆祗夸其軍府之雄、統轄之廣、風俗物産之美盛。而於李則結云：『富貴由身得，誰教不自强。』於鄭則云：『事事皆殊異，無嫌屈大才。』於本人不肯一語褒稱，蓋皆公公讌之作，不能已於言者，所謂應酬文字也。張籍譏其與人無爲實不切之言，立言必本於誠，公未免於此有歉已。」

古人傳作得盛名者，必有一番妙義，非可尋常窺測也。王漁洋《露筋祠》：「野人繫纜月初墮，門外野風開白蓮」二語，讀者以爲祠前有湖，遍種白蓮，徒賞其就景粘合，遺貌取神而已，豈知其妙處尚不止此。蓋貞女姓鄭，名荷花。米元章碑鑿鑿有據，漁洋用意當於是乎在。故青浦陸萊臧我嵩司馬有詩云：「甓社珠光相對明，紗幮月冷悄無聲。白蓮差被漁洋識，一縷貞魂稱小名。」然則向來謬加讚賞者，不幾被漁洋竊笑乎？

丙申歲，葛曉山文蔚舅氏以「八仙飲酒圖」命題。道徵學淺才疏，詩筆殊劣，而重違長者意，遂書一百奇四字云：「瞥然相見不相識，都云世俗稱八仙。八仙懸隔年代遠，如何高會開瓊筵。此樂真非尋常有，其人皆在天地先。長受壺中日，未費杖頭錢。嬾作劉伶頌，渾忘李白篇。浮白引滿各大醉，儘成天禄無禍泉。窮生雅量正不淺，披圖輒覺流饞涎。此間安得厠末座，千古萬古同陶然。」然我輩未脱凡夫窠臼，安可引此爲例。東吴惠松崖定宇徵君，爲當代經師，以其餘力爲《感應篇》箋注，博雅警醒，足與經疏相表裏。其所注「嗜酒悖亂」句，竟是一則古銘，洵宜書之座右，以爲觸目警心之助。詞云：「古之人，制酒醴。幾萍氏，立監史。將以德，維令儀。辭不腆，稱須臾。規初筵，在剛斷。過三爵，不及亂。今之人，及酒荒。儀不令，德不將。濡其首，側我弁。既怭怭，復仙仙。扉有楄，門有莠。齊慶封，鄭伯有。就窒窟，奔雍梁。遷内實，殲朱方。告爾士，無崇飲。百日醉，三日醒。酒既入，舌必出。舌既出，言必失。失爾言，棄爾身。由歡伯，由賢人。堯千鍾，路百榼。惟齊聖，能温克。」又《群談採餘》載，宋蔡齊通判濟州時，酒常至醉，太夫人憂之。賈存道爲詩示公云：「聖君恩重龍頭選，慈母年高鶴髮垂。君寵母恩俱未報，酒如成病悔何追。」公矍然起謝，自是非親客不對酒，終身未嘗至醉。此真勇於改過者，尤可爲法。

道徵幼時，聞之鄉先達云：陳夢雷，閩人。博極群書，弱冠入翰林。與李光地同給假歸，值耿精忠變。李相距七百里，得爲備禦，於家團鄉兵爲先導，引貝子大軍由朝天嶺入閩，事定。次年還京，升閣學。陳家省治爲所劫去，耿逆平，逮繫入京。自訟於朝，言欲得當，以報其本末，惟同年生李光地知之。李鶩謝弗任。一時譁然，互持二人曲直。朱竹垞《詠古》云：「君看蘇子卿，豈絶李騫期。」指此也。然「江南狄公永州柳，此事今無古亦偶。獨不見，福州遲太守。」然遲卒未踰時，而廟貌巍然，且增至十有餘處，視昔尤甚。蓋巫覡藉以掠金錢，愚氓冀以免殃咎，故旋毁旋復，法令所不能禁也。閩中故多淫祀，此特其尤甚者耳。見《府志》。

梁江田太史書《楊仲宏集》後云：「近體首在洗鍊。洗鍊之所就，五言主神韵，七言主風格，此古今攧撲不破之論。今之主昌黎、主東坡者，雖口若懸河，終不能以才氣爲四十字詩，在韓蘇猶爾，况餘子耶！七律格雖稍降，然使以才氣爲之，亦秖到得李義山門徑，求如天寶、大曆之風格，不可得已。仲宏近體，意在以高樸振晚宋之衰，而天不假年，未臻成就，於洗鍊上欠一層工夫，所以未到微妙地位，而轉多陳腐粗糙語。在高格者猶然，况其爲姚、賈、元、白一派哉！世人動以王孟爲口實，皆粗材也。今使爲詩能學少陵，則宗法極高矣，然未嘗打破王孟一關，則學杜亦秖得其皮毛。嗚呼！難言矣哉。乙酉五月十四日，曼翁書。」又云：「仲宏七律，實不知其所以佳處。如《送范德機》篇，兩詩人酬贈而作，此常句孰不能爲也？至如《卜耕宋徵士》篇云：『大而元氣求乖合，細則人爲驗否臧。』真是俚極，即題卜肆猶不可也，况以此充名家集哉！總之，此體不講風格，語秀則纖輕無骨，語樸則陳腐不鮮。雖東坡之作，猶莫能易吾言也，况餘子乎？」道徵按，舅氏撰有《風格集》，皆選唐人七律，所以救近世之楊仲宏也。然仲宏七律亦有佳者，《宗陽宫望月》云：「老君臺上凉如水，坐看冰輪轉二更。大地山河微有影，九天風露寂無聲。蛟龍並起承金榜，鸞鳳雙飛載玉笙。不信弱流三萬里，此身今夕到蓬瀛。」顧奎光云：「高華咗亮，即在唐音中亦是高調。」

穎雋之士，其吐屬自是不凡。曾禹門奮春明府，年十三補弟子員，未冠鄉舉。自言前身爲僧。與林心齋師、梁江田表舅氏同文社。有《詠史》小樂府十章，墨迹在余處。《三歸艷》云：「管大夫，娶三歸。臣身未能屏聲色，内嬖六人何用規。此區區者不害伯，一匡九合功巍巍。功巍巍，君心荒，三豎用國幾亡。始信周召非迂闊，旅獒無逸章琅琅。」《蘆中人》云：「蘆中人，蘆中人，顛連患難死爲鄰。乞食吴市困且貧，王僚召見爲謀臣。僚何仇兮光何親，忍戕生君報死父，豈獨鞭尸稱不仁。胥乎胥乎夫差疑爾非一日，宰嚭之讒殊有因。」《何氏廬》云：「寧居何氏廬，不爲曹氏子。不入司馬黨，安得不爲曹氏死。平叔忠孝洵兩全，宗旨老莊何損焉。謀去强臣張公室，史臣佞筆書叛逆。正始選舉稱得人，公論難泯出晉臣。安傳粉白不去手，湯餅之賜君知否。吁嗟乎，搔頭弄姿誣李固，瞶瞶千載人不悟。」《我負卿》云：「孔熙先，志久抑。三十尚爲郎，安得不作賊。熙先作賊負帝明，帝猶痛惜不絶聲，有才如此我負卿。帝乎帝乎誠憐才，壞汝萬里長城胡爲哉！」《崔司徒》云：「崔司徒死可惜，既死之後空太息。議賢議功盛世事，俄頃留侯五族赤。飛昇不得老子術，圖籙真經竟何益。或云滅佛，報仙不能，救佛豈能厄。」《南陽怨》云：「天下擾擾頻顧影，練巾終上好頭頸。隋人盡滅宇文氏，誰知仍從宇文死。夏王草竊能討賊，唐公父子無顔色。宇文國賊法應族，公主有子不願育。鴛鴦分翼碧江秋，得比陳宮破鏡不。昔爲婚媾今爲仇，别鶴離鸞甘白頭。」《夜郎嘆》云：「唐家支庶分大藩，禄山聞之爲膽寒。賀蘭一言傾房公，骨肉猜嫌填心胸。永王謀反出附會，王不能明白何怪。同爲上皇臣，同輔上皇子。鄴侯爲名佐，太白坎壈死。所遭幸不幸，二李天淵懸若此。噫吁嚱，王不反，有公道。白從王，非草草，紛紛譏議皆可掃。」《崖州行》云：「贊皇之勳配裴度，度薦辛相才，此言誠不誤。牛李之黨亦由度，黑白昭然總易悟。武宣二宗本水火，太叔得立太尉禍。崖州之變意中事，何必夢中乞哀我。」《鑿舟歌》云：「湯湯瓜埠水，林兒鑿舟死。真人已立金墉城，曩日君臣虛稱耳。吁嗟乎！項王冤負不義名，漢高發喪非至誠。」《東林詠》云：「莫言東林賢，未必盡君子。若欲殺東林，狠戾甚於此。傷哉天啓末，諸君駢首死。禍與國運相終始，南渡紛紛猶若許。」又《出門》云：「還家甫兩旬，出門何所適。人生逆旅浮，我又客中客。身登不繫舟，室留未暖席。妻孥慣別離，惟勉各盡職。去去無復戀，江帆健如翮。」

閩縣林石甫夢郊秀才，放佚不羈，目空一世。所著《此中軒詩稿》，「此中」云者，意謂此中人語，不足爲外人道也。可謂狂甚。顧其詩，固自矯異不群，殊有昂首天外之概。《憶明月》云：「明月有時有，人間無事無。今宵行樂處，分照及蓬廬。」《送人之蜀》云：「故人策馬峩嵋峰，予亦相隨騎白龍。與君醉卧峰頂月，下界星星聞曉鐘。」《自題小影》云：「十年琴劍太郎當，何處關山空自忙。兩岸梨花一江水，有人相送下瀟湘。」《采石磯》云：「人去留磯在，臨風感慨多。大江流不轉，明月夜如何。亦有能詩客，相將載酒過。三更風露重，但醉莫高歌。」《歲晚》云：「西風一夜入窗櫺，閃閃寒燈夢易醒。孤劍瘦於秋後影，大江流到枕邊聽。文章幾輩夸卿月，湖海經季感客星。抱得壯心驚歲晚，可憐潘鬢不能青。」《懷歸》云：「極目長天草色萋，長條況復滿長堤。昏鴉争樹日下地，寒犬吠人聲隔溪。山色不分家遠近，鄉心欲逐水東西。獨憐范叔多蕭瑟，誰向秋風一贈綈。」《感事》云：「未必天人劫運遭，壯心空復看環刀。國家有道妖氛蹔，夷虜無情戰氣高。巨礮一方飛碧血，連艘四面走紅毛。我生生亦居邊海，愁聽哀鴻下澤號。」甲午九秋之朔，嘗題道徵詩草云：「王郎苦學能爲詩，王郎苦貧人不知。一年三百六十日，日作韵語都忘饑。我識王郎更十載，身世轉移如傀儡。上場下場一萬場，貧賤催人毛髮改。即今老大同堪憐，名士乃不名一錢。空囊詩稿賸筍束，窮乃益工將毋然。君言近境頗抑塞，數奇況復戰三北。牢愁無賴逃於詩，不得不吟吟不得。我聞此語滋傷心，我亦困頓嗟至今。有文不使草露布，安用伏櫪爲哀音。讀君蘭修好詩草，知君窮到詩才老。詞華如此豈患貧，富貴可求胡不早。吾家詩伯名瘦雲，終軍奇氣相如文。爾來介我一相見，喜得快友深感君。有時共說詩中妙，撞鐘夜半聞酣叫。妻兒不解客何爲，屏後窺人常竊笑。嗚呼！吾生甯以詩人幾，侏儒飽死來相譏。此曹有福足衣食，我輩無用惟食衣。瘦雲嘗謂余云：『世人率有衣食之福，我輩惟質衣易食，是人衣食，我食衣也。』語特奇創，用以解嘲。雖然無用惟食衣，食衣衣盡腹且餒。請君逸興長遄飛，文章遇合會有定，佇看摛藻披朝緋。」

蘭修庵消寒録卷三

福州王道徵叔蘭纂

三元及第有可考者，自唐迄明，僅得十四人。唐張又新，見《摭言》，崔元翰見《説儲》，武翊皇見《南部新書》。宋孫何、王曾、宋庠、楊寘、馮京見《宋史》，王巖叟、何涣見《談薈》。金孟宗獻，見《金史》。元王宗哲，見《輟耕録》。明商輅見《明史》，黄觀見《雞窗賸言》。及國朝又得二人焉，乾隆辛丑科長洲錢湘舲棨、嘉慶庚辰科桂林陳哲臣繼昌是也。各蒙御製三元詩，褒世德，奬新英，可謂極人臣之殊遇矣。湘舲爲宫聲先生玄孫，家世素孝。友哲臣，爲榕門相國玄孫，栽培亦遠大。哲臣及第，太翁蕉雪元熹中翰猶健在，有詩寄勗云：「祖宗貽福逮雲礽，福至還期器可盛。好以文章勤職業，勉求實學副科名。出身豈爲圖温飽，得志從來戒滿盈。有子克家寬父責，老懷不用日愁生。」此與趙忠定初冠，多士德莊語之曰「慎勿以一魁先置胸中，天下事難做的多在後面」同意。若羅念庵臚唱日，其婦翁趨告云：「喜今日幹此大事，這等器識，便無足觀。」

侯官林耻齋垐，字子野。崇禎癸未進士，授海寧令。有善政。去任時，民老幼數萬環泣追呼，號慟數十里始還。公至家，寄書有云：「寄言父老休相念，我死魂猶到是鄉。」隆武即位，閩中召對稱旨，遂授户部員外，轉餉軍前。旋以浙西戴公使往宣諭，擢監察御史，具劾奸臣馬士英。行至處州，又召除吏部文選司郎中。未幾三關撤戍，扈從至建州。隆武以江右來迎，單騎西行，潰兵蔽江下，群臣皆不能從。公號慟欲絕，有「少陵無計達行在，淚盡啼鵑半夜聞」句。於是挾《鐵函》《晞髮》二集之海濱觀變，歌泣相續，其遺稿至今令人酸鼻也。丁亥秋，魯藩航海入閩，郡邑響應，公拜别老父，荷戈而出，家人環泣。公書《優孟傳》後示之，遂起兵。旬日間，集者數千人。九月十七日薄福清城下，麾纛前驅，身受數瘡，猶勒兵搏戰以死。時年四十二。著有《居易堂集》、《海外遺稿》。道徵題其後云：「天荒地老别椿庭，報國孤忠血戰腥。不惜頭顱真慷慨，肯將妻子託優伶。詩傳海外含悲憤，疏落人間仰典型。居易堂空魂魄在，千秋萬世拜英靈。」嗚呼！道徵每讀公「易捨妻孥惟有父，無慚膚髮但多頭」之句，未嘗不廢書三嘆也。

明季閩縣林涵齋之蕃侍御《藏山堂集》，在當時已經散軼，其姪孫亦逋子所輯，遺篇僅得詩數十首耳，然篇篇具有寄託。《雪譜》十二章，尤徵其志趣。所存《蘇子卿》云：「甯斷漢臣頭，不改漢臣節。衛律口齟齬，子卿顔凛冽。胡天無日月，陰山一片雪。沙場不生薇，只有雪堪齧。一齧眉目清，再齧肝腸潔。不是雪不寒，志士心血熱。匈奴牧馬來，相見驚咋舌。分付李將軍，勿復多言説。」《羊角哀》云：「人道有大倫，朋友居其一。君子慎結交，所以尚質實。吁嗟風俗澆，容易成膠漆。雲雨翻手間，金蘭化荆棘。有美二丈夫，平生寡相識。意氣素羞稱，落落惟悃愊。舉世莫己知，相將適楚國。大雪撲面飛，饑寒誰見恤。同死乃本心，所恨無建立。解衣推餘糧，行矣應努力。汝去我目瞑，何必相對泣。至今枯柳枝，猶帶别離色。」讀其詩，知其以扶植綱常爲己任者。與侯官林岺友善，工繪事，解禪理。其出處大節，詳亦逋子書後。亦逋子，佚名，雍正時人。

余讀徐健庵所紀馬文毅公雄鎮廣西殉難始末，及蔣心餘《桂林霜》傳奇，切謂公死吴逆之難，與范忠貞公之死耿逆，盡忠報國，並推百折不磨，而公之闔門殉節，尤爲罕見。聞被囚時，額所處草樓曰「笏擊」，題詩云：「當年憑一擊，千載説司農。尚有餘生在，何時摧賊鋒。」著有《笏擊樓集》。侯官林鈍邨一桂廣文題後云：「一代經綸手，東南保障雄。文章經患難，妻子亦全忠。遺笏摩挲久，危樓想像空。獨餘殘稿在，何處哭西風。」

范忠貞公承謨被囚時，以炭畫壁作詩，今所傳《畫壁遺稿》是也。末附《百苦吟》，蓋答和吴門嵇永仁、三山林能任、會稽王龍光、華亭沈天成同時罹難諸君而作者。時太夫人猶在堂，故有詩示兩公子云：「莫讀詩書莫戴貂，祖翁遺圃儘堪澆。慇懃侍母休頑劣，共孝孀婆樂暮朝。」此與楊忠愍「寄語兒曹焚筆硯，好將耕犢聽鸝黄」同意。而其抒寫孝思，尤令人讀之酸鼻。公著有全集。

侯官蕭長源震，字鳴霆。順治壬辰進士，授邢縣，己亥内陞山西道監察御史。壬子奔父喪，家居，常在三部堂著述。值耿藩變，密投簡親王，軍前約爲内應。事洩，遁出南城，耿使人拉殺於板橋上。時眷屬四十七人，同殉於屋後池中。今西門街西峰里口卓家，即震舊宅。震著有《蟄庵存稿》、《理刑末議》、《巡鹺奏議》、《西臺奏議》。雍正四年，入祀褒忠祠。震爲文不拘一格，或峭潔緊嚴，或汪洋恣肆，而析理必精，辨體極明，迥非時流所及。其論詩亦超超元箸，如云：「不多讀詩，不能作詩。無格調，不可爲詩。若徒以讀，詩作詩，以格調言詩也，其何異癡人説夢？」震《道山詩》四章，用包嚴介韵，存《道山紀略》中，此其跋語之一耳。

閩邑葉夢苓，字景西，號松根。乾隆壬午孝廉，官臺灣鳳山縣教諭。乾隆五十一年，臺匪林逆作亂。城陷，倡義勇，在埤頭街殺賊。正月十九日巳時，兵挫被執，罵賊死。同時殉難者，妻林氏、弟克周，次子殿材年十八，三子殿豪年十六，四子殿傑年十四，西賓莊如圭，圭姪鳴鑾，家丁林長飛、林德、陳益等，俱抗節被害。賜世襲雲騎尉，予祭葬。著有《松根文稿》四卷、《庚嘯樓吟草》二卷、《異聞彙紀》四卷、《詩話解頤》二卷、《香草箋偶注》一卷，俱没於兵燹中。五子殿□最幼，被救得生。長子庠生殿英，以先期歸娶，弗及於難。曾孫棟國，現襲職檢點，調任鳳山縣學。《自厦門挈眷渡海》詩云：「平生豪興思觀海，何意君親許乘槎。但得車書同海内，豈知身世落天涯。一帆直指荷蘭國，八口輕過鐵板沙。瘴雨蠻風都習慣，兹遊奇絶信非誇。」《三月十四放洋》云：「櫓窡無從試淺深，計程惟任指南針。偶迷向往差千里，得合機宜守一心。陰火熾時全慘淡，黑風吹去半浮沉。可憐命寄篙師手，名利津頭痛不禁。」《商家樓即事》云：「趙瑟秦箏鬧酒壚，酣歌夜半劇歡娱。獨憐羸馬孤眠客，更向春風聽鷓鴣。」次子殿材、三子殿豪、四子殿傑，皆能詩。殿材《郵居即景恭步家大人原韵》云：「牛背摇鞭趁晚暉，前郵烟火見應微。醉歸茅屋雲侵榻，劚罷松林月滿衣。一片清泉漁火路，數竿修竹野人扉。如何終日浮梁客，勞擾風塵未息機。」

廬陵王殿墀，字衷佩，號立齋。弱冠補弟子員。五試不舉，終身未嘗廢學。著有《讀書日録》若干卷。不飲酒，曰：「惟聖人醉不及亂，常人何能？」其爲學以静敬爲主，以戒欺求慊爲功，嘗謂學者當先去習氣，習氣除，放心可求矣。又謂學以明理，凡事物之接於吾前者，皆有所以然之故，會而通之，無非是理。古人行文處事，胸中若素定者，積理深也。摘先儒言行，書之塾壁，自署聯句：「雖掘九仞猶棄井，未成一簣難爲山。」中夜端坐，默省一日言動，嘗恐違父訓，無時不在戰兢中，猶多過失，亦可見其平生學力矣。父光升，字藜輝，號乙莊。俱以孝聞，後以子贈芳貴，皆得贈如其官。詳周芸皋凱觀察《王氏父子孝子傳》。

烏程王平華耀辰觀察，筮仕吾閩凡十餘載，仁心爲質，婦孺知名。所爲詩，惓惓以民物爲懷。《調署福州府事留別汀州士庶》有云：「斯民撫字捫心媿，多士觀摩拭目看。今日麗春門外過，重煩父老送江干。」丁亥兼護糧儲道，秋九護理興泉永道。其地濱海，械鬬鴉片，習尚難返。有作云：「錫民百福惟終命，戒爾三章在鬬機。寄語東南諸父老，長官無日不依依。」《賀耦庚方伯來閩諄囑航海運米致詩》有云：「官清長此民生樂，食足都無市儈奸。報道連檣來海舶，定知喜色上眉間。」客座聯：「君子之交淡如水；大夫無故不殺羊。」厨房聯：「每朔望須茹素，非賓祭莫殺生。」嘗言：「天下壞事，皆貪人所造。天下好事，必廉者所爲。」歿之日，萬口齊聲曰：「活佛昇天矣。」舊時興化太守柴貞知，自題堂聯云：「窮秀才做官何必十分快意；活菩薩出世祇憑一點良心。」殆預爲觀察寫照歟。

南海吴荷屋榮光方伯，爲吾閩鹽臺時，裁鹽務浮費，捐設鳳池書院。及丁亥任，方伯又於院東拓建致道堂、攬輝樓，改建佳士軒，添設横舍三十餘間，所以厚培士類也。戊戌歲又任，方伯聞省會尼庵爲狹斜別徑，及蝴蝶母牛頭愿諸淫祀，力加革絶，風俗爲之丕變。道徵《和方伯三至鳳池書院考校原韵》云：「去來三度趁蹄輪，入境争看政績新。功在士林長振鳳，望推人祖共開閩。『開閩人祖』四字，吴太守題，先忠懿王祠扁額。澹和今日承先志，公太翁取宋周子語，顏所居曰『澹和堂』。耿介當年重此身。公應童子試縣考，時縣令某欲羅致門下，使人謂若肯私謁，即與案首。太翁峻拒之。後抑置次等，院考不售。太翁怡然，謂公曰：『士人進身之始，即以千請，他日何不可爲？汝即以布衣終，勝青衿萬萬也。』五世同堂佳話在，公家五世同居，子姓蕃衍。依依懷想望風頻。」「緇帷歲月去堂堂，道徵丙戌丁亥兩年，隨趙穀士師肄業院中。童穉曾觀壇坫光。公丁亥重至書院考校，有詩命和，道徵嘗敬步元韵呈政。勵志人皆磨鐵杵，爲歡我欲進瓊觴。千間廣厦真能庇，萬里前程好共翔。試向攬輝樓上望，碧桐翠竹影蒼蒼。」

侯官陳虚舟龍標廣文，乾隆壬子舉人。挑選甘肅知縣，以親老願改教職，借補建安，調任詔安。道光四年丁内艱，歸建安。士子具稟某學憲，請以廣文主建溪講席。次年又挽留，病未赴。旋歿，壽六十一。學者祀之院中。所著《周禮精華》風行海内。道徵輓詩云：「悲風苦雨滿荒城，又爲先生一愴情。樹望夙推山斗重，著書能得聖賢精。争堪駕鶴人長逝，苦憶飛鱣宦有名。香宅茫茫渺何處，叩門問字隔幽明。」廣文爲亡婦姑夫，故得其詳而著之。

葛曉山舅氏自跋家譜云：「余録此譜既竣，因統計現在丁口，其數猶未滿百，不勝昔盛今衰之感。唯望子姪輩此後家産稍充，無論親疎房分，擇其循謹老成留心生計者，費我千金，可助十人婚娶。由此支分派衍，子姓蕃昌，良屬易易。倘分門别户，視同族如路人，吾恐貲財億萬，轉眼成空，殊覺可惜。至於孫子粗飯布衣，足供讀書可矣，何必多積籯金，以啓其驕淫之志哉？」詳味所言，儼是范文正一流人。梁江田太史爲之執柯，以其故友廖佩香英秀才長女妻之。然文憎命達，老猶不遇，卒年五十。道徵舊《送舅氏之温麻》云：「吾舅惜分手，用杜句離筵愴遠情。可憐渭陽水，流作灞橋聲。」噫！昔嘆生離，今成死別矣。子長本穎悟異常兒，舅氏食報，其在斯乎！

閩縣林叔擎祥篤内行，母事邱嫂，子愛比兒，割股以愈叔兄。晚託禪宗，非其志也。著有《懺凡筆賸》，其友林祖瑜文儀所刊者。《題鐵拐圖》云：「我這醜漢姓李，雖然借拐扶持，倒也跳出生死。呼我爲神仙，我不以爲美。呼我爲乞士，我不以爲耻。若夫過橋丢拐，我則未嘗爲矣。」

閩縣丁蘊齋鈺孝廉，性情恬澹，疎嬾應酬，好學能文，鋭志著述。友人林薌谿與爲同年，雖時有書札往來，而竟未識其面。戊戌歲跋拙藁云：「龔先輩鑑序杭大宗《道古堂詩》云：『大宗磊落，豪傑之氣，殆所謂翫世不恭者，非耶？然觀其友朋骨肉之間，其大節可覩矣。』吾於斯集也，亦謂然。請以評大宗語移贈足下。」然蘊齋詩亦極有内心者。《柬郭德士》云：「素懷從不受人憐，胸次毫無芥蔕纏。醉裏杯疑吞碧海，吟中句欲問青天。五車學府思奢覽，百代名山想獨肩。誰識年來無一就，空餘故硯擁寒氊。」「窮年兀兀雨香堂，正似山僧獨住房。呼馬呼牛皆可應，非魚非蝶總相忘。著書難擬枕中祕，却病時鈔肘後方。欲把升沈問詹尹，憑將龜莢卜行藏。」「握槧懷鉛未蹔停，微明坐索等流螢。九千籀篆慚粗涉，十二名州乍一經。橅帖正心常在筆，養花守口欲如瓶。近來初得金丹訣，吸炁朝真息影形。」「喫飯穿衣過暮朝，非非是是不相聊。年華轉瞬傷羊胛，夢寐荒唐笑鹿蕉。畢竟浮名同畫餅，由來吾道在簞瓢。孤松日夕常相倚，把挹風標學後凋。」歿年三十一。著有《見見聞聞録》。同輩方以問世太急，少之果爲通論乎。與何肫藹常論史事，肫藹有輓句云：「及早著書還得計，至今讀史總相思。」

牛女渡河之説，前人力斥其污衊星辰矣。侯官林勿邨鴻年殿撰在京時，有《七夕陪諸同人聯吟》詩，尤覺辯才無礙。叙云：「七夕同李古陶、蔡薇堂、劉步銘、曾梅臣、亦廬昆仲諸人，並涑亭、范亭二弟，約聯吟於郭遠堂同年處，郭氏新甫、秀農，合計得十一人。席間分賦『微雲淡河漢，疎雨滴梧桐』韵，得『漢』字，因作長句，以放厥詞，不自知工拙也。」「孟秋之月甲午旦，文光射斗天章焕。帝使巫陽下闞之，報道四顧無人，但見城南詩壇上有幾好漢。好漢有才能補天，即看佳句亦璀璨。床分上下鬬吟毫，速藻成章如飛翰。銅鉢敲殘金盞香，枯腸得酒恣澆灌。傳箋永夜漏遲遲，好月窺簾影雙蒜。掀簾起弄月弦高，衆曜沉暉不覺燦。却憶平子言，雙星在彼岸。今夕復何夕，良人見此粲。或云河鼓尚天孫，藏嬌帝室開甥館。生恐宴安蠶績休，轉教難聚易爲散。又云烏鵲代青鳥，聘錢十萬貫。七日音傳訛，脱毛尚顔汗。從此神仙亦有情，嫗媧靈匹傳閭閈。此乃兒女自癡心，牽引天孫無乃玩。黄姑織女河東西，萬古相望匪宵旰。無端羅韈起凌波，此事荒唐易推斷。我聞經星位不移，載鬼西旋度可按。春昏南走夏晨東，渡河從不當宵半。鄱陽一老真通儒，力掃祭儀翻舊案。嘵嘵可笑群兒愚，風土歲時紛辨難。豈不聞，報章女，服箱牛，有名無實詩人歎。即彼柳州大拙欲乞靈，無亦才窮寄憤惋。多事人家瓜果陳，况乃蠟嬰浮水畔。癡兒更有李三郎，長生殿上凭肩看。漁陽鼙鼓蜀道鈴，不信人間天上判。茫茫長恨千餘年，今夕吾儕乃燕衎。客中我已四秋期，長離苦被名韁絆。座明最羡汾陽宗，輧車繡幄應殊觀。翠梭鳳管閒塤篪，玉堂内外才名冠。南豐北海戚黨豪，伯喈子政吾皆憚。請歌一章，侑爵無算。停君杯，聽我亂。漢水西流，匪淪而瀾。前奔後逐，刀斷不斷。水流入地復上天，人事難回不可喚。君看三年中，此時此讌物幾換。人生踪跡，如風水渙。長風破浪會有期，可但詩城資禦扞。莫彈嵇生琴，莫逐韓嫣彈。子晉鶴，安公龍，此生何處不汗漫。算來智巧不如愚，大福庸庸游伴奐。僕本恨人，得由之喭。但乞付癡獃，神明或我贊。願長作太平民，笑晏晏。瞻卬昊天，皆星輝而雲爛。」

天既有文，地豈無理？患在野師欠一副道眼，祇瞽説惑人，而爲肥已計耳。侯官廖陸峰晉封君，父母既殁，日從地師相擇佳地。地既成，遂營窀穸於郭北崎上山之陽。因而博覽諸堪輿家言，參互考究，洞悉其理。當時閩中精青烏術者，衆推封君。封君既精堪輿之學，延請無虛日，勞於登涉，諸哲嗣以爲憂。乘間微陳曰：「大人既不受酬，非藉此潤家計，即何不悉辭，以爲業此者地乎？」封君笑曰：「是非汝所知也。閩省多停葬之習，皆緣惑於地師『利長房不利次房，利次房不利三房』之説，展轉延緩久，遂至於力不能葬。吾既略識生尅、向背之理，又藉此以勸孝有力者速之葬，無力者助以資，庶幾力挽頹俗，豈好自勞而妨人業哉？」近閩縣何朏藹廣熹孝廉，以儒業之暇，旁通岐黄，兼及堪輿。嘗以尊甫郯海先生舊墳有礙，決意遷葬，非灼然确有所見，何敢輕舉若是。更聞爲某先達家擇地，山佃餡以重利，可得數百金。彼時正在困乏，竟毅然辭之。其居心立品之過人，固可與廖封君後先輝映也。

道徵先親合葬於西關外群鹿山，地爲潘藻如江孝廉所擇。據云爲天三生震木、地八艮成之格，又後天合十夫婦格。當時嘗以形勝就詢，故壬辰歲，有贈詩云：「小西湖畔閉門居，消受清閒樂有餘。舊物輸君游竹素，新詩贈我過瓊琚。藥方普濟參三品，筆陣横行擅六書。注就葬經多妙理，撥沙神技更誰如。」肫藹著有《葬經淺注》、《穴情賦解》、《地理一得》諸書。

侯官王偉甫廷俊秀才，詩有極沈痛者。《悼亡》云：「長恨何能割愛根，背人浩歎暗銷魂。恐教老母心增痛，强把衣襟拭淚痕。」《哭熙兒》云：「朝朝勸汝力加餐，未着寒衣又怯單。少小可憐離母去，有誰泉下護饑寒。」有極瀟灑者，《過桑溪》云：「越王一醉成千古，荒澗春深長緑蕪。我獨醒來尋曲水，尚聞山鳥勸提壺。」《家園梅花謝矣蘭修携二客來訪詩以紀之》云：「躡屐人來薄暮時，東風料峭雨如絲。門前鶴笑看花客，何事尋春到較遲。」集中名句甚多。《暮春》云：「啼鳥亂叢樹，落花辭故枝。」《遊元沙寺》云：「到寺忽無夏，逢人疑是仙。」《遊鼓山》云：「千嶂碧無際，一僧清與談。」《静舫》云：「人意一以定，風波無不平。」《小西湖》云：「疎鐘出寺暝烟後，小艇歸邨斜日時。」《歐冶亭》云：「海潮南去虎門白，山勢北來龍窟青。」《飛翠亭》云：「光摇巖月千松立，影落溪雲一鶴歸。」《生日書懷》云：「佛無量壽身先朽，仙可長生事亦虚。」偉甫經術湛深，尤致力於漢學，聲詩其餘事耳。著有《醉經巢雜記》，并《經説》、《樵隱筆記》、《樵隱山房詩鈔》、《碧桃花館詩話》各若干卷。

遊子思親，常情不免，彼流蕩忘返者，誠不解其何心也。同安陳壽垣斗南秀才，爲吴晴舫學使門下士，年僅弱冠，即食廩餼。字工歐體，詩得唐音，書札亦楚楚有致。庚子科赴省應試，《寒食客感》云：「策馬閩南獨遠征，此身容易逐浮名。老親先訂歸來日，遊子難忘别後情。柳舍題詩多感慨，花村沽酒又清明。釣龍臺上頻回首，何處故山雲影横。」其望雲惆悵之深，即愛日瞻依之切乎？

長樂陳南齋宗英秀才，有《擬韓愈五箴》，序云：「昔昌黎韓子業精於勤，猶懼其過之日長，而有善弗遷也，作五箴以自訟。夫以昌黎之賢，後儒宜百世師之者，而自訟乃爾，吾輩百不如人，讀《五箴》顧無所動，其心可耻孰甚焉？不揣冒昧，聊擬其詞，銘之座右以自警。」《遊箴》云：「人生於少，草生於春。幾何歲月，而不自新。天賦汝以精神，豈任汝之因循。汝思此身，何以榮親。汝思爲人，何以全真。度日逡逡，終古沉淪。誰以汝爲席上珍？」《言箴》云：「汝亦有言，言多則躁。守口如瓶，乃復顛倒。肆汝譏彈，喪汝貞操。人之視汝，而不汝好。既憐汝誂，並畏汝傲。汝之終身，將復誰導。嗟予小子，胡不慥慥。」《行箴》云：「汝曰人愚，汝曰予智。凡百所爲，好自岸異。惡植其根，私萌於意。習久性成，漸無顧忌。噫古聖賢，殀壽不貳。業業兢兢，惟行之粹。汝顧何人，而自暴棄。」《好惡箴》云：「惡者不惡，非仁之素。善者不好，非仁之度。惡而未絶，好而徒慕。均制於私，終無不誤。誤在邦家，罪難髮數。誤在心身，亦豈細故。師友親朋，嬉笑嗔怒。一不自持，身敗名污。虎尾春冰，曷其弗懼。」《知言箴》云：「汝有善行，人已汝知。汝有過舉，人爲汝危。胡汝之心，而不自思。蚍蜉撼樹，相競文詞。樹德弗滋，虛譽是馳。忘前哲之師資，臨瞎馬於深池。倀倀無所之，能無愧乎鬚眉？」南齋父常齋時夏孝廉，少失怙，奉母以孝。勵志正學，爲孟瓶庵考功所稱。著有《學庸繹注》、《周禮要解》。

長樂謝枚如章鋌秀才，爲在杭九世從孫。先代多藏書，自其高祖上舍希玉，及曾祖茂才世南，祖明經賁，父茂才鵬年，俱珍守無失。枚如亦嗜書成癖，以司書神名長恩。嘗酹酒而祭以詩云：「雖未緗囊擁百城，一緘一卷亦瓊英。長恩若肯殷勤護，歲歲呼名進此觥。」聞枚如十二歲時，其祖授以詩扇，有云：「阿孫漸曉慕名場，朝夕伊吾苦且忙。老我飽聞科舉事，首憑心行次文章。」其所以貽謀者遠矣。枚如友張任如仁恬《彙書有感》云：「竹經匏史列魚魚，手澤於今尚有餘。一檢殘編一垂淚，當年辛苦數函書。」數與枚如互相砥礪，惟恐書香之廢墜者歟。

臺江李香苹招遊望北臺，余即席有賦云：「年少翩翩者，招邀到上方。眼高憑眺遠，心净忽聞香。諸子足豪興，吾生有別腸。何妨且行樂，犄戰共飛觴。」「夙飲香名久，琴僧慕徹雲。寺僧徹雲解琴理。今番喜相見，古調可能聞。月色白千里，峰容青十分。都應領清趣，世慮遣紛紛。」暇日香苹以詩卷求定。余嫌其側體未除，題云：「何處飛來小謫仙，長吟短詠總飄然。期君珍護生花管，莫賦無題與世傳。」然其發人深省處，故不減黄山谷之聞木樨香也。《采蓮曲》云：「今日蓮花落，昨日蓮花開。花開人不去，花落人不來。」「儂愛采蓮花，顔色無花好。花自年年開，人自年年老。」

前明靖難之變，鐵布政鉉以抗節被刑。有二女，發教坊司，終不受辱。適鉉同官至，二女爲詩以獻。文皇曰：「彼終不屈乎！」乃赦出之，皆配士人。長女詩云：「教坊脂粉洗鉛華，一片閒心對落花。舊曲聽來猶有恨，故園歸去已無家。雲鬟半綰臨粧鏡，雨淚空流濕絳紗。今日相逢白司馬，尊前重與訴琵琶。」其妹詩云：「骨肉傷殘產業荒，一身何忍去歸娼。涕垂玉筯辭官舍，步蹴金蓮入教坊。攬鏡自憐傾國貌，向人羞學倚門粧。春來雨露寬如海，嫁得劉郎勝阮郎。」嗟乎！才貌如斯，幾至失身污賤，何其不幸也！吾意二女非不欲死，必當時防衛嚴密，求死不得耳。

外姑旌獎節孝陳太孺人，侯官高信儒任業室，陳修嚴朝根廣文女，以病癆歿。道徵輓聯云：「廿五齡喪偶，十七載守貞，盡婦道而撫幼孤，不知幾受艱辛，當閏月竟難免厄；本一介迂儒，作六年半子，抱陳編以尋墜緒，漫許已能成立，念遺言祇益傷心。」妻伯淡軒建章孝廉，輓聯云：「守貞節十七年，勤於身，儉於家，撫女育男，劬勞備至；事病姑三個月，朝不怠，夕不懈，抑搔奉養，辛苦無加。」妻舅肇洙肇元輓聯云：「定數難逃，辭父母，兼拋我輩；重泉永隔，見舅姑，更會而夫。」皆實録也。外舅生前喜作詩，外姑瀕危時，外家求乩於外舅，以判吉凶。書四句云：「蓡术苓草，醫生本老。病入膏肓，如何得好。」聞外舅歿時，廣文師亦有輓聯云：「鬼伯符催，不緩爾躬臨我訣；埒鄉魂在，應憐吾女撫孤難。」

韓昌黎《鄠人對》以刲股爲不孝意，謂支體不可毁傷，且慮因而致死也。余嘗著説以辨之。其略云：親病垂死，百計不效，爲子者搶呼無路，或藉此一點誠意，以冀天地哀憐。此固愛親之念所迫而成，設身處地，何可詆爲不孝？目以愚孝可耳。但此事有效，有不效，則其人之幸與不幸也。以余所聞，其幸而效者，若友人林香雨景忠刲臂救母是已。嘗贈詩云：「雖云愚孝却難得，如許苦衷殊可欽。豎子漫譚鄠人對，斯文未免過求深。」庚寅歲，外姑陳太孺人患病危急，亡室高氏返外家。深夜堂前設香案，虔誠默禱，刲臂肉和粥，以望生機。詎意僅進少許，即嫌有氣味而不復下咽，輾轉呻吟，竟於閏月朔日溘逝。此不幸而不效者也。亡室云：弱弟行均亦於是夜刲股，蓋不約而同如此。行均即香雨表弟，服未闋而歿。後聞香雨爲尊甫瘦生丈病亟，適與其弟名埊同時刲股，弗效。既又爲其母刲股，復效。余從舅葛文旺、室鄭氏爲母病，其女美娘張氏子室爲姑病，俱以封股稱。

貞女守節，烈女殉夫，而出於平等人家，其志尤爲可哀。道徵甲午歲《劉貞女詩》云：「緊昔歸震川，立言何亹亹。亦欲曉無知，約略我能紀。女子未嫁人，何當爲夫死。終身不改適，於義總非是。意謂許聘時，父母實主此。不曾相知名，所以防廉耻。六禮苟未備，婦道差可擬。無乖陰陽和，深閨作寡女。震川説止此。所論雖近情，所識非大體。心猶塵俗牽，志未冰霜矢。可惜盛名下，垂訓殊委靡。誠使後人從，改操伊胡底。親心既已從，女心亦當爾。生前不可違，死後甯有異。嗟嗟賢明媛，年才十六耳。許字陳德輝，正思同連理。不圖短命亡，此身復何恃。辭母竟于歸，赴義初不悔。素粧登夫堂，容顔早已毁。親戚生欽敬，道路競贊美。苦節凌秋霜，貞心證白水。君不見，吾鄉今日有奇女，淑容其名林其氏。」郭介平廣文亦有《題王貞仙烈女遺照》云：「曹娥殉父女殉夫，端陽七夕迹相符。殉父殉夫足今古，盡孝盡節心不殊。心不殊，捐其軀。生前不見鄒氏子，不與同生與同死。西風吹斷女蘿根，死後生枝痛連理。精魂淒絶夜氣沉，牛女無心度天市。刀尺成塵墓草青，分勞難得留十指。可憐父母慘相思，河漢年年似秋水。」按，烈女王貞仙住光禄坊，父業成衣，許字鄒氏子。道光十八年七月六日，鄒氏子殀，次日貞仙知之，沐浴閉户坐化。時室有紅光，年十九。郭蒹秋云。

侯官齊烈女祥棣北瀛鯤太守季女，許字於螺江陳氏子兆熊。兆熊卒，烈女知之，遽投於家中方池。事聞，陳氏求與合殯，并爲立嗣。時年十九，道光戊戌夏初也。烈女有詩稿，字體學小歐，甚工。《寒食》云：「風風雨雨百花殘，禁火春城萬井寒。忠到焚身天亦憫，每逢冷節放晴難。」《乞巧》云：「天孫郵肯度金鍼，枉費庭前禮拜深。獨有蜘蛛不解事，一絲絲挂女墻陰。」《鸚鵡》云：「畫架雕籠巧弄音，美人隔檻最關心。怕他解語偏饒舌，學得儂詩對客吟。」

蘭修庵消寒録卷四

福州王道徵叔蘭纂

昔朱子移居建陽，其於著名必署新安，從其朔也。道徵世居長樂，曾祖吴航公同祖泰盧公，始遷省垣。《詩》云：「惟桑與梓，必恭敬止。」又安可忘其所自耶？長樂之名吴航，俗説附會不可訓。南野盧蔗邨擇元大令知縣事時，撰有《吴航辯》，其略云：「長屬揚州，其分野爲星紀。《宋史・天文志》云：『天市垣二十二星，東、西藩各列十一星。其東南垣第六星曰吴越，爲星紀之次。』《元史・歷志》云：『斗四度三十六分，六十六秒，取入吴越分，爲星紀之次。』此吴所由名與？其邑西引江流，東接溪水，曰南河，曰新渡，曰連江，曰馬頭。環城藉以爲固，而潮汐往來，舟航四達，殆古所稱揚帆挂席、馳馬逐龍者，航之名，詎不以此？」按，此雖不可據爲定説，然較之吴王夫差之造舟，及吴孫皓之爲會稽守郭誕作船，又責侍中張浩作船諸説，終覺雅馴。

世人偶遇迍邅，多歸咎於所居失利，是殆未讀白樂天之《詠凶宅》乎？詩云：「長安多大宅，列在街西東。往往朱門内，房廊相對空。梟鳴松桂枝，狐藏蘭菊叢。蒼苔黄葉地，日久多旋風。前主爲將相，得罪竄巴庸。後主爲公卿，寢疾殁其中。連延四五主，殃禍叠相重。自從十年來，不利田舍翁。風雨壞簷隙，蛇鼠穿墻墉。人疑不敢買，日毁土木工。嗟嗟俗人心，甚矣其愚蒙。但恐災將至，不思禍所從。我今題此詩，欲晤迷者胸。凡爲大官人，年禄多高崇。權重持難久，位高勢易窮。驕者物之盈，老者數之終。四者如寇盜，日夜來相攻。假使居吉土，孰能保其躬。因小以明大，借家可論邦。周秦宅崤函，其宅非不同。一興八百年，一死望夷宮。寄語家與國，人凶非宅凶。」

《集仙傳》：尚書郎賈師雄藏古鐵鏡，嘗欲淬磨。吕洞賓稱回道士自贊其能，笥中取藥，置鏡上，曰：「藥少歸取之。」既去，久不來。遣人求得所止佛廬扉上，題詩云：「手内青蛇凌白日，洞中仙果艷長春。須知物外烟霞客，不是塵中磨鏡人。」賈歸，視鏡上藥已飛，一點通明如玉，乃知爲異人。丁酉歲，余爲孺懷題心鏡圖，即用此事。云：「一點明如玉，如君亦異人。願從乞靈藥，爲我洗埃塵。」前賢云：「心如鏡，敬如磨鏡。鏡纔磨則塵埃去，而光彩發；心纔敬則人欲消，而天理明。敬故磨鏡藥也。」石君殆得斯旨乎？

窮困時雖有周親，若不相識；及勢位富厚，雖極疎逖之人，皆願與之聯譜矣。更有上世本不可考，偏於譜牒之首，任意攀援，認爲已祖，自詡遥遥華胄。無知妄作，令人齒冷。獨不思誠爲吾祖，雖屬權奸，亦難隱諱。昔有新貴引見，上問：「某相而祖耶？」新貴對曰：「一朝天子一朝臣。」最爲達識。若非吾祖，雖號名賢，不得附會。故宋時有狄公之後懷安者，以梁公畫像及告身十餘通詣狄青，獻之，諛爲遠祖。青曰：「一時遭際，安敢自附？」梁公厚贈遣歸。明太祖欲祖朱子，因感典史之言而中止，當時稱之。若李唐之祖老子，論者即有所不滿焉。尤可笑者，唐有士人姓方，好矜門第，但姓方貴人，必認爲族。或戲之曰：「豐邑方相，何親也？」遽曰：「再從伯祖。」戲者笑曰：「既是方伯姪，正堪嚇鬼。」蓋豐邑坊，造冥器之所也。明陳嗣初太史家居，有求見者，自稱林逋十世孫。嗣初檢《和靖傳》與讀，讀至「和靖終身不娶，無子」，客默然。嗣初作詩贈之，有「想君自出閒花柳，不是孤山梅樹枝」之句，客慚而退。如此二事，更足爲好夸者之戒。究而言之，亦問其本人現在何如耳。現在已敗壞，雖祖父腰金何榮？現在能奮興，雖祖父打銀非辱。若徒以先代爲口實，則追溯原始，誰非黄帝堯舜之子孫哉？

余家寶藏有曹能始學佺宗伯詩册墨迹，《友人齋頭看菊》云：「秋光澹復滋，籬壁吐新姿。古有柴桑叟，閒情每寄斯。種佳猶易致，性僻始相宜。僮僕能諳事，無人摘一枝。」《有白色者最大復爲詠之》云：「但説黄花瘦，那知白戰肥。閨容和月淡，林羽帶霜飛。素節心無改，紅顏事已非。看時寒意重，加授一層衣。」末署云「學佺具草」，并鈐二印。

徐惟和嘗戲謂其友鄧卯君云：「吾黨苦心，百歲後當有鑒賞者顧，安得神遊而聽之。」道徵總角時，即讀先生《幔亭集》矣。誦前修之遺訓，懷名士之風流，如遊緑玉齋中，親承謦欬也。集中各體悉妙，《詠懷》云：「歲序如轉轂，一去無還期。形容久不逮，臨鏡始歎悲。悠悠夢寐間，覺悟何其遲。處世三十年，履歷多險巇。世事古猶今，此意當自知。奈何微脆軀，與俗争奔馳。奔馳覺生累，守静性可怡。老莊有明訓，役役將何爲。」大抵讀古人詩，須得其益。如此篇末數語，可悟養生理，先生之惠我多矣。

鼎革之際，傑士奇人多感憤時事，託迹緇流。若明季金道隱、方密之輩。其尤著者，何可概視爲異端？金門釋無瑕圓珏工詩，所云「不讀東魯論，不識西來意。」立論極爲得體。著有《夢中吟》、《喫梅吟》、《竹樵吟草》、《鷺門旅吟》諸集。自序有云：「登高感慨，不數古往今來，抱拙奔馳，但覺山窮水盡。」殆亦金、方之流亞歟。

吾鄉林碧山文英太守，康熙丁卯以五經中式，在瓊州郡署，寄示兒輩二律云：「坡老檳榔亦結庵，休言海外産香楠。遐方可戀惟無事，大寶相傳在不貪。天下弊皆因舊例，吾曹口半是空談。一分寬即一分賜，古語於今子細看。」「環橋左右太平林，咫尺西園仔細尋。按，碧山舊宅在太平橋，因稱太平林派。後遷西園亭。且贖垣牆供俯仰，休誇臺閣快登臨。竹孫老恐虧清節，蓮子香須結苦心。與語大家齊努力，春風萬里共深深。」後碧山孫静亭守鹿觀察守寧遠，亦寄示兒輩二律，即步前韵云：「憶昔西園爲結庵，遠從瓊海賦香楠。即今微禄皆銜賜，自古爲官重戒貪。勗汝詩書應繼起，慚予經濟尚空談。重依舊句添新詠，又作家箴一樣看。」「半壁圖書半畝林，汝曹燈火樂難尋。先人寢食懷乾惕，小子冰淵屢履臨。觸目毋忘六字訓，養身、做人、讀書。仔肩休負百年心。大家努力今齊否，松柏青青晚更深。」此碧山玄孫祝三正嵩所述，前輩典型，居然可仰。祝三嘗赴考畫學，立成若干幅，皆有題句，學使獨加録取，正場以額滿見遺，惜哉！《題桃源》云：「丹紅艷寫武陵霞，雞犬桑麻處處家。若使有心深避世，不宜洞口露桃花。」

康熙間，吾鄉陳濟之作楫慕道家，結小樓，潛心内典。取餐聽法音之義，著《飧聽樓詩集》。與僧道霈爲方外交。道霈稱其白首窮經。屢困場屋，而其詩益工，蓋以三世稱詩，家學淵源有自來矣。《同方子章過静公禪房》云：「返照在西川，群峰倏以暝。常攜白社客，轉涉青蘿徑。洞宿雲半歸，林棲鳥初定。花間逗香氣，松際響清磬。坐對兩無言，真空自相證。」遺落世事，嘯傲空山，可謂得真樂者。

古人之製紙鳶，雖相傳爲軍中告警之需，其後兒童借此遊戲，實可以洩内熱，爲益不少。蓋乘風直上，仰面開口，胸膈鬱火乘勢銷除矣。外省常於清明後放之，唐徐寅詩「春風却放紙爲鳶」是也。獨閩俗以九日節，故葉殺庵《榕城雜詠》云：「箋香臺畔送風箏，萬里秋光碧落晴。遠客乍看驚節物，重陽遮莫是清明。」箋香臺在烏石山，紙鳶俗謂之風箏。遮莫儘教也杜詩，遮莫鄰雞下五更。」

嫁娶論財，夷虜之道，豈吾輩所宜出乎？饒春田云：「明史癡翁，金陵人，佯狂玩世，工詩畫。姬人何白雲，名玉仙，號白雲道人，善畫，工篆書，通音律。翁每製一曲，即命白雲被之絃索。翁有女已字人，壻貧不能娶，翁忽謂壻曰：『中秋夜飲，我壻如命治具。』届期忽謂妻女曰：『如此良夜，盍從我遊乎！』乃攜妻女踏月至壻家，遂令合巹而歸。」今人因粧奩不充，財禮不裕，此推彼諉，以致男女愆期者不少也。甚至兩姓紛争，以至夫妻反目至於輕生者，亦不少也。胡不以史癡翁爲鑒乎？頣道居士云：「山陰童二樹鈺布衣，工詩，善畫梅。早年有句云：『萬樹梅花萬首詩』，晚年句云：『一樹梅花一首詩』，曾於隨園見其殘幅，深得暗香疎影之致。嫁女無貲，畫梅百幅以充奩具，人争購之。」頣道詠其事云：「前身或者是元章，洗硯池頭潑墨香。易了向平婚嫁願，梅花百幅女兒箱。」道徵謂二公舉動豪爽，真是通人。因憶舊作《嫁女歎》二絶，適與此意相發明，録之以爲「家貲强半飾此女，猶言無物遺兒孩」，與「轉眼十年人事變，粧奩賣與別人家」者參之。「紛紛較論儉和豐，貧士何須羡富翁。賣犬由來堪助嫁，市兒遮莫逞奢風。」「千金不惜嫁娉婷，寶騎香車走未停。誰識范公好家訓，要將羅幔火於庭。」丁蘊齋孝廉云：「千古來畢竟賣犬嫁女者，傳爲佳話。寶騎香車，何足貴乎？」噫！由此觀之，其亦可以少戢「甯肯千金嫁女，不肯百金教子」之風矣。

詩得規諷意，最耐尋繹。吾鄉高鈞潭璉秀才《寄饒心耕》云：「門巷蕭蕭鎮日眠，春來常缺賣花錢。延陵有劍須生贈，莫向空山墓上懸。」黄耦賓世發明府《歸燕》云：「王謝堂前舉目非，飄零多少舊烏衣。何如故國乘風去，休傍他人門户飛。」林侗叔錕孝廉《途中口號》云：「雨雪空山一蹇驢，自攜名刺走青徐。求人昏暮都無悔，悔昔無錢要讀書。」黄宛田奕傑布衣《題半間堂》云：「干戈滿地失樊襄，楚水吴山事較忙。我想相公閒不得，相公閒築半閒堂。」閨秀葛采山《王昭君》云：「紅顔多少老宮中，何事君王殺畫工。一曲琵琶作胡語，强於紈扇泣秋風。」采山姊采雲、采蘭俱能詩，有《蕚華樓詩草》。采山年十六歿。

詩有意所欲言，而先輩已代言者，江田師《感遇》云：「中宵忽不樂，愁思鬱以紆。夜長不能寐，攬衣起踟躕。出户望河漢，繞月循階除。仰觀浮雲流，倏忽無定居。貧子失依託，漂泊將焉如。衝風摵林木，棲鳥驚相呼。羽毛未豐滿，霜露重凋枯。男兒本落拓，温飽非吾圖。不恨久貧賤，所惜歲月徂。繁憂一中人，朱顔成老夫。」然浮生若夢，爲歡幾何，徒自苦，胡爲哉！無名氏《偶興》云：「學仙學吕祖，學佛學彌勒。吕祖遊戲仙，彌勒歡喜佛。神仙貴洒落，胡爲尚拘執。佛度苦惱人，豈可自憂鬱。我非佛即仙，饒有二公癖。嘗以歡喜心，幻爲游戲筆。著書三十年，於世無損益。願得世間人，齊登極樂國。縱使難久長，亦且娱朝夕。一刻離苦惱，吾責亦云塞。還期同心人，種萱勿種檗。」

孟考功《誠是録》爲惑於風水者作也。郭仙客金臺字充九，乾隆間閩縣監生。有《星外樓集》。《露棺行》序云：「甲午杪秋，余至西郊，見隨處多露棺，或數十部，或百餘部。侯縣一村堆積尤甚，崩裂毁壞者過半，凡此豈無子孫者所致耶？蓋其始以擇地，故遷延歲月，數傳以後孫曾寥落，遂至祭奠廢。而山佃將失祭之棺，棄置露處，權厝别賃於人。噫！擇地之説，其貽害豈淺哉！因作《露棺行》。」「西郊露棺相積聚，紛紛羅列無環堵。縱横堆叠誰處多，侯縣之村不勝數。杪秋黯淡天氣昏，青燐閃爍如雲屯。舊鬼啾啾新鬼哭，悲風蕭瑟寒郊原。霜侵日晒久崩裂，狐兔爲巢鼠爲穴。可憐白骨滿空山，長年露洗紛如雪。嗟爾枯髏何凄凉，令我感慨生悲傷。游魂杳杳不知處，骨殖長棄山之旁。安得有人起豪舉，盡教朽骨歸黄土。此事真令泣鬼神，悠悠世態憑誰語？君不見，四山權屋多蟬聯，風霾雨蝕年復年。前車可作後車鑒，爾等孫子速葬毋遷延。」林石甫《北邙嘆》云：「北邙山頭葬人處，荒塚纍纍亂行路。路人爲我談真龍，此事渺茫頗無據。塚中人各憐子孫，子孫遭遇難具言。生前尚苦愛莫助，死後朽骨何足論。貴人塚高立翁仲，貧人賤人墓如甕。可憐一例類長眠，雨雨風風日相送。當時暮碣夸崔巍，一朝頽卧横蒿萊。安知今日塚土塚，不是前人埋又埋。人生窮達同一息，各有修名愁不立。但教功業在人間，便乏兒孫都血食。歸途磔磔聞怪鴟，鴟聲似笑人心痴。何如得死便埋我，身後萬事誰能知。」二作與《誠是録》互相發明。

宜黄陳少香偕燦明府，道光辛巳舉人。戊戌以教習來閩，宰長泰惠安，有治績。己亥入闈，分校所得皆佳士。目前耳余名過訪寓齋，以所著《鷗波漁隱集》見貽。余讀其古詩，《古意》、《詠懷》、《官查鹽》、《卡兵來》、《縣吏尊》、《溺女哀》、《人面蝗》、《蝗殺官》、《大腹賈》、《侯門客》、《長安貴人行》、《郭孝子》、《廬陵兩孝子》、《章貞女》、《來孝女》等篇，皆有關世教者。宜黃樹齋爵滋鴻臚，題詞有「詩入勵俗能崇雅，名士持躬莫廢狂」之句。自訂詩藁亦有句云：「宋唐門户都應化，忠孝淵源自在流。」明府工繪事，善倚聲，兼邃於《説文》之學。

施怡巖先居西關外，其地有湖山之勝。後遷省垣，開畫肆，樸野淳厚，故無異邱壑中人也。《偶作》云：「囂塵湫隘置身安，負却湖西一釣竿。無限胸中好邱壑，年年畫與別人看。」《自題墨水牡丹》云：「不將粉傅與脂塗，洗盡繁華用墨圖。正似梁王輕富貴，披緇愛作佛家奴。」《見月》云：「頹雲如醉月如醒，正讀西齋般若經。先有壁陰琴影覺，十三徽映一行星。」余尤喜其《颱風》，有句云：「任教破茅屋，莫遣損秋禾。」胸次之大，殊不易得。著有《畫餘詩鈔》。

蓮池大師《七筆鈎》在彼教雖稱達識，究非吾儒踏實道理。長樂王成旟溱廣文爲下轉語云：「我佛何求，託鉢生涯未罷休。火迫饑腸吼，口吐饞涎溜，三寸短咽喉。百年長壽，切莫推辭，分定礳礳酒，爲甚的把玉液瓊漿一筆鈎。」「鳳枕鴛幬，年少相依到白頭。癡漢呆呆走，駿馬忙忙溜。不怕粉骷髏，不嫌奇醜。日飲茶湯，那得沽村酒，爲甚的把魚水夫妻一筆鈎。」「一脈傳留，便有錢財難强求。也要家私守，也要書香久。交椅坐輪流，思量父母，積穀防饑，汝是何人後，爲甚的把桂子蘭孫一筆鈎。」「將相王侯，箇箇肩擔萬古愁。牛馬匆忙走，龍虎紛紜鬪。不把好名留，便當遺臭。虚死虚生，草木同銷朽，爲甚的把富貴功名一筆鈎。」「易散難收，粒粒絲絲要積留。寒餓空搔首，借貸空開口。意外莫圖謀，且須耐守。喫飯穿衣，靠得他人否，爲甚的把家業田園一筆鈎。」「萬古千秋，過眼風燈不可留。金石偏能壽，文字偏難朽。到處不須求，緑毫在手。幾見賢豪，曾被詩書負，爲甚的把蓋世文章一筆鈎。」「看破休休，孽海情天要轉頭。羅刹生難又，鎖骨緣難湊。花落水空流，大家歇手。意馬心猿，念念降魔咒，爲甚的把風月情懷一筆鈎。」成旗癸酉拔貢，己卯舉人，大挑一等，願就教職，現任福鼎訓導。工詩、字，求書者屨滿户外。

道徵《夢遊蓮花洞記》云：「戊子中冬九夜，王子夢巾安樂，巾衣逍遥，衣帶廓落。帶而躧解脱鞋，攜小奚奴，負詩囊，以從乘興所之。忽至一處，懸巖萬仞，溪流有聲。顧前路梗狹，昏不知途，意頗怯之，有歸思。徬徨間，忽覩巖旁一穴有光，如甕天。遂呼童子試偕入，則豁然開朗，蹊徑不恒，天空野曠，湖光接天，白蓮亂開，一望無際。於是心曠神怡，不復憶迷途之苦矣。花外有棹歌，來者亭亭然，彼美也，曼聲扣舷而歌曰：『東方白兮晨曦紅，放船摇曳淩清風。波澹澹，水溶溶，儂身長在明鏡中。日日采蓮晚復早，不艷神仙擷瑶草。波泠泠，水灝灝，照見妾顔常少好。』王子乃遣童子叩以地名，女曰：『是爲蓮花洞。洞有主人喜佳客。君儻來，盍往訊之，蓋去此咫尺耳。』語已嫣然，鼓棹隨去。俄聞清音復起，倩影漸迷，欲尾迹之，杳不知其焉往。遂如女指，前行數十武，果得石室，雲扉不扃，一尨獨吠。就視之，扁曰『蓮花洞館』。即有古衣冠老者出，問曰：『客何來？遽至此。』王子告以故，乃相邀入座。鑪香襲人，茶聲作雨，泠然清然，使人一接渺世慮。老者亦欣然色喜，曰：『吾蓮花洞主也。世緣屏絶，有年矣。自謂寂寞之濱，無有過訪，而今迺與子遇也。吾子天機清妙，尚能從我遊乎。』王子感其意，而有俗緣未了者三事，自度弗能留，遂口占一絶以謝云：『無端浪迹洞天遊，欲謝勞塵笑未休。安得看花當清課，不知人世幾春秋。』老者亦作歌以和，不復强留，乃與訂後期。循故道返，雞聲腷膊，則輾轉在枕上也。惆悵久之。因思蓮有花色相也，歌有女色身也，而皆以夢遇之，則色也而空矣。彼老人者，其殆以色境命我矣，一是人間世不當作如是觀耶？王子於此又何不可銷妄念，勵清修，破迷途，而登彼岸哉？顧童子執筆紀之，且爲繪圖以見志云。」何肫藹孝廉題云：「人間儘有真仙界，洞天福地分明在。紛紛塵網莫脱離，夢想無由窺梗概。」「君身仙骨何翩翩，前身當更留仙緣。仙山縹緲虚無際，神魂一夜重周旋。」「夙愛君詩饒韵致，斯文又一桃源記。仙才如此合成仙，熟路從今當屢至。」「圖中老者疑濂溪，愛蓮蓮館神長棲。何日從君引洞裏，太極圖説親傳之。」

李謐云：「擁書萬卷，無假南面百城。」此極言其樂耳。藍水何道甫則賢孝廉，性耽典籍，購藏甚富，朝夕探討其中。歐陽子所謂好而有力者，其指斯人乎？從弟幼傅則康嘗與余同遊石仙舟孝廉之門，其在童稺時，便知嗜古博學，與迺兄有同志，更爲難得。金門林瘦雲樹梅贈詩云：「君家丁戊古名山，兄弟居然玉筍班。孝友一門相砥礪，老蒼數輩共追攀。蒐羅往哲遺編富，感念先人創業艱。我亦嗜書成痼癖，行當懷餅叩榕關。」幼傅庚子歲以「守口如瓶行看子」屬題，余爲書云：「惟口起羞，胡弗尚德。惟口興戎，誰能守默。吾友何郎，挈瓶自防。無殊銘机，不啻括囊。古之君子，艮輔如彼。難得後賢，服膺若此。我家有瓶，儲粟屢停。感君微旨，深用自懲。」嗟乎！若幼傅昆季，可謂不以賄玷精者矣。

陶石梁云：「今之院本，即古之樂章也。每演戲時，見有孝子悌弟、忠臣義士，激烈悲苦，流離患難，雖婦人牧豎，往往涕泗橫流，不能自已。旁視左右，無不皆然。此其動人最懇切、最神速，較之老生擁皋比講經義、老衲登上座説佛法，功效百倍。至於《渡蟻》、《還帶》等劇，更能使人知因果報應，秋毫不爽，殺盗淫妄不覺自化，而好生樂善之念油然生矣。此則雖戲而有益者。近時所撰院本，多是男女私媟之事，深可痛恨。而世人喜爲搬演，聚父子兄弟，並幃其婦人而觀之，見其淫謔褻穢，備極醜態，恬不知愧。曾不知男女之慾，如水浸灌，即目事防閑，猶恐有潰倫犯義之事，而況乎宣淫以導之！試思此時觀者，其心皆作何狀？不獨少年不檢之人情意飛蕩，即生平禮義自持者，到此亦不覺津津有動，稍不自制，便入禽獸之門，可不深戒哉！」故道徵《觀劇有感》云：「先王古樂久淪亡，遺意猶於菊部藏。奏雅豈真難入俗，誨淫可歎總如狂。鬼神電眼何堪見，士女春心孰善防。爲報主持風教者，革除敝習莫相忘。」閩邑林柯亭筠英孝廉和云：「私欲紛乘理牿亡，世間誰解勵修藏。每當觀劇游人鬧，尤甚驅儺舉國狂。一曲淫祠争艷冶，千秋大義孰閑防。寄言愛演梨園者，記取陶生語弗忘。」「陶生」二字，本蘇軾詩。

侯官陳思賡啓承秀才，世居西關外國輿。苦志讀書，自癸未至癸巳，在鼇峰肄業。癖嗜《説文》，韵學與浦城黄香塍蕙田孝廉齊名。治喪守古禮，不用浮屠。説詩境近肫摯。《壬辰感懷》云：「少壯光陰似逝川，科名子嗣兩迍邅。驪珠展轉探無迹，虺夢回環續有緣。李廣數奇同扼腕，商瞿齒長欲聯肩。也知百事都由命，檢點身心再着鞭。」癸巳歲和余寄贈云：「勒紅文字等劉幾，彼尚青衿我白衣。調瑟自知膠柱謬，撫琴枉歎賞音希。得燒尾易乘雲去，未點睛難破壁飛。惆悵與君同抱憾，庭闈各已失瞻依。」《甲午春哭陳恭甫師》云：「十載門墻教澤深，忽聞木壞淚霑襟。愚蒙未識喪師禮，連廢三餐表寸心。」

汀州楊少山維城秀才，詩婉轉附物，怊悵切情。《落花》云：「韶光九十去匆匆，萬樹繁葩轉眼空。剩有香魂歸夜月，昔因薄命怨東風。濛濛庭院迷紅雨，寂寂園林長緑叢。最是一番難遣處，流鶯啼斷斷牆東。」《肥湖懷古》云：「十頃平湖一望遥，鏡臺遺跡溯前朝。自從朱雀追兵入，長使金陵王氣銷。西去君臣空有恨，南來將士亦無聊。千金帝子今何在，夾岸桃花無主飄。」《詠江妃》云：「南内歸來鎖碧蘿，分明幻夢感修娥。馬嵬一掬傷心淚，又向池東灑幾多。」少山爲仲甫鐘廣文次子，工小楷。有《勤補齋詩草》。少山妹佩英《讀書燈》云：「焚得蘭膏繼日陰，小齋夜景正沈沈。分光更比燃藜好，照字何須待月臨。與我同嘗滋味久，惟君照見苦心深。劇憐吐燄重臺上，半穗垂垂細綴金。」室氏鄭亦有詩云：「綿綿細雨撼窗紗，對景教人更憶家。屈指重陽佳節近，羞將淚眼看黄花。」此殆作於隨任時乎？一門閨閣多風雅，亦佳話也。

亡婦高氏以道光甲申十月十八日歸余，歿於戊戌八月八日，年三十余。有《悼亡》八首，略陳梗概，不言詩也。「瑟好琴耽十五年，備嘗甘苦志逾堅。三旬遽了浮生事，八月長成積恨天。運入頽唐應有禍，魂歸縹緲已無緣。爲君血淚枯雙眼，孤枕聞雞尚未眠。」「貧賤夫妻事事哀，僅云百事尚難該。緼袍久敝猶煩補，瓶粟無儲總不猜。蝸舍秋深詩思滿，余所作詩文，每與商搉可否。牛衣夜靜笑聲來。余在困常以好語慰藉。風塵知己終誰是，祗有卿卿解愛才。」「蘭蕙由來臭味俱，先室名蕙珠。蘭猶未死蕙先枯。素心莫更聯晨夕，芳質誰期上畫圖。施怡，巖山人。爲寫真容。常與齊眉賓共敬，何妨到股孝爲愚。人間佳冶紛難數，得似幽貞秉性無。」「輾轉呻吟疾痛深，精神困怠脈昏沉。方搜八陣空防禦，邪徹三焦失灸針。氣息雷鳴眠不得，痰涎泉湧苦難禁。起居飲食多疎漏，豈獨囊中缺藥金。」「五女從無盜過門，一男四女可同論。男兒豐下偏先逝，謂亡兒兆梅。女子成群半不存。謂亡女貞葵、阿李。此去團圓多樂事，誰憐隔別欲銷魂。何堪記取彌留語，珍重金軀報大恩。余嘗語先室云：『卿若死，我亦難生。』先室責以大義，如落句所云。」「韶齡弱體兩珠娘，謂長女慎儀、次女淑媖。一旦無依亦可傷。空與鳳鞋留舊樣，前數日，檢鞋樣付與長女。那能鴉髻學新粧。晨昏忍聽呼郎罷，年節都拚作主張。母女從今成永訣，嫁時誰與製衣裳。」「束身草草一棺輕，身後身前總愴情。狠戾不教逢樂歲，牛眠方爲卜新塋。屬何肫藹孝廉覓地，尚未有定局。麥舟此日需高誼，萊室何人共耦耕。休説生生曾有約，今生未卜卜他生。」「已將子職負雙親，又把儒冠誤爾身。縱使他年頒詔誥，未聞此事補艱辛。克家深媿稱賢嗣，同穴終期會故人。我欲鼓盆效莊子，花晨月夕總傷神。」

西關外三十八都梅亭群鹿山，道光壬辰歲季冬，道徵先父母築墳於此。乙未歲，伯兄祔葬焉。己亥歲，何肫藹孝廉爲亡室高氏卜兆，亦在是山，離舊墳稍遠。陳卷阿秀才爲擇葬期，用十一月二十一日未時，動棺發喪，趕到城外寄壙。待至次日辰時進葬，是夜暫憩墓佃王夢略宅，挑燈不寐，淚雨並流。爲《送葬篇》云：「樂莫樂兮夫婦相愛敬，哀莫哀兮生死長別離。寒日愁慘西湖上，朔風凜冽西山陲。君今此去與我訣，君或再來當何期。欲行不行淚盈把，如醉若夢成獃癡。群鹿山頭高莫極，群鹿山下平如陂。先人靈爽式憑久，老妻體魄應相依。平生頗復守婦職，今兹正可紓孝思。所嗟窀穸太附會，草草先且堆茅茨。人生壽殀會歸盡，彭殤齊視非好奇。百年偕老雖未得，千秋同穴終無暌。瞬息團圓向泉下，琴耽瑟好如生時。何必綿綿結長恨，佳人難再銜悽悲。」

摹寫王者香，最難得其神似。鄭所南自題畫蘭云：「純是君子，絶無小人。深山之中，以天爲春。」黄石牧《蘭贊》云：「於戲！蘭兮爾何求？於俗人而亦媚以香。蘭曰黄生，吾與爾等也。爾豈以居薄俗而自喪其芳？且子品我香，入則以爲未也。人所謂香，在葱薤之場。」江田師《詠蘭》云：「雪白心俱素，玉立身更長。何以品佳友，花中得嵇康。」嚴松石《詠蘭》云：「湘江一碧水泠泠，無數瓊花不斷馨。幽賞祇應有秋士，滿天風雨讀騷經。」道徵亦有句云：「風清鄒魯谷，天朗會稽亭。百草此爲長，三湘疑有靈。何人心共素，與我德俱馨。莫撫《猗蘭操》，淒清不可聽。」

古英雄未遇時，皆有人爲之推挽。司馬遷云：「閭巷之人，欲砥行立名者，非附青雲之士，烏能施於後世？」韓退之云：「莫爲之前，雖美弗彰。莫爲之後，雖盛弗傳。」故左思、張柬之、郭子儀、李翱、張籍、蘇洵輩，若非皇甫謐、狄仁傑、李白、韓愈、歐陽修爲揄揚，安能名顯身貴也？東坡先生見人有尺寸之長，必加奬薦。如雲秀「吹將草木作天香」、妙總「知有人家住翠微」之句，仲殊之曲，惠聰之琴，皆咨嗟嘆美，如恐不及。至於士夫之善，又可知也。夫馬一驂驥坂，則價十倍；士一登龍門，則聲烜赫。惜公逝矣，今不及見之也。陳陶少與水曹任畹相善，貽之詩云：「好向昌時薦遺逸，莫教千古弔靈均。」又自詠云：「近來世上無徐庶，誰向桑麻識卧龍。」其感喟深矣。楊敬《贈項斯》云：「幾度見君詩盡好，及觀標格過於詩。平生不解藏人善，到處逢人説項斯。」韓愈《贈賈島》云：「孟郊死葬北邙山，日月風雲頓覺閒。天恐文章聲斷絶，故生賈島在人間。」李白《贈汪淪》云：「李白乘舟將欲行，忽聞岸上踏歌聲。桃花潭水深千尺，不及汪倫送我情。」三詩皆直揭姓名，正使諸君子表著於世，而流播無窮也。其用心可不謂盛乎！

連郁初位三秀才，故篤行士也。嗜學忘老，工書善畫。舊賃屋於侯官黌序之旁，自顔曰：「且耐居。」風塵闤闠中，賣文佐生計。暇即讀書佔畢，聲恒徹户外。時邑宰鄭灌甫佐廷，故嘗讀郁初詩，以爲有漢魏體，而真摯過之。既履任，出入經所居，稔其勤業，因召試制義，謂文筆在歸胡間，推爲老斲輪。邑宰喜造士，選髦俊若干人，月課以文，獨厚給郁初薪米，使無内顧憂。及縣試列前茅，遂補弟子員。郁初自題且耐居四絶云：「且耐窮居屋數椽，柴桑環堵共蕭然。四時自有好風月，買到何曾費一錢。」「天光雲影共誰論，且耐心頭溯本元。活潑地無塵俗礙，此中忘象又忘言。」「爐香竟日未曾消，煮茗鋤花亦避囂。且耐工夫傭字慣，呼童研墨寫芭蕉。」「學海無涯兩鬢疎，免譏牛馬着襟裾。傳家不羨籯金滿，且耐青燈課子書。」近旌獎孝友入祠，省志有傳。著有《且耐居遺稿》六卷。

一事愜當，一句清巧，神厲九霄，志凌千載，此古今文士通患也。何道甫孝廉博學好古，氣度淵粹。余讀其寄示經解、史論、雜體文二册，經其師陳恭甫太史、高雨農舍人閱定，及昆明李椬堂閣學所推，爲葉少蘊、洪景盧之流亞者。顧不自滿，假辱承下問，謙冲之意，洋溢筆札間，殆所謂「泰山不讓土壤，河海不擇細流」乎？詩雖不多作，然格調孤騫，絶無凡響。《道山朱子祠八景》云：「有喬者榕，美蔭繁穠。無冬無夏，不改其容。修廊榕翠」「龍門之樹，百尺無枝。烏山之木，半畝芳蕤。小磴桐陰」「早歲響學，猶日初陽。陶分禹寸，壺中景長。奎閣朝暉」「返照如畫，暮雨尤奇。伊人宛在，瞻眺神馳。景堂晚眺」「遠矚蓮峰，低迷欲睡。烟景蒼茫，層陰叠翠。蓮峰烟雨」「浮屠屹立，燈沿苔級。涼露秋高，鈴鐸風急。石塔宵燈」「霜月中天，鐘聲鞺鞳。展卷高吟，遥相贈答。鄰觀聞鐘」「荔影在衣，荔香在口。三百嶺南，似坡仙否。暑林啖荔」《論詩示從弟道晉則康次兒德佺》云：「靈臺變幻雲卷舒，妙想豈從着意得。又若飄風怒潮□，時蟲候鳥聲抑揚，鳴不自鳴息竟息。俯仰宇宙神理超，意先於筆與着墨。古來大家半天授，岱華嵩衡各造極。武夷天台匡廬羅浮諸奥區，亦復蟠天際地成絶特。別才既具學識充，負重鈞斤視其力。聖到杜少陵，選理尚取則。奇如樊宗師，文字但適職。欲親風雅途徑寬，行行不已或可即。引入入勝氣象新，慎勿自畫憚登陟。便學百歲詎有涯，毋恃聰明徒耳食。」

蘭修庵消寒録卷五

戊申續刻

福州王道徵叔蘭纂

鴻駿君子前身爲僧。稱最著者，房次律是永師降世，蘇子瞻實五戒轉生，張方平故山藏院知藏，真西山乃本草庵和尚。其因果歷歷分明，不得盡目爲誣妄也。長洲彭詠莪學使藴章，爲道徵受知師。嘗撰《筆玉僧詩》。序云：「予爲天台僧筆玉後身。孩時於前身事頗能了了，漸長漸忘，成童後乃真如隔世耳。僧名永浄，號雪綏者，係筆玉舊侶，爲予述前身事甚悉。己卯五月，予歸自京師，雪綏亦化去矣。感而有作。」詩云：「筆玉僧，六根清浄可成真，何爲辛苦來紅塵？紅塵富貴世亦有，爾來此處何緣因。當時僧年二十七，禪牀僵卧攖沈疾。隴西居士舊知僧，療以葠苓餌芝术。僧言我命不再延，但感居士心茫然。臨終稱偈謂儔侣，不生極樂不生天。當讀居士書，當耕居士田。壬子七夕時嚮辰，居士抱子僧後身。梵音入耳輒成誦，較聞經史意轉親。舊遊緇客或相訪，呼名一一如其人。輪迴之説果虛誕，兒童知識何由神。因兹静悟遊魂理，如香着花影在水。僧原非我我非僧，即我即僧無彼此。宗門一叟號雪綏，能言筆玉事終始。祇今亦上北邙山，不知更作誰家子。百年塵海倘相逢，安得同開法眼視。」吾師此詩其微指蓋諷受恩而忘報者，現菩薩身而説法也。昔人跋寒山子詩，謂「詩中即偈」。讀吾師詩，亦當作如是觀。

癸卯冬，偶閲小畫册十六幅，蓋摘《鶴林玉露》中語以成者。鄭蘇年先生光策《題隨意讀詩書古文數篇》云：「李先論經書，神智稱最益。輪扁諷齊桓，糟粕號陳迹。二義異與同，悟者自決擇。讀書經世用，甯曰資襞績。稗販已非義，何況守涓滴。陋儒難與言，所志在弋獲。終年苦埋頭，數寸爛時墨。抱殘嗤坐井，穴眼等窺隙。嗟哉猥鄙胸，何能益人國。朝廷歲求士，豈以此側席。圖中彼何人，挾卷意自得。閉門黄葉深，掃地蒼苔碧。蕭然名利外，坐卧永朝夕。恍聞浩歌聲，淵淵出金石。不知讀何書，斷異兔園策。」《題與麋鹿共偃蹇於長林豐草間》云：「世間何事爲最樂，心無所繫隨所託。得意吟嘯息意眠，善不求名惡不作。忘機静狎海上鷗，御氣笑看雲際鶴。商山紫芝時伴遊，彭澤黄花偶獨酌。罷辱無驚憂患遠，曠若虚舟泛飄泊。含和養粹壽天年，自古達人同約略。妙哉畫手識此意，揮掃蒼茫動寥廓。長林細草積陰翠，碧洞流泉注幽壑。呦呦麌麌可與群，人意蕭閒物自若。渾然一片古元氣，放在毫端恣迴薄。可憐局促轅下駒，束縛塵埃苦羈絡。放韝指蹤走鷹犬，巢幕焚堂憫燕雀。何如物我兩相忘，空谷蒼崖任落拓。我生習染擺未脱，混沌已恐成六鑿。何時把臂真入林，坐對仙麀看採藥。」此詩係乾隆癸丑九月望日爲萊嬰作者。萊嬰不知何許人。前一章可箴俗學之非，後一章直示隱居之樂。有道之人，其吐屬名雋若此。餘十四幅未題。當日倘經落筆，必各有一番妙義耐人尋味矣。惜哉！

侯官楊雪茮光禄慶琛挂冠歸，卜居於古仙宫里。鍵户讀書，足跡不入公門，喜與挫廉逃名之士遊。弗以道徵爲不肖，屢經過訪，論詩幾忘其苔蘚没階，蓬蒿滿屋也。道徵嘗即事戲呈云：「有客高軒過我時，天寒日暮雨絲絲。家人忘却炊烟斷，争向屏間聽論詩。」光禄謂此詩清妙實景，亦韵事也。

祀竈日有《口占》三絶見寄云：「無能有味感清時，六十年華兩鬢絲。結習未消吟癖慣，逢人愛訂畫書詩。」「又過天寒日暮時，梅花吹氣細于絲。陳髯狂興闌珊後，賸有雲郎百首詩。」「隋珠荆璞自逢時，妙句如君寫色絲。臘酒正香司命醉，可能同賦送神詩。」即和道徵前韵也。光禄著有《絳雪山房詩鈔》二十卷。兹録其見示數章，以傳諸好事者。《癸卯三月致仕南歸，道出武林，遇張仲甫舍人於西子湖上，喜贈五章，并以誌别》云：「段家橋畔接清芬，叢柳依依萬緣紛。喜極不知身是客，交深祇覺語無文。十年略改前鬚鬢，一鏡同看舊水雲。爲誦少陵詩句贈，落花時節又逢君。」「宦海風濤敢久經，君言檥棹勝揚舲。佳兒自得讀書咏，壽相還資山水靈。君齋頭楹語云：『愛山水遊，其人多壽；得詩書味，生子必賢。』泉石有心成隱遯，勛名無夢上丹青。宰官那識黄鸝語，輸與幽人載酒聽。」「鎮日芒鞵紫翠間，朝隨雲出暮雲還。半篙野水群鷗懶，十頃湖天一鶴閒。愛坐竹陰盤曲徑，爲尋梅影到孤山。名韁利鎖都抛盡，落拓乾坤任我頑。」「君笻我屧陟層巒，鑿險縋幽得壯觀。寶劍飛霜唐觀古，秋蛩咽月宋宫寒。松陰壁冷吟齊已，芋火爐温訪嬾殘。却怪雲栖君爽約，約遊雲栖不果至。參天孤負碧琅玕。」「十日平原興已賒，歸心逐月過仙霞。荷花紅處君呼酒，荔子香中我到家。三徑就荒剩松菊，一竿投老侣魚蝦。佗時若慰相思苦，請寫湖光上畫叉。」《午日雨後，同仲甫訪南屏詩僧松光，兼寄青雨上人，青雨時赴海昌》云：「撒手天花滿講臺，論詩正對白蓮開。早知惠遠留雲住，可許淵明載酒來。松老瘦如僧貌古，竹深涼作雨聲猜。佳辰却厭龍舟俗，逼我幽尋踏緑苔。」「書畫詩篇迥出塵，宗門衣鉢有傳人。懺除花月消凡夢，吟嘯湖山養此身。玉版共參禪味永，烟嵐如潑黛痕新。海峰重叠江天遠，野鶴孤雲何處親。」

《韜光庵題壁》云：「六橋三竺送吟眸，别有幽深着意搜。萬竹劈開雲外徑，群山争赴寺邊樓。峰飛泉冷何年事，海闊天空最上頭。搔首臨風一長嘯，煉丹臺畔月如鈎。」《理安寺小憩》云：「一峰直矗一峰横，溪澗迴環竹木清。六月不知炎暑氣，四時長有水泉聲。當窗滴翠天無縫，迎面看山眼最明。擬築眠雲數間屋，松花香裹過餘生。」《虎跑寺》云：「夕照入山徑，蒼蒼松影多。泉甘流石髓，寺敞闢雲窩。明月幽人夢，滄浪孺子歌。何緣尋虎跡，一碧長烟蘿。」《富春夜泊》云：「畫眉聲急上灘遲，日落維舟野水湄。泉石清高風未遠，江山今古月能知。燈光不及星光大，詩景還兼畫景奇。我亦湖西新釣叟，烟波深處理竿絲。」《郊外即景》云：「渡頭雨歇櫓咿啞，近水村莊抱郭斜。一片嬌紅遮不住，短籬拗出蜀葵花。緑柳濃陰雜檜杉，樓臺何處逹瓊函。沈沈簾幙斜陽影，凉透蟬紗藕色衫。」光禄録示此詩時，有札見柬云：「月餘未晤，殊切馳想。計大著與日俱積矣。舊藁節録數章奉正，遲延已久，當不吾罪。齋頭瓶花盛開，得句云：『松檜喧初瀹茗芽，芭蕉青又掩窗紗。疎烟疎雨催寒重，開到春分寶相花。』録希商定。日來詩興，何似上巳，届期當不負蘭風竹露也。手此專問赤蘭吟友時佳。不戩。慶琛便紙。二十八日午刻。」按此札殊有逸致，因附著之。

范方字介卿，號直齋，泉州人，隸籍漳州。明天啓辛酉解元。逮事懷宗，官户部主事，守御倉。崇禎甲申，闖賊入京師，執直齋，勒令啓鑰。直齋厲聲罵曰：「頭可斷，倉不可開。」賊大怒，殺之。子邑庠生，孝義殉焉。其僕爲藁葬於虎坊橋南同安義塚。塚故無碑，以前數武謝鍾五碑爲識。康熙乙未，其族人辨凱試春官，省謝碑猶在。乾隆甲子，其從子大學生學洙至，則碑已失。今漳人更爲築墳於漳州義塚。歲時祭奠，實非其處也。此事未登《明史》。鄉之人徵詩文以表其忠義，輯成一卷，名《顯微集》。同安張孝廉允和詩云：「明祚顛連運已移，先生抗節尚曹司。歲寒獨挺松千尺，秋榜無慚桂一枝。罵賊忠如常郡守，殉亡孝有卞家兒。至今寂寂留雙塚，史筆當年載者誰？」嗟乎！若直齋者，可謂不忝科名者矣。

順治間，長樂方調真茂才圓，英德訓導岊曾孫也。康熙元年，山賊起，逼邑境。圓團練鄉勇，高築土堡，嚴戰守備。賊聞風引去，後復乘虛至。土堡破，圓率鄉勇迎戰，以身先之。而賊勢甚張，力竭被執。賊以刃挾，使降。圓罵曰：「我天朝秀才，豈從賊耶？」遂遇害。時七月十三日也。長樂王槐卿邑侯登三有詩云：「枕戈一个作迂儒態，罵賊還留處士名。」即記此事。

曩歲聞陳忠愍公殉節始末，爲之悲憤不自勝。捐軀赴難，視死如歸，意當世立言君子，必有詠歌其事者。甲辰春，梁退庵中丞章鉅書來，果得近作五言古詩四章見示。序云：「江南屬吏以陳忠愍公遺像徵詩。余與公共事三閱月，有不能已於言者，因摭舊事寄之。公名化成，字蓮峰，同安人。官江南提督。壬寅夏，暎夷陷寶山，没於陣。」其一云：「我與公同鄉，而初不識面。同官即籌海，遂屢接睞眄。別來數月耳，忽聞公死戰。嗚呼大星落，使我心膽顫。人生孰不死，死所讓公占。愧彼偷活者，尚作草間戀。從茲隳長城，海國局一變。震悼達九重，同仇能無忝。軍民有餘痛，鄉里有餘羨。桓桓李忠毅，卅六年再見。公少與李忠毅公長庚同濱海而居，相去千里。而近自入水師營伍，即隨忠毅立功海上。距忠毅之死三十六年。」其二云：「道光辛丑秋，海氛正冥冥。公守吳淞口，我守滬瀆城。文武極和衷，旌旗肅連營。促膝坐軍帳，並轡巡林坰。我策公必用，公謀我必行。最喜封港議，與公協力争。攘外先靖内，息民乃戢兵。二句即公相勗語也。居者免噩夢，歸者慶更生。立談定反側，歡聲匝濱瀛。默笑肉食者，所測皆私情。」其三云：「憶我初莅軍，值公痁未愈。行館堅不入，長年甘野處。忽聞鷺門沈，妻子消息阻。此情太難堪，我姑作慰語。萬金書欵至，全家脱魚釜。公病旋霍然，公勇彌足賈。笑謂内顧憂，畢竟防禦侮。公言益平易，公志益激楚。三年一戎幕，飄蕭戰風雨。但期士心奮，敢惜臣身苦。公莅任，不入官署。即到吴淞，又不入行館。所住帳房，至不堪蔽風雨。余爲飭製一大帳房，公猶以兵帳皆敝，不忍獨居新帳爲辭。余已允爲一律更新。旋即卸篆，不果行。」其四云：「公言猶在耳，公神已在天。俯視蜉蝣輩，世態真可憐。束縛復馳驟，文義多拘牽。處常且難恃，臨危肯扶顛。雙旌已遠颺，公猶張空眷。鯨鯢已破膽，報國方飄然。夷酋噗鼎喳受撫後，與江南官言寶山之戰。與公相持至一晝夜，公擊沈其數船，復殲其黑鬼千餘。該酋令掛黑旗速退。俄間吴淞岸上哭聲震天，偵知公已中礮死，遂揮船復進。咸謂如此好將軍，自入中華來所未見也。所恨功垂成，旁無一手援。半壁遂瓦解，萬口徒聲吞。公像尚如生，練刺史廷璜於沙岸中求得公屍。十餘日面色如生，目尚未瞑，身受火彈百餘粒，有洞胸貫脇數處。我詩安足傳。區區幸紀實，留待勒青編。」

吾郡姚履堂邑侯懷祥《題江田陳母田孺人筆訓詩》云：「我生獨不辰，早歲失慈侍。嘉慶丁巳年，追往心憯悸。六月生母亡，九月嗣母棄。煢煢七歲中，負慝復誰懟。舊誡亦已忘，童心詎能識。明發念劬勞，悔罪增酸鼻。不孝重此身，宜爲人所耻。内訟因寡交，恐笑天下士。良臯陳夫子，氣誼爲吾師。所言盡藥石，所行無韋脂。往往見古道，鼓舞揚鬚眉。手攜一卷來，謂出宗家嫠。茹苦勤撫孤，口詔垂訓辭。留以示兒女，心血同淋漓。嗟余鮮民生，久抱栝棬悲。含咽一展讀，長伸大塊噫。母家田氏宗，分氏出崑石。伏女能讀書，宏博經史籍。所天名孝廉，食貧守清白。竭蹶傾奩貲，偕臧願則適。南山鵜折翼，北山烏啼急。鎩羽痛欲殉，將雛聲嗚戚。身爲陳家婦，當爲陳家母。摩笄亦區區，劃荻有某某。大書又特書，一篇以代口。首訓稟先姑，閫範兒宜守。次訓述夫辭，嚴命兒宜受。訓兒理詩書，訓兒擇師友。訓兒立忠誠，訓兒省怨悔。貧者不能淡，願兒持之久。富者必從奢，願兒慮其後。兒能存孝悌，自爲天所牖。兒能戒淫佚，莫向佛稽首。治家願兒勤，存心願兒厚。一一兒勿忘，吾言爲不朽。母言則已盡，母德則已全。女誡及女則，未能或之先。脩身崇實學，齊家追古賢。具此大道脈，耕以人情田。圭臬可乎可，坊表然不然。付諸青史氏，大筆秉如椽。流宣億萬姓，標示百千年。精華萃女士，川嶽爲欝蜷。井井立家法，皆得先儒詮。聞之良皋丈，厥子能述傳。獨處其容肅，論道其志專。授受溯淵源，遺澤知所延。痛余幼靡依，何自蠲往愆。太息蓼莪句，縮手不敢箋。再三讀母訓，啜泣下漣漣。」愷惻纏綿，讀之興感，乃知有心人筆墨，未有不見其真摯者也。梁退庵中丞云：「履堂邑侯以大挑知縣，分發浙江，權篆定海。爲前明舟山，地孤懸海外，明倭寇入中國，首陷此城。道光辛丑歲，噗夷入寇，亦自此始。履堂痛哭登陴，誓死扞守，而援兵不至，遂自投於萬功潭以殉。時六月六日也。事聞九重，爲之悽愴，卹典有加，萬民號泣。今杭州吴山爲之立廟，合同時死事若干人，春秋享祀之。並拾其生前遺墨，裝潢長卷，徵名流題詠。履堂之名，從此不朽矣。履堂嘗授讀余壻邱藜光家中。余因得數相往來，略識其爲人爲文之概。而不料其終所成就如此卓卓，又詎可以尋行數墨盡其生平哉?」

閩縣葉宗眷字砥園,太守謙之孫孝廉光漢之庶子也。生有至性。乾隆丙寅,父入都候選,次年夏歿於邸舍。時宗眷年十九,聞訃大慟,暈絶者數次。輒勉集資斧,獨自赴京扶櫬。由海道行,途次遇颶風,船幾覆。舵工欺孤弱,將棄柩於水。宗眷抱柩大哭,同行者爲感動,力阻得免,竟以喪歸。宗眷父既歿,事嫡母鄭,能得其歡心。生母歐晚得偏枯症,病卧五載。宗眷又早喪耦,嘗藥滌穢,躬執勞役,弗少衰。母歿,缺葬費,憂思悲號,殆無人色。一夕感異夢,晨起,在竹林下掘得錢十貫,遂資以營窀穸。自時厥後,每月挈其子有根,祭掃一二次,至老弗倦。宗眷故有伯仲二兄,伯遊幕於外,仲以病足廢。宗眷以一身持家計,數十年無閒言。課從子爲學,有法度,尚廉天垣,俱遊庠。館穀所賸,分給親故,不忍坐視人困,守錢虜莫不竊笑之。歿年七十九。著有《詞林掇錦》《人生須知》二種,行於世。子有根,字竹川。淳樸有父風。嘗見示《丙午七十五自壽》詩云:「潛龍遁跡隱江潭,偃蹇微軀亦抱慙。奇數半生多遇九,百齡四分已居三。前途幾歷平而險,世味深嘗苦與甘。何日得酬垂老願,春膏到處遍渾涵。」末寓有一視同仁意。竹川故習儒,兼通星卜六壬之術,爲人推測,多奇驗。

爲烈婦難,爲節婦更難。爲節婦難,爲孝婦愈難。爲處常之孝婦難,爲處變之孝婦尤難之難。兹於近歲得二人焉。其一爲孝婦吴氏,救生姑也。彭詠莪師《救姑行》序云:「汪婦吴氏,夫死,奉舅姑居吴郡臨頓里。里中災,延及汪屋。孝婦扶翁出,復入火救姑,遂與姑共被焚。事在嘉慶丁卯年,惟時歌詠其事者甚衆。余兹方古謡諺之詞,俾里巷婦孺皆得誦其芬烈焉。」詩云:「汪孝婦,母家吴。良人早歿無孤，執筐績潔中厨，婦代子職手拮据。譆譆出出火入廬，披衣握髮將翁扶。老姑憑牀哭嗚嗚，迴身救姑入火趨。入火趨，婦何愚？婦不愚，婦生姑死，婦罪當誅，力不能救死與俱。天乎天乎，嗟爾孝婦。生卒瘏，死骨枯，殺身成仁古丈夫。東家婦，亦有姑。微勞薄譴父母呼，何能急難捐其軀？吁嗟孝婦爲人模。」其一爲孝婦許氏，救死姑也。侯官劉芑川廣文家謀《烏烏篇》，爲外王母許太孺人作。云：「烏烏雙飛，一雄一雌。其雄死，其雌悲。上有頭白烏，下有黄口小兒烏。死不得，不死何所依？有烏翩翩，亦集爰止，端坐桂樹間。一生八九子，嗟爾有子烏獨無？一生八九子，一子爲烏雛。烏今有子烏不孤，烏將雛尾畢逋。尾畢逋，夜夜呼，爲告地下雄烏。今有子烏不孤，烏今不死爲雄事。老烏老烏墜地死，烏啼不能已。恐飽鳶與鵰，護持守巢裏。出出譆譆，疾風四馳。哀哉老烏，火焚不知。欲傾東海，東海水已竭。欲徙南山，南山烟□迷。道路斷絶，火焚不滅。翼將折烏，今不死復何説？奮身從老烏，回頭惻愴與雛别。烏烏雙飛，一雄一雌。其雌既死，與雄相持。爲告地上雛，勿復爲烏思。烏將同歸暘谷翺翔於扶桑之枝，千秋反哺無絶期。」孝婦侯官許明經大本次女。年十八適同郡處士薩玉瑞，居閩縣開元里。逾年而夫歿。無出，以夫兄子大文爲後，舉道光庚子孝廉。以夫姊楊氏女爲女，適閩縣茂才劉慶昌，即芑川之尊甫也。孝婦教男女有法。姑倪性嚴，復善病。孝婦敬事之，得其歡。嘉慶庚午三月十九夜，室中火起。時姑歿數月矣，柩在堂。孝婦趨救之，不及，遂抱柩以殉，年三十有六。或誤以此事爲薩宗甫妻。宗甫乃孝婦夫兄子，聘楊氏女，未婚而宗甫歿。女歸薩，以節終。

貞孝節烈是絶大題目，須有頓挫淋漓之筆，乃能傳出當日情事，使人詠歌于弗衰。宜黄黄兩如明經式度傅《節母詩》，爲廣豐孝廉愷祖母徐作。云：「去年哭姑，今年哭夫，相距數月矣。妾之所遭如是。夫姑疾甚夫憂怲，二人相依以爲命。時欲救夫先救姑，以身禱天天不應。姑喪未寒夫又病。夫病如不起，妾身復何恃？爲君之婦才五年，未見芳蘭來夢裏。黄泉母子快重逢，但愁餒而若敖鬼。烏虖！妾之所遭竟如是。夫病聞此言，涕泗交漣漣。握兒之手成永訣，何以慰此未亡人。七日螟蛉呱呱泣，有父在床母僵立。不識衰經即兒衣，泣投母懷懷盡濕。此時哭未淚未乾，收淚見兒心更酸。所遭如是不如死，一死容易撫孤難貞厥志。難者易，妾即偷生夫有嗣。憶昨姑病牀褥間，猶念抱孫心不置。兒生未彌月，妾年廿有二。還恐吾兒成立時，不及吾身親見之。妾在一日教一日，和丸畫荻非希奇。苦節之貞天必佑，果然節母躋中壽。女貞之木芘蔭長，桂含芳兮蘭競秀。於今科第振家聲，節母亦荷朝廷旌。戚里争爲手加額，都是四十一年茹苦含辛之遺澤。」兩如此詩，令讀者慨當以慷。音節亦極自然，可稱苦調淒金石。

吴縣彭喬仙茂才孚甲爲詠莪師從子。來閩襄校，有《閩嶠草》。《勵志》云：「人生過駒隙，時去難復延。少壯不努力，倏忽無聞年。神禹寸陰惜，姬公無逸編。既讀聖賢書，所學宜精研。驥行日千里，蛾術磨萬旋。人而不如物，大塊生徒然。窮達亦有命，暮夜休夤緣。才華勿炫耀，酒食毋流連。却金與投璧，節操如冰堅。古來敦行士，令名無不傳。貧賤勵甘節，固窮君子賢。富貴行素位，恪守中庸篇。染絲慎始習，抱璞完吾天。三復張華詩，近道其庶焉。」茂先亦有此詩，所異者，四言耳。起懦砭頑，俱可置諸座右。

長樂謝于洛茂才，宸書授徒於香泉別島。《勸學篇爲馬生作》云：「讀書志聖賢，下流實可耻。人各有聰明，不學徒已矣。吾弟本髫齡，未識道與理。略爲一一言，幸勿河漢視。披書坐朝曦，明窗與净几。從容理陳編，未用聲聒耳。字句毋含餬，辨訛慎魚豕。義理爭毫釐，貫通見表裏。作文故不難，立意由自已。部位求分明，辭采去浮詭。結撰出精心，根究到徹底。胸中全竹成，筆下粲花比。我儀韓文公，作文求其是。今爲吾弟言，亦復聊爾爾。天下無難事，所患在中止。况有堂上人，苦心切望子。矢志讀柏舟，此心猶未死。送汝到書堂，得得心自喜。望汝能讀書，成名爲進士。生汝養汝恩，劬勞總未已。晨來爲汝炊，夜來爲汝被。爲汝紡衣裳，爲汝澣衫履。欲得汝心甘，轉求汝心旨。汝試細問心，何顔對天只。若果發天良，努力必赴矢。直欲搗其堅，直欲測其涘。勤搜諸子書，博覽歷代史。禹寸與陶分，焚膏而繼晷。誓欲報母恩，讀書爲耒耜。汝也好天資，何難騁絶技。莫學吾駑駘，無從追騄駬。頻年爲冬烘，徒自加馬齒。百事一無成，不才何足恃。但我不足論，我親恩難紀。課我以讀書，歐母畫荻擬。恐我讀無成，孟母斷機似。嚴母嚴父師，恩德邱山峙。爾母與吾母，同節同桑梓。望子復同情，何分此與彼。我亦無弟兄，汝亦無妹姊。一髮引千鈞，前程達萬里。寄語同心人，有才差可使。勉爲人上人，請從今日始。」此詩以讀書作文立骨，是勉勵後生常法。若要到聖賢地位，則更有向上一層功夫。

妙繪得好詩闡發，精神愈振，聲價倍增。秣陵吴伯瑛鹺尹國俊《題漢宫春曉畫幅》云：「碧瓦參差繞建章，桂宮迤屬藹新楊。梨花到處春如海，金爵低迷試曉粧。倚遍闌干護絳紗，觚稜遥望起宮鴉。鏡鸞釵燕參差影，一道晨光鬱紫霞。」《題蔡小石太史宗茂冶春吟館卷子》云：「雞籠山色春光浮，因山爲屋晴雲收。鶯飛草長花生樹，春風緑上垂楊頭。左傍臨春閣，右眺穿針樓。鍾山擁其後，繞屋烟蘿稠。新波汩汩碧於染，一舸青溪自在游。春光逗起詩懷艷，弄墨拈毫坐深院。垂簾無語百花嬌，十里晴烟媚芳甸。一朝染翰趨天墀，瑶草棋花步影遲。裁雲譜出驚人句，醉月吟成絶妙辭。鄉關回首春山笑，樓臺處處供閒眺。吟情應比宦情濃，山鶴一聲答清嘯。」二首精妍秀麗，足與名作争衡。若早令張泰階見之，得不亟收入寶繪録乎？鹾尹故閥閲名家，現官吾閩江陰場大使，屢應京兆試不售，以館叙得官，非其志也。向不輕以詩示人，余從友人處得録數章，足覘底藴。《偶觸》云：「偶觸情懷亦惘然，攀龍附鳳感前緣。喬松得地根原茂，芳草乘時態自鮮。里下釣遊傳勝境，日邊觴詠集群仙。逢人怕問行藏事，淪落秋風二十年。」《種竹》云：「迴廊曲榭拓深深，疎密相宜翠色侵。應卜干霄成勁節，從知解籜是虚心。能霑雨露皆天意，得固藩籬盡好音。莫道渭川千畝少，他年鸞鳳自成吟。」

江弢叔詩窮形盡相，善達難顯之情。其模山範水諸什，出以幽折之筆，幾疑爲鬼斧神斤。《寓齋偶題》云：「秋晚日光薄，流雲時墜地。庭蕉幾葉陰，掩冉上階砌。索索意欲闌，沈沈門晝閉。海風吹雨來，市聲落檐際。」《嶺樹》云：「我壯親方老，年光共此時。何堪多客興，矧乃渺歸期。嶺樹入寒節，湖雲勞夢思。此間鴻雁少，奚翅寄書遲。」《閩遊雜感》云：「昨我齊魯遊，三年跨征鞌。塵沙日吹面，歸來黑團團。上堂拜嘉慶，弟妹相驚看。我顔固已醜，所幸親顔歡。苦辛咽不説，團坐添杯盤。酒樽與客淚，不覺同時乾。晼晚歲欲暮，淒緊風正寒。如何刺枯蘆，又去江之干。」又云：「美人弄姿首，窺鏡始自矜。青山照江水，亦覺美不勝。昨次富陽郭，山暮烟光凝。今晨泛桐廬，仰面看峻嶒。遠人欲無目，伐薪最高層。石壁驚倒垂，下有寒流承。挽夫走其上，短縴琴絃絙。尤愛船上水，平若斗熨繒。水行有此適，何厭來頻仍。前去七里瀧，高揖嚴子陵。惜哉山水佳，垂釣吾未能。」彭詠莪師嘗題弢尗集，有句云：「奥窔昌黎句，嵚崟山谷詩。」可以想弢叔之詩品矣。弢叔名湜，長洲諸生。

丹徒袁宗山茂才，崇習繪事。工填詞，嘗爲楊雪茱光禄畫扇并題調《點絳脣》云：「撒手歸來，而今不受青山笑。烟霞計較，舊迹尋遊釣。　樹繞扶疎，那許紅塵到。從吾好，南窗寄傲，花鳥皆詩料。」又爲題《柳港歸漁圖》，調《滿江紅》云：「如許溪山，却怎肯、無端抛撇。况本是、騎鯨狂士，釣鼇豪客。擺脱塵緣除縛束，一竿點破琉璃碧。也只爲，此地少風波，多烟月。　蒓鱸志，鄉思托笠簑侶，心知結。怕惹得虚名，羊裘不着。舊夢何曾清處擾，新詩且向閒中索。好收取、景色入吟囊，頻浮白。」光禄得之，擊節稱賞。

集句爲詩，難得剛剛恰好成自，風簷寸晷，尤見天才。吴中朱友松茂才逢慶《蓴鱸集古》云：「烟波萬頃浸虚無，黄溍家世當年本釣徒。高啓魚龍寂寞秋江冷，杜甫側耳日聞交朋呼。蘇轍薄宦驅人向愁悴，朱子肯將全璧溷泥汙。蔡襄片舟歲晚告歸覲，蘇轍家膳欲及羞蓴鱸。蘇轍蓴菜碧鱸秋正美，張耒日斜出游女兒湖。高啓健鱗潑刺霜皚皚，陳履道旋炊香稻鬻新菰。陸游薑宜山茗留閒啜，陸游煮豆瓶中未是酥。周必大猿鶴休多怨，范成大囊錦付奚奴。陳慥無酒問山店，陳慥倒壺更遺沽。黄庭堅京洛舊遊真夢裏，蘇轍陶令田園先自蕪。蔡襄不須更説知幾早，蘇轍沙亭醉倒歌烏烏。陸游」因物託興，左右逢原。且即取材於所詠本題，較之泛集他詩者更勝一籌。友松籍順天大興。此爲邑宰胡明府德璜拔取案首之作。

撫州黄蓉生茂才傳驌《詠史》云：「子長文譎怪，奇氣洩胸裏。其叙漢興事，亦非盡信史。鼎上置太公，楚軍欲染指。獨念他人父，揆情必告彼。使回道愬愬，而翁若翁視。揮手謝諸君，抽薪沸方止。浪作一杯羹，食不下咽矣。生死肉白骨，鄭重羽私喜。豈有勢炎炎，請烹請分旨。言出而禍隨，忍心即害理。負親遵海逃，天下棄敝屣。詩書自豎儒，乃公殆亡是。沴氣肇家邦，宫闈釁踵起。安得四百載，宗廟綿饗祀。反覆長者稱，創業良有以。遷也縱筆書，得間在本紀。王師血流杵，武成猶復爾。」雖於劉項當日情事或未盡合，然自是偉論獨抒。

晉江周愧山茂才承徽，明贈光禄卿謚忠愍蹟山先生之後，大父廷璋字樸也。名諸生。篤内行，學問有根柢。試輒冠軍，鄉闈十薦不售。而四方羔雁接踵於門，士大夫咸推重之。父梓字孫材，太學生。有至性，好讀書，晚以詩酒自娱。愧山承其家學，爲詩古文詞，倜儻不群。弱冠受知於吴晴舫學使，入晉庠試，每優等。工書嗜吟，幕遊同安，學詩於張辛田明府。著有《春暉草堂吟草》若干卷。《詠方》句云：「寸心悟處三隅反，尺面看來一鑑明。」《鐵硯》云：「鑄從洪冶猶龍劍，穿出微凹是鴝巢。」《籬菊》云：「屏自瓊瓏容汝隱，骨真孤潔少人知。」《壽張辛田師》云：「名士風流仁者壽，神仙品格宰官身。」文理兼美。若出應制之作，亦足以奪錦袍矣。

查小白茂才鼎，海昌望族，幕遊吾閩。閱其近作一卷，模山範水，妙景如在眼前。其陶寫性情處，亦見寄託。《度朝天嶺》云：「奇峰拔地起，具有朝天勢。舉家似劉安，都在青雲裏。籃輿迤邐行，俯覽心頻悸。世途本蕩平，猶自防顛躓。何況歷崎嶇，失足應尤易。置身萬仞岡，步步須留意。」《渡烏龍江》云：「雲水環天外，蒼茫接海門。龍蟠江勢曲，人聚渡頭喧。山色隨帆轉，風聲挾浪翻。輕舠歌利涉，村落近黄昏。」《坊口早發》云：「橋斷疑無路，四山圍碧溪。出門天未曉，驚夢鳥初啼。峰複露華重，日高松影低。原田秋稼早，野老正扶犁。」《讀牡丹亭有感，呈蘭崖軍門，並柬潤堂小泉諸君》云：「賞心樂事向誰論，畢竟聰明即病根。況是韶光留不住，豈宜好夢覓無痕。天生麗質難爲偶，人到傷春易斷魂。一樹梅花一輪月，多情聊復護黄昏。」《興安途次》云：「蟬聲斷續晚風前，楊柳溪灣客放船。村落數家山色抱，小橋流水夕陽天。」《題金雨泉太守大觀樓宴客圖》云：「嵐光排闥畫圖開，無數烟霞落酒杯。人與白雲一樓住，破空月色又飛來。」小白爲初白學士族裔，詩學之不可無淵源如此。

山左劉陟甫上舍維巘，前河東觀察松嵐先生大觀之從子也。少多病，家人祈祐於布袋佛，乳名彌勒保。近年幕遊來閩，天真爛漫，雅好醉吟，與陸乙齋茂才爲文字交。乙齋贈詩云：「先生瀟灑人，行樂能及早。自趙到閩來，久客欲忘老。逢山看不厭，得酒醉便倒。有時遇公卿，屈節覺心惱。結友多窮交，弗以金玉寶。家遠貧莫濟，胸曠塵詎擾。好句信口成，高情託雲表。」讀此足瞻風概。陟甫詩稿如笋束，光彩陸離，目迷五色。茲特録其真趣流溢者，俾世人知越吟楚奏，今昔有同情耳。《皂河題壁》云：「飽食非吾志，飢驅亦累身。」《楓嶺道中》云：「灘險遲魚信，天遥斷雁群。」《浴佛日》云：「心能盟白水，足畏踏紅塵。」《挂劍閣》云：「升沈嗟世事，生死見交情。」《送乙齋之銀同》云：「廣結天涯翰墨緣，語多至性總情牽。陽關幾折桓温柳，洛社重開茂叔蓮。莫向黄壚尋酒侣，好從銀漢訪楂仙。分襟不灑英雄淚，萬里鵬程快著鞭。」陟甫古詩亦入格，有《四十四自壽》，及爲金梅溪贊府《題我我周旋圖》諸作，攄寫胸臆，興會湫漓，皆可書而誦之。

蘭修庵消寒録卷六

福州王道徵叔蘭纂

氣候疾徐之不一，每因地脈而轉移。京師當白琥禮西方後，雖未遽瑶域粉野，琪樹森列，其資清以化，遇象能鮮，正不免常作羊孚《贊》也。吾鄉林少穆先生則徐在都時，嘗賦《秋雪》四律，玲瓏透脱，妙手空空，絶不見有斧鑿痕，可稱神技。詩云：「一夕西風玉萬家，肅霜時節驟寒加。清威盡迫魚龍夜，冷艷先欺蘆荻花。瘦蝶夢迷衣上粉，征鴻泥印爪中沙。郢歌欲和增蕭瑟，白帝城頭有暮笳。」「河漢雲羅凍不流，明珠仙掌露華收。騎驢踏去無黄葉，吹帽歸來忽白頭。别浦蒹葭森玉樹，隔邨砧杵擣銀樓。授衣正聽催刀尺，誰蓋長城萬丈裘。」「似與高空破泬寥，故憑天女散瓊瑶。輕猶帶雨淩晨灑，弱不禁風墜地銷。山寺遠鐘沈細細，江邨落木雜蕭蕭。詞人莫爲悲秋賦，留取詩情過灞橋。」「畫屏銀燭敞書帷，净我聰明此最宜。衰柳也教飄絮起，早梅猶恨著花遲。騎來白鳳驚先下，説與寒蟬恐不知。畢竟東籬存晚節，留香何止傲霜枝。」

王子安有《仲春郊外》、《春日還郊》二詩，摹寫幽情逸趣，生氣湧出十指間，在畫家當入神品。今讀吾鄉廖鈺夫尚書鴻荃《春日郊行》二絶，其巧思濬發，生面别開，又是一番境界。故當與前賢分道揚鑣，同豎騷壇赤幟也。其一云：「雨僁風僝感百端，平原處處作春寒。斜陽一桁忽如抹，紅上酒家青竹竿。」其二云：「東陽幾日焙春荄，緑野浮光刺眼來。近水許多黄蛺蝶，菜花先背小桃開。」此與前

《秋雪》詩俱得之楊雪茱先生。二公一品，集尚未鐫刻。録而傳之，當必先覩爲快耳。

益陽湯海秋郎中鵬，天才亮特，能以古文爲時文。道光癸未科，汪瑟庵先生主禮部試，得其卷，擬元矣，以一字謁，抑置稍後。海秋喜作擘窠書，嘗爲吾友林星航明府寫楹帖，恣肆有奇致。工詩。聞其稿已付手民，余尚未見也。僅得其《萬柳堂書懷》兩首，風神駘宕，詞旨激昂。其吐露底藴處，尤在第二篇。詩云：「古堂東畔我停車，楊柳森森立曉鴉。野曠天低容獨嘯，烟青露白是誰家。清秋客子蓬雙鬢，白皙才名手八叉。重九已過詩未了，酣歌郇不上雲霞。」「青山聊作地行仙，花與蓮塘認舊緣。詩酒生涯餘古意，乾坤憾事偪中年。是非慎莫談劉敬，去住何能學魯連。垂老登臨惟有淚，西風吹髮小樓前。」海秋歿年四十二，實甲辰之七月也。惜哉！

《消寒八詠》，倡自陳句山先生。一時從而和者數十人，幾於王漁洋之賦秋柳矣。桐城張辛田明府用糦亦有繼聲之作，詞旨穩秀，格律精嚴，其工力可云悉敵。《貧女》云：「天寒空谷易銷魂，辛苦牽蘿屋僅存。待聘宛然如處士，效顰早已薄鄰邨。厨曾伴嫂諳羹性，織爲供親忍淚痕。奪得狀頭傳韵事，用黄崇嘏事。錦標富貴讓閨門。」《故姬》云：「敢儕簫鳳擬雙仙，嬾整珠鈿舊鏡邊。白紵扇捐秋易老，黄衫客去夢誰圓。縱非覆水收無望，却比朝雲别可憐。不信千金能買賦，玉容憔悴已經年。」《遷客》云：「謇諤平生許致身，一爲遷客遠楓宸。謫居地得名流主，慰問書疏往日賓。五夜蘆花弦外冷，千秋芳草卷中新。會看樂府刀環唱，太液池頭識舊津。」《廢將》云：「漫將勝敗論兵家，塞外歸休髮漸華。定賞一時忘大樹，防邊五月憶無花。驢騎湖上人多感，瓜種門東徑半斜。報答君恩留賜劍，建牙依舊擁鐃笳。」《病僧》云：「苦證南宗與北宗，藥爐禪榻病時容。臘殘自指階前樹，食少非關飯後鐘。一滴楊枝祈默默，千年鐵檻悟重重。現身會説維摩法，歡喜緣從定裏逢。」《癯仙》云：「辟穀年來位業成，不妨清瘦自長生。待同吸露蟬身蜕，想見臨風鶴背輕。玉宇怯教留夜弈，瑶田嬾與課朝耕。童顔幻化憑游戲，舊侶霓裳拍手迎。」《酒徒》云：「側身天地氣清高，興往狂來愛飲醪。問月有時能起舞，歌風幾輩想英豪。暢澆壘塊憑三雅，快嚼厨門抵太牢。醉裏真鄉知路穩，百年何日不醄醄。」《老僕》云：「拄杖何須問鐵君，平頭心可達蒼雯。典琴歲月都難記，得劍精神賸幾分。投刺久安予闊略，愛才誰似汝殷勤。初三初四兩僕名從遊倦，好語歸來喜共聞。」明府爲桐城望族。以嘉慶癸酉副貢肄業成均，充武英殿分校，出任吾閩前江場鹺尹。歷權大邑，愛士憐才，著循聲，擢同安縣令。家學淵源，工駢體，吾閩大府謝恩摺多出其手。尤究心於韵語，善填詞。前在京師，嘗館于質邸綺貝勒，以詩受業。又館于儀邸，與儀親王爲忘年忘勢之交。王閲其長律而韙之，梓其試帖百首行世。都中及大江南北多選入攀桂集，然特其餘技，尚未盡其全豹也。

海寧金梅溪少府光耀，以刑部供事任吾閩同安縣石潯巡檢。留心時務，嘗親赴各海口，以繩繫鐵貓沈水底，測量淺深。其丈尺數目，詳記一册。云：「一、浯嶼烟墩山脚至大担山脚止，共寬一千六百一十丈奇四尺。又探得烟墩山脚水深八丈四尺，中深十丈二尺，大担山脚水深六丈六尺。」「一、浯嶼炮臺山脚起，至小担山脚止，共寬一千四百四十七丈二尺。又探得炮臺山脚下水深八丈六尺，中深十一丈四尺。小担山脚下水深六丈三尺。」「一、小担口外山脚至大担口外山脚止，共寬一百六十三丈二尺。」「一、大担口外倚山水深五丈一尺，中深八丈七尺，獅球邊水深六丈三尺。」「一、浯嶼媽祖宮前至浯案山脚止，共寬四百五十二丈四尺。又探得東北水深二丈四尺，中深四丈八尺，西南水深三丈六尺。」「一、浯案至島渼山脚下止，共寬二百十一丈二尺。又探得東北水深四丈二尺，中深十丈奇二尺，西南水深二丈四尺。」「一、勘量青嶼山頂北首闊二十丈，南首闊十丈，直長三十三丈，周圍一百六十丈。」「一、青嶼西南至青灣山脚止，共寬一千一百九十五丈。青嶼西南山脚下水深十八丈，中深十三丈二尺，青澳山脚下水深二丈一尺。青嶼南角至南山脚下止，共寬九百五十六丈。青嶼南脚下水深五丈，中深十三丈，南山脚下水深二丈八尺。青嶼東南至浯嶼北炮臺止，共寬七百五十一丈。青嶼東脚下水深十三丈，中深五丈七尺，炮臺西角水深八丈。青嶼北角下至赤嶼南脚止，共寬八百二十丈。青嶼北山脚下水深九丈，中深十三丈八尺，赤嶼南脚下水深十二丈。赤嶼北角至小黄瓜嶼南脚止，共寬一百十五丈。赤嶼北脚水深六丈，中深五丈四尺，小黄瓜南脚水深六丈六尺。小黄瓜北角至大黄瓜南脚下止，共寬三十五丈。小黄瓜北脚水深四丈八尺，中深六丈六尺，大黄瓜南角下水深五丈四尺。大黄瓜北角至小担南角下止，共寬二百五十丈。大黄瓜北角水深十二丈，中深十二丈，小担南角下水深十一丈四尺。小担山北脚至大担南角下止，共寬二百三十丈。小担北角下水深二丈一尺，中深六丈六尺，大担山南脚下水深二丈六尺。又探量大担以北至五通港水勢丈尺。」「一、鼊仔嶼水深十丈。虎仔嶼水深六丈五尺，中間水深八丈。虎仔嶼北水深七丈，中間七丈五尺。青崎山水深二丈五尺。檳榔嶼水深六丈五尺。何厝鄉港心五丈七尺半。灣頭鄉至五通新炮臺共寬一千四百七十五丈。

塔波水深四丈，灣頭鄉前水深二丈五尺，中深五丈五尺。劉五店至五通渡共寬一千六百二十丈。五通水深二丈七尺五寸，中深六丈五尺。劉五店深五丈二尺。」按此册煞費苦工，可爲水道金鑑。少府性耽吟詠，被議去。讀其詩，志和音雅，有足多者。《春日偶成》云：「宦海幾經春，行藏付夙因。功名虚歲月，蹤跡老風塵。衹許花爲侶，還宜竹結鄰。一尊時獨酌，忘却客愁新。」辛丑年厦門之役，少府傷胸左，經禮部題，蒙恩恤卸任。後徐松龕方伯將歷俸如數補發，然則少府之心跡已見原于上官，且早徹□宸聰矣。其又何憾耶！少府近得墨妙亭斷碑硯，謂是前明黄石齋先生故物。摹圖徵詩，以張其事。後又得吾鄉莊、洪、鄭三家所輯《黄子年譜》，合纂一編，鋟版行世。

海昌陸乙齋秀才以鈞，癖嗜爲詩及駢體文。中年病臂，習左腕，書宗《聖教序》，能得其天趣。又自號尚左生。錢警石學博泰吉贈詩，有「愛君□似高南阜，左手能將健筆扛」之句，比例極爲切當。己亥夏幕遊吾閩，經今六載□暇日。梁伯思明經邀同見訪，示以詩稿。余爲擷録警句，俾後之采風者，知流寓中大有雅人在焉。《官舍春日》云：「畫眉侵曉喚嚶嚶，夢入鄉園枕上驚。記得少年春起早，一聲聲和讀書聲。」《即目》云：「新月彎彎夜愈静，蝦鬚簾外梅花影。朔風時送暗香來，人倚闌干不知冷。」《見贈》云：「抱琴奚處覓知音，一識瑯琊愜素心。難得還樓高百尺，忽教敝帚享千金。雲霞契自三山合，翰墨情何四海深。朗月清風都入賞，天涯蟲鳥伴長吟。」《旅夜》云：「去家二千里，歸夢萬層峰。」《夜坐》云：「岫雲棲樹宿，海月逐潮生。」《春時放棹》云：「岸邊新水鴨頭緑，籬外小桃人面紅。」《寄朱久香學使蘭》云：「難掩性靈還覓句，欲求經濟但開編。」《歲莫書懷》云：「已媿離家空作客，還思潔已罕求人。」乙齋詩美不勝收，讀此足以概其餘耳。

陸乙齋喬梓俱風雅。乙齋之尊人諱槿，字冰庵，名幕也。足跡半天下，督撫奏摺多出其手。向在兩廣百菊溪制軍幕，海寇平，幕友皆照原銜薦用。授職藩參軍，弗仕，名公卿咸稱其高尚。生平孝友，好行善，邑志有傳。又工書，鄉□中得其片紙隻字珍如拱璧。詩嫻格律，句多莊重。《塞外》云：「朔風颯颯出雲中，地名一道邊城亘若虹。壁壘尚留屯戍蹟，英雄幾見戰争功。馬嘶疎柳斜陽冷，雁落平沙塞草空。漢代勳名稱衛霍，何如青冢獨嵸巃。謂昭君墓」子名元浩，字春江。在家肄業，兼課弟游藝所及，學隸習畫，並鐫印。《白荷花》云：「孅姿揺曳水中央，洗盡鉛華質異常。君子由來都本色，美人未免厭濃粧。一溪月照□無影，十里風來盛有香。聽得采蓮歌唱鬧，忽然驚起睡鴛鴦。」

聞乙齋來閩時，其從父東澗茂才初基，有《送行》詩云：「男兒志四方，兆自懸弧始。維安耕鑿者，身名出州里。爾昔之廣陵，秖隔一江水。今乃遊閩嶠，道塗相倍蓰。溪流石粼粼，仙霞半空起。俯仰恣眺賞，登涉慎步履。疆域同海邦，土俗應相似。以爾才識敏，又復詞章美。贊襄帷幙易，遇合膠漆比。執事及與人，一語挈綱紀。虚心兼細心，贈言無踰此。憶我與爾父，半生違桑梓。逆旅對牀眠，往往數月耳。玆爾與吾子，分馳繼前軌。前冬遊三秦，今春汾水涘。遊踪且莫定，有如蓬轉徙。要皆爲衣食，奔走非得已。顧我視茫茫，行年七十矣。索居益寂寥，懷遠雜悲喜。天邊鴻雁多，頻寄平安紙。」然則咸籍之名，乙齋又□□之矣。

陳榕浦，高雅士也。喜爲詩。没後求其稿，不可得。近林書甫孝廉以所藏一卷見示，余喜過望，急録其尤者。《仝楊十雪茶夜話》云：「烏皮几浄剔香檀，寶鴨無温坐夜闌。話久不知天欲曙，紫籐花下露華寒。」《過友人山齋》云：「學古偏能傍野居，菜根麥飯樂何如。羨君到處消清福，半覽湖山半讀書。」《偕徐東園丹山昆仲遊石倉塔湖諸勝》云：「石倉舊址半蓬蒿，詩酒曾傳昔日豪。誰向吟壇嗣風雅，百年名士首空樽。」「巍峩一塔聳江間，水色波光面面環。何事別尋蓬島界，就中景已隔塵寰。」「選勝頻來上妙峰，白雲深處認禪宗。依然廿載連牀夜，卧聽空山百八鐘。」「十景于今半有無，高僧指點日將晡。可憐勝地皆陳迹，碧草春烟叫鷓鴣。」《夏日遊雨香亭》云：「緑陰滿院樹扶疎，小扇輕衫四月初。此處得謀容膝地，薰風一枕夢華胥。」「莎廳日暖晝初長，乳燕蹁躚拂緑楊。閒倚玉闌干外立，一簾風度棗花香。」《家居》云：「落盡藤花冷畫屏，淡烟漠漠雨溟溟。閒階狼籍春三月，減却苔痕一半青。」《山館籐花盛開呈諸同志》云：「手種籐花伴寂寥，十年藉汝蔭窗寮。紫霞裙□緑雲遍，日午炎天暑亦消。」「風流老輩數吾鄉，光禄坊中舊草堂。梓里至今傳韵事，莘田前有許甌香。」餘尚多佳句。《松影》云：「鶴迷古寺烟三徑，鸞下空山月一階。」《簾影》云：「楊柳市橋摇緑軟，杏花春店閃紅多。」《和黄卓人秀才》云：「江山無恙餘浮宅，風雪多情有敝袍。」連江余駕部國琛嘗爲之作傳，録其略云：「陳宜豪字榕浦，侯官人。少失怙，隨侍大父雲樹漳浦學署。年十九始歸試，垂三十年，晚乃棄去。生五子，壯歲喪耦，幼者始晬，自爲鞠哺。性不喜紛華，不嗜酒肉。所與遊皆老蒼，習聞舊事爲多。爲童子師，循循善誘。長樂陳惕園鄉賢庚焕嘗舉邱慢『廡著可補衣，吃有菜飯，無譎詭行，堪句讀師』四語以贈。其門人陳叙齋御史功，書『師嚴道尊』表其門。垂老構一椽於烏石山麓，名『紫籐花庵』。才四丈地，整理雅潔，賓朋雲集。居久之，山中勝概，了然胸中。客有訪以舊碑刻者，恒挈其子，引至所在，拂苔蘚以示。舌耕稍暇，偶弄吟毫，其一種清疎之氣，拂拂出十指間。有《藤花庵小草》一卷。安貧忘老，以此終身，年六十四。」林書甫孝廉書其詩後云：「右《籐花庵小草》四十首，陳丈榕浦所箸存者也。道光癸巳余分纂省乘，其子四維録以貽。余授沈夢塘，夢塘采入經籍略，復還於余。書局撤，余遠游澶易五年，歸而授徒，疲役筆墨，未暇爲之點定。近楊光禄雪茱屬王生赤蘭搜其遺稿，録入詩話。赤蘭訪於予，急歸檢而授之。嗟乎！憔悴專壹之士，耗心力於五七字間，而或傳或不傳者，豈少哉！或者天假之緣，俾榕浦之零篇斷句，獲傳於後，亦其幸也。」楊光禄跋其遺集云：「嘉慶丁巳冬，余由光禄坊移家烏石山麓，與榕浦居最近，因訂交焉。花晨月夕，時相過從。嗣是七上公車，别稍久。旣毦歸，又以饘粥生涯，槖筆入幕，不常聚者凡九年。庚辰通籍後，越歲假旋，家居十閲月，復與榕浦聯卬麼。及庚寅冬丁太夫人艱，星奔回里，而榕浦已卒。計余甫成童，即識榕浦，前後三十年間，雨館宵燈，松窗梁月，人世升沈之故，山川離合之緣，可感何限。而我於東野，則固兩地一心也。榕浦幼習詩書，長從士大夫游，無媚骨，無俗心。環堵蕭然，意殊自得，所居紫藤繞屋，花時歌嘯其中。余題其小像云：『最愛到門藤壓瓦，讀書聲裏立多時。』蓋紀其實云。榕浦詩不多作。癸卯余致仕歸，求其藁不可得。昨王生赤蘭從林書甫孝廉處得其散稿數紙示余。余屬赤蘭録而公之同志。叔蘭題云：『苦調得秋氣，幽懷忘世喧。』二語盡之矣。余不復贅。但述其與余定交顛末并生平崖略，使後之人遨遊烏石，知水光山色中，尚有古之隱君子如榕浦其人者，雖謂榕浦至今存，可也。」

前卷所採林書甫孝廉《懷人》詩十首，自言爲集外之作。兹復得七古一篇，爲林祖瑜上舍文儀《題倒看圖》，詩云：「東鶯西燕作寒食，杜鵑叫春春不識。踏霞飛訪忉利天，鉛水流珠灑豪墨。稠桑夜照玉山月，佯卧紅蕤息天骨。嚶嚶蘭魄雙娉婷，篤耨名香非馬勃。仙慳佛吝出方外，唤起鰥魚聽人籟。神君授記但莫忘，九九眉梨許靈會。」上舍娶於陳，繼娶於汪，皆早死。貌已病不起，兩婦泣於旁，顛倒幻想，頗覺可駭。然以富家子篤師友之誼，録鄭圓嶠布衣遺事索人題詠，印刷鄉賢惕園初稿，皆其受業師也。後卒貧病而殁，是亦可傳也已。

出省垣西南十里許，其地名鳳岡，族叔太和翁世卜居焉。翁少承累代儒業，慷慨有遠志，嘗負笈從家廣文元麟、林副貢光天諸先生遊。苦學工文，每一藝成，同人輒傾倒。顧屢試，連不得志於有司。中年後旁究星家言，自謂一生無科名，遂絶意進取。惟訓課子孫，鈔纂群籍，賦詩煮茗，頤養天和而已。晚以涉園爲樂，偶見枯枝，便拾取歸。鄉人見之，戲呼爲拾柴先生。其親家葉明經觀廷問邨居有何勝概，答云：「一畦荳莢供餐飯，千樹松楸給煮茶。」明經爲艷羨久之。翁天性淳厚檢樸，與人談今古，終夕無倦容，絶不作諧謔語。既諳五行生尅間，爲親故推休咎，無弗奇中。預識死期，以道光甲辰九月望日殁，年六十二。嗣道徵以遺什見示，有《偶書》云：「菜根有味復何求，言行惟教寡悔尤。萬事由來歸定分，人生休用苦營謀。」《詠梅》云：「絶代佳人第一仙，冰霜歷盡歲寒天。清修本是孤山侣，漫把虚名與世傳。」讀此可以知其所自命矣。翁名元氣，字仲培，太和其别號也。

得山水癖者，其好尚已極清幽。偶然發爲詠歌，自覺深微淡遠。侯官蔡香叔茂才澧蘭，誦顔氏瓢、詠原憲户，而雅慕向長、宗炳之爲人。每清興所發，輒翛然獨往遊觀，殆棲逸之奇士歟。《同黄肖岩昆季秋夜塔湖泛舟》云：「馳情千里外，江口買輕舟。一葉烟中渡，孤帆天際流。星河與人遡，風露襲衣秋。身世飄飄裏，登仙快此遊。」肖岩亦有《登妙峰》云：「偶來妙峰上，峰上望冥濛。江勢東西合，溪流潮汐通。朔風吹古縣，落日度歸鴻。此地真禪定，翛然世慮空。」肖巖名宗彝，侯官國子生。爲香叔社友，亦「量腹進松术，度形衣薜蘿」之流亞也。

侯官倪瑞卿茂才珙，詩多微婉可誦者。《元旦拜年》云：「朝來忙煞僕司閽，半剌分明姓字存。我道世情如紙薄，貴人車祇向朱門。」《端陽競渡》云：「榕陰夾道鬧紅榴，緩步湖西作勝遊。遺恨何關海事，猶傳古制倣龍舟。」《桃源洞》云：「偶從物外結田廬，隔絶塵寰久避居。可惜漁郎丁不識，此中定有未焚書。」《夜聞犬吠》云：「寒戀重衾料峭天，吠聲如豹草堂前。我家惟有青氊在，終夜無妨放膽眠。」詠古二作，持論亦正。《昭君出塞》云：「欺主原應殺畫師，漢家何必重蛾眉。當年不嫁單于去，頭白深宫君未知。」《文姬歸國》云：「一騎紅塵萬里程，玉關生入慰離情。老瞞豈足稱高義，偶費黄金買盛名。」漁洋山人《題文姬歸國》，有句云：「老瞞睆鼎目睢盱，破壁牽后如收孥。獨能千金歸蔡妹，吁嗟高義今已無。」蓋用先貶後褒之筆，所以起發善心也。此則直抉老瞞隱衷，俾躲閃無地，較王作更翻進一層。

烏麓歐夢蕉字鹿齋，侯官博峰茂才鵬元之子也。癖嗜吟詩，填詞偶一爲之。家故貧，近歲悼亡失子，瘡痍愈深，暫託星卜餬口。《簾間自題》云：「卅載雞窗志未酬，丈夫那肯向人求。年來稍挾君平術，渺渺湖山任去留。」又《即事》調《西江月》云：「世事何須惆悵，老懷無處安排。談星博得幾蚨來。醉入華胥賞勝。　俗輩猶登雲路，英雄半在塵埃。洛陽前度看花回。轉瞬蒼山暮影。」讀其詩詞，牢騷不平，近境可想。鹿齋詩有以風韵勝者。《登樓》云：「閒來乘興試登樓，一帶風光豁兩眸。隔水村明烟乍散，遥山雲去黛初浮。夕陽影入鴉邊暮，蘆荻花鋪雁底秋。羡煞橋西垂釣叟，把竿穩坐小漁舟。」《春暮口占》云：「居閒無事起常遲，兀坐齋頭花落時。着意留春春不住，流鶯啼上最高枝。」《平章池》云：「西陂衰柳黯斜陽，無復當時載玉觴。野老不知亡國恨，逢人輒説舊平章。」《遊青橋山》云：「百尺松杉一徑長，乳鴉聲裏度斜陽。崖花亦解迎人意，未到山前已送香。」余於前歲識鹿齋，贈余詩有「行篤情田美，家貧墨稼勤」之句。上未免過舉，下爲不佞寫照，却極逼真。鹿齋父博峰秀才，詩多散佚。偶索其殘稿讀之，詞旨亦見真摯。《雨夜感書》云：「風雨愁長夜，乾坤贅此身。依然還故我，壯已不如人。髀肉生悲感，頭毛歷苦辛。遥知北堂上，孤影念慈親。」「燈前時面壁，不寐數更長。敗絮容蟣虱，□囊儉鼠糧。奇窮緣傲骨，愁緒入吟腸。伏枕聞雞唱，雄心豈便忘。」聞此爲在困時所作。

隱逸詩人往往能得天籟。臺江薛珍觀字浩然《春日早起》云：「垂簾寂寂闃無譁，宿酒初醒一盞茶。今日陰晴渾未卜，鶯聲花氣透窗紗。」「沈酣一枕快遊仙，鳥語無端破曉眠。到底惜花心事切，披衣即到畫欄邊。」芝山陳忠亮字長烈《即景》云：「落花庭院草痕鮮，簾底微風漾午烟。羅袂太温紗太薄，半晴半雨熟梅天。」「欲謀斗酒餞春華，遍叩鄰邨總不賒。壁上懸琴床畔劍，去年都典子錢家。」《懷友》云：「鴻爪三年再聚難，藤花飛上石闌干。清明池館春如昨，知共何人帶醉看。」《見弋者》云：「鐵脛鳴風血雨濡，夕陽走馬鳥群虛。丁寧莫射南來雁，恐有關山倩寄書。」《游鼓山湧泉寺》云：「坦道康莊謝莽榛，石階如鏡草如茵。老僧不厭丁寧說，平地偏多失足人。」二君俱隱於市肆，而其詩幽雅如此。吾友江弢叔《題長烈詩稿》云：「冶南大有隱君子，記在吾鄉見未曾。老子指歸應草就，下簾想復剔殘燈。」余謂亦可移贈浩然也。

錢塘袁氏多才女。簡齋太史姑母嫁沈氏者，有《郭巨》詩，持論極嚴正，載在《隨園詩話》。太史又彙輯其女弟詩，清詞麗句，上口琅琅，今之所傳袁氏三妹合稿是也。余近日搜羅閨秀詩，恰得太史孫女袁孺人綬《簪筠閣未刻稿》數篇。《養蠶曲》云：「雞鳴喔喔女兒起，起視蠶桑燈影裏。一重緑葉萬蠶眠，蜿蜒争吐絲纏綿。今春喜說蠶成熟，不向燈前夜深卜。結成芳繭志辛勞，銀鐺盆手親自繅。月中皎若冰絲白，千絲萬絲機中織。織就鴛鴦錦，匹匹加顔色。爲君裁作襦，君無寒冷妾心娱。爲君裁作被，覆君温暖妾心慰。妾思君，君不知，請君但看襦上絲。妾望君，君未曉，請君但看襦上鳥。他生不願作神仙，願化鶼鶼西海老。」又《夜讀示兩兒師郊師祁》云：「男兒立志初，所貴乃孝弟。讀書啓其蒙，豈爲博金紫。事君如事親，忠臣必孝子。治國如治家，循吏必悌弟。爾曹中人姿，習俗易務徙。日讀聖賢書，自然識大體。爾祖少食貧，筆耕貰薪米。拔萃舉明經，一氈爲貧仕。賢良擢令尹，循聲著遐邇。五十歸道山，宦囊清若水。汝父自失怙，孤立鮮依倚。獨木支大厦，恐墜箕裘美。好學寡交遊，一篇惜寸晷。平生重然諾，所爲慎終始。家貧食指繁，菽水無可恃。飢來驅其行，負米長安市。

近跡依我翁，幕游恒自耻。來歲試北闈，但願魚燒尾。揚名即顯親，文章有知己。嗟我出名閥，頗亦習詩禮。結褵歸汝父，井臼躬料理。大母髮垂白，所樂在甘旨。羹湯洗手調，終歲懼毁訾。爾父昨有書，問爾近何似。青燈舊有味，惜勿惜穉齒。嬉戲徒自棄，歲月去若駛。何時方成人，慰我顧復喜。未寒衣先裁，未飢食先俟。典釵供修脯，和丸偕卧起。棗梨莫攘奪，手目共指視。新詩當座銘，高山試仰止。」二首情緒纏綿，音節頓挫。前作徵婦功之勤，後作見母儀之善。簡齋翁之淵源遠矣。孺人字紫卿，蘭邨明府長女。現官吾閩，吴伯鋏鹺尹國俊之室也。

謝枚如茂才章鋌祖姑適鄭氏，侯官諸生鄭希燮之母，修撰林鴻年之猶母也。歲四十餘而寡，閉門一室，足不出户二十年。素善詩，有集一卷，嘗語鋌曰：「聽雨讀《離騷》，最是佳境。余寡居無聊，每當春夏之交，狂雲奔黑，急點傾簷，凉風入室，驟暑頓消。爇一爐香，注一瓶花，展卷吟誦，抗墜抑揚，時與雨聲相間，致足樂也。」鋌最愛其《答女》云：「小女牽娘衣，問娘爲何故。娘是杼中絲，織縑復織素。小女牽娘衣，問娘爲何故。娘是蓮子心，成甘復成苦。」《憶先妣》云：「傷離感逝倍凄凄，暮坐懨懨淚眼低。月色不知惆悵意，籠烟猶過小窗西。」「萬緣春夢總成空，哀逝傷情一瞬中。猶賸去年籬下菊，伴人清影慟西風。」《詠蝶》云：「光風暗轉蕙蘭香，紫陌翩翩盡日忙。多少繁華身是夢，猶將生死託□□。」《病起》云：「憑牀無力强徘徊，促織催凉漸上階。一院青苔人不到，半晴天氣菊初開。」《寄妹》云：「寂寥獨撥玉爐烟，一種幽愁兩地懸。願作珠簾雙燕子，朝朝長傍鏡臺前。」《即事》云：「凉多几簟雨餘天，淅瀝清風破曉眠。獨對幽蘭梳洗懶，幾聲啼鳥過窗前。」及卒，林母哭以詩云：「四五月來病不差，忽然鶴馭返仙霞。空庭闃寂無人問，泪灑問心姊妹花。」鋋步其韵題後云：「青綾步障竟無差，好句如仙落紫霞。自是庭階饒玉樹，別枝猶作女兒花。」

道徵迂疎成癖，性寡交遊。當代巨人長德，頗有投贈詩篇延譽增重者。宜黃陳少香邑侯偕燦見贈二律云：「一卷古冰雪，幽懷託嘯歌。品孤逢世少，才老著書多。窮巷客稀到，名山志不磨。蕭然塵甑畔，遺帙尚搜羅。」「美人抱瑶瑟，日莫耿相思。淺語工非易，寒花開較遲。古音聊獨賞，奇服幾人疑。我亦叢憂患，蒼茫自咏詩。」楊雪茱光祿慶琛和贈云：「安步由來足當車，蓬廬金石豈虚譽。宵燈影漏匡衡壁，庭草春深仲蔚居。汲綆曾聞窺宛委，研經□喜疏雝渠。江東米價今何似？同祝農書兆夢魚。」「行年六十已懸車，□我頭顱敢毁譽。一榻松聲秋士徑，半溪菱葉釣人居。尊前詩夢花生管，眼底雲光水繞渠。咫尺與君來往熟，不妨餐簡作書魚。」林戟門明府振棨見贈次前韵云：「輪轅原戒飾虚車，實踐如君合擅譽。腹笥邊生文學富，心齋顔氏吉祥居。乾坤落落誰知已，裘馬翩翩且任渠。獨抱殘編勤闡發，名山勝似注蟲魚。」永福余耕邨孝廉潛士見贈云：「環堵蕭然處，囂塵寄此生。箪瓢尋樂境，金石出歌聲。舊簡千秋業，浮雲一世情。何時鄰共卜，譔述細論評。」梁芷林中丞章鉅從南浦寓廬寄讀所著《文選旁證》，博而且精，洵名山不朽大業也，并集禊帖書聯爲贈云：「精文俯仰懷遷固，述作風流契老彭。」道徵近承彭詠莪師招往學署讀書，懸此聯於紅蕉吟館。師見之，笑謂次句有語讖。師亦撰楹聯並古詩一首見贈。聯云：「芳草王孫，讀書萬卷；蓮華博士，下筆千言。」詩云：「四十博一衿，同儕推老宿。莫耶新發硎，管城豈云秃。低頭理殘編，志不存干禄。三山文獻徵，磊磊滿君腹。

鍵户且著書，出遊常秉燭。懷哉遯世蹤，幽蘭在空谷。幽蘭洵美矣，何如秔稻香。刈穫足民食，粢盛供帝倉。爲功在斯世，豈獸余馬芰。且讀有用書，來日今猶長。學成識俱進，再問名山藏。余亦老鉛槧，相長期無荒。」跋云：「戊申四月八日叔蘭賢友惠然肯來，因成二詩勗之。」諸老殷勤愛士，委曲成材若此，良足令人感喟矣。

避暑鈔

避暑鈔提要

《避暑鈔》四卷，據道光二十二年刊本點校。撰者王道徵生平見《消寒録》提要。此書續作於《消寒録》後，小序謂時在炎夏，故名。内頁題「蘭修庵避暑録」。兩書大旨雖無不同，此時或以投詩者衆，談詩轉較勸懲爲多也。雖多非特識，如評林薌谿（昌彝）七律「弓開十分」，録何紹基之評語「魄力沉雄，格韵逸秀」；謂連章詩「須有層遞轉折，首尾回環，讀之如蛛絲馬跡，循序可尋，乃爲合格」之類，亦屬有見。又謂長句最具筆力，亟録何廣憙之《送姚鴻程于役琉求》，通首十一言，「縱筆爲之，自然赴節」。乾隆時錢載、蔣士銓等以文爲詩，力爲七古長句式，然通首長言不過止於九言而已，不易作也。何作罕見，洵爲難能。他如其師梁運昌用昌黎、樂天之通韵法，作《神君詞》五古一百三十六韵，力壓唐人之長篇；從殘稿録出《孝貞篇》七古，「奇聞得巨製表彰，令人感發不小」，諸如此類，皆有識於長篇體制之新發展。末作論詩詩一首，議論從容，蓋亦得益於七言長古之式也。

序

王君叔蘭，恬澹士也，家貧不能治生，嘗閉户著書以自娱樂。工詩，喜吟咏，每覽名人詩集並時輩流傳噲炙人口之作，輒手自鈔録，碎錦零縑滿篋笥。所居湫隘雜市肆間，藏書數千卷，几榻狼籍，無非書者。終日坐故紙堆中，環堵蕭然，有自得之致。與余同鄉年家子胡曉鶴明經遊。曉鶴固能詩，余因曉鶴習尗蘭，過從論詩，竟日不勌。時叔蘭録《消寒録》告竣，嗣復纂《避暑鈔》如干卷，援詩話例，上自名公鉅卿，下逮山林遺逸、烟霞嘯傲之流，一篇一什，足以感發人心志者，緯以論説，搜羅廣而持論甚正。大要以激揚忠孝、陶淑性情爲主，不失温柔敦厚之旨，此可以見叔蘭之所尚矣。向使叔蘭稍自貶損，易爲時世妝，脂韋齷齪，揣摩奔競於榮名利禄之途，豈不能芥眎青紫，與悠悠者争後先？顧乃冷氊破研，口誦手披，殫精竭慮於舉世不爲之日，其志量當有過人者。太史公云：虞卿非窮愁，亦不能箸書以自顯於世。吾於叔蘭信之也。余嘗往來七閩，觀其島嶼曠窅，洞壑深幽，鄉先正崇尚風節，餘韵猶存，意必有砥礪廉隅，行歌坐嘯，矯然自異於風塵之外，如古所稱隱君子其人者，求之數年，始得之叔蘭。而叔蘭又深自晦匿，不求知於世，世亦罕有能知之者，是可深慨也。嗟夫！丈夫懷抱偉略，無由藉手尺寸，以顯其經猷，猶欲扶翼世教，寓區區補捄於語言文字之中，其用心亦良苦哉。若叔蘭者，可以風已。余既傾慕叔蘭，於其書之成，用持文行之説，爲並世立言者告，且使讀是編者，知風雅之道在此，而不在彼也。宜黄陳偕燦少香序

蘭修庵避暑鈔卷一

囊輯《消寒録》，皆寓勸懲。閲者多出未刊詩稿，屬續纂。時當炎夏，名《避暑鈔》。福州王道徵叔蘭纂

吕東萊云：「凡人之處困阨，其最不平者，莫甚於人之陵。」吾將有以曉之：當貴盛之時，人之奉我者，非奉我也，奉貴也。當貧賤之時，人之陵我者，非陵我也，陵賤也。奚以知其然耶？使我先貴而後賤，我之爲我自若也，而奉我者遽變而見陵，則回視前日之奉我者，豈真奉我乎？使我先賤而後貴，而陵我者遽變而見奉，則回視前日之陵我者，豈真陵我乎？彼自奉貴耳，我何爲而喜？彼自陵賤耳，我何爲而怒？心者我之心，固將治我之事也，何暇助貴者之喜，助賤者之怒哉？《螢雪叢説》亦云：「人之一身已自有輕重，足履穢惡則不甚介意，若手一沾污，浣濯無已，豈可怪世情之炎涼也哉？」舊有題湯泉者，最爲該理，如云：「比鄰三井在山岡，二井冰寒一井湯。造化無私猶冷暖，争教人世不炎涼。」

度量寬宏者，於人何所不容？饒心耕云：宫諭鄭公諱開極，家居拜墓，其孫晚歸，與鄉人鬨。其子請公名帖送縣。公曰：「爾不能訓子，尚欲罪他人耶？吾之子孫若賢，鄉人必加愛敬，即不肖，亦必看老夫面上，而姑容之。至於被辱，必其淩人太甚，不可忍也。謝之可矣，反曰送乎？」自後人愈敬之。公之子孫，人人相戒勿犯。公生平嚴正自持，不干外事，逍遥林下，絶迹公門，近代完人，不多得

也。後之達者，宜取法焉。道徵按：此極似《嘐嘐言集》所載宋楊尚書玢，致仕歸，長安舊居爲鄰人侵占，子弟欲詣府訴其事。以狀白公，公批紙尾云：「四鄰侵我我從伊，畢竟須思未有時。試向含元殿基望，秋風禾黍正離離。」

說理最妙引喻。陳仲桓《即事》云：「鶏鳧飽香稻，託命在庖廚。麋鹿隱山澤，饑渴色不渝。此中禍福有定理，達者遇之慎須臾。」題畫須得遠神，仲桓題畫云：「斷橋依別墅，黄葉下空臺。天地烟雲外，穿山有客來。」又「古樹霜作花，溪光隨岸轉。中有幽居人，入山無近遠。」陳南齋云：仲桓名騄，順治間長樂廩生，有《偶庵集》二十六卷。吾鄉平遠臺詩社之興，高固齋、孫君實爲之倡，鄭山圍、許天玉、甌香從之，仲桓及其弟叔舉與焉。今共集多散失云。

字學臻絶妙地位，亦堪壽世。外祖葛諱堅初，字鍇思，號英泉，吾鄉隱君子也。宅衷淳厚，和藹可親。父卧雲秀才士琦，嘗聘林鎬亭孝廉立京授經於家。業成遇嗇，體質故羸弱，屢患頭眩之症，遂於中年輟試。嘉慶己卯閏月二日考終，春秋七十有六。公生平無他嗜，惟是寄情翰墨，心領神會，能達其旨趣，而盡其變化。猶憶總角時，公以手寫唐人七律四百篇授讀，其間架結構諸法，筆筆精，字字到，兼以持選謹嚴，不啻渾金璞玉，允稱雙絶，可爲吾家至寶。道徵擬力量稍紓，謹將此本鋟版。並搜括零縑斷楮，鐫諸貞石，以永其傳，庶《凱風》、《寒泉》之思，得以少慰先親於萬一乎。

清官雖難做，畢竟問心無愧，且得載道之口碑。饒心耕云：「業師黄名守儛，號雲石，以進士山宰餘杭，罷歸。回閩有句云：『囊空好走三千路，心穩無愁十八灘。』是可與吴都憲訥詩並傳不朽也。吴出巡貴州，還，題詩云：『蕭蕭行李向東還，要過前途最險灘。若有私臓並土物，任他況在碧波間。』」道徵按：十八灘在建溪。林書甫孝廉言雲石歸時，部民送彩旗聯語云：「無計可留慈父駕；有懷難訴聖君知。」其德政感人若此。此後教授里門者二十餘年，高才生多出門下。所著《魯論鄉黨考》一編，援據三《禮》，旁證他書，粲然大備。孟瓶庵考功嘗甚稱之。

詩有在人讀之無關緊要，而自己觀之怦然心動者。余幼耽吟詠，丁蘊齋孝廉以拙作比之道古堂。又喜博覽類書，最愛《格致鏡原》，以其菁華畢萃，常不離手。頃讀雲間徐學齋祚永二律，不禁傷知己久亡，恨秘書易失也。《榕城旅夜得錢塘汪懷塘徵君札並惠新刻杭堇浦太史道古堂集》云：「耆舊西泠大雅材，著書滿屋老蒿萊。孤燈正切懷人感，尺素何緣過嶺來。太史遺文真不朽，徵君嘆逝有餘哀。開緘情似汪倫重，潭水桃花幾溯洄。」《張雄五通守惠贈陳文簡公格致鏡原詩以報之》云：「久慕張華富簡編，定交邂逅意纏綿。好書真當貧糧饋，格物端爲聖學先。從此座中資議論，更堪硯北助雕鐫。每嗟善本行囊少，翻閱連朝喜欲顛。」學齋著有《閩遊詩話》。

侯官林鈍村一桂，乾隆己亥舉人，官永安教諭。富藏書，寢饋群籍，日事纂録。其於《周官》用功尤深，著有《周禮長編》百册，《周禮私記》數十卷。陳恭甫太史贈句云：「江南鄭學尊耆宿，宋後周官有諍臣。」指此也。殁年八十餘，罕作詩，搜遺藁，僅得數篇。《登鼓山大頂峰》云：「昔登鄰霄臺，榕城盡一覩。今登屴崱峰，烏石一抔土。孔子登東山，眼中已小魯。他日登泰山，鼓山一石鼓。」此極似方子雲「眼中自謂空千古，海外原來有九州」之句，其所見亦大矣。

侯官謝甸男震教諭，嘗謂其弟子趙孝廉在翰曰：「吾不能學五斗米折腰，思得精廬半畝，長江帶之，翠岫屏之，植竹能青，使月能野。吾處其中，時閱經典，倦則登高而賦，則臨流而嘯，不知春夏之何從來也。吾願足矣。噫，此乃極樂世界，吾儕根器淺薄，安能消受也？」甸男負姿穎異，説經斷斷持漢學，好擊宋儒鑿空逃虛之説，批窾導竅，饒有特識。與陳太史壽祺、汪儀曹德鉞、吴進士賢湘、林孝廉一桂、李孝廉大熋、趙太史在田諸君子友善。所著《櫻桃軒詩集》，逸韵高騫，疑是九霄環佩。《核桃店早行》云：「秋風客子忙何太，孤館殘更悄無賴。疲驢齧草吻有聲，饑鼠拱燈眼全眯。京華年少多冠蓋，中原匏落空壥壒。寒霜照影束衣帶，殘星墜水踏清瀨。月黑深林鬼語悲，泥蟠石磴虎跡大。時驚短褐樹椏挂，偏留餘寐馬頭磕。運舛惟愁壥世隘，途窮早視生死泰。茅柴邨店試澆春，初陽一線寒山外。」《草涼亭》云：「草涼亭子山之丫，兩三破屋疎復斜。溪雲作雨欲騰絮，嶺霧漏日看籠紗。一雙粉蝶暖成越，幾樹老梅寒未花。臨崖弔古者誰子，道旁躑躅生咨嗟。」

閩縣林退巖東垣詞部，爲張編修甄陶外孫。生有異禀，美秀而文。年十六籍諸生試，輒冠其曹偶。弱冠舉鄉試第七人，己未成進士，改詞部。沈厚精敏，勤於其職。卒年四十一。平生篤於師友，凡集京師從進士試者，君盡東道主人之誼，始終無倦色。病中猶手書《黄庭經》數十紙。效陸渭南體爲詩，言近而旨遠，有《聞悦軒詩集》。道徵從書夾中，得其手書《伏熱得雨偶成》云：「苦索枯腸日幾回，吟餘不覺囅然咍。帳中書被人搜去，几上琴從客典來。兀兀原非因酒醉，超超時復借禪詼。北窗一雨涼如水，午枕悠然鼾似雷。」陳恭甫太史與爲會榜同年，最爲知交。於其歿也，爲之墓銘云：「林以國氏，嘗伯天下。酋耳騶牙，産祥降嘏。南中四姓，言大非夸。數典而忘，知者益寡。君之宅躬，儀儀雅雅。詞部集成，仙仙歸也。我銘貞之，質而不野。匡謬正俗，遡風獨寫。」可謂得其風概。

周末時，異端蝟集，游説蜂起，每毀謗古聖賢以自便其私圖，如《孟子》逐條辨駁，可覆按也。因思聖門高弟，如子我、子貢，當時受誣於此輩，尤當急爲昭雪。《史記·弟子列傳》載宰我爲臨菑大夫，與田常作亂，以夷其族。曼雲師謂此説起於墨氏之《非儒》，借近似之姓字，以誣衊聖門。其詞皆託於晏嬰之口，後人遂採其語，以作《晏氏春秋》，而作《家語》者，亦採此事入《弟子解》，尤其無識者。蓋流傳已久，《史記》亦存異説耳。田常未嘗被討，同亂者何至滅宗？即此便見其謬。師他日又評《家語·弟子解》篇云：此書既有《弟子行》篇，不應復有《七十子解》。此末數篇，皆後人掇拾而附益之者。觀其四科之序，一依《論語》，此後即次以子張、曾子，蓋南宋後人所爲耳。至宰我事，實不多，則取墨子之徒誣衊聖門之語，闌入傳中，不知其爲《左傳》闞止事實也。《史記》紀齊事，監止、子我作二人，至《弟子列傳》則亦載此事。蓋墨子之徒，借子我之字相同，橫誣聖門者。司馬子長不知删削，可謂無識。然其於齊世家則云：子我乃監止宗人。無他語也。若又拉入田恒作亂事，此更不相涉，其謬易見。恒既得志，其同黨何至於夷滅哉？今觀七十子篇，言語鄙俚，略無所發明，其斷非古籍可知。又載此事，爲此書之辱，不亦謬乎！按：師《詠史》有云：「監止與宰予，同時兩子我。邱明叙齊事，洞灼若觀火。本自墨翟徒，撟誣脣舌簸。作亂協田常，形及三族夥。以此嗤孔徒，叛黨强相坐。却纂《家語》時，俗説採細脞。史遷傳群賢，沿緣舊證左。成子方得志，其徒誰能那。若云討逆敗，便算忠義可。

闞子未可非，同名況嫁禍。」此篇辨析極明，可以定其案矣。至史載子貢出使事，師謂此説士傾危之尤者。端木大賢，必不爲此。且又非聖人之所許也。《越絶》乃戰國時説士所爲，彼方以一出云云誇詫端木，豈知聖門五尺之童羞稱五霸，子貢高弟，顧肯爲如許事哉？太史公據《越絶》録之，固未暇辨其是非真僞也。

高觀察叔嗣詩云：「衆女競中閨，獨退反成怒。追誦古時人，蒙冤誰能訴。」可見古來正人君子，其横受誣謗者不少。第五倫過婦翁，陳平盜嫂，歐陽修騈甥女，朱子見劾於喪心小人，皆不待辨而自明者。吾鄉侯官大宗伯翁文簡公正春，爲福清相公葉文忠公向高門生，文忠爲長樂大司空陳培所長祚門生。三公同朝顯貴，爲一代碩德名臣，乃皆增兹多口放誕不經，二百餘年無爲之昭雪者。俗傳文簡計偕至蘇，缺資斧，有妓贈之金，許以歸娶。及登第負約，枉道而歸，妓死之。有鄉人自蘇回閩，妓陰附舟至洪塘，入翁宅。翁適假寐，見之驚覺。内人突以公子昏迷欲死狀報翁，急入抱之。逾日而逝。後無嗣，僉謂此薄倖報也。按史天啓元年，翁起禮部尚書，協理詹事府事，抗論忤魏忠賢，被旨譙責。明年御史趙蔭昌希旨劾之，正春再疏，乞歸。帝以嘗爲皇祖講官，特加太子少保，賜敕馳傳，異數也。時正春年逾七十，母百歲，率子孫奉觴上壽，鄉閭艷之。未幾卒，謚文簡。又載正春風度峻整，終日無狎語，倦不傾倚，暑不裸裎，目無流視，見者肅然。由此觀之，安有就妓受金而且負約之理乎？又傳文忠破人風水，至今某邑某鄉地土稍有滄桑者，則皆歸罪焉。竟與文簡之謀佔金雞山同爲口實。此損人利己之事，何足誣以大賢？至培所乃隆慶五年進士，由知縣歷官御史。至熹廟時，始轉南京工部尚書。萬璟彈魏忠賢，廷杖。培所疏救之，群璫側目，因告歸。計登第時，嚴嵩父子已竄死十餘年，何從阿附逢迎，入於其黨？世乃有金夜壺署名獻媚奸相之説，其支離無據，殆目不識丁者爲之。文簡狎邪之謗，竟有付諸梨園演唱者。因憶陸放翁詩云：「斜陽古柳趙家庄，負鼓盲翁正作場。死後是非誰管的，滿村聽説蔡中郎。」此真達者之言。「野老愛談釣龍事，錯將餘善認無諸。」葉毅庵《榕城雜咏》亦同此議。盲翁野老，豈足與較論是非哉？按：爲文簡辨枉説本饒心耕《管見録》，文忠培所事，得諸陳南齋口述云。

史所闕載者，得詩人爲之表章，亦足饗千秋牙頰。梁曼雲編修《讀柳子厚詩得韋道安事》云：「吾讀柳子詩，得韋道安事。姓名惜僅存，無聞他傳記。殺賊救雙娥，猛烈無與二。尤勝今人書，所傳汪十四。《汪十四傳》，陸野君所撰。向非柳州筆，難得言盡意。上云不親授，禮不違造次。下云敲石火，秉燭蹟相似。却立俟誅刑，足明不辱志。終以師婚辭，賢者固高誼。不圖脂粉叢，弓刀效奇異。方知古押衙，徒爲兒女累。況云十年讀，文武乃具備。若人付邊瑣，才堪儲將帥。未爲王虎臣，拔作天軍使。感激知己恩，從張建封還徐州。身屬私家吏。徐州喪軍主，逆黨私建置。義士遵朝廷，節完身可棄。追想銜鬚時，千載無所媿。至今讀此詩，令我久酸鼻。哀罷還思之，一死名乃遂。匹如陸長源，殺身竟何爲。忠臣壯士身，豪俠兼節義。柳子集不亡，此聲終弗墜。何必國史傳，劉昫有文字。」

吾鄉家集合刻，稱最富無過於長樂陳氏者。但卷帙繁重，積久易致消磨，非經補葺重鋟，何能傳諸永久？南齋秀才故陳氏之亢宗也，念遺編之零落，常極力以搜羅，將寄託於手民，以昌大其先德。

嘗謂余云：「先世江田家傳集，起自宋縣令公榮、御史臺檢法老成、提刑檢法宗傳，三忠皆以勤王死。迄明季三忠雲生太僕翀、慕庵鴻臚達、蓼巖給諫希友，中共三十家，係昌箕學博肇曾所刻者。時曹石倉、錢虞山皆有序，載在誌乘藝文。至國朝康熙初年，伯騶明經騶、紫巖孝廉定國增遺老諸人，合前刻共五十六家，顏曰『江田陳氏詩系』，刻於姑蘇。序之者尤西堂。今其集罕覯。惕園鄉賢庚煥與宗英皆其後人。鄉賢有句云：『靈峰迢遞起天池，秀毓風騷世系詩。賴有六忠遺碧在，尚應呵護有尋時。』後宗英廣搜博訪，聞林研樵明府慶章家有其書，詢之哲嗣，據云未見。又遍託計偕出仕諸友，覓之京都及各直省，至今尚未卒得。宗英近從藏書家搜輯，得成集者有二十餘家，零星者有十餘家，又自康熙以迄現在增補者有十餘家。宗英志在重刊先德，然舊刻失傳，繼緒不易。宗英雖勤勤懇懇，未知此願能終償否。倘有見及原集者，一瓻相就，亦不賈錫類之道也。」噫，若南齋者，其用心亦良苦哉。

猶是雲耳，一經軒輊，便覺判然。詩人之筆，真乃不測。陳叔舉《題畫呈櫟園》云：「泰山膚寸合，霖雨潤八垓。既慰枯槁望，閒雲自歸來。」又題云：「碧天麗紅日，萬壑銷陰霾。俯仰千仞岡，浮雲安在哉。」陳南齋云：叔舉名驤，順治間長樂諸生。父博士兆甲老矣，以姻家子某事，爲有司所羅織。左伯周櫟園解其冤，既有借以中傷櫟園，博士遂與櫟園並下廷尉。叔舉橐饘三載，備極艱辛。時西曹新製三木刑，多死者。一旦博士次當夾訊，叔舉闌入法堂，請以身代，情詞懇摯，法司皆爲墜淚。後櫟園誣白獄事解，叔舉御父歸，居會城九仙山下，與里中耆宿修平遠臺詩社，著有《中軒》、《薊遊》二集。考志乘，叔舉蹟不在孝義，集名亦不登藝文。可知百餘年中，士之節行文章，其湮没不傳者，何可勝道！

因采高兆子士年所録叔與詩末小傳，及長汀黎媿曾副憲集所跋高雲客陳叔舉從父入燕帖，並葉毅庵宮詹叔舉詩跋，而次其涯略如此。

江田梁太史《神君詞》一百三十六韵，叙云：「里有降神者，嘗爲人視病，決生死，多驗。其論禍福，執理爲斷，不言前定。舊臘，余病中書詞，託主人叩之，神答語詞旨瀟灑，非俗子所能僞也。因戲演其意，爲《神君詞》，效昌黎東野失子詩體，並學其通韵法。白樂天有一百三十韵，詩亦通韵作也，唐人長篇無過是者。余惡其用意，求蓋前人，迺故加六韵以勝之。宋人有至二百韵者矣，長篇豈足難哉？」「禀受苦不宏，沈疴無時蠲。素無達生識，溘化懷憂悁。西鄰有巫咸，神君降靈筵。脉絡指福禍，往往通哀詮。書辭往叩之，輸誠神君前。下士昧聞道，願求啓愚頑。念臣於萬類，微眇合棄捐。不望高官位，不望廣田園。不望食方丈，不望居連椽。不望賢妻妾，不望好子孫。不望文字著，不望姓名傳。此有大福分，菲薄渠敢干。無角則傅翼，賦予原不偏。舍魚而取熊，人情非相懸。富貴不可期，一身求清安。臣之所冀者，其事誠箋箋。人得臣不得，觖望大造恩。人皆飲一石，臣量無涓涓。人皆食一斗，臣腹非便便。人皆明耳目，臣獨聾以昏。人皆壯齒髮，臣獨豁以斑。筋骨少强固，疾病多沈緜。年幾未五十，零落先蕭蘭。豈臣有遺行，折磨成屯難。未嘗羞正直，何處招尤愆。或云前世業，昧己迷本元。嘗聞注食籍，萬羊彌岡巔。又聞鑄横財，洪鑪日夜燃。世人之禄壽，天官司其權。豐華神所祐，蹇劣鬼所鐫。抑臣何命薄，適獨遭天慳。平生爲人謀，肝腸何氛氳。自謂必見德，時時翻遭瞋。不能媚世俗，亦未絶人群。奈何不識面，無惡毀己聞。磨蝎信何物，南箕信有神。天眼照幽隱，瞭若數指紋。願求一剖示，俾臣破疑紛。神君莞爾笑，愚子空囂讙。天者積氣爾，理一元不煩。今汝之所咨，其事不關天。譬天下視汝，猶汝視螘然。彼何爲擾擾，此何爲蝡蝡。何所怒於門，何所慕於羶。壤何故知雨，穴何故知泉。珠何取曲貫，磨何取匌旋。汝何不載筆，勒爲螘簡編。汝能爲彼説，吾亦爲汝宣。惟有范縝言，差識天人關。人猶高樹花，一本萬萼騈。衝風忽吹散，飛舞同翩翻。或送上旃蓐，或墮落溷藩。高隨綺紈賦，下雜土壤乾。升沈從此隔，因果如是觀。但有今值遇，何有前因緣。此誠名下士，高論誰能刊。古來雖上聖，不得無迍邅。文有羑囚厄，孔有匡圍艱。憂患亦其遇，夫豈運命遷。斯疾獨被冉，不幸竟傷顔。六極凶短折，彼豈天所虔。福善禍淫理，難爲俗人論。況汝所見鄙，尺涔無奫淪。口腹亦小體，尺寸何足廛。揚賜不飲酒，吐論爲名臣。孔明食最少，機務司繁殷。滑稽解謀國，健啗能威邊。二者擇所處，於汝何有焉？徒取不負腹，作蚓猶爲賢。必若養生論，不在服食勤。長生不可學，不死亦有因。汝毋暴汝氣，汝毋搰汝真。收視而返聽，神理含清淳。天漿汲沆瀣，丹田掃荆榛。太平在靈府，百體和若春。汝能勤行此，即是地行仙。今汝所作爲，伐靈多斧鑕。五夜汝不睡，三日汝不飱。憂愁不平氣，十步五長歎。然脂劃蠅頭，索句鏤鼠肝。蝨蝨蝕其肉，外骸焉得完。死亡汝幸免，病存汝何怨。豈無汝儕輩，材力相陌阡。年齒皆盛壯，氣血方剛堅。食如虎拖肉，飲若鯨吸川。智計不落後，捷足常獲先。共汝論壽殀，何止分殤佺。黄葉未辭樹，青葉已先翻。當時此數子，半化爲孤墳。乃知住世法，不擇衰盛端。豪華膏粱子，探囊多金錢。燈筵買春景，水陸羅芳鮮。黄金製三雅，翠羽飾雙鬟。粧成花枝艷，歌出珠串圓。一枚飛百觴，一曲舞七盤。

酒酣呼六博，張燈清夜闌。薰心醉蘭麝，倦凭侍女肩。雙飛入羅幃，鴛被欺春寒。取樂不惜命，肯顧形神惛。鐘鳴漏亦盡，燈灺膏猶煎。彼惟有所恃，戕生故不全。汝惟有所歉，惜壽故能延。如塞翁失馬，禍福相循環。如荆凡論國，存亡未始分。況以危操心，而得深慮患。惟此疢疾者，又智慧所存。大造賦元氣，中設猶衢尊。酌取隨薄厚，不益亦不單。偃鼠自不飲，長河方瀰漫。鳳凰自不食，竹實盈空山。蟪蛄與朝菌，孰使生不蕃。龜鶴得遐算，受氣豈有源？無心乃真宰，萬變隨紛紜。一一數前定，隸首猶難孯。今汝稱禄命，小道何足言。徒謂禄有籍，禄盡算亦殘。取精安用多，徒早爲强魂。有餘留不盡，儉乃福之門。生機日洋溢，在人無削朘。大椿不難到，方寸培靈根。淳亡機械作，利興争奪緐。蝸帷黏壁枯，蛾以赴火焚。夭閼負生理，是吾螘者云。仁義爲天禄，聖賢有大年。孶富於齊景，殤壽於彭籛。修身以俟命，無自生糾纏。再拜謝明訓，妙理通微哀。向來空戚戚，收悲以忻懽。陽和亦已動，轉瞬春物妍。雜英滿芳甸，黄鳥鳴樹間。風暄體自爽，日長務亦閒。筍輿出近郭，藜杖拄平原。道逢村野人，款款話農田。浩歌答渌水，逸韵凌青烟。遐心倏有會，俗慮焉能牽。莫辭素不飲，强醉花間眠。」先師諱運昌，字春中，一字曼雲，又字曼赤，號竹泉，晚號江田田父。父茂才叶所公精子平，於其誕之月前數日，謂家人曰：「若生於是月某日某時，必非凡格。」及誕，果應期。幼慮其弱也，不督之讀。吴香亭先生督學閩中，鋭欲入試，弗令時所公知，入補弟子員。乾隆甲寅，偕兄虚白、弟芷鄰，舉於鄉榜，名雷。嘉慶己未成進士，改今名，散館授編修。性剛介，不可以非理干。家無長物。而爲亡友廖上舍英營葬，日恒往督，閱月餘乃休，題「黄壤可憐埋傲骨，青山長遺伴吟魂」句於墓門。接引後進，多方啓迪。批注經籍，識解俱超。繪事鼓琴，經其涉獵，無不精妙。尤工書法，求者雲集，鐵門限幾爲之穿矣。卒年五十七，著有《陳氏古音考訂》、《讀詩考韵新譜》、《四書偶識》、《史漢眉評》、《説文小箋》、《難經發明》、《兩漢魏晉宋齊詩式》、《全唐詩隨筆》、《唐人風格集》、《杜園説杜》、《韓詩細》、《蘇詩鈔》、《秋竹齋吟卷》。《秋竹齋四書文藁》未刻，藏於壻何肫藹孝廉家。

林書甫孝廉云：「王梅林爕降乩陳叔度鴻先生下壇詩云：『宛在堂前一夢醒，藕花亭子半雕零。詩人踪跡誰能問，湖上青山只自青。』論者以爲極似其生平筆意也。」

干戈擾攘中，朝爲骨肉，暮成離别，茫茫大地，何處尋行迹哉？南城黄一真覺經生於宋末，居青綏山下。五歲時，北兵下建昌，母陳氏被掠，乘急嚙覺經右顴爲識。覺經稍長，賣水自給。常念母弗置，遂發願捨家爲佛堂，名普覺，絶葷酒，朝夜頂禮，祈得見母。於是渡黄河，過鄒魯故墟，涉薊門，捫太行、居庸、盧龍，流連燕趙，絶無音耗。或憐具憊，婉勸之。覺經曰：「寧無吾身，不可不見吾母。」因長跪佛前，叩頭流血，以達其誠。復自北而南，沿途丐食，渡江淮南楚入蜀，登峨眉，泝洞庭，居閩粤數年，終不遇。最後過武昌，病甚，自分死矣。突有鄉人自汝州來，曰：「吾見汝母於梁縣宋氏春店。」覺經病如失，馳訪其處。見一媪貌肖舅氏，媪亦諦視其瘢痕，互相詰問，既得真實，相與執手慟哭。蓋跋涉數千萬里，探訪三十八年矣。遂訴官，奉母以歸。朝廷表其閭，曰：「孝子黄覺經門。」時元至治元年也。衆醵金爲堂，御史薩公題曰「慈壽堂」，鄉里割田爲覺經供菽水。覺經奉母歸十年，年五十三，預辭親戚，無疾坐化。母亦是歲先覺經卒，年七十四。後人即所居祠祀之。當時名流多歌詠其事。

易仲三詩云：「人心至隱人不知，天心至顯不可欺。世人所有造作事，一念纔舉神明隨。乾旋坤轉翻今古，子南父北拋鄉土。貴賤無憑問死生，中有孤兒誓尋母。九州萬井鱗鱗屋，滄海茫茫求一粟。母爲何人長子孫，兒逢到處山川哭。有心祇患心不堅，三十八載如一年。長齋念佛心即佛，日日告天心契天。人事盡時天理現，行行恰恰來春店。六十慈親忽眼前，五歲孤兒重識面。東鄰西舍爭聚觀，江北江南真罕見。繡衣使者揮椽筆，一真純孝爲稱述。萊服潘輿侍養歸，城郭山川猶昔日。君不見，讀書萬卷兼讀律，華屋高居餐玉食。清水峰頭黄道人，問着一丁全不識。」

廣東前明有二直臣，一爲冷面按察南海周新也。新原名志新，成祖呼爲周新，遂以志新爲字。洪武中，以歲貢入太學，選授大理評事。以剛直稱，拜監察御史，彈劾不避權貴，有冷面鐵公之目。擢浙江按察，冤民淹繫者喜曰：「周公來，吾知免矣。」既履任，異政日著。嘗視篆風吹一葉至，新察知其僧寺木葉，發其樹，得女尸。又一巨商遠歸，日暮以資置古祠石下，抵家告其妻，旦往取，則不見。訴於新。新鞫其妻，知爲摟之者竊聽盜去也。其神明類此。三尺童子聞名畏匿。朝廷命錦衣千户如浙拿贓吏，即受吏贓。新捕治之，千户逸歸，詣闕誣奏，成祖命馳驛縛新。既至，猶口口歷數其罪不已。成祖怒，命肆諸市。臨刑，大呼曰：「生爲直臣，死當爲直鬼。」是夕，奏文星墜。成祖悔，不悦者久之。後數日，見形於朝，或見一人衣紅衣，立日中。成祖呵爲誰，對曰：「臣周新也。上帝以臣剛直，命爲浙江城隍，爲陛下治奸臣貪吏。」言已不見。一爲大聲秀才番禺陳謌也。謌字克忠，舉鄉試，入太學，擢刑部給事。舉劾權貴，無所避。每奏事，大聲如鐘。成祖餓之數日，奏聲如故，乃曰：「是天生也。」

每見，呼爲「大聲秀才」。嘗言事忤旨，命坎瘞奉天門外，七日不死。赦出還職，擢順天府尹，政尚嚴察，頗有趙張風。嘗出行，誤衝皇太子駕，太子陳訴。成祖曰：「陳府尹是我父母官。」竟不問。終爲忌者致貶。後仁宗即位，問曰：「大聲官兒何在？宜署輔導，使人得聞過。」乃召還，書「忠良鯁直」四字賜之。翰林院添注待詔瞿九思，著有《明詩擬古》若干卷。其事多正史所遺。《廣州》一章，章六句。云：「番山禺山，峙彼廣城。維嶽鳩秀，生周及陳。正言不諱，直哉維清。」賦也。番山在潮州府城內。禺山亦在府城内，其陽曰西竺山。又西北里許，有古覽臺，西爲粤洲。

翟方進云：「一死一生，乃知交情。」余讀周太朴哀輓諸作，未嘗不歎其白水旌心、青松示信也。《哭陳庾》云：「繫馬向山立，一杯聊奠君。野烟孤客路，寒草故人墳。琴操歸流水，詩情寄白雲。日斜休哭後，松韵不堪聞。」《哭李端》云：「三年剪拂感知音，哭向青山永夜心。竹在曉烟孤鳳去，劍荒秋水一龍吟。新墳日落松聲小，舊宅春殘草色深。不及此時親執紼，石門遥想淚沾襟。」《弔李群玉》云：「群玉詩名冠李唐，投詩换得校書郎。吟魂醉魄知何處，空有幽蘭隔岸香。」黄九烟云：「身爲唐人，而稱李唐，亦奇。」

周朴《桃花》云：「桃花春色暖先開，明媚誰人不看來。可惜狂風吹落後，殷紅片片點莓苔。」讀是篇要得言外旨，繁華子、窈窕娘，舉可悟入三摩地矣。詩教之有功如此。

閩縣黄虚舟光宇秀才，爲恩雨堂學使所得士，以古直稱於時。早歲工四賦，下筆千言，多與名流酬倡。陳秋坪司馬有《梁曼朩太史招同了堂長老黄虚舟秀才集甘滋蒼秀才荔竹山房歌》，虚舟和云：

「元龍意氣淩蒼冥，聲名落口餘芳馨。太史論交契心跡，載酒訂客過雲亭。高僧碧眼欽且敬，惺惺自古憐惺惺。入門禮畢通款曲，眼看彝鼎皆未經。宇亦及門附末座，山罍莎象參銅鉶。但見清譚手揮麈，不因快論頭撞屏。齋厨趨辦香積飯，迭爲賓主真忘形。一奩黑白戲蠻觸，六書斯邈鎔模型。開厨恣讀虎頭畫，滄洲境曠神清寧。自顧一長無可展，未證仙佛昇天廷。駑馬安望驪黄別，至今局促林之坰。先生不棄先世舊，放論緩容傾耳聽。蠅聲蚓竅聒不已，枕流漱石狂難醒。願歸陶鑄金受範，敢言倡和鐘扣莛。柱史大人光相暎，霏微中復輝人星。荔竹山房蓮社侶，他年粉本摹丹青。」一時文酒風流，讀是詩猶可想見焉。

長句最見筆力。余閲何肫薖廣熹孝廉《送姚鴻程于役流求》十一言詩，縱筆爲之，興趣所到，如蓋山之泉，聞歌自然赴節，幾忘其爲別體也。詩云：「我聞天孫之後立國東瀛東，傳二萬載南北合并歸山中。在隋與元移兵招撫俱不服，有明肇造琛贄纔與中華通。國初册賜御書中山世土字，封之王爵備藩海外稱臣工。嗣是傳位必請册命乃襲爵，以邀寵庇彼國時和而年豐。二百年來吾鄉前後三持節，文人藝士每樂附驥遥相從。我亦有志騁懷遊目滄海角，恨不驟生羽翼直駕西南風。羨君纔見黄河泰岱高且大，此行又向東南天際盱雙瞳。彼國分野亦屬牛女星紀次，北極較偏五十餘度於蒼穹。順風揚帆直踔三千有餘里，方知天地一隅之大無終窮。入姑米山水程尚有六之一，漸見三十六峰環植青芙蓉。海風簸盪蛟龍萬怪時出没，但聞四面銀濤日夜鳴淙淙。望仙樓上直接蓬萊三島近，彩雲飛處笙鶴咫尺來清空。三省以外酋長又分三十六，山川風土一一入眼皆奇蹤。我疑昔日徐福采藥居絶島，當有三代遺書未曾遭祖龍。如君生平愛奇嗜古好遠覽，乃今當更增長學識開心胸。歸來示我手纂中山聞見録，定有豪曲怪字豁我心中蓬。」肫藹爲郊海孝廉喆嗣，天分絶高，精古文，分隸，兼通醫理、地學，正不屑屑以詩鳴耳。

陳文恭公云：「治獄不苟，皆一點不忍之心，非僅懼禍而已。」此真仁者之言。霞浦游曼堂太琛明府《慮囚行》云：「囚來前，毋謾語自苦，汝籍何州村幾户？到此何爲起盜心，昏夜闖門揮大斧。攫錢抱布紛獸竄，誰其導汝誰爲主？從實道來官不妄喜怒。囚乃叩頭伏狀，共十八人相部伍。初緣饑驅後挺險，高高者天真情吐。半誤餬塗半莽鹵，王法無私爾罪自取。眼看姓名登鬼簿，如有少冤當再訴。後欲悔之其奚補，命吏勿急囚，列狀上大府。誅鋤端不芟稂莠，輕重未敢移銖羽。第教一綫待亭疑，要令青霄披雲覩。吁嗟乎！杜詩母兮信臣父，作吏廉平民安堵。左餐右粥美酒酤，那得此輩劇豺虎。才不如人心懷古，獨持丹筆雙淚垂，又聽紞紞響衙鼓。」觀此作，要知刀鋸所加，呼號甚慘，必如于定國之多行陰德，歐陽崇公之常求其生，方爲自信得過理。官詎易爲耶？閩縣俞咨臣汝欽秀才《夜論斷獄》詩，亦説得藹如可聽：「黑風吹燈神鬼悲，此時披牘三沈思。臣門似市心如水，下民易虐天難欺。生死敢謂莫須有，得失毫釐一投手。勸君勿更誇明神，願君階下無冤民。」

王子明爲朱温用，或議其未能擇主，然不可謂非忠於所事也。陳少香偕燦明府《王鐵槍歌》云：「鬥雞小兒作盟主，朱五經子竊神器。壯士慷慨許致身，食其禄者死其事。鴉兒一軍來晉陽，汴京一柱王鐵槍。背城血戰風雲慘，援師不至嗟天亡。一生驍勇屢挫敵，至死赫赫鬚眉張。七尺之軀奮奇氣，北面肯向朱耶降。吾槍是鐵，吾心如鐵，吾膝亦如鐵，此槍可折此膝不可屈。豹死留皮人留名，一字一噴忠肝血。不信納履朱全忠，有臣如此完大節。五季綱常久替陵，斯槍撐扶猶不絶。吁嗟夫！鐵槍鐵槍真丈夫，平生習戰不知書。馮導范質胡爲乎。」此篇悲壯慨慷，誦之故當辟易百沴。

趙又銘孝廉，以其婦翁梁次林章鈺明經《東西薄遊詩草》屬録，余素識明經之爲人，近聞逝於衙邸，殊爲愴然。明經早年受詩法於曼卡、退庵二先生，今讀集中諸作，榘矱故自秩然也。《心約》云：「幼齡病屢招，父母憂憒憒。稍長乖運途，終日心驚悸。三十餘年來，我心誠勞頓。上古無懷民，世湮不可企。極樂華胥國，道遠不能至。生爲斯世人，怎免衣食計。我茲與心約，凡欲宜强制。有食勿求飽，有衣勿慮敝。除却衣食外，毋許亂吾志。榮辱與窮通，俱如身外事。知足與知止，賴此方寸地。」此即求放心之義，省却多少煩惱，我輩當熟誦之。

崇祀五帝，故干法禁，鄉人乃塑關壯繆像，託名供奉，無知妄作，慢神甚矣。卓翰堂優貢有詩以正之云：「吾閩俗習尚鬼神，淫祀都存求福想。崇奉五帝託關公，只爲當時避禁綱。竟使淮陰伍樊噲，僞託張仙記孟昶。糜財不惜千金多，殿閣經營盡雄敞。妄加僭號倍尊崇，競工媚竈乞靈爽。厲得伯有駭庸流，儺效方相逐里黨。炎夏滿城報賽虔，逐疫謂能靖氛坱。七香亭導八擱輿，一一前驅列彩仗。牛頭夜叉舞市衢，伐鼓鳴鉦人擾攘。黑面稱王略形似，白日呼鬼共比仿。獨歎堂堂神武身，天語昭宣久尊獎。世祖封關公爲忠義神武大帝。生平無命空言才，死後爲神又被罔。梁山神配汾陰姑，虞帝廟留武后像。世人幻瀆太不經，多少神靈妄薦享。始作俑者罪難逃，顧羞吾將咎既往。」

士爲知己者死，非虛語也。明侯官徐振烈英，曹雁澤學佺宗伯席上即事詩云：「爛醉風塵豈酒徒，愁聲依舊醒來呼。鬚眉閱世誰能稱，貧賤驚人友自無。説劍懷中容眼白，曳裾市上畏門朱。一餐不忍千秋耻，敢笑淮陰賤丈夫。」振烈爲常豐倉擔夫，人呼徐五。宗伯聞其能詩，徒步過訪，邀至石倉園，延之上座，梓其詩於《十二代詩選》中。明亡，宗伯以里居孤臣，正冠帶殉節。振烈伏尸哀哭，咬舌噴血，越三日亦死。詳余京兆甸所撰《徐五傳》。

詩學有淵源，迥非俗手可及。永福黄養九鐘廣文爲明太史文焕六世孫、國朝大令任曾姪孫。《東西牆下草》云：「青青牆下草，紛披羅夾道。豈不同根生，芳心長自保。西牆覆蘿薜，陰氣生秋早。叢碧濯曉烟，媚翠獨柔好。牆東數弓地，厥土何恒燠。宜其柔脆姿，容易見枯槁。吁嗟半畝宫，物情太相左。大化本無私，陰陽天所造。亦有雨露偏，春風吹不到。人生歎飄蓬，得地斯爲好。」《仙掌石迹》云：「斯石亦何扁，仙迹埋碧蘚。留得古賢蹤，好與後人踐。」《村曉》云：「萬瓦炊烟起，柴門尚未開。蒼茫紅樹外，一叟荷鋤來。」《抵武昌》云：「楚天何處不關情，飄泊王孫百感生。遥聽疎鐘清夢醒，一燈魂斷鄂王城。」《獨酌》云：「拔劍高歌豁醉眸，沉酣忽記昔年遊。梨花春店新豐市，青眼無人識馬周。」皆琅琅可誦，不愧祖風。更有句云：「戅無口業生災障，貧有心田種善根。」殊足爲操修之助養也。乾隆乙卯舉人，任連城教諭。性耿直，重友誼，嗜詩酒，口不言貧，殁年七十有三。著有《蓬心詩草》若干卷、《俎鯖集》六十卷。子森，邑增生；羲，邑廩生，俱工詩。

凡詠物之作，須有人在，乃可傳。嚴松石鴻磐《夢梅》云：「月落參横漏已闌，分明疎影夢中看。孤山自有同心侶，紙帳春深夜不寒。」《種桃》云：「斷絶紅塵避俗喧，天台山上武陵源。此花故是神仙種，漫向人間暫託根。」前詩見情深伉儷，不看閒花。後詩知身有根基，非同凡骨。厥恉微哉。

蘭修庵避暑鈔卷二

福州王道徵叔蘭纂

陶石簣望齡，隆慶己丑冠南宫廷試第三，授編修，歷國子祭酒。卒謚文簡。平生篤嗜「良知」之説，與弟奭齡皆講學，有盛名。附見《郭正域傳》後，以其爲正域辨枉，願棄官與之同死也。大義凜然，殆以名節相矜許者歟。著有《歇庵集》十卷。《觀運甓圖有感》云：「絆驥在槽櫪，超足竟未停。安能與狐狸，局局偷一生。壯士營四海，褰衣赴時屯。白日檐前馳，所悲功與名。吾聞運甓翁，争此一寸陰。端居撫髀肉，愾歎何時平。」此見豪傑之士其邁往無前之概，固迥異庸流也。「甓」即今之甎，吴人謂甓曰瓵甎。

縣令爲親民之官，一縣令賢，則一邑歸心焉；衆縣令賢，則衆邑歸心焉。此在督撫撫馭之得人也。《簡亭詩草》數百篇，新城王載賡鳳喈撰紀事一章，爲喻心筠明府作，云：「國家設宰吏，所以爲斯民。他官與民遠，惟宰與民親。百里苟膺寄，詎不貴深仁。吾友涖兹土，視政親以勤。邇者邑荒歉，痌瘝如切身。上書諸憲府，平糶開官囷。計日以給粟，萬室期維均。監督每親詣，條紀毋使棼。胥吏或染指，燭照如有神。此鄉多大户，廩粟相陳因。每以奇可居，肥瘠視秦人。亦有商之蠹，圖利心計殷。販賤而糶貴，罔顧桑梓貧。吾友遍廉察，勸威必兩申。正州四境内，全活胥芸芸。桂嶺山巑巑，槎江水鱗鱗。良宰有善治，千秋與不湮。安得百吾友，使民咸被恩。」

先輩有德望者，下筆多足爲世訓。江圖南明府爲吾友雲湘尊甫，道徵讀其遺稿，爲之肅然起敬。《題祝雨巖風木圖》云：「風聲颯颯木聲乾，苦憶庭幃逮養難。無限深心託豪素，青桐翠竹不勝寒。」「嗟予失怙歲頻更，此日披圖百感增。稻壟松林猶未卜，雨絲烟柳又清明。」《和馮笏軿誡子詩》云：「勸學曾聞似累絲，一經教子又傳詩。圭璋範德期無玷，朱墨書銘要制私。性善好將禾去種，機危莫把劍來炊。分明夷險由心造，不畏人知畏己知。」「何分强弱與昏明，道在真堪作輔檠。《韓詩外傳》：「道可以爲人之輔檠。」喫緊爲人惟踏實，最干造物是争名。亡羊歧路知難返，畫處終身恐不成。千古純修惟切己，笑他處士盜虚聲。」《和項别駕在尤邑任内留别同官暨紳耆原韵》云：「循卓誰能繼古初，人人説項豈欺予。放衙有吏收詩草，息事隨時了簿書。綺陌停驂春入抱，甘棠到處蔭留餘。同官相勗皆經術，不獨清操却饋魚。」《柳訥萶彙集其亡友盧贊府詩札成帙率題二絶》云：「翻雲覆雨嗟輕薄，友誼誰能徹始終。生死論交全節義，家風不愧柳河東。」「子由思舊意何深，宿草芊芊不可尋。積玉碎金收拾早，辛勤一片古人心。」《壽鄭節婦七十》云：「飲冰茹蘗閱年華，歷盡艱辛歲月賒。寒到骨時香到骨，修來福命近梅花。」明府名志鵬，嘉慶己巳進士，以部銓選江西德興縣知縣。性耿介不苟，涖任未匝歲，而政績所著，一時之縉紳百姓皆服其神，迄今過西江者，尚聞其父老感頌弗衰云。

施德於人雖無望報之，心受施者恒至死弗諼，諄諄囑付後人，以代伸其銜結之素。長樂梁退庵章鉅撫軍《報德歌爲戴崑禾太守作兼示陳叙齋侍御》序云：「吾鄉游心水紹安前輩守南安時，大庾戴筤圃先生方以幼童應縣試。戴本徽産，衆攻之不釋，先生與大庾令孫卓峰邁力護之。孫亦閩人也。久之，得入籍。未幾篔圃、可亭、石士、蓮士數先生踵起，蔚成韋平之業。篔圃先生臨終時，囑其後人云：『吾家之興，實游、孫二公之賜。他日當無忘報德也。』越數十年，游之後嗣不振，至無以自存。而戴崑禾嘉穀太守適涖三山，甫下車，即訪游、孫二家子姓。而游近居榕城，值陳叙齋侍御里居，爲之介紹覼縷，復其田廬，並延師課其孫曾，資之薪水，籌畫備至。一時傳爲佳話，僉曰是不可無紀。因成五言古詩一章，並邀吟社同人共作，以張其事，且以爲勸云。」「吾儒務施報，佛亦崇報恩。精爲忠孝理，擴爲師友原。末流昧斯義，平等如路人。來者何以勸，薄者何由敦。吾鄉有盛事，請爲述其端。往者乾隆初，游公涖南安。南安守游心水先生名紹安，侯官人。星郎出禁地，庶類歸陶甄。洪惟戴氏先，飛篷寄孤根。受廛言所許，何妨采其芹。瑞芝不擇地，芳蘭豈當門。如何起衆訌，忍同非種删。勢將家衖失，兆成旅巢焚。游公實震怒，當官法宜伸。維時賢邑侯，亦我鄉先民。大庾令孫卓峰先生名邁，連江人。守令一心志，抗手迴鴻鈞。長林蔭窮鳥，大壑縱巨鱗。仙人自耕烟，詎計瑶草繁。名花茁頃刻，蘭茝紛鮮新。英英篔圃公，開先作詞臣。群從乃蔚起，舉世瞻星雲。入爲儒林丈，出作皇華賓。三天慎接武，六府交宣勤。遂貽韋平業，聯翩掌樞垣。枝條更蕃衍，東南來召郇。耿憶祖考訓，當年涕汍瀾。曰我家之興，飲水當思源。父以詔其子，弟以承其昆。海枯石可爛，此語同拳拳。吁嗟清白吏，轉瞬殊寒暄。宦門易寥落，西華多淚痕。我曾訪遺集，涵有堂何存。游心水先生《涵有堂集》四卷，著録。《四庫提要》，稱其文務爲奇崛，詩亦欲以生僻見長。徒聞奇崛勝，莫從窺槧鉛。長官出鳳池，政聲溢騶閩。下車未浹月，眷舊情殷肫。逢人不能嘿，眷游兼眷孫。精神所感召，遇合如有神。柏臺太丘望，謂陳叙齋侍御。里居道彌尊。

見義樂成美，弗辭往來頻。維時游氏裔，近在榕城闉。爲之介紹達，爲之覼縷陳。長者偉鬚髯，少者美且仁。太守顧而喜，名賢後宜振。分俸復田畝，延師課宵晨。樵蘇既力護，梨棗尤心懸。聞太守許爲校刊遺集。黄堂自報本，白屋胥騰歡。所謀迄久遠，所被非細涓。報游既若此，報孫何待言。定知温麻客，連江，古温麻縣地。黍谷同回春。仕風日以敝，民隱難上干。侯門慣侮客，趦趄生煩冤。但憤民俗偷，胡先故舊捐。但怪人負我，胡不心自捫。孰如太守賢，高誼凌雲天。内以盡仁孝，外以宏痌瘝。推此速郵命，彌縫可還淳。我不入州府，難供指臂援。但聞頌聲嘖，閉關亦眉軒。吟壇正索句，新題愜群讙。匪以諛勢要，庶幾激懦頑。我詩雖樸拙，紀實非傷煩。尤願我同志，大書告群倫。或追宣城賦，或和中壘篇。謝朓有《酬德賦》，劉向有《復恩篇》。質之太丘公，荒莊齊永歎。余與叙齋侍御同出可亭師相之門。」

詠史詩少及盤古氏者，潛山熊藕頤實泰二截句，奇情異采，得未曾有：「忽然首出世無倫，獨立蒼茫氣象新。世上先生知有帝，不知後死是何人。」「從來妃耦屬天成，何事璇宫早失名。自昔不傳盤古后，婦人誰可作先生。」按：盤古后名太玄聖母，見葛洪《枕中書》，藕頤未考耳。

「人生天地之間，若白駒之過隙，忽然而已。」要知漆園之爲此言，是勉人於數十寒暑中，撑起脊梁來，喫緊用功，成箇頂天立地奇男子，方不與草木同腐。侯官連梅耦攀桂優貢，郁初秀才長子。囊應童試，屢奪前茅，嗣以府考冠軍，遂入膠庠房薦堂備，俱未售。丁酉舉優行，梅耦常以稺年曠學，深自追悔。修省之思，時形筆墨。余偶覩所題楹帖，多鞭辟近裏語，如云：「獲罪於天無所禱，欲寡其過而未能。」「暗室中須問心得過，平地處亦失足堪虞。」「幼不學，壯無能，傷今老大；過愈多，功又少，請自乘除。」「去日已多，何忍偷安一息；前途雖闊，也思退讓三分。」「得失關方寸中，豈無芥蒂；功過格古今來，不爽分毫。」「始念佳而轉念不佳，見義無勇；一事錯而凡事皆錯，擇術未精。」「勵志圖成，慎勿始勤而終怠；修身弭謗，何妨彼是而我非。」「四十二年碌碌無奇，安得出人頭地；三百六日孳孳爲利，何堪昧我性天。」「厚者薄而親者疏，即吾亦不知所謂；惡人多而善人少，蓋天之無可如何。」「顯揚之謂何，筋力漸衰，嘆利名無就；教誨不可已，心思既竭，望子弟能賢。」又《戒酒》詩云：「儀狄始作酒，大禹惡其旨。酒誥戒綦嚴，沈酗罪及死。千古飲者高，曾聞劉與李。問我何如人，敢將賢哲比。小醉既廢時，大醉還損己。每飲輒忘餐，陶然熟床笫。終日見酡顔，逢人皆冷齒。深咎此麴糵，致乖吾行止。戒之斷根株，勿曰吾偶爾。」歷考所言，足徵志存不朽。工六書，暫隱筆耕，官紳問慶弔屏障多出其手。

國家以文章取士，制義代聖賢立言，原欲使中等之人聰明不暇旁涉，才力限於功令，平日所誦習，惟程朱之説，少壯所揣摩，皆道理之文，所以篤謹自守，潛移默化，有補於世道人心也。俗下不讀書者，類能模倣爲之，以此躐取科名，初何足尚？秀才得一第，自以爲成就，小試奪前茅，便詡詡然有矜氣者，斗筲器量，廟廊何賴有是人哉！吴江徐靈胎大椿秀才《刺時文》云：「讀書人，最不齊。爛時文，爛如泥。國家本爲求才計，誰知道變了欺人技。三句承題，兩句破題。擺尾摇頭，便道是聖門高弟。可知道三通四史，是何等文章？漢祖唐宗，是那一朝皇帝？案頭放高頭講章，店裏賣新科利器。讀得來肩背高低，口角嘘唏，甘蔗渣兒，嚼了又嚼，有何滋味？孤負光陰，白白昏迷一世，就教他騙得高官，也是百姓朝廷的晦氣。」

嘗怪廣座聚譚，語多虛譽，心甚惡之。壬午有感，作云：「非詐禮何多，中心爲憫惻。曾無誠意乎，迺用具文飾。每在賓客前，謙恭似備極。笑語非由衷，媚容殊可惑。余性不耐煩，儼然持正色。未嘗浪話言，口舌常閉塞。倨傲遂被誣，背後肆彈劾。忘却佞人佞，翻嗤默者默。」後讀歸季思子慕《待詔對客》一作，竟是同心之言，詩云：「默然對客坐，竟坐無一語。亦欲通殷勤，尋思了無取。好言不關情，諒非君所與。坦懷兩相忘，何害我與汝。」

泰山只是箇山，在魯封内，惟魯公可以祭之。今所在州縣，皆設像，有行祠。以三月二十八日爲生朝，合郡男女於前期禮拜，會於嶽廟，謂之朝嶽，爲父母亡人及自身拔罪祈福。當是日，必獻香燭，上壽更。城隍，原取城復於隍之義，唐時尚未入祀典。厥後亦儼然塑形貌，始於吴越，沿及天下。其廟多在山谷村落，今則無縣無之，其廟皆在城中矣。有瓜期之相代，才孟冬而出巡，習以爲常，遂成故事，雖不免俱涉誣妄，固神道設道之深心也。流寓某《榕城城隍會》五十韵云：「秋杪忽經冬，孟月吉方始。底事在榕城，崇朝喧不止。傳是城隍神，春秋歲典祀。鑒察久司民，今日巡遠邇。巨礮響如雷，廟門列羊豕。烈焰飛紙灰，獻幣繞街里。旗幟映日鮮，旌旄隨風委。彩仗燦龍頭，高牙摇豹尾。倏爾走兒童，十百森奇鬼。獸面與獠牙，駭人何累累。鉦鼓戾雲霄，笙歌沸潮水。服馬錦鞍韉，長繩接絲枲。夾道僕御繁，牽控連尺咫。燈幢作隊行，呵呼聲唯唯。更有邀福徒，白衣足不履。三步一下拜，回身復長跪。荷校無老少，繫頸相接趾。堪笑此輩愚，祈禳安足恃。素行苟多虧，平心胡勿揣。稍近鑾衛前，音樂細可喜。小鼓間長箏，曼聲發柔指。乍有少年群，目逆紛彼美。陳平如冠玉，留侯宛好女。若輩裙釵流，虛有其表耳。何爲飾麗粧，不自知羞耻。須臾鑾御來，黄鉞相對比。楠檀撲鼻聞，鑪烟一縷起。儀衛盡衣冠，護從足青紫。前驅騁驊騮，後隊嘶騄駬。老幼無參差，量材供器使。別有賽願人，門首羅四簋。或望塵而拜，或拱立而俟。紛然共忘疲，肅恭皆有以。我思神正直，爵與上公齒。雲雨職攸司，陰陽助燮理。祀事祗薦馨，惠迪斯降祉。如何舉國狂，廢業盡波靡。豈悦人觀聽，神不厭俚鄙。大抵神道教，自古曾有是。此地與越鄰，從俗難深訾。往聖於鄉儺，亦曰敬而已。是日暨朝昏，喧闐滿城市。盼望悵吟眸，停足費延佇。旋轉復追奔，遷延仍邐迤。成連謝移情，偃師遜巧技。設教起悟心，神或有微旨。我亦往觀之，飫目難比擬。種種極詭奇，歷歷猶可紀。何事可銷魂，無庸勞剪紙。客邸旋復歸，閉門還撫髀。」

明山陰陸孝子尚質，世居海濱丈午村。其父一中秀才，隆慶己巳八月七日航海歸，舟幾覆。尚質從堤上躍怒濤中救父，父生，尚質死。鄉人求其尸不得，名其地曰陸郎渡。縣宰徐貞明上其事，詔旌其門。元聘李氏，年十七，未婚守節。嗣夫姪華宇，生孫國安。順治戊子越寇至，有攫華宇去者，國安手斬巨魁，奪父以歸。湖北巡撫晏斯盛爲撰文立碑，郡守俞卿作論，比之曹娥，周公範蓮顔其里曰：「純孝完貞。」縣宰高登先爲尚質建祠渡口，顧予咸爲國安請入志，後人爲賦《孝貞篇》云：「越中襟帶多山川，山陰靈氣尤蜿蜒。陸氏奕葉著奇迹，至今湔水爭喧傳。有明孝子曰尚質，捐軀隆慶之三年。乃父航海正歸越，風濤洶湧舟將顛。倉皇沿岸欲奔赴，肝腸迸裂號蒼天。一葉未傾身先殞，嗚呼骨肉徒生捐。陰挽顛危出巨浸，遺骸宛轉隨波旋。曹娥孝女君孝子，漢明前後輝遺編。行人每過陸朗渡，識與不識咸悲憐。更憐婉孌李貞女，兩髦未識冰心堅。太息夫亡爲死孝，鸞膠何處膠離絃。趨哭靈帷操井臼，鉛華委棄髮垂鬈。朝朝淚染湘中竹，夜夜聲淒月下鵑。鞠育猶子爲嗣續，陸郎含笑歸黃泉。猶子生兒更倜儻，寄情韜略神翩翩。明政陵夷海寇熾，越中蕭索無炊烟。緑林忽攫若翁去，嗟哉老父遭拘攣。維時孝子倚閭望，搏膺灑血心如煎。我生無父欲安怙，揮戈直遏渠魁前。殺賊負父歸故里，荒村息警人安眠。厥祖芳徽已絶特，文孫況復追前賢。嗚呼一門三奇行，繩繩繼繼非徒然。往古來今祇轉瞬，滄桑陵谷多推遷。惟有綱常扶宇宙，天荒地老猶綿綿。陸郎逸事光琬琰，豐碑鬱律垂罔阡。貞婦孝孫兩不朽，精誠日月同高懸。太守殺青表純孝，賢侯立廟臨重淵。激懦廉頑賴有此，會看褒錫來雲邊。奕禩聞風興起者，叮嚀視此孝貞篇。」此從殘稾録出，奇聞得鉅製表章，令人感發不小。

肫篤之士，每從黑甜鄉中變現天倫樂事。曾禹門明府《擬古》云：「昨夜夢我父，衣冠同生前。我時一見之，長跪衣裾邊。父反顧我笑，雙手摩兒肩。曰豈願舍汝，大化良由然。汝勿太悲苦，悲苦人誰憐。汝勿太骯髒，骯髒心何偏。開我舊時笥，讀我笥中編。汝能繼我志，何必黄金錢。細士貧而怨，志士窮而堅。汝苟不努力，歲月虚推遷。余時聞父言，切切心中纏。牽衣方欲訴，忽聞鄰鐘傳。蹶然一夢醒，眼睫猶潸潸。披衣更剪燭，起讀《南陔》篇。」廣川曹耘叟鳴謙明府《連夜夢先慈泫然有述》云：「殊方無天親，郵亭頻徙倚。如何清夜夢，北堂尚伊邇。入門拂塵衣，傾囊出甘旨。長跪進盤餐，一餐爲色喜。兒女餕柔滑，狼藉盈案几。欵欵詢征途，歷歷猶在耳。慈母念遊子，存殁無異理。應是悉癡頑，使我慎行李。憶昔初作客，去來但桑梓。丁寧向僮僕，料理及衣屣。況茲適南楚，迢迢二千里。無復手縫線，攬涕不能止。榮名一不早，逝者長已矣。北望何漫漫，白雲暗天起。」二詩抒寫孝思，如出一轍。道徵乙未端午後二日午憩，夢先君有紀云：「病裏思親切，思親喜夢親。浮名戒勿逐，遺體望能珍。不盡傷心語，方從見面伸。如何睡鄉境，少住亦無因。」耘叟乾隆時官吾閩，故集中有《長溪署中十景》詩，著有《一桐山房詩集》。

士大夫宴客之禮，鮮不隨俗波靡。其稍存真率會遺意者，莫不以爲鄙吝，而非笑之矣。蒲城王仲山益謙司馬賦性儉約，宦吾閩時，有《寄連梅耦書》云：「西湖之遊，已定廿九，雅意必欲相邀，故不能過辭，以拂盛懷。且謂一尊相對，局雅而費不多，故從之也。歐公云：『醉翁之意不在酒，在乎山水之間也。山水之樂，得之心而寓之酒也。』我輩原不敢望古人，然遊觀之所情趣，正不必殊。昨日暮朱星槎大兄來寓中，道足下欲備盛饌，此斷不可。歐蘇之才，葅醢百家，其文章膾炙人口，誠有味乎其言之也。然《醉翁亭記》云：『山肴野蔌，雜然而前陳者，太守宴也。』東坡《赤壁賦》亦云：『舉網得魚，狀如松江之鱸。』歸而謀諸婦，迺有斗酒。以二公之才之學之位，偶然欲營一飽，即稍豐亦何不可者，而故如此也。故知澹泊之中，之味尤長也。『鼷鼠飲河，不過滿腹。』此言極有深意，願吾子之思之也。或謂鄙人在座，意以將敬，則尤不可。自僕到此，每食不敢二味。其稍有餘者，庖人爲之耳，非余意也。每遇公讌則意當不快。今欲將敬而予人以不快之事，甚非謂也。東坡與季常，良友也。岐亭之遊，先以戒殺，至云岐人化之，有不食肉者。今與足下約，爲魚一尾、雞一隻、肉二斤、白菜一顆，較諸東坡在不豐不儉之間，如此已足，不必更從豐俗，使人以饕餮誚也。所延客如翁賢方、謝孝知，能文士也。或爲記序，或爲詩賦，能上與歐蘇二公争輝，使拙直如鄙人，得藉不朽之文以共傳，則大幸也。」按：此書連用十四「也」字，調法既妙，而所論甚愜鄙懷，可以風世。余戲題隨園食單云：「老饕渾似段文章，幾度編成食憲章。笑我菜根自風味，夢魂不到鍊珍堂。」亦此意也。

前人譏説理詩爲押韵語録，以其落腐也。海昌查初白慎餘太史詩：「勇能自斷天難奪，清畏人知世已傳」；「座中放論歸長悔，醉裏題詩醒自嫌」；「亭臺縱好須賢主，子弟多才必世家」；「親老詎應虚子職，天高原自近人情」；「讀書自要師前輩，知己誰能託後生」；「貧思飽暖原奇福，老戀桑榆亦至情」；「一身秪要貧長健，萬事休憑夢當真」，切實中具見風趣，猶得以前語相譏乎？

凡作連章詩，須有層遞轉折，首尾迴環，而幹以性真，副以詞采，令人讀之如蛛絲馬跡，循序可尋，乃爲合格。此古今作手所不易得者，況可求之閨秀乎。侯官郭介平階三廣文室林恭人，閩縣林怡庭春芳孝廉女，豫堂振東明府姊，遠堂柏蔭侍御母也。少通經史，嘗曰：「女人不以文事見長。」生平詩稿，僅存其《迎母謝宜人》詩四律云：「憶别慈親日，於今十七年。星霜懷豫水，風雨話閩天。侍訓兒偏缺，承歡弟獨賢。好音傳遠道，何幸駕言旋。」「漢水迷漫際，歸帆此日過。步川經履險，舍館暫違和。頤養軀還健，高年福自多。滿江風色好，閒聽棹頭歌。」「共有歡迎約，前途次石頭。溪山供攬勝，夫婿喜同舟。話舊衷懷罄，牽衣色笑留。離愁今盡釋，擊楫溯中流。」「今歲團圓聚，高堂笑語温。祥風迎砌桂，恩露被庭萱。膳進江鄉味，香開故國尊。桑榆猶未晚，長此奉晨昏。」聞恭人課子極嚴，嘗篝燈聽誦，夜分弗輟，可謂賢而有才矣。

吴下施繼莘未冠，補弟子員。後留戀一妓，年未壯遽染瘵疾。瀕死時，其友丁秉仁往視之。繼莘付以詩稿，命妻子羅拜，託以身後事，言訖而逝。秉仁既爲經理喪務，續又代營窀穸，方往關白，忽見十五歲好女子偕四十許老婦在坐。繼莘妻指女郎謂秉仁曰：「是即繼莘託體復生者。蓋繼莘初殁時，適某宅女郎病垂絶延，女巫爲之叫生魂，繼莘遊魂正投之，遂霍然而愈。追憶前身事，歷歷不忘，偕其母來訪妻子耳。」秉仁因呼女郎爲繼莘，曰：「盍即以此事作詩示我？」女郎從容移步案前，磨墨試筆，拂箋微吟，其情景宛然繼莘在日也。須臾成詩四章：「舞袖歌喉勸酒尊，分明冤孽轉爲恩。生離子晉翩翩影，却返亭亭倩女魂。」「青衫忽地换紅裙，自供脂香日日薰。只恐此身償孽債，自今懺悔仗慈雲。」「歸來面目已非真，羞聽良朋唤繼莘。造化弄人抑何巧，直教省悟到前因。」「親情友誼兩縈懷，只恨雲緺簪鳳釵。異事一椿詩四首，憑君作傳寄聊齋。」此乾隆乙未年事。

乾嘉間，吾鄉論孝友好施而品行端正者，首推閩縣何氏東閣翁焉。翁名蔚然，字素宜，號秀巖。生六歲而孤，母氏宜人，歐陽臺灣總兵官臺變殉節贈太子少保凱之女也。教之學，家貧無書，借人閲市，雪鈔露纂，右手胝而弗輟，遂工楷書。作文無速藻，與陳滋田太守應縣試，有「何通宵，陳達旦」之目。乙酉冠郡試籍諸生，是秋遂舉。解福詩文書稱三服焉。食指繁勉，就館鹺務，代館東承受商名，後遂獨任。奉母與兄，極孝友。母愛某甥，恣其所欲，折閲計萬金，默不敢言，恐攖母怒。母偶有怒，必長跪婉勸，改顔乃起。幫務雖有要事，夜必歸視母膳。母年九十二卒。凡母所嗜物，皆不忍食。有兄三人，事之惟謹，諸兄早卒，撫從子慈篤備至，其衣服禮秩，視己子有加。門多雜賓，雖復埤汙傭俗，喬宇嵬瑣，翁具接之。三黨友舊，賴以衣食嫁娶喪葬者數十家。素不相識者，凂人求助，無不如其意。己亥居城西，築西郊草堂，藏書十萬卷，進冶南寒峻，與諸子同席研書，飲食教誨之，多有得科第以去者。乙卯歲大饑，爲粥以食餓者，興工作以便民之無業者，所全活甚衆。家廟故敝，翁兩度新之。西湖書院圮，翁三度葺之。又立社曰置社，且特建司命之祠。他若坯城郭，脩廟學，成橋梁，所費不訾，而翁樂之不爲疲。翁自奉如寒士，不買妾，不嗜酒，不耽博弈，並不營生産。惟好爲詩，有《孺慕軒詩集》四卷行於代，教後昆以忠厚儉樸。嘗云：「吾本天仙化人，暫謫人間，忽而來，忽而去，不能爲子孫計也。」年六十八，無疾而逝。永福陳韋治孝廉元封輓聯云：「行已於人無可議，先生之美不勝收。」施怡巖山人邦鎮輓聯云：「廣厦欲售工部志，積書不減石倉風。」蓋得其實矣。

吾郡鄭圓嶠應瀛布衣敦品力學，教人以丙行居先。詩主性情，絶去雕繢，最憎艷體，以爲有傷風教。精活人術，不取一錢。好河洛理數，嘗言：「命由我造，惠迪吉，從逆凶。吾心固有以奪造化者數，何足以拘之？」卒不合有司繩尺，窮蹙以終。遺稿散無存者，其弟子林文儀思之弗置。乞文於同志，以顯之，裒成卷帙，誠盛心也。林少穆尚書題詩傳云：「十年星隕少微垣，猶有經生哭墓門。地下黔婁誰議謚，江東羅隱合招魂。文章零落空憎命，香火因緣自感恩。生死幾人見風義，多君飲水獨思源。」

幼時閲家藏翁明府若梅詩稿，中有《送何念修逢僖民部入都》及《哭念修少宰》七律各四章，即已想見其爲人矣。近何肫藹以少宰《西行小草》屬録，蓋爲孝廉時入陝甘督學官石溪幕，輪蹄間，隨所見聞感懷述事之作也。《容城縣謁椒山先生禮》云：「志士不殺身，其勢難自止。赤手投豺狼，一念激而已。先生撼仇嚴，耿耿孤衷矢。九死獲一生，餘生仍之死。但道力回天，詎意名垂史。我思嘉靖時，國事良可耻。至尊静修玄，老奸深縱子。貴溪攖兇鋒，華亭噤寒齒。歎息中外工，賢愚同唯唯。公也起卑官，扼腕事如此。孤翮甫傷弓，巨創未脱痞。慟哭九閽驚，分把驅糜箠。三載縶南冠，一朝肆西市。有明三百年，忠諫頻屈指。獨公之大名，入於編氓耳。廟貌鬱嵯峨，行人瞻故里。疏稿只今藏，光怪風雷起。膽實天之生，忠豈氣所使。他人亦有言，鋤奸須妙技。觀變深委蛇，伺閒奪所恃。此語豈不然，巧者故爾爾。張且避厥威，敗速加之燬。毋乃與詭隨，操心同一軌。直道苟不渝，熱腔無奥旨。再拜讀庭碑，吾生砭庸鄙。」《邯鄲雜詠》云：「壽陵餘子病蹣跚，悔向橋頭逐隊看。着脚由來須認我，肯教容易過邯鄲。東關有學步橋。」「滾滾紅塵鹿鹿人，吕仙祠下往來頻。儘教門檻題詩遍，若個能非夢裏身。城東二十里吕仙祠，相傳黄粱夢處，壁間題詩甚多。」又有《春明初藁陶然亭獨眺感詠》云：「達者欲逃名，生前一杯酒。此語名已傳，醉鄉人知否。志士重立言，嘔心期不朽。一賦十年成，聞者需覆瓿。文人古相輕，千金享敝帚。後世誰相知，佳文定其手。三復曹植言，浩歌每搔首。」又《郎署紫籐花》詩，有「曾從粉署含毫日，盼到永廳判事年」之句，都下一時傳誦。少宰故居越王臺畔，性謙和坦易，精分隸。通籍後敭歷中外，有廉直聲。官至吏部左侍郎。疾亟，朝廷賜醫胗視。歿年未五十。吴荷屋方伯素欽慕，嘗云：「此君宜入祀鄉賢。」少宰父歲貢芳振，字蓼言，品行端方，講明宋學，教子極嚴。晚年從遊至數百人，著有《四書求熟録得已編》。少宰纂有遺訓，爲《留香室筆記》一冊。子編修西泰，字實齋，美秀工詩，卒年未四十。所著《實齋詩稿》，何秀巖解福已爲梓行。尚有《師友録》、《説詩偶存》、《灌花暇語》、《管城記》等書稿，存肫藹家。

婦人尚德不尚才，自是定論，然才德兼全，不更善乎？吾鄉姜宜人，何秀巖副貢室，郊海孝廉母，肫藹孝廉祖母也。少聞弟輩讀書，即通念曉析。既歸，事威姑，能得其歡心。其治家不肅而成，不嚴而理。鍼黹餘閒，偶拈韵語，賢明之概，蓋可得之筆墨間焉。《憶母寄協吉恒吉二弟》云：「廿載蓼庭歷雪霜，婚男嫁女獨支當。可憐白髮獨辛苦，但願蒼穹報壽康。眠食全憑吾弟視，晨昏偏掛遠人腸。生憎咫尺三橋水，未得尋常一水航。」《訓女六首》云：「易曰含章美可貞，由來婦道守無成。陰陽先正中宫位，邇則齊家修治平。」「亂臣猶著邑姜聲，六百河山妲己傾。兩氏興亡都彼婦，化雉千古戒晨鳴。」「緑窗曾詠采蘋詩，助奠深誇季女尸。酒食雖微應早議，莫教人共刺非儀。」「自古成人慎始基，無分男女總須知。試看内則諸閨訓，即在能言食食時。」「人勞思善佚思淫，王后何嘗廢織紝。千載敬姜垂懿論，至今誰不佩良箴。」「翟茀笄珈未是榮，四箴七戒有賢聲。蕙心蘭質馨斯遠，記取阿爺命汝名。」《和外題蛺蝶圖》云：「亦羨花間栩栩身，三春無復負佳辰。曠懷盡若南華叟，誰了千秋未了因。」原作云：「本是莊生夢裏身，花間聯翅趁芳辰。春光若個能無負，尺幅圖來信有因。」以琴瑟之歡寓倡酬之雅，此樂殆不可名言矣。

先正謂賭有十害：一壞心術，二喪品行，三傷性命，四玷祖宗，五失家教，六蕩産業，七生事變，八離骨肉，九犯國法，十遭天譴也。若輩豈未聞其説乎？奈何終執迷不悟也。閩縣周蒼士嘉璧學博《博徒嘆》云：「博場開，博徒來，骰盆寶匣葉子紛安排。嘯聚厮役竈養低下才，願入局者齊上臺。一博復一博，骰聲牌聲錢聲同錯落。釣魚牽猴趕老羊，骨牌烏牌又三脚。十二生肖十八雜，投錢壓寶相間作。人此彀中來，空汝腰間槖。圍漁一夥人，藉强而欺弱。輸到錢乾無可償，翻起臉皮來作惡。此時欲言不敢言，瞞着父兄寫票約。有票怕汝没錢還，到此地步錢艱難。畏見親友徒忸顔，拚得一死較安閒。」《嗟貴家》云：「貴公子，鄉紳家。庸奴俗子相咨嗟，欲登其府如官衙。一日逢場作賭友，貴人聲價莫須有。什八爲群二五偶，接席團圓聯臂肘。座中坑壑胸中矛，日復一日爲勾留。事大如天賭亦休。諱輸而妬羸，作色相怒争。羸要抽豐輸要錢，垂頭喪氣誰爾憐。骰家按籌算博進，尅期還錢難失信。寸燭萬錢無敢吝，教誰入此迷魂陣。」吁嗟乎，賭風於今風斯下，賭風漸及閨人也，相召姻親及姑姊，自昏達旦，燈光灺就中，未易盡言者。

詩有關鄉邦掌故者，宜備録之，以資考鏡。陳惕園籍長樂，而居省垣。《鼇峰坊里門懷古》序云：「曹能始先生作鄭圭甫父母墓誌，歷數里中人物之盛。其發端曰：『予每過鼇峰坊，必式之。』每誦是語，輒用悚然。」「吾家於山陰，坊間盛舊德。云自勉齋來，流風遠未熄。亦能始先生語。兒時出里門，華表跂斯翼。題名列昔賢，頭銜黯遺墨。童穉寡見聞，仰視若未識。一朝付煨燼，念之三嘆息。每從故老詢，十不一二得。坊舊有鄉前輩題名，列棹楔間，今燬於火，無能記憶者矣。少谷昔買山，十子日登陟。遂令大雅名，長屬鼇峰北。朱竹垞詩話：少谷居鼇峰北，高傅諸公從之，時人目爲鼇峰十子。按：吏部少谷山維咏，今詹氏山亭，殆即其地。危樓有二徐，宛羽富敵國。徐氏紅雨樓，今爲楊孝廉日光宅。其緑玉齋、宛羽樓，今屬觀巷尼庵。陋巷有二孺，共肆扶輪力。陳伯孺、幼孺二先生著存堂，國初高雲客居之。今庚煥所居，及祠並許南欒鼎亨宅，皆是吴非熊詩「伯孺佳公子，簞瓢居陋巷」是也。自時平遠社，名與臺無極。少谷興公兩詩社後，國朝有前後平遠臺詩社。前則高雲客、許甌香諸公，先高祖叔舉府君兄弟與焉。毛西河、朱竹垞入閩，嘗與讌集。後則林松址、郭約園、葯村、何上林、北海李鹿山諸公也。時三山詩人有平遠臺派、光禄坊派之目。又聞昔世家，衣冠多古則。傅丁戊詩有《述里中陳氏世德》詩，未詳誰某。伯孺祖中丞達，一門多聞人。鄭少參述子孫居此坊三百年，多有聞者。所居山圍堂，今屬王孝廉有爲，其東宅今屬劉姓。又街南陳殿元謹宅，今屬林姓。諸陳既競爽，諸鄭亦脩飭。鷺州厄時屯，邵侍郎捷春宅。今爲書院。忠愍死罵賊。鄭少僕逢蘭謚。少參曾孫。身後孰求多，節義要天植。二公之死，論者有微詞。然鷺洲盡瘁蜀中，忠愍致命遂志，要不可没也。自餘鄉先生，姓氏莫記憶。讀書愧不多，未能遍物色。不知此中人，幾許稱傑特。而今石倉翁，高軒過必式。顧我獨何爲，藐然介其側。彝訓聽不聰，艱難昧稼穡。閩山靈秀鍾，昔豐今豈嗇。慷慨思古人，仰屋發慚恧。」尚有《擬里門石匾字坊，中砌捲甎穹門四各以五字鐫於門上》、《能始式閭處砌於坊門數步》、《勉齋設教處砌於書院西偏》、《二徐藏書處砌於書院東偏近紅雨樓之西》、《少谷遲清處砌於井衕前》、《二孺舊廬嵌於所居衕門》、《少谷柴門砌於井上》、《少谷墨蹟舊匾藏在高湖裔生鄭郁敦家》。里門懷古詩，可刻石立衕門内祠牆邊。又擬鐫圖章云：「家住九仙山下，少谷遲清亭北。二徐紅雨樓東，伯孺幼孺陋巷。」

侯官林薌谿昌彝孝廉，以《福州竹枝詞》十首見示，如《讀謝又紹嫁女》、《嘆閩無詩》諸作，言者無罪，聞者足戒，薌谿真有心人也。序云：「福州爲海濱鄒魯之邦，而民風之醇靡，由於士習。士習正則民風正矣，即司此土者亦與有責焉。今專賦民風，兼詠士習，而於歲時景物之吟，則闕之。雖曰竹枝，實爲世戒云耳。」「民風士習近難論，談到鄉風有淚痕。終日群居不及義，何人捉影煽謠言。」「殺身鴉片毒流深，謬託賓朋莫逆心。可嘆嗜痂已成癖，風流相命到青衿。」「越禨楚鬼最傷風，閩俗由來大半同。祈福禳災望牛馬，斂錢迎賽走村翁。」「浮屠七七説荒唐，水陸何來有道場。最怪豪家糜費甚，喧闐鼓樂薦哀亡。」「切身禍福到肌膚，入世爭趨夢不蘇。鬬煞禳霞遍婦孺，可憐甘受祝巫愚。」「淫言媟語久難聞，景戲洋歌里巷紛。禍害易萌邪辟念，婦人土棍半爲群。」「鬻人花會出山鄉，聚莠藏奸禍最長。破產愚民爲賊去，年年舉國總如狂。」「巨室婚姻頗論財，乞憐裙帶亦堪哀。婿家蕩敗歸同盡，簪履珠襦付劫灰。」「變名樗摶擲泥沙，五七成言測屢差。傳到街頭游浪子，都云文士教詩巴。」「儒業原爲席上珍，衣冠溷俗爲奇貧。何時廣築千間厦，蓋遍閩川識字人。」

陶公自擬挽歌辭，稱達識矣。明陳衎自撰墓銘云：「陳衎字磐生，閩中人。家世業儒仕宦，衎生骯髒負俗。粗讀書，略知文字。所著詩、賦、碑傳、雜文四十餘卷，稍行於世。今將老矣，父母既葬，可以死矣，故預爲之銘。銘曰：生無繫戀，死何顧忌。一去一來，孰彼孰此。在塊冥冥，吾與終始。」亦矜奇之士也。諳繪事，《畫蘭有感》云：「幽蘭隱湘江，湘水浮寒碧。搴芳者何人，悠悠過春日。」磐生師事董宗相，與曹能始、徐興公輩交厚。徐叙其《大江集》有云：「曹能始選其五世之詩，爲梓以行。

夫五世貴顯者，海内恒有之。若五世工詩，並著明德，則甚難矣。」其推挹於名流若此。

唐唐彦謙《仲山》云：「千載遺踪寄薜蘿，沛中鄉里漢山河。長陵亦是閒丘壟，後日誰知與仲多。」宋謝叠山云：「觀此詩，則貧富貴賤等皆空花，有道者不以累其靈臺。」明唐汝詢云：「漢高以天下驕其兄，殊不知千載之下，同一荒丘，未必多於仲也。讀此則舉世紛華，皆如嚼蠟。」道徵按：仲山爲漢高祖兄劉仲葬此。漢高祖五年即皇帝位，九年置酒前殿，上奉玉卮爲太上皇壽曰：「始大人常以臣無賴，不能治産業，不如仲力，今某之業所就，孰與仲多？」詩蓋翻用斯語也，高祖葬長陵。

蘭修庵避暑鈔卷三

福州王道徵叔蘭纂

古詩之有平仄，翁覃溪《小石帆亭著録》辨釋最詳。學詩者誠所當知，以備一解。但著録所引諸篇固盡合格，若取證唐、宋以來諸大家，其例終不可通。當時趙秋谷《聲調譜》、王漁洋《平仄論》二書相繼行世，沈歸愚即已暗闢其非矣。《説詩晬語》不有云乎：「『封狼生貙貙生貔』，七字平也。『帝得聖相相曰度』七字仄也。氣盛則言之短長與聲之高下皆宜。」歸愚此論甚簡明。蓋古詩已非今體，何至此類填詞。填詞須節奏合拍，能事乃畢。若古詩則陶寫性真，宜其汩汩然來之勢，倘横加限制，苦拘音律，必至絶少靈機，僅存空架子而已。沈氏諸選具在，足爲後進津梁，究心風雅者，盍問津於斯編？

硦砨山人云：「何希修青芝孝廉讀《司馬相如傳》，題後云：『落日官橋春水後，秋風少婦白頭初。』可與劉長卿『秋草獨尋人去後』一聯並傳。」

古人詩集中贈答之章至再至三，已足徵其臭味之投。明人涂荷亭有未刊詩藁數十篇，而贈鄧潛谷詩近十首，其結契之深可想矣。有《懷呈鄧潛谷》云：「鄭圃隱列子，龐公棲鹿門。抱關官函谷，敷教留河汾。各持混沌質，不見斧鑿痕。伏生年九十，喃喃誦典墳。髮短心何苦，秦火寧能焚。栖栖魯中儒，援筆泣麒麟。歷聘七十國，而不一遇君。時當無所偶，天意在斯文。歷山有田父，恬與麋鹿群。

朝歌鼓刀叟,不見妻子親。世路自升降,吾道有屈伸。谷蘭不受塵,溪桃欲辭氛。所以齊榮達,乃與於至人。我攜一壺春，獨酌松樹根。臨高騁長眺，四顧無浮雲。自非前有業，能不醉今塵。願將南山桂，斧爲寒者薪。天地亦衾裯，江山何越秦。誰能知此意，潛也得吾真。」後潛谷《秋日過涂順德墓》有「商飈槭槭至，浪然淚沾衣。徘徊不能去，望望誰與歸」之句，其所以傷之者至矣。潛谷名元錫，著有《函史經繹》諸書。荷亭詩雖不多，樂府、古詩諸作饒有漢魏遺音。稿藏黄肖巖家，肖巖抗心希古，表章之責，其可辭乎！

閩縣林真，字子純，號素齋。登洪武癸酉賢書，由尚寶司丞陞山東濮州知州。成祖靖難，師入濮，守城不屈，被綁桅杆上亂箭射死，時四十八歲。妻聞難，抱宗譜自焚以殉。雍正三年，詔入忠祠崇祀。同邑劉石湖兆基徵君有詩詠其事云：「僕姑亂發慘無聲，濮水陰霾失晦明。十族既難回勁旅，一身猶欲護孤城。創經鐵骨何曾死，血噴征袍不顧生。焚譜更傳雙赴義，千秋崇祀有餘榮。」又素齋裔仕鳳妻李氏，于歸三載，仕鳳卒，氏截髮投棺，示無二志。奉養舅姑，撫教兒女。舅姑死，爲卜穴侯邑馬坪山葬焉。雍正三年，以恩詔建坊旌表。徵君亦有節孝，林母建坊詩云：「石比堅操水比清，大家自昔播賢聲。刀頭鏡破霜天暗，熊膽丸成雪案明。燕寢笑言雙老鬢，馬坪松柏兩先塋。始知苦節能全孝，坊表長留不朽名。」

厲元渡江，收葬一婦屍。是夜，夢往深山中，明月初上，清風吹衣，笙聲遥起，音韵縹緲。林下有美女，詠詩云：「紫府參差曲，清宵次第開。」及就試，得「緱山月夜聞王子吹笙」題，遂用前句。試官稱賞，因舉進士。人以爲葬婦之報。更唐周存喜放生，嘗作《放鯉》詩，末云：「倘若成龍去，還施潤物功。」後入試，題爲「白雲向空盡」，苦無結語，忽憶《放鯉》詩，因改云：「倘若從雲去，還施潤物功。」遂得通籍。放生之報又如此。

黄耦賓明府題陳希參深谷《山房詩稿》云：「陳希參長樂人，詩有憶許歐香及言清海還居事，蓋國朝初年也。五、七古甚佳，近體亦有法度，而諸選俱未見，乃知詩人之不傳者多矣。」又云：「集中多有與張恫臣詩。」《無悶堂集》有張恫臣詩序，稱爲謝皋羽、鄭所南一流人。此君相與交契，可以知其概也。道徵細心繙閲，果然尋繹不盡。《苦寒行》一作，尤覺悱惻動人。云：「遠遊漁陽城，飲馬滹沱湄。河朔恒苦寒，日夕風鳴悲。悲風起廣塗，霜霰凋人衣。欲渡川無梁，層冰何纍纍。鴟梟鳴孤楊，豺虎交路歧。深谷多猿猱，得食歡相追。我行歲已晏，十步八九迷。他鄉少親故，相逢知是誰。憂愁鑠肌骨，自顧顔鬢稀。俛眎飛蓬鬆，隨風時轉移。我獨久伊鬱，歲暮空徘徊。寄語後來人，遠遊不如歸。」《遊輞川龍華寺》云：「少志愛山水，夢想懷藍田。終南西峰下，水石争清妍。憶昔維摩詰，於此曾挂冠。揮手謝時策，草堂常宴眠。輞川繞舍下，湖光明雲端。竹牀閒藥鐺，清齋日蕭然。春鷗漸矯翼，夏木紛綿芊。時尋名僧會，自泛湖中船。嘆息古人没，風物隨變遷。仙令妙文筆，慨然追昔賢。積雪曜巖阪，秀色曖林巒。數里入谷口，石流已濺濺。水鳥相哀鳴，雙垞邈人烟。却登華子岡，輞川猶淪漣。花竹散已久，亭館供諸天。」《遊招隱登夾山入竹林寺》云：「藍輿俯高嶺，石磴轉幽谷。諸峰亂空翠，澄江叠輕縠。迴望戴公宅，秋氣益蒼肅。紺壁隱奇杉，范亭蔽荒竹。孤僧遠獨歸，山鳥暮相逐。

樹杪見古寺，松栢散林麓。絶壁尚千尋，僻徑非一曲。初蠟阮公屐，逝將訪金粟。瞑坐竹林深，山山静寒緑。」二作亦殊得右丞家法。

紀文達公視學吾閩時，愛才如命，一時稱得士。既去任，有《寄示閩中諸子》詩，序云：「督學閩中，媿無善狀。而諸生有一日之知者，詣公車，必過相存問。其不能至京師者，書題亦絡繹不絶，信閩俗之篤師友也。余嬾且病，不能一一作報書，而其書又不可不報，因作詩六章，屬梁子謂九山太常攜以歸。有相問者，梁子其爲我誦之。壬辰六月河間紀昀識。」其一云：「平生無寸長，愛才乃成癖。每逢一士佳，如獲百朋錫。甲乙手自評，朱墨紛狼籍。諸幕友以墨筆閲卷，余以朱筆覆勘之，塗乙縱横，或相違異，閩士子習見不怪也。雖不接笑言，宛然共晨夕。別來八九年，姓名心歷歷。每遇閩嶠人，慨然懷曩昔。」其二云：「鐵網織千絲，持以臨滄海。珊瑚萬萬株，安能一一采。遺才良已多，事後恒追悔。尚喜所已收，頗足敵崇愷。森竦七尺枝，萬目炫光采。貢篚耀天琛，聲價今無改。數科以來，登第者指不勝屈，學使三更所甲乙，亦無大同異也。」其三云：「芳蘭春已茁，黄菊秋葳蕤。馨香初不異，滋長各有期。諸子皆南金，寶礦光陸離。云何閲數載，窮達理不齊。素修苟無怠，遇合終及時。君看延平劍，變化何神奇。」其四云：「藝禾待其稔，種木待其榮。殷勤羅國士，實亦期其成。豈曰實桃李，持以誇公卿。文章達世用，所冀爲國楨。經濟緬忠定，道德遵考亭。抗懷思古昔，日月懸高明。」其五云：「昔陟鼓山巔，東望大海水。萬派滙歸墟，有本故如是。我雖詞賦人，雕蟲争綺靡。側聞師友訓，頗解文章理。六藝濬淵源，五倫固根柢。作者無幸傳，勗矣諸君子。」其六云：「迢遞隔山川，音書時睠睠。感此金石心，不逐升沈變。余謫官以後，諸子之誼彌篤。深情何所酬，贈以勤無倦。鼎彝登廟廊，追溯工師煉。他年因子傳，已荷榮施萬。努力副所期，何必時相見。」

蔣金竹允焄觀察云：「洪江爲上游諸水所滙，而海之潮汐復挾江而奔，勢甚鋭。舊有橋以挽之，俾山情綿亘，水氣冲和，有裨於文運民生者不尠。予初守福州時，橋已久圮，大憲命相度者數，弗克就緒。距今幾二十年矣。栢府廣公於明弼之暇，謀及斯舉，毅然成之。觀者謂其精製鞏固，百倍於前。予更喜邦人受斯橋之福，必津津乎科名接軫，而商賈魚鹽，亦無不獲其樂利者。因益信夫大過人之才，其濟事遠越夫尋常也。」按：乾隆乙未歲，蔣公爲汀漳觀察使，以詩鐫石紀其事，凡六章，有「惠政尚高鄭子産，神功不數蔡端明」之句，故非虚譽可比。

學院署中三百三十有三亭，爲朱笥河筠先生所建。亭前列三百三十三石，一士一石，義取□介石皆鐫名，間有題筆。閩縣卓翰堂雲卿優貢詩云：「玉巖三百又卅三，羅立軒庭面面參。南岳如人呼石語，東坡有弟對此談。鐫名烟散詩猶賸，守介風存墨不貪。未了此間文字債，更添吟興立花南。」南岳事見鄭常《洽聞記》。時笥河先生還朝，令弟石君珪來代亭，聯云：「偶爲選地看山計，若慰連牀話雨情。」詩次聯運化無痕，疑屬神斤鬼斧。

《史記》載司馬相如以琴心挑卓文君，《索隱》引其所挑《琴操詞》曰：「鳳兮鳳兮歸故鄉，遊遨四海求其皇。有一艷女在此堂，室邇人遐毒我腸。何由交接爲夗央。」又曰：「鳳兮鳳兮從皇棲，得託子尾永爲妃。交情通體必和諧，中夜相從別有誰。」梁江田師云：「《琴操》乃後人爲之。」又云：「《騷》之後而賦興。賦雖不始於長卿，然至長卿而能事盡矣，後之人皆不逮也。太史公傳相如者，傳其賦，非傳其臨邛逸事也。楊子雲謂雕蟲篆刻，壯夫不爲，蓋自度其賦不足以勝長卿，而思以太玄，蓋之故爲是大言欺世耳，豈通論耶？」又云：「長卿别無事實，故即詳叙此一事，前後中間相照應，以作章法，非以此意爲新奇而浪費筆墨也。且以一部《史記》，固宜無所不有，自道學者觀之，始謂此事不宜筆之於書。若子長時，則豈有此嫌哉？然則謂子長特叙此事，亦無不可也。」道徵按：長卿文賦誠雄視古今，宜當日有飄飄凌雲之羨。但將聘茂陵女爲妾，非一心人矣。閨媛潘素心詩云：「一曲琴心兩意投，當壚賃酒不知愁。相如空有長門賦，却使文君嘆白頭。」自屬持平之論。未幾事亦中止改過不吝，究何得以薄情譏之？

我輩不操尺柄，雖有經濟，何從展布？然能爲及時要用必不可已之言，其利亦甚溥也。楊州顧藕怡仙根秀才當嘉慶乙丑以後，頻年凶荒，民命幾絶，藕怡蒿目時艱，作《紀荒詩畧》，幾於鄭俠繪流民圖矣。其時諸當道讀之，爲之感動，各出其力，以活無數生命，其功詎可没耶？《諷鬻子歌》云：「心傷畏聞哭，哭聲入我屋。爲問哭者誰，鬻子不去父，鞭扑送去去還復。他人非骨肉，得錢得米甕有粟，子復回時飯正熟。飯熟可以救父饑，門前子去何時歸。」評者曰真摯沉痛，突過張王。嗚呼，亦可哀矣！詩四十二章，其寫顛沛流連之狀，不忍卒讀，皆此類。

芙蓉道侣雜訂詩文名曰《捻餘》，中有失名《詠古》七律八首，瀏灕頓挫，獨出冠時。如《觀公孫大娘弟子之舞劍器焉北樓》云：滿樓金碧綺牕疏，用牧之宣州詩。宣守當年眺望舒。江上離憂范内史，郡中卧病沈尚書。向陽紅萏當時賞，鮑明遠謂謝詩如初日芙蓉。低首青蓮曠代餘。漁洋論李白詩有句云：「一生低首謝宣城。」太息同朝逢六貴，山中猿鶴怨吾廬。」《煬帝塚》云：「蕪城樓閣鎖烟霞，長向離臺問麗華。明月誰家歌水調，春風無緒笑梅花。「梅花笑殺人」，煬帝至江都句。金銷鳥鈿迷藏地，宮變鵾絃録要家。好愛江都歸未得，寒鴉衰柳玉鈎斜。」《捉月亭》云：「興廢池頭舊翰林，宮袍杯酒草堂陰。孤帆入月鼉魚冷，余《天門》詩：『東梁如仰鼉，西梁如浮魚。』叢竹成星刀尺沈。白墓上産竹，如星刀齊尺量。裴敬贊白語。已付大臣恢土宇，但從小謝乞山岑。人間謫滿全家去，廉使何須訪伯禽。白子伯禽不知所往。」《賈島墓》云：「詞客精魂土一坳，牧樵千載禁芻茭。空諸色相皈韓愈，閒却風雲謝孟郊。銅像瓣香應比瘦，墓門寒月有誰敲。可憐孤塚埋詩骨，猶託青蓮死後交。鄭谷弔島詩：『幽魂長自慰，李白墓相連。』」《羅隱墓》云：「無名金榜誤清流，故國衣冠正首邱。豈願黄河投李振，但謀東帝説錢鏐。青萍絶迹綸竿冷，用隱詩語。白帢多情粉黛愁。雲英事。千載中原疑甲子，山頭飛雀狀元毬。」《鄭一拂祠》云：「熙豐新政土如燎，眼底遺黎筆上描。誰致監門排紫闥，仍將縛法護青苗。半山竄迹逃堯舜，一拂清風隔壤霄。我爲先生敬桑梓，福清人。忠魂不渡浙江潮。」《方正學祠》云：「支吾家事布綸絲，誰念鴟鴞訴閔斯。却怪先生應過苦，還思小子豈無知。倉皇紅篋袈裟帽，慟哭彤庭研墨池。用先生侍講書事詩。十族不能易一草，河流嶽峙薛方山撰公祠記語。有芳祠。」《李陽河》云：「勤王兵督爲誰屯，命已潛移出鬼門。縱試三場開甲第，可能孤掌轉乾坤。魂招遠岸金釵斷，死補長天玉指痕。借用建文《新月》詩語。血淚侍中衣笏在，瀾伯先生時官侍中。全家屍抱舊君恩。君與妻女死節異處。志載：三日後屍送流合抱。」

家藏藺齋日記有《夜過亦舫》二絶云：「冪歷榕陰緑一庵，半庭凉月照清譚。坐來但覺衫痕薄，忘卻炎天在嶺南。」「花瓷新瀹緑雲香，露坐宵分與細嘗。未礙粗枝兼大葉，耐人風味是家鄉。」又載蔡申甫聯句云：「保啬精神扶夜氣，勤修學業趁晨興。」謂二語玩索不盡，亦受用不盡。

周櫟園《書影》云：「予在維揚既集《露筋詞》諸詩文，合鐫之。然土人多稱爲露涇。《酉陽雜俎續集》載江淮間有驛，俗呼露筋，常有人醉止其處。一夕白鳥咕嘬，血滴筋露而死。據江德藻《聘北道記》『自邵伯埭三十六里至鹿筋，故老云：「有鹿過此，一夕，爲蚊所食，至曉見筋，因以爲名。」皆不以爲貞女事。余謂事可以風，即爲貞女事，無傷也。道徵按：吾鄉吴素邨玉麟孝廉《公車雜詠》詩云：「岸畔新祠表露筋，口傳耳食各紛紛。但令事有關風化，合主貞娃死餓蚊。」正得此意。

以經濟爲文章，國朝如于清端《政書》、陳文恭《培遠堂文檄》、李蘭卿太守《潤經堂自治官書》俱足以培國本而蘇民困，所謂有用之言也。景東程月川含章先生自縣令起家，服官粵東、山東、河南、江西、浙江各省，及工部倉場等職，歘歷中外凡三十年，最後以浙江巡撫左遷吾閩。藩司句宣未久，即致政歸。生平儉樸自甘，不尚浮靡，所至地方，皆撰有公牘。其於閭閻情僞、衙門利弊，無弗洞然。興養立教，政化大行。今之《嶺南》、《山左》、《中州》、《江右》、《冬官》、《潞儲》、《之江》、《十閩》諸集，統名之曰《月川未是藁》，即其書也。詩亦隨事感發，裨益良多。近聞已赴道山矣。悲夫！

年老無嗣，猶不議立族子，而仍事娶妻置妾者，既自促其餘生，且予人以早寡不祥之舉，非智者所爲也。若以宗子七十猶娶爲辭，則吕坤《四禮疑》早辨其非聖人之言矣。董子曰：「君子甚愛氣，而謹遊於房。」是故新壯者十日而一遊於房，中年者倍新壯，始衰者倍中年，中衰者倍始衰，大衰者以月當新壯之日，而上與天地同節矣。是説簡明易守，尊生者所當書紳。王雅宜六十再娶，許青陽嘲之云：「六十作新郎，殘花入洞房。聚猶秋燕子，健亦病鴛鴦。戲水全無力，銜泥不上梁。空煩神女意，爲雨傍高唐。」吴門范長倩允臨，年六十三納一妾，年方十六，其妾作詩嘲之云：「二八佳人七九郎，蕭蕭白髮伴紅粧。杖藜扶入銷金帳，一樹梨花壓海棠。」二詩大有風致。

黄粱一夢，前路何等喧鬧，後路何等扯淡。此仙翁點化妙術，有緣者便從此證道。作詩亦須具點化之筆，乃堪度世長樂。劉借村建區明府《過越王墓》一作，可謂得之。詩云：「重重越山峙，去去越水流。越王有墟墓，霜露春復秋。憶昔兼并時，暴秦吞衰周。群雄起逐鹿，僻陋無深謀。大風發泗上，天下皆王侯。鐵券得封爵，意氣凌滄洲。仙山九日宴，星斗輝旗旒。君臣石尊側，酒盞紛賡酬。雲烟一過眼，狐貉仍同丘。白楊何蕭蕭，悲風何颼颼。詩人感蟋蟀，達士憐蜉蝣。所寶者榮名，不在兹一抔。」明府年十四入泮宫，十七食廩餼，二十二選拔萃，二十三登乾隆戊申科賢書。公車凡七上未售，歸以教讀爲業。嘗言：「吾輩他日出仕，當視一官如傳舍。」道光甲申以截取班入都候選，乙酉授四川鄰水縣。丁亥春，調署樂至，戊子冬特調榮昌。榮昌繁缺，可爲升轉之階。明府即於庚寅冬告退。每離任時，士民攀轅泣餞。回籍後，當道罕識其面，惟甲午大饑，躬董平糶。丁酉首出，銜名請趙文恪公慎畛入祀名宦祠而已。己亥五月考終，春秋七十有四。

余親家陳楓階先生，居官多善政。其宰龍陽時，凡七禱雨暘於城隍，神皆不出三日而應，連歲大稔。父老咸云：「自乾隆己亥至今，三十年僅見也。」《別龍津雜詩四首》云：「十載湖湘老倒身，忽逢綰綬到龍津。山川明秀贍文物，風俗淳良苦瘠貧。豈有殊施酬望澤，却令惜別競沾巾。重來知否能如願，此意悠悠各未伸。卸篆後，滯留三月，邑人皆以望余重來爲祝。去邑日，夾道祖餞，洒涕而別，心榮之而生感。」「遠隔雖然若比鄰，臨歧判袂總傷神。性情投契非關術，肝膽論交但率真。別久可無勞夢寐，思深祇有託鴻鱗。莫將萍水相逢看，知己由來本夙因。在邑十四月，文武諸寅好及紳士皆與余甚契洽。臨行傾城出送，邀寵實多。」「神靈人傑兩非虛，優行能開甲第初。邑文昌宮宅於湫隘。先達者皆出郡庠，邑庠無與焉。夏仲移建爽塏，尚未竣工，邑廩張生學庭舉優行，其科甲之兆始乎？因以誌喜。地吉自應生杞梓，才良誰不識璠璵。蜚鳴漫說遲三載，學業還須富五車。寄語化龍池上客，邑有龍池書院。好將心力振權輿。」「時暘時雨仗神庥，咫尺天心竟易求。旱潦無虞安衆望，稻粱可卜釋予憂。三辰疊應誠非偶，兩歲連豐大有秋。今日瓣香重下拜，使君端爲庶民酬。臨行入廟肅拜。」

古今禽言之作，所見甚夥，多能自出新意、寄託遥深。文人之心，真如炙輠不窮。陳紫南嘉玉侯官歲貢，設講鐘山數十年，門徒千人。有禽言和韵八章，俱極敏妙，《姑惡》二作尤可與爲姑嫜者鑒。「姑惡姑惡，爲婦何時能自樂？難蒙一念慈，時被萬般虐。常憑在我尊且崇，遑恤他人幼與弱。也疑奉侍有或虧，爲數晨昏無少錯，奈之何姑惡。姑惡姑惡，將心比心亦自樂。豈有百年慈，轉肆千般虐。莫是晨昏失所尊，遂令詈罵凌乎弱。後來堂上爲人姑，始悟當時怪姑錯。何可言姑惡！」

半面未謀，兩心相印，神交之樂，最愜平生。山陰高蓀仲頌禾大使，余久耳其詩名矣。近誦拙著

《消寒録》，忽以題詞見寄云：「不入風雲月露詞，苦將名教自維持。一編已備輶軒采，敦厚温柔乃是詩。」余即次韵以報云：「天外飛來幼婦詞，得君大雅有扶持。一腔熱血雙青眼，豈獨匡衡善説詩。」白樂天云「未曾相見已相知」，其斯之謂歟！

才士早逝，人文俱亡，良可浩歎。侯官王有謨鴻光秀才，何道甫孝廉從姊丈也。風度端凝，詩文和雅，歿年二十有八，遺稿散無存者。道甫哭以詩云：「歸帆暑雨感離披，小病經旬竟莫支。願殉泉臺悲弱姊，能存手澤望佳兒。十年肝膽從傾吐，一死家門繫盛衰。慧業文心憑寸管，可憐遺墨半殘墮。泣近婦人哭復悲，傷心執手别離時。當君碧水丹山役，動我三秋一日思。夢熟黄粱今已矣，魂歸金粟更何之。有謨將易簀時，自言夢到一所，顔曰『金粟園』。憑棺長慟情無極，成佛生天信又疑。」又《夢與有謨聯吟醒而有作》云：「思夢未全非，揮毫墨采飛。談讙忘已故，魂魄尚相依。落月鵂聲急，深霄露氣霏。苦吟真結習，一覺轉歔欷。」道甫與有謨同受業於周蒼士廣文、劉東圃孝廉二先生，宜其哀思切至若此。道甫爲余誦舊句云：「文字存亡關福命，朋儕聚散總因緣。」此語又非獨爲有謨發矣！

兄弟相友愛者，其生離死别之際，發爲詠歌，往往令人感歎。閩縣林琴泉鴻瀚秀才《館中憶弟》云：「風折荆花落野塵，連朝苦雨暗傷春。莫分餘痛空然艾，竟薄浮生爲采薪。振鐸聲淒塵裏客，吹篪音隔病中人。而今不忍歌棠棣，偏爲兒曹佔畢伸。」郭蒹秋孝廉《憶都下兄弟》云：「一别三千里，歸期緩緩何。長安疑不遠，夜夜夢中過。」蒹秋此作，以長安不遠，運入夢中，一經點化，妙不可言。與琴泉一律皆出奇麗於艱難也。余乙未歲哭伯氏道騰先生云：「二老才長逝，吾兄又遽亡。門衰應祚薄，目觸總心傷，寡女絲纖月，孤兒履染霜。嗷嗷失羣雁，哀響徹衡陽。」又六月晦日，得道攀四弟安平鎮書云：接得安平信，淒然淚迸流。關山千里月，海島一身秋。兄弟傷多難，風波悵遠游。男兒有奇志，珍重覓封侯。」拙作雖未敢步二君後塵，然其言情則一耳。

得一良友，亦是前緣。閩縣林子萊仰東孝廉，與林薌谿孝廉敦金蘭契，嘗自繪《翠袖倚修竹圖》，題贈薌谿云：涼翠障天天欲濕，鏡檻參差拂雲立。美人生小怨華年，袖長已覺西風入。問渠何事太瘦生，雙黛無言慘羞澀。蒼梧水碧思君王，日暮翠華遠莫及。杜鵑愁絶不可聽，紅淚零星空飲泣。改柯易葉心愈堅，湘水千年見衣褶。香骨珊珊林下風，披圖我欲從長揖。結鄰小住烟霞中，俯看洞庭夕波急。凌霄百尺天人姿，莫似幽蘭怨原隰。不然魂逐九疑飛，使我江皋氣嗚唈。嬋娟微笑若爲情，贈我明珠紅錦襲。遶庭相與種新篁，直待春來籜龍蟄。我擊鼉鼓君吹簫，舉手招得鳳凰集。」讀是作，可想二人投分之深也。子萊少負俊才，出應試，屢屈其曹偶。道光壬辰，舉於鄉，殁，年三十八。薌谿爲之立傳，且校勘遺集，將以付梓，可謂無負亡友者矣。

陳南齋秀才護弟遊秦，林上舍觀成贈詩四律，可以想其交遊之雅焉。「生申生甫本超群，況有淵源直到君。晚歲談心如閲道，早年謀面失希文。周醇纔引終朝醉，荀席何堪一旦分。翹首扶風瞻絳帳，不勝惆悵隴州雲。」「韋杜城南尺五天，峰陰紫閣渼波前。男兒到此眼應闊，幕府不閒心自堅。挺挺堯時階上草，亭亭周氏水中蓮。此行若補慈君闕，勝讀横渠第一篇。」「琴劍蕭然弟與兄，從來共被有姜肱。曲全孝友見真性，穩渡波濤惟一誠。暫隱文光潛虎氣，偶憑詩興走蠶聲。驪山自古東西繡，吟盡長程更短程。」「潦倒文壇愧此身，芝蘭還幸許相親。君今欲去難留轍，我更從誰與問津。縱有良朋空想像，不逢大匠孰陶甄。鄜州無數櫻桃樹，兩度花開來故人。」何積原亦有《送南齋之秦》詩云：「稻粱謀急雁聲酸，嘹唳長空振羽翰。萬里湖山都入畫，三秋風露漸生寒。吉人此去得天相，吾道由來隨地安。今日河梁揮手別，郵亭早晚願加餐。」「行裝倥傯代君籌，樸拙奚堪彩筆酬。惠詩留別。四載談心知古處，一尊話別感清秋。遥程幸得同懷伴，壯志多應勝蹟遊。來歲黄花開爛漫，他鄉還憶故園不。」積原，道甫同懷弟。道甫云：「亡弟道善名則元，以避諱改積原。閩縣國子生。少習舉子業，知經史大義。年十五，以家累，從先叔父拔崇君習計然術。性嗜學，暇輒手一編不輟也。尤好臨唐人顔魯公諸家法帖，善劈窠大字，蒼老遒勁，工書者韙之。天懷諄摯，其存也，家務塵冗，米鹽凌雜，道善以身肩之，不以溷予。予得壹志於古，賴有弟耳。甲午七月病瘵，終年僅三十有三。悲夫！」

言者心之聲，詩文又聲之精焉者也。有諸内者，必形諸外，《蓼莪》《棠棣》諸篇，詎盡出詩人粉飾耶？樵川王雲峰結蘭秀才，篤於内行，其孝思友愛之情，每流露於篇什閒。《慈烏失其母》云：「慈烏失其母，淒涼靡定宿。啾啾當夜啼，集我懸機屋。啼聲一何悲，聞聲若聞哭。似痛子睽孤，似訴母良淑。反哺未稱心，胡忍安飲啄。我本抱恨人，母亡愆百六。母勞子忝生，兒長母不禄。烏與我殊類，我與烏同苦。感此夜啼悲，益我摧肺腑。」《護蘭》思母也云：「堂前藝幽蘭，花開香滿案。女兒不解事，時時耽披翫。但翫幽蘭香，莫折花中幹。花是母栽成，幹是母修慣。采花母心寒，折幹兒腸斷。長護蘭花蕃，待母歸魂看。」婉摯纏綿，一字一淚。鄉先達謝古梅兒來，前一作有嗣音矣。又《紫荆》云：「庭前紫荆樹，連理發奇姿。同耐秋霜冷，同霑春露滋。人生兄與弟，骨肉安可離。在體爲手足，在樂爲塤篪。年少情日親，年大心易漓。溺情在勢利，血氣每隨之。然箕與尺布，不惜千古嗤。願學紫荆樹，似彼連理枝。炎涼有異候，芳心終不移。」卜式分田，姜肱共被，雲峰何景仰之深也！嗟乎！天下無不是之父母，世間最難得者，弟兄孝友之道，顧可闕哉？

《女貞引》佚，撰人姓名蓋爲宋張氏女及元王珠娘作也。二女皆因遇寇被執，紿賊以歸，取金玉後，一死於刃，一死於水。其事頗同，故合而詠之。云：「皎皎良玉，不污青蠅。凜凜嚴霜，不摧女貞。丹山之鳥，宛頸而悲鳴。飲彼桃源水，異代乃同情，千春萬秋揚其名。一解 惟張氏女，菊秀蘭芳。及笄不字，忽驚群盜披猖，行將逃匿山岡。中途遇寇，進不得往，退不得藏。束手縶足，恨無六翮高翔。二解 阿女輾然笑，温言答强梁。我身終屬爾，大事且商量。我家有黄金百鎰，白璧十雙。葡萄紫錦，瑪瑙鳴璫。纍纍貝箧，瑟瑟珠囊。物物皆珍異，一一藏夾牆。請歸以取，聊備輕裝。子不我往，我請與子共還鄉。三解 共還莫躊躇，攝衣入門閭。阿女勃然怒，戟手指凶徒。我名家女，肯失身狂且？今日之事只有死，爾何不早隕我軀。女軀可隕，女節不渝，人道此女絶代無。莫言絶代無，王家尚有照徹萬古一明珠。四解 珠之生，如玉晶。珠之死，如水清。清似水，珠不死，下與江妃游戲蛟宫裏。一串圓牟尼，顆顆皆相似。五解 甯作玉碎，不爲瓦全。甯坐枯井，不飲盜泉。前不相視，後不相傳。但見女貞兩樹，聳枝擢葉，並上雲天。六解」此篇雙起雙收，上截叙張氏女，妙在詳。下截叙王氏女，妙在略。轉落處亦極勁捷，佳構也。二女益傳矣。

侯官文峰里林貞女蓉仙，夙慧絶人。博覽群籍，能文章，知大義，事親孝。年十九，許字撫軍書吏馮椿芳。既納幣，馮宅近鼇峰書院，往觀點放鼇山經擁擠，鑑亭崩塌，溺於方池，拯歸隨逝。貞女入門守志，以夫兄之子嗣焉。當時墜水者二百餘人，互相踐踏，被傷不等，其立斃尚六人，惟馮生姓名得坿貞女以彰。氣節所關，顧不重哉？此嘉慶庚辰年十月初五夜事。同邑林蘭泉文超秀才有《觀迎女》詩云：「雀頂貂裘點雪寒，名流敬迎盡騰歡。香輿緑幔天仙降，一品衣披我亦看。」

吾鄉蔡梅魁如珍烈婦，李光瑚室。翁鉞任漳州都閫，婦偕夫隨。任姑疾亟，醫藥罔效。烈婦剪肉燒香，割股以進，疾遂瘳。夫授廣東廣糧別駕，督餉赴甘肅，以勞頓，得咯血疾。瀕危時，烈婦禱於署樓，亦割股和藥以進，李竟死。烈婦一慟幾絶，視含殮摒擋，家事既畢，題詩寄母，雉經而亡。時年二十九。無子。上憲題奏，勅賜本省建坊，入祠。弟瑞麟爲梓遺詩，名《焚餘集》。《見雁》云：「銜蘆欲傍遠林低，仍復翱翔夕照西。志在凌雲人莫識，枝枝揀盡不堪棲。」其熟思審處，擇地而蹈，識趣故已不凡矣。

葩藻辭勝者言志功隱矣。閩縣何道甫則賢孝廉詩，語語從性真流出，不事修飾，時見樸茂。《秋懷》用韓昌黎韵，云：「人生非金石，安能無憔悴。當其壯盛時，宜爲遲暮地。力學如伐山，取資應横恣。説經聲鏗鏗，岸然以自異。不朽有大業，松喬曷足貴。酒不飲醇醪，音不樂靡曼。衣謝狐白裘，食却胡麻飯。富貴與神仙，平昔非所願。嗜好殊酸鹹，此生奚以勸。簡策古人心，插架籤三萬。隱几日討尋，石剖玉自獻。塵濁無攖懷，豈復論恩怨。」《梅花曲》云：「衆花已盡梅花開，露中作實雪作胎。

寒風料峭策驢來，小西湖畔孤山偎。湖亭近冬頗寂寞，芰荷凋謝桂飄泊。只有數株竹外枝，巡簷一笑憑君索。憑君索，傾鑿落，梅花不語客心樂。知音還問林間鶴。」《郊行》云：「川原聊散步，景物自清妍。雨密魚吹浪，風輕燕掠田。賣茶停破寺，刈麥集長阡。扶傘歸來晚，孤郵起暝烟。」《自課》云：「列几叢編信手拈，竹風入座鳥窺簾。古今共貫情何極，細大難捐意不廉。如所欲言詩句愜，莫逃公論史書嚴。快心一卷丹鉛後，寶鴨爐香取次添。」《采蓮曲》云：「歡愛蓮着花，儂愛蓮作葉。花作三日紅，葉生千萬叠。」《爲劉正如題畫》云：「兀坐扁舟頭，垂楊緑萬樹。草長悄無人，去去江南路。」道甫父恒喜暨其從父恭崇恒挺，同時以孝義旌門，事跡詳高舍人澍然所撰《三孝義傳》。道甫嘗偕其群從兄弟，建海濱四先生祠、先薯祠、俞戚二公祠，立諸義塾，經營敬節、貽穀二堂，恤嫠庶務。著有《讀經札記》、《球使禮服答問》、《涉史漫筆》、《史通何氏偶箋》。《昭代碑傳表誌文》輯名人軼事。隨録東越著述所見，録東越歷朝文，輯《皇朝東越文》。輯《藍水書塾文草》、《文草外編》、《詩草》詞草坿、《藍水書塾叢筆》，各如干卷。

國朝萬里尋親，出自吾鄉者，前有閩縣林孝子瑋，耳傳以熟矣。近閲高舍人澍然所撰《何孝子傳》，殆可與林孝子並傳不朽也。《傳》云：「何孝子道源，閩縣人。其先有以孝旌門者，曰履旭，爲孝子父高祖行，故孝子父名志高也。孝子年數歲，父出爲商舶主計，泛粤海，不返。孝子久不見父，苦詢母，母未得耗，强語慰之。已聞遭颶風，始泣告曰：『兒異時，當求父海上也。』孝子大慟，日禱神，求速長。而母尋病，卧牀經年，益徬徨無措。有弟道泉，稍勝樵採，曰：『弟能事母，可去矣。』遂辭母。行之粵東，遍訪商舶，無所遇。資盡乞食，晝號於路，夜宿野廟。夢神指父所止，旦日求傭。海舶抵西南海盡頭，果得父越南客舍，如神啓。年十五也。屬父病瘵，百計求起父，冀父子同歸，慰病母。閱五月，竟死。搥胸號曰：『天乎！吾萬里求父，幸得見，胡遂死？海天茫茫，喪何由歸！』乃瘞父淺土，身從市賈，乞爲奴，以須化。見者咸指目曰：『是中華孝子也。』加禮焉。久之啓土，負骨以歸，獻父所佩玉於母，母曰：『兒真見父矣。』又曰：『佩在，人何往耶？』母子相抱哭。自是，得壹志事母，纖悉必親。母善病亟，禱輒愈，竟保母享年七十有五而終。孝子於二親可謂無遺憾矣。孝子卒於道光二年，年六十六。大府上其行，旌孝子。於是何氏一門有二孝子也。」長白倭艮峰仁先生《何孝子紀事》詩云：「孝子孝母母羸尫，牀蓐荏苒十餘霜。厠牏親滌藥餌嘗，昕夕籲神神降祥，七旬有五壽而康。一解母氏考終，老尤孺慕。附身附棺，孔安孔固。膝下依依，三年廬墓。魂斷空桑，心枯宰樹。二解維母棄養兮身不停，維母遺教兮耳則聆。朔望跪拜誦祖訓，春秋畚挶展先塋。觀者如堵記其事，摹其形，勒爲成書，曰孝子典型。三解我聞孝行，志降心寫。衆曰否否，更有難者。四解阿父昔年賈東粵，颶風如墨欻漂没。十載家書梗斷絶，兩地那知孰存殁。孝子辭母誓窮覓，年方十五遠行役。天涯海角空跋涉，一步一回肝腸裂。夜宿古廟神語洩，曰汝父在越南國。夢醒詰朝附商舶，無何有鄉怳兮惚。驀然遇父父病革，驚兒飛來泣嗚咽。侍奉湯藥五閱月，不先不後逢易簀。天使父子緣再結，旅櫬蕭條羈異域。澒洞重洋歸不得，萬頃波濤化淚血。五解歸不得兮倚閭悲，招魂歸葬兮母見兒。佩玉蘂兮父所遺，持以獻母兮母涕洟。其他善行兮考所推，輸錢散餅兮生有依。掩骨埋胔兮死有歸，而曰吾父吾母兮實命之，而曰吾弟吾子兮勿替斯。六解閩縣何孝子，厥字慕川名道源。親疎恩怨無閒言，大吏據事達禮垣，帝命建坊入祠旌其門。七解我向七閩秉使節，傳聞孝子孝善述，述其從祖履旭跡。五世遥遥君子澤，百年輝映兩綽楔。八解」孝子子膺吕，亦好行善事，有父風。孫爾霖、爾霈，能讀書，殆孝子所詒云。按履旭，故福清瞻陽人。縣志載其十四歲刲股和藥，事奉母，至孝。乾隆五年旌表建坊，在省垣郎官巷。著有《心鳴集》。又按縣志更載履旭兄弟行履鉌，順治丁酉，父叔率鄉勇禦寇，力竭被殺，履鉌冒死往救，抱屍哭，不去，並遇害。有司以父義勇、子孝烈，旌其閭。然則何氏又有一孝子矣！

長樂方隆文英穎，幼隨父諸應幕，遊肥城令署中。逾年，令去官，父以病歿客舍。時英穎年十五，鬻衣負骨，徒步歸。過蘇州，沾疾。月餘資盡，爲店婦所驅，抱骸哭道旁達旦。值長官過，稔其故，厚賻給牒護，歸里。此乾隆六十年事，詳王孝廉登三所爲傳。同邑鄭孝廉廷珪題詩傳後，云：「中山有佳士，少小識倫紀。子舍十二年，客家五千里。所嗟無母兒，父罹他鄉死。愁叠齊山雲，淚盈渤海水。返魂不可期，負骨安可委。匍匐辭肥城，淒然裹行李。童軀攖病魔，婦口遭橫耻。日暮哭途窮，抱骸長徙倚。孝烏意可哀，泣鮒情莫已。幸遇長官仁，佽資達邐迤。嗟予少遭凶，喪父情亦爾。徒望粤雲飛，珪甫十齡，先君遊粤，疾，終季父官署。殯殮難躬理。目斷靈車來，抱憾終天耳。媿此純孝稱，志傳深仰止。斯人吾邑光，況乃在髫齒。象勺著芳型，雞燈守素履。吾師使節臨，講學關性始。舉孝植楷模，表賢牓桑梓。吴伯新師表其閭，曰：髫年至性。海濱懿行彰，天上綸音美。千古此綱常，卓哉方孝子！」

陳彦卿，故太學生端元子也。詩有逸致。《遊春即事》云：「春風似剪雨如絲，草緑天涯二月時。遊子不知行路苦，一聲聲自唱楊枝。駿馬驕嘶夕照低，鞭絲遥指畫橋西。杜鵑聲裏山花落，今日遊春眼欲迷。」

蘭修庵避暑鈔卷四

福州王道徵叔蘭纂

《寶賢堂集古法帖》有宋奎章閣侍制朱文公所書詩云：「富貴有餘樂，貧賤不堪憂。誰知天路幽險，倚伏互相酬。請看東門黃犬，更聽華亭鶴唳，千古恨難收。何似鴟夷子，散髮弄扁舟。鴟夷子，成霸業，有餘謀。致身千乘卿相，歸把釣漁鈎。春晝五湖烟浪，秋夜一天雲月，此外儘悠悠。永棄人間事，吾道付滄洲。」末題云朱某書。書法遒勁，詩旨宏達。覽誦數過，心境爲之灑然。道徵按：右調爲《滿庭芳》，是朱子題范蠡祠之作。

劉吏部公戫言：「七律較五律多二字耳，其難十倍。譬開硬弩，只到七分，若到十分滿，古今亦罕矣。」余謂林薌谿孝廉七律，可謂開到十分滿者。吏部見之，定當把臂入林也。《不寐》云：「艱虞中歲困儒冠，始信人間行路難。暮柝易催殘夢斷，明河不盡曉霜寒。誰憐鄉里輕孫楚，欲把窮愁問李端。歌罷戾㝜乞無米，投詩有客勸加餐。劉烱甫憐余瘦而多病，寄詩云：『治經耗精力，强飯慰朋儕。』」《讀唐書有感天寶事》云：「宫殿空聞暮角淒，薊門回首暝烟低。沙場白骨連禾黍，墟市黄塵受鼓鼙。滄海横流濤水北，潼關遠阻太行西。總戎誰裕屯田計，目斷軍儲秋草萋。」《題蕭尺木屈子行吟澤畔圖》云：「人間謠諑疾修娥，晞髮陽阿獨奈何。遠道荃蘭託哀怨，長天風雨動悲歌。湘君未解遺余褋，山鬼奚爲帶女蘿。烟外洞庭開絹素，歸魂渺渺步江波。」《佛生日登散花臺有感》云：「登臺擊劍唱江東，浩浩烟波入眼空。萬葉帆檣殘照裏，亂山鐘磬落花中。乾坤轉轂追飛馬，歲月驚心感去鴻。我本南華舊弟子，青袍染淚尚飄蓬。」《友人招飲雙江臺是日於其齋頭觀東坡參禪畫像》云：「閒來把盞問青天，黄葉蕭蕭落照邊。世上風波湖上水，胸中丘壑眼中烟。雲横嶺表聞悲角，秋盡江東有暮蟬。我比蘇公年更少，妙高未夢已參禪。」《遊積翠寺同亨甫蓮卿芑川三孝廉》云：「回首丘山感萬牛，茫茫身世去來舟。烽烟滿眼誰投筆，燈火千家獨倚樓。殘月東南天似夢，寒雲西北水空流。相逢杯酒應同醉，莫遣張衡詠四愁。」《秋雁》云：「落日寒沙暮影秋，明河無際接天流。數聲孤塞離人淚，永夜深閨少婦愁。湘浦蘆花千尺水，衡陽月色萬家樓。汀洲風雪謀粱急，莽莽乾坤任去留。」《秋懷寄呈晴陽子》云：「哀蟬落葉不堪聞，塵劫催人到夜分。秋色西來山萬點，斜陽南望雁千群。江間結珮應思我，海上傳衣最憶君。脈脈靈脩還獨證，早知身世但浮雲。」道州何太史紹基謂薌谿詩魄力沈雄，格韵逸秀，所論甚碻。集中七律，此其一斑耳。

明鄭成功裨將林德榮，世居長樂沙堤邨。父又章處士工詩，箸有《種德堂詩集》。德榮通武略，登崇禎某年進士，授職，累功陞總戎。會成功據漳州，德榮將往投之，妻鄭氏牽衣泣諫。德榮曰：「吾誓以死報國，不願生還也。」拔刀斷裾而去。德榮膂力絶人，所持長矛六十觔，馬上飛舞，當者皆披靡，軍中號爲林家矛。某年某帥兵二千餘，攻漳州。紅花埠七寶砦，砦每屯萬人，勢甚張。德榮奮勇直前，日奪六砦。至第七砦，攻圍益亟。天色近暝，不之防，猝爲佛郎機所中，人馬灰燼，長子端玻從死。成功聞警哭之，慟曰：「天乎喪吾一臂矣！」死之日，魄見於家，戎裝危坐，指麾家事。家人咸泣拜，不能起，移時始没。後兒輩有病魔者，恍惚見德榮自外歸，捽髮寸磔之，闔族驚以爲神。至其孫時，猶競傳驅怪三次。其英爽歷久不衰若此。《正氣歌》云：「是氣所磅礴，凛冽萬古存。」諒哉！德榮，昌彝之五世祖也！昌彝爲余述其事如此。

隱逸出於忠義之後，其節尤卓然可嘉。國初吾郡處士張天衡，號梅莊，世昌子也。世昌字懋捷，邳州人。明崇禎間，以先世功，襲錦衣衛，封武略將軍。精騎射，軍中號爲賽由基。甲申之變，欲刎頸見志，聞隆武都閩，赴行在，獻進守策，特加昭勇將軍。迨仙霞失險，徙都東寧，自知大事已去，卒以身殉。有遺書付梅莊。梅莊得書，奔尋父骨，歸葬省之箕峰庖羲谷，朝夕呼號墓側。鄉人敬而聘之，主講一鄉，鄉沐其化。梅莊狀貌奇偉，才略深沉，夙負用世之志。以父遺訓，遂築避雨臺，隱居終老。卒年八十有一。平居偶有感憤，輒寄之詩，詩集顔曰《夢餘》。中如「江山有主千秋定，天地無私一死平。」「買鄰自愧藏金少，嫁女誰嫌賣犬非。」「怪石引泉分澗落，孤峰抱寺轉林通。」「故園佳景餘紅日，累代清風只白梅」等句，皆可誦也。其事蹟備詳省誌。冢孫雲友，字侗巔。少孤。性穎悟，梅莊教之讀，亦著有《會樵》一集。其《詠梅》云：「寄傲向來花似我，衝寒今日我如花。」《悼侄》云：「世傳清德天堪信，汝竟殤亡理可疑。」宛有祖風。其玄孫雍基，字得宜。少從蔡孝廉鎮遊，習行草，筆致蒼勁。性醇厚，喜讀警世書。年七十餘，以目疾不便披閱，時令家人朗誦，誦畢輒加論斷。或隨事指陳，或因人規訓，見解特超。易簀之前夕，猶命其少子惟寅誦《昨非庵日纂》，中一則云：「漢老人富而嗇。有向之貸者，自室而堂，自堂而門，隨步輒減。至其人之手，十僅二三。且囑曰：幸勿他告。後老人卒餓死。」遂問惟寅曰：「此老雖慳吝，然一生勤儉，何遽至此？」惟寅對以錢之象圓，取其流轉，擁以自豐，難免水火盜兵之劫；抑或平日坐視餓死者多，故有此報。二説均未當意。乃張自顧家中人云：「譬人有數子，俱無能。惟一子能生財，其父母必喜謂能分潤諸子。及其子意圖肥己，力求析爨以自私其妻孥，則父母便愀然不樂有此子矣。天地之視人，猶父母之視子也。」此誠見道之言，足徵淵源有自矣。

施姓文藁有《方邁傳》云：方邁，字子向，號日斯，閩縣人。祖仲□，載通志《方氏三先生傳》中。父昇，登康熙己酉榜，授歸化教諭。邁七齡，隨任讀書，過目成誦，日可寸計。父按古讀法，於十三經、廿一史及唐宋大家性理等書，五年間習講殆遍。十二學舉業，父授以繩墨，月餘完篇。自是每遇題，沈吟腹藁，攝筆立就，一日能辦十餘作。隨父致仕歸，受知於文宗丁公。入歲試高等。尋以疎狂株註誤，郡守王公臬司田公力白其冤，末減省釋。邁摧折加淬厲。文宗高公試以五經七藝，冠閩縣。庚午舉於鄉，甲戌成進士。己卯令蕭山。蕭距杭衣帶水，禁旅萬騎就牧，民苦甚。邁笑曰：「吾既牧民，安容牧馬？」力白諸當道，以去就争。僉允會禁乃已。秋分闈，得士九聯捷三，爲沈近思、陸士渭、高□□。亡何，調蘭溪。蘭故文藪。癸酉至己卯，無捷者，邁立季考月課，所拔倪柱、徐師泌、趙用熙等，壬午後聯翩不絶。每訴妖狐逆婦女，爲諜城隍，妖頓息。城西河舊設浮橋，水漲輒漂没，兩岸推修互訐百餘年。邁隨設渡船，勒禁息争。邑中多積逋，邁愛民，輒嘆曰：「此真撫字心勞，催科政拙矣。」挪墊緩征，冀秋收日續完。夏丁外艱，遂以缺帑聞。邑民投櫃樂輸，限内已完過半。餘欠未清，羈滯多年，庚子秋奉恩允豁。次子侗以是科登閩榜，邁口占志喜，有「一經幸繼先人業，三宥深蒙聖主恩」之句。既旋里，諸當道延入鼇峰書院爲師，衆皆信服。所著有《四書講義》十六卷、《春秋補編》十二卷、《九經脩身尊賢等目衍義》六十卷、《經義考異》八卷、《考正資治通鑑前編》十八卷、《古今通韵輯要》六卷，及宦稿詩文，俱未刻，藏於家。世所傳者，梓有四書：《春秋窗稿》二卷、《先聖事蹟考》二卷，及《□杜内外八哀》一卷。殁年六十有三。子四。

黎水鄧君爲鄧元錫後裔，王簡亭詩有《贈鄧庭三》者，疑即其人也。黄肖巖藏其詩草一帙。集各有名，曰《澹餘》，曰《省鐘書舍》，曰《酌月樓》，曰《養心居》，曰《聽松軒》，曰《拱岫》，曰《北帆》，凡七種。余讀之不忍釋手，兹録其尤難割愛者。《一線天》云：「誰爲架石梁，置之天罅處。一鶴伴雲棲，還逐雲飛去。」《硝石待渡》云：「晚寒風色嚴，微雨輕衫濕。舟子呼未來，獨向沙頭立。」《述懷》云：「探海宜探深，準古宜準今。采花宜采實，結交宜結心。世路聲華炫，酒食獨貌親。誰能友奇士，坦然示性真。至情指皎日，大義盟滄津。願以生死重，豈惟忘賤貧。」又云：「矢發無緩弦，電飛無留影。多口積愆尤，前日悔馳騁。戇論起干戈，浮辭生骨鯁。世情久混淆，焉能日相警。惟彼智士心，恬然守寂静。三復白圭箴，鳴鐘發深省。」又云：「窮居屏俗緣，雅意攻文字。搜繹今古言，聊將備覼記。經史日月明，文藝球琳萃。述之且不勝，敢希作者志。細響鳴蒼蠅，徒遺後人議。慎言有大端，焉能一夕恣。」《放歌行》云：「我將多愁寄與天，高空浩渺心茫然。我將多愁埋於地，千丈黄泉無位置。幽憂萬斛誰從遣，細數惟有酒鄉善。招來麴生情意綿，一盞高歌恣雄辯。塵世悠悠未可期，浮雲變滅滄波捲。相逢欲飲不盡歡，人生歲月猶奔電。」

生日爲母難之辰，人子恒不免動心。乾隆間，侯官廩生張息廬國洺《生日書懷》云：「經霜黃葉帶楓林，池館清閒近午陰。只謂士龍多笑疾，不知平子有愁吟。浮蛆香覓家藏酒，落雁聲餘古製琴。至竟年來成底事，蹉跎彈指到如今。」「淒淒風樹泣皋魚，初卸麻衣幾日餘。窀穸未營三畝地，蓬茅已換十年居。蕭條手澤支機石，辛苦家風滿篋書。此際祭豐非養薄，瀧岡遺恨竟何如。」「雁行無奈稻粱謀，五嶺三山望未休。入室姜肱誰共被，依人王粲獨登樓。西峰書到青天暮，涼雨吟殘碧樹秋。昨夜夢中應識路，招尋仙草上羅浮。」「簾幃深下拂絲絃，綠鬢相看瘦可憐。鏡匣未能留玉珥，刀環曾爲卜金錢。勢遲藥忤寒多病，光爇蘭膏夜不眠。頗喜案頭忙稺子，背人鈔就二南篇。」「茂陵壁立似無家，駟馬高車願已奢。舊曲疇憐歌白紵，知交秪許訂黃花。脛難斷處憑成鶴，足豈添來學畫蛇。一片苔痕微雨過，柴門深閉不喧譁。」此種詩讀之令人興孝弟之思，故非吟風弄月可比。

侯官廖允儀英，上舍香粟炳孝廉之子也。詩稿數百篇，經曼叔太史、退庵撫軍精選，僅存四十三篇，爲之授梓。渾金美玉，少益見珍，今所傳《佩香詩鈔》是也。《擬唐人從軍行》云：「選騎出邊塞，驍騰十萬輩。明月耀金鞍，清霜壓銀鐙。健士籍期門，技擊夙所嫻。臂弓開鵲血，腰劍泣龍魂。黃沙歷浩蕩，千里軍容壯。朝移馬邑營，暮結龍堆帳。鄉夢日以緩，戰氣日以豪。妻兒靡足恤，君國當服勞。」《徐興公紅雨樓舊址》云：「平遠山前紅雨樓，白雲芳草春光幽。興公已去百餘載，竹闌半折簾無鉤。閒庭舊是讀書處，曹謝同時互來去。晨飲頻將書味澆，夜吟那覺晴窗曙。祇今苔蘚侵檐牙，迴廊燈火何人家。嵐烟四面滴空翠，鷓鴣鵯鵊啼落花。樓外維摩居士宅，古刹寒鐘近日夕。老佛不知生死情，却笑香山易頭白。汗竹巢邊春復秋，我來懷古空煩憂。藏書易散人何在，一樹桃花相對愁。」子玉湘炘、玉清沅，俱工詩字，相繼早逝。

《陽關三疊》，最足銷魂。永福黃養九鐘孝廉《之湖北制署留別林心齋登廣明經梁虛白際昌孝廉》云：「文壇分手幾經春，月旦曾推品絶倫。千古咏梅君復句，一燈舉案伯鸞貧。彈冠賤子思餬口，暮齒先生笑補脣。況對菊花好時節，別離俱是白頭人。」「萍飄廿載故交疎，爲避罡風學爰居。王粲誰憐愁作賦，馮驩差免食無魚。鴻軒屢至追前哲，酉穴思探讀異書。喜聽龍門賢守績，報君一笑更何如。張末三到黃州，顔其齋曰鴻軒。余赴武昌，亦三遊矣。君弟芷鄰守荆州。」虛白表舅氏次韻《送別》云：「客路風光正小春，送君潭水愧汪倫。無多朋友難重別，屢捨妻孥總爲貧。踪跡分明如雪爪，詩篇陶寫在船脣。錦囊佳句須珍護，好趁雙魚寄故人。」「經年會面本稀疎，又唱驪歌賦索居。作客畏聽彭蠡雁，依人且食武昌魚。臺高湧月堪騎鶴，洞古飛雲憶讀書。湧月臺在黃鶴樓旁，飛雲洞爲元結讀書處。好是譚經兼覽勝，借棲此地快無如。」讀此覺當時情景宛然在目，今俱作古人矣。

吾鄉繼李郁五子登科者，僅閩曾霽峰暉春刺史，年逾周甲，太夫人猶在堂，及見諸孫榮發，此人天至樂也。乙未春乞假歸省，有《留別艾城諸同志》六律云：「簿書堆裏乞閒身，飯熟黃粱悟夙因。芻牧幾人能報國，漁樵有伴合爲鄰。官階蹭蹬功名薄，世事艱難骨肉親。無好田園且歸去，故山松菊一門春。」「板輿曾奉畫堂前，怕見連朝訟牘懸。太宜人辛未夏迎養來江，以會昌訟多俗悍，於甲戌秋歸里隔幔訓先防吏酷，挂冠心早望兒賢。茅廚烟冷雞誰設，范甑塵多鮓不鮮。指點榕陰認親舍，朝衣怎似彩衣妍。」「出山泉憶在山清，井水銘心證舊盟。角勝狂拚盧雉戲，息機久澹觸蠻争。難低董項强猶昔，已老陶腰折不輕。擬向九華築精舍，免持手版謁公卿。」「回首霓裳廿四年，衣香還傍五雲邊。文章無價翻投筆，富貴勞人浪執鞭。儘日襄陽看作郡，當時勾漏悔求仙。蘭臺箸述承家願，老我江湖博醉眠。時海兒充功臣館纂修。」「衙齋住久客如家，處處痕留雪爪斜。别意緑侵沿岸草，關心紅到滿城花。是非自付平情論，詛祝何妨信口加。却憶焚香夜清課，了無寸牒擾桑麻。」「南曹印紙入承明，赤緊頻馳上考名。乙亥、癸未兩以卓薦入都已濫齊竽參末座，且完趙璧敵連城。賓筵蘭臭三生在，宦轍萍蹤一夢縈。此後循陔望顔色，海雲江月不勝情。」

周蒼士廣文，鄉之名宿也。著有《經説》，尚未梓行。詩多雄傑之作，比讀《郡齋無事述懷》六律，思致纏綿，音節爽朗，亦可想見風趣焉。「堂東老屋兩三間，瀟灑書齋遠市闠。躡屐何嫌山是假，傳經差幸石非頑。門寬有客投文卷，交少無人欵木關。館課早完閒不耐，偶攜詩草自家删。」「五年薄宦别家山，又向衙齋忝抗顔。獨客真如嫠婦寡，冷官渾似老僧閒。地當莊嶽咻非楚，人笑參軍語尚蠻。骨肉漸踈人漸老，夜深未免想刀環。」「功名愧謝九霄鵬，顧此頭顱百感增。官庾穀惟支五斗，墨池水已飲三升。面無華色應窮相，老有文花或壽徵。造物可能常與健，小人有母髮鬅鬙。」「頻年魚鹿歷風塵，曾向名場閲苦辛。富可求乎知有命，臣之壯也不如人。閒曹容易藏踈拙，生計艱難耐窶貧。數畝稽田逢歉歲，北堂何以慰昏晨。」「非見非潛過五旬，天公位置不才身。文章覆瓿聯灾棗，姓氏籠紗讓積薪。多病頗於醫理熟，晚年漸與佛書親。而今我相都忘却，劉四何心敢罵人。」「時鳥經春屢變聲，芳塘又聽亂蛙鳴。詩文遺悶攤長卷，風雨吟懷對短檠。夜悄怕聞人説鬼，年多幾訝樹成精。齋荒曠多古樹有以鬼物木魅言者。索居屢作回家夢，好夢醒來記不清。」

道光十四年，閩中告飢，米價騰貴。時林薌谿家三晝夜停炊，只以泔渡飢而已。適有以淮陰侯乞食圖求詩者，薌谿遂題云：「丈夫貧賤竟若此，一衿我亦徒蒿萊。幽愁難驅五窮鬼，乞食肯效王孫哀。逢人不作低頭語，衹恐骨相霾塵埃。闤門賣餅歌屯戹，長門荐賦無良媒。歲逢甲午月在巳，閩南飢饉成荒灾。滿目哀鴻集中野，窮簷赤子誰嗟來。我時枵腹拜許鄭，飢腸九轉如奔雷。身兼妻子還五口，嗷嗷待哺聲喧豗。彼屋進食左右截，我瞻塵甑空徘徊。千古豈無兩漂母，我生頗耻持瓶罍。披圖灑淚長太息，淮陰本是天人才。昔日江頭飢欲死，婦人一飯回生纔。長安惡少莫輕視，壯夫安計衆人咍。我羨淮陰能忍性，不然誰知當年垂釣有高臺。」其摹寫布衣落魄情狀，使我一讀一擊節。

廿四史最長學識，士人能以經爲權，以史爲鏡，他日贊襄廊廟，舉而措之，裕如也。林菊潭萬忠，同里國子生，其外家何氏多藏書。菊潭盡發而讀之，尤肆力於全史，志在用世。每酒酣耳熱，輒抗論古來朝政得失、人物賢行，滚滚可聽。余喜誦其《咏史》諸詩，《西子》云：「響屧廊空國已移，舊都歸去又何癡。夫差亡後如能死，豈不公私兩得之。」《宋企郊》云：「科甲何須詡拔茅，戊辰春榜亦多淆。誰成闖賊長驅計，恨殺西安宋企郊。」持論具見平允。菊潭負性骯髒，不諧於時。嘗遊宋、楚、趙、魏、燕、齊、吴、越諸邦，廢然而返。有《燕詩》云：「誰道主人貧亦歸，珠簾繡幙總依依。天涯何處無棲所，休傍豪家門户飛。」可想其概。

前人多於各家集中，決擇一篇爲壓卷之作。其所見未必盡確，安保無更佳者？余雅不以爲然。近有舉侯官李紫芳春融秀才《彈琴》詩爲壓卷者，余未遍校全集，不敢輕信，然實佳構也。「知音殊落落，良夜轉悠悠。獨有相思調，一彈江月秋。閒情隨意適，太古與心遊。坐久碧空泠，無聲風露幽。」《柳花》詩亦妙：「三分春色二分晴，點綴風光亦有情。繡陌暖開鶯語滑，官橋香樸馬蹄輕。文章眼底薰皆活，烟景空中畫未成。多少樓臺含夕照，層陰望去不分明。」紫芳守貧力學。丙子歲，汪雨堂學使試郡屬古學，紫芳以文戰賦冠軍，遂入膠庠。後從周永年習醫，辨寒熱虚實，如數指紋。著有《學庸合講》三卷、《鄉黨合講》一卷、《惜餘吟草》一卷、《傷寒論集注》六卷、《醫學簡便録》三卷。

卓翰堂優貢嘗論：「大凡憐貧之人，每多德色；而憐才者，則不無逐於聲氣。」因誦所製《芙蓉仙子謡》云：「手把芙蓉下九天，片紅點化入騷篇。年年零斷秋江上，不是靈均不許憐。」余惟鮑叔之分金、漂母之進食，可謂真憐貧者矣。漢武帝讀相如賦，恨不與同時；宋神宗讀東坡文，必歎曰奇才。可謂真憐才者矣。翰堂此作，其寓知希之感乎？翰堂嗜學，工書法。著有《皇朝聞見志》、《籤厨拾瀋録》、《茗譚録》諸書，可稱淹雅。詩亦左宜右有，古藻紛披，必傳無疑。

陳南齋秀才前館何幼傅家，見余所寄何桂洲書，謬加讚賞。後西遊歸，又來索閲詩稿，跋語有「多從性情流出」之譽。近讀南齋諸什，其於當代名流，吾不知作何位置，然旨合無邪，言皆有物，所裨於世教匪淺也。「知孝順，父母亡」六字，諺語也。南齋拈之以抒孝思，云：「知孝順，父母亡。聞此語，兒心傷。傷心甲子何堪數，娘今六旬爺六五。六五六旬望春暉，二十年前已黄土。吁嗟乎！再二十年猶未老，二十年來兒誰抱？知孝順，父母亡。叠此語，兒斷腸。腸斷光陰疾如駛，季今有婦伯有子。有子有婦戀庭闈，恩難酬及白骨矣。吁嗟乎！白骨深恩酬不及，寓形宇内兒何立。」林上舍觀成與南齋友善，題詞有「熱腸於我差相契，孝行如君更數誰」之句。南齋留意古學，尤惓惓於吾鄉文獻。其母田孺人箸有《敬和堂筆訓》，故余亦有贈句云：「萬言筆訓欽賢母，一瓣心香續古人。」

崇善梁君榮佩璋秀才，詩筆迫似香山。《政和倣白香山咏通州體》云：「十載遊閩到政和，閒來把卷笑還哦。千山繞縣青天小，一道環城碧樹多。僻地春殘流瘴氣，官衙夜寂聽村歌。從知此地能醫少，鬼物欺人可奈何。」「小窗寂寂對松楸，九月寒霜便著裘。高價買魚尋不易，蓄錢沽酒美難求。圃因氣滯蔬常晚，田是畬多穀一收。闔户人烟真冷落，亂山草木不勝秋。」林惠常云：「君榮通天官七政之學，旁及二氏書。凡風角遁甲日者挺專須臾孤虚之術，無不貫通而切究之。」爲人和平醇厚，從宦至閩。余遊學政和，與之訂交焉。

守雌之士，多作退一步想。侯官黄蓮卿瑞麟孝廉《感懷雜詩》八首，嵇志清峻，阮旨遥深，諷誦一周，足以持人情性。其一云：「適意不在多，安身不在廣。富貴一薰心，華屋猶怏怏。苟其淡無求，環堵亦可賞。花竹兩三莖，焚香披鶴氅。君看田野翁，茅屋聚親黨。出作而入息，酣歌雜擊壤。嗟予獨何心，奔馳墜塵網。」其二云：「東鄰有賢婦，椎髻端容儀。珠翠俱不好，荆布無怨辭。幽閒而貞静，惜哉夫不知。恩寵日以衰，翻愛新人姿。新人一入室，故人棄如遺。再拜語丈夫，貞潔稱淑姬。新者口如花，故者心無私。」其三云：「人生謀衣食，耕讀兩途耳。得禄可娱親，得粟亦免死。余生命也蹇，耕讀兩難恃。耕既無寸田，讀又文不綺。如籠鳥依人，朝朝待粒米。傷哉丈夫身，莫最此爲耻。」其四云：「事有我爲主，權可操得失。事有人爲主，豐儉本難必。世人昧其旨，錐刀計什一。豐則顔欣欣，儉則心鬱鬱。嗚呼冰炭懷，志士所深疾。淵明真大賢，一飯思報德。」其五云：「麗都人則稱，藍縷人則鄙。世人欲人親，朱紫飾觀美。家無儋石儲，章身皆羅綺。勉强以支持，逋負從此始。賢哉古仲由，敝袍無愧耻。」其六云：「在家慚困窮，便有四方志。出門傷别離，復動歸山志。此心清夜捫，畢竟遊非計。謀利既無成，名場復顛躓。何如供旨甘，爲我二月媚。歲時具尊酒，捧觴進所嗜。弟後長兄前，庭闈有樂地。」其七云：「人生無友朋，何處折疑義。有朋不聯情，相對眼生刺。往來豈無人，知心得不易。喜來吻生花，怒時劍斫地。不覺傾肺肝，日久乃吾累。古人慎交遊，兢兢即此意。逐逐利名場，誰者敦古誼。」其八云：「英雄不得志，往往潛樵漁。謳吟而放浪，其意恬以舒。謂有千秋業，何必争區區。不知遠自近，没稱生應譽。一時無立錐，遑説千秋餘。」

蓮卿恬静幽雅，喜名山水。嘗與張亨甫約遊方廣巖。是夜不寐，起坐待旦，有作云：「文士慕榮名，揣摩惜駒隙。貪人懷黄金，垂老猶作客。人生無百年，胡爲苦役役。歲月疾如箭，春朝即秋夕。行樂當及時，轉瞬桑榆迫。看破此機關，胸懷便不窄。况且腰脚輕，兼兹頭未白。何地無松篁，何處鮮泉石。達哉阮孚言，能着幾兩屐。」

閩縣陳心泉濬孝廉，楓階明府第三子也。與兄鏡潭溶秀才、弟琴泉泗、春泉瀚敦友愛。年十四補邑弟子員，道光丁酉舉於鄉。工爲文，詩亦雅健。道見祈雨，憫之，作《祈雨歌》云：「君不見，建溪之水狂難禁，前波方興後波甚。十八灘頭蛟鼉鳴，東南平地成巨浸。一朝弩射千鈞强，群黎安堵歡聲揚。瘡痍未復生理窄，歉歲盼望豐年償。邇來旱魃又爲虐，三春未見驚雷躍。商羊不舞卧龍慵，誰把真誠禱冥漠。束手徬徨衆有司，紛紛祈請遍神祠。官禱無功民禱急，争擁靈旗迎雨師。靈旗一路香風送，革鼓聲悲市聲鬨。豈必焚尫與暴巫，天心應爲蒼生動。我因桑梓長嗟吁，望眼穿兮饑腸枯。縱教一雨四澤滿，不知待得秋成無。迴思先君宦阮沚，（先大令宰湘南，每禱，晴雨不出三日。刻有《龍王真經》及《木郎歌》。）膏澤隨車慰閭里。五風十雨不愆期，鬼神若爲供驅使。仁心上達帝天通，豈真呼吸生雨風。至今七澤三湘地，猶愛甘棠懷召公。可知一誠無不格，萬里穹蒼原咫尺。鈴閣沈沈午夢閒，何人曾念斯民瘠。」言之款款，大有胞與襟期，真無忝清白吏子孫也。

東郭墦間，清明祭掃，人情到此，輒用悲傷。漳州李素園（贊元）《集外録》《清明》云：「隴草芊芊柳色新，山頭哭奠亦傷神。可憐今日墳中鬼，半屬當年掃墓人。」吾郡徐存永（延壽）《尺寸堂集》《清明郊行》云：「春風誰不看花來，能向花前醉幾回。今日却多人載酒，好花空傍墓門開。」何畹亭（徵蘭）《南川遺集》《清明掃墓有感》云：「百計劬勞爲子孫，祀餘枯骨委荒邨。生兒不及三春草，猶得年年守墓門。」

國子生陳端元（燮）《讀書有感》云：「心術祗從一念争，爲狂爲聖要分明。人間失足知多少，我亦驚惶負此生。」是篤實一輩話。鄭炳也太史《呑松閣文集》載國朝傅巖溪先生《夜氣吟》云：「殘月破天光，雞鳴動海色。孳孳亦何爲，舜跖分頃刻。牧羊從後鞭，搏兔用全力。夜氣存幾希，兢兢復惕惕。」

即是此意。

伊川先生不作詩，惟《寄王子真》詩云：「我亦有丹君信否，用時還解壽斯民。」朱子《次張彦輔西原之作》，結云：「丹經閒自讀，不爲學神仙。」前輩亦有曉學仙者，詩云：「服藥求長生，莫如孤竹子。一食西山薇，萬古長不死。」

醬翁篋叟，往往多奇人。誰謂託業寒微，遂可不加物色乎？以余所聞，郡中銀匠王希金居懷德坊，酷嗜吟詩，年八十餘殁。《濂浦祭墓》云：「四圍山色眼中收，石鼓山前水自流。一帶白楊何代塚，隔江紅樹是誰樓。看來世事都成幻，想到人生總是浮。今日墳前三瀝酒，冥中消盡古今愁。」縫工陳細細，三十餘歲，店在黄巷。恒以能詩自夸，嘗誦其《詠秦始皇》云：「骨山血海出鞭笞，日月無光天倒垂。千古快心千古恨，荆卿匕首子房椎。」

吴小林德鎬寄食市肆，賬簿之暇，不廢嘯歌。《雜咏》云：「聒耳方塘亂活東，六更如續鼓逢逢。何因乞得僧昭咒，戒與多言永夕中。」《題桃花源圖》云：「緣溪一棹訪幽居，避世人驚問訊餘。獨恨只談桑柘事，不曾借得未燒書。」

醫士江倚龍用霖箸有《寄軒吟草》。《漁家》云：「江邊一帶盡漁家，釣罷歸來日未斜。帆尾船頭都罣網，數聲款乃出蘆花。」《遊南普陀》云：「野鳥若相識，山花閒自開。」《秋柳》云：「一種愁如多病我，十分瘦得可憐人。」

朱墨農霖、石農芾、石林璜，三兄弟俱工繪事。石農、石林能爲各體書畫，嫁名古人，輒得售。詩亦靈動。石農《題畫》云：「手把烟霞細剪裁，塗雅筆底畫圖開。斷厓峭壁都描盡，世路崎嶇寫不來。」《題霞居子集》云：「三絶詞場筆欲飛，霞居高唱賞音稀。於今臺閣聲名重，誰念風流到布衣。」石林《臺江即事》云：「畫船高並酒樓齊，午夜清歌醉似泥。三十六門橋下水，送曾歡笑送曾啼。」林蘅友匡詩，街頭畫貓以售，吟興所觸，輒題幅端。有云：「數椽破屋半傾斜，尚有荒園好種花。杯酒自斟明月下，此時便當五侯家。」觀其意，殆有以自樂者。嘗言押韵遇未穩，可將本韵搬到他韵，如移居一般，便妥帖矣。故其爲詩絶無牽强之弊，此亦詩家一秘扃也。

以詼諧之筆，摹困苦之情，其趣味倍覺雋永。余瑞蘭《即事》云：「厨有停炊日，囊無隔宿錢。如何同辟穀，我獨不登仙。」趙昌祺《避債》云：「柴門剥啄喧，誰歟索債者。細語囑童僮，主人未歸也。」此二詩可爲陸劍南《苦貧戲作》嗣音。

閩縣闕清泉欽，居鐵冶巷。麤讀書，旋棄去。逾冠得癡疾，終日默坐一室，吟哦聲恒徹户外，客有入視者，輒挾卷疾走。其兄偶竊字跡視之，皆所作詩。《舟行》云：「半江烟雨半江風，悶坐舟中對短篷。三月不知春色好，緑楊深處見漁翁。」《訪友》云：「好个幽居處士家，宅邊松竹共梅花。門無車馬塵囂息，幾度斜陽集暮鴉。」

米是最難得之物。仲夫子負從百里，算來還有生路。同里林香雨景忠自題《負米圖》云：「辭視遠乞米，累親門閭倚。但望兒早歸，無米親亦喜。」其無聊生可想矣。我輩此時當立定脚跟，方不隨人轉移。侯官國子生張摶九齊雲《咏不倒翁》云：「矍鑠哉翁自有真，每從屈處每能伸。縱然世路崎嶇險，不改生平自在身。」足見操守有素，但餓及妻子，猶可忍也；餓及父母，不可忍也。林修田上舍嘗云：「今世儒者若要立品，除餓死更無別路。」其言甚痛切。噫！此阮步兵所以慟哭於窮途也歟！

下界凡夫，莫不望生翰白日昂首青霄矣，然變相屢呈，癡魂難返，其不至墜落於泥犂者幾希。閩縣李古陶賡堯孝廉《和張船山太守觀物詩》四首，發菩提心，布廣長舌，殆不減金繩開覺路、寶筏度迷津也。《仙》云：「赤松黄石久難招，鑪鼎功成敢自驕。人鬼交關須解脱，英雄末路只逍遥。好憑忠孝脩真業，莫倚聰明謫下僚。消受風流秦弄玉，鳳臺明月共吹簫。」《龍》云：「本來頭角自崢嶸，憑藉奚煩尺木横。燕肉三餐猶未飽，蛇身百戰莫能争。假名不受諸公好，真種長傳九子生。破壁飛騰風雨急，任看神畫點青睛。」《鬼》云：「颯颯陰風夜半聞，閻浮世界亦紛紜。轉輪猶有忠奸漏，岸獄難將貴賤分。抉目怕逢鍾進士，戴頭喜謁阮參軍。誰知變幻黎邱相，都是人間子女群。」《蝶》云：「仙身休問化如何，三月韶光瞥眼過。艷會一場懷彼美，新詩百首當長歌。瘦來猶作秋風客，癡絶還爲春夢婆。莫道六朝金粉地，吴宫花草已無多。」古陶爲丹巖刺史哲嗣，道光壬辰舉人。性瀟洒，好吟咏，與余同受業於石仙舟孝廉之門。

顔延年有《五君詠》。閩縣何郊海治運孝廉倣其體以詠今人。引云：「松谷服闋入都，索余贈言，輒成《五君詠》就正。」云：「端公法度士，持立絶依附。高言簡帝心，正性與俗忤。抗疏左官歸，戀闕屢回顧。坐我春風中，階前看玉樹。游□田師」「陳丈矍鑠翁，琴心冰雪瀞。忠毅有文孫，壘塊骨獨正。壯遊到天西，詩思逾淵静。狄鞮紀經過，別見孝弟性。陳秋坪郡丞丈」「虞臣澹蕩人，好學以爲福。書多等其心，言大副是腹。鳳雛氣日上，將種肉多欲。銷閑好著書，紅裹添香燠。萬虞臣中翰」「恭甫文章伯，理窟中勃窣。賦薰揚馬香，詩樹曹劉骨。學心洽兩河，雅故漸三越。甸男獲佳傳，此子爲不没。陳恭甫太史」「窦谷倜儻生，三命首逾頫。襍録紀文昌，一麾作召父。瓠肥類張蒼，名守配韓愈。內行尤清全，孤嫠徧嫗煦。鄭松谷太守」《後五君詠送梁茝仦儀曹入都》云：「鈍村老何爲，説經鏗鏗者。高睨太譚閒，語言妙天下。周公致太平，六典信非假。君爲衛櫟齋，群言手自寫。林鈍邨造士」「惕園拙自修，志不欺闇室。穆行積愔愔，至思抽乙乙。聖湖集得傳，一齋傳能述。丙辰徵士中，此人安得失。陳惕園選士」「退谷老校官，懷舊時會粹。志齋文既刊，永侯文亦出。體例仿中州，搜牢可悉備。惜未見其成，吾將與編類。謝退谷諭教」「永泰古人物，最盛南宋朝。有明三百載，文獻微乎貊。今代十硯後，壽士誠超超。濁醪有妙理，詩心亦能摽。林也山教諭」「茝仦美少年，天機特清妙。仙班謫儀曹，抱郄歸長嘯。舊聞徧網羅，筆勢削連陗。高才不隱世，今復向西笑。」郄海嘉慶戊午福貢，丁卯舉人。少讀書，徹夜不寐十餘載。於宋學、漢學，各有二十年之功。宋學不尚空談，歸諸實踐，言動端方，同輩咸稱至誠君子。讀古書能辨相沿譌字，而攷訂尤精。所著何氏學，立言全不倚人門户，光澤高雨農中翰推爲吾閩之一大家。其博聞强識，罕有倫比。有質疑者，皆衝口條答，源源本本，融會貫通，時有「書棹」之目。蓋「書簏」、「書橱」尚須搜討，「書棹」則羅列目前，繙閲尤速也。尚著有《論語解詁》、《孟子精詣》、《公羊精詣》、《周書後定》、《傅子後定》、《太玄經補注》、《姓苑鈎沈》、《纂文捃逸》、《東越志》、《東越詩譮》、《瑞室詩鈔》，藏於家。

《行篋遺草》，閩縣林清門守中孝廉作，其妻弟丁蘊齋孝廉所輯者。落第後，寄丁學儀云：「騏驥追風道路開，愁予棧豆戀駑駘。曾詢陶令歸兮否，却恐劉郎去又來。仙佛未成當鍊性，滄桑有劫莫沈灰。獨憐明月茶笙夜，洗眼頻登望遠臺。」《蘭溪江行》云：「南風五兩送江程，日暮停橈瀫水清。夾岸紅林千萬本，夕陽樓外晚霞晴。」清門垂髫遊泮水，弱冠登賢書。好習青烏家言及卜筮諸書，尤精岐黄之術。殁年四十有二。配亦能詩，有《哀絃集》二卷。

炫采耀色，靡節新聲，取悦於人而已。郡庠生林星航錫賡，與余訂交於乙酉歲，故能詩，近詣益進。《積翠寺觀梅留宿僧房》云：「天寒霜欲飛，月落夜未曙。我心澹忘歸，茫茫復何與。禪房卉木深，夢入梅花處。美人正幽獨，空山自來去。欲覺晨鐘鳴，松風盪塵慮。」共吸清唏潔，引氣希微，殆以適己爲尚者耶。余嘗題其詩集云：「君身有仙骨，吐屬殊不凡。綺歲弄柔翰，文采已可觀。富貴苦不早，貧賤能自安。梁鴻肯因熱，須賈空憐寒。强項未可屈，慧舌誰能乾。花紅春風暖，葭蒼秋露溥。感時發嗚咽，觸景生悲酸。有時述祖德，繩武恩追攀。有時懷親思，出涕盈闌干。朋友纏綿意，與我常盤桓。情真語自摯，使我慘不歡。請爲君起舞，高望青雲端。丈夫貴適志，會見生羽翰。飄飄蓬萊風，相乘登神山。」

余有《論詩示陳生春泉》云：「宇宙寥寥幾鉅手，作家有數無難推。何人割據各門户，身後論定將誰欺。徵也少年好韵語，搦管亦復嘗爲詩。有法儘皆取乎上，所業未敢荒於嬉。苦吟非不廢寢食，寸心得失吾自知。至竟才力苦淺薄，斯藝孰得阿所私。人生不懷大經濟，剔燈討句空撚髭。人生不蘊至情性，摇毫滿紙皆浮詞。讀書萬卷不得解，議論未免同管窺。六合之外靡不有，强作解事真小兒。豈無無鹽恃刻畫，公然唐突輕西施。我持此意作明鏡，妍醜畢照毫無遺。萬丈光芒久銷歇，九霄環佩何希微。新鄭淫哇苦難聽，建安綺麗矜爲奇。安得大雅主壇坫，不然斯道誰扶持，於虖大雅誰能持？」

夜谈追録

夜談追録提要

《夜談追録》二卷，據光緒六年家刊本點校。撰者李洽（一八二六—一八五五），字舜卿，湖南新化人。道光二十六年舉人。有《搗塵集詞鈔》、《碉東詩鈔注要》。自序署道光二十二年壬寅，即書成之年。次年秋又補一跋，「復綴數語，以志不忘」。又有郭嵩燾一序一跋，序署壬戌即同治元年，謂咸豐五年乙卯李氏病歿前曾親示此書；跋署光緒六年庚辰，謂己卯即前一年始付梓，距書成幾四十年。此書追録邑前輩歐陽碉東（輅）之論詩語，「夜談」者，亦歐陽氏預爲之題，謂其與湘皋（鄧顯鶴）「二老夜談録」也。李洽年促，歐陽命記談話時，方十五齡上下，然所記精切不苟，頗能傳神。又納入其師之書信及早年自棄之作，尤存秘辛，復戒後人慎勿將此「手删者竄入集中」，亦深知分際。郭序贊其人「開亮卓偉，絶遠於俗」，洵非虚語。歐陽碉東有詩名，書中記程春海、魏源等極賞其詩。其論詩語以作法爲主，得失毫釐，多人所未發。於老杜、東坡及同時名家如吴嵩梁等，俱有指瑕。於己作亦不護短，不諱友人之譏彈，不煩示人以前後更改之跡。主意氣而不廢格調，自謂五古學陶，七律學放翁，此即合格調之蹊徑也。又欲糾彼時詩壇之矜博習氣，而前詰至朱彝尊、厲鶚等塗澤僻書之弊，此則乾嘉以還「性靈」、「有我」主流詩觀沾溉所致也。

夜談追録序

新化歐陽磵東先生以詩名天下。其論詩尤精，鄧丈南邨、左舍人仲基數稱述之。李君舜卿述其語加詳，與先生論詩有所會悟，輒筆存之，總若干條，命曰《夜談追録》。自宋歐陽氏有《六一詩話》之作，以所得於詩之精詣，求古人之離合，以取證天下後世。嗣是，嚴羽《滄浪詩話》、張戒《歲寒堂詩話》、葉適《石林詩話》，類能考六義之要，有所發明。明以來至今，苟能詩，必有論述，往往純疵互見。甚者議論馳騁，爲名鶩聲氣，君子病焉。其得之山林枯槁憔悴專一之士，傳者蓋無幾矣。先生於詩，窮極幽微，偶有論斷，必求通古人之辭，而達之以意，證之以理，較其得失，析其毫氂，多人所未發者。而一皆其心領神會之餘，灑然有以自得，不一求著於人，非所心許而篤好者，莫得而聞也。儻所謂山林枯槁憔悴專一者耶？舜卿以所聞於先生之言，網羅蒐輯，存其梗概，此豈爲名鶩聲氣者？亦庶幾六義之要，因是而粗明，猶先生之志也。予以咸豐乙卯見舜卿新化，手是編相示，勸其付梓，以公諸人。時舜卿病眚，未及爲而卒。卒後八年，其子長檀與其猶子長蕃，卒成其志，刊行之，而屬余序其略。嗚呼！磵東先生晚年閉門絶交游，予初有知，艷其名，相去數百里，就見無由。及見舜卿，開亮卓偉，絶遠於俗。獨喜述先生爲人，以得聞其言論志行，追尋往事，愴然於心。豈惟先生高世之風，欲一仿佛；舜卿之流風餘韻，而固不可得也。時壬戌夏六月，湘陰郭嵩燾序。

夜談追録自序

嗚呼！礀東先生以去秋歸道山，忽九閱月矣。大雅云亡，風流頓盡，追尋傷悼，但有痛心。先生學無所不窺，而論詩尤直得古人不傳之秘，淫聲僞體，一洗而空。垂老卜築於邑城東，遁跡沈冥，兀兀焉無與共語者。洽以童稚無知，竊於侍坐時，一聞緒論，而先生已日在昏眩中。記前年語洽云：「聞湘臯將歸，當邀之來，同下榻子家廟中。子稍間聽吾兩人論，當志之，名曰《二老夜談録》。特老病若此，未必明兹尚健在也。」辰夢不禳，奎星長墜，即一二緒言遺論，日就沈淪，如浮雲之隨風，好音之過耳。洽惴惴焉懼之。性善遺忘，追摹一二，手録成編，庶幾積年來暑簟寒鑪，茗椀鐙檠，縱横辨論，不遽消滅。亦俾誦先生之集，而恨未親其儀容，聆其言笑，且於此遡洄焉。然而無當於高深也。洽聞張文潛、黄涪翁之於老坡，縞素而哭，拭墨而生楚愴，後之人諷其和章，歎其師友，惠慕片言隻字，未敢頃刻忘。洽之追蹤前哲，竊附餘韵，雖乖先生本懷，想亦當代大雅之林所憫傷而悽惋者，其將有玩味是編而存乎見少者矣。道光壬寅夏四月浴佛日。

夜談追録卷一

新化李洽舜卿述

先生云：「坡老讀杜詩於未安處，輒云：『此語不可爲訓。』其實杜詩可詆處固多。如《哀王孫》詩沈鬱蒼涼，後人無復措手處，而『慎勿出口他人狙』一語殊湊。他如『吾甥李潮下筆親』，『親』字所謂强押。『爲君酤酒滿眼酤』二語，不過勉强結局而已。《可歎》篇自『王生』以下，似夾雜不成文理。《洗兵馬》篇語多混造，音節則初唐之習，靡懦可厭。『整頓乾坤濟時了』，及『後漢今周喜再昌』，成何語耶？集中此等不可勝數，鶻突看過，則受古人欺矣。」

又云：「杜集中極可笑之句，如『石出倒聽楓葉下，櫓摇背指菊花開』、『叢菊兩開他日淚』、『錦江春色來天地』、『三寸黄柑猶自青』等語，真此公累句。至『倒流三峽』、『横掃千人』，尤爲醜態，工部亦偶有之。世人奉爲圭臬，可怪也。」

又云：「『賦料揚雄敵，詩看子建親。李邕求識面，王粲願爲鄰。』時有六朝餘習。『玄蟬無停號，秋燕已如客』二句從《選》來，却不是《選》詩。《渼陂西南臺》詩，文從字順中寓典重生矯之趣，實開昌黎先聲。《玉華宫》宋人盛推之，不知此等風味殊淺。諸《遺興》之作，筆墨斬净，波瀾老成，皆佳作也，惟『天用莫如龍』二章稍遜耳。至樂府諸作，前無古人，後無來者，固自獨有千古。」

又云：「工部五七古，每於挺接處埽盡枝葉，獨具神力。其風格蒼老，縱横排奡，皆此老獨擅處。

然總讀全集，每有一二强湊語，雖不能掩其善，終是全詩之累。」

又云：「《曲江三章》詩，『長歌激越捎林莽』句，所謂外澤而内枯，粗看之似佳，其實雜湊語。《登慈恩寺》詩，『方知』二句與上意左，且接得弱。『羲和』數語，足與岑、高佳處抵對。『偪側行我貧』四句，笨滯可删。《垂老别》『此去』以下轉折，俱未了了，『遲迴竟長歎』，語湊而不明晰。《無家别》末句『何以爲蒸黎』，意是而語欠工。《將適吴楚》詩，『不意青草湖』二句，語自佳而來得無根。此類皆杜公敗筆也。」

又云：「嘗見一箋本杜詩，謂『疾風吹塵暗河縣』一首酷類長吉。不知此等微近宋派，並無一字與長吉類者，豈非囈語耶？」

先生嘗云：「余每春夏之交，省耕南畝，輒誦靖節『平疇交遠風，良苗亦懷新』之句，歎古人狀物如此。東坡有言：『非古之耦耕植杖者，不能爲此語；非予之世農，不能識此語之妙。』諒哉！因推論陶公人品之高，謂《綱目》於宋元嘉四年書『晉徵士陶潛卒』，以潛心存乎晉也。夫魏晉篡奪相乘，皆所謂不義之朝，潛何所取于晉乎？觀《武陵源記》中所云，蓋尚有『不知有漢，何論魏晉』，可得其微旨矣。然則謂潛之不可屈爲宋臣，則稱潛宜如管寧之例，不必冠以晉也。」

先生酷愛義山「死憶華亭聞淚鶴，老憂王室泣銅駝」及「人間路有潼江險，天外山惟玉壘深」之句。又喜誦《偶成轉韵》及《燕臺》諸篇。嘗語洽云：「《轉韵》詩：『舊山萬仞青霞外，照見扶桑出東海。』得此提振，通體有勢，否則成直叙矣。至《河内》詩：『入門暗數一千春，願去閏年留月小。』夫既永不忍舍，期以千春，而又去閏留小，願其少速，其遲速未免自相矛盾。」

又云：「義山詩『晉陽已陷休迴顧，更請君王獵一圍。』『晉陽』當作『晉州』，是年十月壬申，周師破晉州，齊主方與馮淑妃獵於天池。報至，不顧。詩正道其時事。至是月辛丑乃克晉陽，則齊主已出奔矣。中間相去三十日，不得云『晉陽』也。」

洽按：近時馮浩《玉谿生詩集箋注》亦云：「按隋唐地志，晉陽在太原，與晉州平陽郡相距數百里。淑妃請更殺一圍，乃平陽事，非晉陽也。詩似小誤。」

又云：「余少時有『僻墅春深野葛花』及『殘月欲落楓林霜』等句，門人畢春甫讀之，不明其義，後讀杜詩『子能渠細石，余亦沼新泉』句，恍然悟『花』字、『霜』字之義。」

先生極愛昌谷「桃花亂落如紅雨」之句，而笑其「羲和敲日玻璃聲」一語，以爲日安能敲而有聲耶，未免過於無理。

先生嘗言：程春海《次合江亭詩唾字韵》「清者不可狎，濁者乃可唾」湊，不成句。因謂洽：「次韵詩，宋人累叠不已，雖以蘇、黄之大才，出奇無窮，然其牽紐强合者指不勝屈，甚無謂也。」

先生論詩，最忌杜撰。嘗謂坡翁詩「東風知我欲山行，吹斷簷前積雨聲」妙矣，而「雲披絮帽」、「日掛銅鉦」，則杜撰得可笑。按：先生有《雜感》詩云：「啖栗不斬刺，栗美刺在口。掇芹不濯泥，芹拔泥污手。」風味可謂絶佳。晚年嫌其無來歷，盡删去，然玩定本，方知其妙。

又云：「起句之入化者，如坡翁《有美堂暴雨》云：『游人脚底一聲雷，滿座頑雲撥不開。』脱口便出，何等渾化。」晚年嘗喜誦之。

又云：「坡翁集中有《次韵蘇伯固重九》詩，歷來注蘇集者，皆不言其爲湖南澧州人。」洽謂：「坡公《石鼓歌》『古器縱横猶識鼎』，似用顔魯公《家廟碑》『嘗得古鼎廿餘字，盡能識之』語。《仙都觀》詩『龍車虎駕』句，則用魯公《麻姑壇記》也。查、馮諸本頗詳核，乃亦不引及。豈非注詩之難哉？」公以爲然。

先生嘗誦坡翁《謝惠建茶》詩，以爲此老狎韵，如「鯁」、「猛」等字，筆底真有鬼斧神斤。又云：「坡老《梅花》詩，如：『多情立馬待黄昏，殘雪消遲月出蚤。江頭千樹遠欲闇，竹外一枝斜更好。』合四句讀之，真勝林和靖『暗香』『疎影』之句。因謂高青丘『山中高士』、『林下美人』，語淺俗可笑，不解世人何以稱之。《大全集》中傑作寥寥，不知何以負重名也。」

又云：「坡公《定惠院月夜偶出》詩絶佳，然第二首『落帆樊口高桅亞』，『亞』字欠穩。又如《寒碧軒》詩，『冉冉緑霧生人衣』、『人静翠羽穿林飛』、『道人絶粒對寒碧』，詩中叠數『人』字，究是微疵，然其詩則極高妙矣。」

又云：「《池北偶談》笑蘇子美雪詩『既以脂粉傅我面，又以珠玉綴我腮。天公似憐我貌古，巧意裝點使莫偕。欲令學此女兒態，免使埋没隨灰埃。據鞴照水失舊惡，容質潔白如嬰孩』云云，爲俚惡，真足噴飯。不知子美此詩全以詼諧出之，見其高致。阮翁乃作呆詮語看，宜其見嗤也。」

先生論古人詩，至元遺山而止。洽問遺山古體。先生高吟「五年不唤溪南渡，日夕心馳洛西路」

及「亂山如馬争欲前，細路起伏虵蜿蜒」諸篇。洽問：「近體何如？」先生云：「『只知河朔歸銅馬，又説臺城墮紙鳶』，『白骨又多兵死鬼，青山原有地行仙』，真高唱也。」洽於先生家，見先生有墨讀遺山詩，於集中贈答諸公，如雷希顔、李長源、辛敬之、冀京父、李欽叔，多爲之核其本末云。

又云：「『同甲四人三横貫，此身雖在亦堪驚』，言之沈痛乃爾。」洽謂公亦有苦語，如「偶全骨肉寧非幸，再迫饑寒恐不禁」，痛定思痛，尤難卒讀矣。晏君叔立述其門人臨川李君之言，謂此等句，非近人所能爲也。

又云：「遺山《中州集》以長源爲三知己之一，而劉京叔《歸潛志》以爲與遺山不相下，頗不相咸，真不可解。蓋以長源爲人，褊躁多憤怒，故遺山詩『黄祖安能貸禰衡，傷心鸚鵡洲邊淚』，屢以正平比之。」

又云：「古人詩有看似常語，而實則用事者。如昌黎詩『不如不觀完』，用《國策》司馬錯『不如伐蜀完』語也。坡詩『無事且飲酒』，且《國策》犀首語也。讀者每作常語看過。他如古人句法，有文從字順，極明顯無疑義者，而迂腐頭巾必欲曲爲之説。如蘇秦『寧爲雞口，無爲牛後』，言牛後雖大，然在身後而出糞，比隨從於人者也；雞口雖小，然在身前而納食，比不隨從於人者也。乃必欲舉《爾雅翼》之説，謂當作『雞尸』、『牛從』。又如楚南公云：『楚雖三户，亡秦必楚。』言楚滅後，雖户口極少，亦必報秦。乃必以三户爲地名，不思『雖』字作何解，且三户在鄴梁，與楚何涉？更可哂者，俗士以《風俗通》有池仲魚，遂斷『殃及池魚』爲人名。然則林木亦人名耶？又如杜詩『先拚一飲醉如泥』，用《漢書》注語，乃必以『泥』爲蟲名，遂令古人好句了無生趣，此豈非『天下本無事，庸人自擾之』耶？」

先生云：「吴蘭柴先生作詩，喜主唐格。余少時以詩就正，每於未愜意處，即於上方大書『蘇』字。其云蘇者，乃疵評也。後數年，相晤邵陵，索余近作，讀至《湘中留别仲端》詩，以爲語語都作絃外之音。余此詩頗近大蘇，前輩論詩，又何嘗拘一格耶？」先生詩，從義山入手，嘗言少時初學韵語，無所師承。適蘭柴翁過訪，見案頭有義山詩集，詑曰：「子亦知讀玉谿生詩耶？」因手自繙閲，每閲數頁，即朗誦一二篇。僕因默識所誦之章，苦心討取，始覺下筆有不同處。今集中獨於蘭翁稱「先生」，蓋不忘所自也。

先生云：「蘭翁意氣特甚，睥睨兀傲，多所輕忽。憶某年秋試，僕同蘭翁失意，薄留省垣。一日閒游，同看演《聞鈴》一曲。漵浦嚴公樂園從外來，見蘭翁，遽撫掌曰：『排日尋訪，吴二乃在此耶。』蘭翁瞋目直視，略不爲禮。嚴亦覺無聊，小坐即去。僕嘗語人，想見此老丰裁。」洽按：湘皋先生亦曾論及，因謂嚴公經濟文章，一代偉人，時雖未遇，而此種白眼斷不可施。蘭柴翁過矣。兩先生議論不同如此。

又云：「近日豫章詩人，當以樂蓮裳、吴蘭雪兩人爲最。蓮裳素未識面，有見贈五律，《青芝山館全集》，僕尚未見。蘭雪詩才，一時罕匹。然予所見其五、七古長篇，往往前後作兩截，中間脈縷不甚細貫。聞其在陶雲汀座中，語及僕，謂人曰：『礀東利害，僕畏之，不敢與之敵也。』亦殊自謙矣。」

先生贈蘭雪詩中有云：「丈夫胸中抱奇策，但以詩名亦堪惜。奈何局促塵泥中，更以疎狂相詆斥。」後蘭雪贈人，亦用此四語。李中丞讀而詫之，以問湘皋先生。湘翁云：「此定是蘭雪借用磵東句。不然，焉有磵東以蘭雪之詩贈蘭雪乎？」李爲莞然。

又云：「僕在粤西，每與李松甫、汪劍潭諸君讌集，議論鋒起，無一語不捧腹絶倒者。因誦汪『荒臺寂寂生如寄，落木蕭蕭死當歸』，『生無一日揚眉過，出有千人捩眼看』之句，以爲其聲悽惋可聽。至於『坳水癡獃碧，盆花迫促紅』，頗不愧小品風流。」洽於先生家，見汪所寄書有云：「尊稿詩境屢易，俱造其極。近作固絶代，即少作萬無可疑，幸毋自摇惑也。」又評先生《奉酬天擎詩》云：「此近菜肚老人矣。然彼枯而瘦，此澤而腴；彼故爲敗裂，此極意脩整。其精於取裁如此。所謂相濟以成其美。泥於師古者，何足以知之。」皆箇中人語。

先生云：「吾一詩成，其讀而交贊者，不過泛泛悠悠而已。或有攻句中之疵，指全局之罅，則必深思其存改與否，反復推敲，期無遺憾。彼脱稿而遽自信爲必傳者，徒自欺耳。昔蓉裳讀僕題履原山水障子詩，中四句『聞君嗜畫如嗜酒，醉中往往造神域。自言飲如不盡酣，兩腕辛酸苦無力』，謂『如』字宜易爲『酒』字。僕按：『如』字係句中轉捩，易以『酒』字，則調不振矣。故仍用『如』字云。」

先生嘗誦其少時「高柳風蟬嘶晚徑，小窗松雨作秋聲」之句，今不存集中。洽嘗問丈何必力删少作，先生以爲少時詩，非盡不足存，特風骨欠老耳。

先生云：「僕絶口不談王、李。偶有攄寫，雖極闊大，而鞭辟近裏，正是力避七子處。」

先生在錢裴山幕中，錢偶論吾楚詩人，先生舉數人以對，錢多所輕玩。曰：「南中詩人，僕識面甚多，今乃見歐七一位。」書此，以見當日風雅之士傾倒吾磵翁者如此。

魏默深語先生云：「丈詩初讀之，不能盡其妙也。及手寫一過，再三尋味，字字從紙上併出精光來。」沈丈栗仲亦云：「老磵詩縱篇長至千字，亦是一氣舒卷。」先生歎爲知言，屢爲洽述之。

張丈蓉裳司鐸吾邑，推許先生五體投地，每云：「此邦是有佛處，某焉敢稱尊？」程公春海來楚中，讀先生集，歎服不已。歲試寶慶，至欲迂道相訪。聞其日與蓉翁處，輒艷羨之。譚郡伯謝先生《雙清亭詩》書云：「大作出入陶、謝，平揖韋、柳，近日東南壇坫，舍君其誰？昨得學使者書，傾思閤下，津津不置。已繕尊作一通，於遞中寄去矣。」左君仲基寓譚署中，偶座，客有詆先生者，仲基恥與之辨，拂衣而起，怒形於色。先生酬其《寄懷》詩云：「生平守荼蓼，於世了無預。直坐不款曲，積毀漂衆喣。子兮何爲者，懇懇獨見注。」有爲之言也。仲基詩予尚未見，俟補録云。

周心如名恕者，於錢裴山座中讀先生所題《使車紀勝圖》，詫曰：「粤中安得有此？」洽聞此詩如柳郇、蓮裳、劍潭、蓉裳諸老劇所心賞，而先生自不滿，以爲殊有説盡之病。毛生甫亦謂此詩非磵東集中至者。此生甫所以爲先生知己也。惟蓮裳讀此詩，通體連圈，獨疵「聽之百怪在眼底」句，爲有語病。洽謂此句理極圓足，無所爲病，豈非泥讀「聽之眼底」四字耶？固哉，欒叟之爲詩也。

一日偶與先生論蓉裳詩。先生云：「張二詩往往過求字面之好看，而不顧文理。余嘗語蓉裳：『子題畫詩，有「白波青嶂人間少」之句，須改。夫白波青嶂，所在皆是，安得云少耶？若云白波青嶂非人間，則通矣。』蓉裳卒不聽。案：張詩集已改。」洽謂兩先生詩，恰有一語相肖。因問何語。予謂：「先生詩，『不施鞍鞚騎生馬』，張詩則『多買胭脂畫牡丹』耳。」先生大笑。

洽嘗問先生：「曾中丞詩何如？」先生云：「曾詩喜門面語，僕集中《日本刀歌》詩，此老極賞之。然亦僅知此種而已，其刻至者則不甚相入也。」

先生云：「僕於同里二孫，尤推服石溪先生。惜晚年務爲險澀。有《觀海一百韵》，茫然莫測其命意之所在，然眼力則爲獨絶。僕少有送人入蜀詩，中四句云：『故國秋期違伏枕，他鄉夜雨暫憑欄。沙沈鐵角孤城在，苔卧金牛戰骨寒。』石溪極愛上聯，以爲神味似李東川。而樂蓮裳則劇賞下二句，可想二君好尚之不同矣。」

夜談追録卷二

新化李洽舜卿述

先生云：「某末年五古多靖節，七律多放翁。如『永夜不眠貪索句，經旬廢飲坐無錢』，逼真劍南。如『偶逐樵侶行，遂歸林下宅』，逼真柴桑老人。《山居答客》詩亦然。《答客》詩末二句『君看羲皇民，焉識咎與譽』，初脱稿乃『仁祖且不就，安問陶胡奴』，細繹之，有礙於某中丞，故用今語。」又云：「徐葯生譏李松甫郎中詩，以爲松甫胸中，不過二三百字耳。余則謂松甫詩自是佳品，惜存詩太多，故有嘲其『一副鐃鈸敲到老』者。若精揀删存，卓然無遺議矣。」

松甫丈將有韋廬九家吟侶之刻，謂先生及湘皋翁、高密李少鶴、石桐、朱小岑、陶季壽、吴椽村、楊石帆諸人，而欲以巴陵某附於卷末，因某與磵、湘兩公微有隙，是以中止。巴陵某者，先生集中所謂「青蠅無停飛，秋蚊不知足」者也。聞韋廬頗契其人，而先生《雜感》詩「可笑沈諸梁，遂爲畫龍欺」，似遷其怒於此老。既而又云：「好事諸梁君莫笑，人間如此亦無多。」則又爲此老下轉語。所謂幸之至而痛轉深，用筆之妙如此。先生初至粵西，年少氣盛，與松甫、小岑諸公唱酬。小岑看桃花詩有「游朋喜值歐陽子」之句，題作「示歐陽某」。先生大不滿於「示」字，朱因作書，歷引古詩人之用「示」字者以釋之。案：朱集今改作「時歐陽某在座」。後湘翁編《九芝堂詩存》，以朱喜用隱僻語，商之李春湖中丞。中丞謂小岑詩不可更一字，不解者聽之。湘翁一夜夢有古衣冠者來謁，且致謝，叩其姓氏，即小岑也，而其貌絶類我邑曾君名億者。醒語中丞，謂二君者，均與硐東習。歸而質之硐東，當了此一重公案。後歸晤先生，即詢及。先生莞然曰：「僕遊粤時，嘗戲舉曾君以呼小岑，子何以知之？」湘翁備述前夢，先生不覺驚歎，以爲此中真有鬼神耶。

譚鐵簫太守，招同先生及張蓉裳，餞飲程學使於雙清亭。詩酒流連，江山生色，可謂極一時之盛矣。是日談鋒迭起，偶論莊子「儒以詩禮發冢」一段，先生云：「『青青之麥，生于陵陂』，引《詩》矣，而禮尚闕也，須於誦《詩》既畢，加『儒乃三揖三讓，而進』（六）〔八〕字更爲盡態。」通座爲之噴飯。座中偶有談及角黍者，學使讀「區回」之「區」，作「區別」之「區」。先生曰：「此區姓，乃甌音，非驅音。」學使因是愈心折先生。

先生以所題《煮藥》、《耦耕》二圖示蓉翁，蓉翁云：「丈詩總善用剥法。如《煮藥詩》：『人生蹈常軌，豈願有奇行。艱虞迫深愛，遂使毀滅性。當時藏遺草，意恐播聞聽。安知身後名，顧以人瑞慶。』《耦耕詩》：『無田不退以貪論，而况有田仍屢延。』均剥進數十層，令人百搜不到，所謂高處立也。」先生服其知言。

先生云：「某生平所答鄧氏兄弟詩，自謂無一首不工者。」治謂《耦耕圖》詩，波瀾態度，直是大蘇復生，尤爲高唱。先生問：「子以此詩中何者爲得意句？」治即誦「春泥没膝曉叱犢，暝溪踏雨寒疏泉」一聯以對。因爲撫掌。

先生謂我輩集中，顯宦太多，殊是一累。嘗舉「元旦日懷嚴相國」語爲笑。因論唐常建集中，除王昌齡外，所與唱和，皆絶不著名者，故能沈思獨往，直造其極也。

洽聞樂元叔初見湘翁詩，語湘翁云：「凡不見經傳之人，少與唱酬。」此謂流俗輩不值作詩也。附録於此，可爲遇一人即作一詩者下一鍼砭。

先生嘗言：「詩中疵病，必須得友人譏彈。僕生平往往有不甚相知之人，而片言微中，得力匪淺者。記少時有《登祝融峰》七古一首，蔣心餘之子某於松甫郎中案頭見之，謂人曰：『詩非不佳，却有一病。』問何病。曰：『此詩上氣未了，下氣突來，似未免喘氣病。』余聞而神悚。却因此一語，豁然頓悟。又寧鄉王某語湘皋曰：『磵東初年七律，似犯一雜字。往往一首中有一樣意，上下截疊出者，所謂前聯説景，後聯又説，非雜而何？』余因此言獲益多矣。蓋末年所删汰者，都未免前病者也。」

錢塘吴西穀丈以詩稿求先生論定。其所上啓有云：「鵬自數年前得讀大著，日置几案，奉爲楷模，未能盡窺閫奥，然竊謂韓、蘇而後，一人而已。當代如漁洋、竹垞、初白諸先輩，咸當避席。此非一己私愛，千秋公論，後當有不易者。」嘻，何其服膺若此也，然亦論定矣。西穀名清鵬，穀人先生之子。此札存余篋中。

先生復西穀札後云：「少陵云：『顧視清高氣深穩。』不清高不可以下筆，不深穩不可以歇手。得失未有不自知者，特恐自恕而放過耳。一字一句之未安，窮年窮月，耿耿不忘，必改至稱意而後止。如不能改，不如另換他韵。如換韵復不工，不如全首盡棄之，免以一字一句累全詩也。大抵詩無多作，以字字精揀多改爲妙。」又云：「嘗見儕輩集中，多有喜用前人韵。如昌黎《會合聯句》、《秋雨聯句》、《石鼎聯句》、《陸渾山火》、《送區宏南歸》，及韓、蘇《石鼓歌》之類，不一而足。竊謂此等詩中，多呆韵、險韵，斷不能重押者。且皆古人刻意之作，後人斷不能駕乎其上。夫既不能駕乎其上，又何必甘爲其下？不如不作也。又少陵詩『得不哀痛塵再蒙』，復加一句，深情無盡，自是此老絶調。後見儕輩集中，亦人人仿之，數見不鮮，不如避之爲妙。」

先生嘗欲仿山谷編詩例，分内外集，未果。又以前二三四卷詩可删者儘多，然必盡删去，又不成集。余於先生家舊簏中，得少時草稿一本，其間未存者十之二三，而於艷體删汰尤力。兹謹録數首，以志不忘。《曹別駕劇席》五首云：「翠袖嬌扶上綵茵，笑生春態步生塵。座中莫訝梁州舞，元是仙韶院裏人。」「文章舊價數瓊蕤，贏得歌詞付雪兒。試遣老龍吹鐵笛，不應新調犯龜兹。」「小拂檀槽撥赤鱗，青蛾知是爲誰顰。不須虚報金釵墜，可怕潭州別駕瞋。」「邀顧千金不易酬，迴腸今日爲青眸。含情一瀉龍頭酒，纖手争傳是鳳州。」「燭奴殘淚吐青烟，鼉鼓沈沈欲曙天。今日萊公沈醉甚，任人呼作柘枝顛。」《少年遊》云：「夾道青青柳拂堤，春風微颺午鶯啼。金羈玉絡桃花馬，騎出東陵看鬭雞。」《閨辭》云：「聽盡春聲夢又殘，日高春態尚闌珊。不知柳色青多少，偷下棗花簾子看。」《和人春遊》詩：「江堤春老垂楊密，風摇曲渚鶯啼急。長楸日落青驄鳴，平原緑草萋萋生。縈迴遠出東城道，東城看花開正好。花前溪水千尺流，隔溪望見花間樓。樓高花深望不極，相思化作雙飛翼。雙飛宛轉何處尋，飛花零落愁人心。」此詩魏君默深尤喜誦之。鄧小皋語余：「磵翁首卷詩，如《織絲歌》、《擬古》、《上雲樂》諸篇，雅俗共賞，外間傳誦，究是此種。其造極之章少有愛者，則艷體又何容盡删耶！」

先生少時即以詩名，湘翁序中所謂「《一粒草堂集》天才奇絶」是也。里中前哲如吴如楊，尤爲激賞。先生有《酬蓀圃丈》詩云：「我生抱迷懷，有似犯魔夢。春蠶自作繭，醯雞空舞甕。孤雲浮虚根，意有萬里縱。誰憐飄泊姿，不作膏雨降。憶從中湘歸，風月展清哢。握手曾幾時，冰雪忽已凍。何當走伊吾，鳴鞭駕飛鞚。庶幾敗鼓皮，或適醫師用。公才如驊騮，長驅範鴻絧。當其疾走時，引手不得控。胡爲見推許，謬采菲與葑。不瞋次公狂，反許汲黯戇。王掾殊不癡，隻眼煩屢諷。公誠嗜瘡痂，豈復計語重。前詩半工拙，瓊饈雜蔬供。譬猶飲濁醪，雖醉未能痛。晉師已再敗，桓笛須三弄。幽思變怪窮，天慳鬼神貢。匣劍寒有稜，雲衣翦無縫。世俗驚所見，爭以槖駝訟。犀兕雖尚多，其如彼口衆。他年翦荆蒿，促坐樽酒共。結廬邵溪旁，覽眺日追從。心期但如此，何惜家屢空。」先生自謂此詩多未穩愜，惟「晉師」數語頗可存云。

先生少有「電光秋撼月痕動，鬼火夜燒山骨青」及「病無多髮能容白，眼不看山何處青」之句，爲時所稱。錢裴山視學粵中，見「病無」二句，不覺歎賞，延先生襄校。一日入先生室，偶從案頭故紙堆中逐一繙閱，見都是爲人題圖之作，因駭曰：「君此等詩首首可存，抑何割愛乃爾。」洽案：先生平生詩，不存者尚十之三四，擬撰其遺文，都爲一集，未暇也。

洽於先生家敝簏中，搜得先生復左仲基孝廉書草稿，云：「奉到手書，知拳拳之雅，垂注殊甚，而辭旨過於謙抑。雖緣見愛之故，然閣下俊人，紹洛一見，即已心折，豈閣下窺之未審，猶以形迹酬應耶。不敢當，不敢當。承示二章，瀏亮圓轉，意所欲言，瀾翻而出，可謂合作。竊謂詩固當論格調，而尤以意與氣爲主。意多則耐人咀嚼，氣盛則足以相舉。固由多讀書來，然得其味而已，非必舍己而徒求之摭拾也。大約空諸所有，乃能包諸所無。近時如朱某、厲某輩，披搜隱僻書語，塗澤滿紙，意將傲人以所不知。而按之上下情形，了不相屬。此譬遊珠寶之市，金碧璀璨，駭人觀聽，然物各有主，即强從挪借，終非我有，揆諸作者之本旨何涉。舍性情而矜淹博，近時習氣，大率如此。此詩道之魔，方將與閣下及同心輩廓而清之。久不談外間得失，以閣下見信之深，聊妄言之，知不訴其率也。」又一札云：「拙集已大有更改另刻，湘皋處必有其集。閣下可從覓之，置之案頭，如吾兩人終日對晤，知其得失可否也。近又有一二處須改者，已致書與湘皋，託其更定。閣下可俟其更定後取之。然疵處愈求愈多，真無可如何也。」

湘鄉蔣某，奉其先世篤因、師大諸君遺稿，求先生點定。余於先生家，得所覆札草稿，中有云：「僕所删改尊翁及令四叔詩，或因未妥愜，或因有忌犯語，故細細檢點之，免爲他日文字之禍。切不可聽旁言，更有增入也。令四叔生平學杜，多有套用杜詩腔調處，俱概爲易之。或者不察，以爲此用杜腔也，不知學杜可，套杜腔調則不可。此非淺學所知，故詳悉爲閣下言之。勿聽外人言，以僕爲不知杜詩腔調也。」

先生云：「文章千古之事，非徒取快一時。著述不工，不如勿刻爲妙。」洽於先生家，搜得一札，中有云：「近時刻稿之風盛行，竊恐傳人不若是易，亦未必若是多也。質之大雅，以爲然否？」末但署「璜」字，不知何人。此數語最中情事，故録之。

洽語先生：「古人稱杜子美、李太白詩多宫聲，丈詩亦然。」先生云：「審聲以知音，審音以知樂。能通其故，始可與言詩。此之不講，而亦自詡作家，畢竟是門外漢。」

先生嘗令人讀《草堂詩餘》。或以爲填詞頗有礙於詩學，而詩餘之佳者，如「細雨夢迴雞塞遠，小樓吹徹玉笙寒」等句，熟吟之令人情遠，未必無補於詩也。

先生語洽：「夜來被酒不寐，即默誦葩經，或《離騷》，或取童時所習之《學》《庸》，細繹之，便覺見解與昔迥别。即隨意編成一兩段，欹枕即睡。比醒，而所編者不復省記矣。」洽距先生家，僅十里之遥，然數月一見，見即告歸，不恒侍丰采。此編皆侍坐時，隨問隨答語，所謂海水之一滴，鼎烹之一臠，一啖便了，不能飽人。假令先生自握管以探風雅之源，饜飫後人，詎有涯耶？可慨也！

先生病篤時，洽往視疾。先生云：「某不起矣，某詩集尚有當更易者十數條，以授子，子其爲我取板片易之。」言次不覺泣下。越二日，即屬纊矣。案先生詩稿數易，傳誦海内，了無遺議。今秋來長沙，始一一更定，展卷校讀，不勝潸然。凡卷十，詩凡六百首。後之讀先生集者，慎勿以其所手删者竄入集中，亦吟魂所默感也。道光癸卯秋末，偶閲所編《談詩追録》，復綴數語，以志不忘。

夜談追録後跋

余壬戌爲《夜談追録》序，距舜卿編此録時二十年，以爲是書刊行久矣。己卯秋八月，石仙就省試長沙，詢及，則以貧故，未付梓也。乃取授吾弟意城，爲之校字，刊存之。距序是書時，又十九年。舜卿小於余八歲，其詩與文皆卓絶一時，以早世，未及編次成書，誠不忍是録之亦無傳於世，以没其心。嗚乎！斯文之在天地，隨其人之淺深，而各有得焉。其得之，而寓之於言，公之於人，以有論譔叙述。而於其中，又有傳有不傳，吾安必是録之果有傳否乎？衰病無能，顧影自歎，益爲吾舜卿悲也。光緒六年庚辰春二月郭嵩燾并識。

海粟詩話

海粟詩話提要

《海粟詩話》二卷，據上海師範大學藏清刊巾箱本點校。撰者鄧枝麟，字翰伯，號蘭坡，湖南長沙人。嘉慶二十四年貢生。有《燕草》等。此書諸序無署年，卷下復置自序一篇，亦無署年。卷上乃其讀詩之心得，頗有駁正前人者，尤以正音讀爲可觀。如謂杜詩「幾回青瑣點朝班」之「點」讀去聲，音、義同「玷」，非「點軍」之「點」；「轎」平聲、去聲義不同，不可通用，楊萬里「風條鈎過轎，雨檖没行人」誤用等，凡三十餘字。其説多平實可參。卷下一則駁《漁洋詩話》，謂江文通《登香爐峰》之「香爐」在衡山，距長沙不遠，阮亭誤會爲廬山，故其「古人詩祇取興會超妙，不似後人章句但作記里鼓」之説落空矣。此種即嘉道詩學之實趣，取用已極自如。鄧氏負詩才，卷下記其平居日常生活，上自父祖兩代修築之「海粟園」，下及宗親過從、朋輩交游，皆以詩爲介，不乏佳句，情趣亦不淺。所記逐年而下，有署年己亥（道光十九年）、辛丑（二十一年）事者，至「壬寅八月既望」、「八月廿二日過楊柳磯」爲最晚。壬寅爲道光二十二年，而此時已屢言作詩之興致亦漸衰竭矣。詩話當即成於此年内。稍後張晋本《達觀堂詩話》頗摘録稱賞之。

海粟詩話叙

吾友蘭坡先生天才豪逸，博綜群籍。爲詩主風騷、樂府，若《白馬》、《美人》、《升天》諸篇，審音辨義，得其元氣。嘗得句，吟嘯自喜，謂後世自有賞音。雖然，今豈無賞音？而難言若此。此《海粟詩話》所由作也。蘭坡著作等身，既已擷天地之精英，具古今之元氣。又復周覽方國，廣搜博訪，自士夫、名人、才子，下至寒畯、婦孺，有可采者，知其不可多得而珍之、惜之，欲其必傳於世而後已。其立意真不欲天下後世錦心繡口汩没於庸耳俗目之子，而卒無賞音者。又以知蘭坡憐己之才，并憐天下後世之才，其心爲獨有千古也。余讀而感之，既爲之序，復題數絶於左。

眼中磊落密侯孫，萬古心情卷裹存。真得玉溪疏鑿力，元和碑板一時尊。

杜韓詩筆大名垂，撼樹蚍蜉誤點嗤。肯爲憐才到兒女，人間黄絹豈無碑。

妙寫江楓句入神，細論標格亦無人。要教五字存風雅，隻眼今爲法海身。

六一雲林浩莫收，倪家清閟亦冥搜。宋元法鑒多神品，又見蘭坡點筆遒。

孟王骨體並崚嶒，樂府烏衣到漢曾。一様風神嘯仙樹，大梁歌調竟無能。

規格曹劉態自殊，經君鑒别見吾徒。陽關千樹多題句，得此青青柳色無。

秀水漁洋派别工，蘭坡詩法訝誰同。請看赤壁鑪錘手，淮海東南有數公。

宫牋十萬手親裁，碧軸紅籤繞屋堆。讀到孝英新燕句，争教拍案爲憐才。予内人玉畦爲新燕句，蘭坡賞之，今收入。

海驛江程硯匣隨，機雲兄弟盡能詩。金元粉本都消歇，争誦雲間洛下詞。

湘巖弟楊瑞拜題

内表兄翰伯先生素嗜撰述，《之燕草》一卷，予既讀而序之，復出《詩話》屬予弁言。予不敏，何足以知先生，辱先生之撝抑，輒書數語以進之。詩之有話，昉自唐，迄宋明而盛，然罕有盡善者，惟苕溪漁隱、嚴滄浪所著爲最優。近代作者益夥，《漁洋詩話》則專取時賢佳句，表揚稱道，論者謂有酒壚夜驛之感焉。今觀先生之書，有雅其辭，有醇其義，發前人所未發，上自風騷，下逮歌謡。舉凡對床風雨之什，親朋讌集之章，莫不採掇而揚搉之。蓋本乎漁洋之意，而究其全體，可與苕溪漁隱、嚴滄浪方駕矣。其裨益風雅，豈淺鮮哉！

紅雪山樵黄湘南拜題

海粟詩話題詞

蘭坡，三湘風雅才也。著作等身，無從蠡測。其《詩話》二卷，辨古蒐今，極其美備，咸心折焉。迺復以拙草及所與談亦附篇末，行滋愧矣，亦何幸耶。屬余弁言，爰填《金縷曲》一調以應之。

苦抱憐才意，便經他，天荒地老，深情如寄。博採風騷蘭芷國，翠袖還教附驥。看織字、龍梭何異。自是君才真八斗，鑄群英，盡入鑪錘裏。香一瓣，從今起。　嗟余小子同匏繫。十年來，從軍王粲，依劉乃爾。砍地狂歌諧競病，愧煞雕蟲小技。不信道、竟蒙存記。自古文章憎命達，識風塵、痛灑平生淚。雲樹渺，三秋思。余時將賦北征。

二泉愚弟張日監拜題

海粟詩話卷上

長沙鄧枝麟翰伯氏著

杜工部詩與前人暗合。如「薄雲巖際宿，孤月浪中翻」，同何遜之「薄雲巖際出，初月波中上」。「春水船如天上坐，老年花似霧中看」，同沈佺期之「人如天上坐，魚似鏡中懸」。「白髮千莖雪，丹心一寸灰」，同宋之問「鬢髮俄成素，丹心已作灰」。「踈簾殘月影，高枕遠江聲」，同張説之「洞房懸月影，高枕聽江流」。豈此老尚蹈襲前人，鑪錘之妙，有不約而同者？

詩有不免雷同之弊者。如「忽見陌頭楊柳色，悔教夫壻覓封侯」，王昌齡詩也，而李頻亦云：「自怨冶容長照鏡，悔教征戍覓封侯。」「遊人一聽頭堪白，蘇武曾經十九年」，杜牧詩也，而胡曾亦云：「停驂一顧魂堪斷，蘇武曾消十九年。」「虞帝南巡不復還，翠娥幽怨水雲間」，戎昱詩也，而高駢亦云：「帝舜南巡不復還，二妃幽怨水雲間。」「新春看又過，何日是歸年」，杜工部詩也，而太白亦云：「萬里關塞斷，何日是歸年。」「無情有恨人何見，露壓烟啼千萬枝」，李賀詩也，而陸龜蒙亦云：「無情有恨人何見，月曉風清欲墮時。」「安得廣夏千萬間，大庇天下寒士皆歡顔」，杜工部句也，而香山亦云：「安得大裘長萬丈，與君都蓋洛陽人。」「百年愁裏過，萬感醉中來」，香山句也，而蘇老泉亦云：「佳節每從愁裏過，壯心偏傍醉中來。」如此者不可枚舉。

杜工部「老妻畫紙爲棋局，稚子敲針作釣鈎」，原非警句，亦不多見。若仲先之「妻喜栽花活，童誇鬥草贏」、「婢閒猶畫卦，兒戲亦投壺」、「妻識琴材料，童諳鶴性靈」，句法數見，所謂賣弄家私，反無趣味矣。

杜工部「五日畫一水，十日畫一石」，山谷作一句云：「五日十日一水石。」許用晦「溪雲初起日沈閣，山雨欲來風滿樓」，放翁作一句云：「一片溪雲雨欲來。」僧處默「到江吴地盡，隔岸越山多」，陳後山作一句云：「吴越到江分。」皆極鑪錘之妙。又有一句衍爲兩句者，如顔延年「春江壯風濤」，杜工部則云：「春江不可渡，二月已風濤。」古樂府云「郎今欲渡畏風波」，太白則云：「郎今欲渡緣何事，如此風波不可行。」亦見奪胎之佳。

杜五律詩八句皆有拗體，不可枚舉，今各摘數聯爲式。首聯有用平聲拗起者，如「宋公舊池館，零落首陽阿」、「野亭逼湖水，歇馬高林間」、「凉風起天末，君子意如何」是也。有用仄聲拗起者，如「幽意忽不愜，歸期無奈何」、「摧折不自守，秋風吹若何」、「日落風亦起，城頭烏尾訛」是也。有兩句中各拗一字起者，如「四鎮富精鋭，摧鋒皆絶倫」、「蕭蕭古塞冷，漠漠秋雲低」、「促織甚微細，哀音何動人」是也。有單拗上句中一字起者，如「幸因腐草出，敢近太陽飛」是也。有單拗下句中一字起者，如「風色蕭蕭暮，江頭人不行」是也。二聯有單拗第四字者，如「蹉跎暮容色，悵望好林泉」、「蛟龍得雲雨，鵰鶚在秋天」是也。有拗第四字並拗第八字者，如「江斂洲渚出，天虚風物清」是也。有兩句中各拗一字對者，如「枕簟入林僻，茶瓜留客遲」、「簷雨亂淋幔，山雲低度墻」、「山縣早休市，江橋春聚船」是也。有單拗上句中一字者，如「星臨萬户動，月傍九霄多」、「遲迴度隴怯，浩蕩及關愁」是也。有單拗下句中一字者，如「養拙干戈際，全生麋鹿群」、「不息豺狼門，空慙鴛鷺行」是也。有此聯並不對屬者，如「承筐盈露薤，不待致書求」、「人憐漢公主，生得渡河歸」是也。三聯有單拗第四字者，如「滄浪恨衰謝，朱紱負平生」是也。有拗第四字並拗第八字者，如「河漢不改色，關山空自寒」、「草木歲月晚，關河霜雪清」是也。有兩句中各拗一字對者，如「谷口舊相得，濠梁同見招」、「雲薄翠微寺，天清皇子陂」是也。有單拗上句中一字者，如「妖氛擁白馬，元帥待琱戈」是也。有單拗下句中一字者，如「暫屈汾陽駕，聊飛燕將書」是也。有此聯亦不屬對者，如「和親知計拙，公主漫無歸」是也。然二、三聯並無拗七、九兩字者，不可不知。結聯承上平仄句，而拗第四字用平者，如「何當擊凡鳥，毛血灑平蕪」、「何時一樽酒，重與細論文」、「誰能與公子，薄暮欲俱還」，此種最多，然斷無用仄仄者。或有拗上句中一字，如「人生五馬貴，莫受二毛侵」。或有拗下句中一字，如「年年牛女渡，何曾風浪生」是也。至有全首拗而二聯不對者，如《一百五日夜對月》詩：「無家對寒食，有淚如金波。斫却月中桂，清光應更多。仳離放紅蕊，想像顰青娥。牛女漫愁思，秋期猶渡河。」又如《得舍弟消息》詩，通首音調俱諧，獨三聯「汝書猶在壁，汝妾已辭房」重用「汝」字。五律之變調盡此矣。但學之者無其蒼古、無其雄渾，而徒取自便，則難免效顰之譏。

杜工部「霜皮溜雨四十圍，黛色參天二千尺」，白香山「繞郭荷花三十里，拂城楊柳一千株」，數目字自隨意對屬，讀者不以文害辭可也。若杜牧之「南朝四百八十寺」、「二十四橋明月夜」、「漢宮一百四十五」、「三十六宮秋色深」、「故鄉七十五長亭」，自是的確數目，非可任意增減者。

詩中有用實字爲眼，創出奇峭語。如杜工部詩「弟子貧原憲，諸生老伏虔」、「子能渠細石，吾亦沼清泉」，蔡孚詩「紅鬣錦鬃風騄驥，黄絡青絲電紫騮」。朱竹垞祖其法云：「青蒼風筠竿，紫茜露藥甲。」「杯酒有時有，亂雲無處無」，羅江東調也。後張喬又云：「疊浪有時有，閒雲無日無。」周朴又云：「客淚有時有，猿聲無夜無。」未免數見不鮮。

《詩苑類格》云：「詩有八病。三曰蜂腰，謂第二字不得與第五字同。如『聞君愛我甘，切欲自修飾』，君、甘皆平，欲、飾皆入也。四曰鶴膝，謂第五字不得與第十五字同聲。如『客從遠方來，遺我一書札。上言長相思，下言久離别』，來、思皆平也。」若余少時所聞於先大夫之論蜂腰，則不同。如杜審言《和陸丞相早春遊望》一律，中二聯云：「雲霞出海曙，梅柳渡江春。淑氣催黄鳥，晴光轉緑蘋。」出、渡、催、轉四字謂蜂腰。《南史》周宏正、宏讓、宏直兄弟三人，或問三周優劣。答者曰：「若蜂腰矣。」謂讓不及正與直也。可證蜂腰之解即鶴膝，恐亦非五字與十五字同聲之謂。

杜工部「桃花細逐楊花落，黄鳥時兼白鳥飛」，「南隴鳥過北隴叫，高田水入低田流」。黄山谷則有「野水自添田水滿，晴鳩却唤雨鳩來」，李若水則有「近村得雨遠村同，上圳波流下圳通」。余賦《梅影》詩有云：「北枝似並南枝暖，下崦疑同上崦芳。」又《曉發裕州》詩：「露氣隱聯嵐氣重，曙光剛接月光生。」亦學其調，然未免效顰矣。

詩家有借對之法。如：「清秋方落帽，子夏正離群。」「卷簾黄葉落，鎖印子規啼。」「臘雪新晴柏子殿，春風欲上萬年枝。」「秋千庭院人初下，春半園林酒正中。」皆巧於借對也。余弟菊裳《粤中寄友》

云：「洛下才華輪二陸，汝南詩句記三紅。」余《喜友人見訪》云：「久懷其酌慳春雨，一到論詩拜下風。」又《晚坐》云：「雨後夕陽添樹色，風前鐵馬雜書聲。」亦覺有趣。

余《上巳日遇雨》有句云：「癸丑風流長歇絶，戊申雲氣尚沉酣。」見者以爲工穩。余曰以支干作對，温庭筠之「風捲蓬根屯戊己，月移松影守庚申」，許用晦之「年老每勞推甲子，夜深誰共守庚申」，東坡之「豈意日斜庚子後，忽驚歲在己辰年」，石湖之「一飽但呼庚癸諾，百年無問甲辰雌」，放翁之「處處喜晴過甲子，家家築室趁庚申」，不可僂指。憶昔年李宗工試古學，以「杼柚予懷」爲題，賦中以「乙乙」對「庚庚」，一時得之，拍掌稱快。

詩家所謂拗句法，如李益云：「柳吴興近無消息，張長公貧苦寂寥。」貫休云：「尋班超傳空垂淚，讀李陵書更斷腸。」「郭尚父休誇塞北，裴中令莫説淮西。」杜荀鶴云：「卷一箔絲供釣線，種千林竹作漁竿。」歐陽永叔云：「静愛竹閒來野寺，獨尋春偶過溪橋。」黄庭堅云：「管城子無食肉相，孔方兄有絶交書。」又五言如杜牧之：「一千年際會，三萬里農桑。」孟郊云：「藏千尋布水，出十八高僧。」賈島云：「一千尋樹直，三十六峰寒。」元稹云：「庾公樓悵望，巴子國生涯。」語似齟齬，而實協聲律。近閱《曝書亭集》中有云：「耕漁軒竹長千箇，上下崦梅開幾枝。」亦其體也。余寄友云：「狂撾鼓我非無謂，濫吹竽誰不見憐。」或以爲不協，故舉數詩以質之。

楊升庵《送楊茂之》詩中有「摇落深知宋玉悲，登山臨水送將歸」二句，直撰前人句爲己語。余自題小照，亦戲仿其體，後數語云：「畫師亦無數，好手不可遇。」「自是君身有仙骨，世人那得知其故。」

「君不見天馬玉花驄，畫工如山貌不同。」

杜子美詩：「青青竹笋迎船出，白白江魚入饌來。」升庵譏其「青青」字自好，「白白」近俗，有似兒童「白白一群鵝，被人趕下河」之謡，非大家語。余謂顔色類如青、白、紅、朱，皆可叠用，若紫、藍、赤、黑等，則斷不可雙。況韓文公亦有「晨遊百花林，朱朱兼白白」之句，何必訾杜哉。余《春日過山家》詩云：「欲别無爲持贈君，山中白白雲長有。」亦自以爲不俗。

曹子建《棄婦篇》筆妙不減《長門》。《文選》及諸集中不載，僅見於《丹鉛録》。然二十四語中，重二庭韵、二靈韵、二鳴韵、二成韵，終是大疵。古人雖有之，不得引爲口實也。

沈佺期《遥同杜員外過嶺》一詩「洛浦風光何所似」、「南浮漲海人何處」、「何時重謁聖明君」，譚用之《感懷呈所知》「十年流落賦歸鴻」、「千年别恨調琴懶，一片年光攬鏡慵」，杜牧之《登池州九華峰寄張祐》「芳草何年恨始休」、「道非身外更何求」、「何人得似張公子」，王右丞《出塞篇》三句「暮雲空磧時驅馬」、七句「玉靶角弓珠勒馬」，工部《送田四弟》起句云「離筵罷多酒」、七句「定醉仙翁酒」，又《玉臺觀》三句「遂有馮夷來擊鼓」、七句「更有紅顔生羽翼」，《寄馬巴州》首句「勳業終歸馬伏波」、五句「獨把漁竿終遠出」，皆玉瑕錦纇也。

詩文中有似歇後語者，淵明詩「再喜見友于」，杜詩「友于皆挺拔」、「山鳥山花吾友于」。《南史》：到藎從武帝登樓賦詩，受詔即成。帝謂其祖溉曰：「藎真才子，却恐卿文章得無假手於貽厥乎？」摩詰《山居即事》首句「寂寞掩柴扉」，四句「人訪蓽門稀」，亦是失檢處。

太白《峩眉山月歌》四句，入地名者五。工部《舍弟觀到江陵》第一首八句，而用六地名。東坡《朝雲詩》四句，而用八人名。都不見有使事之迹，由才高而氣雄也。

許用晦「一尊酒盡青山暮，千里書回碧樹秋」，凡三見，《送元某歸蘇州》、《秋日寄洛中友人》俱在頷聯，《京口寄親友》在頸聯。「湘潭雲盡暮山出，巴蜀雪消春水來」，凡兩見，一《凌歊臺》，一《寄南徐從事》。

詩有三句爲一首者。唐人詩云：「楊柳裊裊隨風急，西樓美人春夢中，翠簾斜捲千條入。」明詹天臞《寄友》云：「桂樹蒼蒼月如霧，山中故人讀書處，白露濕衣不可住。」然亦僅見矣。或以爲詞體。

律詩有八句全對屬者。如工部「重陽獨酌杯中酒」及「風急天高猿嘯哀」二首，已開此格。楊升庵集中《咏柳》傚之。亦有八句全不對屬而音韵鏗鏘者，如太白「牛渚西江夜」、孟襄陽「水國無邊際」及「掛席東南望」二首，已開此格。朱竹垞集中《八月十五夜望月》傚之。

楊升庵《送余學官歸羅江》詩，共十三語，前十句全用晉棉州巴歌，後綴三語云：「我誦棉州歌，思鄉心獨苦。送君歸羅江浦。」是新創一體。

楊炯「昔時南浦别，鶴怨寶琴絃。今日東方至，鸞銷珠鏡前」。少陵「得罪台州去，時危棄碩儒。移官蓬閣後，穀貴殁潛夫」。太白「吾憐宛溪好，百尺照心明。可謝新安水，千尋見底清」。樂天「縹緲巫山女，歸來七八年。殷勤湘水曲，留在十三絃」。昌黎「去年秋露下，羈旅逐東征。今歲春光動，馳驅别上京」。皆隔句對法。

釋齊己「萬里八九月，一身西北風。自從相示後，長記在吟中。見説南遊遠，堪懷我姓同。江邊忽得信，回到岳門東」。東坡「峨眉山月半輪秋，影入平羌江水流。謫仙此語誰解道，請君見月時登樓」。遺山「淮右城池幾處存，宋州新事不堪論。輔車漫欲通吴會，突騎誰當擣薊門。細水漾花歸别澗，斷雲含雨入孤村。空餘韓偓傷時淚，留與羈臣一斷魂」。王漁洋「成都跛道士，萬里下峩岷。虎口身曾拔，蠶叢句有神。大江流漢水，小艇接殘春。十字須千古，何爲失此人」。直用詩聯，於第三句、第七句標出，自成一體。

古體中三句一轉者，唯工部最多，如《飲中八仙歌》中四段皆是，元次山《中興頌》通體皆然。沈確士謂此法開於秦皇嶧山碑文。

前人有直寫古詩者。如楊升庵《送楊茂之》詩中用「摇落深知宋玉悲，登山臨水送將歸」，直撰爲己語。王漁洋悼亡詩，則直寫放翁《宿武連縣驛》詩「宦情薄似秋蟬翼，鄉思多於春繭絲」，但改「鄉」爲「愁」。又「殘雪未消雙鳳闕，新春先入五侯家」，唐張蠙詩也。明人劉孟熙改「殘」爲「霽」、「新春」爲「春風」，而當時竟以此二語得名。

先輩云：詩有當時盛稱而品不貴者。王維之「白眼看他世上人」，張謂之「世人交結須黄金」，曹松之「一將功成萬骨枯」，章碣之「劉項原來不讀書」，此粗派也。朱慶餘之「鸚鵡前頭不敢言」，此纖小派也。張祜之「淡掃蛾眉朝至尊」，李義山之「薛王沉醉壽王醒」，此輕薄派也。又有過作苦語而失之者，元稹之「垂死病中驚起坐，暗風吹雨入船窗」，情非不摯，成蹙蹶聲矣。大凡作詩容易下筆者，未有不犯此數弊。

先輩又論宋詩云：「卷簾通燕子，織竹護雞孫」，「爲護貓頭笋，因編麂眼籬」，「遠近笋争滕薛長，東西鷗背晉秦盟」，皆卑卑者。至如「若見江魚應慟哭，此中曾有屈原魂」，則怪矣。「脚跟頭上有青天」，「月子灣灣照九州」，則俚矣。學宋人者，無其學問，而但求對偶，如「木上座」、「竹夫人」，「趙盾日」、「展禽風」之類。曲摹里巷之語，舍大聲而愛折揚、皇荂，宜識者之不欲觀也。此亦可爲學詩者戒。

升庵云：「《論語》：『鄭聲淫。』淫者，聲之過也。水溢於平，曰淫水。雨過於節，曰淫雨。聲濫於樂，曰淫聲。其義一也。鄭國作樂之聲過，非謂鄭詩皆淫也。後人解《鄭風》皆爲淫詩，謬矣。」余謂升庵此論未當。「淫」作「過」字解，是也。但「鄭聲淫」之「淫」，實指淫蕩。《鄭風》廿一篇，淫奔之詩居其十四，謂非淫詩而何？且以《詩》攷之。鄭、衛皆爲淫詩，然衛猶爲男悦女之詞，而鄭皆爲女惑男之語。衛人猶多刺譏懲創之意，而鄭人蕩然無復愧耻之萌。是鄭之淫甚於衛。故夫子論爲邦，獨以鄭聲爲戒，而不及衛，蓋舉重而言也。詩可以觀，豈不信哉？

蘭坡所見，亦覺有理。余謂夫子言「鄭聲淫」，是指其聲，非言詩也。「放鄭聲」緊接「樂則韶舞」，是固明明言樂矣。五方各有風氣，相煽成聲。鄭之咸林、溱洧，其人淫，故其聲淫。觀夫鍾儀囚晉，樂操土音，大可證也。鄭即被以清廟明堂之詩，終不能爲鐘鏞大夏之響，聲實使然，何必罪其詩乎？故《注》不曰詩，而曰音，煞有分曉。升庵未能暢厥宗旨。余特爲之發明，贅録於後，以俟識者之鑒別焉。張簡齋識。

明詩至鍾、譚二家，一變爲竟陵體，荒唐詭譎。至當時泒人以「餓山呑日憨」爲清詞，吴士以「花騎蝶過墻」爲麗句。詩派一壞，幾不可救。即所評選《詩歸》武王《几銘》：「皇王惟敬，□□生垢，□戕□。」蓋□古圍字，凡古書闕文作□字樣。鍾譚認作「□」字。友夏批云：「四『□』字叠出，不以爲纖。」伯敬批云：「『□戕□』三字，竦然骨驚。」亦不解「□」與《几銘》何涉。又曹子桓《短歌行》：「長吟短歎，懷我聖考。」錯寫「老」字。譚云：「『聖老』，字奇。」又宋顔峻詩題「淫思古意」乃古樂府題，鍾云：「四字造得奇妙。」二公手眼原高，而聰明自用，好逞新奇，以致不檢，徒資口實。

後學作詩，切不可以前賢姓字供我戲謔。如莊定山之「贈我一壺陶靖節，還他幾首邵堯夫」，詩固俚惡，而以前人當作一物用，殊屬輕佻。然此猶其小焉者也。至於鑄顔回、雕宰我、醋浸曹公、湯燖右軍，又批評家謂宋人生呑義山、元人活剥李賀，近時人拆洗杜陵，如此等語，能無口過？諸賢何辜，至加以酷烈之刑哉。○醋浸曹公事，王漁洋亦用之。有詩云：「珍重遺來香滿齒，不須將醋浸曹公。」

憶余總丱時，有以「太宰問于子貢」章作詼諧者。余即正色曰：「安得侮聖言。」其人歛容以退。讀此，知更上一層矣。張簡齋識。

「點」讀去聲。杜工部詩「幾回青瑣點朝班」，選本解「點」爲如「點軍」之「點」。浦起龍《讀杜心解》則云：一作「照」。後讀《文選》，束晳《補亡詩》「鮮侔晨葩，莫之點辱」，注「點」與「玷」通。又見陸厥《答内兄希叔》詩「既叨金馬署，復點銅駝門」，亦音「玷」。則杜詩正同此用也。不知古人用字而謬解相承，一經攷出，如獲珠船。

「徑庭」之「庭」讀去聲。鄺權詩「感物復嘆嗟，醉語忽徑庭」，本《莊子·逍遥篇》「大有徑庭，不近人情」，謂激過也。又劉峻《辨命論》：「若使仁而無報，奚爲修善立名乎？此徑庭之辭也。」俱音「聽」。今多作相懸解，不知何本。

「裁」有平仄兩聲。作裁制等用，則讀平聲；作裁度等用，則入仄聲。如《後漢·李膺傳》「獨持風裁」，注：「才代反。」又揭奚斯詩：「霜簡驚風裁，天官肅羽儀。」

「旋」作平聲，如「周旋」、「盤旋」是也。若單用，多作去聲。姚合詩：「窗外松初長，盤中藥旋添。」秦韜玉詩：「金杯有喜輕輕點，銀鴨無香旋旋添。」皆逐漸意。

「轎」讀平聲，訓小車，今竹輿也。《前漢·嚴助傳》「輿轎而踰嶺」，入蕭韵，音橋。又去聲，訓輀車也。輀車，載柩之車，入嘯韵，渠廟切，並無平、去通用之義。今人呼竹輿皆去聲，即前人詩亦多誤用。如楊萬里詩：「風條鈎過轎，雨毯没行人。」又：「山轎聲聲柔櫓緊，葛衣眼眼野風清。」楊載詩：「舁轎拖舟不厭遊。」相沿已久，故急正之。

「嵬峩」本兩平聲，而詩中聯用皆仄。陸放翁詩：「江路醉歸常嵬峩，僧房閒過即徘徊。」又：「唤起瘦軀猶嵬峩，扶歸困睫便芒洋。」又：「酒市擁途觀嵬峩，僧廬借榻寄咍臺。」歐陽永叔詩：「賓歡正喧嘩，翁醉已嵬峩。」皆入仄聲。

「冰」作去聲，訓凝也。李義山詩：「碧玉冰寒漿。」《唐書·韋思謙傳》：「涕泗冰鬚。」

「凝」亦作去聲。香山詩：「白珠垂露凝，赤珠滴血殷。」又：「舞繁紅袖凝，歌切翠眉愁。」皮日休詩：「青瓊蒸後凝，緑髓炊來光。」許渾詩：「香銷雲凝舊僧家。」東坡詩：「色凝秋霜玉性奇，燈光欲凝不驚風。」

白香山詩「爲問長安月，如何不相離」，「相」，自注音「悉」。即杜詩「恰似春風相欺得，夜來吹折數枝花」，亦當如此讀。

「貌」有莫角切，謂描畫人物，類其狀也。《唐書・后妃傳》「命工貌妃於别殿」，杜詩中如「畫工如山貌不同」、「曾貌先帝照夜白」、「屢貌尋常行路人」，皆讀入聲。

水波圓折不定者曰盤，音旋。張平子賦「結九秋之增傷，怨西荆之折盤」，叶上「蹮」字。杜詩「盤渦鷺浴底心性」，張蠙詩「盤渦逆入嵌空地，斷壁高分繚繞雲」，袁桷詩「教民風偃草，化俗水盤渦」，王漁洋詩「蠻江吹積雨，急峽束盤渦」，皆注「盤」讀「旋」。

杜詩「會須上番看城竹」，獨孤及詩「舊日霜毛一番新」，陸魯望詩「香苗幾番齊」，「番」皆讀去聲。《正韻》有孚萬切，義同翻。

「盞」讀「展」。歐陽永叔詩：「魚蕉枕一舉，十分當覆盞。鼠鬚管爲物，雖微意不淺。」「盞」作知輦切。

「臨」，去聲，喪哭也。《左傳・宣公十二年》：「楚子圍鄭旬有七日，卜行成，不吉。卜臨於大宫，吉。」注：衆哭曰臨，力鴆切。王翃詩：「鄰家昨夜臨喪聲。」

「也」作發語辭皆讀「夜」。杜詩「青袍也自公」，李太白詩「也向慈恩寺裏遊」，岑參詩「也知鄉信日應疎」，皆入禡韵。

「垂」有殊僞切，音瑞，將及也。杜工部有《垂老别》詩。又「百年垂死中興時」，當讀仄，不可同「垂衣裳」、「垂功名」概以平聲用。

「乞」作入聲，求也。作去聲，與也。《晉書》謝安謂羊曇曰「吾以墅乞汝」，杜詩「賴有蘇司業，時時乞酒錢」，皆讀「器」。

「帆」，舟上幔也，作平聲。又扶泛切，使風也，作去聲。《左傳》注：「拔旆投衡，使不帆風。」又張曲江詩「征鞍税北渚，歸帆指南陲」，杜詩「浦帆晨初發」、「獨帆如飛鴻」，韓詩「無因帆江水」，張説詩「夏雲隨北帆」。舟帆之帆，平聲。帆風之帆，去聲。蓋動静之别也。

「司」讀去聲。杜詩「殊錫曾爲大司馬」，香山「四十着緋軍司馬」，又「一爲州司馬，三見歲重陽」，武元衡詩「惟有白頭張司馬」，王漁洋詩「落魄江湖杜司勳」，皆押去聲，與平聲通用。

「摩盪」之「盪」，音宕，又音湯。古詩：「上山喫鹿獐，下山喫牛羊。忽聞官軍至，提刀向前盪。」今俗呼宰猪羊之屬曰盪。又有「盪風」之語，皆本此。

「白」有音弼。東坡詩：「暗中偷負去，夜半真有力。何殊病少年，病起頭已白。」

「百」有音必。歐陽永叔詩：「一花聊一醉，盡醉猶須百。而我病不飲，對花空嘆息。」

「棱」如《李廣傳》「威棱遠憺於鄰國」，及「觚棱」、「模棱」皆平聲。又有魯鄧切，杜詩「塹抵公田棱」，注：京師農人指田遠近，每云「幾棱」。陸魯望詩「我本曾無一棱田」，自注：去聲。

「比」，平聲，和也，相次也。上聲，校也。去聲，並也，輔也。杜詩「不教鵝鴨惱比鄰」，蘇詩「吾方祭竈請比鄰」，正謂和睦之鄰也。王子安「天涯若比鄰」，正恐混用。而江賓谷引「五家相比」之義訾議杜句，誤矣。

「霓」本平聲，自沈約《郊居賦》以讀仄韵爲解人，後人多作仄用。范蜀公召試學士院，用彩霓作平聲，考試者以范爲失韵，當時學士爲之憤鬱。司馬公曰：「約賦但取聲律便美，非此字不可平也。如庾信『廖廓本乘霓』、張正見『閬苑隔虹霓』，豈非平用乎？」

「摇」入嘯韵，有弋照切。陳後主詩：「城危接暈高，潤風連影摇。寒光帶岫移，冷色含山峭。」作去聲用。

「拚」，《字典》、《韵府》皆訓飛也。又與「拌」通，訓棄也。唐人習用此字。杜詩「久拚野鶴如雙鬢」、「先拚一飲醉如泥」、「縱飲久拚人共棄」，皆如俗所云辦著解，不可作「棄」字解，況「縱飲」句豈兩用「棄」字耶？

「膠」亦多用去聲。白香山「歲盞後推藍尾酒，春盤先勸膠牙餳」，范石湖詩「餳碟牙難膠，椒盤眼倦開」。

「防」有去聲用。高常侍「末宦知周防」，係押去聲。《春秋序》「聖人包周身之防」，亦音扶放切。

「中興」之「中」，去聲。元凱《左傳序》云：「祈天永命，紹開中興。」陸德明音：丁仲反。謂：「當興而興，故謂之中，非恰在中間也。」杜詩「今朝漢社稷，新數中興年。」「萬里傷心嚴譴日，百年垂死中興時。」「中酒」之「中」，平聲。《漢書·樊噲傳》：「項羽既饗軍士中酒。」師古注：「飲酒不醒不醉，故謂之中，非傷酒也。」太白「醉月頻中聖」，東坡「君獨未知其趣爾，臣今聊復一中之」。後人平仄往往反讀，兩失之矣。又《池北偶談》以中年、中葉、中天、中塗、中詘、中衰皆作去聲。王漁洋詩「絲竹中年感謝公」，作平用。然在第三字或可不論，不可安之第六字。

「楚」作平聲，音疎。杜詩：「秋風楚竹老，夜雪鞏梅春。」

「經」有去聲。韓詩：「岸樹共紛披，渚牙相緯經。」馬祖常《繅絲行》：「翁叟喃喃罵未竟，姑婦房中拆繿經。」梅堯臣詩：「初如弄機杼，去解布絲經。利器昧其持，或反授人柄。」

「十」讀爲諶。香山詩「梵部經十二，玄書字五千」、「緑浪東西南北水，紅欄三百九十橋」，鼉以道詩「煩君一夕殷勤意，示我十年感遇詩」，皆作平聲。

「取」亦入有韵，作蒼狗切。杜詩：「今年大作社，拾遺能住否？叫婦開大瓶，盆中爲吾取。感此氣揚揚，須知風化首。」

「轉」入霰韵，作去聲，以力轉之也。姜白石詞：「拚一日，繞花千轉。」「流轉」，亦可作去聲。香山《半開花》詩：「西日憑輕照，東風莫殺吹。」自注：殺，去聲。俗語太甚曰「殺」。《容齋隨筆》：「殺有好處。」

水運曰漕，水轉亦曰漕，皆音曹，去聲。韓詩：「通波非難圖，尺水乃可漕。善書不汲汲，後時徒悔懊。」今稱「總漕」、「漕運」二官名爲平聲，失之矣。惟《詩經》中屬衛邑地名者，則讀曹。

香山詩「錢唐蘇小小，人道最夭斜。」又「長安女兒雙鬟鴉，隨風趁蝶學夭邪。」自注：「夭」，音歪。

「刺」，音次，刺殺也。「譏刺」、「刺史」，皆入寘韻。又音戚，穿也，針黹也。《史記》：「刺繡紋不如倚市門。」杜詩「刺繡五紋添弱線」。又黥也。《五代史》：「軍士刺面。」又多言也。韓文：「刺刺不能休。」又撑也。《史記・陳平傳》：「平乃刺船而去。」韓詩：「峻瀨乍可刺。」梅堯臣詩：「船學吴兒刺。」皆入陌韻。又音辣，戾也。司馬遷《書》：「私心刺謬。」又魚躍聲。杜詩：「船尾跳魚潑刺鳴。」温飛卿詩：「金鱗跋刺跳晴空。」皆入曷韻。今多互混錯讀。

「琵」，白香山間作入聲。如「四絃不似琵琶聲，亂瀉真珠細撼鈴」，又「忽聞水上琵琶聲，主人忘歸客不發」。

「琶」，白香山間入歌韻，自注：音婆。詩云：「菱角執笙簧，谷兒挾琵琶。紅綃信手舞，綠綃隨意歌。」

「爛熳」，分散之貌。詩賦家習用，而《字典》、《正字通》皆無「熳」字。王文考《魯靈光殿賦》「流離爛漫」，韓文公詩「爛漫堆衆雛」，杜工部詩「衆雛爛漫睡」，皆「爛」從火，而「漫」從水。可知「熳」字乃後人落筆之誤。近刻杜詩有書「熳」者，皆訛鐫，不可引以爲據。

《説文》：瓊，赤玉也。玖，黑玉也。詩中用「玖」者少，「瓊」字誤用，大都不免。謝希逸《雪賦》「林挺瓊樹」，豈有赤雪耶？李長吉詩「白天碎碎墮瓊芳」，相承誤用，不可悉舉，失考之過也。

韓退之《僵城聯句》詩「五鼎調勺藥」，又「難祈却老藥」，不知者以爲犯複。或又謂花中之芍藥，皆非也。上「藥」字，音略。張衡《南都賦》：「歸雁鳴鵽，黄稻鱻魚，以爲勺藥。」注：勺藥，五味之和也。《西溪叢語》言勺藥者，乃以魚肉等物爲醢食也。

杜工部《舞劍器行序》云：「觀公孫氏舞劍器、渾脱，瀏灕頓挫，獨出冠時。」按，《樂府雜録》：健舞曲有稜大、阿連、柘枝、劍器、胡旋、胡騰等，軟舞曲有凉州、緑腰、蘇合香、屈柘、團圓旋、甘州等。《正字通》：劍器，武舞，用女妓雄裝，空手而舞也。《通鑑》：唐中宗宴近臣，將作大匠宗晉卿舞渾脱。注：長孫無忌以黑羊毛爲渾脱氊帽，謂之趙公渾脱，因演以爲舞。則知劍器、渾脱皆舞名。或以劍器誤爲舞劍，而以「渾脱」二字與「瀏灕頓挫」並讀，未免使識者噴飯。

謝玄暉「澄江净如練」句，謝茂秦謂「澄」、「净」義複，改「澄」爲「秋江」，又欲改爲「春江」者。王弇州以爲江澄乃净，不宜改。昨見洪若皋與繆伊人云：「原本『澄江静如練』，李太白『解道澄江净如練，令人長憶謝玄暉』，以『静』作『净』，一時落筆之誤，遂生後人議論。」且云太白錯處嘗多，阮籍登廣武嘆曰：「時無英雄，使豎子成名。」「英雄」謂劉、項，「豎子」指晉、魏間人。太白詩「乘醉呼豎子，狂言非至公」，是誤認阮語指沛公也。文人筆興縱横，失於檢點，大概如此。

揚子云：「鴻飛冥冥，弋人何篡焉。」注：篡，取也。張曲江詩：「今我遊冥冥，弋者何所慕。」誤以「篡」爲「慕」矣。然昌黎在曲江後，贈人詩仍云：「宜效屠門嚼，久嫌弋者篡。」前賢讀書，不肯一誤再誤如此。

楚辭「逢此世之劻勷」，謂急遽意。韓文公文「新師不勞，劻勷將逋」，杜牧之詩「參軍與尉簿，塵土驚劻勷」，白樂天詩「委命不劻勷」，正謂此意。今誤同贊襄用。

張平子《歸田賦》：「仲春令月，時和氣清。」謝詩「首夏猶清和」，言時序四月，如二月景象。後人誤讀謝詩，有「四月清和雨乍晴」，相沿至今，賢者不免矣。試思「猶」字竟作何解？

屠蘇有三義。《廣雅》云：屠蘇，平屋也。服虔《風俗通》文：屋平曰屠蘇。《魏略》云：李勝爲河南太守，郡廳事前屠蘇壞。又蕭子雲《雪賦》「韜罘罳之飛棟，没屠蘇之高影」，杜詩「願隨金腰褭，走置錦屠蘇」，陳造詩「香温金錯落，花亞錦屠蘇」是也。又大冠亦曰屠蘇。《禮記》「童子幘無屋，凡冠有屋者曰屠蘇」，《晉志》「元康中，商人皆著大鄣。謡曰：『屠蘇障日覆兩耳，會見暍兒作天子』」，劉孝威《結客少年場行》「插腰銅匕首，障日錦屠蘇」是也。又元日酒名。《荆楚歲時紀》：正月一日，進屠蘇酒。先小者飲，末至老者。謂小者得歲，故先之，老者失歲，故後之。東坡詩「但把窮愁博長健，不辭最後飲屠蘇」，范石湖詩「病憐楖栗隨身慣，老覺屠蘇到手遲」是也。亦作「廜䴇」。大約作冠與屋用，當依「廜䴇」，作元日酒用，當依「屠蘇」。

俗以上澣、中澣、下澣爲上、中、下三旬，蓋本唐制十日一休沐也。故韋應物詩：「九日馳驅一日閒。」香山詩：「公假月三旬。」

瑟瑟，珠類，其色碧。元仁宗時啓，金州獻瑟瑟洞，請采之。不從。香山詩「楓葉蘆花秋瑟瑟」，蓋謂楓紅蘆白，映秋色碧也。不知者作蕭瑟解，失之矣。香山又有「一道殘陽照水中，半江瑟瑟半江紅」，正謂半紅半碧耳。

「强」，猶餘也，算家以有餘爲强。《古木蘭》「策勳十二轉，賞賜百千强」，蓋六朝已有此語。王漁洋詩：「少壯一彈指，君今六十强。」

《莊子》有柳生左肘之語，王右丞屢用之。如《能禪師碑銘》：「蓮花承足，楊柳生肘。」又：「徒言蓮花目，豈惡楊柳肘。」又《老將行》云：「今日垂楊生左肘。」元稹詩亦云：「乞我杯中松葉酒，遮渠肘上柳枝生。」《丹鉛録》云：「柳，瘍類也。」深訾右丞之誤，以爲樹安有生於人身。然《字典》、《正字通》「柳」字皆無瘍義。存此以俟參攷。

「欸乃」，刺船相應聲。二字俱音哀，上聲。《項氏家訓》曰劉蜕文集有「湖中靄廼曲」，劉言史《瀟湘》詩有「閑歌曖廼深峽裏」，元次山有「湖南欸乃歌」，三者皆一事，但用字異耳。後人因柳子厚集注有云一本作「襖靄」，遂欲音「欸」爲「襖」，音「乃」爲「靄」。不知彼注自謂別本作「襖靄」，非謂「欸乃」當音「襖靄」也。今人既混用，而又錯讀，故急正之。

《曝書亭》載朱竹垞《偕同人游攝山時有王翬者圖爲行看子各紀以詩》，江孟亭注云：行看子，即今所謂行樂圖也。

《居易録》：「今京師臘月即賣牡丹、緋桃、探春諸花，皆貯暖室，以火烘之，所謂唐花，又名堂花。」王漁洋詩：「馬滕曾説野人家，每先東皇篢物華。今歲長安霜雪少，試燈風裏看唐花。」

古人詩多隱語。如「破衫却有重縫處」、「一飯何曾忘却匙」，以「縫」寓「逢」，以「匙」寓「時」，隱

「逢」、「時」二字，與「大刀環」同意。

《文選》詩：「客從遠方來，遺我雙鯉魚。呼兒烹鯉魚，中有尺素書。」五臣及劉履注皆謂古人多於魚腹寄書。余嘗疑古人何以不用書筒書緘，而納於腥穢中，豈堪致遠耶？後讀《古樂府》，云：「尺素如殘雪，結成雙鯉魚。要知心裏事，看取腹中書。」始知古人尺素結爲鯉形，即緘也。《文選》詩蓋用其事，而烹魚得書，亦寓言耳。

古歌：「日出而作，日入而息，鑿井而飲，耕田而食，帝力於我何有哉。」他刻皆然，獨《丹鉛録》引王充《論衡》所載末句「帝於我有何力哉」，「力」與上「息」、「食」叶，極知甚當。後人「帝力何有」文中爛熟慣用，而不知其誤，以訛傳訛如此者，可勝道哉。

今以忙遽爲「倉皇」，古人多作「倉黄」。少陵「誓欲隨君去，形勢反倉黄」、「倉黄已就長途往，邂逅無端出餞遲」，柳州詩「倉黄見驅逐，誰識死與生」，無作「倉皇」者。應是後人誤用，因倉猝皇遽而連及之也。歐陽《伶官傳》則云「倉皇東出」，已屬宋人文集矣。

《易・繫辭》：「巽一索而得女，故謂之長女。」「兑三索而得女，故謂之少女。」又「巽爲風爲長女」，則言風當云長女。自管輅云「樹上已有少女微風」，而詩家相沿承用。竊疑管公一時誤言，而後人不察耳。

楊升庵云：「學詩者，輒言唐詩便好，不思唐人有極惡劣者。如『一箇褊衡容不得』，又『一領青衫消不得』，『我有心中事，不向韋三説』，『昨夜洛陽城，明月照張八』，『餓猫窺鼠穴，饑犬舐魚砧』，『莫將閒話當閒話，往往事從閒話生』，皆下凈優人口中語。而宋人方採以爲法，曰是亦唐詩之一種也。然則今稱燕、趙多佳人，其間有跛者、眇者、瓶罃者、疥且痔者，乃專房寵之，曰是亦燕、趙佳人之一種，可乎？」

莊定山詩，如「野暝微孤樹，江清著數鷗」，「殘書漢楚燈前壘，草閣江山霧裏詩」，「秋燈小驛留孤艇，疎雨寒城打二更」，「心無牛口干秦繆，跡類龍頭愧邴原」，皆極工穩流麗。而集中亦有一種不可爲訓者，如「太極圈兒大，先生帽子高」，當時竟效之以爲奇絶。又云「贈我一壺陶靖節，還他一首邵堯夫」，有滑稽者改作外官答京宦苞苴詩云「贈我兩包陳福建，還他一疋好南京」。聞者絶倒。

放翁詩云「荒村經雨多牛跡」，雖淺語甚雅。舊聞有官試「野含梅雨潤」題，一士云「牛行拔脚遲」，令人噴飯。

毛奇齡好訾讆蘇詩。汪蛟門曰：「『竹外桃花三兩枝，春江水暖鴨先知。』此詩亦不可云佳耶？」毛即然之曰：「鵝也先知，怎只説鴨。」

孫寶侗，相國之仲子也。有才氣，善詩文，然好訾議王漁洋作。如《蜀道》詩「曉日潼關四扇開」，孫曰：「如何不用兩扇？」或曰：「此本昌黎，非杜撰也。」孫憤然曰：「昌黎便如何？畢竟是兩扇。」又《題涪州石魚》云：「涪陵水落見雙魚，北望鄉關萬里餘。三十六鱗空自好，乘潮不寄一封書。」孫曰：「既是雙魚，合道七十二鱗。」漁洋聞而笑曰：「此之謂鼈廝踢。」

有以詩質王漁洋者，中有云：「南門城外報恩寺，梵響隨風到客窗。」漁洋不覺失笑。其人憤然曰：「『姑蘇城外寒山寺，夜半鐘聲到客船』，非前人名句乎？」漁洋曰：「固然。詩亦與地相肖者，即如『滿天梅雨是蘇州』、『流將春夢過杭州』、『白日澹幽州』，皆詩地相肖。若云『白日澹蘇州』、『流將春夢過幽州』，不堪絶倒耶？」其人終不悦而去。

杜工部立廟在杭州，額爲「杜拾遺廟」，年久頹圮。一村老於新修後，題爲「杜十姨」。遂作女像以配劉伶，可發一笑。長沙省城有蘇家巷，好事者題其栅曰「老泉别徑」、「坡老遺踪」。不知眉山父子何年住長沙耶？與此事同一荒唐。

沈石田先生，長洲人也。工染絹素。而其詩出入於少陵、香山、眉山、劍南之間。以畫擅名一時，故詩名少減。時長洲令欲覓畫工，其胥吏以沈名聞。初喚不至，遂判簽出，拘沈至，爲畫焚琴煮鶴圖。令喜其工，而不解其意也。後至京師，諸王公大人俱問：「石田先生無恙否？」令皇然莫對。返長洲詢之，乃知其前畫工也。求一見不可得，乃泥首以謝簽拘之罪。以畫質之識者，始悔其輕狂貽誚矣。

道君時，御史李彦章建議何執中定律令，以詩賦爲元祐間惡習，嗣有習詩賦者，杖一百。並劾及前代陶淵明、杜子美、李太白，皆貶。真千古怪事。劉後村「謗詩遂至劾陶潛」，指其事也，能不貽笑後人？

《丹鉛録》載云：「近時號爲作家，偏刻廣傳之詩，試舉其一二。薦者，主祭之名，『士無田則薦』是也。送人省親，而曰『好薦北堂親』，是誣其親死也。瀉泄者，穢言也，寫懷而改曰『泄懷』，是口中失痢也。又有以騷人墨客合之曰『騷墨』，以汗牛充棟合之曰『汗充』，皆歷歷實事，可發笑粲。」

麟少嗜詩，即取六朝以至元明諸家讀之，間有所疑，亦間有所得，因備録而藏諸篋。及長，闕覽群書，强半有先獲我心者，竊自喜所言未必盡出於無當。於是汰其雷同，去十有七，其採入近事數十則，懷人感舊，亦以存風雅之思焉。然究與兔園册等爾。無錫張君簡齋見而心許，立勸成書，慨然以付梓自任。噫！相逢萍水，賞别風塵，李迪之遇柳開，信有之矣，何意復見之於今日耶！感其意摯，不敢以不文辭。見者諒而教之，麟滋幸已。枝麟自識。

海粟詩話卷下

長沙鄧枝麟翰伯氏著

戊子僑居粤之德慶州。九日，郭大凌九邀登香山，微雨，不果。遂宴集黄二應簡書齋，共七人。各賦二律，一和子美《九日》韵，一和牧之《九日》韵，皆賞余「今日紫茱人盡健，故園黄菊客難歸」之句。余則賞黄六岳藩之「高人雅似黄花淡，小雨還侵白苧寒」，陳二鴻軒之「三徑菊芳人拌醉，一江楓老雁驚寒」。互相擊節，乃相訂於後五日共造香山，爲補登高之會，亦各賦二律。遂圖爲行看子，録其詩，屬余序之，名此日爲「補九日」。自此聯吟之後，而詩社迭作矣。

德慶詩社共五十餘卷，屬余評定甲乙。中一卷繕寫殊惡，細閲其《送燕》云：「漢殿秋初妬，玉關人未歸。經年貧累汝，此日去何依。卷幕一相送，排簷未忍飛。王孫金作彈，慎勿傍朱扉。」大有别致。各體亦穩稱，爲列之第二。後詢陳二鴻軒，乃温三順山作也。素能詩，而社作倩人繕，以避相知耳。余笑曰：「漁洋山人所謂『一一鶴聲飛上天』，賴吾能辨之。」

劉八俊臣名傑，見余《題香山壁》云：「千年佛跡蹲如虎，八衮僧形矯若龍。」深契賞之。介其叔鐵岸來見，入座即誦是詩。以詩質余，亦能詩士也。詩社就評於余，暗中摸索，兩拔其首。

温三順山招飲霏筠學圃，十有八人。時素心蘭盛開，拈「蘭」字賦詩。高要黄名淮者云：「廉纖小雨潤花闌，雅集名園見素蘭。似訂寒梅成臭味，疑鎪古雪作心肝。孤齋晨夕同誰數，空谷風流許共看。一片清襟何處寄，玉壺長暎月團團。」神韵頗幽，摹寫盡致，時擬冠軍。另謄送陳桓閣明府評定甲乙，果以黄爲首，余爲亞，謂余「自分幽人貞履素，不同國士矢心丹」一聯得大方也。

余與菊裳弟同舟赴端江，相對唱和，或拈險韵，或倣古人各體。嘗夜半披衣坐被中聯句，可謂豪矣，而兄弟之樂，不猶愈乎二蘇之對床風雨耶。

昔皮光業耽茗飲。中表請食柑，纔至，呼茶甚急，題詩云：「未見甘心氏，謂柑也。先迎苦口師。謂茶也。」有邀余即席分韵者，就坐，以檳榔進。余嗜烟，笑謂之曰：「但請搜腸老，謂烟也。何須礪齒兒。謂檳榔也。」自喜謂可與並傳矣。

劉八俊臣邀飲，拈花鬚，限險韵，同賦者二十餘人。余詩云：「楊花乍落疑纏帛，曉露初團欲捋珠。」菊裳詩云：「輕黏蝶粉初含白，細映桃唇尚點朱。」温三順山笑曰：「驪珠已探去矣，而伯仲難分伯仲耳。」後謄送鄉前輩評甲乙，果余第一，菊裳第二。

余在粤，《送西洲弟歸湘中歌》，其末云：「所嗟比翼鳥，不復同歸窠。君不聽前山鷓鴣叫，行不得也哥哥，行不得也哥哥。」同人見之，皆嘆賞，謂有古致而又尖新。

菊裳《春雨》詩有「不我酒肴頻問字，與君瓜葛且圍棋」之句，余笑曰：「此聯出自余更切。」菊裳曰：「即借與兄，後當以佳聯見還。」余曰：「當下即償詩債，何如？因賦云：『驅蠹篋頭尋舊草，祭魚窗下掃殘棋。』可與君句相匹否？」菊裳曰：「以燕石易和璞矣。」因續成菊裳句，轉爲和韵。

江行夜遇大雨，破篷滲漏，衣蓋盡濕。次日新晴，顧視衣蓋未乾，而順風揚帆已百里矣。有句云：「衣沾昨夜雨，船趁午時潮。」因憶韋左司詩：「客從東方來，衣上灞陵雨。」王新城詩：「行人衣上雨，來自杜樊川。」非親歷，不知昔人云云也。

謝四仰思新構别墅，邀飲能詩者三十人，乃分韵賦贈。余拈九佳，菊裳拈十四寒。詩云：「敢云南閣來王勃，大有東山卧謝安。」覺雅切，而賓主俱得身分。如劉四馨遠之「湘浦騷人新白社，蘭堦子弟舊烏衣」，温三順山之「小院花栽蓬島樹，大江風送海門潮」，謝三西林之「烏衣不入尋常姓，春草仍生小謝家」，謝名洪皋之「閒鋤緑野花千頃，醉掬紅渠月一潭」，梁大静遠之「麥浪曉翻千嶂雨，松濤晴捲一溪烟」，皆爲警句。

洪大瑶圃過余留飲，共七人。以高季迪「紅榴近席明當眼」句分韵，余拈「近」字。瑶圃戲曰：「君能押『糞』字否？」余云：「醉罷一枰客興酣，雄如劉項争相奮。和靖有能有不能，局外何須嘲擔糞。」瑶圃不善棋，而温三順山、陳二鴻軒則兩勁敵，故云云。瑶圃首肯者久之。

詩有寫景逼真者，不身歷不知其工。康州大漲，旅寓深數尺，刻不寧居。菊裳詩云：「城郭全無地，人烟半在舟。座餘容膝屋，行繞及肩墻。徙榻朝浮履，扃扉夜造梁。」余詩云：「孤樹月中柱，低峰海上洲。人家半没疑鮫室，城郭全懸訝蜃樓。高叠榻如樓上卧，平過門似穴中鑽。鱓鰌侵座簾爲栅，鵝鴨浮堂牖作欄。」雖涉纖巧，極爲確切。越數日，偶有小恙，瑶圃以詩訊之云：「傳到榻如樓卧句，錦囊誰識嘔心餘。」

夏日新霽，偕同輩七人遊香山，遲麥叡亭不至。拈韵賦詩，瑶圃有云「泉明得酒意猶嫌」。同人有囑瑶圃改「泉明」爲「淵明」，謂切蓮社事。余曰：「不然。『泉明』即『淵明』也。唐人因避高祖諱改稱『泉明』。」瑶圃拍掌喜曰：「我忝沈約，君真王筠也。」菊裳分「咸」韻，有句云：「却惜客星虚一座，欣瞻佛日普重嵒。」同人嘆其韵險而工切。

朱竹垞云：「孫仲衍善言風景。於廣州則云：『丹荔枇杷火齊山，素馨茉莉天香國。』於羅浮則云：『紫極房櫳映日開，蕊珠樓閣天中起。』於雲南則云：『蠻官見客花布襖，村婦背鹽青竹籃。』」余在粤詩亦有切風景者，如「榕樹陰連栽藥徑，柚花香散賣餳村」，「赤體牧童丁字袴，紅粧浣女午時花」，「野燒爲芟羊角紐，春陰正養佛桑花」，「被池酣蟻戰，臈夜響蚊雷」，「凉胃嘗蕉子，清心試鰻魚」，「暹蘭未放箭，西府海棠摧」，「入夏無花事，午時開粤中花名獨開」，皆前人所未道者。

余遊惠之河源，見婦女皆力作。縱衣裳楚楚，無不跣足者。因戲咏云：「依然越陌度阡去，直是拖泥帶水行。」竊以爲能道其似。今讀此，則不啻珠玉在前，覺我形穢矣。張簡齋識。

粤人論潮云：「地與海相浮沉，地沉則水上，故潮來；地浮則水下，故潮退。」其論甚入理。不然，潮自何來？退歸何地？後見東海漁翁《海潮論》云：「地浮與大海隨氣出入上下。地下，則滄海之水入於江，謂之潮。地上，則江湖之水歸之滄海，謂之汐。」其論亦同。但潮、汐之别，終恐是早潮曰潮，晚潮曰汐，古人會意制字也。余《苦雨》詩有云：「一家人寄浮沉國，三載春逢滲漏天。」蓋指潮地也。

余賦清明詩，有「長日花飛人愛眠」句。客有和之者，云：「芳草一溪白鷺眠。」二語俱老而有致，覺與工部「鳴鳩乳燕青春深，海鶴當階鳴向人」，東坡「野桃含笑竹籬短，溪柳自摇沙水晴」同一拗折，同一意境。

高要聘余閱試卷，題係「兩馬之力與至善搏虎」。有卷云：「馳驟之場，可想擊轂之盛；陰柔之性，亦有剛勇之才。」閱之不覺噴飯。余戲題其卷云：「孟子真傳戰國奇，下車搏虎是蛾眉。不知立廟何人配，信有杭州杜十姨。」

粵中抄元人岑安卿詩，有云：「白髮困青燈，紅妝泣秋雨。」原本脱去「泣」字，洪大瑶圃云：「可爲岑君補之。」洪擬作「伴」、作「掩」、作「夢」。余擬作「醉」、作「褪」、作「怨」。後借藏本較之，乃「泣」字，相與媿服。

余在五柳書屋納凉，笑謂岳藩曰：「君識門前泊幾舟乎？」答曰：「昏暮中何以辨之？」余曰：「數燈可識也。十六燈，當十六舟。」故有「卧數江燈記客舟」之句。後湘江夜行，每過一墟，惟見一帶燈光映水而已，又有「夜過亥墟渾莫辨，數將燈火幾人家」之句，皆實境也。

劉王之女素馨死，葬陽江縣城下。塜上生那悉茗花，因名其花曰「素馨」。傅伯成過其墓，弔以詩云：「昔日雲鬟鎖翠屏，只今烟塜伴荒城。香魂斷續無人問，空有幽花獨擅名。」是夕，夢女子拜於床前，吟曰：「三尺墳塔草尚青，冷烟踈雨對孤城。人間不少憐香客，誰識花名即妾名。」坐其側曰：「妾沉埋於此久矣。感君顧愛，願朝夕奉君。」園中舊有素馨一叢，忽花倍尋常，清香達於寢所。伯成日夕撫玩，真有忘食忘寢之致。其妻忌之，乘他出，悉斫摘。伯成歸，氣悶欲絶，倚欄而卧。夢女子披髮蒙頭而至，曰：「妾感君厚意，聊相報以娱君，何嫌於夫人，而見嫉若此。」乃掩袖吟曰：「貞姿豈鬭衆花妍，怨煞西風不解憐。寄語紅顔多薄命，也看寂寞杜陵邊。」伯成醒，愈憤恨不平，遍購素馨植之，終不茂。不逾年，其妻果死，葬於杜陵。余得於康州劉鐵岸老人云。

徐秋英小字阿英，江南人。能彈琴，詩更清麗。父早亡，夫家故赤貧，因共依於其叔欽州尉任。未幾，夫以事返江南，數年音問杳絶，而其叔全家染瘴癘死。此女煢煢獨存，僦居羊城，有逼其改適者，遂沉海焉。惜其詩不多傳，僅有《題壁》二絶云：「斷送春光日鑠愁，雨絲風片太綢繆。香參鼻觀如中酒，忽憶花田十里遊。」「狡獪東風着意吹，酴醿經雨任離披。花開花謝年年事，禽鳥嘐嘈亦太癡。」又《感懷》一律云：「積雨騷騷路滑泥，深居門對夾城西。粟留不到金衣隱，鸚䳇無言翠羽低。人去江南春已老，花殘苑北句難題。三更獨坐誰同語，愁緒縹縹夢自迷。」又《憶夫》二絶云：「香燼金猊繡幕垂，春風吹夢去江湄。分明記得别君處，正是晴波皺緑時。」「倦理香絨倚户窺，雲和草静日遲遲。緑楊門巷濃陰裏，惟有雙雙燕子知。」

徐善長，湘潭女子，小字蕙姑，别號天台。年十八，未嫁而卒。是年，作《昭君怨落花》詩三十首，亦詩讖也。僅存六章：「杜鵑啼徹五更風，千古繁華想像中。自惹春愁來檻曲，漫揉醉眼看花叢。飄萍底事今如昔，零亂殘妝色是空。試問東皇司造化，許多清夢付天工。」「倚欄如醉復如癡，懶對飛花理鬢絲。難挽春情風上下，不禁田野雨公私。楊妃淚落胭脂冷，西子魂消草木知。贏得光陰能幾許，香塵還惜早春時。」「朱欄一夜妬封家，不管陽春夢未賒。碎錦自添鶯織巧，抛瓊還逐燕飛斜。遊人蠟屐沾紅雪，倦眼登樓隔碧紗。莫怪杖藜扶不起，疊茵深坐憶殘華。」「昨日東園醉午風，花枝遥映酒杯紅。春光一度斜陽裏，艷色都歸玉笛中。情惹王孫深繫馬，愁牽少婦强雕蟲。更憐古往今來事，漫説紛飛境不同。」「紅樹迢迢過眼稀，風飄萬點逐人飛。自憐春意隨流水，漫許芳心怨落暉。蝶陣不勝烟漠漠，蜂衙無耐雨霏霏。泥途踏遍知多少，分付奚童盡掃歸。」

古人作詩不厭苦吟。賈島得「僧敲月下門」之句，欲易「推」字，以手作勢，不覺騎驢衝至京兆尹前。此「推敲」之所由名也。他如陳無已擁被而思，呻吟如病，累日方起。李長吉當嘔出心肝，孟浩然眉毫撚盡，裴祐袖手衣袖皆穿，王維走入醋甕，皆苦吟者。工部云：「語不驚人死不休。」詩豈易易哉！

張祜苦吟，妻孥唤之不應，以責祜，祜曰：「吾方口吻生花，豈恤汝輩。」亦可謂樂此不疲者矣。余少時作詩，先大夫至案頭久立，覓書而去，余未之知也。先大夫後戒之曰：「毋學李賀嘔出心肝。」《國史補》云：「徐凝《瀑布》詩『一條界破青山色』，東坡見之云：『飛流濺沫知多少，不爲徐凝洗惡詩。』」余初遊浯溪，其地石刻最多。蓋自唐以來，名人題咏不可僂指。其間不佳者固復不少，惟近時安南使阮輝瑩刻石，真惡詩也。余閲諸刻，有感云：「折楊皇華自殊域，卑卑魚目寧混珠。」蓋指阮也。

國朝至乾隆丁丑，始以詩試士。而外省士子始留心於詩，其鄉村老學究固有能文而拙於此者。猶憶己卯闈中以詩質余者應接不暇，而奇怪可發笑粲之句難以枚舉。先夏間，有舉子年近五十，寓對江之望城坡。余方來省就試，亦駐馬小憩。其人危坐高吟，若不知有余者。少頃，持片紙傲岸示余曰：「子亦赴試者乎？方今功令試詩，頃有作不就，因子至乃得完稿。」余閲其詩云：「日高猶未起，忙把雙户開。狗去隨人去，雞來帶子來。壁中鼠閙也，窗外豕多哉。貴客何方者，當門下馬嵬。」余含笑問曰：「佳則佳矣，不知用『馬嵬』何意？」其人大聲呼曰：「子既學詩，何不看韵本中有『馬嵬』字樣耶？因子下馬有觸即成耳。子能爲我和之否？」余曰：「匆匆不及步韵。」即索筆批於紙尾云：「酉戌之交亥子來，先生真不媿奇才。少年自分無深學，不識詩翁用馬嵬。」擲筆上馬而去。其人語余僕曰：「汝主人何敏捷乃爾。寄語主人，如今要多做五言。」書此以博一噱。

粤中蚊蚋最甚，無分冬夏，而黄昏時竟密如細雨，響如銅鉦，常入人眼口。有村學究詩云：「開口欲談蚊闖入，尋鞋不見鼠搬來。」雖鄙俚可笑，亦實録也。

《後周書·異域傳》：高麗官第四等曰「意俟奢」。有某戲贈同學應歲試云：「意俟奢留君一座，知君才是凑氛獅。」邵箎上殿而氣洩，人號爲「凑氛獅子」。

昔年鄉居，舅父賓門劉公，名元熙，乙丑内翰。每過訪先大夫，即索余兄弟共坐海粟園。創新體爲詩，約數十種。集成，顔曰「唾餘」。又有《海粟探珠》一帙，已付梓矣。昨檢舊笥，得詩稿一小束。閲之，則擲覽勝圖所作也。此圖亦無意中得之於故紙堆中，近時人家所無。其大概列地輿勝蹟，復設六種名目，爲詞客，爲劍俠，爲美人，爲漁父，爲羽士，爲緇衣。各拈定，依次以一骰子擲數點，爲行步之後先。所止處與名目不當者，則罰錢若干，乃得經過。先大人以罰錢易五絶一首，必稱口而成，稍遲即不許在局。時或五人，先大夫與賓門公每兼一名目。而急就之作不少工穩者，想見昔時趣興不淺，因録於左。賓門公作《美人經滕王閣》：「帝子閣崔嵬，金蓮怯窘步。願借巫山雲，凌風一瞬度。」《美人經雁塔》：「我本巾幗姿，胡爲入都市。不與紅綾宴，居然稱進士。」《美人經東閣》：「東閣非香閣，胡爲貯翠鬟。凌波逝將去，雜佩聲珊珊。」《緇衣經藍關》：「載塗無雨雪，閒雲任去留。雄關何岧嶤，飛錫響悠悠。」《緇衣落塹》：「佛法本無邊，何緣墮苦海。慈航看迅渡，四大聞欸乃。」《緇衣再落塹》：「面壁功未深，致此復墮落。超然出塵寰，努力夯衣鉢。」《緇衣經東閣》：「曲學布被翁，乃有招賢閣。飄然快雲遊，寧能縻好爵。」《漁父經東閣》：「巨鰲不愛釣，一棹水天秋。爲謝招賢相，難羅海上鷗。」《劍俠經雁塔》：「俠客不愛名，偶涉青雲地。狎我崑崙奴，毋爲浮名繫。」先大夫作《詞客經東閣》：「挾策干明主，何當東閣開。得逢賢宰相，不滯掞天才。」《詞客經藍關》：「一封朝奏罷，謫去雪漫天。湘子今何在，毋令馬不前。」《美人經滕王閣》：「南浦有行雲，美人來何暮。亮可乘風飛，莫學邯鄲步。」《美人經藍關》：「躑躅復躑躅，藍關何岝㟧。美人來雲端，願假王母鶴。」《漁父經滕王閣》：「西山雨乍晴，南浦雲猶幕。駕我舴艋舟，徑渡滕王閣。」《漁父落塹》：「湛湛長江裏，胡然天塹横。曾聞渭溪老，一出佐昇平。」《緇衣經東閣》：「乍出青鴛舍，雲遊東閣中。招賢有良相，不許話禪空。」西洲弟作《漁父經滕王閣》：「潦水寒潭浄，扁舟閣下來。無由訪帝子，何事此徘徊。」《漁父經東閣》：「聞道漢公孫，招賢東閣門。漁父不肯住，把釣珊瑚根。」《漁父經藍關》：「關前曾阻馬，胡乃滯漁舟。天寒江雪白，一棹任悠悠。」《羽士經藍關》：「過關誰望氣，函谷駐青牛。寄語關門尹，毋令阻勝遊。」《漁父經三峽》：「生計在扁舟，到處皆經歷。一棹穩操之，不怕灘聲急。」菊裳弟作《劍俠經滕王閣》：

「危閣俯雲岑，南浦烟光暮。願假子安風，揮劍過江去。」《羽士經三峽》：「羽客凌三峽，何需一葦杭。猿聲猶斷續，鶴馭已飄揚。」《羽士經東閣》：「此是招賢地，何來羽客行。青虬兼白鶴，終不溷簪纓。」《美人經藍關》：「藍關非藍橋，金蓮空躑躅。白雪照珠衣，蓮輿行亦速。」《漁父經三峽》：「泛棹入滄浪，經過灩澦石。垂綸快遠遊，凌波萬頃碧。」《緇衣經東閣》：「曾結白蓮社，何期東閣來。試吟敲月句，宰相識仙才。」余作《漁父經滕王閣》：「笭箵掛扁舟，湘江一曲幽。諒有天風送，吹來帝閣秋。」《漁父經雁塔》：「泛宅渺烟波，欸乃江湖遍。垂釣老羊裘，敢與南宮宴。」《詞客經雁塔》：「桃浪三春暖，紅綾宴正開。不須笑塗抹，本是少年才。」《美人經三峽》：「妾家住何處，妾住在高唐。涉水有行雲，不畏三峽長。」《美人經不語灘》：「我非息夫人，風流常自詡。何爲到此灘，脉脉不得語。」《美人經東閣》：「我本金屋姿，原非鄒枚叟。翩然凌波去，毋歌彼婦走。」《漁父落塹》：「不爲釣巨鰲，底事經天塹。投竿拂珊瑚，衆山輕一覽。」

賓門舅父園中大桂一株，中復生竹數竿，爲詩紀異。屬先大夫暨余兄弟和，各次韵一首却寄。賓門公手復余長札，逐加稱賞，末云：「細味八首，如饜八珍，更揀其中若馬頰、燕窩者而飫之、評之。原唱直同嚼蠟矣。日間指揮匠石，煩熱無狀。夜坐挑燈展卷，不知興趣所從生，但覺清風之穆，頓忘繁暑之侵也。質之尊大人，必笑曰：『何好事乃爾。』」賓門公之虚懷若谷，而於余父子阿其所好，於此評皆見之。

余大舅父梅垞劉公，名元燮，庚戌内翰。暮年解組家居，與賓門公日夕酬唱，友愛最篤。歲己卯，余補弟子員，爲《拭眼歌》見贈，時年六十有九矣。歌長六百餘字，書法尤工緻。前輩之不可及，可畏可敬也。今梅垞公捐館已十二年，余所得手蹟僅此一紙，展讀一過，真有羊曇西州之感，因加錦贉而珍藏之。己亥人日偶記。

梅垞舅父暮年構枕江樓、冠石亭，爲詩酒游息之所。甲申夏，余弟菊裳與表弟覺人同入泮，乃宴兩秀才於冠石亭。梅垞公首製七律八章志喜，親朋次韵賀贈者甚衆。其時推先大夫首座，與梅垞公豪情逸興，凌轢群髦，勝會何常，不勝今昔之感。

賓門舅父别墅名「烟竹山莊」。其地幽僻清曠，不亞昔人輞水、平泉之勝。花時，詩酒爲歡，率以爲常。近復構一閣於右，顔曰「來薰」。有以詩志賀者，賓門公和之，以示親友，並録寄余與菊裳屬和。余次韵四首，菊裳次韵十首。一時和者數十人，而賓門公最心賞余兄弟作，爲壓倒群英，不禁逢人説項，又何幸而得此嘉許也。

海粟園者，先祖大夫拙孚公别墅。四時花木甚繁，中有樓曰「古芬」，有堂曰「賦雪」，有亭曰「曲水」，有軒曰「静天」，有閣曰「卧羲」，有榭曰「洞簃」，池邊題額曰「天雲一鑑」。蓮沼二，魚池三，皆花欄繚迴，葡萄、荼蘼數架覆蔭。木山一，石山二，參差相峙。余兄弟少時讀書其中，足享十年清福。主賓題咏，裒然成集。其後先大夫徙宅於居之右，相距有百弓之遥。復另構一墅，園名則仍「海粟」也。亦有樓爲「天在山中之樓」，堂爲「甲庚草堂」。旁有子和山房、香濤塢、古石墩、萬亭、鏡池諸勝。先大夫各集唐一章，紀其處，命余兄弟亦各賦詩附之其左。又闢號舍十間，爲課文之所，悉照鄉闈規條，每月試余兄弟一次。撫今追昔，深媿負薪，因類述之，以誌先人閑情所寄，猶忽忽若昨日事云。

先大夫最工於集唐。每譾集聯吟，不待繙閲，構思即成。其工穩如自己出，不改前人隻字。庚寅，萬壽，進呈册頁，各體備而無集唐。先大夫爲成九首，共相嘆賞。其《感懷集唐》三十首，一候選者見之，讀至「一生不得文章力，萬彙俱含造化恩」，展卷痛哭。蓋亦不得志於科名者也。

先大夫少時好作遊仙詩。如《閒園》二律云：「辟疆深竹浪年年，剩有閒心得地偏。琴榻一絃青草月，書樓半几白雲泉。誰人放鶴能長嘯，何日驅羊得懶眠。滿與世塵分判出，大都行跡愛神仙。」「紫府仙人賦遠遊，碧城城外鳳麟洲。玉田芝草堪遥贈，錦洞桃花莫浪流。緑蕚華愁雲欵别，杜蘭香夢月淹留。當年故苑長如此，拂袖重登十二樓。」尚有《集唐遊仙》百首。晚年亦時有之，如「人生那得長如此，最愛逍遥住太清」，「共消老子三更月，浪拍仙人五色雲」，不能備載。壬辰官指揮。易簀之兩月前，忽夢中吟云：「學道當年愛種迷，謫來人世作顛癡。於今消得塵緣凈，仍向天堦採玉芝。」蓋知將赴上清矣。不肖痛違嚴範，倏已十霜，而先大夫平生著作，暫以力棉不能付梓，爲之悲恨交集。壬寅九日敬述。

余在都中，過琉璃廠賣字店，見壁間有行書尺幅，諦視其篆，則曹實庵先生也。其詞云：「年少愁如許。嘆羈棲、京華倦客，雄文難遇。廣漠寒風吹觱栗，彈鋏歌聲太苦。且白眼、看他詞賦。單絞岑牟直入座，拚酒酣、撾碎漁陽鼓。欹帽影，掉頭去。湖山罨畫迎人住。溯空江、白雲紅葉，一枝柔櫓。歸矣家園燒笋熟，五岳胸中平否。學閉户、讀書懷古。舟過吴門頻問訊，是伯鸞、德耀傭舂處。魂若在，定相語。」書法亦蒼秀有致，寫、作皆先生真蹟。許以千錢相購，不可得，爲之悵然。越次日，晤友人秦名天贇者，爲山西富家子，挾骨董遊京師。偶語及曹幅，謂余曰：「實庵先生真蹟，弟有手卷，亦係詞一首，後有王阮亭、陳其年兩先生評。」即强其同車至寓，出手卷讀之，真覺古光寶氣，奕奕動人。其題爲《和朱十錫鬯度雁門關作・調寄永遇樂》，詞云：「蕭瑟關門，西風吹雪，貂裘都偃。蟻蛭行人，羊腸驛路，哀聲邊角怨。魚海冰寒，龍沙戍斷，歷亂蓬根飛捲。悵青衫，暮雲驅馬，望盡蒼蒼修坂。絶壁祠堂，趙家良將，入夜靈旗如電。折戟沉沙，老兵拾得，磨洗前朝辨。塞雁南飛，滹沱東注，可惜英雄人遠。問誰是，封侯校尉，虎頭仍賤。」阮亭先生評云：「董大琵琶、申湖子觱栗、張猩猩湖琴諸作可以並傳。是作有龍象蹴踏之勢，朱十幾不能堅其壁壘。」陳其年先生評云：「廢邑荒村，長吟曼嘯，當今不得不以此事推袁。」俱小行書，有款識，把玩不忍置。秦友珍如拱璧，裝潢亦精，偶得見此，亦後學之幸事奇緣也。

王漁洋《詩話》云：「香爐峰在東林寺東南，下即白香山草堂故址。峰不甚高，而江文通《登香爐峰》詩云：『日落長沙渚，層陰萬里生。』長沙去廬山二千餘里，香爐何能見之？古人詩祇取興會超妙，不似後人章句，但作記里鼓也。」余竊疑之。衡山亦有香爐峰，爲七十二峰之一，則距長沙不遠。恐文通所登在此，而阮亭一時之誤，亦未可知。

余兄弟與湘鄉謝松淦名振宇。暨其弟楓亭、名振寧。愚谷、名振實。竹湖、名振定。攸縣陳蘭莊名珪。最友善。爲諸生時，聚晤唱酬，往往聯吟達旦。自松淦、楓亭先後登賢書，竹湖入木天署，愚谷、蘭莊亦貢成均，風流雲散，無復昔時之樂矣。余有詩云：「堂西不入尋常夢，座上誰驚姓字香。」蓋懷陳、謝諸人也。

黄二十三石櫓屬余和《春雨》古體，有韵押「麗䍦」字。余攷《佩文韵府》，屋、沃、覺皆不收「䍦」字，《康熙字典》、《正字通》亦無此字。遂擱筆未和。後見唐李郢詩有「釵垂簏簌抱香懷」，下注云一作「麗䍦」。又李賀《春坊正字劍子歌》「挼絲團金懸麗䍦」，皆下垂之貌。而《韵府》、《字典》俱不收，何也？

韓文公贈張曙詩云：「久欽江總文才妙，自嘆虞翻骨相屯。」升庵議其以忠直自比，而以姦佞待人，此乃文公之病，非聖賢謙己恕人之道。余謂文公斷非有心爲此，而升庵故爲吹瘢索疵，詆誹前賢，亦失之刻。然我輩酬應之作，如此比擬句法，正不可不檢點也。

少時見先大夫批某文云：「股法一氣貫注，真有曹公筆法，一丈八尺，無接續處。」不解所謂。昨偶於《子史精華》中見劉跂《暇日記》：「楚州勝因院曹仁熙畫水，有一筆長一丈八尺，無接續處。」又官崖州時，嘗遺書戒余兄弟云：「汝輩每好吟弄，必妨舉業。或不檢點，尤易招尤。當自封其臂，不得妄作。」初不解封臂之語。亦於畫譜中，見戴琬爲翰林時，工畫，每入閣供奉。後求者日衆，徽宗聞之，封其臂，不令私畫。兩疑案於一夕釋之，真快事也。而前人之淹博，較勝於後輩多多矣。

黄周星亦以五日沈江，罕有知者。黄名周星，字九烟。少育於湘潭周氏，遂姓周名星。舉進士，除户部郎，疏請復姓，即以周星爲名。後改名黄人，字略似。素冠布衣，年七十作《解脱吟》十二章，與妻孥訣，取酒飲盡一大斗，自沈於水，時亦五月五日也。嘗作詩云：「高山流水詩千軸，明月清風酒一船。借問阿誰堪作伴，美人才子與神仙。」故余《論詩三十首》有云：「醉讀《離騷》泛酒船，阿誰作伴水中仙。於今五日湘江上，吊罷三閭吊九烟。」

浙江友人金松舟，褚宗工之同里也。在試院時，以古畫一幅屬題。畫爲兩仙翁對酌，傍一仙女彈琵琶。余題云：「瓊笈丹書竇鴨香，碧桃初熟晉霞觴。相逢不問塵揚海，同醉佳人錦瑟傍。」「人間但識小紅伶，縹緲仙姝眼自青。欲借琵琶彈一闋，《鬱輪袍》曲待君聽。」褚宗工見之曰：「鄧君作善於寄託，大有深情。」題者甚多，褚宗工題云：「玉女霓裳撥鳳槽，九天仙樂響琅璈。不知吸盡西江水，對酌何人酒户高。」「舊蹟丹青照眼明，今朝又見碧桃成。摩娑絹素飄殘粉，一種滄桑萬古情。」褚宗工名廷璋，字筠心。試古學，拔余第一，極邀鑒賞。

甲午冬，夜夢與石門學譚二立齋賦詩，余成五律一首。醒後忘其起結，中二聯云：「雲容開六幕，雪意透三春。坐有龍吟客，門多燕賀人。」不解其旨。

憶余少時遊慧山之石門，止宿其下，夢中得「門分藏造化，户掩瀉山泉」二句。或緣感而成，不必別爲索解也。張簡齋識。

菊裳八歲時即好吟弄。春夜，燈前捫蝨，方解衣，即大吟云「春色滿衣襟」，以色喻蝨也。家大夫奇之。十歲即出應童子試，兩藝一揮而就，坐候放銜，乃於卷尾成七律二首。文已入彀，閱詩以違功令，擲之。是科，余補弟子員。鄭宗工每向余言及，爲之深惜。

余姨母李孺人持齋事佛，自繡觀音大士像一軸，甚精。屬余題額，因書二絶云：「莊嚴妙相託鍼神，一段慈雲脱手新。小閣長齋香穗細，女中蘇晉結蓮因。」「明鏡臺前頻稽首，經翻貝葉自年年。此身願作菩提樹，更乞慈航渡大千。」舅父賓門劉公及黄石橹俱同日題詞，不及備載。

黄石橹次子初週，余中表兄弟咸集，倩畫工爲晬盤圖，分體題詩致賀。賓門公見而賞之，乃爲儷句，以弁其端，長三百餘字，末云：「盤以將頌，還符多富多壽之云；詩可作聲，試聽大珠小珠之落。」亦一時盛會也。

攬勝題詩，遊人韵事。然胸無寄託，徒拾前人唾餘，代爲牢騷，不量自家身分，則不如不題之爲愈也。曾聞采石江頭題咏甚夥，後有人書一絶云：「采石江邊一坏土，李白詩名耀千古。來的去的寫兩行，魯班門前掉大斧。」詩雖淺弱，正爲好題人當頭一棒。

代聖賢立言，自不得用秦漢以後語。惟作詩雖近時事，亦可作典故，但雅俗不可不辨。余昔年《春日過田家》古體有云：「老妻行厨單孔笛，稚子春茶齵眼臼。」一友見之，叩余單孔笛事實。余曰：「俗所用吹火筒也。」明人徐階係松江人，王鏊係蘇州人。徐見蘇人用筒吹火，因出對云：「吴下門風，户户盡吹單孔笛。」王思松江小家多彈棉花爲業，乃答云：「雲間勝景，家家皆鼓獨弦琴。」事雖未入類書，亦自可供驅使。

向在粤中得《璇璣碎錦》一編，陽羨萬君紅友名樹著也。蓋祖若蘭迴文、松陵藥名諸體，而推廣之，至有百種。屢遭散失，存刻者得六十種。而窮工極巧，組織精奇，真令閲者不能讀，讀者不能竟。刻是編者，泥絮僧宏倫，與紅友交最篤。叙其簡端云：「紅友嗜填詞，尤以樂府擅場。平生游屐，遍燕、晉、閩、粤間，侘傺無聊，强半托之紅牙白紵。著《詞律》二十卷，傳奇四種，所謂《空青石》、《黄金甕》、《風流棒》、《念八翻》是。又有《香膽詞》二帙，皆肇慶司馬某分俸成書。此則錦心緒餘耳。惜其年未老而歿。即是編觀之，已嘔盡心肝，得不與李賀同悲早逝乎？獨恨不得見其樂府、詞律諸卷，而僅窺此一班也。

善化等覺寺有僧名映雲，能詩，與余舅父賓門公友善。己亥初夏，賓門公邀余與黄二十三石櫓過訪。留連信宿，互相唱酬，構思甚敏，記問頗富，在釋子輩亦可謂鐵中錚錚、庸中佼佼者。

舅父賓門公年踰六十，余兄弟暨黄二十三石櫓過從，必事酬唱。己亥五日，擬龍舟、艾人、蒲劍、繭虎、角黍、朱砂酒六題同賦。次日坐談，已至夜分，俱擬就寢，賓門公忽相屬聯句。三人促席拈韵，脱稿後，東方既白矣。旬日之間，兩次聯句皆達旦。老年詩興之豪，精神之旺，俱爲後輩所不可及。

辛丑冬日，與黄石櫓同舟過洞庭南嘴湖。余望中偶得句云：「山趨南嘴盡。」石櫓以爲此景逼真，不同凑泊，極爲稱賞。因對云：「水接洞庭寬。」二語真切當有聲色，乃就此聯各成一律。余詩云：「輕舸泛澄碧，蒼茫生莫寒。山趨南嘴盡，水接洞庭寬。傍渚漁歌歇，排雲雁陣殘。湖心一棲泊，莽覺客情難。」石櫓云：「午發沅江縣，微風一棹安。山趨南嘴盡，水接洞庭寬。極浦澹空翠，芳洲生莫寒。蕭條驚歲晚，天外雁聲殘。」

五溪蠻種，史傳及諸家皆云高辛女配槃瓠，三年生六男六女，遂蕃衍於楚，後辛女化石去，亦何厚誣古人耶。以帝王之女而下嫁於一犬，即謂高辛之令不可不行，其時亦何難達權，而以賤隸代之。上古風教未開，不應全無人理至此。余與石櫓皆以爲不然，各賦《辛女崖》一絶，爲一雪沉冤。余詩云：「指點砰磷是化軀，如何浪説嫁槃瓠。貞心萬古臨江水，却異山頭日望夫。」石櫓云：「臨江斗絶一崖孤，霧鬢風鬟變化殊。自是仙姬厭塵世，時人漫説嫁槃瓠。」賦罷，石櫓戲謂余云：「辛女有知，當必有以酬吾輩於數千載下，如巫山神女之見夢於獨孤及也。」連日順風揚帆，灘行無恙，余曰：「得毋辛女之賜耶。」相與笑粲者久之。

楊廣文湘巖之姬趙氏孝英，字玉畦。性極孝順，聰穎過人，工詩能文章，善楷隸。余與湘巖最厚，嘗親見其命篇揮翰，無不妥適清新。每有所作，屬余顧誤。余最喜其《新燕》二絶，有「記得去年相對語，碧桃花下一簾晴」之句。曾依韵答予所贈二律云：「龍梭織就映花光，浪走長鬚到草堂。露冷清蛩人共語，烟分秋蝶晚餘香。拄胸早訝書千卷，掞藻從添錦一囊。却愧鮑家宫體陋，荷公拂拭豈尋常。」「浣花詩筆宛多姿，模楷人争頌得師。揮麈襲芬風定後，題箋寫韵日斜時。雕蟲技每供長嘯，釵鳳吟都入小詞。自是匠門宏著作，清商如聽七弦絲。」又謝余贈筆、茶二物四絶云：「春光相對漫裁詩，好在溪簾月上時。爲憶鸞仙香閣近，可堪葭葉倚瓊枝。」「風亭寫韵舊書仙，閲盡蓬萊玉井蓮。自媿未能窺晉體，强將吟句答鸞箋。」「香茗才華媿不如，山房攤卷喜清虚。殷勤惠我霜毫妙，新墨濡殘日學書。」「如黛山光照眼明，烟綃鈎帶句初成。風爐日午香生處，親試嵰山手自烹。」即此吉光片羽，已見其能事。各體俱工，裒然成集，行將問世，不贅録也。

壬寅八月既望，送族弟筆山侍御入都，至漢鎮而返。阻雨籠山，目擊江濤洶湧，晝夜不息。言念去者日益以遠，翹首里門，則洞庭重湖之隔，駭目驚心，兀坐短篷，突烟棲睫。相對頑童、舟子，無可與語。去住兩難，愁腸百結，歎流光之幾何，那得不令人頭顱白盡。向當此景，惟寄心吟咏，動輒數十首，寂寥之況，忽焉若忘。今乃不復有此意致，不耐思索，於此又見心緒之煩悶，而筆頭花日就落也。

曉發嘉魚，紅日漸升，而月猶未没，溟濛江霧，景色殊佳。時吟興勃然，口占云：「長江霧氣不着水，昨夜月光猶在天。」欲續成一律，而心怯於風濤震撼，輕舟顛欹，遂擱筆。因思潘邠老被催租人敗興，信然也。

八月廿二，過楊柳磯。至江心，風雨大作，出没波濤間，衣蓋盡濕，幾與魚鱉爲群。此時，惟痛念老母不得一見。又忽念所著《冶裘存稿》諸集，不應攜來同葬魚腹。心魂飛越，中至悔恨不已。久之，幸抵岸，無恙，舟人相賀。余隨覓所著稿，猶恍惚疑其或失也。既定，乃顧其編而笑曰：「惡用惜此前人唾餘哉。」癖亦甚已。

無錫張君名日監，字敬之，號簡齋。工詩詞。余應方伯景公聘，得共事薇垣。篝燈夜話，互相唱酬，因出舊稿一帙質余。其詩詞之佳者，不可悉筆。如「寒極花無色，烟深樹有衣」，「雲歛千峰秀，天高一雁寒」，「東風吹日夜，新水長魚蝦」，「水練濃天色，花寒澀鳥啼」，「一簾春雨散，半榻午風和」，「月欺簷短光侵枕，螢趁風來影上除」，「劍氣三秋騰冀北，花光二月月别江南」，「横海樓船來北地，伏波銅柱峭南天」，皆其警句。詩餘如《題新燕・望江南》一闋：「雙雙燕，婉轉未辭梁。翠幕風微初試剪，華堂睡足穩棲香。相並過東墻。　花拂處，薄翅刷烟光。貼地争飛誇綽約，憑欄款語費商量。還立盡斜陽。」余以爲柳郎中長於纖艷，不是過之。

簡齋和余詩，有「於今蹔逐圖南暖，爾後還銜直北寒」之句。余笑謂曰：「君將北行矣。」不旬日，居停方伯公調直隸，而簡齋果應聘偕往。時同事周二丹圃亦和余詩云：「舊雨爭如今雨潤，東風還似北風寒。」亦極新穎。周素工詩，名廷林，山陰人也。

簡齋述其弟賓旭名日升。以尩羸棄業，天姿高邁，詩捷而工。僅憶其《春日道中》云：「涴泥紅杏雨，掠水紫桐風。」真佳句也。

簡齋語余云：「高祖《大風歌》一味粗豪，雖極得意時，氣甚蕭瑟。是時，信、越輩皆以猜忌擒之，不得已而思猛士，情見乎詞矣，安得以安不忘危美之。項王《垓下歌》悲音壯節，餘味曲包，實開漢魏先聲，不僅多其英雄失路，不改本色也。後人顧舍此而取彼，何其以成敗論人耶？」余深爲首肯其論。

簡齋最聰穎，少時就塾，與同人論古，同人謂之曰：「少小多才學。」遂應聲曰：「老大徒傷悲。」蓋惡譏其少小也。後自悔其輕佻，深以爲戒。因座間有以詞鋒刺人者，特爲余述之，以共相警悟。

昔人謂張子野爲「張三影」，余讀簡齋之詩，戲呼爲「張三色」。蓋其集中有「寒極花無色」、「水練濃天色」、「花名抹麗空春色」也。亦可謂宗風之不墜云。

江西王鰲爲畿南學政，凡年長者降黜殆半，丱角者俱獲留至。有已冠而復作丱角以幸免者一人。詩云：「戴弁峩峩數載前，於今丱角且從權。時人不識予心苦，將謂偷閒學少年。」亦覺趣甚。

浙中閨淑駱氏，工吟咏，僑寓粤之羊城。聯十姊妹皆能詩，而駱名最著。後依戚屬至京師，爲當代名公所重。惜著作多散失，其《病起》詩有「扶床驚地軟，卧枕覺頭空」二句，推敲工穩，亦全豹之一斑耳。得聞於山陰周丹圃云。

古妓如薛洪度、劉國容輩出，其才與當時名士大夫埒。其吟箋繡帖，至今嘖嘖人口，是知秀靈所鍾，不獨男子也。有友人爲余述某妓留别詩云：「一刻春宵一鎰金，七絃捍撥不成音。石榴裙上胭脂淚，丹鳳城南夜夜心。」「銀榼香醪漏欲殘，翻愁沉醉減餘歡。紅蕤枕上多私語，鏤入玲瓏一片肝。」「深閨春晝似長年，繡記佳期角枕邊。來日正當潮水滿，勸郎騎馬不如船。」「約翠安黄興不堪，從兹彌勒與同龕。秋風若箇無消息，燒却珍珠玳瑁簪。」有才如此，誰謂古今人不相及也，而顧墮落烟花，是可慨已。

余癸巳遊惠山泉亭，見壁間題云：「水色山光隱暮烟，畫橋西畔泊吴船。十年身世嗟萍梗，惆悵重經第二泉。」「烟波滿目滯孤篷，盼斷南天少雁鴻。自是無心憐舊雨，不須更怨石尤風。」自序云：「妾生長越中，來遊吴下，名閨弱質，誤落烟花。期所歡兮不至，言將去兮何之。第二泉邊畫橈偶泊，十五月下香屧重經。用賦短章，聊舒長恨。癸巳孟春錢塘女史絮絮題。」余亦未嘗不憐其才，而悲其行也。張簡齋識。

粤中白雲山，明麗人張喬塚在焉。喬，廣州人，娟秀而妙歌舞。幼工詩，性愛寫蘭。時陳文忠公抗風軒集名流十二人，喬每侍筆墨。年二十一遽逝，彭孟陽葬之山麓梅花坳。送者數百人，各賦詩一章，植梅一本，號曰「花塚」。

曩時海粟園牡丹極盛，每歲花時題咏甚夥。先大夫於辛巳春相約爲他體，自成牡丹五經。余兄弟與親朋有爲賦者，爲傳者，爲記者，爲贊者，爲辨者，爲戲封花王文者，爲戲加九錫文者，爲謝表者，共十種，彙爲一集。近十餘年，舅父賓門劉公園中牡丹亦盛，每會題詩不下數十首。今春居方伯幕中，見花最早，欲爲賦贈，竟不得句，蓋興會減也。牡丹亦有幸有不幸耶？

吟齋筆存

吟齋筆存提要

《吟齋筆存》三卷，據天津金氏屏廬叢刻本點校。撰者梅成棟（一七七六—？），字樹君，號吟齋，直隸天津人。嘉慶五年舉人，官永平儒學訓導。輯有《津門詩鈔》。有道光二十三年自序，述成書原委甚明，不曰「詩話」而曰「筆存」者，蓋自謙詩話不易作也。又據金鉞同治三年、六年二跋，知原書爲四卷，抄本僅剩前三卷，且卷三僅存數頁，雖據别本校補，已不能復原矣。今觀卷一篇幅最足，有「余年未五十」之語，所記纔及道光二、三年事，距自序所署之年尚有二十年之遥，宜下有三卷可容。而卷二篇幅不及四分之一，當已闕損大半；卷三則多涉勸戒故事，有不關詩者，末二則大段抄録《能改齋漫録》，顯已非原作之舊，金跋固已言之矣。梅氏與崔旭同學詩於張問陶，故頗録師弟子事跡，如崔有「身如無累貧原好，事到因人易亦難」句，船山贊爲「十四字千古不磨」之類。崔氏《念堂詩話》記船山詩事亦夥，兩書可互閲。梅氏家藏船山自書墨跡，有可補今本《船山詩草》之闕者。所録交遊同道之作，多詠世道人情，此屬嘉、道詩壇之主題，亦承船山詩教而來，雖不乏佳句可觀，而稍欠詩趣也。

吟齋筆存弁言

津門名區，代有文人，惜無表章之者搜輯成集，梓傳於世，遂令前輩遺墨殘編，散失漫滅，都歸灰燼，良可嘆息。夫人必自愛其名，然後肯愛古人之名。自風趨日下，大雅淪亡，閒有一二嗜奇好古之士，學林輒以好事目之。嘻！使古人盡不好事，斯文一脈泯滅久矣。刪《詩》贊《易》，宣王不好事，則六經佚亡。此余所以慨乎言之也。

向有友人勸余著津門詩話。余曰：「『詩話』二字未易言也。拾前人之餘唾，取笑通人；執一己之偏私，遺譏後世。非於詩學源流洞澈精微，發未發之奇，著不刊之論，成一家言，公天下好，豈可率爾操觚！余學固陋，何敢執管窺之見，妄肆評論？但以性耽文事，一丸墨消磨半生，僅即耳目所及，筆之於簡，使過眼雲烟，展卷猶在。故以『筆存』名，亦以公同好云。」

是編之作無門户見，無黨同習，無南北界限。性所愛者，一句可傳，必爲記載，使作者苦心揭諸紙上。僕自知力薄，曷能傳人？區區此心，可白於世。

道光二十三年癸卯仲秋下浣，沽上梅成棟吟齋志。

吟齋筆存卷一

天津梅成棟樹君輯

先君子雅村公家無半畝，槖筆硯遊半天下，卒飄泊無就。所留遺墨，争購爲寶。人謂名能奪福，想不誤。船山師題我家《友蘭圖》云：「奕世相傳翰墨尊，南昌仙尉舊兒孫。畫中神品詩中伯，名士真難聚一門。」圖爲先君畫。棟敬題有云：「但得人如蘭氣味，何分富貴與寒酸。」

金亦吟納妾都中，查海漚戲之云：「昨聞東觀召黄香，春伴恩濃杜麗娘。新領尚書雙赤管，背人偷畫翠眉長。」「二七名姝入畫圖，閨中乞得愛憐無。一時圍解桓宣武，聞説夫人恕老奴。」

查次齋先生少孤貧，以詩受知於英夢堂相國，轉薦於太史吴公裕德。太史素耳先生詩才敏捷，欲試之。酒間曰：「今日吉林將軍福公康安出關赴任，盍賦之。」即席拈毫，成長句云：「千騎何人居上頭，將軍年少更風流。道途争識三韓帥，寵命新頒四姓侯。龍塞雲烟縈大纛，薊門鐃吹接清秋。漫瞻旌節誇恩倖，當宁原紓北顧憂。」吴大歎服。

辛酉大水，同邑康達夫先生《觀水》句云：「千村雲浪捲，一片雪山來。」時斗米千錢，金野田先生賣書度歲，嘗云：「昔智永禪師見重當時，虞公伯施論其書一字五百。杜少陵有『一字醫貧』之句，余愧非比，而意相同。」先生品懷高淡，居委巷中，人皆欽仰。先生名銓，字鈞衡。達夫先生名道平。

嘉慶癸亥秋間，病嘔血，幾不起。寄都門劉春暉以詩，和句云：「虚齋皎皎月華新，旅夜迢迢枕簟親。殘睡幾驚千里夢，浪遊空負百年身。常因近態悲前事，每爲新交憶故人。何日西窗重翦燭，箇中艱苦話酸辛。」劉名元鐸。

乙丑會試，同方健庵寓趙簡庵家。壁間，吴穀人太史書云：「斗樣窗心月樣紗，簾陰深淺盪雲霞。喧喧蜜洞蜂朝午，點點春泥燕作家。次第薰牋臨古帖，殷勤添水養名花。神仙自分無多事，玉篆金丹莫謾誇。」

丁卯年，湯厚田館於海濱。《春夜見懷》云：「一雁唳高空，懷人月正中。堂深香縷碧，窗小燭花紅。不見陶元亮，因思崔道融。無窮溯洄意，檢點付東風。」厚田名堃，號鞠人，甲子舉人。

余與黄子春園、余子階升共筆硯者十餘年。黄冷峭，余温易。黄所居曰慎獨軒，庭植紅杏一株，花時必招階升、厚田及繆星池數輩，白酒青豆，團欒小聚。論歷代史，各標舉名臣高士逸事一二，則以爲笑樂。醉後披猖，或低佪唱嘆，或叩案高呼，恨不見古人，並恨古人不及見我輩也。月闌鐙灺，醺然始散。戊辰夏，黄子病殁，此會遂不可得。每一憶及，不禁黄壚之慨。

黄春園名新泰，甲子科與厚田同榜。階升名堂，癸酉登賢書。丁卯殘臘，偕余、黄二子讀書慎獨軒，日成一藝一詩，互相點竄。天寒室冷，鑪火星星，似不可耐。相顧怡然，未覺其苦。嘗有句云：「一樽名士酒，四壁古人書。」蓋道其實。春園句云：「知己三人喜得朋，一窗寒日映疏藤。苦吟各似低眉佛，趺坐都如入定僧。鑪火夜灰縈作篆，硯池宿墨結成冰。笑看我輩真癡絶，磨破青氊又幾層。」當時風景，猶在目前。未幾數椽鬻去，宿草萋然，能無慨嘆。

「白沙横落日，黄葉下秋離」，沈秋瀛《張灣道上》句。「馬跡黄沙路，雞聲緑樹村」，金竹村《馬頭道上》句。金與沈壬子同鄉榜，詩境亦彷彿。沈後中己未進士，名士熤。金名紹驥。戊辰秋，葬春園後，階升大病，幾殆。余日奔波往視，酌其醫藥，數月始痊。蒙贈詩云：「同遊經十載，今日見君心。人愛文章老，誰知意氣深。解推空四壁，然諾重千金。赤骨貧雖在，寒香滿舊林。」

「過江山色無邊緑，風雨焚香卧此樓。」戊辰十一月十日，夢行草徑中，泥苔滑澾。登一樓，外臨大江，隔江遠山重重，如在緑霧中，寂無一人。吟此二句而醒。

「人歸橋上市，船爨水中烟」，李甸之《海河晚望》句。此景最真。

直指庵在城北，寺前空心老柳一株。僧學愚句云：「枵腹吞明月，虚心咽晚霞。」陳東華表兄述。

「酒沽雙屐雨，菊賣一肩秋」，英夢堂相國《津門九日河橋即景》句。隨園誤作「人坐一亭烟」，似不及原作。金野田述。

「酒沽小市浮花片，魚買河橋貫柳絲」，野田句，亦沽上真景。「三月河豚八月蟹，故園雖好我無家」，牛次原主政句也，不勝蒓鱸之感。牛，己未進士，與沈秋瀛同榜。詩不多見。述自王善舟。

王蓬心太守題畫詩云：「山明川静樹經霜，松徑迴環落葉黄。手揭白雲心似水，畫中秋思著人涼。」與雲林「十月江南未隕霜，青楓葉赤碧梧黄。停橈坐對西山晚，新雁題詩小著行」同一風格。

顧阿瑛《題文與可畫竹》云：「湖州昔在陵州日，日日江頭寫竹枝。一段枯梢三作折，分明雪後上窗時。」可謂入妙。吾鄉金芥舟先生題畫詩最多，亦最清妙。《題索句圖》云：「踏著蟲聲繞樹行，一蟲一葉一秋聲。不知幾步疏林下，小句如金鍊始成。」他如「紅橋隱隱隔江村，近水人家竹映門。何處可尋雲際寺，蛇盤細路透松根」，「一榻清風白晝閒，小堂面面有溪山。興來攜杖出門去，只在泉聲竹影間」，「嗚咽寒泉透石根，蕭騷老木静猶聞。不知幾曲潺潺水，流出空山叠叠雲」。

金領雲伯舅述芥舟《端陽》句云：「竹籬茅舍道人家，瓦鼎烹泉自煮茶。樹影欲圓天欲午，海榴紅著兩三花。」余嘆以爲有魚躍鳶飛之致。

先師張船山夫子詩清妙，頗有與芥舟老人相同處。如「芙蓉花下小簾櫳，春草秋苔地數弓。敞盡北窗新緑滿，一籬瓜蔓作屏風」。《種花》句云：「門無芳草徑無苔，灑掃黄塵日幾回。如此零星花數朵，虧他蜂蝶會尋來。」《家居》云：「茶瓜留客午風清，話到桑麻便有情。除却求詩兼送酒，花南絶少扣門聲。」

厚田在都城畫肆中見山水小幀，題句云：「家山千里繫人思，信手拈毫仿大癡。如此烟巒歸未得，畫成還要强題詩。」余謂是詩與「如畫家山不歸去，却從畫裏畫家山」同一意致。

「賣花市散香沿路，踏月人歸影過橋」，李嘯村句也。與繆星池所述「沽酒店開風亦醉，賣花人過路猶香」同旨，不知何人句。又竹泉述「風暖未消髭上雪，春歸惟賸眼中花」，亦新。

《香祖筆記》載仁皇駐蹕杭州，山陰耆民王錫元同胞五人見于行在。長、次係雙生，俱年八十。以下七十八、七十六、七十五，子姪十七人，孫十八人。賜宴，賜緞錦各一匹，賜額「一門人瑞」。皇太子賜聯云：「五枝荆樹榮今代，百秩仙籌萃一門。」與《東坡志林》載老人蘇佛兒年八十二，一兄九十二，一兄九十相類。今吾鄉耆壽如孫木齋老人年八十五，兄八十六，弟八十。一孝廉，兩諸生。五次迎鑾，俱蒙優賜。陳月峰老人萬勝年九十二，五世同堂。董青岳先生岱年八十四，五世同堂，父子孝廉，亦一時人瑞。先生己卯重宴鹿鳴，遍徵題詠，閭里榮之。

《閒居小草》，燕山訥音代默齊氏著。黄藕村得自都門書肆，攜以示余。詩境閒淡，五言如「一琴作韵友，千卷助清貧」，「霜遲紅葉淡，風緊緑荷稀」。七言如「一院蕉聲寒雨碎，四圍松影暮烟涼」，「雪消西嶺峰頭出，雲過前溪雨脚伸」，俱好。《土城水莊》云：「土城南畔路，一徑到芳園。紅雨溪頭艇，青帘樹裏村。花畦人語寂，草閣雨聲喧。緣砌苔衣長，莫嫌遊屐痕。」

余家舊有《鋤月樓詩》一卷，婁東錢旃讓山氏著，未審何時人也。頗清嚴有法。如《藕花庵聽覺上人吹笛》云：「遠公微一笑，歸卧虎溪頭。横管無人處，閒雲自在流。茶烟裊禪榻，佛火照經樓。開户梅花落，空山夢欲留。」《白魚泉》云：「魚眼真如刺，横流碧藻濃。水清應落鳥，潭古欲生龍。曉雨千峰合，驚濤四面衝。更聞夾石水，回望白雲封。」《落梅》云：「暮色近黄昏，春溪淡水痕。高樓何處笛，殘雪滿江村。客醉香縈屐，人歸月在門。頓令詩思減，莫更問空園。」其他句如《渡江》云：「帆開鐵甕雲横堞，潮打金山風滿船。」「人家隱叢竹，鐙火淡漁村。」皆嚴潔無疵。

金果亭先生勇，亡妻之伯父也。乾隆丙子副榜，通脱不羈。充鑲黄旗教習，在京忽月餘不赴館，長班遍迹之。有人言先生在櫻桃斜街句欄中。往偵之，見抱琵琶，坐巨案上，唱《可憐曲》。群妓環繞,奉爲師。酣嬉於粉香花影,不復更知有人世也。然才思雋敏,人不能及。同邑吴念湖太守招集名士思源莊雅集,先生不赴,使人持《念奴嬌》一闋云:「涼飆初凝,商飈徐動,正西園雅集。喚取騷壇三百輩,牛耳輸君獨執。衰柳嘶風,枯荷聽雨,好景都堪挹。東籬消息,轉眼重陽又及。遥想近圃樓臺,水西花柳,盛事空含悒。彈指光陰驚廿載,爪雪鴻飛何急。遠浦歸帆,空林落照,搔首當風立。秋光滿眼,盡付索郎收拾。」淋漓宕往,是日同人擱筆。

念湖先生名人驥,乾隆丙戌進士,官萊州府。修髯偉幹,風流駘宕,當時有吴髯之稱。幕客某眷一妓,恐人知,私製一袴,祕贈之,爲人所覺,吴即事句云:「瘦肥恰比章臺柳,曲折深藏洞口花。」傳以爲笑。

高蘁田先生岡,且園尚書子。漢陽太守,因事落職,寓居津門。與芥舟先生、查公次齋,並舊天津太守金金門先生文淳,詩酒唱和。時張竹房老人畫《疲驢圖》,蘁田先生題云:「盧氏名駒長耳公,朝天曾許借鄰東。誰教載入黔中去,空惹毛群笑技窮。」「騑騮騄駬敢同群,負磨迴旋劇苦辛。莫笑疲羸鞭不動,得時曾記楦麒麟。」「敢將北地比南天,田野風光各自然。聽徹村雞嘅午過,數聲歌欹夕陽邊。」

芥舟老人《豆家三詠》,與蘁田作同一風雅。《豆腐皮》云:「湯溶翠釜欲蒸雲,羅縠初成鏡面紋。素手當壚輕揭起,臨波裁取水仙裙。」《豆腐渣》云:「瓦盆四照燦銀砂,點點還同六出花。到此始言臣力盡,可憐粉骨爲貧家。」

張時徹《采葛篇》起云：「種葛南山下，春風吹葛長。二月吹葛緑，八月吹葛黄。」李夢陽《題熊御史墓》起云：「幽幽山下江，峨峨山上松。纍纍松下墓，瑟瑟松上風。」二詩古雅，俱有《十九首》之遺音，見於郭其炳《明詩百一鈔》。内有徐貞卿《贈劉子》一首云：「空爲郢中客，不見郢中人。美人高堂上，自奏山水音。帝子葬何處，瀟湘雲正深。寂寥誰共賞，江上獨傷心。」古逸可愛。

余家有《水中梅影百首》一卷。後載嚴海珊《梅花》四首云：「東風取次返離魂，妝點江南水一村。自入山來皆雪意，更無人處有烟痕。攜琴未許鶴爲子，拄杖忽看僧在門。歸路冷香收滿袖，月斜牆角正黄昏。」「縞衣仙子玉華宫，曲牖疏簾面面通。却立偏於人影外，餘情多付水聲中。即空是色休疑月，在遠能香不爲風。忍著嫩寒看不厭，一天微雨又濛濛。」「誰寫徐熙水墨圖，蕭疏底用緑陰扶。忽飛雙鳥對相語，微礙一雲疑欲無。爲甚瘦應如賈島，即論潔亦似倪迂。者來不作揚州夢，去去孤山雪滿湖。」「枝枝繚繞佛爐前，好是朦朧欲曙天。殘笛一聲涼在水，遠峰數點碧于烟。鴉歸不辨溪邊樹，鶴放空横竹外船。知有人家住深處，落英流出第三泉。」繪影繪神，可稱佳構。及觀船山師《梅花》八首，自闢一境，獨抒胸臆。「銅瓶紙帳老因緣，亂我鄉愁又幾年。莫笑神情如静女，須知風骨似飛仙。生來逸氣應無敵，悟到真空太可憐。世外清名原第一，不修花史亦流傳。」三首云：「香雪濛濛月影殘，抱琴深夜向誰彈。閒中立品無人覺，淡處逢時自古難。到死還能留氣韵，有情何忍笑寒酸。天生不合尋常格，莫與春花一例看。」又如「贈我詩難應束手，笑他人俗亦知名」，直以癯仙自爲寫照。

南皮張佩庚恪《秋蝶》云：「年華回首春無價，花事關心鬢有霜。」爲陳荔峰學使所賞，人唤爲「張秋蝶」。戊辰鄉闈，曹麗笙相國主試。張賦《無題》云：「欲嫁小郎曹子建，全憑仙枕作媒人。」是科獲雋。

一貴一賤，交情乃見，趨炎附熱，自古爲然。王孟端《蝴蝶詞》云：「東家花正開，蝴蝶翩翩來。西家花已墜，蝴蝶翩翩去。東家復西家，惟願多繁華。繁華易銷歇，便覺人心別。」人苟看透此理，時移勢去，便可平淡無尤。第稍自愛者，幸勿類逐花之蝶耳。

世情許多可笑處，衹可默喻，説破不得。説破不惟無以處人，兼無以處己。明人秦旭句云：「邯鄲殘夢無多夜，傀儡登場有幾朝。」所慨多矣。乃人相傾相軋，轇轕無已，時猛省，一何可笑。「舉世盡從忙裏老，幾人肯向死前休。」人把個死忘了，故休不了。

友人田竹溪病十四年，未起榻。忽悟禪理，息心絶念，徐徐遂愈。嘗曰：「少先見之明，無事後之悔。」語最有理。人心何明，皆逆意耳。

林良銓字衡公，平遠縣人。其《蜀相》四首云：「烈風冥漠影森森，瞻拜遺容想古今。寄命託孤君子節，集思廣益大儒心。難忘北伐酬三顧，先入南征計七擒。大夢不教春睡足，草堂《梁父》已成吟。」「躬耕那得老南陽，生不逢辰歎武鄉。八陣衹傳姜伯約，一鐙都恨魏文長。已圖西蜀歸炎漢，莫定中原耐彼蒼。欲轉乾坤惟盡瘁，敢忘三顧卧龍岡。」「中興未遂一乾坤，王業千秋一表存。琴韵至今傳隴上，陣圖終古聚夔門。力回天意三分國，淚灑秋風五丈原。圓蓋有私星欲隕，英雄成敗豈能論。」「天威空自服南蠻，奈彼金刀國步艱。討賊每愁諸將老，報恩頻見出師還。惠陵枝折風千樹，沔水潭清月一彎。自古英雄無限淚，幾多灑向定軍山。」

《祭風臺》四首云：「百尺層臺列宿雄，東風誰遣助成功。阿瞞將士驕無敵，討逆君臣計已窮。山色常留危壁赭，江流曾見怒濤紅。人傳多智周公瑾，我道南陽有卧龍。」「虎視江南百萬師，笑談摧折渡江時。暗圖荆郢基王業，直遣周郎作將裨。此際蛟龍猶失水，當時烏鵲尚棲枝。先生欲借東吴火，故倩東風爲一吹。」「南屏山畔想如龍，只假吴師破魏公。都督威名千炬火，武侯事業一帆風。臺前禱罷人謀就，江上功成帥智窮。新鄧自來皆漢土，已曾籌定在隆中。」「一封絳簡告東皇，學得黄冠巽二方。臺樹忽聞天籟發，嘉山遥望祝融光。燒殘魏甲收新郢，費盡吴錢買鄧襄。諸葛才高真十倍，東風可是便周郎。」

李公符清宰天津時，同吴念湖太守、梁篠素芥園小集云：「海門落日孤帆影，塞上寒雲古戍陰。」又曰：「城上樓臺連海市，天邊鴻雁下蘆洲。」

高文良公其倬詩集，載《石門吴匪庵總憲，予告錦旋，令嗣漢三館丈隨侍同還送餞》二律云：「勳業方歸第一流，欲拋榮禄向滄洲。白家擬結香山社，賀監初回鏡浦舟。一詠一觴傳盛事，某丘某壑記曾遊。時人欲識神仙否，副相懸車尚黑頭。」「路人嘖嘖羡光輝，雛鳳相隨老鳳歸。世掌絲綸同賈至，家留清白等胡威。半函諫藁兼宫燭，一點文星傍少微。不用他年翻制草，玉堂天上已傳衣。」二詩端雅，與查初白《送魏環極司寇》詩同傳。查詩云：「曳履星辰四十年，尚書襆被故蕭然。勇能自斷天難奪，清畏人知世已傳。白社竟成娱老地，黄金不貯買山錢。閒雲一片秋寥闊，何限風光倚杖前。」

申涵光，直隸廣平府永年縣人。《答友》詩云：「日日秋陰命筍輿，故人天上落雙魚。秋荷未老新醪熟，爲報無閒作報書。」湯厚田云：國朝直隸詩人有張蓋、殷岳，俱雞澤縣人，皆未見其稿。

紀文達公《鏤冰詩鈔叙》云：「畿輔詩人，龐雪崖後，續其響者，惟景州李露園、曹麗天，任邱邊隨園、李廉衣，獻縣戈芥舟寥寥數人。惜其遺集皆在存亡間，不甚著也。余初從同年毛其人家識其外舅單公。其爲人侃侃有直氣，而恂恂有儒者風。心頗重之，初不知工詩也。單公殁後，其同里趙象庵執其《鏤冰詩鈔》屬余刊定，將授梓。余受而讀之，與雪崖詩如出一轍，蓋兩家均上溯三唐，下薄兩宋，務得性情之正。雪崖則天分稍弱而研鍊較深，單公則揮灑自如而神骨遒上。要其合作，均可相視而笑也。龐公往矣，余不及見，無所憾。單公則相識三十年，竟未知其詩。而今始知之，已不及與談。鄉黨之中有是作者，乃徒於楮墨之間慨然想見其爲人，是則余之所深歉者。若公則蓄寶希聲，文章之價自在，固不以余之早知與否爲詩品之輕重也。」棟與厚田談此文，藹然悠然，多絃外音，録之。並喜北地詩家，又知數人。他年遇其遺集，猶得執先生之文以識其人云。

「古亭餘僻地，秋老又重登。木葉已如此，欄干莫久凴。」林鐵簫陶然亭題壁詩。林，如臯人。

及門董子懷，新擬小樂府，喜其二首：「自君之出矣，不知冬與春。思君如君影，宛轉逐君身。」「休洗紅，洗多紅色黄。蓮花脱粉瓣，黯淡少晶光。女兒動止知羞赧，及作婆娘面如板。」士人登仕籍而喪其廉隅，皆面如板者與。

「敝裘典去朝爲爨，殘燭移來夜讀書」，同邑顧孝廉贊句。顧，後官山西長治縣。

南皮張子諒愷佩庚弟有「葉落村容瘦」五字，頗妙。攜所著《燮堂小草》示余。《登五峰山》云：「松排峭壁高低翠，山入平蕪斷續青。」五言如「水流初滿壑，雨氣又生雲」。《自西沽望天津》七律一首云：「人烟水氣兩濛濛，廿四虹橋跨半空。環衛三津同拱北，會流萬派盡朝東。繞城蠏舍星星火，隔岸蒲帆葉葉風。喜有故人仝把握，夜深應話月明中。」其「秋風拂面寒猶淺，村酒留人醉亦輕」亦妙。

「身如無累貧原好，事到因人易亦難。」此同門慶雲崔曉林句，船山師嘆爲「十四字千古不磨」。曉林來札，云：「同年趙雨帆子轅，寧海州人。工造新語，詩入《山左詩續鈔》。」《水仙》云：「琴書而外半弓地，鑪硯之旁一箭花。」頗工。又「浸花香在水，洗硯墨成雲。」又「鹵草未霜紅似血，沙山映日白如銀。」皆可誦。

曉林《柳枝詞》云：「偏是荒郊無客送，牧童拗作打牛鞭。」方鐵船主政元鵾以爲人所未道。曉林名旭，號念堂，庚申同出張船山師門下，著《念堂小草》初刻、二刻。

念堂《秋夜》結句云：「深宵寂無人，淡味惜獨領。」師批云：「遥遥同領者，宇内尚有船山。」念堂云：「向與船山夫子言及三兒光箕，七八歲頗能作小詩。後寄來小元寶數枚，題云：『與小門生小詩人買果子喫。』此老風趣如此。」念堂《勖子》詩云：「髫年得句頗清新，曾致先師寄俸銀。莫負老船獎勸意，封題呼爾小詩人。」

芥舟老人在京中騾馬市街鬧塵中，忽漫吟曰：「雪嶺界空天際白，無人回首望西山。」一老叟徐步在後，詫曰：「公得毋仙乎？胡高曠至此。」延入酒肆中，詢知爲英夢堂相國休沐閒遊也。訂交而去。

樂陵王明府所擢娶五十老女，賦《催妝》詩索和。念堂和云：「平生不作嫁衣裳，拚得長齋繡佛旁。多少蹇修呼不應，寧知拱手有王郎。」「不隨桃花鬬春華，晚向孤山處士家。避盡東風終一嫁，前身合是老梅花。」

張佩庚以所著《防躁軒集》寄示念堂，並贈句云：「不逢崔顥恨如何。」又云：「君爲渤海吟壇長，不數江南崔不雕。」崔感其意，序其詩，並答絶句云：「十載神交似舊盟，遠書珍重故人情。新詩到眼如相見，一盞秋鐙徹夜明。」

余最喜佩庚「世事無常新舊雨，故人何處短長亭」句，煞有遠情。如「一第溷人常作客，兩句飲藥竟無詩」，《柳絮》云「緑楊定有尋詩客，白雲誰爲賦物才」，皆可誦。

老友劉介圃維祺久不見售。其《清明》句云：「翁仲無言都傲我，亦曾觀遍洛陽花。」可慨亦可笑也。人無全才，亦無全福。古云：「予之齒者去其角，傅之翼者兩其足。」故人或福命有餘，則聰明不足；或才智特優，而坎壈相循。少陵云：「試看古來盛名下，終日坎壈纏其身。」此實言，非激語。

余最愛趙秉文小詞云：「風雨替花愁。風雨罷，花亦應休。勸君莫惜花前醉，今年花謝，明年花謝，白了人頭。　乘興兩三甌。任溪山好處尋遊。但教有酒身無事，有花亦好，無花亦好，管甚春秋。」

劉圻父詞云：「今來古往長安道，歲歲榮枯原上草。行人幾度到江濱，不覺身隨楓葉老。」「蒲花易晚蘆花早，客裏光陰如過鳥。一般垂柳短長亭，去路不如歸路好。」二詞同一令人猛省。

宋人載玉牌詩灑灑有仙氣。「跨鶴歸來不計年，洞中流水緑依然。無人知是三三月，萬樹桃花月滿天。」

「沿溪踏莎行，水緑霞紅處。仙犬忽驚人，吠入桃花去。」二十字似不食烟火人語。

凡人中有不足，一觸忤便婞婞見色。顔子犯而不校，非包荒，其理足也。古詩云：「戲問懷春女，輕風吹繡襦。不嗔亦不答，只自採蘼蕪。」不答固妙，不嗔尤妙。世間猥狎，全然不解，故不嗔也，乃至人忘情地位。

方貞觀南塘《秦淮》詩云：「秦淮河畔舊莎汀，芳草魂歸六代青。春去雨中人不惜，杜鵑啼與落花聽。」耐人吟咏處，較唐人「烟籠寒水月籠沙」、「近寒食雨草萋萋」等什尤勝。

高文良公《過慶都縣》云：「邑門沙擁不全開，半啓還因驛騎來。籍上未增新户口，城中全圮舊樓臺。日暄敗壁蜂争壘，人静空街鳥坐槐。誰與行臺陳至計，却驅狐鼠闢汙萊。」時當明季兵火之餘，荒瘠若此，想見公心存富庶一片生聚之情。

及門趙若侯泌，金陵人。《述懷》云：「儒生重功名，恒願得之早。我意獨不然，遲遲亦甚好。譬如烘花開，一開旋即了。何如聽自然，含苞常自保。君子思退藏，淡泊本懷抱。萬事不争先，終身顛躓少。」所見最高。

其《登鍾山絶頂看雨》云：「天形圓如蓋，地勢凹如釜。世人紛紛如蜉蝣，日在釜中不知苦。我來策杖立雲端，俯視城郭如彈丸。但見人民往來不可數，有如蜂屯蟻聚各一攢。鍾山極高一千丈，登臨頓覺心神旺。平時翹首見青天，今朝身在青天上。下界見我疑神仙，身騎白鳳淩蒼烟。不然脇下並未生雙翼，何能騰身直到霄漢邊。忽然白日當空墮，急雨漲天天欲破。但看雲氣湧模糊，不知世界藏何所。茫茫大地勢將沉，耳上如聞波濤聲。疑是開闢已過一十二萬歲，依然乾坤混沌不可分。何以青山無恙我還在，不與萬物同灰塵。又疑身躡蓬萊頂，仙山獨立看滄溟。何以但見懸崖怪石亂雲封，並無金闕瑶臺影。平生自命稱豪雄，對此不覺心忡忡。峰頭危立不敢動，恐被狂風將我吹墮烟霄中。」奇肆可愛。

改琦字七薌，江南華亭縣人。有《歲暮寫懷》詩云：「自喜蕭然無長物，木棉裘敝聳山肩。且將清酒消殘夜，閒與梅花過瘦年。千里遺書勞問訊，一家却病即神仙。平生詩骨清如許，炙硯鐙窗又擘牋。」「瘦年」二字有別趣。改與及門李静庵孝廉中表親，寄以所刻《泖東詞課》，静庵示余，余題句云：「瘦年喜與梅花過，韵絶江南改七薌。」

伶人陳如意乞楹帖于趙雪蘿，雪蘿隨意書云：「如其抵掌真孫叔，意者前身是子都。」首二字，暗切其名，不嫌纖巧。人有齋曰木石居，雪蘿贈句云：「木以枯疏盧見古，石因瘦透縐成奇。」上用山谷，下用襄陽，可稱工絶。

偶見王夢樓先生書《金縷詞》云：「夢覺黄粱熟，怪人閒、曲吹別調，棋翻新局。一片殘山并賸水，幾度英雄争鹿。算到今、誰榮誰辱。白髮書生差耐久，向山閒、笑傲林間宿。耕緑野，飯黄犢。市朝遷變成陵谷。問東風、舊家燕子，飛歸誰屋。前度劉郎今尚在，不帶看花之福。但燕麥兔葵盈目。浮世光陰容易過，嘆人生、待足何時足。樽有酒，且相屬。」未知誰作，但詞意低佪慨嘆，煞有深情。

「去來來去復來遊，少個明人指路頭。除却胸中三昧火，刀鎗人馬一齊休。」《咏走馬鐙》詩，可以喻道。

元人謝宗可《咏走馬鐙》云：「飇輪擁騎駕炎精，飛繞人間不夜城。赤鬣追風來有影，霜蹄逐電去無聲。秦軍夜潰咸陽火，吴炬宵馳赤壁兵。更憶雕鞍年少日，蘭臺踏碎月華明。」非不典則，似不及前作之妙。

大凡人中年以後，父兄師保漸漸凋謝，有所作爲，無人管束。此最是縱弛關頭，須問自家心上過不去的事便不可作。天堂地獄，只在方寸之中。余嘗戒子詩云：「善惡誰能知，捫心試一問。」階升云：「此一問不可少。」

人有明知不可作而昧心行之，昵於私，迷於慾耳。當出猛斷心，斬鋼截鐵，以鋤其根，否則轉瞬復萌，如抽刀斷水。

黄春園未殁之先，日抑鬱不釋，夢伊先人告之曰：「人於窄裏想，終無寬境；事從大處看，勿用褊心。」醒以告余。余曰：「内而骨肉，外而交游，施於我有難過處，須將眼孔放寬。思此等事，古人所遭正復不少，且十倍百倍，何以處之泰然？此心便平淡許多。君先人之戒子多矣。」春園不能用，未幾遂卒。

嘗與春園談禪。伊曰：「佛去中華萬里，距今數千年，念佛者，佛其知乎？」余曰：「譬之於月在太虛，不知去人幾千萬里也。大而江湖，小而蹄涔，皆見之。心印佛，即水印月也。人舉此心，佛見於心中，如水照於月中也。」余於詩人得之，不於佛經中。唐人云：「清池皓月照禪心。」船山師曰：「雲流花一片，月現佛全身。」又曰：「道心一明月，人境幾浮雲。」非此理乎。

事於對面看最明白。婦人女子偶作一二小善，輒津津喜曰：「必有天地鬼神照察，將來福祐我。」豈終日作曖昧喪心事，天地又不照察，鬼神又不來見你乎？

先妣朱太君於嘉慶庚午年十一月二十七日棄養。是夜，鄰媼孫姓聞巷外人聲嘈嘈，見列鹵簿甚整，曰迎梅老太太者。已而見肩輿自門内出，太君珠冠坐其中，諦視紙衣也。驚而寤，聞我家哭聲作。太君居心仁恕，奉侍先王母二十年，敬慎如一日。平生未嘗詈一僕、笞一婢，周濟親族，從無吝，合生天上也。

乾隆辛亥年，山東饑，流民就食來津者甚衆。舅氏朱仰文夫子倡義煮賑。時家無擔石，太君聞之，摘耳上金環授舅氏曰：「爲我捨之。」好施皆此類也。

太君故後，抵殮已兩晝夜，揭衾縑，慈眉善目，面色如金，口作笑容。親族環視，罔不詫嘆積德所致。

棟每公車北上，拜别兩親，太君諭勉再四，目送登車。及報罷，又復寬解，遲早有數，勿爲戚戚。己巳年臨别，太君忽黯然曰：「子今科儻僥倖，余猶及見，否則傫然之軀，恐不能留以待汝榮貴已。」棟時寸心如墜。嗚呼！豈料轉歲竟棄諸孤耶！皋魚之泣，曷其有極。

棟每夢太君，家閒必有事故。色喜則吉，色憂則凶，卜之不爽。知幽明雖隔，息息相關心也。七妹出嫁前一日，夢太君據牀大哭，竊知不祥。果未數年，妹夫婦相繼歿。

辛未三月，夢太君坐厨下，抱已故虎兒，色大不怡。責余曰：「如此兒，胡輕擲之耶？」醒而心悸。未幾，元兒痘殤。

太君最惡婢媪言人帷薄曖昧事，聞必峻拒之，使其縮舌退。每戒兒輩萬不可輕肆雌黃，壞自己陰德，敗他人門户。

太君性甘淡泊，茹素日多，垂老善病，脾胃益弱，日惟飲茶數甌，往往不食。亡妻金氏或質簪珥市甘旨。太君御之，輒嘆曰：「汝意良佳，我食不能消，徒耗汝貲耳。」今每念及，輒食不忍下咽。

己卯三月，赴試回。夢太君鮮服至，坐寢室中，爲整理書籍。亡妻侍旁，拭几掃地，似延客者。醒而異之。已而寶巖兒入泮，始悟慈靈預告書香之可續也。

「盆山紅雨漸闌珊，猶鎖晴窗護曉寒。自笑憐花心耐久，將殘總作未開看。」「忽從邊塞聽秋聲，少日英雄氣早平。馬上回看天萬里，一鉤秦月照長城。」「船窗低壓小紅欄，鎮日青山畫裏看。奇絕一灣瓔珞水，更無人處自珊珊。」三詩皆船山師自書，集中所不載。念堂嘗欲輯師外集，姑識之。

「欲知前世因，今生受者是。欲知來世因，今生作者是。」此言出於戲劇，直與佛語同。余自思平生所歷種種，不可思議，大抵孽自前生耳。因味此言，徐自懺悔，不敢憤恨，不敢報復，以消罪譴。嘗有句云：「要完轉世難完債，速了今生未了緣。莫更造因與造果，無人纏你自家纏。」

不可以理測之，謂數；不可以情斷之，謂命。

福莫大於無禍，禍莫大於求福。見《呻吟語》。

人有一番才智，必有一番挫折。才智愈大，挫折愈奇，務使你才盡智竭、力窮思盡而後止。人亦何貴有才智哉？如淮陰見縛於婦人，武侯力窮於司馬，蘇秦難逃剸腹之禍，道濟徒爲擲冠之嘆，非天有意如斯也？蘭薰而摧，龜靈而焦，雉文而翳，理所必然。故古者韜精晦彩，自全其天。

寶巖兒《賦黄葉》云：「寒鴉獨樹山邊驛，流水殘陽郭外庵。」任蓮諦有「花裏深藏薜荔庵」，任菊心有「一村寒雨畫江南」句，皆得神理。

董子懷新《蘆花》云：「九月霜痕落秋水，一年花事老西風。」爲杜石樵學使所賞。余《咏蘆花》亦有「開臨野水秋無際，吹到西風雪有聲」句。

咏物詩之有寄託者，如唐人「採得百花成蜜後，爲誰辛苦爲誰甜」，可稱絶妙。近見汪雨元先生配潘夫人《食藕》詩云：「無怪蓮心心太苦，只緣根本過玲瓏。」顧梅東先生《食橄欖》云：「但餘一點回甘在，不似青梅一味酸。」《菱角》云：「相看莫謂温如玉，風骨棱棱亦凛然。」皆有可味。

「飽看颺去情如紙，强與争持命抵絲」，昔人咏紙鳶句。劉介圃亦有詩云：「本是人閒輕薄身，仗誰抬舉到青雲。暗中失去牽絲者，縱有春風不到君。」憑權勢者可以勸矣。

人到平淡便是學問，詩到平淡便徵涵養。如「數聲清磬是非外，一個閒人天地間。」如「欲無後悔須求己，各有前因莫羨人。」如「花如解語還多事，石不能言最可人。」皆心氣平淡後方有此語。

徐曇《錢塘懷古》詩云：「鳳凰山影入天遥，五代山川未寂寥。義旆縱違司馬諫，卑詞終異尉佗驕。金城百雉猶瞻闕，犀弩三千只射潮。今日繁華仍舊俗，冰魚雪藕滿江橋。」其詞抑揚，專爲錢鏐而發。偶讀今人《西湖懷古》句云：「當時怪底頻和議，如此江山肯北還。」專諷高宗，尤爲深婉。

山陰童鶴階先生長于詠古。其《讀馮道傳》云：「戰北争悲血屨殷，獨餘長樂耐時艱。金夫自喜皮能少，玉步終無翼可攀。遂使衣冠輕節義，從將富貴屬癡頑。爲言羞耻人間事，曾否中宵一汗顔。」《金陵懷古》云：「誰言王氣如龍虎，自古偏安不久堪。一縷香痕留井底，數朝天子哭江南。蕪城又發新蒲柳，沙浦空標舊苑潭。麥飯未澆寒食過，淒淒烟雨濕青嵐。」《燕子磯》云：「危磯截岸臨清渚，石影横空翦翠苔。南國氣衰龍伏去，北平風勁燕飛來。波光夜漲浮金刹，原草春枯壅劫灰。莫悼空城多寂寞，六朝桑海又千回。」《土木懷古》云：「咫尺居庸百二强，却驅勳舊殉疆場。宏農復立思張讓，五國歸來翦鄂王。漫説蛟龍能驢敵，不知社鼠竟遺殃。禁碑踣去閹人横，太息高皇業早荒。」《伏波祠》云：「伏波遺祀尚炎方，款段原嗤戀故鄉。聚米山形秋矗矗，跕鳶水勢夜湯湯。功名已爲椒房掩，俎豆寧教薏苡傷。知有壺頭當日恨，據鞍矍鑠竟茫茫。」《謁羅池廟》云：「公庭重譯憶河東，蕉荔來陳一畝宫。漸覺嶺雲消瘴墨，可能秋氣轉春風。文章此日推韓匹，淪落當年惜賈同。欲上高樓窮遠目，江流南下更濛濛。」先生名鳳山，乾隆庚辰進士，官至閣學。

余嘗舉「三遠」之説以教弟子，曰「境遠」，曰「情遠」，曰「神遠」。望之不盡，味之靡窮，所謂遠也。

五言如「分野中峰變，陰晴衆壑殊」，「江流天地外，山色有無中」，「山暗松江雨，波吞震澤天」。七言如「静中樓閣春深雨，遠處簾櫳夜半鐙」，「近無船舫猶聞笛，遠有樓臺只見鐙」，「三千客路多依水，九點青山半入雲」。此境遠也。五言如「餘花猶可醉，好鳥不妨眠」，「雨中黄葉樹，鐙下白頭人」，「一年將盡夜，萬里未歸人」，七言如「話到更深無斷處，起看月落已多時」，「客子光陰詩卷裏，杏花消息雨聲中」，「林院鶴歸山色外，水亭人去夕陽前」。此情遠也。五言如「古路無行客，空山獨見君」，「飛鳥没何處，青山空向人」，「勳業頻看鏡，行藏獨倚樓」。七言如「偶臨湖坐得佳樹，欲傍花行無小船」，「静夜竹齋知雨意，清秋茶鼎共僧閒」，「久客歸來渾似夢，比鄰相見不知名」，「子規夜半啼宫樹，翁仲春深帶女蘿」，「梨花院落溶溶月，柳絮池塘淡淡風」。此神遠也。詩有遠致，便不一覽無餘。耐人尋玩處，正引人入勝處。

庚辰八月六日，周尺木來札云：「近作何事？」答曰：「性本乖慵，居臨僻巷，蓬門深掩，客至無多。攬秋竹以微吟，向孤花而索笑。相隨一卷，顧影脩然。無所事事，聊以自得。元智覺禪師云：『既知身後有終日，肯信目前無了時。』余姑且了之云耳。」

「今日之今，霍霍栩栩。少焉矚之，已化爲古。」隨園載此語，頗足醒人。世人於泡影中作鬧，非不欲閒，實不能閒。元僧行端句云：「天上日没月還出，山中葉落花尚開。黄泉只見有人去，不見一人曾復來。」三復斯言，自然能閒。

詩佐國史不及。許丁卯《題衛將軍遜廟》云：「漢業未興王霸在，秦兵纔散魯連歸。」嘆其補唐史之遺。我朝壯烈伯忠毅李公長庚勦海寇數十萬，厥功甚偉。船山師輓之云：「隻手强於百萬兵，居然大海一長城。生成飛將真才氣，配得青蓮古姓名。舵尾有龍擎使節，刀頭如雪湧詩情。十年莽莽東溟水，都是英雄戰鼓聲。」沉雄悲壯，李公足以不朽。

武將之能詩者，南朝如沈慶之、曹景宗厥名最著，然所傳亦無多。我朝香泉田參戎玉著《附蓬小草》，袁簡齋爲之序，稱其惜墨如金。其五言如《季冬丹陽曉望》云：「霜氣逼朝暾，寒城尚閉門。破垣孤塔寺，禿樹遠人村。地起來山脈，潮迴露水痕。雲陽舊館驛，每過一銷魂。」七言如《紫陽峰眺飲》云：「郭外城中界嶺巔，市喧野色競樽前。潮迴雨洗千峰碧，日出晴烘萬井烟。闔郡笙歌遊子騎，滿湖羅綺麗人船。當時怪底頻和議，如此江山肯北還。」《韜光絶頂望江》云：「靄靄嵐光翠欲浮，雲林深處探奇幽。千尋立壁當人面，百轉流泉咽石頭。風定松閒聞鶴唳，烟消竹外見僧樓。憑虚極目蒼茫裏，匹練横江接素秋。」《虎丘讌集》云：「喧喧歌吹趁時遊，雲斂天香正及秋。清客船依沿岸樹，美人簾捲傍山樓。但看七里花成市，肯信三生石點頭。自是江南佳麗地，吴儂知樂不知愁。」田，大興縣人。

香泉參戎《春興》二首云：「惜花人惜養花天，惜此花朝事事妍。紅杏堤長迴蛺蝶，緑楊牆短出鞦韆。壚頭醉倒春生面，驢背詩成月滿肩。桃李宴歸何所得，一枝新折海棠鮮。」「東風駘宕雨廉纖，燕燕鶯鶯劇可憐。吟處折花臨水立，醉時藉草對山眠。漁郎孟浪輕垂釣，姹女嬌癡慣數錢。自惜詩人多韵事，高僧原不坐枯禪。」其佳句如「被酒即眠芳草地，題詩多在玩花樓」，「萬家烟雨孤舟客，十里江楓半夜鐘」，皆可喜也。

「虚度光陰幾度春，琴棋詩酒自相親。道旁花好無名字，悟到無名有幾人。」此及門華夢石句，蓋亦鬱而不得志者之辭。夢石名琳，常從余受業，天姿清妙。十餘年間，共硯者皆占科名，獨夢石蹉跎未起。遂舍舉業，從事於詩畫之學，故往往攄其鬱抱，形於吟詠。如《漁父》云：「風雨不歸獨唱晚，半生心事在江湖。」《葉底花》云：「憑教葉上花如錦，畢竟先開落亦先。」《宫詞》云：「欲採宫花不自由，楊花舞處帶春愁。停飛巧寄宫人恨，化作浮萍渡御溝。」其寄懷可想。

夢石《咏新荷》云：「才沾風露心猶捲，初謝泥淤體便香。」頗見性靈。庚辰秋，夢石自河西務回，袖詩一卷相示。喜其《暮春》云：「才當春晝永，散步小園中。晴絮遲遲日，游絲裊裊風。花飛貓捉蝶，葉動鳥銜蟲。欲倩留春手，殷勤寫小紅。」其《金鼇玉蝀閒眺》云：「御河橋畔緑初肥，菡萏風來香滿衣。白塔寺高流水抱，紅樓簾捲落花飛。人開畫舫窗三面，烟繞宫牆柳四圍。步步流鶯聲不斷，送余一路問春歸。」《和王素園寄内》詩云：「王儉風流吐屬奇，寄家書寫性靈詞。蘭閨鐙下應含笑，一紙飛來定是詩。」

夢石齋中菊花，有醉客顛仆，遭其摧折，一時争咏其事。夢石云：「花竟不知扶客坐，玉山壓倒醉楊妃。」李亭午云：「果然醉膽真如斗，敢向花前捋虎鬚。」馮二泉云：「寄語主人休介意，已經拜倒老君前。」潘雲浦云：「醉裏不知生死路，任教古佛亦低眉。」余階升云：「爲語王郎休作態，料難醉倒醉楊妃。」華蔭亭云：「可憐爛醉猶思飲，摩著花盆當酒盆。」俱隱用花名，頗資笑具。

一日劉介圃問余曰：「如何是讀古人書則有定識、有定守？」余曰：「近閱《張睢陽傳》，見其答令狐潮曰：『君未識人倫，安知天道。』覺此八字在胸中，皎如日月，鑄如金鐵，一切時數運會之説，皆摇撼不得。此非有定識、有定守乎！」介圃以爲然。

偶見芥舟先生畫蘆雁數隻，題句云：「水碧沙明作伴行，一聲聲應一聲聲。相呼相喚排雲去，恰似人家好弟兄。」令人讀之，增手足之情。想見先生無時無倫常厚意在胸中。

先生自輓云：「乾坤浩浩任長眠，大塊初歸返自然。漫説壑藏舟不見，可知薪盡火應傳。青蕪自掩無歸客，白骨今爲過去仙。暮雨瀟瀟寒食候，也應杜宇哭年年。」生死了然，大徹大悟，非止名士之達觀，實迷人之藥石也。

夢石《詠樵子》詩起句云：「此身遠寄秋雲外。」余謂之曰：「此移作收句絶佳。」爰易之曰：「山山紅葉一肩挑，此身遠寄秋雲外。」夢石喜繪爲圖。

沈秋瀛故後，往弔其家，見壁帖云：「别開小徑入松關，半在雲間半雨間。紅葉滿庭人倚檻，一池寒水動秋山。」金竹村句也。沈與金壬子同登賢書，俱能詩。今俱作古，爲悵然久之。

及門姚朗山承恩《赤壁懷古》詩云：「吹簫增怨慕，横槊失英雄。」又曰：「三分遺撮土，千載話東風。」俱妙。

詩不從天分帶來，雖極古人驚魂動魄之句，讀之茫然，彼其心格格不相入也。《説苑》云：「得其人，如聚沙而雨之；非其人，如聚聾而鼓之。」非刻也。

千鍾百鍊，難得一箇「穩」字。元智覺禪師云：「幾回立盡三更月，一字搜空萬劫心。」識得此中甘苦者矣。然師詩却極平淡，如「古岸横秋水，空山起暮烟」，何曾著力。又如《寄人》云：「流落似孤蓬，君西我在東。二三千里外，一十五年中。老去頭毛白，寒來樹葉紅。所期盤石上，松月坐禪同。」須知此等境界，非千錘百鍊後道不出也。

茶能伐心氣，多飲不寐，藥久服則無驗。元僧行端句云：「睡少每知茶有驗，病多常怪藥無靈。」洵閲歷語。

家事國事，氣運將敗，任你英雄，挽回不來。誰不望子孫讀書，而往往廢學；誰不望墳墓常保，而往往蕪没。庚辰秋爲周尺木覓地於福壽宫，土人領我於亂塚間踏看，歷歷指點，曰：「此爲某家墓，今已無祭掃矣。此爲某家墓，今已就頹墮矣。此爲某家墓，已剷平爲人轉售矣。」凡數十家，不禁慨然。生前任你豪强，身後一毫主持不得。行端句云：「積世詩書空蠹簡，累朝墳墓半鉏犁。」亦目有所見云。

「白雲流水乾坤外，終不相親枉寄書。」十四字真無可奈何語，敦友誼者當三復也。

「朝旭無端又夕陽，壯懷其奈鬢毛蒼。流光自古無情物，斷送英雄上北邙。」此同邑某翁詩，何其洞達。然此翁積金百萬，敝衣麤食，曾不能好行其德。再傳而後，一敗塗地，致毁其宅爲糞廠。亦語達而心未達者歟！

富而吝與貴而侈者，其罪等。貴者任其揮霍，非朘民膏，不厭其欲。富者積而不散，必有隱受其害者。財如血脈，苟不流通，必成癰潰。不待造孽，已殃多人。

余年未五十，所經凶年凡二。嘉慶辛酉大水，饑民載道，城内三四巨富不捐一粟，未五年皆敗，其施捨者至今猶家運隆隆。道光辛巳，疫災流行，棺木買絶，人皆藁葬，並有暴露數日者。城中三四巨富坐視不濟，轉歲俱死。蒼天默默，雖不言而顯示之報，可畏也。壬午、癸未兩年水患較重於辛酉，除鄉善士侯公肇安捐資煮賑，此外施者寥寥，不知上蒼又作何處治也。

建文初，茅大方擢右副都御史。聞靖難兵起，以詩寄淮南守將梅公殷曰：「幽燕消息近如何，聞道將軍志不磨。縱有大龍翻地軸，莫教鐵騎過天河。關中事業蕭丞相，塞外功勳馬伏波。我老不才無補報，臨風一嘆一悲歌。」聞者壯之。按《明史》梅公尚太祖長公主，封駙馬都尉、榮定公，預顧命。帥師守淮南，禦燕兵，成祖不能越江。後死難，即余家始祖。

明定襄伯郭公登鎮大同，有古良將風。己巳之變，力守邊疆，大小數十戰。設飛天網、攪地龍等法，發其機，頃刻數里皆陷，一發五百步。顧又嫻文墨，所著《左傳解》，可與杜武庫争衡。嘗記其二詩，《哀征人》云：「天迷離，水嗚咽。戰馬無聲寶刀折，冤鬼慘酸啼夜月。青燐熒熒明又滅，照見征人戰時血。」《客中春晚》云：「遠塞書難寄，空庭花自開。舊巢雙燕子，今歲不曾來。」其風流儒雅若此。見《焦氏筆乘》。

余酷愛明青藤道人徐天池詩。嘉慶壬戌年，有人攜其全集來售，苦價昂，閱日已爲楊無怪年伯買去，至今悔之。嘗摘其數首，《題曹娥祠》云：「曹娥十四死長江，江水連潮萬里長。精衛定應仇渤澥，子胥豈止怒錢塘。一江魚鼈浮屍出，八尺龜螭卧絹黄。總爲金釵收正氣，可憐梟獍繞爺娘。」《壽吴宣府》云：「近來宣府息烽埃，台吉求生款鎮臺。笑引雙椎胡女拜，傳呼萬帳令公來。艾年佩䲻寧非早，薇省垂魚不待推。報與江南春信到，題詩寄處隴梅開。」其《鏡湖竹枝詞》云：「越女紅裙嬌石榴，雙雙蕩槳在中流。憨妝又怕旁人笑，一柄荷花蓋滿頭。」《漫曲》云：「聞道張家張子樓，青羅小帕急梳頭。花枝誰肯先春老，無奈風吹雨打愁。」

本朝佟莘湄先生鋏，樂浪人。著《沓渚詩集》，法律深細，骨力沉雄，余家舊有藏本。其《過厓門》云：「斷碣空山曲，荒祠易代存。孤臣餘正氣，少帝未招魂。江漢遺天塹，乾坤盡海門。悠悠千載恨，嗷嗷兩厓猿。」《首陽薇》云：「石上青青色，馨香在白雲。幾年曾養老，尺土尚留殷。麥秀歌空在，生芻品不群。登山清響發，古調自成文。」《燕昭王墓》云：「尚灑經過淚，無妨宿草深。欲知榮白骨，只是賤黄金。樂毅才時有，田齊仇或尋。可憐千里足，伏櫪少知音。」《太昊陵》云：「著作開先手，千秋亦一才。學多窮孔歲，書不入秦灰。蓬顆因爲表，蓍叢宛自栽。還疑鉤索事，結習至今來。」《沛中懷古》云：「歌風猶起故鄉塵，三尺提時竟滅秦。仁義始令征戰用，霸王常許匹夫論。大言亦自能成事，無賴原來是貴人。原廟畏逢魂魄在，豎儒慚愧一頭巾。」《淮陰釣臺》云：「草没荒臺淮水東，當年乞食未成功。萬家寂寞先墳外，一劍蕭條故里中。高帝尚曾輕國士，市人那早識英雄。經過應自憐同病，不似君才亦是窮。」《曹操講武城》云：「虎踞中原霸業成，當年牙帳此談兵。城環地市長虹氣，水急沙喧戰馬聲。半世操戈心未死，九州分鼎恨難平。不知逢掖譙東老，何異將軍墓上名。」《客愁》云：「書尚懷中刺字泯，黃扉朱户總非親。侏儒禄薄難餬口，鸚鵡才高不庇身。青眼乾坤開不得，白頭湖海去無因。買臣落拓蒙羞耻，一路行歌負束薪。」《抛梭曲》云：「頻摇寶髻墜香雲，羅襪高低蹴繡裙。一日鴛鴦三十六，餘花全作並頭紋。」

於劉介圃處，見同邑喬五橋耿甫書册一本。跋云：「順治朝平涼府修城，掘地得石碣二。一刻唐張説《錢本草》，樊厚書，書類《聖教序》。一刻皮日休《座中銘》，書類顔魯公《多寶塔》。載宋牧仲前輩《筠廊二筆》。因閲及，偶仿米南宫意書一過。」余愛二則文義絶佳，爰録之。張燕公《錢本草》云：「錢味甘，大熱，有毒。偏能駐顔，彩澤流潤，善療飢寒困厄之患，立驗。能利邦國，惡賢達，畏清廉。貪婪者服之，以均平爲良。如不均平，則冷熱相激，令人霍亂。其藥采無時，采至非理，則味臭。及既流行，能役神靈，通鬼氣。如積而不散，則有水火盜賊之災；散而不積，則有飢寒困厄之患。至一積一散之謂道，不以爲珍之謂德，取與合宜之謂義，使無非分之謂禮，博施濟衆之謂仁，出不失期之謂信，入不防己之謂智。以此七術精鍊方可。久而服之，令人長壽。若服之非理，則溺志傷神，切須忌之。」皮日休《座中銘》云：「恃道輕於人道，果不足貴。誇藝傲於俗藝，果能害己。怨寧失於忘，惠寧失乎施，謙寧失於過，敵寧失乎避。譽高不足榮，譽中必有毁。名高不足榮，名中必有議。不足防乎濫，有餘防乎侈。無行纖巧機，無用姦欺智。奪權思己權，奪位思己位。謗人思己過，危人思己墜。藿食想飢夫，其食即飽矣。粗衣思凍民，其衣即温矣。何以拒佞人，無信己之美。何以處權門，無徇己之意。無爲仁義詐，無作貞廉僞。勿爲矯俗高，勿取要君利。一敬思衆侮，一愛思百忌。傷是人之非，傷非己之是。在貧若思富，富者思季氏。在賤若思貴，貴者思宰嚭。稍盈思撲滿，稍溢念攲器。吾道諒如斯，何憂復何耻。」

余家蓄張榕端樸園《蘭樵歸田》詩稿一卷。張，滏陽人。其《過李家臺宿李武文茂才家》云：「黄沙風起人難渡，回首荒原日已昏。一帶土牆圍草屋，兩行疏樹護柴門。黍禾收後犁懸壁，車馬經過犬吠村。白酒黄雞留客宿，田家賴有古風存。」其二云：「百里孟津兵火後，連年生聚藉人勞。瀕河涸壤多鹽鹵，轉水輪盤勝桔槔。種得白楊材屋料，收來紅柹壓村醪。臨行勸客添杯酒，好禦風寒駕小舠。」《醉中漫筆》云：「莫嘆霜華點鬢頻，醉餘還是少年春。黄花紅葉斜陽裏，爲道青山不負人。」

本朝漢陽熊次侯先生伯龍，文名冠一時。沈歸愚選《别裁集》未採其詩，亦一缺略。余嘗得其全集。《贈上高令》云：「離却儒冠事事難，多君經術足當官。公家未改秦人失，循吏能令漢法寬。豈有督郵堪寄傲，何妨即墨不交歡。城南十丈青葱色，尚許停車竟日看。」《賦晴川樓成》云：「雕闌玉柱入長空，檻外帆檣萬里通。春水遠於巴子國，雄風高壓楚王宫。鳳凰欲下簫誰引，鸚鵡無言賦敢工。直擬憑虚馳八極，雲霄何日羽毛豐。」《送穆伯章令鉅鹿》云：「茂宰承恩出建章，綵衣加綬倍輝光。地當赤縣塵千里，人在黄州雪一堂。繞郭夏雲生大陸，隨車靈雨乞龍岡。還尋楚壁觀兵處，搔首南風起慨慷。」他如「五車於我稱三益，萬事輸人只一貧」，「累世交遊懷刺少，避人著作等身多」，「懷有雙珠泣白日，囊餘一劍渡黄河」。公之氣骨於詩具見，不愧爲一世文雄，沈尚書何竟不及耶？

酒之糜粟，其禍最烈，雖國憲亦不能禁。年友崔曉林《燒酒》詩最爲痛切，録之可備采風。「粟貴生齒繁，糜粟更燒酒。一燒粟數石，麴用麥幾斗。乾柴動盈車，工食飽游手。若作三月糧，可養人八九。養老及燕賓，此禮傳已久。奈何無賴徒，朝朝常濡首。漸染及齊民，提壺邀儕偶。寧使炊無米，争雄醉朋友。此毒中愚氓，豪黠爲利藪。柴米止此數，一半歸腐朽。焉得價不昂，貧者難餬口。念此爲感傷，痛斷掃愁帚。所補固涓滴，此意庶無咎。」

吟齋筆存卷二

天津梅成棟樹君輯

芥舟先生畫水仙，題句云：「雪館挑鐙酒一瓢，襟懷淡淡鬢蕭蕭。長安舊雨今誰過，寫箇冰花伴寂寥。」意殊清峭。又於馬雅南家見先生題畫云：「卧雲人家分外寒，偶然潑墨寫林巒。畫成自撚冰鬚看，欲博青州一醉難。」兩詩同一風格。

先君子自南中歸，嘗有句云：「數竿竹向雪閒緑，一樹梅敲水底紅。」金麗江云：「此景疑到西湖斷橋净寺之間。」

諸竹泉《踏青曲》云：「最是落花深淺處，踏青人去印雙鉤。」繆星池云：「古人以句馳名，如謝蝴蝶、鄭鷓鴣，君可稱諸雙鈎矣。」時滿座大噱。

余嘗選五七言絶句，取其淡遠清微者，浼周尺木書之壁間，以供不時吟玩。如「微雨止還作，小窗幽更妍。盆山不見日，草木自蒼然。」「山僧汲空潭，驚起二龍子。十里雨濛濛，三日雨不止。」「莫君君豈知，去去復回顧。一片紙錢灰，飛上梅花樹。」「修竹被晴川，淪漣映空曲。日夕雪初消，人家在寒緑。」「蒼蒼遠烟起，槭槭疏林響。落日隱西山，人耕古原上。」七言如「王戴溪頭小隱仙，漁翁引上霅溪船。幾回倦釣思歸去，又爲蘋花住一年。」「叢叢竹雀鬧人家，農事春來漸有涯。品字柴頭煨正暖，不知風雪到梅花。」「踏雨來敲竹下門，荷香清透紫綃裙。相逢未暇論奇字，先向水邊看白雲。」「四月新來三月還，一春光景鏡中看。東風也逐情濃處，吹落桃花放牡丹。」「豈有耶溪父老錢，無朝無暮在樽前。櫻桃豌豆分兒女，草草春光又一年。」「秋色蕭疏日已斜，胸無好句手頻叉。驚人小鳥去何急，飛折一枝籬豆花。」「寂無人語但山青，繚繞茶烟午夢醒。手把劍南詩一卷，柳陰深處水邊亭。」「柳曳長堤水漱沙，尋春春入梵王家。清江三日重來晚，落盡櫻桃一樹花。」「蒲扇輕摇履半拖，空階小徑步巖阿。夜闌人定閒消受，風在修篁露在荷。」數詩可洗塵氛，可滋道味。

詩家進一步法，如貧、病，人所惡也，竹泉云：「病推塵事少，貧識世情多。」似病貧轉佳。徐立山云：「買書添睡料，識字種愁根。」亦新。

楊無怪先生爲僧復初題「魚兒牡丹」云：「魚貫宫人影，窗虚月上紗。嫩殘休錯認，不是水梭花。」蓋僧家食魚，諱言之曰「水梭花」也。魚兒牡丹，俗名荷包花。芥舟先生《咏荷包花》最佳：「石竇新抽紫玉叢，翩翩細葉静摇風。軟羅密摺兜春露，繡出香囊一串紅。」

「淡淡丰姿淡淡烟，夕陽院落晚秋天。詞人老大風情減，猶爲嫣紅一悵然」，紀文達公《咏秋海棠》句，全在花外傳神。潘蘭如曰：「秋風秋雨休相妬，春草春花無此嬌。」全爲秋字寫，意致亦别。

秋葵花，古人集中罕佳咏，當以芥舟老人七絶爲絶唱。「斜倚西風不自持，池邊顧影小低垂。金樽自仄無人勸，一寸檀心吐向誰。」託意遥深，無出右者。

「梅花落地無人掃，盡被東風滚作球」，此近人咏繡毬花詩。及見元人張昱元「落遍楊花渾不覺，飛來蝴蝶忽成團」，乃知其藍本。

張治堂在琉璃廠畫肆見山水小幅，愛其題語，因購之。「儂家終日對山顔，滴翠浮青面面環。如畫家山偏不住，轉從山外畫家山。」

治堂見馬頭旅壁題句，鈔以示余，云：「對鏡空悲兩鬢塵，三年不見秣陵春。女兒命薄原如此，枉恨當時買笑人。」「當時一念悔蹉跎，懊惱春光春又過。縱使樂昌圓鏡在，桃花零落已無多。」「桃花猶是舊時妝，三載朱門飲恨長。油壁香車曾許出，傷心無處覓蕭郎。」「珍重蕭郎四十年，年年空自月孤圓。從今不用于公使，自懺今生未了緣。」「前生今世未分明，旅舍蕭條睡未成。耿耿殘鐙催短夢，明朝淚盡馬蹄聲。」款書「金陵袁氏官奴」，其事不可知。玩其意旨，殆有約而未諧其願，轉落他人之手者乎？古今如此類甚多，可勝慨嘆。

船山師德配林夫人和師句云：「得配人間才子壻，不辭清瘦似梅花。」一時傳爲閨房韵語。癸酉春夏之交，荆人病瘵，羸不可支，曾戲之云：「嫁得寒酸劇苦辛，腰圍清減舊時裙。蕭疏我已梅花瘦，卿比梅花瘦幾分。」轉歲遂以不起。每一念及，輒爲於邑。

人世交遊，全以氣類相感。氣類不同，終如水火。厚田家有汪炳文竹梅小幅，題云：「不是梅花偏愛竹，世閒好物總相依。」可稱知言。金竹坡先生續題云：「寒香漠漠洗鉛華，素影飄蕭又半遮。有竹有梅門第好，雙清風韵是誰家。」

「滿眼是山山不見，一層紅樹一層雲。」治堂遊盤山句。余甚愛之。星池云：「此本古人咏梅花詩『滿眼是花花不見，一層明月一層霜。』治堂又推於遠景耳。」

吴白广《遊花藥庵》云：「覓徑穿林路幾彎，野塘芳草路迴環。微風吹落桃花雨，人在瀟湘第一山。」《又柳州道中》云：「藤葉松陰夾道斜，無多茅屋野人家。一聲人語驚山鳥，桐樹無風自落花。」《暮春》云：「一片湘江色，蒼然起暮愁。予懷方要眇，帝降若夷猶。翠染巖花濕，寒生斑竹秋。晚來衣帶冷，月出白蘋洲。」《柳州晚眺》云：「山色暮蒼蒼，孤城挂夕陽。春從三户盡，嶺接百蠻長。遠樹浮空塔，閒雲礙故鄉。江間水清駛，早晚下瀟湘。」又「名無可好惟耽飲，品不能高只愛閒。」皆有逸致。白广，名照，江西南城縣人。善畫竹，頗瘦削。官江右者多購之，嘗於徐印川家乞得一幀。

諸竹泉有「酒闌昨日事，夢醒過來人」句，厚田嘆其超絶，然遂成讖。甲戌二月念九日，卒於寧河北塘村。辰刻猶在星池書齋談笑，回寓未半刻，家人報疾甚劇，星池去撫之，氣絶。酒在手中，杯猶未寒。

竹泉又有「萬事大都隨老去，一身端似爲愁生」句，亦不祥。竹泉内負孤高，外示通脱，所遭坎壈，言多抑鬱。其《咏海邊蝴蝶》云：「水軟山温是汝家，飄零何事到天涯。料應不是江南路，錯認紅蒿當落花。」寄意可想。蓋竹泉少負清才，以家貧，故棄舉業，充鈔關司課小胥。在海口日與臧獲輩爲緣，非其志也。

余賦性過激，處世接物便少容蓄，雖强自抑制，終未自然，如石藴火，遇鐵迸發，生平受累不淺。嘗咏古劍云：「幾番遭挫折，猶自露鋒棱。」蓋自警也。

南中有花曰「夜來香」，其名最冶。芥舟老人咏之云：「幽芳點點嫩於苔，繡枕敧斜醉始迴。露似垂情風送意，香如有約夜先來。曾從巫女行雲見，應爲江郎入夢開。脈脈一痕通鼻觀，縈懷不用酒爲媒。」「花似鵝兒葉似苔，濃陰滿架繞階迴。果然惜玉朝休采，不解憐香夜莫來。金步摇中嬌自擅，紅珠帳裏媚争開。解醒何待重呼酒，清入詩脾不用媒。」可謂艷不入俚。

余有句云：「苦吟花笑我，孤坐月窺人。」星池有句云：「思苦花知我，情癡月笑人。」頗相似。星池《自北塘寄内》詩云：「海上秋來此最先，四圍欹乃未成眠。鑪烟欲盡情猶結，夜氣初凝冷乍傳。細葛卿愁七夕雨，單衣我怯五更天。歸期預寄紅閨内，桂子鮮時月影圓。」詞頗清韵。星池配張青立先生女，通詞章。余故贈星池云：「一雙才子生花管，得句紅窗相對吟。」蓋實語也。

沈存圃先生峻遣戍玉門，輯人投贈之作，合爲一卷，題曰《雪泥鴻爪》。曾屬棟題詞。余最喜余公作沛長律二首云：「禄養何如菽水歡，蕭然風味等閒看。當年早説還家好，此日誰憐行路難。信是多窮詩律細，却緣善病酒腸寬。青鞵布韈從軍去，猶自狂吟興未闌。」「吟得新詩手自編，西征真似賦歸田。窮通有命當如此，曲直由人或未然。臣罪敢辭行萬里，君恩且去住三年。玉關迢遞書難寄，雙鯉何因取次傳。」嘆喟之中，立言有體。韓桂舲大司寇崶五言二首亦肅括。「萬里微生在，開函淚更彈。重還生馬角，兩度拜雞竿。瞥眼風濤過，餘身歲月寬。海津高卧穩，勞爾憶同官。」「三載爲廉吏，卑棲百粤東。深文心轉白，噩夢我甘同。地冷哀鵑淚，天迴退鷁風。何當重把酒，笳吹問詩筒。」大司寇曾爲先生事鐫級，故詩及之。

存圃先生入關後，著《歸田集》。自題云：「陶令歸來惟乞米，鄭虔老去尚箋詩。」

存圃兄東巖先生名嶧，年踰二十始讀書。未數年，登乾隆丙午鄉魁。著《嚶鳴集》，已爲收入《津門詩鈔》。其句如「桂樹小山招隱士，桃花流水憶秦人」，爲人所傳。

存圃先生知余著《筆存》。一日，來札云：「偶信步裝潢家，見壁間横著書，愛其幽絶，識而録之。味其詩格，當在宋元之間。紙尾署名『閩中葉芬』。或係手作，亦未可定，可收入集中。」其詩云：「谷口橋邊日未斜，先尋宿處近梅花。分明聽得吹長笛，衹隔紅闌第一家。」「四簷春雨夜浪浪，記得吹笙近竹房。三十五年江海夢，又隨飛雁過瀟湘。」「曳杖來尋處士家，迢迢空翠隔烟霞。山童揖客松間坐，笑背春風掃落花。」

「數枝花報東風暖，一夕閒酬終歲忙」，此静海勵南湖少司寇廷儀公句也。著有《雙清閣詩稿》，格律頗近高青邱。其《過蘆溝橋》長句云：「風沙暫借水雲收，滿眼烟巒憶舊遊。紅杏緑楊村店酒，疏林蕭寺野塘秋。塵心自絶青山面，佳日空抛古陌頭。争得昔年驢背好，一鞭吟興渡蘆溝。」南湖少司寇書法雖由家傳，亦曾學於姜西溟先生。集中有《題座主姜西溟先生書册後》詩云：「千金懸腕運鋒毫，遺跡重披格愈高。筆陣幾能埋巨闕，墨林何苦御鉛刀。傳鐙弟子將三紀，學字師門已二毛。自歎人書今並老，但遵古法教兒曹。」觀此知勵氏一門，輩輩工書法，蓋學有淵源矣。

竹泉殁於北塘，星池鳩同人殮之，哭以絶句，極惋痛。如「英雄埋没已堪傷，况復焦勞等看羊。竹老柯亭風雨暗，知音那有蔡中郎。」「見説無魚爲水清，生前議論太縱横。於今幸不逢黄祖，君已狂如禰正平。」「禪堂闃寂雨飄零，夜氣如凝燭火青。家本清貧兒尚幼，九原事事目難瞑。」「無端近日喜談禪，說到輪迴便悄然。今日焚香爲君祝，生爲才士死爲仙。」此語蓋癸酉冬夜閒話，竹泉云：「不知身後當何似？」余應曰：「才子來生或是仙。」故星池云然。又「新詩幾度又逢春，好句曾傳沽水濱，深淺落花猶是舊，更無人咏踏青人。」謂竹泉「印雙鉤」句也。余題星池詩卷云：「一鐙如豆詠君詩，絶世傷心絶妙詞。信是有靈應唱此，秋墳淒咽月明時。」

嘗見唐解元題畫詩云：「饘粥隨緣養道心，聲華空自滿儒林。綈袍誰問寒如許，紅樹青山古寺深。」寄懷可想。

同邑陳雨峰畫本太倉，間摹北宗，工細不在子畏先生之下。所居曰「讀石山房」，嘗自題云：「生涯贏得雪盈鬚，瓦竈常温酒半壺。摹取雲林蕭灑意，一痕山影淡如無。」意亦清絶。

天津王善舟刺史宰元和時，姑蘇名妓崔小鶯與仇構訟，幾爲中傷。王鞫是案，矜雪得釋。河督嚴小農先生與崔有舊，感其事，謝王以詩云：「八部天龍願力真，人間偶現宰官身。護持世界皆歡喜，先到紅閨善女人。」王名有慶，辛酉舉人。小農先生名烺。亦可謂風流韵事矣。

趙雪蘿赴秦中，路出太原，見旅壁題句云：「欲對春風飲一壺，山居市遠倩人沽。待他日落無消息，醉倒前村我去扶。」不知何人書。

芥舟先生句云：「老傷親故少，貧累子孫多。」余亦有句云：「老傷知己少，貧覺此身多。」又七言云：「廿載功名鐙影笑，一家骨肉淚痕知。」皆值境之無可如何，不覺言之楚也。

吟齋筆存卷三

天津梅成棟樹君輯

趙雪蘿《冬日曉行》句云：「雪埋深巷雞聲苦，月落危橋驢影高。」「高」字特妙。又張瘦銅有「橋危馬影高」句，同一入妙。

温東川述嚴樂園先生《勉士》句云：「吏不詩書真是俗，士能忠孝始爲奇。」先生諱如熤，湖南辰州府人。優貢生，舉孝廉方正，任陝西興安府，有經濟才。著有《苗疆便覽》、《安陝論》。

東川輓劉韵湖長句四首，有句云：「嗜酒長庚鯨化早，看花小宋馬歸遲。」指韵湖易簀之日，正乃弟捷春官日，沉痛之中忽雜明秀之句，最爲有致。東川名予巽，陝西興安人，丙子舉人。

念堂述南皮張硯溪先生句云：「春雨不成點，桃花紅過牆。」先生名端誠，任少京兆。其《題念堂尊人寒宵煮豆圖》五言最佳：「五夜一鐙寒，鑪烟尚未殘。秋風無定樹，菽水有餘歡。庸行談何易，婉容晝恐難。蓼莪長已矣，留待後人看。」

張佩庚《咏史》三絶句最有致。「三公爲布被，作僞起公孫。不有人倫鑒，翻誇此輩淳。」「晝上淩烟閣，巍巍廿四人。姓名如細問，不盡太宗臣。」「武尼何足齒，讀檄重賓王。若論衡文眼，應推婉媚娘。」他如「遠水高於岸，疏烟淡似雲。霧重遥村幻，烟空野寺真」，俱寫得出。

任生菊心《春寒花較遲》句云：「冷意留三月，香魂覓一枝。」絶性靈。

念堂論本朝詩，最不取隨園，謂其壞人心術。其選景州張耔園茂才集中有《題隨園詩話》一首云：「玉顔金屋總尋常，儘教搜羅入錦囊。翠羽明珠花富貴，青獅白象佛炎涼。胸中絶少秋冬氣，字裏猶聞粉黛香。好語閒情休作賦，石家池館已滄桑。」張名招覲。

念堂有「此水頻消長，吾身偶去來」句，予嘆爲道言。念堂詩主精嚴，風情者絶少。予喜其《厚載門看荷花》絶句云：「夕陽淡曬柳梢頭，一桁湘簾未上鉤。隱約不知人在否，誰家新起看花樓。」絶似劉後村，又似我朝李嘯村。予在保陽，有絶句云：「白藕花涼浦又秋，斜陽依約照簾鉤。不知紅樹誰家院，臨水先開望遠樓。」意有微同。

小陶訓婢句「夜漸飛霜休賞月，蠹能蝕字好藏書。小鬟觸惱應憐彼，内子嬌嗔總看余。」所謂善調停壼内者。《留别乃兄》句云：「已收書卷仍留句，才整行裝便問歸。」其《題朱孝子傳》云：「三載之中全孝道，六經以外有傳人。」

韵湖存滿洲完顔夫人詩一卷，有句云：「蝶來花不寂，蟬歇樹如閒。」「閒」字入神，似從「一樹碧無情」中化來，韵湖以爲然。又有「風定鑪烟穩」，「穩」字亦妙。

癸未下第後，寶坻高寄泉孝廉繪《柳橋晴絮圖》囑題，題以七古。又得《感懷》一絶句云：「廿載光陰劇可哀，馬蹄碧草與黄埃。一條楊柳東西路，失意人歸得意來。」朱臨齋覽之，嘆惋不絶。蓋是科榜後旋津，恰逢新貴北上也。

念堂辛酉年過天津句云：「舊路半爲水，空村猶傍河。」寫災後情景如畫。癸未水患較辛酉殆甚，讀此句爲之三嘆。其他佳句如「吟身憐骨立，名紙惜毛生」，「草香行飯處，花笑捲簾初」，「人間方病酒，客去自垂簾」。七言如「舊書重讀如初學，故友無多類老年」，「世味已嘗三斗醋，詩囊徒集百家衣」，「詩成草色花香裏，人在歌聲笛韵中」。皆名貴可喜。

「負郭人家薜荔門，門前流水曲通村。夜來雨過添新漲，没到鄰家楓樹根」，葉筠潭都轉句。其《咏簾鉤》云：「擡將秋水堆蛛網，捲起春風滿畫樓。」一時流傳。余最喜其《婁江道中》長句云：「溟溟雲水去何之，如練澄江放棹遲。花信漸闌風陣陣，春潮欲上雨絲絲。白蘋香裏聞漁笛，緑柳陰中認戍旗。此到茸城應留滯，杜鵑啼後數歸期。」公名紹本，杭州人。

李君桐圃於辛巳斷絃，遂遊於豫，旅舍心傷，自繪伊配曹孺人《勞績圖》。吴刺史貽曾題云：「思量往事翠眉顰，追憶音容一寫真。午夜雞聲猶在耳，夢回酒渴更無人。」歸示同人，遍徵題詞。小陶句云：「桃花忽向客邊開，佳日翻難得遺懷。争似頻年初度日，有人置酒典金釵。」王澹音女史句云：「賢婦從來豈易求，空閨月冷轉添愁。窗前絡緯啼還遍，無復機聲伴一秋。」余階升題云：「手擘吴棉對一檠，迢迢五夜到雞聲。龍眠自有追魂筆，繪取蘆簾椎髻情。」余題云：「作婦親操卅載勤，紅閨賦命竟如雲。不辭指爪虀鹽外，如此裙釵久不聞。」「紡績心情瘦不支，蕭郎摹寫舊丰姿。寒鐙絡緯瀟瀟雨，淒絶蘭窗入夢時。」内子夢秋女史題云：「女兒薄命本同哀，績絮何如咏絮才。不枉蘭閨辛苦意，白描寫出素心來。」

「不知造物誠何意，是我知心便可憐」，此余辛巳年哭張環極詩也。壬午十月，又哭田竹溪云：

「心同孤月高千古，人似秋花冷一生。」今年四月十五日，劉韵湖又告終，哭之云：「自古聰明由命薄，斷無福壽到情癡。」小陶嘆爲知言。小陶輓韵湖云：「女牛星下悼亡時，燭影鑪烟酒一卮。轉眼又逢七夕節，更無人咏斷腸詩。」以韵湖於辛巳七夕招袁蠡莊諸人雅集，有「修到神仙亦斷腸」句也。又云：「窗外輕飄雪影寒，寫梅閣裏具杯盤。早知一飯成千古，悔不同來結此歡。」爲壬午上元韵湖招小陶賞梅不至也。又云：「一卷殘詩寫未全，累君病眼望將穿。何時攜向靈前去，化作寒灰當紙錢。」謂韵湖病危時，猶遣人索小陶稿看也。

韵湖殮畢，因在外家，是日遂移柩于城西之古皇庵。温東川報罷來津，甫下車，即赴庵撫棺一慟，伊家不知也，亦可謂友誼特重者矣。

小陶自述云：「肺將成病猶耽酒，魂不禁銷尚愛花。」可謂楚楚自憐矣。《與繆星池言懷》詩云：「青衫一樣著風塵，同坐寒氊劇苦辛。交到忘年無世故，狂雖忤俗近天真。不諳生理多閒日，肯墮名場爲老親。知否怕聞人一語，韶光禁得幾因循。」星池詩云：「追憶生平物我緣，聚如花月散如烟。蜂因課食纔成蜜，蠶豈須衣亦作綿。形尚非真何論影，規今無定况於圓。史家盡遇《春秋》筆，落落傳人或不傳。」二詩俱佳。

著詩難，删詩尤難。大家集中儘有可删之作，未忍割愛故耳。吾鄉高琅村先生工時文，尤善詎語。嘗謂人曰：「婦人之舉子也，不拘賢否，養一箇必愛一箇。余之於爲文也亦然。不計工拙，成一藝即愛一藝。」信知言哉。

《滇南八咏》，高文良公配蔡夫人作。夫人父督師滇南。殁後，夫人隨文良公再經其地，感痛而作，沈雄不類巾幗手筆。隨園僅録其一，余於查次齋先生集中，又得其四，録之。《辰龍關》云：「一徑登危獨惘然，重關寂寂鎖寒烟。遺民老賸頭開雪，戰地秋深柳外田。聞道萬人隨匹馬，曾經六月墮飛鳶。殘碑洗盡諸軍淚，苔蝕塵封四十年。」《關索嶺》云：「山從絶域勢遥分，天限東南自昔聞。烽静戍樓狐上屋，風喧古木鳥驚群。青盤石磴危通馬，白裹松根倒看雲。叱馭昇平猶覺險，揮戈誰憶舊將軍。」《鐵鎖橋》云：「結構飛梁蹟尚存，蘚遺蟲字滿埃塵。三垂鐵鎖晴虹挂，百叠江聲戰鼓振。細柳營空雲似羃，霸陵原静草如茵。臨風一灑孤兒淚，不見題橋續後人。」《江西坡》云：「西嶺千重簇劍鋩，曾揮萬騎蓦羊腸。鬼鐙明滅團青血，野塚荒涼立白楊。夢斷層雲空漠漠，事隨流水去茫茫。只今賸有雙耆舊，指點殘山説戰場。」《九峰寺》云：「蘿壁松門一徑深，題名猶記舊鋪金。苔生塵鼎疏烟歇，鴉噪斜陽古木陰。赤手屠鯨千載事，白頭歸佛一生心。征南部曲今誰是，賸有孤僧守故林。」

稗史載王梵志生於西域林木之上。其詩淺俚，最能醒人。如「欺誑得錢君莫羨，得了却是輸他便。往來報答甚分明，只是换頭不識面。」多見世人終身蓄積，蕩然於一二敗類子孫者，非其驗乎？又曰：「天公未生我，冥冥無所知。天公忽生我，厄我復何爲。無衣遺我寒，無食遺我飢。還爾天公我，還我未生時。」又曰：「我肉衆生肉，形殊性不殊。元同一性命，只是别形軀。痛苦教他受，肥甘爲我須。莫教閻老斷，自想意何如。」又曰：「多置莊田廣修宅，四鄰買盡猶嫌窄。雕牆峻宇無歇時，幾日能爲客中客。造作莊田猶未已，堂上哭聲身已死。哭人盡是分錢人，口哭原來心是喜。」又曰：「不願人人富，不願人人貧。昨日了今日，今日了明晨。此之人人願，此之人人因。所願只如此，真成人上人。」又曰：「本是尿屎袋，强將脂粉搽。凡人無所識，唤作一團花。相牽入地獄，此是俏冤家。」又曰：「衆生願兀兀，常生無明窟。心裏難欺謾，口中佯念佛。」又曰：「世無百年人，擬作千年調。打鐵作門檻，鬼見拍手笑。」又曰：「家有梵志詩，生死免入獄。不論有益事，且得耳根熟。白紙書屏風，客來即與讀。」又曰：「空飯手捻鹽，亦勝設酒珍。勸君莫殺命，背面被人嗔。喫他他喫你，輪迴作主人。」又曰：「照面不用鏡，布施不須財。端坐念真相，此便是如來。」又曰：「大皮裹大樹，小皮裹小木。生兒不用多，了事一箇足。省得分田宅，無人慣煎蹙。但行平等心，人亦念孤獨。」又曰：「我身須孤獨，未死先懷慮。家有五男兒，哭我無所據。哭我我未聞，不哭我亦去。無常忽到來，知身在何處。」我非佞禪，但見世人轇轕不已，讀此詩，實於六經百子之外，另闢一門，使人清涼頓生。

曾見座主英煦齋夫子書數語云：「謀生不求甚富，居官不求甚榮。俯仰自得，泰然寡營。鄉里稱善，是謂之名。何必棲身巖穴，遁迹山林，而後謂之清耶？」此言不知古人成語，未知先生所撰，讀之令人躁釋矜平，有許多太和氣象。大凡世人勞勞，只是貪求無厭。富者之求富，惟恐其錢之不多；貴者之求貴，惟恐其官之不顯，誰肯作一退步想乎？余嘗有句云：「積金至斗亦徒然，未必人生享百年。除却形骸無長物，須知妻子亦浮緣。英雄末路空雙手，君父責成荷一肩。檢點此心相信處，可通神鬼可通禪。」言雖俚，亦可以醒世。

「身嘗静退緣知止，心不傾邪畏好還」，葛文康公詩也。人能有味其言，以養其志，必無意外之虞。

以余所觀，貪污之士，大抵心無底止，其網利爲日不足，而卒致貪墨以敗。古今一轍，後先同慨，而絶不省悟。余有句云：「守分幸招煩惱少，安貧始覺夢魂清。」菊人歎爲知言。

金子牧名貞吉，會稽人，及門金樸亭高祖也。一生遊覽。樸亭家藏遺稿一卷，内如《石頭城下與劉使君話别》云：「客路一千里，交情三十年。滔滔大江水，忽忽去人船。别淚今宵盡，鄉心此日懸。獨憐衰鈍士，無計復遷延。」《老病將歸買舟未遂》云：「策杖秋郊外，扁舟惜未還。瘦僧黄葉寺，孤客白門山。有病憐枯草，多愁望故關。天公非困我，人事總多艱。」又《獨宿高樓觀月》云：「明月高樓迥，中宵夜氣清。白雲來四望，嘑鳥恰三更。饒有山林氣，因疏世俗情。心神涼到此，流水若縱横。」氣骨頗效唐人。人言金氏多才，良不虚也。

丙戌秋日，又見金芥舟先生題畫詩云：「滿林落葉小村黄，幾點遥山半夕陽。誰與幽人清話久，隔籬蟲語豆花涼。」又「依稀牧唱與樵歌，大野蒼涼古意多。幾點牛羊莎草緑，老夫村對小兒坡」。

金方字勉之，芥舟先生長子。《夜雨舟中作》云：「布被横攤數尺冰，抛書鐙火對熒熒。那堪風雨孤篷下，卧聽人家兒女聲。」得客中之真景。後以諸生終。

吾鄉老諸生金野田先生名銓，工書善詩，貧老以終。風襟蕭散，與人談從無激言峻色，而風骨峻峻，對之自足生敬。邑侯李公符清耳其名，訪之。贈句云：「沽上知名士，如君第一流。六書褚登善，五字韋蘇州。有道貧何病，無田菊是秋。我懷風勵意，文酒訂交遊。」四十字可作先生小傳。有《題野田采菊圖》五古一首，絶佳。「海曲有高人，超然絶塵俗。結廬魚鹽市，閒静寡所欲。詩書得味深，簞瓢亦云足。抗懷希五柳，采采東籬菊。人淡契自真，一室寒香馥。昔我慕孤蹤，迴車窮巷曲。踰垣不可見，門外徒彳亍。竭來文字交，尊酒情最篤。出圖屬我題，森森神氣穆。正值黄花節，秋光滿君屋。我歸三徑荒，輸君盈一匊。」蓋邑侯訪先生三次，乃得一見。叔世不惟如野田之品者寥寥，求如李邑侯之求賢重士，豈易得歟？

「十郡名賢請自思，就中若箇是男兒。燕山難挽龍髯日，邗水争持牛耳時。淚灑冬青空有恨，歌殘凝碧已無詩。長陵麥飯何人問，願借哄堂酒一卮。」相傳崇禎甲申三月後，江南遺老諸公聚於揚州飲酒高會。酒半出席，忽見壁間有此詩，墨瀋方新，相與罷席。此殆暗爲不平者而爲之歟？

宋太學生東嘉林景熙，字霽山。當楊璉真伽發諸陵時，林故爲杭丐者，背竹籮，手持竹杖夾，遇物即以夾投籮中。鑄銀作兩許小牌百十，繫腰間。賄西僧云：「自餘不敢望，收得高宗、孝宗骨，斯足矣。」番僧左右之，果得高、孝兩廟骨，爲兩函貯之，歸葬於東嘉。其詩有《夢中作》十首，其一絶云：「一抔未築珠宫土，雙匣親傳竺國經。只有春風知此意，年年杜宇哭冬青。」又云：「空山急雨洗巖花，金粟寒風起暮鴉。水到蘭亭又嗚咽，不知真帖落誰家。」又云：「橋山弓劍未成灰，玉匣珠襦一夜開。猶記去年寒食日，天家一騎捧香來。」餘七首尤悽怨，則忘之。葬後，於宋常朝殿前掘冬青樹一株，植於兩函上。又有《冬青花》一首云：「冬青花，冬青花，花時一日腸九折。隔江風雨清影空，五月深山落微雪。移來此種非人間，曾識萬年觴底月。」後忘之。又一首有曰：「君不記羊之年、馬之月，霹靂一聲山石裂。」聞其事甚異，不欲書。若林霽山者，其亦可謂義士也。此條亦見《遂昌雜録》。

「只緣花底鶯聲巧，遂使天邊雁影分。」兄弟之分崩，由於長舌之簧鼓，古今有同慨矣。究其深微，婦言之易入，要由於丈夫少涵養之學問。余最喜宋吴虎臣先生《能改齋漫録》一則云：大丞相馮公當世，記富家翁有宅於村者。親既終堂，其兄甲不忍雁行異飛，而友愛其弟乙甚厚。乙安樂之，未嘗有違言。久之，既有室，不令。日咻其夫，使叛其兄。乙牽於愛，而聽之。而甲之所爲，無不善者。欲開釁隙，而無其端。於是甲有善馬，愛之甚至。雖親舊求借，輒以他馬代之。乙欲激其怒，乘甲之馬出，杖折其足。甲歸而見之，且喻其意。謂其僕曰：「去之而新是圖。」甲復有花藥之好，列楹數十，皆名品也，且其手植焉。灌溉壅培，不倦其勞。乙又將緣是以激其怒，乘閒鉏而去之。甲曰：「吾欲去是久矣，而未果也。」因犁其地，而植之穀。乙悟其非，且將悔之，而其室未厭也。甲既鰥居，而有愛妾，若將終身焉。處之側室，未嘗一與家事。其婦踵門而數之，詬駡毁辱，無所不至。妾不能堪，而訴其主。甲曰：「吾則過矣。」因逐其妾。乙婦聞之，媿汗浹背，曰：「妾不幸，不及舅姑，而無以爲學，以至於此。不知伯氏之德守如是之寬裕也。」乃正冠帔，而拜於庭，以謝不敏。卒爲善婦，以相其夫，而肥其家。若甲者，可謂賢矣。求之古人，張公藝可以配之。當世且言，偶忘其姓氏。懼其湮没無聞也，故書其大概，以俟太史氏。余曰：「讀此條，令人油然生孝友之思，使男子盡有此翁之量，又何虞手足之參商乎？

《能改齋漫録》又載一則云：謝逸記曾魯公布衣游京師，舍於市側。聞旁舍泣聲甚悲，詰朝過而問之。旁舍生意慘愴，欲言而色愧。公曰：「若第言之，或遇仁人，戚然動心，免若於難。不然，繼以血，無益也。」旁舍生顧視左右，欷歔久之，曰：「僕官於某，以某事而用官錢若干。吏督之且急，視家中無以償之。乃謀於妻，以女鬻於商人，得錢四十萬。行與父母訣，此所以泣之悲也。」公曰：「商人轉徙不常，且無義。愛弛色衰，則棄爲溝中瘠矣。吾士人也，孰若與我？」旁舍生跪曰：「不意君之厚貺小人如此。且以女與君，不獲一錢，猶愈於商人之數倍。然僕已書券納直，不可追矣。」公曰：「第償其直，索其券。彼不可，則訟於官。」旁舍生然之。公即與錢四十萬，約曰：「後三日以女來。吾且登舟矣，俟若於水門之外。」旁舍生如教，商人果不敢争。至期攜女以往，則公之舟無有也。詢旁舟之人，則曰：「其舟去三日矣。」其女後嫁爲士人妻。逸自言，元祐八年至京師，得於鄴郡黄正叔。以爲公墓刻不載，惜其不傳，因書其大略云。楝按：此事與吾鄉武孝廉楊公秉鉞之祖所爲頗相類。楊氏籍山右，有叔在天津巨商牛翁家司鹽筴。來投其叔，謀棲身處。牛有錢肆在津之估衣街，叔薦之肆中學習。年弱冠，謹慎而勤，主肆者愛之。值歲暮，命之海濱索逋。持券往，至一家，宅舍甚闊而荒穢蕭條，類舊族而凋落者。主人出，曰：「持券來乎？」楊曰：「券在是。」主人曰：「如有他逋，幸先别家，五日後來舍，本利須清也。」楊諾之，竊訝主人貌慘沮而言如此。届期至，門外見肩輿一乘，内庭哭聲甚哀。楊徘徊廳事間，寂無一人。呼之，主人出，淚痕滿面。楊曰：「銀現成乎？」曰：「已措於此。」出五百金付之，收券。入曰：「君速去，舍間有事，無暇款君也。」楊曰：「察君顔色若重有戚者，有何心事，幸告我以釋惑。」主人曰：「少年休饒舌。索逋得逋，足矣，何妄與人家事耶？」楊曰：「不然，君毋幼視僕。君有憂，安知僕不能排難解紛乎？君試言之。」主人汪然出涕，曰：「余向以信行取重於人，然諾不欺。今以折閲，實無以償，而又赧顔對人也。不獲已，鬻女於豪姓，今早肩輿來迎，分離在即，是以悲耳。」楊曰：「君誤矣。君以清門，棄女於下賤，可乎？楊某不忍聞見也。」急還金於豪，毁其券，出曰：「此事我任之。」白手歸。主肆者曰：「索逋來乎？」曰：「來矣。」「銀安在？」曰：「攜銀至中途，以不慎遺失，奈何？」主肆者瞠視久之，告其叔。叔曰：「此銀在我名下，幸勿使東人聞。」是夕，閉姪於室，持刃而嚇曰：「此銀汝嫖乎？賭乎？抑乾没乎？不吐實，無望生矣。」楊慨然以還金毁券之故告，且曰：「姪爲此舉時，已置死生度外，毋煩叔剸刃，甘自剄也。」叔曰：「真乎？」曰：「奚僞？」叔擲刃於地，抱之泣曰：「不圖吾家生此奇男，然子休矣，豈復能居兹土乎？」居數日，有洩其事於牛翁者。翁請見，叔難之。固請而見，握其手曰：「此異日之陶朱公也。向爲君姪，今爲我姪矣。」遂出重貲，使之貿易，不數載而致富。傳至武孝廉，以鹽筴起家，發資百萬。孝廉孫有爲郡守者，至今遂爲望族云。

右《吟齋筆存》三卷，吾鄉梅樹君先生著，姚君品侯藏舊鈔本也。前二卷原寫頗工，惜剥蝕不完。第三卷僅存數葉，字迹爛漫踳駁，與前非出一手。考沈文和公所譔《梅樹君先生傳》，是書實爲四卷。此本所闕殆半，内載詩話爲多，間及詞話、巧對、格言、雜記之類。即此以例其餘，全書體裁大致如斯。先生爲雅村先生履端之子。雅村先生，朱導江之女壻也。書内所述朱太君，即導江女。梅氏與吾族世爲婣好，故先生於此書所紀吾家先人詩句甚夥，今已多無考者。如家野田公「酒沽小市浮花片，魚買河橋貫柳絲」之句，已不見於鉞所輯刊《善吾廬詩存》内，全詩則不可得矣。惟《津門徵獻詩》内詠公詩後所引是書一則，已在短缺之數。先生尊道崇學，生平著作專以表彰忠孝節義爲心。惜未刊傳，稿多散佚，止所輯《津門詩鈔》一書行世，其版今亦亡矣。此斷璧碎金，益堪矜惜。且孤本僅存，不絶如縷，爰亟彙入叢刻云。癸亥八月朔越三日，後學金鉞。

是書寫刻越數年，又展轉假得一傳鈔之四卷完足本，忻然用以校勘，乃兩本頗有不同。完本卷數雖符，其後二卷内駁而不純，恐多爲後人所增訂，非原稿也。予既據以糾譌補脱，命工修版，復於其中選録十則，續刊卷尾，及弁言一篇，取以冠首。庶此刻雖非全書，亦已具見精要矣。丁卯九月，鉞又識。

（李清華點校）

達觀堂詩話

達觀堂詩話提要

《達觀堂詩話》八卷，據同治末芋園校刊本點校。撰者張晉本，字浣山，湖南善化人。嘉慶六年舉人。約卒於道光中。有《達觀堂詩集》等。按據李桓序，此編乃同治十二年偶得之於書肆，至此始得梓行。今檢書中紀事最晚爲道光十年，故李序推算時距撰者「没世四、五十年」。張氏論詩，服膺袁枚及其「性靈」之説，所謂「攄懷抱，狀物情，大而天地日月，細而草木蟲魚，何不一經人道？所分者靈蠢工拙」，「流連光景，抒寫性情，不能别尋詩料，所争者死活不同耳」云云，即袁氏口吻。書中屢引隨園之論而申説之，視嘉道間衆口詆袁如無物耳。當時至有比爲袁枚再世者。其推衍袁説，謂人聲千態萬狀，「即一鄉曲，一城市，口語便自不同。東、冬、江、陽等韵何以必不可合，而讓沈韵孤行」，則幾欲廢韵矣。其他如雅俗之語、古今之典，皆欲泯其時空距離，豈非全棄法則乎？然評隨園詩，却又嫌其長篇「如倒瓶瀉水，罄盡而止，於揉鍊功夫全未講究」。評性靈後勁張問陶詩，亦嫌其近體「雖窮力追新，而有句無章者甚夥」，「自稱删去之詩幾十之五六，余謂更宜如數删之，略其粗淺而擷其精粹，庶可以傳世行遠」。大抵肆於論而斂於作，卷四雖自辯「作與識原是一家眷屬，失則兩失，得則兩得」，而實不易踐行也。其不喜黄山谷，斥爲詩之一大厄，亦與隨園同。又極護持理學，而能與其性靈之説調適，此則與隨園稍異，乃順應嘉、道間風氣之新變耳。卷五記與陳沆有交，陳以紙條書示《朱仙鎮》一律，今本《簡學齋詩存》失載。此書録詩甚夥，往往不惜篇幅，長篇並録，而尤詳於湘人。又頗録湘人詩話，如劉暐澤《斯馨堂詩話》、鄧枝麟《海粟詩話》、聶銑敏《蓉峰詩話》等，鄧書傳本甚罕，劉書似已不存。

達觀堂詩話序

六一居士退閒汝陰，偶爲《詩話》二十餘則，論詩論人，評騭允當。然大家小品也，而無意創格。詩人多宗之，終宋世，倣效稱盛。五六百年來，代有作者。雖篇章繁簡、意義深淺，各有不同，而指事切情，人與詩皆得崖略則一。我朝詩家蔚興，超越前代。近今百年，論詩話者群推隨園袁氏，蓋其徵引浩博，品類雜陳，令人愉目饜心，不能釋手。雖然，亦其少年登第，早達早退，闢園林金陵，廣通賓客，公卿大夫、經生騷彦，文酒酣嬉，聲氣應和，故其書盛行，此其享文名、受文福之不可及者。若吾湘張浣山孝廉所著《達觀堂詩話》八卷，没世四五十年，始得梓行，良可慨也。孝廉幼慧好學，風骨傲岸，不能隨俗俯仰。嘉慶辛酉，始雋北闈，卒不得稍抒其志意。坎壈纏身，牢愁咄咄，咸發於詩古文詞。所著述甚富，而漫不收録，惟試帖僅有存者。道光中初出，争相購致，幾於人置一册，不知更有是編也。同治癸酉，先叔中憲公偶從書肆故紙撿得之，顛末畢具，大喜過望，命桓詳校付梓。吾湘壇坫之盛，以乾、嘉間爲最。孝廉早工韵語，負其才氣，與諸詩老抗席，不肯稍自貶損。諸老亦無敢貶損之者。又以奔走衣食，常適館數千里外，山川人物，往來周旋，書問酬答，歲無虚月，故所得詩及所見佳篇雋句，甄采夥够。僻典則加考證，諧語則寓規諷，而於鄉先輩遺言逸事、零縑片楮，有關人心風化、是非得失者，尤三致意焉。蓋推本於「思無邪」，以爲詩學之源，必歸於性情之正，其默尚自有在也。然則僅《詩話》乎哉？湘陰李桓。

達觀堂詩話卷一

善化張晉本浣山著

湘陰同譜楊木庵，司鐸桃源，以《紅雨山房集》屬予去取。其最佳者，《閨情》云：「妾貌如春花，郎心似明月。月圓花影重，月缺花影滅。但願隨月圓，不願隨月缺。」《大堤曲》云：「邀郎桃林歡，送郎桃林别。桃林花正紅，是妾眼中血。」《古意》云：「乞得天孫巧，爲君織羅綺。不必寄迴文，裁成合歡被。」《山寺》云：「樹密鳥聲雜，溪流花影破。空山悄無人，雲抱一僧卧。」《野望》云：「徑僻少人行，深林聞犬吠。落日斷橋邊，寒鴉立牛背。」《送人南歸》云：「折柳金臺驛，離心逐客飛。自憐身是客，不與客同歸。」五律如「捲簾看水月，清影上衣衾。」「世情看落葉，詩境在秋山。」「秋聲先到樹，落日半銜山。」「市近無兼味，交深不厭貧。」七律如「書求别解多穿鑿，詩到無心勝夙裁。」「無可奈何惟有酒，最難如意是求人。」「夜眠雪帳弓衣冷，渴飲沙場戰血乾。」「詩境豈無書牘擾，吏人閒爲灌花忙。」「人經病後愁偏減，詩到秋來興倍清。」皆清絶無點塵。七絶更饒神韻，如「燕子似憐春欲暮，銜泥時帶落花來。」《湘中》云：「美人樓閣繡簾遮，烟鎖垂楊兩岸斜。三十六灣秋雁到，不知何處宿蘆花。」《惜花》云：「菱子江頭水滿村，重堤烟雨對黄昏。春風一夜吹花落，不聽啼鵑亦斷魂。」

詠古詩宜有獨見。明汪進之循《詠明妃》云：「將軍杖鉞妾和番，一例承恩出玉關。死戰生留俱爲國，敢將薄命怨紅顔。」

汪清憲應軫《題武陽驛》云：「小驛春深屋半斜，東風開到刺桐花。夜來有夢難分别，半是長安半是家。」

湘鄉丞高仰基嶟《對雪》云：「平田如種玉，老樹自生花。」《春郊》云：「露氣漸滋芳徑草，鶯聲遥隔緑楊烟。」皆自然不假雕琢。

長沙謝三榔湖《和漁洋秋柳韵》詩云：「閒居何事忽驚魂，無數官差擁上門。城守燈懸鞭鐙影，廣文衣帶雨泥痕。搜尋矮屋東西舍，嚇殺長沙遠近村。帶去公堂忙問訊，是非冤屈總難論。」「迢迢寒夜雪加霜，一角公文到汛塘。被裏捉人才脱韈，枕邊搜物又鈔箱。可憐胜史鋤經謝，不及吹糠簸米王。若向常平倉首過，垂頭休惹大礱坊。」「從來意氣重儒衣，太息而今事已非。東舍倉忙公務急，西廳來往故人稀。恰逢梁士披縲入，還羡車公插翅飛。寄語同鄉宜自愛，斗租屵米莫相違。」「斯文一脈正堪憐，只望濃雲化作烟。有脚陽春同覆育，無頭公案莫纏綿。燈然漆室人如夢，鼓報譙樓夜似年。秦鏡一懸冤必雪，相隨拜舞柏臺邊。」初，謝以無妄羈府署，守禁嚴切，家人亦不許通問。書片紙隻字，必以告。詩成，爲邏者所得。時百菊溪司臯一見，憐其才，事遂得解。「吹糠簸米」云云，以事發於礱坊王姓故。謝以己酉拔貢中本科鄉試，現爲山西知縣。

有士人眷一妓，贈别以四物。某《題水烟紙煤》云：「五色鸞箋細翦裁，殷勤製就麝烟煤。層層密意知難解，寸寸芳心怕易灰。遥想葱尖新捏出，好憑蘭氣一吹來。惟應爇盡相思草，吸入柔腸日九迴。」益陽文四漢卿代妓和答云：「損却文鱗尺一裁，感郎花筆染松煤。藍田暖處知情重，蠟炬乾時盡淚灰。蕉葉自將心捲去，橙香肯念手搓來。從今雲雨陽臺外，更化爲烟日幾迴。」文名良策，負絶世姿，甲子以三場通身四六改副榜，丁卯舉於鄉。戊辰、己巳，同住京師，口眼中不可一世。歸來不久，遽傷溘逝。每檢其遺墨，不勝三歎。

聖人有所不知不能，福建之天后，其當之無媿矣。海浪風高，掀天揭地，神仙菩薩，都無可如何，乃一呼「媽祖」，其應如響，此何所憑藉而爲之乎？或者顧强爲之説，瞀矣。予嘗有句云：「汪洋巨浪拍天空，颶颶無端起賊風。仙佛到來齊歛手，獨教神女現神通。」

黄華老人有「招客先開四十雙」之句。解者據《雲南志略》：「諸夷多水田，謂五畝爲一雙。」「四十雙」，二百畝也。《唐書·南詔傳》：「官給田四十雙。」陶南村又謂一雙爲四畝。余謂「四十雙」必當時酒令戲局之類，方與上四字相聯，不然將置「招」、「開」字於何地耶？

趙章泉《梅課》：嘉泰壬戌九月，陸放翁夢一故人語之曰：「我爲蓮花博士，鏡湖新置官也。我且去，君能暫爲之乎？且月得酒千壺，亦不惡。」遂以詩紀之曰：「白首歸修汗簡書，每因囊粟歎侏儒。不知月給千壺酒，得似蓮花博士無？」又夢到萬頃荷花中，有詩云：「天風無際路茫茫，老作花王風露郎。却把千壺爲月俸，爲嫌銅臭雜花香。」

《齊東野語》載仙女降乩詩云：「柳條金嫩不勝鴉，青粉牆邊道韞家。燕子歸來春寂寂，小窗和雨夢梨花。」「松影侵壇琳觀静，桃花流水石橋寒。東風吹過雙胡蝶，人倚危樓第幾闌？」「屈曲闌干月半規，蓮花香淡水漣漪。分明一夜文姬夢，只有青團扇子知。」予謂三詩輕脆清圓，生氣滿紙，故非食人間烟火者所能道。

西湖南入路曰長橋，俗名雙投，緣有男女俱溺於此也。元富春馮士頤《竹枝詞》云：「與郎情重得郎容，南北相看只兩峰。不分雙投橋下水，新開並蒂玉芙蓉。」净慈寺側有鴛鴦塚。馬塍高氏女因婚期迫，與所私連項雉經。嗚之官，命合葬，好事者爲題碣。予有句云：「同心交頸夢魂依，一種情根兩地違。聞説鴛鴦惟戲水，前生緣結華山畿。」吴山之南麓地名雙弔，因夫婦食貧守貞，皆自盡。衆義之，爲累石塊作香火地，如長沙之寒淒坳。漸有祈求禱祀者，頗著靈驗，遂大鬨。有力者爲醵金成祠廟，鐘鼓喤喤，招僧常住。夫雙投橋、鴛鴦塚，皆始不正，投而終歸於正，所謂無禮之禮也。雙弔則有合於成仁取義之指。聖賢學問分真僞，不分大小也。廟祀而顯靈，不亦宜乎！予過此，曾題句云：「井泉留白檜分屍，霞嶺三台立地維。一縷香丸乾净土，從教芥子納須彌。」西湖水皆清，而于井之泉獨白。

姚雪門先生按試桃源，有老童本七十五歲，加十歲，姚贈以詩云：「扶鳩不墜志紆青，細字蠅頭寫未停。絳縣人同書作亥，春分星果見于丁。梁翁雲路饒三歲，韋氏家贏有一經。自是壽昌光聖化，非緣頤養得延齡。」

寧鄉王秀才雲樵，九溪先生裔也。博聞强記，工古雜詩，尤刻意長律。七古學排奡，五言清老。其《聽楊皞臣述其尊人姑臧驅狼文》云：「昌黎昔驅鱷，文章傳到今。姑臧聚狼毒，令尹有仁心。不必操强弩，還聽鼓素琴。篋中遺稿在，快意欲豪吟。」他如「雲忙常作雨，鶴去不還山。」「鄉心逐春起，客夢帶江流。」「漁浦浪生樹，城闉人喚船。」「白雲秋色裏，紅葉夕陽時。」七言如「慚懷謁刺姓名賤，怕拆家書鹽米愁。」《盂蘭會》云：「寄語九泉求食者，人間一飯亦維難。」

「輕帆如葉下吴頭，晚景蒼茫動客愁。雲静蕪城山過雨，江空瓜步雁横秋。鈴音塔院烟中寺，燈影人家水上樓。最是二分明月好，玉簫聲裏宿揚州。」曾於剃頭店手録之，閲數年，始知爲常州進士董潮字東亭者《京口渡江》之作。見《隨園詩話》。是知詩足移人，自爲有目共賞也。

向在都中，曾戲語同人云：「時俗動以青樓爲詬病，謂其淫賤也。然如薛濤、貞娘、蘇小輩，凡讀書識字人，類皆能舉其姓氏，亦可謂不朽矣。此輩何德、何功、何言之立乎？然其流傳如此之久，蓋必有異人之處。眼前之烜赫震耀者，試逆數之，能有幾乎？無怪簡齋先生之揶揄其上官也。」同人爲之乾笑，予正色恭誦純皇帝詩「不信錢塘蘇小小，蘭舟羅袂似神仙」之句，試思蘇小何人，乃能使數千百年後聖帝明王形之筆墨，我輩不當媿死耶！

桐城吴秀才本庵構云：「張文端公英之女，聰慧能詩。合巹之夕，諸佻達少年嬲不已，云『必得新婦詩乃止』。遂題云：『百歲良緣在此宵，諸君何用苦相撓。盈盈織女河邊立，早放牛郎渡鵲橋。』」絶句妙在含蓄，此正妙在絶不含蓄。

《宋史・河渠志》：「製濬川杷，以巨木長八尺、齒長二尺，列於木下，以石壓之。兩旁繫大繩，兩端矴大船，相距八十步，各用滑車絞之去來，撓蕩泥沙已，又移船而濬。」余按：此法揆之事體，似屬可行，而治河者率以開河築堤爲能事。過黄河有句云：「水性從來説下流，水行地上與天遊。遥堤縷格紛紛築，倒躡雲梯海若愁。」

龍陽高梅知秀才，跌宕自喜，瞠目無今古人，嘗爲韓桂舲先生所知識。著《情園詩鈔》，古體尚幽怪，《詩品》所云「仗氣愛奇，動多振絶」。七言《晚眺》云：「客立平沙呼野渡，農驅小犢入孤村。」《哭阿貴》云：「我亦偶然爲爾父，誰知竟不是吾兒。」《聞蟲》云：「天涯遊子孤燈泪，樓上佳人萬里情。」《落花》云：「造物有情都是幻，美人享壽自無多。」《曉望》云：「山色過江青入户，水光摇月白浮天。」《偶成》云：「人若無情何異死，文能壽世即長生。」《雜感》云：「眼中我自無餘子，海内情多有幾人。」絶句《席上贈别》云：「不辭沉醉向東風，分袂時當怨落紅。我似灞陵橋上柳，一生長在别離中。」《懷人》云：「誰信相思人不見，一齊都上五更來。」《棄婦》云：「秋風影裏泪闌干，郎不回心妾不安。那得月卿成寶鏡，把儂心事照郎看。」《題歌者畫扇》云：「對面已憐人不見，如何更畫幾重山。」聞其内助最賢而多才，梅知篤于伉儷。記其《四十初度》云「裙布釵荆更何有，誤卿一世是冰人」。又「女子多才終薄福，莫將憔悴怨夫君。」梅知又有「才要人憐命可知」之句。

農家種稻，有「五十黏」、「六十黏」之名，蓋言其最早也。放翁《野飯》詩云：「六十日白可續飯，三千年清能與人。」又《喜雨》云：「六十日白最先熟，食新且領晨炊香。」注云：「『六十日白』，稻名，常以六月下旬熟。」然則此種之來久矣！

家于磐秀才曾有《咏遜國》詩云：「龍鳳姿天授，寧甘少主臣。八王兵未樹，五叔謗何頻。誤國多晁錯，專征乏遇春。楚弓還楚得，可惜結纓人。」結語殊難爲訓，中四則通論也。又誦《棄婦詞》云：

「惻惻復惻惻，有女長太息。行行重行行，宛轉猶含情。含情一回首，見我園中柳。柳北有高樓，朱簾捲玉鉤。昔爲樓上女，簾外調鸚鵡。今爲牆外人，棄置不勝情。牆外與樓上，相隔無數丈。如何咫尺間，似隔萬重山。悲鳴勢莫挽，拚欲隨君返。手捋香裙襦，憶君尺素書。可憐帛一尺，血泪數行赤。一字一酸吟，舊愛牽人心。君如收覆水，妾願甘箠楚。否則死君前，終勝生棄捐。死亦無別語，願葬君家土。倘作斷腸花，猶得生君家。」讀至「君如」以下，真令聞者泪流，爲自來怨詩所未有。事載紀文達《槐西雜識》中。

長沙李光容者，跌宕不羈。有紈袴子，援例贈之以詩云：「北上歸來志浩然，官封條子貼門前。垂鬟大轎添雙扛，帶肚長隨算小錢。稟見靜聽三下鼓，行香冷坐五更天。擡頭望見朝珠者，俏步挨身打一跧。」此雖戲言，然以入采風之聽，官方吏治，可以得其大凡矣。《隨園隨筆》：「鄭注《周禮》『奇拜』爲屈一膝，疑即今之打跧。」「跧」字始見於此。又引《後漢書》高句麗在遼東之東，跪拜曳一足，爲打跧之所由始。

袁小修有《新嘉驛壁題會稽女子詩》。女子莫詳其姓氏，過新嘉驛，題詩牆頭。其自序云：「余生長會稽，幼攻書史，年方及笄，適與燕客。嗟林下之風致，事負腹之將軍，加以河東獅子，日吼數聲。今早『薄言往愬，逢彼之怒』，余籠中物耳，死何足惜，但恐委身草莽，湮没無聞。是以忍死須臾，俟同類睡熟後，竊至後亭，以泪和墨，題三詩于壁，并序出處。庶知音讀之，悲余生不辰，則余死且不朽。」詩曰：「銀紅衫子半蒙塵，一盞孤燈伴此身。恰似梨花經雨後，可憐零落舊時春。」「終日如同虎豹遊，含情默坐憾悠悠。老天生妾非無意，留與風流作話頭。」「萬種憂愁訴與誰，對人强笑背人悲。此詩莫把尋常看，一句詩成千泪垂。」予爲賦一絶云：「風花水絮染游塵，最愛人多最憾人。兒女英雄齊下泪，有才無命是前因。」

俗傳六月二十四日爲荷花生日。嘉慶乙亥秋，好事者爲詩以祝，凡四十人，下及方外。秦白二關、家蓉裳同譜俱七古長篇，文多不録。予最愛同譜雲池履信聯句云：「君子自來多壽考，美人難得是長生。」七絶云：「今生我爲他生祝，修到荷花一命生。」尹作翼伯臣云：「愛他花面如人面，生小開來便並頭。」汪本浩養田云：「輕盈楊柳鬬腰支，十五風情學展眉。笑與荷花結同譜，相看俱是破瓜時。」吴芝橋棠云：「琉璃世界綺羅城，水富精神月富情。消受清閒如此福，荷花那得不長生。」釋願堅也岸云：「白社重逢一笑迎，爲花稱壽展花情。大家敷地蒲團坐，不説無生説有生。」「超生浄土是前因，我佛拈來示化身。一葉一花皆不老，如來世界總長春。」意境皆清妙。余亦綴其後云：「亭亭浄植玉無瑕，暑雨薰風閲歲華。自笑心腸如鐵石，前生或恐是梅花。」余生辰在十二月。

湘潭妓館萬紫園購兩妹，皆妙麗，教之倚門術，不依，投於水。死後手猶交固，潭人士刻《雙璧詩》以表之。蓉裳詩最佳，其發端云：「猗猗女貞樹，乃在青樓傍。青樓有雙璧，鮮好如切肪。生小無因緣，各居天一方。不知住長干，不知住横塘？」中間云：「問年未十五，十三十四强。父母既云遠，弟兄永相望。生世何不辰，先後青樓藏。」又云：「妾本良家女，薄命抛爺娘。小時聞《國風》，説有衛共姜。之死矢靡他，一生一新郎。如何姊妹們，夜夜歡洞房。」末云：「長跪謝父母，兒生不爲娼。低聲祝水伯，魂魄求引將。青絲雙綰髮，白紵交縫裳。事事四五重，結束間不忙。生爲白璧來，死還完璧償。攜手出青樓，慘淡天無光。五月二日夜，畢命清水塘。」頗有漢、魏人樂府氣味。吴笠樵登鴻云：「顛倒太殘毒，問天天未肯。」韓箴泉言《乳燕飛》詞云：「受盡紅顔累。折磨人，這般田地，忍心抛棄？千里鄉關魂夢遠，插翅也難飛至。鎮日〔裹〕、愁眉横翠。要緊關頭須守定，幸清瑩白璧無訾議。休浪把，玉釵墜。　摧花風雨難迴避。好商量、你儂兩個，同心合意。一縷青絲波蕩漾，逼作鈎魂香餌。除亡却、更無别計。溷濁地塘污不淺，葬香軀免使翻身易。恐又洒，傷心泪。」

石埭李鍾山英令桃源，以冤殺二人思懺悔，倡修東嶽寺。見匠塑趺坐，李謂不如盤腿，命碎之，猝得寒疾，乃仍如匠法。開光後佛右臂字迹隆起，係康熙五十二年信士何若文、生員何瑶所修。此予所親見者，以此見佛法神通也。予感而賦之：「蓮座珠光暗劫塵，佈金重轉法華輪。莊嚴妙鬘原無我，懺悔冤頭詎有因。錯認佛爲供養主，虚疑渠是宰官身。陽間白日逢羅刹，憾不皈依忍辱人。」李在官以賄聞，後得奇癢病，爬搔皮落而死。

同研胡四學山生平最謹飭，不妄出一語。曾誦其《有感》詩云：「堪嗟時事幾般乖，誤入迷途似落崖。醫術總稱張景岳，羅經巧託蔣平階。魂銷蕩子洋烟引，坑煞文童墨卷排。更有新妝元寶樣，高標挖耳掛招牌。」

曩在京師，益陽段某示以小條幅，書十四字，字可徑二寸，問：「市琉璃廠，當值幾許？」余不應。段曰：「此瞽者書也。」余頗疑之。段述其人有異術，能出神，知百十里以外事。生日，女歸壽，入門即謂打破一碗甚小事，何必將小兒女痛打！蓋其居約離七八十里也。故雖瞽，而人不敢欺。萬東堂曰：「此吾鄉陳先生名其揚字羽峰者也。幼負異姿，文試不利，遂中武闈。工制藝，善八法。晚年兩目瞽，索書者亦不厭。侍者牽紙提手，指點起止處，濡墨授之，運筆如飛，不歉不溢，斯不亦神乎！直超鍾、王萬萬矣。去世五年，部中查出，以百歲人瑞，竟邀恩典。焚黄之後，始遞故呈，亦希見希聞也。收其字者，云能辟火災。」

子曰：「多聞闕疑。」所謂雖聖人有所不知也。其告子路曰：「不知爲不知。」「君子於其所不知，蓋闕如也。」以不知固無害于聖人也。余嘗謂「志學」一章是聖人年譜，《鄉黨》一篇是聖人實録，皆極平正明白，惟聖人能造到時中盛德之至，所謂下學而上達也。後人不明夫此，專欲無所不知，故强不知以爲知，豈其聰明反出聖人之上乎？楊升庵云：「三代後無真理學，六經中有僞文章。」此憤極語，亦見到語。孟子稱「盡信《書》不如無《書》」，此物此志也。夫經典尚難盡信，況諸子百家之紛紜錯出者乎？況注疏訓詁家之承訛襲謬者乎？袁簡齋云：「宋儒鑿空，漢儒尤鑿空，皆不能守聖人之教者也。」

古今疑竇，繭絲牛毛。《天問》一篇，不過得其萬一。而最不可解者，無如童而習之、日日用之之字音韵。嘗怪禽獸之音，到處如一；而人聲則無論各直省及外藩，千態萬狀。即一鄉曲、一城市，口語便自不同。東、冬、江、陽等韵，何以必不可合，而讓沈韵孤行？講究等韵者，列之以格，分之以門，煩稱博引，反覆辨駁，謂宜精《河》、《洛》之藴，考律吕之原。究之，有字母、復有字父，母又可增可減。

更有考據家自矜博雅，謂某韵與某韵通，雜引書卷以證之，是猶以後人之子弟翻作前代之祖宗。試思作《周南》第一章者，彼豈逆知後來有尤韵乎？此三尺童子所解也。

談切韵者主音和，謂自然之音也。此論不刊。愚竊以意擬之：如花、話、發、瓜、寡、卦、刮，直恁地分明了當。蓋今日之口音，即唐、虞三代之遺也。何則？由生我遞推而上，人種所起，即聲響所由留，一定之理也。世人但知今之非古，而不知今之即古。於是是古而非今，執一而廢百，直醯雞之見耳。

字有四聲，猶人有四體。體缺不成人，聲缺不成字。缺字之一聲，如割人之一體。且字之讀作某，俱係人所爲，字固不能自言謂我是某字也。何所見而謂十蒸無上聲乎？《隨園詩話》歷引諸詩平仄易用，可平可仄，如蝗、但、麒、挑、燈、司、琵、凝，不一而足。且旁及「親迎」、「鐙檠」、「伍員」、「禰衡」等類。由是推之，古人之不爲韵縛者，諒不止此，今人則如應聲蟲耳。

《焦氏筆乘》載，古人「下」皆讀「虎」，「服」皆讀「迫」，「降」皆讀「攻」，「英」皆讀「央」，「憂」皆讀「喓」，歷引《詩》、《騷》以證之。「風」字，《詩》中凡六見，皆與「心」、「林」伴，則「風」不讀「分」也。今俗大舌頭讀若「亨」，庶其近之。他如「好」之爲「吼」，「雄」之爲「形」，「南」之爲「能」，「儀」之爲「何」、「宅」之爲「託」，「澤」之爲「鐸」，皆據上下文及他篇之相同者而自見，確然有理。但不知自何人何時，而變爲今日之音也。至若改古以叶今，尤覺可怪，如鳶、天、淵都扯入真，豈三代之時，呼「天」俱曰「丁」乎？

隨園謂吴棫《韵補》爲《洪武正韵》之先聲，無奈積重難返，比之文公逆祀、定公順祀、鞅廢井田、莽復井田，一變更則人以爲怪。予謂王、鄭、程、朱尚有人參末議，而沈韵則數千年來無人置喙，大不可解。離合因緣，都關時會；文字粘連，蓋亦有之。如云「關睢卷耳」，則人以爲典雅；「睢鳩采卷」，則人必以爲生湊。究竟何典、何湊，不過以其傳世久而口頭熟耳。嘗謂物類之長存者，以得陰陽五行之氣多，經曲之傳，固由理勝，亦得人之氣多。今試有人拈韵曰「格格雞公，在屋之東」，有不見而拊掌者乎？昔揚雄好奇，擬之「僭王」、「猾夏」，皆爲客氣所使。作詩者動輒擬古，殊覺無謂，不獨「點點蠟燭」發人乾笑也！

方言里語，傳之經史則古，出于近今則俗。如古云「寒暑」，今云「冷熱」，且云「冰冷」、「燒熱」，又云「冷浮浮」、「熱蓬蓬」。假令《三百篇》作者生于今日，豈能外此聯綴成文乎？考全《詩》叠字四百有餘，後之視今，亦由今之視昔，特世界爲前人占去耳。由是推之，古詞章之不可解者，皆緣當時無人注記，固不獨如《書》之「弔由靈」、《尚書大傳》之「舟張辟雍，鶬鶬相從」、《國語》「暇豫之吾吾」等類，以及樂府《烏棲曲》之「目作宴瑱飽，腹作宛腦飢，刀作離婁僻」，又曰「既死明月魄，無復玻璃魂」，周宣王時《采薪歌》曰「金虎入門吸元泉」，當時自有解，後人不能意揣也。如俗捉小兒手掌相拍，謂之「打偏偏」；以瓦片掠水面，謂之「打飄飄」。假令用之歌謠中，傳之後世，誰能解得？

袁太史論詩專主性靈，蓋原先儒「詩本性情」及「詩以理性情」之指，非徒逞其臆見，翻盡前人窠臼，謂不必分界限、局朝代也。其天分極高，自負書爲前世讀，故其視記誦詞章，直同兒戲。早歲登科外用，非其初志，觀其心中念念不捨「翰林」兩字可知也。脱身塵鞅，鋭意以詩名世，又宏奬風流，延接聲氣，故蔚然爲一時冠。《詩話》中所指列不爲矯激詭隨，此其所長也。

詩以言志，如人之面貌不能一律。然從來大家、名家之可傳者，必骨格、風韵、氣魄三者俱全。有骨無韵，則泥塑木雕；有韵無骨，則紙糊篾紮。二者備而無氣魄以運之，則可小不可大，可近不可久。善哉，隨園之論曰：「裴晉公笑昌黎恃其逸足，往往奔放。近世才人，頗多此病。惟王夢樓能揉之使遒，鍊之使警，篇外尚有餘音。」此數語非個中人不能解道，而其自評則云：「聲憑宫徵都須脆，味儘酸鹹只要鮮。」今讀其小詩，如醃摘蔬茹，清脆可口；長篇亦如倒瓶瀉水，罄盡而止。于揉鍊工夫全未講究，豈言之而不能踐乎？抑純仗天姿，不經人力也？

有老儒落魄揚州，干求無所遇，以市儈不解文字也。一日，諸鹽商大會，推厚貲者居首。席間行觴政，各述《千家詩》一句，某商故目不識丁，漫唱云：「柳絮飛來一片紅。」衆請所出，首坐者囁嚅無措，老儒于末座應聲曰：「此係唐人絶句，我不記全首，第三句云：『夕陽返照桃花岸，柳絮飛來一片紅。』」衆商信之，極歡而散。首坐尤德之，以其善藏拙，且增體面也。遂相與款洽，延之至家授書，豐其廩餼，數年始歸。老儒竟大有得。「柳絮」句本不通，得上句湊合，乃似天生畫景。古云「點鐵成金」，其斯之謂乎？

「文章本天成，妙手偶得之。」不獨拈弄字句爲然，即經典中亦有天生對偶。曾有修武侯廟者，于土中掘出石柱，上書「其自任以天下之重如此」，而無其對。後于他處却得之，乃「是知其不可而爲之者與」，恰合武侯身分。前明劉瑾製一杖，甚精好。適有不附瑾者來，屬其題識。其人書「危而不持」三句，瑾知其訕己，而無以難也，亦書「用之則行」三句。雖小人侮聖人之言，而屬對精絶，如出鬼斧神工。較之「三光日月星」，禹、湯、文、武三王，尚屬臆撰。予嘗箴一友人云：「天之未喪斯文，人不可以無耻。」又問一友人疾，俗謂危急者曰「在河中間」，傍一人代語云：「只怕宛在水中央，難得誕先登于岸。」伊衝口而出，而不知其竟爲絶對也。

在桃源晤閩縣廣文吴素村玉麟，因任鳳山，緣事遷謫。以有逸才，當途多物色之。酒間談次，凛凛帶劍俠氣。少時家貲累鉅萬，不數年盡散去，蓋扶風豪士也。筆墨甚多，韵語亦不自善别擇，所梓千餘篇，今録其可誦者。《靈源洞》云：「崖頭泉滴滴，澗底水潺潺。剛風吹古木，鬼雨落空山。」《卞氏璧》云：「匹夫本無罪，其罪在懷璧。懷璧亦何罪，罪在求知迫。」《秋夜》云：「西風吹落葉，疑是空階雨。起視一庭霜，凄清月正午。」《寒衣詞》云：「寄寒衣，寄寒衣。一滴泪，一縷絲。絲絲和泪著君肌，妾在邊關那得知。」《指頭畫虎圖》云：「繪水緩聲，繪月繪景。繪人繪神，繪獸繪猛。《易》曰大人，虎變文炳。人以此爲善于寫生，吾以爲直自摹其小影。」《邊婦詞》云：「赤手縛呼韓，單騎退賀蘭。歸來雙鬢改，名但注材官。」《送行》云：「欲挽君難住，相隨我未能。離心逐江水，直送到金陵。」《題畫》云：「山環緑水水環山，水色山光相對閒。中有幽人栖隱處，板橋茅屋兩三間。」《臺江顧曲》云：「響遏行雲下九天，繞梁餘韵入冰絃。祇因擅得無雙技，誤汝青春十六年。」《半身美人圖》云：「善寫名花寫折枝，半身丰韵落腰支。爲憐宋玉西家住，青粉牆頭試一窺。」《西湖》云：「南峰風送北峰雲，白日無光野草曛。兩字寃同三字獄，于公墳對岳王墳。」《七夕》云：「更無死別但生離，除却神仙孰有之。一度秋來一相見，那須惆悵隔年遲。」《畫美人》云：「自古紅顔無不老，美人宜在畫中看。十分真態呼應下，一點芳心寫最難。」《和珠江雜詠》云：「靈心彗舌是鸚哥，獨立闌干喚翠娥。報道江南佳客至，須敲檀板唱新歌。」《擬崔灝王家少婦》云：「少小嫁王家，青春正破瓜。紅裙新簇蝶，烏髻巧盤鴉。愛打同心結，偷栽夜合花。漸知逐時好，泥母教琵琶。」「自惜璧無瑕，秋波故故斜。有心憐宋玉，得婿似秦嘉。含雨歌楊柳，迴風舞落花。欲知兒姓氏，生小住鄰家。」《臺江夜泛》云：「萬籟作秋聲，空江夜氣清。雲馳疑月退，船疾見山行。便欲浮查去，乘兹破浪驚。明朝懷片石，何處問君平？」《許氏別業》云：「樹老風聲壯，山空月色多。」《食蟹》云：「舌舐手雙拈，翻將匕箸嫌。醋薑皆佐使，紅白各清甜。」《聞雁》云：「四海誰賓主，天涯有弟兄。一行來塞外，萬里送秋聲。梧葉西風急，蘆花夜月清。鄉書難却寄，踪迹似浮萍。」《雁字》云：「開天初畫一，大筆特書人。」《菱角》云：「宛轉三隅反，平看一角端。」《除夕》云：「不癡時見賣，有願竟誰如。」《登漳江閣》云：「飛閣倚雲深，愁人萬里心。天連三楚闊，山入八閩陰。鴻雁秋聲急，闌干夕照沈。所嗟身是客，不敢數登臨。」《送別》云：「相看惟有泪，繼見總無期。」《眼鏡》云：「乍疑羅四目，莫訝項重瞳。」七言如「久別乍逢如隔世，多愁無奈强加餐。」「醒亦徒然争似夢，哭應不得且爲歌。」《和人感舊》云：「錦堂西壁粉牆東，十載華胥一夢中。好色誰能如宋玉，憾人我亦是文通。王孫緑徧裙腰草，少女涼生扇面風。試取瑶琴彈舊曲，求凰哀怨變離鴻。」「軒開芍藥帳芙蓉，月地雲階拜玉容。葵藿有心殊斷梗，女蘿無力附喬松。篆香欲燼烟猶結，蠟炬方高泪正濃。記與智瓊聯眷屬，非時常許數相從。」「應是珠宫瓊樹枝，餐英擷秀已忘飢。論文最愛《閑情賦》，擬古生憎薄命詞。描罷美人磨黛墨，繡成高士費機絲。深閨盡日忙因甚，侍女旁猜總不知。」「避風宜倩錦屏圍，弱質難禁酒力微。冰雪在神慵傅粉，珊瑚爲骨不勝衣。指尖記拍鶯輕囀，掌上留仙燕欲飛。試把玉環相比并，恐憐嬌婢太癡肥。」「仙人大抵好樓居，鏡水風簾映綺疏。波底芙蓉紅點靨，陌頭楊柳翠侵裾。雙鉤彩筆朝臨帖，萬卷銀缸夜校書。若使長門重買賦，千金定贈女相如。」「夜長偏厭汝南雞，斜月三更入户低。閒步每來蓮葉北，捧心如在苧蘿西。朦朧倦眼桃含露，輾轉柔腸絮著泥。急鼓催歸天欲曙，青驄猶自隔花嘶。」餘如「夢草有懷終幻相，情芽未滅即愁根。」「對影成三惟月姊，知情第一是鸚哥。」「四海交多肝膽少，千金諾重死生輕。」《留人夜飲》云：「來不送迎真脱俗，見無時候免相思。」《滕王閣》云：「孤雁横秋歸極浦，空江流水送斜陽。」《岳墳》云：「伏地權奸皆北面，參天老樹尚南枝。」《放言》云：「反脣窮鬼嘲韓愈，得氣錢神傲魯褒。」《不寐》云：「紅燭未銷防鼠子，青氈欲破任偷兒。」《初至鳳山》云：「問字經誰横北面，閒行犬或吠東坡。」《獄中和人》云：「不可復然灰竟死，縱令無濟氣猶生。」予尤愛其「地濕壁蟲行作字，窗空林鳥下窺書。」殊未經人道。

先生有女名河洲，字徽音。字陳氏，歸有期，因父被議，憂恚死。三日，附魂使女蘭香，言死後城隍憐其孝，收爲女，送往普陀禮大士，命守本宅香火。又言父與群小有夙冤云云。陳迎其柩祔先塋，祀主于家，而聘蘭香爲室。予曾賦詩追弔之。又集中有《木蘭圖詞》，稱木蘭姓魏，譙郡人。年十四，代父從軍，後凱旋。隋煬帝奇之，欲納爲后，不從。强之，自盡。贈孝烈將軍。自來注家皆不及此。

鄉前輩郭昆甫先生與先君子同庚。童試郭三冠軍，先君子次之，蓋一時瑜、亮也。立志學古，健于時藝，有《羅洋草專集》，殘膏賸馥，沾丐後人不少。雖年止四十一，而著作甚夥。其次公仲甫謀盡梓行，付之匠。匠善逋，席捲而去。後零星搜輯，僅得文、賦、古今體各若干首。詩以奇峭勝，《漂母祠》云：「淮陰不侯，漂母不祀。一飯王孫，千世萬世。不望報，良獨難。但施恩，詎云易。英雄落魄何代無，往者子胥亡入吴。瀨上之女還捐軀，邈然望古精魂俱。我來把櫂淩珠湖，天風渺渺吹菰蒲。吁嗟乎，英雄落魄何代無！」《車行》云：「一寸地上土，同質還異論。下者爲泥汙，上者爲塵昏。塵昏杳然向空盡，此是古來遊子魂。」《咏雪》云：「風去一聲疾，迴光無處無。」《初夏雨後》云：「一聲啼鳥滑，滿院落花多。」《除夕》云：「窮廬非死所，斷簡是生涯。」《書懷》云：「花風二十四番迷，半作春天燕子泥。暫入世防千古笑，初生人試一聲啼。杯中變幻蛇無影，隙裏奔馳馬不蹄。七尺傭耕今未輟，年來諸將報征西。」《哭友》云：「莫憶詩筒與酒巾，孤墳三尺孰爲鄰。揚雄著述侯芭好，李賀交遊杜牧親。今我獨存君白骨，古人長恨鬼青燐。悲歌欲當生平哭，已作千秋泪盡人。」《上塚》云：「三春奉母留寒食，一世生兒答紙錢。」《贈内》云：「生憐薄命啼紅粉，飢過凶年算白頭。」又如「碧樹天寒鴉護葉，緑窗人静鼠窺燈。」皆窮力追新，獨闢蹊徑。生平敦實行，在京師時，有密友以千金託其關説者，先生峻拒之，遂與之絶。

涉筆偶誤，不必爲古人諱。如少陵「諸生老伏虔」、「曾驚陶侃胡奴異」之類是。若襄陽之「殘照」「夕陽」、康樂之「揚帆」「掛席」，是爲重複合掌。至謝朓之「雖好相如色，不同長卿慢」，劉琨之「宣尼悲獲麟，西狩涕孔丘」，直是杜湊。豈獨如蕭子雲「三五前年暮，四五今年朝」，梁元帝「相兼二八，將兼四七」，《費鳳碑》之「菲五五」，割裂扭捏，不成文理。昌黎起衰八代，少陵別裁僞體，此物此志也。

吾邑馮棖公先生名一第，天啓孝廉，與蔡忠烈交好。蔡有《馬踏夜城望南郊燈火疑馮子讀書處》絶句云：「好月霜難下，孤城獨馬看。遥憐山影外，人在剔燈寒。」後亦死獻賊之難。堵公允錫哭以詩，有「三復馮君《辭祖》篇，兩耳不全兩者全。生歸拜母死罵賊，死死生生作孝廉」之句。先生有《史發》二十卷，今無存，僅得其代古詩數十首，及《蕢閣吟譜》一帙。語多苦澀，殆張瘦桐所云「染鍾、譚習氣」者。然如「家貧思世足，歲儉賴官賢」，殊卓有見地。至如「不得抱郎身，止好抱郎影。抱影不離身，與郎同夜永」，蓋自傷不得志於時，惟以一死報國。此種深心苦志，豈吟風弄月者所解乎？

毛西河先生謂「蟹奴」、「燕婢」、「鵶舅」、「鼠姑」，始於元、白而盛於皮、陸。袁太史謂詩用替代字始於宋人，如「葛索」、「鈎軜」、「蒼官」、「青士」、「鴨緑」、「鵝黄」等類，比之廋詞謎語。後來學者，以「瓶」爲「軍持」、「橋」爲「略彴」、「箸」爲「挾提」、「提燈」爲「懸火」、「風箱」爲「扇櫃」、「熨斗」爲「熱斗」、「草履」爲「不借」，其他「青奴」、「黄奶」、「紅友」、「緑卿」、「善哉」、「吉了」、「白甲」、「紅丁」，日新月異，而以爲濫觴爲郝隆之作蠻語。《文選》中詩以「日」爲「耀」、「靈風」爲「商飇」、「月」爲「蟾魄」，皆是此類。至陳子昂出，乃一洗而空之。余謂詩用替代，猶之傖父好掉文，雖滿口用「之乎也者」，而愈形其俗。鄭夾漈謂紀年用「閼逢旃蒙」等字，是以「一元大武」爲牛也。真堪捧腹。愚按「攝提」字惟一見於《離騷》，其他經典款識俱無有，郭注未詳，直是無可引證耳。而曝書亭顧用此紀年，亦名士好奇之過。

鄧宏遠號竹香，四川人。援例佐雜，分發湖北，後去官，流寓南省，在癸亥、甲子間。其人風流跌宕，詩字俱不俗。余曾倩其書四體字，蓋皆其自作也。篆書云：「翠蓋天中擁，晴霞水内描。懷情猶未足，待用莫先凋。」真書云：「萬里飄零一葉舟，江湖依舊兩年遊。家離路遠常歸夢，客久囊空欲典裘。曲岸長河朝復暮，涼風炎日夏交秋。滿懷離恨憑誰訴，好倩江郎彩筆頭。」隸書云：「尋芳選勝入西湖，獨泛扁舟似戲鳧。日照樓臺天共水，月翻風浪鏡聯珠。孤山梅老懷和靖，二井泉香感范蘇。妙境留人供玩賞，忘歸吟白數莖鬚。」草書云：「睡起晴窗午夢殘，嬌容照眼倚闌看。秋來籬落淡成色，老勝楓林深染丹。是葉更奇如鶴頂，非花遠望即雞冠。還應與菊争濃艷，莫怕風侵曉夜寒。」余曾題其《觀漁》書册。後庚午，余自北歸，竹香已先化去。今檢其遺墨，猶爲怦怦。

余因竹香得交顧天池，曾題其畫，詩載集中。頃檢篋中，得畫荷一幀，自句云：「風流昔號紅蓮幕，揮灑今成應手蓮。寄語才人庾長史，淥池遥羡已登仙。」尾署「畫橋仲子寫意」。餘牡丹、梅、菊俱失去，正可惜也。

少陵云：「妙取筌蹄棄，高宜百萬層。」又云：「意愜關飛動，篇終接混茫。」放翁云：「詩忌參死句。」滄浪借禪喻詩，謂如「羚羊掛角」、「香象渡河」，有神韻可味，無迹象可尋。司空謂「超以象外，得其寰中」，皆言詩之超詣也。隨園謂詩不必首首如是，要不可不知此種意境。蓋一落言詮，便同嚼臘。須使聽琴者領取絃外之音，如畫龍者想像點睛之妙，此在好學深思、心知其意者優游而自得之。

詩文字畫，不能滅古，亦不能泥古。如摹仿太甚，是猶祖孫父子共一幅行樂圖，有是事耶？摹倣尚且不可，況剽竊乎！「我手所欲書，已書古人手。我口所欲宣，已言古人口。」蓋謂前人之述已備，後起總不能出其範圍耳。此語殊不盡然。古稱龍爲神物，而犼與龍鬬；仙佛具無量神通，而天后獨能救人於海。鱅鰱魚母孕子，朝王必有雷雨助其卵育；湘中老漁拈浮草嗅之，卜爲道州子至。然則天地之氣化日新，即夫人之心機日闢，形之於詩，何獨不然！有志之士，通神明之德，類萬物之情，少陵所謂「文章千古」，豈沾沾乞靈於故紙哉！

杭州吴西林先生自序其詩曰「古人讀書，不專務詞章，偶爾流露謳吟，僅抒所蓄之一二。其胸中所貯，固淵乎莫測也。遞降而下，傾瀉漸多。逮至元、明，以十分之學，作十分之詩，毫無餘藴，更或溢量以出。故其經營之處，時露不足。如舉重械，雖同一運用，而勞逸之態迥殊」云云。此一段爲從來論詩者所未發。

河間謂善爲詩者，當先取古人佳處涵泳之，使意境活潑，如在目前，擬議之中，自生變化。予謂此須具絶頂聰明見識，《大易》所云「化而裁之存乎變，推而行之存乎通，神而明之存乎其人」。引而伸之，觸類而長之，天下之能事畢矣」。帝王酌古準今之道，俱不外此。如新莽、安石之學《周禮》，則偷語鈍賊也。就道學言之，孔子之博文約禮，孟子之深造自得、左右逢源是也。就藝事言之，則少陵所謂「讀書破萬卷，下筆如有神」，長公所謂「文如萬斛泉，不擇地涌出」是也。解此，則芥子納須彌，一莖草現丈六金身，正不獨如士衡所云「傾液漱芳」已也。西林持論，洵獨有千古哉！

袁簡齋先生謂：「王孟清幽，不可施諸邊塞。杜、韓排奡，未便播諸管絃。沈、宋莊重，到山野則俗。盧仝險怪，登廟堂則野。韋、柳雋逸，不宜長篇。蘇、黄瘦硬，短於言情。悱惻芬芳，非温、李、冬郎不可。屬詞比事，非元、白、梅村不可。」此言古人各成一家，後人宜兼綜條貫，不可護己之短而反譏人之所長。又謂：「古人雖各成門户，皆有祖述。温、李、《西崑》，得力於《風》；李、杜得力於《雅》；韓、孟奇崛，得力於《頌》；李賀、盧仝之險怪，得力於《離騷》、《天問》、《大招》；元、白七古長篇，得力於初唐四子，而四子又得之於庾子山、《孔雀東南飛》諸樂府。」此二段，於有唐一代詩人體製本末源流已可概見。然則黄鐘大吕，乃清廟明堂之奏也；晃旒秀發、旌旆飛揚，則劌鳳鏘鸞之響也。《四牡》、《皇華》，則吹笙鼓瑟之遺也；《草蟲》、「喬木」，則太史輶軒之采也。

文争起結，詩亦争起結。用兵者先登陷陣，宜用奇。收軍却敵，宜用疑。如蒙皮衝陣、拔幟暗渡，此奇也。曳柴減竈、揮扇量沙，此疑也。詩貴調度，故發端要突兀，如「萬壑樹參天」、「不夜楚帆落」之類是。收局宜縹緲，如「江上峰青」之類是。

抄撮類書，搜尋韵府，已屬下乘，若更活剥生吞，呆堆板砌，直塵飯土羹耳。惟沈酣古籍，涵泳咀茹，久而得其精華，遺其糟粕，自能化去使事之能，且有暗合之妙。往往作者不自知，而深於詩者見而知之。甚有絶不相干之典故，一經點化，觸手生春。簡齋先生云：「蠶食葉而所吐者絲，非葉也；蜂釀花而所成者蜜，非花也。」解此，可悟用典之法。

達觀堂詩話卷二

善化張晉本浣山著

黄友周字思兼，初住黄鵠山麓，距余居約五里，故號鵠山。後遷省中稻田，易名心友，號稻田惰農。幼孤，辭翰俱工妙，顧困於童試。嘉慶初年，與西粤曾澄江戎府爲詩酒會，其和余《瑞蘭》詩序云：「煢煢孱影，長歌《杕杜》之篇；落落孤踪，乍失桃花之洞。初卜瀼西之宅，祇餘甘子陰涼；既栽湘浦之花，略得蘭叢披拂。而乃一箭雙葩，綴奇姿於燕尾；兩莖四蕚，攢小蒂於魚叉。神不可知，得未曾有。噫嘻，春芳可擷，聊依居士窮廬；小草何知，遽動騷人逸興。旗門儒將，製就花花；槎上仙人，書成葉葉。筆底生香，十步之香倍溢；行間著色，九畹之色彌妍。且夫行敦子舍，竹萌曾拙三冬；祥發孫枝，桂蕊先攀五幹。斯固德堪孚物，洵知瑞必由人。且也擲去田園，實徒泣乎丹奈；載來書籍，《詩》未補乎《白華》。悵秋卉之將零，痛春暉之莫報。焉得萲草，敢徵蘭乎？如其杵臼論交，蘭心足訂；文章結契，蘭譜終聯。此時蒂互心依，鶯喬初遂；他日枝扶葉庇，車笠同歌。故微物亦欣意氣之孚，而素質遂合馨香之撰。時正值夫簪盍，庶有當於蘭祥。既邀光璧之投，敢謝寒竽之澀。」詩曰：「先後列闤闠，次第别村落。皆欲逃滫瀡，反如坐螺殼。惟餘清芬味，枝撑與俗角。心迹喜相符，守之甘寂寞。買蘭種黄磁，移根自山嶽。翠影一標奇，衆卉嗟徒活。兩莖歧麥穗，四心並連蕚。參差到青眼，驚歡誇創獲。雅韵劇欲流，綺思欣有著。敢忘《角弓》篇，襟期誰更合。」并自寫《雙花圖》以贈。噫，鵠山擅如此才，而竟以布衣終，且窮老無嗣，客死黔中，不能歸葬。兩女適人，皆去世。家頗有藏書。身後，其妻妾依族中某某，亦無後。余所得遺墨僅此，每一展視，如見故人，不勝悲悼。曾哭以詩云：「瓊花嬌占一枝春，苦雨酸風種惡因。幸喜生前猶識我，誰憐死後竟無人。」「半生豪氣壓雌風，埋骨黔山作鬼雄。莫遣游魂渡湘水，歸來依舊哭途窮。」惰農妻悍妒，墮妾雙胎，其死，蓋忿氣也。

袁簡齋劇賞張彬「芳草」、「子規」、「平湖」、「遠岫」之句，余謂古者有貴賤之别，而無流品之分，實爲不刊名論。自後世畫定界限，於是浮薄之士不務實名而務虚名。既爲虚名役，則如井蛙醯雞，幾不復曉天日。噫，厮養卒隸中，何必無英雄豪傑邪？想斯人既身爲人役，恨不能惡此而逃，然身不逃而心能逃。觀其以婚費買書，不惟大開眼孔，直已識破紅塵，乃僅僅以其青衣也異之，淺矣！因憶吴素村贈陳升詩云：「曾將韵事數前徽，楓葉梨花好句稀。自笑才非蕭穎士，却逢人似范青衣。」「便教餐秀便忘機，況復泥中解詠詩。遠勝康成讀書婢，風塵物色有誰知？」「安仁去後孰憐才，金谷荒園半草萊。若使詞壇同載筆，定饒佳製壓方回。」讀此知陳某亦必非没字碑，但未經拈出耳。夫溷迹公廷者，每急急營阿堵物，乃能以吟咏自怡，視我輩束髮咿唔，其相去何如邪？婁曉亭示余以彭遂川《蛙吹偶存》，如「有弟皆黄口，何人侍白頭。」「林暗鳩呼雨，村深犬吠雲。」「灘險水來急，山高日下遲。」「窮難央鬼送，富愧執鞭求。」「依依别緒情何限，脈脈春愁夢亦憐。」「鬢在客中容易改，愁來醉後更難消。」皆清妙可誦。《戲成題後》云：「蟬噪蛙喧本性情，風人位次掃科名。曉亭畫稿添新樣，我欲因之竊老彭。」

《鍊音初集》載金逾邁《治布》詩，序云「我鄉地不産米，亦不宜桑，公私咸仰給木棉布。先朝徐宗伯云：嘉邑公私之需不在土毛，而在民力。嘉民晝固晝，夜亦晝，故布之用過于絲苧。我慮服者之適，或未悉治者之勞」云云。按木棉出林邑、高昌、哀牢諸國，梁武帝時徼外以爲貢獻。又《南州異物志》：「裴氏《廣州記》，南蠻不蠶，采木棉作絮，染爲斑布。《漢書》所云『荅布』、『白疊』，其時已流入中國。元至正間，松江烏泥涇污萊不治，偶傳此種。崖州黄婆教以桿彈紡織之法，死而廟祀之。」但廣州木棉大如樹，與我鄉不同。明初王浯溪謂廣州木棉一名「斑枝花」，吴地所種乃草棉，非木棉，陶南州呼爲「吉貝」。予謂質殊而性一，即謂之木棉亦可。按廣南地氣暖，凡果蓏之屬，俱長成樹，不獨木棉也。且近日棉花之利徧天下，金某所云，儻亦方隅之見。

蛤仔難，又曰「甲子蘭」、又曰「蛤仔蘭」、又曰「噶瑪蘭」，皆番語也，地在臺灣淡水之北。康熙五十六年，名始見于《諸羅志》。嘉慶十五六年，始入版圖。其詳見于侯官謝退谷《紀略》，而始終其事者，實惟臺守楊公廷理。其《紀事》詩有句云：「六五光陰彈指中，遐陬三至效孤忠。雲烟過眼皆陳迹，冷暖隨人亦苦衷。歧路叠經心倍小，流言難禁耳須聾。名垂青史知非偶，那得蒼顔更轉童。」讀此知作官之難，做官而認真辦事之尤難。

寧遠楊季鸞，字紫卿，號笙樓。有句云：「笛裏梅花村店雨，馬頭楓葉板橋霜。」「痛癢始知兄弟切，艱難方覺友朋疏。」「渴如司馬偏工病，窮似昌黎未上書。」皆清整無塵俗氣。同邑蕭雲巢大經《田家》詩云：「枳樹籬邊一徑斜，蕭疏古木噪寒鴉。鄰翁煨芋邀嘗酒，稚子敲冰試煮茶。土竈濃烟燒柿葉，瓦瓶清供插梅花。卜居好向東田住，指點西谿第幾家？」眼前風景，寫來如畫。

臨清王右亭顯文《三府夜明鰕歌》云：「甲戌之年七月初，星沙漁子走且呼。月落天黑星倒出，下映流水煥作天文圖。或疑龍女出遊夜秉燭，又云合浦太守此日還明珠。草屩撈來入珊網，晶人角彩光怪殊。」此事余所親見，月餘始没。右亭又有「風腥岸曬魚」之句。

瀏陽周卓庵倬好交遊，喜吟咏。古體清幽，酷摹王、孟，獨其《送遠曲》云：「誰令車有輪，去年載君西入秦。誰令馬有蹄，今年載君客遼西。車輪雙，馬蹄四，念君獨行無近侍。恨不化爲雙明璫，終日和鳴隨君旁。」頗具古音節。又「帆隱烟中樹，僧歸雨外山。」

辭章之學，不過數千字往復縈迴。聰穎之士，凡書過目不忘，下筆自然滔滔汩汩。正如錦片成堆，翦裁任意；金錢滿屋，揮霍由人。古賢達往往少年泛濫漁獵，晚年多吐棄之，以其爲皮毛學問也。然具此一副才情，入争奇角勝之場，擊鉢然香，搶先鬬靡，貴且快意，亦足以豪。平江童退齋先生先及與諸當事宴集府西樓觴政，詩先就者首座。童詩先成，一時喧傳，岳陽奪席。猶記其一聯云：「酒酣狂帽脱，樓迥礙天低。」蓋不争工拙，而争遲速也。

頃閲湘潭前輩周伯孔聖楷《秦淮竹枝》百首，其自序云：「余年十九，在京師晤竟陵鍾伯敬。見有一夕作《竹枝》三十首者，短之。鍾曰：『才過此乎？』余曰：『不計工拙，即十之亦可。』」云云。其多而且快如此。爲點定其數首，云：「薺菜花開三月三，簾前燕子語呢喃。暮春天氣人如醉，斜倚東風整玉簪。」「近來學得嬾梳妝，不著羅衣與繡裳。隨便輕衫花下過，渾身都變作花香。」「殢雨尤雲入夢遲，醒來空惹舊相思。海山盟誓渾忘却，從此無心學畫眉。」「荼靡開盡枇杷黄，紅粉樓中夏日長。安得遊魂化蜂蝶，朝朝暮暮宿花房。」「架上鸜哥愛是非，笙歌别院奏芳菲。自來浪子憐年少，莫怨門前車馬稀。」「乍晴門巷擁香車，緑柳紅橋是妾家。今日新裝何處去，太平門外看荷花。」「何物風流美少年，乍嘗滋味荔支鮮。藕絲未斷蓮心苦，又抱琵琶過别船。」

退齋曾投先君子詩云：「高儀從昔慕，今日過林丘。風送花香妙，簾垂鳥語幽。開陳欽古道，談吐邁時流。畫壁驚雷電，浮查犯斗牛。何當青阮眼，片晌感綢繆。」余曾見其刻稿，多犯率易，惟「細雨濕驅驢脚滑，晚風寒透葛衣輕」一聯頗清整。

太史公序事，於極閒冷瑣碎處點綴如生。詩亦有之。余最愛「鞭響過橋驢」五字，俗而雅，碎而整，寫其狀，并寫其聲，實爲畫所不到。他如「貓迎落花戲，魚戴小萍移」，俱于閒冷處寫生，有天成自然之趣，不比鍾、譚輩鬼語。醴陵朱笠亭有句云：「水清魚嚼石，樹密鳥眠雲。」

《避暑録話》載裴晉公詩云：「飽食緩行初睡覺，一甌新茗侍兒煎。脱巾斜倚繩牀坐，風送水聲來耳邊。」葉云：「公此詩必自以爲得志。吾山居七年，享此爲多。」蓋以此自豪也。吾師羅慎齋先生以鴻臚予告，主嶽麓。課士之暇，蒔竹灌花，栽桃植柳，闢池沼，營臺榭，每良辰佳夕，攜諸同人嘯詠其間，不減風浴詠歸之樂。曾刻有《八景詩》，語多不録。師主講二十餘年，制府畢秋帆沅贈句云：「名山久占關清福，舊雨重逢亦夙緣。」清臬使亦有「山中宰相無官守，陸地神仙有子孫」之句。視葉之所得，不更多邪？

尋花問柳，弄月吟風，自是詩人清福。更有天倫樂事，不待外求者。往在京師，瀏陽李皆山華林曾誦其《即事》詩云：「遯迹空山息世機，衡門如寺客來稀。雨餘堦草和苔長，風過庭花逐絮飛。弟恐兄寒呼進酒，母防兒病唤加衣。閒居幸有天倫樂，時命何嫌與願違。」讀此令人神往。又聞山西有尉、王兩家，自後唐莊宗時起，至今尚同爨。主之者一人，其積聚難以數計。闖賊過，曾犒其師。衣以屋藏，服畢，還其故處。掌守者凡若干人，客至，問能飲幾許，如其數，不濫設。水旱賙恤鄉里，計口挨户送錢。舊好有遷去者，則引以爲耻。噫，能以勤儉垂型，又能厚德以種福，宜其永世無窮也。豈非極樂世界哉，吾願爲之執鞭矣！

流連光景，抒寫性情，不能别尋詩料。所争者，死活不同耳。常寧唐秉德純《遊白竹仙寺》云：「未識雲栖處，聞鐘到上方。庭空松蔭滿，石峭竹根長。雨送遥峰翠，花傳隔岸香。誰能渾色相，獨立意蒼茫。」《即事》云：「山色亂圍中，山腰一徑通。垂柳長依水，飛花但信風。别莊才四五，計畝各西東。爲我供雞黍，欣欣話歲豐。」《曬穀》云：「稻子初收早築場，兒童擔出趁朝陽。山妻扶箒來攤穀，教我驅雞事正忙。」「嘒嘒鳴蜩度古槐，瓜棚架下坐莓苔。遥看叠嶂雲層起，怕有狂風送雨來。」

勇夫攘臂，惡婦駡街，令人不堪聞見。詩家魔道，亦有似此者，特習焉不察耳。近代漁洋，推奉、詆訶者各持一説，余以爲皆不得其平。少陵論詩曰「清新」、「俊逸」，又曰：「毫髮無遺憾，波瀾獨老成。」此種超詣，固難以語人。且詩之結體，近、古各别。今試取其近體讀之，清而能腴、輕而不剽，圓而不滑，熟而不腐，如翻水成、如彈丸脱。雖于「汪洋渾厚」、「老健蒼涼」，不無溢美，然亦不知費幾許刮垢磨光、伐毛洗髓工夫，方能到此。惜尊奉者但云「絶代銷魂」，即其所自著亦未明言其所以。余謂學詩者必先打破此關，方能向上，一入魔障，便難湔洗。吾宗螺山懃田《紀行》詩云：「瞥眼西風手又揮，短長亭子送斜暉。笑儂好似雙飛燕，春社來時秋社歸。」「白香湖上白沙明，水淺舟如陸地行。滯我程期渾不厭，青山相對故人情。」「山如甕裏水如環，舟泝溪流去復還。百里行來消幾日，林梢一抹見雲山。」「瀔江風物記曾經，蘭槳輕搖杜若汀。閒倚蓬窗看秋水，篙頭紅影立蜻蜓。」「五兩微風頃刻生，片帆吹落邵陵城。到時翻悔來時早，孤負風姨送我情。」朗潤清和，絶遠塵俗。

人心不同如面，言爲心聲，則詩亦如之。陶公詩恬淡沖和，音在絃外；後人極力追摹，終有痕迹，以其心不同也。

長沙孫此堂先生理有《柳簡堂詩存》一帙，余存吾先生爲之序，稱先生再官邑宰，解組日，琴鶴一空，諸父老争持米蔬以獻。噫，宦況如此，即心迹可知已。《去嘉祥》云：「須捷橐裝輕，僕夫候旦發。推挽出南城，曠然眼界豁。如彼拚飛鳥，飲啄樊籠脱。清明景氣和，原草青青茁。驅車即往路，回首忽如失。遲遲閭閻間，歷歷憶前日。川原旱潦憂，經營志未畢。尸素媿清時，字人有何術。」《書事》云：「罷官課孫讀，嘖嘖困饑劬。起視厨烟冷，感喟正躊躇。深巷犬迎客，提挈紛前趨。腥蔬及酒麪，再拜委階除。云昔官清節，毋乃缺所須。部民如父子，幸勿厭區區。甚感父老厚，甚愧我生愚。聊用充朝膳，且復醉須臾。」《别鄒平諸生》云：「遠宰窮僻邑，官罷無所歸。多士懷高誼，晨夕來相依。時與談經義，載酒斟酌之。爲我營餱糧，征車亦以脂。肫摯共披豁，何修而致斯。期各崇明德，無忘此別詩。」《別父老》云：「昔我初涖茲，人言俗最敝。我來甫及期，歡愛無異議。問果何以然，謂無擾吾事。扶杖送將歸，争執百錢遺。父老安我愚，我則良自愧。何以慰離懷，方來祝儒吏。」《即事》云：「閒步隨流水，積雨天乍晴。新林多氣色，遠近子規聲。偶經小市憩，酒伴相逢迎。數杯忽已醉，日暮踏歌行。」《客至》云：「長夏何所爲，眠起忘日旰。剥啄不到門，時復柳陰鍛。子適從何來，握手語未半。相將池上漁，得魚爲君爨。世事難預期，有無君且看。」《雜詩》云：「秋來洞庭橘，采摘充楚貢。既入九重深，幸備盤盂供。宫中珍味多，萬方絡繹送。珠玉在其旁，穢形慚與共。斂迹糞壤中，捐棄無所用。」「蓼蟲不知甘，即且不避毒。物性有自然，安能易所欲。傀儡夜登場，巧拙争轉燭。豈不擅一時，榮落互相續。所以方外遊，冥觀心自足。」聞先生以賑務罷官，其《春興》云：「蕭然一鶴返茅茨，攘臂來逢拯溺時。惆悵畫蛇終是誤，留連腐鼠竟何爲。當年鄭俠呈圖意，此日陽城署考詞。賴有鶯花憐放逐，不教流落向天涯。」而措辭渾雅，不露圭角，直是陶公一輩人，其神合處，固不徒在語言文字也。

黄澤郊逢治詩云：「風雨歸來太不聊，歸來風雨更飄摇。家居日少生如客，債負年多長似潮。愁陣乍排憑酒破，寒燈屢燼爲詩挑。澗泉流共松濤遠，恰當琴聲慰寂寥。」字字新色，詩本陳言，陳而不陳，存乎其人。

詩從至性流出，不求工而自工。予最愛黄花耘《耒陽中秋》云：「倚閭慈母隔瀟湘，弟客辰陽我耒陽。同此一輪明月色，分來三地照秋光。横江遠樹征帆隱，渡嶺寒雲去雁翔。醉枕船舷拚熟睡，團圞隨夢夜還鄉。」五言如「秋容分客瘦，詩骨傲山高。」「野氣沈千樹，灘聲聚一篙。」「殘雲栖絶壑，落月掛孤松。破屋狐鳴火，荒庵鬼拜鐘。」皆沈鷙精悍。古體學奇險。黄名本騏，與弟本驥同登鄉試榜。花耘司鐸城步，以病偷身歸，竟死牖下，亦一奇也。有咏其事者云：「出世願爲官，爲官似入闌。抽身原絶妙，只恐再生難。」

寧邑陶毅齋先生士僙有《鳳岡詩鈔》一帙，五言如「夜肅湖山氣，亭空今古心。」「雲合山齊冠，風狂樹半髡。」七言如「科目豈增名士價，盟心獨向古人先。」《杭城晚眺》云：「三竺烟嵐天半塔，六陵風雨海門潮。」皆有奇氣。

情景相融，是詩家第一妙諦。有女子答人云：「問年恰似天邊月，正是圓時正缺時。」蓋十五歲半也。《咏新月》云：「一二初三四，蛾眉影尚單。待奴年十五，正面與君看。」絶妙風趣。查丙塘奕照《三閭廟》云：「隔世勞人憐後死，開山名士讓先生。」龔雲濤立海《六朝松》云：「豈緣白社全真易，不信青天直上難。老此應須他日用，對君宜作古人看。」皆寓情於景，故有生意。

武陵朱幼芝先生景英起家縣令，洊擢司馬，博極群書，著述甚夥，有《畬經堂正續集》。五古刻峭雕鏤，七古數典爲多，時露奇氣。録其《感興》云：「山吾知其高，海吾知其深。相於而白首，吾不知其心。古人交以心，今人交以金。衆鳥歸一林，衆響叶一音。」《哭二侄》云：「已矣尚何説，因余累汝身。相隨窮海外，竟作不歸人。半世愁孤露，浮生役幻塵。白頭雙泪盡，忍復值殘春。」他如五言律斷句云：「坐久月光出，夜深螢火來。」「露濕庭前菊，更深月下看。」「曉風江上柳，春水浪中人。」「客疲隨地坐，僧老乞松栽。」「斷崖深樹合，輕浪細魚吹。」《表忠觀》云：「開門節度使，遺廟錦衣鄉。」《五人墓》云：「道無三代直，氣尚五人伸。」起手佳者：「山勢壓城頭，天晴客倚樓。」「看山如訪友，久别成新知。」「歲晏無消息，梅花似故人。」「雲黑四山雨，山泉百道流。」《奎文閣》云：「飛甍百尺倚城頭，高處何人卧此樓。邛筰萬山當檻出，牂牁二水帶襟流。坐憑北斗魁三家，俯視南江十六洲。矗起喜徵文運朗，公才知爲樹人謀。」他如「樵徑縱横峰近遠，人家參錯路西東。」「虚過二月又三月，慣聽風聲兼雨聲。」「人如許掾懷偏切，書比荆州借更難。」「灘因有號先愁險，山到無名始厭多。」皆清迥絶俗。先生仕閩中，曾至一處，恍似舊遊，遂有再世託生之説。其鄉人能言之。

吴睡庵先生炯負才不遇，著有《治河管見》，雖未見之實事，亦可謂留心世務者。前偶晤於長沙旅次，其和可飲，而爲人介介。賣畫，畫非所長，少過問者，予亦愧無能爲役也。詩工於畫，《擬古》云：「秉燭夜未央，與郎生别離。燭泪有時盡，燭心常不移。問燭燭無語，郎心郎自知。但願别離後，彼此長相思。相思兩不已，自有團圞期。」《游仙》云：「俯視但一氣，摩天翾北辰。羲輪過我側，礌硠玻璃聲。叩額叫閶闔，注籍爲仙甿。看守月中桂，築室銀潢濱。寫賦售天市，買龍耕白雲。努力種芝草，紫皇收歲征。閒時擘麟脯，揚觶邀酒星。朱雀奏軒舞，白虎吹鸞笙。遺世雖云樂，久别難爲情。安得地下人，與我俱長生。」《鑾刀》警句云：「猿公捧上崑山椒，十年霜刃魔瓊瑶。何以淬之惡來血，何以瑩之蚩尤膏。」《烏江》云：「以智鬬智弱者强，以愚鬬智强者殃。將軍力足顛秦皇，威加海内稱霸王。廣武山前開戰場，拔山神力成螳螂。可憐敗走烏江傍，烏江亭長計亦良。胡乃見短不見長，不能小忍甘自戕。公亡自亡非天亡。」《古刹》云：「古刹無人住，支牀我獨曾。野狐秋拜月，山鬼夜吹燈。帝子懷湘浦，桃花夢武陵。窮途經異地，生計欲何憑。」《洞庭》云：「上下兩空青，茫然見洞庭。地形雄大楚，天險奪南溟。宅聚蛟龍族，光含翼軫星。扁舟懷李白，何處弔湘靈？」此就唐竹谷徵本録之，其精華當不止此。視彼徒誇腹笥、滯拙生疏、澀而無味、黯而無光者，相去何可以道里計。

嘉慶戊寅，湘潭詩人結雨湖詩社，歲凡十七集，集凡十六人。主之者沈四勿敬莊，次第者秦錦江百二。予嘗得其刊本一帙，鬬艷争奇，工力悉敵。韓箴泉言《雨湖詞》云：「忽濃忽淡湖上烟，半雨半晴湖上天。布穀一聲落何處，緑楊多在短牆邊。」「問郎何處種胡蔴，姐住曾家妹鄭家。不用漁郎頻指點，巷頭巷尾種桃花。」蔡鐵君牲云：「烟柳堤邊秋氣清，黄雲隴畔稻香生。柳風一片吹難斷，打稻聲兼漂布聲。」郭雲麓汪璨云：「烟柳堤邊柳萬條，條條斜拂小紅橋。郎過湖橋休折柳，柳枝消瘦似儂腰。」「上天符廟夜張燈，下天符廟客吹笙。聽笙人往湖東去，觀燈人向湖西行。」張履庵謙云：「水村山郭影模糊，一片琉璃萬頃鋪。湖上桃花湖外柳，小南京又小西湖。」尹吉生作翰云：「湖草青時蛺蝶忙，踏青男女各濃妝。前途有客喁喁語，彼美家曾住漢陽。」此鳳竹禪林第七集題也。僧野岸願堅云：「送子堂前結善胎，是誰親手繡旛來。有情人笑無情佛，龍女分明覷善才。」秦百二云：「紅板橋頭水蔚藍，長堤一帶柳毿毿。東風作意將春色，緑過觀音送子庵。」「五月平湖漲又新，柳陰濃處好垂綸。夜凉波静天如水，畫舫笙歌載美人。」《吴道子揭鉢圖》云：「我聞魔波旬具諸天相，與帝釋鬭心膽壯。我佛出轉大法輪，降伏千魔不敢抗。鬼子毋使伎倆窮，得不皈依三寶藏。母生萬子何離離，少子賓迦憐愛之。血口啗人千嬰兒，人仰訴佛佛慈悲。攝取覆以琉璃鉢，母聞怒豎臙脂眉。九千九百九十九，大兒小兒率群醜。風刀愁擁魔陣屯，雨箭亂射鬼兵走。更叱玉虎驅金蛇，猛攻奮擊紛交加。我佛慈悲絶恐怖，身雲散作青蓮花。打碎虛空堅不壞，始知佛法大無外。涕洟懺悔轉乞憐，五十三參合掌拜。攝智何須十四意，扭轉頑皮等兒戲。慈心男與法喜妻，大歡喜證三摩地。畫手前輩吴擅場，錦函對客懸華堂。春陰沈沈黑雨黑，金華十丈騰靈光。衆目詫奇觀未定，朋箋索客題新詠。人擬稱詩品畫工，我偏讀畫悟詩境。五花寶絡天魔舞，孽艷妖容相狎侮。誰使羯肌重化身，下劣詩魔入肺腑。更有奇醜如夜叉，燐魂炫緑紛交加。鍾山進士噉不盡，遁入藕絲孔中難捕拏。我欲借渠智慧劍，斬盡詩魔肅壇墠。天女一笑天花飛，請向佛天青處見。」聯吟者尚有吴笠樵登鴻、吴河槎禹甲、謝六嶺高梓、汪養田本浩、楊春田煦、張雲池履信、金錦堂雲燦、僧石舟續遁，皆各建旗鼓，工力悉敵。語多難備録。百二號錦江，戊辰副貢，五言如「一室滌塵慮，眼前無物來。推窗對明月，清樽相與開。月不必能飲，不飲遥相陪。更闌月戀影，欲眠復徘徊。」摹次古人，妙於脱化。近體如「秋色忽摇落，滿林黄葉飛。吴江人去遠，湘浦雁來稀。」殊有生氣。他如「青帘沽酒市，黄葉釣魚灣。」「野橋瓜蔓水，疏雨豆花籬。」又可作崔白小景也。

詩中畫，畫中詩，流傳舊矣。更有畫所不到者。丁青巖先生正己：「黄岩從空來，對面向人起。我頭不敢昂，似畏天壓己。誰知下望深，青天反在底。山外有山立，山内有山倚。四顧無飛禽，來去雲而已。」

零陵蔣厚山濂《題陳忠潔公祠》云：「湖南正氣一身全，俎豆長沙廿二賢。借問降箋誰首送，狀元宰相憾同年。」自注云：「甲申殉節者廿二人，南省惟公死難。魏藻德公同年也。」予按：明自宣德以後，專以資格用人，儲同人所謂「日甚一日，以至於亡」。而崇禎以陰忮刻薄之資，未嘗學問，觀《東華録》所載，意見直等兒童。無惑乎與宵小爲膠漆，視忠義爲仇敵。爾日之科名，尚堪掛人齒頰邪？讀蔣公此作，詩人之衮鉞，實千秋之金鑑也。

先生《咏杉樹》詩云：「未見《周官》注職方，徒聞《爾雅》柀煔詳。多心質本同松柏，大任材堪選棟梁。老幹拏雲依古墓，叢桴破浪出重洋。虞廷早入工倕手，應與包茅貢廟堂。」題事甚新，原詩腐拙，爲改易存之。按：《爾雅》作「煔」，《説文》作「檆」，至《唐韵》諸書始作「杉」，皆音杉。今普例俱呼作「沙」，不知何時變也。木四時常青，性最直，雖雨淋日炙不改。土人取其近土者以爲棺，郭注所云「入地不腐」也。長沙所産不如瀏陽、平江，至辰永一帶，則名材所聚，徽商販買致之鄰省，獲利無算，實湖南之一寶也。考之志乘，舜陵有老杉數株，虬枝鐵幹，確爲數千年物，則其來最古。乃其名止一見于《爾雅》，而其他即文人詩賦，俱未聞齒及。彼《子虛》、《上林》固有非其所産而虚張之者，何獨於杉之材大用宏而湮没若此？豈天下有純盜虚聲之人，即有實至，而反無名者邪？或曰：美利而不言，此其所以爲大。是又竿頭更進矣。

益陽賈某人傳其《咏笋》詩云：「未出土時先有節，到淩雲日亦無心。」妻亦能詩，《寄外》云：「聞道功名原分定，讀書休到月西斜。」誠閨中韵事也。

古今神怪事極多，若盡筆記之，則如《諸皋》、《夷堅》、《廣記》、《雜俎》等類，將塞破四天下。聖人不語，以其無關於垂世立教，且實有不可解者，所謂雖聖人亦有所不知，不知無害爲聖人也。而庸妄人必欲强通之，過矣！如荆州息壤，偶爾觸犯，必致洪水，故至今封閉其屋；嶽麓《禹碑》一方，粗糙，卓立山腰，毫無剥蝕，猶曰：古聖所留遺也。他如峽岸之書、石壁之櫃，飛鳥難踰，何人造作？隨園自記其《題全州石壁》詩，且云：「爾時未見《涌幢小品》，故用疑猜。若見之，亦可無猜矣。」余謂此骨是人是鬼，胡露處而木與骨俱不朽，且取骨之人遂暴死，想必安放原處纔能無事，到底是個疑團。至武夷大藏峰之橋板梁柱，其荒忽正與木棺之事等，乃託於儒者之言，硬證爲堯時故物，射落之木柨，美其名曰「虹橋板」而藏弆之、而歌詠之。噫！此與以周公杖荷湯銘盤乞九府錢者何異？曾戲題其後云：「九載洪荒漲八閩，武夷山際板橋存。至今橋下翻花水，想是當年澒洞根。」「萬仞橋梁架石崖，達人觀物費疑猜。誰知南宋朱夫子，曾會堯民眼見來。」隨園生平不講考據，且自負不受古人欺，其何説以處此邪？

少陵云「夜醉長沙酒」，則長沙酒之佳不自唐始。鄉間造法，以糯米蒸熟攤冷，用藥拌匀，入缸中，作井樣，覆圍以稻草。三四日開視，井中汁滿，滿缸如浮，謂之「酒來」。篾織爲圓物，插井中，逼而取之，味甜軟，曰「酒娘子」。有不取娘者，酒來，即以頭氣燒酒連糟壓之，固以泥，愈陳愈妙，即周年開甕，色如金玉，味如蔗餹，香如蘭麝，土名「蜜蠟金」，蓋紀實也。其糟可浸數年，雖僅存米皮，而色味不改。有取酒娘者，以水浸糟，兩三日取出，和以燒酒，炒酒娘爲熬去聲，而煮之令熟，曰「報水」，又曰「兩參」。品稍次，久藏亦佳。造燒酒以穀蒸，令開口，攤地候冷，乃拌藥子。藥子者，以藥末和米粉捏爲水餅，臨用研碎，入穀内和勻，蓋以稻草，數時，穀自發熱，謂之「來汗」。盛以木器，封以泥，十餘日，即濾入甑中。上覆以鍋，鍋水熱則易竅其甑，而斜置筧以溜之，蓋取其氣水，不取其糟質。每穀一石約得三四十斤，味微辛而氣烈，謂之「燒酒」，城市名曰「堆花」。北地無穀，謂之「稗粱燒」，又曰「火酒」。省中水酒，旋作旋沽，雖甜軟而氣味薄，不及鄉間。要之，闔省俱無有，此長沙之所以得名與？近來時尚小官府及民間宴飲，必買蘇紹，其實皆本地所造，特冒其名耳。余《偶成》云：「汾滄西北各名家，蜜蠟金宜鼎足誇。千古賞音惟杜老，至今風味説長沙。」「美酒如人繫夢思，那論宋子與燕姬。吴宫自有嬋娟女，偏向蘿山覓旦施。」

僧石舟來，攜《雨湖聯吟》第二册示我，乃知尚有十一集。續入者爲邑令毛秋伯夢蘭、尹辛農作書、胡湘生長慶、郭楚屏如翰。《題雨湖圖》云：「絶好湖山妙墨拖，此中風景閲人多。陶家松菊留三徑，屈子騷詞艷九歌。古詩僧歸閒似鶴，隔江山小翠如螺。尋花問柳非吾事，擬向圖中補薜蘿。」云係明何公騰蛟乩作，託署「尹吉生」。又云：「每集拈題角藝，詩成出以相示，同類中不加可否丹黄，自覺不如者即斂袂而退。蓋以杜紛呶而泯形迹也。」蓋爾時赴集者皆名下士，如兵遇强敵，棋逢國手，羸卒庸工，早退舍推枰矣。故其詩皆卓然可觀，不比糊名易書，僥倖濫竽也。因已有刻本專行，不具録。爲跋其後云：「風花雪月四時天，楊柳當窗水載船。不是詩人善歌哭，雨湖風景亦蕭然。」「織貝編珠衆手成，越羅吴穀漫傳名。除非海外猩猩血，染出紅尼照眼明。」

詩人必目空千古，乃能橫絶一時。老杜《岳陽樓》作，古今無兩，須想其未下筆時是何等心眼，至落筆則無庸思議也。題黄鶴樓者衆矣，大半爲唐賢所壓。余最愛太和張虚舟從乎句云：「二千里外獨登樓，樓外天横一片秋。遠樹層層連赤壁，輕帆點點下黄州。英雄氣向當時盡，江漢波同此處流。好借仙人手中笛，梅花吹落不知愁。」渾成自然，調高氣逸，安見不突過古人邪？他如「馬上殘陽樹影斜，秋山隱約暮雲遮。不知霜柏初垂子，錯認新梅已作花。」又「殘燈似解心中事，半欲低頭半向人。」五言如「殘花經雨重，飛鳥得風輕。」皆婉妙。

詩有沈痛不可讀者。鄭屬賓《留别》云：「不知將白首，何處入黄泉。」潘蘭如英句云：「江東耆舊少，天下布衣輕。」又「相思之苦乃如此，悲莫悲兮不能死。」莊澤珊復旦云：「書味閒中得，琴聲静裏聞。」語殊恬適。至「經歷一番艱險事，始知世上苦人多」，感喟意在言外。又「莫嫌牛馬被人呼，莫怪低顔事舅姑。請看戲園場散後，幾多幻相尚存無。」蓋亦歷盡宦海情形也。

袁時亮文揆《望彭澤縣》云：「一城跨數峰，數峰環一縣。平麓當其門，大江鏡其面。」真白描好手。「過橋防路滑，問渡怯風尖。」「不信詩能催老至，始知名亦帶愁來。」皆過來人語。《犀牛潭》云：「共工頭觸不周天柱折，黄熊又灑山頭血。禹力不到荒服荒，蛟龍盤踞作宫闕。聚族交噴白波起，競響吼入蒼崖裂。勢撼山岳驚雷霆，上帝聞之咨列星。織女承命下玉京，知是老犀通靈，盜瀉銀漢，渴吸洞庭。曳瀑布兮廬阜，射霞標兮赤城。爾其湘妃鼓瑟，玉女吹笙。鯨鐘鼉鼓，合樂齊鳴。群仙返馭，天風流鈴。帝憫支祈鎖淮水，許爾老犀改换魑魅面目爲娉婷。秋水盈盈春黛青，犀乎犀乎，我聞爾之出也大聖悲曠野。我今作歌胡爲者，安得拔爾之角製作斝。笑與屠龍釣鼇人，爛醉空亭續《演雅》，坐聽流泉混混木葉下。」

鄧完白石如云：「曉起見殘月，柴扉破霧開。呼僮掃花徑，恐有故人來。」《惜别》云：「有淚皆朋友，無情是歲時。」《登岱》云：「一無所見惟天近，百不如人立脚高。」

在蘇州曾見歸佩珊詩一帙，有「小院落花春欲暮，幽窗微雨夢生凉」之句。余最愛其《感懷》詩云：「欹枕夢頻驚，殘燈暗復明。愁多天地窄，義重死生輕。浮世原知幻，諸魔未易平。秋蟲爾何苦，斷續和悲鳴。」「群動有時息，蠶絲旦夕縈。常深知己感，每抱不平鳴。受惠非初志，酬恩矢再生。無聊背燈語，惆悵到深更。」本籍嘉定，適李某，拙於謀生，一切俱佩珊是賴。讀其詩，其志亦可悲矣。寓蘇之攝園，余因家掖垣庶常星煥以禮見，見即誦其詩。李傍喈曰：「人謂汝詩好即笑。」其拙繆乃爾。佩珊雜作尤工，惜未及采録云。

一丈紅，一名龍船花，蓋以其開於五月初也。草本，一莖直上，花纍纍如貫珠，有紅、白二種。培壅厚者，其色濃，頗艶麗。楊穆《西野雜記》載成化間倭入貢，見蜀葵花，不識。國人告之，因題句云：「花同木槿開相似，葉比芙蓉色一般。五尺闌干遮不盡，尚留一半與人看。」

諷諭詩有輕言細語，令人意移者，「好是秦淮今夜月，有人相對數歸期」是也；有仗義執言，令人無辭以對者，如「不學遯翁捧蓍草，甘心箝口學偷生」是也；有乍聽之似婉約，覆按之令人汗下者，如「一檄投溪能徙窟，聽言猶覺鱷魚賢」是也。

紅顏薄命，今古同悲，而有才者更多磨折。《秋笳集》載南昌女子劉素素《虎丘題壁》、《蘆中集》載福州女子邵飛飛《薄命詞》，俱悽惻不堪卒讀。劉自云：「本許字同邑貴公子，緣兵亂，遂入穹廬。後因事至吴中，作詩記恨。」今節録之：「天明鼓角數聲殘，百將傳呼上玉鞍。却憶當時閨閣裏，曉妝猶怯露桃寒。」「愁對吴閶江水春，願憑蝶夢去尋親。遥知今夜南昌月，獨照高堂白髮人。」「自入穹廬已數春，香閨行樂付情塵。党家太尉真傖父，强炙羊羔勸美人。」「昨歲從軍下武昌，征帆夜半過潯陽。起來遥望樟門樹，不得隨風到故鄉。」「夜夜思君夢裏迴，朱門舊事總成灰。妾身已逐楊花去，辜負君家玉鏡臺。」「滿目東風散柳絲，虎丘山寺獨題詩。吴下才人知不少，也應腸斷蔡文姬。」邵因耿逆之變，其父母得千金賣與旗下某作妾，不容于嫡，以配家奴。邵作詩流傳京師，有謀娶之者，邵旋死。詩云：「韋韝毳幕紫臺宫，馬上琵琶曲未終。嫁得傖夫雙足健，漫言夫婿好乘龍。」「烟樹關山幾萬重，殘妝零落爲誰容。如何的的親生女，但愛金錢不愛儂。」「疏風冷雨對銀釭，心自孤單泪自雙。高築愁城堅似鐵，酒兵十萬總難降。」「蘆簾日影上遲遲，亂綰烏雲嬾畫眉。羡殺鄰家誰氏女，金錢閒擲買胭脂。」「自傷薄命更誰如，蘭蕙當門竟被鋤。回首五年成底事，風流好似夢華胥。」「白雲縹緲望中迷，獨倚南窗掩面啼。萬里飄零親念否，碧梧不是鳳凰栖。」「騾車陣陣響如雷，門外風吹百尺灰。可惜春葱纖似玉，自生爐火簇烟煤。」「憶昔雙雙倚畫闌，名花曾與並頭看。何期棄擲同秋葉，忍抱琵琶向別彈。」「挑燈含泪疊雲箋，萬里函封報可憐。爲問生身親父母，賣兒還剩幾多錢？」「消瘦形骸病已成，傍人猶道妾傾城。郎心竟似春江水，一任浮萍逐浪生。」「豕栅雞栖暑氣蒸，嗡嗡滿屋鬧蒼蠅。何人水閣珠簾捲，猶道今朝熱不勝。」「不須重賦《白頭吟》，入骨憂煎死易尋。贏得芳魂歸去好，一丘黄土百年心。」「楊柳依依憶漢南，樹猶如此我何堪。輸他山婦無愁思，碗大葵花壓鬢簪。」「北地玄冥風大嚴，漫天飛雪壓茅檐。炕牀不是金爐火，馬糞如香細細添。」

達觀堂詩話卷三

善化張晉本浣山著

吴卿憐《自悼》云：「曉妝驚落玉搔頭，宛在湖邊十二樓。此日傷心樓外景，湖邊無水不登舟。王亶望造十二樓，以居姬妾。」「香稻入脣驚吐日，海珍列鼎壓嘗時。聞查鈔時正早飯，番役争以手掬燕窩。蛾眉屈指年多少，到處滄桑知未知？」「緩歌漫舞畫難圖，月下鐙前戲綵珠。終夜相公看不足，朝天嬾去倩人扶。」「相門冠蓋列星辰，幽室傳聞盡貴臣。今日門前何寂寞，可知人語未曾真。」「蓮開並蒂豈前因，虚擲鶯梭廿九春。回首可憐歌舞地，兩番空是個中人。」「最不分明夜月魂，幾曾芳草怨王孫。梁間紫燕來還去，害殺兒家舊戟門。」「閒居歡喜不知貧，長袖輕裾翠黛顰。三十六年秦女憾，卿憐還是淺嘗人。」「白雲何處老親存，十五年前笑語温。夢裏輕舟無近遠，一聲欸乃到吴門。」「露才終不算多才，一夜相思化作灰。流水落花春去也，浮雲富貴枉徘徊。」「冷落癡兒掩泪題，他年應變杜鵑啼。啼時莫向漳河畔，銅雀臺荒燕子栖。」此和珅得罪後流傳之作也。卿憐以色事人，兩番猶難結果，冰山再破，更不知歸于何黨矣。大概閲之，不過今昔盛衰之感；再三尋味，則凡柔筋脆骨以媚人，與滅理窮欲取快目前者，皆可以爲炯戒。至害殺兒家，呼名詛咒，噫，抑又甚矣！

他山劉茗柯韡澤先生有《斯馨堂詩話》，持論甚精。今摘録於左：

「余《送侯夷門嘉璠之江寧》云：『春冰未泮硯生稜，客在高樓最上層。爲送夷門遊白下，一時鄉思滿金陵。』或嫌『白下』、『金陵』犯複，余謂李詩云：『小子别金陵，來時白下亭。』又云：『五月金陵西，祖余白下亭。』歐公《有美堂記》：都會山川之雄秀『惟金陵、錢塘』，則江寧之稱『金陵』舊矣。至『白下』乃白石壘故址，又金陵一小地名耳。眉州詩『二老歸程穩，還家兩月遲。故人來蜀少，鄉信到川遲』，友人以爲『蜀』、『川』字犯複。」愚按：此聯語平意串，於詩律何礙？而先生謂「蜀」以山言、「川」以水言，已是苦心分别。至引宣尼、孔丘，相如、長卿以爲比，更去之遠矣。總之，此種議論固而且苛，殊不足辨也。

「秀水朱紅窗源有《紅窗話舊》一卷及《南雲録》，皆《雅》、《騷》求女之意，謡諑目以善淫。余謂此玉溪生流亞也，贈以詩云：『旅遊誰解憐才子，舊話空令憶美人。澹以含香詩兩漢，拙纔入古字先秦。』」紅窗八分、墨蘭俱佳，雍正癸卯拔貢。

「朱三蘭田，别字紅藕香。曾夢人啖以紅藕，覺而詩思頓進。工行草書，多書所自爲詩。《沙陽》詩云：『鄖口秋風裏，沙陽晚飯時。旅人情最懶，不贈水雲詩。』余《自沙洋》《水經注》作沙洋。抵澤口》詩云：『安得朱紅藕，沙洋句共拈。』亦客心孤迥之際也。」

「宜賓縣南郊有地名南廣，近分隸慶符縣亦屬叙州府。水中灘潬，音「但」。《楞嚴經》云：乾爲洲潬，濕爲鉅海。疊石如山，每清明前後三日，灘下魚跳躍過石。郡守、邑令會通守、丞尉往觀，居民主其事者岸列彩棚爲長官坐次。張網收魚，日可數百斤，寒食饋守，清明饋令，次日饋通守、丞尉。過此，魚不跳矣。故余有『魚跳值禁烟』之句。又聞三山溪中産小魚，斑文，赤黑相間。里中兒畜之，角勝負爲博戲。後閱《焦氏説楛》亦載之。」愚按：此種俗呼「娑婆魚」，長寸許，性好鬭。長沙所在有之，曾有句云：「二寸長難白小如，斑斑文采似霞舒。雄心亦解争蠻觸，鼓鬣揚鬐看鬭魚。」

「粤人張鐵橋者，名穆，字穆止。專精畫牛，一牛索銀一兩，小者半之。余家藏畫幅凡九牛一犢，山陰吕黍字題曰『桃林遐想』。余以付裝褙家，竟爲他人攫取，乃以他軸賠償。余戲題云：『徐熙枉自呈新樣，不是劉家黑牡丹。』緣他軸係徐某作故也。」愚謂此如近時邢貓余竹，所謂一藝足以成名者。

「雲溪李大中丞發甲撫湖南日，首觀文風，得邀賞鑒，遂入籍長沙。而公以勞瘁成疾。康熙丁酉九月下旬，忽有鬼車飛繞轅門，以火器驚之，不去，翼日公殂。余賦輓詩云：『此日傷心天雨血，軍門愁聽鬼車聲。』按鬼車九首，怪之魁也，一名『九羅』，掌之者曰『天血使者』。或謂之『蒼鸆』、或謂之『逆鶬』，北人呼『九頭蟲』。夜聽其聲，以卜陰晴。前人詩云：『月黑山深聞鬼車。』昔周公居東，惡聞此鳥，命庭氏射之，斷其一首，猶餘九首。宋景定間周漢國公主第日中有九頭鳥集擣衣石，射之不中，是夕主薨。主，理宗女也。」愚按：此鳥每於夜閒飛鳴，聲細如簫管，聞聲者嚇以爆竹，令速去，恐其滴血爲殃也。問之故老，從未有親眼見之者。白澤圖謂其一頭爲天狗所齧，而先生則以爲周公射去。此等處俱難深究也。

「右丞詩『白頭浪裏出溢城』，鄭谷詩『白頭浪上白頭翁』。余《渡洞庭》句云：『浪亦白頭緣底事，柳還青眼對斯人。』」愚按：水逆風則浪生，風大水退行，激而吐白沫，故曰「白頭浪」。認真作人之白頭，正詩人之善於影借處。

《示兒》詩有云：「那處在那處，何山爲何山？人生不讀書，乃與醯雞班。」那處，楚地名，見杜預注，在今荆門州東南。何山，接連道場山，晉何諧讀書處，在湖州府境。汪彦章有記。

丙寅重九前三夜，夢米南宫向余論書法，頽面中身，指畫有態。余以己未夢東坡，故有「東坡夢後夢元章」之句。生平六夢周公，始己未雲麓草堂，有「江南卑濕，精神相取」之語，曾紀以詩云：「石泉槐火句生香，卑濕東南是故鄉。又向雲窗秋夢裏，十三生憶漢鄒陽。」後薄宦江南，夢見公者凡五。

有會試者，於杭州昵一妓，流連不舍。妓催督之曰：「君其終於此乎？」某答以貲竭。妓謂此地離家近，託病爲辭，可續辦，不足，願傾囊助。某寄家人詩，有「可憐一病輕如葉，扶上雕鞍馬不知」之句。後某得部曹，閲數年，尋約而妓已下世。有《西泠感舊詩》云：「江南蕩子久無家，錦字坊頭問狹斜。蕪館宵鐙飛蝙蝠，荒林春水没蝦蟆。路人尚指樓頭柳，漁父空迷洞口花。辜負沙棠舟上楫，酒樽詩卷到天涯。」「窈窕文窗映碧軒，美人家近苎蘿村。蘭心佩結盤金樣，杏子衫嬌潑酒痕。鬬草戲歸春綽約，賣花聲破夢温存。誰知往日相思客，哭過琵琶白板門。」「樓頭別語記丁寧，恰似長生七夕盟。絶代可憐人早死，十年未見我成名。春風淺土埋蘇小，殘月新詞唱柳卿。安得並驂瑶島鶴，蒼茫吹徹紫鸞笙。」「西泠活水漾清沙，橋上黄昏噪暮鴉。榆樹林中新鬼火，桃花門裏舊兒家。玉魚殉葬侵冰骨，金玦留題沁墨華。知否蕭郎曾到此，吟詩和泪寫琵琶。」

六安程水秋有「夕陽紅被晚山留」之句，蔡松亭明府象衡《鏡花》云：「幾樹芳容開面面，一枝春色笑空空。」所謂流傳不在多也。韓斐然應章，蔡婿也，云「蔡有家婢春紅，其子藝蘭因斷絃，擬納爲小妾。兩心許矣，告於妻母，泥之，遂嫁於桃源李姓，登輿時，殊不勝情。藝蘭解余内人之牙籤贈别，余亦代爲惋惜」云云。因作《歸怨詞》云：「殷勤自小慣承恩，誰料而今遣出門。想是春風太多事，好花吹送入桃源。」「郎心妾意兩相拑，作梗夫人管束嚴。試問梅香諸女伴，阿誰持贈有牙籤？」「四目相看化一睛，可人何事負前盟。知君舍我非君意，漫道無情却有情。」「明珠無纇玉無瑕，那識楊花更李花。郎若有情來問訊，天台洞口飯胡麻。」蓋歸怨其妻母也。余戲反其意云：「從古姻緣有合離，最銷魂是兩相思。不因扯碎鴛鴦譜，那得冬郎七字詩？」「姑娘夫婿住兒家，作合何須問押衙。空把牙籤持贈我，多情無用笑姑爺。」

詠物詩最忌粘皮帶骨，其妙處正在可解不可解之間。漁洋《秋柳》，評者以爲如初寫《黄庭》，只是無一字沾滯耳。其論梅花詩，則有取於「淡香」、「疏影」，而於青丘之「雪滿山中」、「月明林下」不無微辭。至若堆砌故典，如六朝人鑲釬割裂，更無論矣。黄丈心泩賢寶《和春蟬》句云：「名園芳草正逢春，點綴烟光筆有神。感舊忽當殘月夜，驚心多在落花晨。風前哽咽餘清怨，葉底咿啞問夙因。寄語螳螂莫相妬，一聲聲裏穩藏身。」「錦樹濃花鎖翠烟，長林幾處聽鳴蟬。層雲出岫清歌引，細雨垂絲别憾牽。枝上流鶯空自好，樓頭乳燕恰相憐。山齋續咏香山句，第一銷魂似去年。」心泩揣摹漁洋，頗稱大弟子。《秋思》云：「金井梧桐夜月寒，三千紈扇怯衣單。飄零粉靨誰傾國，憔悴纖腰獨倚闌。」「湘浦接歡春色老，御溝流水落紅殘。可憐往日傷心事，趙瑟秦筝帶笑看。」《寄金題子》云：「自從相對聳詩肩，吟弄東風二月天。夾岸桃花紅勝錦，平堤楊柳緑如烟。傷心往事春前夢，屈指浮生悟後禪。太息舊遊零落盡，封胡遏末總堪憐。」《悼亡》云：「與我周旋纔半世，惜他離別又經年。」皆妙含不盡。

湘潭僧滌塵，名覺慧。其《落葉》云：「春風吹我生，秋風吹我落。何如空所有，榮枯兩不著。」《寄師》云：「雲山千里別，天地一身孤。」又「花香春在樹，人静鳥歸山。」《塞草》云：「萬里龍堆路，西風塞草枯。黄雲圍大漠，落日下平蕪。屬國愁多少，昭君恨有無？夜深霜角泠，山鬼向人呼。」《春草》云：「三月亂沾飛絮雪，一春長護落花泥。斜陽短笛横牛背，細雨長亭送馬蹄。」俱不似釋子語，惜年十六而化。同人爲刻其《茸香集》，序之者有朱方伯魯門、謝澧州雲青。

謝秀才立山本《春草》云：「郊原迢遞徧芳菲，蠟屐尋芳步翠微。花綻軟紅迷曲徑，柳排嫩緑鎖雙扉。聽殘陰雨遊情減，吟到《陽春》和曲稀。好是西湖三月景，蘇公堤畔緑裙圍。」「烟光一帶靄園林，空谷跫然有足音。採藥僧歸樵徑晚，賣花人入畫堂深。勾留公子懷春意，想像王孫愛日心。流水高山知幾許，安絃重理伯牙琴。」頗無俗韵。

秦、岳冤仇，歷劫不解，代岳憾秦者亦然。周蓼洲先生有打秦檜事。《極齋雜録》載吴中某富翁演劇，客見檜出，捶殺之，衆該愕，客殊從容。鳴之，當事憐其義，從輕辦。事後有詩云：「賣國權臣心膽寒，當場一見髮衝冠。捶腰格殺秦花面，聊爲庸流洗肺肝。」此猶讀書人也。《熙朝新語》載淮安知府趙過徐州，道見推車人將客行李棄地，忿不肯行。趙問故，答云：「行路三日不知其姓，頃聞伊姓秦，我姓岳，何堪爲仇家僕御邪？」趙勸以六百年前事不必深究，且與之錢二千，恨乃釋。此真愈出愈奇者。余嘗咏其事云：「纔通姓氏即生嗔，毆血分屍恨未伸。從此權奸須絶種，不然無處可容身。」「陌路推車事偶然，兩家曾否係真傳。生成直道難磨滅，三代遺民古聖賢。」又蘇州某巡撫嫌岳廟兩奸像爲玷，投之太湖。忽一日，湖中風浪大作，將兩像掀打湖岸，像各重千餘斤者，遂仍歸於廟。噫，忠武之靈異若此，又何怪車夫之怒姓秦人哉！

高自位置，譏詆他人，即大儒不免。黨同伐異之見，談藝家信口雌黃，更不足言矣。蓋大公無我之難也。頃閲《質園集》會稽商寶意先生著。論詩甚爲平允：「縱横齊粵各争雄，分道揚鑣士論公。畢竟新城作盟主，嶺南原不及山東。宋琬。」「秀水香名數十年，《曝書亭集》萬人傳。自遺名姓儒林内，半爲當時賦洞仙。」「最好吾鄉老翰林，西河經術本來深。偶然采得秋蘭佩，未是《離騷》屈宋心。」「總持風雅宋公堪，綿津先生。並駕漁洋却有慚。虧煞青門老居士，抛殘心力作桓譚。」凡十章，頗無激詭抑隨惡語。五言如「名成天亦忌，慧極福難兼。」七言如「人似六朝工賦别，地經三楚易悲秋。」「北風攜手同行少，南浦銷魂送别多。」「巡簷鵲報新晴早，繞磨牛仍故步多。」「山經雨後全身净，人立花前老態增。」「芳草天涯人去遠，杏花春社燕來遲。」「抵舍便憂家累重，度關方喜宦囊輕。」「才爲人用終非福，事在天成亦藉謀。」「天上已無邪可觸，人間惟有壽難延。」《姑蘇》云：「君王本自堪亡國，種蠡何能共復仇。」《删詩》云：「明知愛惜終須割，但得流傳不在多。」皆能自出新意，聽有餘音。五言近體惟《田居三十首》工麗清新，文多不録。七古早年學步李、盧，既乃希蹤元、白。余所見凡三千餘首，集尾有云：「新舊詩八十卷，删存若干，語雖不工，其數可方《長慶》、《渭南》矣。」蓋去其十之六七，尚煩富若此，緣其天才敏贍，故伸紙摇筆，隨意指揮，滔滔汩汩，亦不自知其何以謄寫不盡。且意主貪多，以爲詩中境界得如韓信將兵，便可雄視百代耳。集中有句云：「曾聞吴子華，百篇中有兩句佳。」可持贈也。

孔子稱舜好察邇言，蓋天下之理，見淺見深，隨人自領。如呼聽《孺子之歌》，即孔子之察邇言也。若稗官小説中，其持論實有能補儒先之罅漏者。如解「寢衣」，謂其長只及身之半，即今之緊身，故著之而寢，最爲輕便。若長過半身，穿脱何等累贅？況熱天無庸覆足，禦寒自有衾裯，若止穿一件衣，縱使狐貉，亦必受涼。此可以事情物理推之也。孝弟爲仁之本，古字「仁」、「人」通用，而取證於「井有仁焉」句。作如此解，既與上文緊相呼應，而道理亦直截分明，省得將「仁」與「孝弟」合攏分開，多少支蔓。田常之亂，所殺者闞止而非宰我，史公據《左傳》作《史記》，見子我被殺，不復深考，便誤以爲宰我，而有「孔子耻之」之説，其誣甚矣。且據李斯書，是宰予不從田常而見殺。據《弟子傳》，又是與田常作亂而滅族。坡公但知《弟子傳》之妄，而不知被殺者之并非宰予也。孔文子原非孔圉，誤以孔圉當之，不思易名，乃彰癉大典。孔圉行事，直小人無忌憚之尤者，曾勤學好問之人而出此乎？「隨」者，隨其心之所欲往而赴焉，故以爲服牛乘馬之象。且牛馬行而車隨，車行而人亦隨，亦「隨」之時義。《丘中》三章爲好賢之詩，「留」其姓，「子嗟」、「子國」其字。意三子皆國中之良，如秦之子車氏，故詩人望其施施來食，即《杕杜》、《緇衣》之意耳。《蒹葭》之詩爲思蹇叔，穆公愎蹇叔之諫，秦師遂東。蹇叔請老，既而殽陵敗績，三帥成禽，風雨含愁，封尸無日。老成先見之明，洞若觀火。《秦誓》所爲「昧昧思之」不置者，此詩之所爲作也。説部中類此者不一，不能盡斥爲無稽也。説經尚且如此，説詩者可舉一而廢百乎？余《即事》詩云：「删訂尼山舊典型，微言大義首窮經。窮經易蹈亡經弊，空使浮雲障日星。」「紛紛百喙逞先鳴，黑白雌雄抵死争。何事著書同訟牘，心如止水得公平。」「賡歌颺拜肇唐虞，韻語流傳逐代殊。充棟汗牛詩話品，憑他天籟唱于喁。」「金烏玉兔走雙輪，光景長留萬古新。自有精華逮凡骨，餐玄服氣問真人。」

桃源縣治左，臨水有漳江閣，不知創於何時。原序亦不詳始末，混稱如衡漳之「漳」。按《夢溪筆談》云：「水以『漳』名、『洛』名者甚多。趙、晉間有清漳、濁漳，當陽、贛上、亳州、安州俱有漳水，鄣郡有漳江，漳州有漳浦。考其義，乃清濁相蹂，謂兩物相合，有文章可識别也。數處皆清濁合流，色如螮蝀，數十里方合。」《桃源志》引《南中紀聞》云「辰、沅江自白漳來者極清，自洪江一帶來者色黄濁。登高而瞰，中分若截」云云。與《筆談》之意義合。閣名其以此與？顧志以此綴於《拾遺》，殆亦以白漳之名前此未見，而桃邑之稱漳江者不一，遂兩相印證，如鍾馗之即具也。嘗謂山水姓名，唯人所命。余舊業去浣家山不半里，幼時聞人呼「箭管山」，又曰「甑蓋山」。後閲李文懿公墓誌，方得今名，從前固無可考。然此山實藉李公墓而傳，後之作志者，可引爲證據矣。曾有句云：「山川嶽瀆古稱尊，班志桑經族類繁。苦向從前求譜牒，何殊祖父命兒孫。」

《吴梅村集》《過東山朱氏畫樓有感序》云「洞庭以山後爲尤勝，有碧山里，朱君築樓教姬歌舞。每歸自湖中，不半里，令從者於船頭作鐵笛數弄。樓西有赤闌干累丈餘，家姬十二人，艶妝凝睇，指點歸舟於烟波杳靄間。既至，則洞簫腰鼓，諧笑並作。君以布衣蓄伎，有指索其所愛者，遂遣去。無何，竟卒。余春日過其里，見樓頭紅杏一株，倚簷欲笑。聞此君性愛花，病劇時，猶瀝酒再拜致别。有妓紫雲感其意，至今守志不嫁」云云。余謂朱某多情，紫雲守節，其人其事，足爲湖山特開生面，恨不得都官輩衍作傳奇也。爲題其後云：「烟嵐供養水雲浮，管領湖山唱莫愁。鐵笛梅花吹畫舫，金釵蟬鬢倚瓊樓。孟婆酒熟開春宴，懶婦鐙明照夜遊。行樂未聞資格限，只教科第擅風流。」「絲牽節斷是情根，兒女難將金石論。桃葉渡江方惜别，楊花逐水又銷魂。隨身關盼詩催命，入夢香君鬼報恩。春雨清明寒食候，一枝紅杏倚朱門。」「拚將身命鬬虚空，苦海歡場轉盼中。玉檻飛花迷下上，畫橋流水意西東。生前泪濕花間土，死後波摇水面風。底事流傳缺名字，何妨喚作碧山公。」「妒玉人多艷彼姝，迷香夢醒失歡娱。相思南國拋紅豆，薄命東樓墜緑珠。橘社秋風聞落葉，雞山夕照下啼烏。登臨試問看花客，曾否心情念故夫？」再序稱碧山里，又稱「過其里」，則碧山乃其所居之地，如城市某街某巷云爾。而《集覽》乃引曝書亭「朱碧山銀槎」云云，直郢書燕説也。

《恒齋集》，吴江周漢筍龍藻所著也。《行路難》云：「君不見伯郎斗酒博涼州，推輓並藉監奴謀。迎車一拜豈易得，百千珍玩人争投。昔之奴，向客拜。今之奴，客向拜。士賤縱不羞，世變吁可怪。」《黨人碑》云：「嗚呼是非貴一定，調停之説何其偏。彼哉毒螫入骨髓，不待忿激禍始延。城狐社鼠翦必速，敢懼後患留牙巔。假使人人慕中立，孔光張禹真大賢。」《王文成公摩崖碑》云：「試思勤王檄初發，中外鼎沸蜩螗鳴。安危呼吸待一決，非公智勇何由平。」七言如「野鷗浮碧侵荷葉，新柳分黄入菜花。」五言如「山光濃似酒，秋色老於人。」「山村禽語滑，沙路馬蹄輕。」亦頗清妙。

詩文，游藝也，然作者難，知者亦不易。世有能作而不能知者，未有不能作而能知者也。而不知者，每强不知以爲知，致没作者之長而留其短，甚可惜也。吾邑黄丈道恬孝伊與長沙之陳蒼山、吴石田并其侄吴含中相友善。石田翁詩，余未得見。黄鑽仰杜、韓，其所傳《芙蓉樓存存》係身後人刊刻，竟不能存其所當存，而存其所不必存者。吴有《記吾曾稿》一帙，《送春》云：「榆莢雨，黄梅雨。花信風，麥信風。風風雨雨，年年二十四番中。催來催去人頭白，花色明年春又紅。」五言「夜鐙紅勝火，秋草緑如春。」「傍人文字拙，爲客古今愁。」「生事因人好，窮愁共歲除。」陳有《幽居》八首，頗爲人傳誦。《村居》云：「小築郊原面緑溪，連村路熟走東西。栽秧趁雨晨驅犢，曬麥迎風晚放雞。墻壁倒斜依竹補，孫男長大與翁齊。傳家世有農桑計，幸免饑寒白晝啼。」《山居》云：「瀑布飛流落遠溪，營巢偶寄數峰西。閒雲出岫馳青馬，古雪成塵養碧雞。石叠烟巒當面起，樹交花葉翦簷齊。空山習静忘冬夏，叵奈催春徹夜啼。」《樓居》云：「真仙曾説住青溪，更有高樓閬苑西。影下雲端來舞鶴，音登天上聽鳴雞。憑闌風月招能入，施手星辰摘欲齊。最是清宵鸞鳳噦，虚疑下界野禽啼。」《船居》云：「浮家泛宅若邪溪，未必吴娃果姓西。望影吠聲篷外狗，聞呼覓路岸傍雞。梅粘石火烟光動，帆稱風潮曉唱齊。莫向巴江三峽去，懸崖千尺夜猿啼。」《廛居》云：「漫云闤闠異山溪，結構偏宜小市西。五尺兒童能糴米，四鄰君子不攘雞。夜沈河漢街更歇，酒熟旗亭醉客齊。冷暖世情經飽歷，懶將貧眼向人啼。」《崖居》云：「石磴盤拏枕碧溪，參天喬木洞門西。雲根不斷四時雨，曙色常遲五夜雞。懶剔莓苔階自古，稀栽叢竹筍難齊。幽居勝概春來別，花事悤忙杜宇啼。」《茅居》云：「蘆荻茅茨護淺溪，柴門關處夕陽西。日暄墻角遊蠅虎，雨敗簷端長樹雞。老土漸生蒼蘚合，新茅乍補白雲齊。偶逢林叟談官吏，驚怖兒童不敢啼。」《溪居》云：「九曲闌干傍碧溪，數椽茅屋石梁西。汀沙淺露眠花鴨，岸草深平宿水雞。春漲浮橋當户立，秋風落葉與波齊。閒來躡屐登山館，賺得幽禽恰恰啼。」限韵成詩，大方家所弗尚，此喜不爲韵縛。其疏漏處稍爲點易，以成完璧，料作者復生，亦莫逆於心也。諸老詩大約嚴謹有餘，而生趣不足，想亦囿於風氣邪？

百菊溪先生《過五溪屯兵處寄傅重庵觀察》詩云：「百粤山苗古牒詳，槃瓠異説恐荒唐。榛狉久未通聲教，郡縣今都畫井疆。馴可就閑調野馬，猺還走險肆貪狼。梯巖燎壁勞師旅，回首烽烟弔戰場。」「曾聞鑿道下三巴，六月王師道路賒。上將朱幡圍虎豹，小人白骨委泥沙。蠻天夜繞金銀氣，戰地春開桃李花。醉草捷書磨盾鼻，笙歌帳外月輪斜。」「安邊籌策古人情，一死千秋仰大名。裹革將軍銅作柱，攻心丞相月盤營。負嵎往日誰攖虎，跋浪今番竟翦鯨。詔下九重襃將略，勗君努力作干城。」「特達真饒國士風，綢繆夙夜矢心忠。建瓴設險秋無警，買犢耕田歲屢豐。開釁莫招匡石議，專征須奏范韓功。恭逢舜陛敷文德，舞階干羽慶來同。」按嘉慶改元，鎮筸苗滋擾，三廳震動，彭公鳳堯死之，凡歷數年始靖。苗性愚而直，不好亂，因内地盤剥欺壓太甚，欝氣不伸，是以忿而思逞。觀察西公成嘗步行苗寨，苗呼青天來，款以飯。審此，則事由可知也。福貝子康安來征，聞其札營總，去苗寨十餘里，以精鋭自隨，以鄉勇及其他當寇。厚於自奉，極耳目口體之養。營中争妍獻媚，鬬巧呈奇，辦差同於辦貢，視從前之征喀爾喀、林爽文，竟成兩截。用兵無奇策，惟仗銀錢買活人，糜費帑金無算。詩中

「曾聞」以下云云，蓋實録也。其死也傳聞異辭，或云疾終，或云畏罪，而比之伏波、諸葛，蓋立言之體，有不得不然者耳。重庵名鼐，浙江人，捐納同知。適值苗氛，得參軍事，頗負才諝，異於聞鼓聲而色駭者，遂以軍功坐陞兵備。其備兵也，假古屯田法，爲苗疆足食足兵，畫一勞永逸之計。曾聞之彼地人云：傅某屯田，皆强佔民田，而收其入以自封，兵食特借名耳。旋擢臬司，惡一候補道員伉直，與某知府合謀，蔽以絞。後兩人自京回，旅店皆多設一人箸，知府悸死。傅返長沙，背生大疽透膜死，人皆以爲厲鬼所殺。冥報如此，則其他尚可問哉！此詩乃百總制齡巡邊時所作，傅先探知，誑稱黔邊苗不靖，星夜帶兵去。百至辰，無兵可觀，遂留詩，而曰「寄」也。篇中語意似規似諷，想亦暗藏春色，故曰詩人之志微而彰。其寄傅而必詳言福者，則以傅之得志，皆福成之云爾。梁溪周懷西鎬《感懷》詩云：「水母大如輪，所苦在無目。張羅致群鰕，謂可寄瞻矚。朝出載之出，暮息負之宿。恃此性命交，緩急莫余毒。一朝浮海面，漁父施長鉤。群鰕各逃生，水母砧俎羞。不知頂上冠，久作籠中囚。可憐無目者，至死昧其由。」主文譎諫，可謂形容曲盡矣。余嘗有句云：「九重端拱念瘡痍，耳目聰明寄所司。安得親身周海甸，不教虛實誤毫釐。」

老友黄杉村名宗基，負才不遇，故詩文流傳絶少，僅得其遺稿一帙。如「新晴天氣佳，幽居更無礙。林外野鵲喧，簷端木雞大。典策皆故紙，幽獨古人在。此心誰與期，勉旃時不再。」《禁摘花》云：「從來好花如好女，好女自宜金屋貯。何期夫壻惡心情，摧折紅顔無處所。一經風來滿院香，濃添酒味潑詩腸。愛花須得花中趣，莫遣遊蜂怨夕陽。」《客至》云：「二妙經過便，山雲覆野莊。秋風如我老，花徑共詩荒。幸有杯中物，同於客裏嘗。不須投轄飲，明日是重陽。」憶先君子云：「繭足荒山夜打門，長途風雨暗前村。若翁扶杖虚前席，後輩登堂侍左尊。三尺孤墳空酹酒，十年泠泪與招魂。回思翦燭西窗下，舊學新聞取次論。」答余寄詩云：「新詩偏寄碧雲秋，好句長吟散旅愁。醉把花枝呼進酒，狂抛劍匣覓封侯。燕啼春屋誰爲主，蟻逐名場我却羞。湖海如君真意氣，天涯夢裏憶同遊。」他如「地僻犬常卧，風微花自摇。」「野雲留樹宿，山鳥過門呼。」「却訝東方頻索米，何妨南郭一吹竽。」《螢火》云：「好伴漁舟鐙一點，慣隨書案月三更。」皆清挺拔俗。昔人云「但使流傳不在多」，其杉村之謂與？

吾邑唐陶山先生仲冕以名進士宰吴中，爲政風流，照耀江左。前明唐六如居士墓道頽廢，修理桃花塢，補種桃根，釐正墓産，爲香火資，以祝、文兩先生配。作詩四章紀其事。在横塘者亦如之，一時傳爲佳話。海内和者數十百家，下及女流方外。又蒐輯其時藝、詩詞、畫譜、遺聞、瑣綴，都爲一集。牧海州日，曾持以贈余。余最愛其令嗣鏡海鑑太史和「明」字韵云：「豈有行賕通敏政，直將戡亂啓陽明。」實爲驪珠獨得。他如張伯冶騏「名士最難傳異代，宰官或恐是來身」，黎曉亭應元「豈有名流無韵事，幾逢仙令表崇祠」，「官能風雅真循吏，詩到清新即上乘」，皆沈實有力。山陰閨秀金禮嬴詩尤峭倩，因全録之：「三尺枯墳一撮塵，桃花橋畔墓門新。世間兒女憐才子，地下蒼蠅弔酒人。前路青雲抛敝帚，老來紅粉送終身。何須更覓瑶池種，此是先生萬古春。」「酒杯之外即浮名，沈醉何須辨濁清。皮裏《春秋》誰識破，胸中塊壘自澆平。碑留死友胡中議，情迫窮交祝允明。一樣繡鞋尖上土，踏青時節拜書生。」「尤喜桃花煞命奇，朝官不識侍兒知。頭顱誤感陰人笑，手帊親賡盒子詞。胡粉梨園嫻套曲，烟花吴女艷叢祠。英雄别有傳名處，不必文章借有司。」「撩亂長明一盞鐙，凖提庵院賸殘僧。桃花死占仙源福，好色生參佛界乘。醇酒婦人三了語，繮名鎖利一纏藤。書生亦有冬青樹，不獨唐城哭六陵。」先生起家縣令，累擢至陜藩署撫。告歸，寓金陵。而鏡海由御史出守廣西，亦請終養。先是，其封君石嶺先生官山東肥城，樂陶山風水，遂謀窀穸。至是，鏡海奉其母合厝，且遵旨守墳墓。乙酉，先生還故鄉，有事扞表。余得讀其《自息機園移寓柑子園故宅》詩云：「頗愛街亭説息機，喧卑却與素心違。復其舊宅何嫌陋，仍以僑居不當歸。池影週迴魚策策，巢痕重疊燕飛飛。荒園幸有雙柑在，甚欲相攜入翠微。」「贖還管舍笑囊空，博士由來一畝宫。藥裹書籤銷暮景，羹魚飯稻逐鄉風。來時齊頌南飛鶴，到此先迎北向鴻。三十餘年彈指過，枌榆雞犬認新豐。」「草堂貲更向誰嗔，那有桃源許問津。巷不容車辭貴客，廳難旋馬趁閒身。崖間未訪烟霞侣，宅此猶稱市井臣。不去其鄉良不易，故園且喜度新春。」風格至爲清老。

陶山叙《六如集》，稱其後裔不可考，而自署爲長沙族裔。因思文信國有「黄冠歸故鄉」之言，王積翁欲合宋官謝昌言等十人請釋文爲道士。留夢炎曰：「天祥出，復號召江南，置吾輩十人於何地？」事遂已。信國乃有柴市之殉。孔公天允曰：「兩浙有夢炎，兩浙之羞也。」蓋夢炎，衢州人，與文皆宋狀元，而不同如此。歷有明數百年，凡留姓子孫赴考，必責令出一呈結，曰「并非留夢炎子孫」，方許入試，見《寄園寄所寄》。余謂身事兩朝，已玷名節，况阻撓積翁之言，是殺信國者，留也。核其情，罪與賊檜之害武穆等，恨不鑄金以雪公憤。至流毒子孫，以視六如居士，直天淵之別矣。嘗感賦其事云：「金榜臚傳首狀元，斯文貽禍到兒孫。懸知牘背書名姓，念昔先人拭泪痕。」「晉昌莒國溯前朝，欃李豐城地望遥。儒雅風流原一氣，何分武穆與文昭。」「班分十等壓齊民，先後南朝領縉紳。肯使黄冠歸故土，免教骨肉化塗人。」「梯雲樓畔火生光，留得衢溪姓字香。一脈淵源生割斷，同鄉恐不認同鄉。」「科甲何如氣節高，牙牌書卷等鴻毛。桃花自笑無官職，紅雨年年濕絳袍。」「一爲吴楚一雲礽，離合因緣變態增。糠粃難離膠漆合，千秋公道直如繩。」

「爲治去太甚」，自是千古名言。説詩者稱詩律固然，使過於苛細，則必使人身無完膚，雖大家名家，都所不免。如杜陵《秋興》五、六、七章，中二聯轉灣字俱在第五；「常苦沙崩」一章，中二聯八虚字俱在腰是也。然白璧微瑕，要自無傷大體，但不得援爲口實耳。至「愁對寒雲雪滿山」，而以爲雲雪雜出，高手不礙。豈未讀《小雅》乎？世固未有雪而不雲者也。「行止皆無地」一篇，而曰月、雲、霜、風，詩中一病，因「累月」、「浮雲」皆借用，讀之不覺。此種議論，俱爲苛細。嘗戲成兩絶云：「吟風弄月遣閒情，瑣瑣批根太俗生。曾説讀書觀大意，不求甚解是聰明。」「據事直書因魯史，苦將條例説《麟經》。風人若入蕭何手，《三百》難逃舜五刑。」

茶陵譚文希齋聲元，自其祖徙長沙，遂家焉。其尊甫雩山先生以書法名，希齋與兄定元皆中鄉榜。希齋以校官終選知縣，不就。詩才清麗。《客至》云：「侵晨啓柴扉，餘霜尚在瓦。空庭正徘徊，客至茅簷下。呼童煮藜羹，坐對肝腸瀉。嘿然感年華，不覺清泪灑。亦思秉燭遊，歲月胡可假。曾邀伯樂願，及今剩羸馬。何如陶令賢，籬邊菊盈把。停杯忽狂歌，欲問亡羊者。」《有感》云：「人生若春燕，來去常作客。達士乃曠觀，依依戀泉石。興衰澹浮雲，萬古此朝夕。偶然嘯松間，聞香杳無迹。」七言云：「百歲難穿真古觀，一錢不值老儒冠。」又有「官貧竈亦閒」之句。

武昌蒲圻縣港口驛之萬年庵，以地當孔道，遂爲尖站。建於前明，有董華亭題額。康熙間，吳荆山先生留詩四韵，後來經過者皆有和作。緣自松影至性空住持都能詩，故留題之作往往收貯。前後凡兩刻，名《諮餘録》。衲山持以示予，遂得見吳雲巖鴻、張晴溪楧、陸平泉以莊、趙芸浦佩湘、褚筠心廷璋、葉厚山元祺六公詩。吳、張爲先君子主考，陸、趙爲余庚申主考，而褚爲督學，葉爲縣主，乃童年受知者也。余按叠韵至數百次，勢不能别出新意，而如六公者，已不可復見。今讀其詩，即如見其人也。吳句云：「五年行役地，曾此滌煩喧。山翠佛螺結，溪聲舌本翻。有緣重聽法，無住即酬恩。今夜禪關宿，清風自掃門。」張句云：「到此禪關寂，相期一避喧。禽聲花外静，草色雨中翻。古鉢傳龍縮，霜鐘悟佛恩。遍觀秋意好，修竹恰當門。」褚云：「一徑入深塢，僧寮暫避喧。樹兼蒼竹合，泉帶嫩雲翻。魚版空王法，營花造物恩。到來塵夢斷，馴雀護松門。」葉句云：「驛途鄰縣治，車馬鎮嗔喧。蓮座香雲合，楓林貝葉翻。歇心參佛法，行路重君恩。堪羡清溪水，常流繞寺門。」陸句云：「一路看山到，茅庵静不喧。徑幽嵐翠合，溪急浪花翻。佛護恒河衆，橋懷國士恩。萬年名迹古，題什遍空門。」《重過》云：「港口清幽地，重來此息喧。白沙秋水落，紅葉夕陽翻。尚認雙橋迹，仍叨一飯恩。老僧和菊瘦，相對話沙門。」趙句云：「古刹臨官道，偏來驛騎喧。萬年清磬徹，叠韵好詩翻。麥紀鄉莊瑞，橋銘邑宰恩。駪征閒憩此，松月照空門。」「路已湘江近，泉從港口喧。一天花雨散，四壁墨痕翻。貝葉長生果，蓮航普渡恩。華亭三字額，椽筆鎮山門。」詩一刻於何曙亭光晟，再刻於俞西泠傳聲。袖山原住延壽寺，因黄安家乙舟太守任辰陽過此，招之住持。其入寺和韵詩云：「參禮黄金相，迦陵静弗喧。萬年留古刹，三字記重翻。舊事神仙夢，良緣主宰恩。此庵堪掛錫，詩入性空門。性空前住此。」余亦有和作。張公名錫謙，現任長沙守。

婁曉亭亮，父本江右臨川籍，因貿湖南，遂家焉。曉亭幼孤，讀書、學幕、學生理，皆未卒業。喜吟咏，工繪事。初其父頗有留遺，以遠遊盡。賣畫爲生，旁及醫藥、占驗。走四方，蹙蹙靡所遇。壬午、癸未，挈其母子寓上林寺，號借庵頭陀。爨烟嘗不起，余因其凍，曾解衣衣之，曉亭若忘之也。《歲暮懷人詩自序》云「雲樵徵士解館同居，有『寂寂上林寺』五律一首，余頻年瓠落，破窗風雨，歌哭無端，感舊懷人，衍成十首，即命之曰《寂寂吟》。時癸未臘月某日。」云云。第二首憶余云：「寂寂上林寺，先生舊有詩。才高流俗忌，命薄鬼神欺。漫笑馮唐老，深慚鮑叔知。孤松冬嶺上，落落歲寒姿。」第三云：「寂寂上林寺，孤吟思友聲。十年成久别，萬里繫離情。故國慈親老，長途性命輕。塞鴻音信斷，何日計歸程？自注：滇南遊客。」第四云：「寂寂上林寺，故人今若何。世情工反覆，文字欠消磨。共説虞卿苦，終憐甯戚歌。囊中羞澀慣，壯志莫蹉跎。雲樵。」第五云：「寂寂上林寺，蘭陵憶舊遊。一杯終日飲，萬事野雲浮。忘負隨身鍤，能貽在笥裘。頭街新署得，淮上醉鄉侯。淮上酒徒黎枚臣曾以灰鼠見貽。」第六云：「寂寂上林寺，商賢懷老彭。交期金石固，性比水雲清。借箸聊諧俗，投竿豈釣名。寒江波浪惡，小艇慎縱橫。湘江漁者彭遂川。」第七云：「寂寂上林寺，踈鐘斷續撞。兩湖來衲子，昨夜渡湘江。對客詩千首，隨身屐一雙。白雲峰外路，回首憶西窗。」末云：「寂寂上林寺，空堂蝙蝠飛。乞來方朔米，舞罷老萊衣。托鉢難終歲，安心且息機。一枝能久借，我亦願皈依。」又愛集唐，頗自負。畫清遠不俗，如其詩。曾爲余寫便面，横披、斗方各一。去秋還江右，近又聞其留滯武昌云。

坊市流傳《諧鐸》本，蓋負才不遇，而以嬉笑怒罵洩其憤懣無聊之氣者。其摹寫刻酷，曲盡形容，率借鼾假面，如《莊》、《列》寓言。要其才情不可没也。《春詞》云：「阮家西壁宋家東，一帶疏簾似夢中。深院釀花鳩婦雨，畫闌垂袖鼠姑風。膽瓶嫌素添山紫，步障憎寒换海紅。芳草年年南浦緑，頻牽别憾惱文通。」「芙蓉寶帳隔重重，跨鳳歸來不再逢。衣帶水淹花月渡，劍鋩山割雨雲峰。泪因洗面何緣熱，酒爲澆愁未肯濃。偷向簸錢堂下走，棋奩藥鼎盡塵封。」「偶隨梅柳渡春江，忽見桃根倚畫艭。重唤雪兒彈錦瑟，催教雲母拓紗窗。鞋尖彩鳳三千兩，袖底鴛鴦十八雙。同傍得憐堂後住，情魔一點幾時降。」「冷笑鵁鶄借一枝，妝成金屋莫嫌遲。桃花繞樹長庚宅，芍藥當階上巳時。西北高樓貪日出，東南孔雀避風吹。明駝綑載移家具，香譜茶經鏤雪詞。」「小閣玲瓏近翠微，安牀支臼未全非。屏開龜甲邀花卜，簾捲鰕鬚待燕歸。廿五條絃彈處澀，《十三行》字仿來肥。有時笑捨韓嫣彈，打起黄鶯作對飛。」「方撲圓冰犀角梳，九梁花插兩鬟虚。高頭懶學嗚蟬髻，垂手愁沾飛燕裾。逋髮鬑鬇挑菜後，羞眉熨貼破瓜初。水晶簾外無多地，自爇旃檀讀道書。」「款步嬌蓮不用扶，鮫綃紅映雪肌膚。皺眉欲索三年艾，綴靨誰償一斛珠。自笑腰支同蜾蠃，人言指爪似麻姑。

《感甄》舊賦君曾讀，羅襪淩波定有無。」餘如「屈戍牢鉤防露眼，秘辛私授試風懷。」「幾度花風開夜合，連朝穀雨過春分。」「已諧鳳卜心中事，早褪蛇醫臂上痕。」「五辛盤獻香花裏，六甲符懸衣帶間。」「延年藥自香閨種，長命鐙教綵袖挑。」「有情夜雨當歸早，無用春風及第先。」「將浮弱水窺清淺，欲築强臺《水經注》：洮水與墊江水同出彊臺山，本讀去聲。《山海經》注：一作㵲，讀若强。阻蔚藍。」如此等類，置之古人集中，幾不能辨也。

梅村《鴛湖閨詠》爲嘉興黄媛介作。媛介字令皆，受聘於楊興公，貧不能娶。黄有《離隱》詩，自序云：「予産清門，歸於素士。乙酉逢亂，轉徙吴閶。羈遲白下，後入金沙。衣食取資於翰墨，聲影未出乎衡門。古有朝隱、市隱、漁隱、樵隱，予殆以離索之懷，成其肥遯之志者。」王尚書有《觀黄令皆畫扇》詩云：「歸來堂裏罷愁妝，離隱歌成淚數行。才調只因同衛鑠，風流底許嫁文鴦。蕭蘭宫掖裁新賦，苦茗飄零失舊章。今日貞元摇落客，不將巧語憶秋娘。」此詩王集中未見。愚謂令皆不知作何歸結，追思爾日情事，其苦楚有出尋常萬萬者。嘗弔以句云：「妾命如此，不生不死。何以爲生，不死曰生。何以爲死，不生曰死。謂妾多情，情在一心。謂妾無恥，金玉其體。吁嗟兮，生生死死何分别，鴛湖終古照明月。」

動輒貶剥譏彈，往往作過量語，是名士招牌、頭巾習氣。前人謂詩話作而詩亡，緣拾宋人道學唾餘，於大處全無見地，惟毛舉細瑣繩人，且多尖酸刻酷語，蓋此事自關心術也。寧鄉鄧蘭坡先生之麟《海粟詩話》，梳剔極細，而持論極平。如言杜律拗句至五十餘聯，文多不録。今摘數條如左。

「明詩至鍾、譚，一變爲竟陵，荒唐詭譎，至當時汴人以『餓山吞日憨』爲清詞，吴士以『花騎蝶過牆』爲麗句。所選《詩歸》於《武王几銘》：『皇王惟敬，口口生垢，口戕口。』譚批云：『四「口」字疊出，不以爲纖。』鍾批云：『「口戕口」三字，悚然骨驚。』不知古書闕字俱作□，音圍，何竟認作『口』字？抑思口與《几銘》何涉邪？曹子桓《短歌行》『長吟短歎，懷我聖考』，刊本訛『考』爲『老』。鍾批云：『「聖老」字奇。』宋顔峻詩題『淫思古意』，本古樂府題，鍾乃云：『四字造得奇妙。』二公手眼原高，以好逞新奇，故爾徒資口實。」

「點」作去聲，「徑庭」之「庭」作去聲。「裁」有仄聲，周旋、盤旋等則平聲，遂漸意則去聲。「冰」訓凝，作去聲，「凝」亦作去聲。水波圓不定者曰「盤」，皆音旋。如此等類，海粟引證甚詳。愚謂字而無韵，則無統紀，瑣瑣分辨，則又似拘泥。如「帆」本平，「使帆」則去；「治」本去，「治國」則平。雖間有動靜之別，要之亦難概論。如「茹」字，平上去皆可讀，初於經義無關也。所以賦詩家多以意爲之。如「霓」字本平，自沈約《郊居賦》以讀入聲爲解人，後人泥之，至以范蜀公作平聲爲失韵。司馬公曰：「沈賦不過取聲律便美，非此字不可平也。若庾信『寥廓本乘霓』、張正見『閬苑隔紅霓』，豈非平用乎？」由此類推，「摇」、「膠」、「防」可去，「十」、「楚」可平，「相」字可入，惟變所適。解此，又何「中興」、「中酒」、「中年」三字、六字之紛紜乎？余嘗押「筮」字作平聲，學者疑問，余笑曰：「古之人有行之者，吾何爲獨不然？」但場中則宜守印板耳。

漕，人到韵，訓水轉轂。今俗謂水衝擊土成窪形者曰漕水堠，想即此字乎？自《史記》稱轉漕給軍，遂爲飛芻、輓粟之專義，故曰漕糧、曰漕河、曰漕船，官曰總漕、漕運，且皆讀平聲。余謂音讀殊異，不獨平仄如兄、朋入庚、蒸而讀凶、蓬，閭、蘇、驢本虞韵而讀樓、搜、離等類。雖極淵博者，不能究其始。恐亦如漕一音猴，寅又入支，難以鑿定也。

達觀堂詩話卷四

善化張晉本浣山著

蘭坡謂老蘇父子未到長沙，而書省城蘇家巷柵闌者曰「老泉別徑」、「蘇老遺蹤」，與杭州杜工部廟訛「拾遺」爲「十姨」，作女像以配伍髭鬚者，同一荒唐可笑。余謂世人虛誑矯誣，何所不至。若此者，特無識之庸人，非無忌憚之小人也。抑以見二公之高躅，雖歷久猶爲世所尊。若轉眼成塵者，并求如此不可得已。因成兩絶云：「老去栖皇百不堪，半生飄泊盡湖南。他年異地乘香火，配食髭鬚我亦甘。」「御筆鴻題百代光，慕羶猶識姓名香。坡仙文字多游戲，姑妄言之亦不妨。」噫，思齊内省，寓目即陳，在學者之自得耳。

劉王女素馨死，葬陽江縣城下，冢上生那悉茗花，因名其花曰「素馨」。傅伯成過其墓，弔以詩云：「昔日雲鬟鎖翠屏，只今烟冢伴荒城。香魂斷續無人問，空有幽花獨擅名。」是夜夢女子拜牀前，吟曰：「三尺墳埨字書音論。草尚青，冷烟疏雨對孤城。人間不少憐香客，誰識花名即妾名？」且謂傅曰：「妾沈埋於此久，感君顧愛，願朝夕奉君。」傅園中舊有素馨，花開特茂，傅寶愛之。妻心妒焉，俟夫他出，摧折盡。傅歸悶極，夜復夢女，披髮蒙頭至曰：「妾何嫌於夫人，而見嫉若此？」乃擁袖微吟：「貞姿豈鬭衆芳妍，怨殺西風不解憐。寄語紅顔多薄命，也看寂寞杜陵邊。」傅聞詩，愈憤恨，遍購素馨植之，終不茂。其妻旋死，果葬於杜陵。余謂鬼語花妖，世間常有，獨此女情摯性貞，兼饒俠氣，即生前之爲人可知矣。因代傅媿謝之云：「堌冢香魂寄短吟，原非書葉與彈琴。木瓜投贈瓊瑶報，一夜花開萬古心。」「傷心紫玉忽成烟，徧采靈根種福田。俠骨貞魂招不得，三生石上冀來緣。」

乾隆丁丑，始以詩試士。鄉村學究多能文，而拙於詩者，所以有「狗去雞來」之句，供蘭坡笑柄也。余謂業必習而始精，故子夏云「百工居肆，以成其事」，即弓冶箕裘之意也。假令今日忽以表判易詩，豈能遽工乎？且以經義、詩賦等類取人，實緣舍此別無他法，故行之歷久不變。而應其求者，又未可以博雅淹通便斤斤自足也。

有某妓《贈別》詩云：「一刻春宵一鎰金，歡情那似別情深。石榴裙上胭脂泪，丹鳳城南夜夜心。」「銀榼香醪漏欲殘，翻愁減醉減餘歡，紅蕤枕上多私語，鏤入玲瓏一片肝。」「深閨春晝似長年，繡記佳期角枕邊。來日正當湖水滿，勸郎騎馬不如船。」「約翠安黃欲汗顏，從今彌勒許同龕。秋風若個無消息，燒却珍珠玳瑁簪。」張簡齋日監云：「余曾見惠山泉亭題壁曰：『水色山光隱暮烟，畫橋西畔泊吴船。十年身世嗟萍梗，惆悵重經第二泉。』『烟波滿目滯孤篷，盻斷南天少雁鴻。自是無心憐舊雨，不須埋怨石尤風。』署『錢塘女史絮絮題』。」明廣州麗人張喬，幼善歌舞，能詩，善畫蘭。陳文忠公宴集抗風軒，喬每侍筆墨。惜年二十一而夭，彭孟陽葬之白雲山梅花坳。送者百餘人，各賦詩一章，植梅一本，號曰「花冢」。余謂青衫憔悴，紅粉飄零，古今同恨，豈獨薛洪度、劉國容輩哉？此吾所以傾倒於蘇小也。

或問《夕堂永日緒論》南嶽王夫之撰。持論甚精，而立言太刻酷，幾使人無完膚。余謂先正學問宏博，識解淵奧，非後學所敢輕議。惟是行文拗澀，未免以艱深文淺陋，蹈抹布之譏。要其正論有不可磨者。如云：「『邦畿千里』兩節截去末句，『懿子問孝』章截去末三句，命題如此，欲求有典有則之文，其可得乎？唐人選士，命作《幽蘭賦》，士子抗不遵，改《渥洼馬賦》。古人委曲裁成如此，今割裂章句，即爲侮慢聖賢，安能發明經義邪？」又「逆惡頑夫語，如『孰謂鄹人之子知禮乎』、『謨蓋都君咸我績』之類，俱極凶悖不可命題。」此則司文運者所宜奉爲科律也。

湘潭兩劉，兄弟翰林，長公梅垞元燮《戊寅紀恩感懷》詩云：「南冠楚語戍南蠻，千里羈孤鈍骨頑。伏地灰心甘浪死，自天有命賜生還。聖明薄罰仁恩厚，感激難名涕泪潸。況沐榮光施後裔，更叨教孝鼓清班。」「幸全螻蟻知何報，欲效涓埃命已慳。江月似鐮銷憾水，黔雲如劍割愁山。客中霜鬢垂垂老，病後詩魔忽忽刪。軼事憑誰紀流寓，一生相送紫薑關。」「蒺藜匕鬯兩何堪，用《困》、《震》卦爻義。地老天荒憾隱含。寒食幾傷馬鬣墓，篢輿姑護客兒男。淳于罪解緹縈女，越石賢分晏子驂。清貴漫勞鄉里羨，模糊都作夢魂談。」「開樽重對嘉賓飲，攜果新分孺子甘。那信知非年望六，恰逢修禊月初三。園花亭草知無恙，月露風霆舊飽諳。我縱桑榆收晚景，可能消受白雲龕？」次公賓門元熙和云：「海宇尊親極八蠻，清時休歎命慳頑。陳書漢室何當哭，捧璧秦庭豈意還。有詔自天春浩蕩，感恩無地泪瀾潸。雁行忝列清華選，鳳子新叨侍從班。」「白簡只今留價重，黃冠莫漫笑官慳。尚餘松竹能開徑，別有烟霞不買山。嘯月江皋呼劍舞，劚雲野圃帶詩刪。升沈總荷生成德，翹首邱樊望九關。」「廊廟今猶寶仲堪，殷仲堪爲廊廟之寶。楚才誰不惜羅含。出門未肯羞齊婦，閉户終當學魯男。歷盡冰霜存健骨，回看歲月度驚駸。新詩爛漫神猶王，舊事糊塗口絶談。」「莫信栽楊多厄閏，須知啖蔗漸回甘。齊眉已得傾城再，繞膝應過入室三。古樂府『三子俱入室，室中自生光』。樂事尋常行處有，浮雲變幻個中諳。百年半付春婆夢，慧業才歸自在龕。」余按二公宜有專集，此從友人敗紙中檢得之。

《吹影編》載秦藍田僕《咏螢》詩云：「休嫌小草前身腐，多少文人夜借光。」琴川有青衣丁姓者，能詩，主人每見其弄筆，必痛責之。有句云：「世間多少閒花草，雨雨風風帶憾開。」余謂借螢光爲窮途人吐氣，殊不似僕隸語；至憤其下之能詩，而肆其殘賊，此誠庸劣賤流，主僕胡不易位邪？長沙余四者，曾投余七律一章，紙尾署「咄咄子」。詩語雖推奬過當，然聲律諧，對仗穩，余報之以「竈下蒼頭」一章。緣其屢挫童試，遂隱於傭，茶罷更闌，恒手一編不輟，亦韵士也。屢索其他作，靳弗予，旋謝世。弔以詩云：「浮雲世事眼中明，蝸角蠅頭兩不争。最是吟魂抛未得，突烟鑪火夜三更。」「花園風月入吟箋，擬結同聲和獨絃。一曲短歌聊當哭，誰從愛子問遺編？」聞其子爲輿隸，故云。

《堅瓠六集》載唐隴西馮用和二子，長友仁，次友義。義爲繼妻陳出，而兄弟歡若同胞。一日陳謀於夫，使仁遠貿，義治家事。仁以詩惜别云：「十里河橋蔓草青，片帆瞬息短長亭。此行竟作天涯客，愁絶郊原有鶺鴒。」弟和云：「手足分攜腸斷時，關山千里共相思。此行願促歸鞭早，莫待枝頭叫子規。」仁經商數月歸，見弟甚歡，自是連年營獲，悉歸父管。母欲分爨，仁不忍，母厲聲曰：「爾揹不分，不過欲困乏爾弟耳。」義泣諫，亦不從。仁知不可奪，遂空身逃去，留詩云：「呼號三諫信言難，義利分明一念間。莫謂沽名求世譽，清風千古首陽山。」義見詩嗚咽，遍訪無蹤。閱數日，仁又寄詩云：「義心既重利心輕，分異何乖手足情。茹草自安虞帝樂，采薇獨守伯夷清。析居苦憾違親令，遠去甘當矯世名。賢弟晨昏勤定省，莫教流落似而兄。」義和云：「勢利鴻毛眼底輕，分飛忍背雁行情。薛包讓德千年烈，太伯存仁萬古清。棄禮亂倫傷薄俗，分門別户誤浮名。懸懸只望歸家早，並奏塤篪樂弟兄。」旋徒步尋兄，遇於華山白雲庵，望兄泣拜，百計勸解。仁曰：「父母恩同天地，吾負罪在逃，原非矯世，亦望親感悟耳。」乃同歸。父知二子友愛，深咎陳氏。陳猶謂恐有私積，檢其篋，皆書册，亦感悟，視如所生。愚按：此正有合於聖人「何莫學《詩》」之旨，非尋常拈弄筆墨者比也。題其後云：「最憐異母若同胞，兄弟聯芳福命招。堪笑乃翁如傀儡，休嗤繼妻是人妖。」

梁蘭亭云：其先世祖母某最賢，夫婦偕老，接日死，同時出殯。喪夫争先異路行，母柩忽重，漸如萬鈞，舁者皆斂手。或疑厭勝者作孽，百方祈禱，不應。子孫私念，得毋與祖行異道乎？移而步其後，疾若飛。因是以推，則其平素之四德咸備，百行俱完，斷可識已。而如古來所傳女子節烈事，若崩城、化石等類，必實蹟而非虚語。《中庸》稱「造端夫婦，察乎天地」，道不遠人，信哉！余感賦其事云：「生共衾裯死别離，分飛素旐引靈輀。生前隱德無人識，死後貞魂凛倡隨。晝可傳呼石化形，離魂合魄仗精靈。從來盟誓同山海，試讀梁家節婦經。」

有淫於外者，初施施行，恐室人之知而謫之也。後審其妻，無幾微見辭色，漸放心，唯恐其或知之也。積年餘，妻卒如故，遂徑行，猶恐其佯爲不知而蓄謀，一旦發洩而莫可救止也。顧外交情愈密，不可割捨，見妻無芥蒂，竟反客作主，入其人而廬其居矣。一日者妻諜其夫之他適也，叩外婦之門而請謁。外婦恐其淩藉，貌慘變而語支吾。某氏笑曰：「爾毋然，此事我知之久矣。」因數其情節甚悉，且謂「我此行非揚爾短也，欲爾善事我夫，亦如我之事其夫者，庶不負我夫一段恩愛之情，而永以爲好也。蓋我事夫有年，凡一應性情嗜好，細微曲折，爾必不能色色如意，我試爲爾詳言之。如使揚爾之短，將置我夫於何地，是自揚其短也！爾能體我之心，以事我夫，我與爾即一家人矣，爾何恧焉。」并囑銀錢艱難，朝夕百物，宜愛惜節省。如是者累歲月，外婦安焉。久之，其夫爲所感，卒與婦絕。噫，此豈易得之巾幗中人哉！孔子贊季氏之婦不淫，孟子稱以順爲正者，妾婦之道。夫淫而不順，則淫惡積；不淫而能順，則萬善歸。若某夫人者，其真能學孔、孟之學乎？又古稱爲子者，必遇頑嚚之父母，始可以言孝；則爲妻者，必遇淫蕩之丈夫，始可以言順。陰教難言久矣，安得有大力者爲之畫圖俎豆，以爲天下萬世之婦人法也！繫以詩云：「《風》詩南國首《睢》《麟》，山隰西方近美人。琴瑟調和鐘鼓樂，衾裯原抱一家春。」「多情夫婿散春愁，愛折鄰花當酒籌。人説空房難獨守，偏教浪子亦回頭。」「柔腸宛轉疊千層，暖玉潛融一片冰。懿行擬同《閨範》讀，何人圖繪寫甯陵？」

戴山人嵺山者，長沙人。美鬚髯，善説辭戲謔。早歲客遊吴越、齊魯、燕趙，西出嘉峪關，詩多衝口出，然不入空滑俚俗一派。曾於便面見其《七十同人遊嶽麓自壽》句云：「湘江打槳緑遊波，七十年來幾度過。三月我生春正好，六朝松比壽如何。會心花鳥皆朋友，到眼烟光足詠歌。聽罷山僧説今古，匡廬面目識人多。」「盤紆曲徑碧雲連，躡屐登臨必造巔。殿是祖師幾經代，樹非松柏不千年。聽鶯路入清楓峽，煮茗香分白鶴泉。漫道星辰手可摘，好呼南極下遥天。」他如「湖闊無邊疑入洞，山浮一點不忘君。」「北上只知天子貴，東遊才覺聖人尊。」「沽酒不辭花底醉，倚樓空憶夢中人。」「夜來絶塞風聲壯，秋到邊城月色寒。」俱清拔無塵坌氣。

羅江李調元《題何夢樓調鼎圖》云：「君不見青蓮飄泊黄河間，掛席欲進波連山。一朝待詔金鑾殿，御手調羹供奉班。又不見世人不識東方朔，蓬萊采得長生藥。大隱金門侍玉皇，法嬰笑唱《玄雲曲》。人生達命何所求，不肯住即早掉頭。指點蕙樓與菌閣，水擬方壺山擬緱。何人餐霞對丹穴，貌清且癯坐披褐。紫殿瑶臺問葛洪，金華玉液炊蓴緑。信是紅鉛煮雪花，何須勾漏覓丹砂。修煉自通三島路，烹調豈到五侯家。有琴鳳欲翥，有劍龍欲舞。腰繫萬里槎，問君何處去。弱水東遊是海門，沐髮溟渤朝陽盆。更欲西行泝河漢，直探星宿踰崑崙。丈夫不能齷齪嚅唲媚妻子，又不能仰看屋梁數瓦齒。何必高歌《蜀道難》，仙人喚我放火燒金丹。」雖豪放，要亦常語。《堅瓠己集》載，華鏜，漢時秀才，作《六經解》。楊誠齋題其後云：「《河圖》三畫已剩却，《堯典》萬言猶欠著。向來濳聖天何言，六經非渠一手作。杏壇花下撥不開，天工更遣麒麟催。乾坤造化登青竹，洙泗光芒付緑苔。堂上書生真苦相，苦共蠹魚打死仗。屋上架屋更屋下，後千百年作何狀。華元夜登子反牀，華鏜晨趨夫子堂。當時困守析骸骨，此日覃思雕肺腸。華君自身喫凍餒，毛穎何罪髠鋒芒。君不見老農耕隴頭，稻雲割盡牛亦休。毛穎爲君老秃髮，問君何時放渠歇。短檠油乾半明滅。」蓋爲説經亡經且作應聲蟲者發也，奇創可味。楊又有句云：「書莫讀，詩莫吟。讀書兩眼枯到骨，吟詩個字嘔出心。人言讀書樂，又道吟詩好。吟詩口作青銅蠅，讀書頭似夏枯草。何如閉目坐齋房，下簾掃地自焚香。聽雨聽風都有味，健來即行倦來睡。」此種況味，惟真讀書、會吟詩者知之，淺人不解道也。

有遠宦川中者，父思念之，寄以詩云：「劍閣淩雲鳥道邊，路難曾說上青天。關山萬里身如寄，鴻雁三秋字不傳。亂葉打窗風帶雨，孤鐙背壁夜爲年。老夫一掬相思淚，灑向春林泣杜鵑。」其子不應，旋丁憂，歸二年而卒。世之逮親存而道遠不能迎養者，讀此可以思矣。瞿宗吉《歸田詩話》載此，爲吳敬夫寄其子吳愷者。予則得之萬東堂口述。

俗以荒誕者爲「揑白」，余謂不獨近今市井爲然。如蕭何封南陽酇侯，此字讀贊，而沛郡亦有酇縣。縣名相同，事所常有。如今江南有桃源，湖南亦有之，是也。自班固扭「酇」叶「何」，遂造爲「鄼」字，而注遂云：「本作『鄼』，王莽改曰『贊治』，故遂以『鄼』爲『酇』。」此三句杜湊可笑。所謂「本」者，何所本乎？與王莽之改名何與？又誰以「鄼」爲「酇」邪？沛郡酇縣下注云：「莽曰『酇治』，應劭曰『音嵯』，師古曰『此縣本爲鄼，應音是也』。」後之讀史者，謂南陽之「酇」音贊，沛縣之「酇」音鹺。《字彙補》及《正字通》輾轉訓釋，既知「鹺侯」之可笑矣，又謂班固漢人，必得其真。此等見識，何殊吠影捕風！試思何封南陽，與沛郡杳不相涉，顧因班固一言扯綴，乃生無數葛藤。少陵云「讀書破萬卷」，「破」之云者，謂能自辨心眼，不專拾人牙慧也。昔賢又謂「胸中有書，筆下無書」，此語正恐急索解人不得耳。余嘗借示學侶云：「剛經柔史日鑽研，温故知新意兩全。花月空明臨鏡水，兔魚沾滯落蹄筌。盲人博古憑扶說，妖道參師護野禪。一字糾紛成聚訟，班家扭揑誤從前。」

詠物詩須不粘不脱，有神無迹，方不類泥塑木雕。長沙劉湘城光泮以選拔任石門教，因鄉試，卒於省。詠物甚佳。《碧筒》云：「納涼閒步小塘東，擷得郫筒貯碧筒。竹葉香浮珠錯落，梨花春透玉玲瓏。沾唇早覺寒生齒，照眼還疑緑染瞳。無當玉卮偏得似，由來外直且中通。」「荷花深處酒民來，雅製新題稱意裁。曾共羅裙搖玉佩，還同鬱鬯注金罍。暗通關節如鑽隙，曲鼓嚨胡當舉杯。幕府一時傳戲法，歡場何事綺筵開。」柳坦田廷芳《禁蛙池》云：「黄梅時節半陰晴，雨後田雞閣閣鳴。誰寫折枝施禁約，即同反舌斷傳聲。浮沈緑水淩波戲，蹩躠青泥踏地行。讀罷《南華》問齊物，井蛙何事大鵬争。」柳雲臺廷恩以不利場屋，援例作廣文。《雞冠花》云：「園丁權作鬥雞翁，五色華冠照眼中。側弁睨窺離昃日，垂緌低舞巽隨風。折巾静倚籬邊菊，落帽羞看江上楓。梧院竹林多雅集，都拋赤幘坐花叢。」湘城又有《延籬豆》云：「笆籬短短菜畦邊，豆繞籬根更蔓延。鹿眼半開新月後，蛾眉斜抹晚風前。一番雨過添螺緑，幾度花翻裊翠鈿。最是山翁勤護惜，補空閒把白雲攓。音搴，坡公有《攓雲篇》。」「黄台瓜熟子離離，點綴園林豆一籬。結處故應先露角，《博雅》：豆角謂之莢。煮來何必定然萁。釀成白乳和仙酒，烹合黄葵入聖詩。漫説田家風味好，休教零落隕霜時。」

《文章游戲》載陳雲貞《寄夫塞外書》凡數千言，中有云：「大丈夫處世，怨固不可深結，恩亦不可過求，未曾拜德之前，先思圖報之地。」又云：「每念弱草輕塵，百年一瞬，夢幻泡影，豈能久留？生死兩途，思之已熟，別來況味，不減夜臺。現在光陰，幾同羅刹，何難一揮慧劍，超入清涼。柰緣業如絲，牢牢縛定，不得不留此軀殼，鬼混排場，冀了一見之緣，不負數年之苦。他日無恙，孺子有成，大事一肩，雙手交卸，貞心不大快哉！故今者哥哥一日未回，此擔一日不容放下也。」附詩六章云：「搔首雲天隔大荒，伊人秋水悵何方。可憐遠戍頻年夢，幾斷深閨九曲腸。井臼敢云虧婦道，荻丸聊以繼書香。孝慈兩字差無負，他日重逢穩記將。」「鶯花零落懶搴幃，怕見簾前燕子飛。鏡裏漸斑新鬢角，帶端應減舊腰圍。百年夢幻身如寄，一線餘生命亦微。强笑恐乖慈母意，藥囊偷典嫁時衣。」「十五嬌兒付水流，緑窗無復唤梳頭。殘脂剩粉鑿絲閣，碎墨零箋問字樓。千種淒涼千種憾，一分憔悴一分愁。儂親亦未終儂養，似此空花合共休。」「當時夢裏唤真真，此際迢迢若比鄰。愛寫團圞違字識，偷占縈落祝花神。那知失意飄零日，反得關心屬望人。別有憐才惟一語，年來消瘦恐傷春。」「早自甘心百不如，肩勞任怨敢欷歔。迷離摸索隨君夢，顛倒尋求寄妾書。妝閣早經疎筆墨，簫聲久已謝庭除。讒言休攬離人耳，猶是堅貞待字初。」「未曾蘸筆已先癡，一字剛成血幾絲。泪縱能乾終有迹，語多難寄反無詞。十年别緒春蠶老，萬里羈愁塞雁遲。封罷小窗人静悄，寒烟冷露阿誰知？」余按：此種筆墨，真可以驚風雨而泣鬼神，閨中得此，即充軍，可不朽矣。

曩在杭州，見道旁「鴛鴦冢」三字碣，下有寸餘，字數十行，模糊不可辨，而志乘又無可考。頃閲《文章游戲》，乃知爲仁和縣唐公仁植《雙縊判》也：「勘得何兆福與高大姑生並小家，住偏連屋。當門前作劇，尚兩小之無猜；迨樓上獨眠，遂三生之有約。踰牆而摟處子，鑽穴而窺丈夫。始而偷香竊玉，希圖露水夫妻；久之殢雨尤雲，遂結婚姻眷屬。糊塗殺爹娘老眼，昏久無知；繾綣兮兒女私情，茫然未察。以致却平原之聘，徒悔噬臍；且益堅抱柱之誠，不容坦腹。轉瞬笄年已誤，生不適陸氏門；誰云泉路堪悲，死幸作何郎婦。遺言留楮墨，曾不渝同衾同穴之盟；畢命挂絲繩，要無忝匹夫匹婦之諒。本縣目擊雙懸，心憐共命。民彝本由物則，惟從一之足嘉；王道原順人情，尚有終之能正。教必象童牛之牿，踰閑難責諸蚩氓；風或殊艾豭之歸，取節弗遺於同俗。用捐廉糈，俾勒貞珉。歌蒿借《孔雀》之詞，文梓起鴛鴦之冢。庶幾連理長榮南國，一坏永傍西泠。此讞。」余謂高女公案，正有合於孟夫子非禮之禮、非義之義之旨。傳聞高氏父鳴官，先薄責之，旋命合葬。若唐公斷此獄，真能熟讀《孟子》者。備録之，以爲法。

御製《知時草詩并序》：「西洋有草，名僧息底幹，譯漢音爲『知時』也。其貢使攜種以至，歷夏秋而榮，在京西洋諸臣因以進焉。以手撫之則眠，踰刻而起，花葉皆然。其起眠之候，在午前爲時五分，午後爲時十分。」「懿此青青草，迢遥貢泰西。知時自眠起，應手作昂低。似菊黄花韡，如梭緑葉齊。詎惟工揣合，殊不解端倪。始謂箑蒲誕，今看靈珀齊。內府藏琥珀，中有小草，莖葉花萼，隨冬夏二至以漸榮枯，謂之靈珀。遠珍非所寶，異卉亦堪題。」

湘潭家度西九鉞先生，八歲侍父遊南嶽，見壁粘四字，曰「身通白藕」。問寺僧云何？曰以試對者。先生遂對以「舌吐青蓮」，僧衆皆膜拜號佛。詢其故，則老僧未示寂前，語大衆曰：「我去後，幾時必再來，留此八字爲記。能如所對，即我也。」今果驗矣。後先生寢疾，自云：「我於某日告終，有人接我往南嶽去。」是日其子檢藥歸，望見青衣僧立廳事，入室而先生即世矣。後檢書，得自書絶句云：「擔柴運米百無能，自讀《楞嚴》自點鐙。夜半萬緣鐘打散，前身南嶽一枯僧。」今猶泐墓碑側。然則輪迴之説，豈盡玄渺乎？

「欲展淩波步，先爲行雨裝。擘羅深覆額，擁髻暗收香。漫擬傾珠蓋，應同貯錦囊。自憐嬌小甚，脈脈待恩光。」此《六硯齋筆記》《詠蓮笠》詩也，云蓮初透水，雨淋輒夭閼。因出新意，翦荷葉以線聯之，作兜鍪狀，雨則覆之，名「蓮笠」。董閬石云：「此事甚韵，而製亦佳，當仿之，以當護花鈴也。」見《蓴鄉贅筆》。

《麓堂詩話》云：「詩貴不經人道語。自有詩以來，經若干人，出若干語，而不能窮，是物之理無窮，而詩之爲道亦無窮也。」愚謂攄懷抱，狀物情，大而天地日月，細而草木蟲魚，何一不經人道？所分者，靈蠢工拙耳。長沙羅十一静渠性介爽，棄舉業，學掌書記。嗜酒，好吟詩，詩筆似放翁。《金子灣》云：「波下洞庭去，湘流忽有灣。雲容常覆石，其地多石。月色遠浮山。市泊民廛雜，舟維估客閒。離家初此夕，短夢亦知還。」《春日感懷》云：「初日照殘雪，新鶯啼舊林。浮雲終古憾，流水百年心。草緑空城夢，花香止自吟。《陽關》三叠後，愁絶有餘音。」《中秋日思親》云：「天上又中秋，人間起別愁。可憐今夜月，偏照粵西樓。對酒思兒女，還家計去留。承歡虚子職，吟望更垂頭。」《寄友》云：「典盡春衣懶出門，澆花種樹並鋤園。虚名浪得防貽笑，知己難酬怕受恩。詩未能工窮已極，文雖賤賣品猶尊。幾回讀罷《離騷》句，何處堪招楚客魂？」《遺興》云：「落花時節閉門居，春興全消日月除。新長莓苔三徑緑，舊栽楊柳一行疏。飲當鑪角宜温酒，漏滴牀頭怕濕書。風雨連綿寒未減，敝裘欲典且徐徐。」《寄友》云：「我生如夢復如癡，節物驚心動遠思。才到春來四五日，即看花放兩三枝。緑楊晴裊靈和殿，黄鵠風飛太液池。傳語故人多愛惜，輕裘肥馬少年時。」《除夕答涂石渠》云：「玉漏催殘欲曙天，更燒紅燭會家筵。與君拚醉今宵酒，明日回頭即去年。」《别母》云：「諄諄向妻孥，依依託親故。嗟哉遠遊子，内憂不遑顧。」五律云：「寒侵孤客易，病到瘦人多。」「亭欄三面倚，橋水兩邊看。」「鳥拙争巢急，僧閒抱膝安。」七律云：「岸轉日光時向背，波摇人影乍高低。」「新來僕子難賒酒，舊好鄰家可借糧。」「酒逢先酌慙居長，詩若當仁不讓師。」「曲張硯鏡回鐙影，斜插瓶花學畫枝。」「歎室婦艱愁主饋，應門童小怯追逋。」「歸防夢覺拋家遠，病恐親憂寫信遲。」「瘦減腰圍餘短帶，老舒足指愛寬鞵。」「詩於窮後成孤調，字到中年别一家。」《喜得孫》云：「聾耳試聲貪聽哭，殘牙留輔待含飴。」俱新脆可口。又《新燕》云：「乍見高飛燕，雙雙度影斜。來尋有巢氏，先到莫愁家。烟雨池塘柳，春風桃李花。恩勤育兒子，吾性愛慈鴉。」余按：詩筆如此，方不媿清新之目。静渠處人倫之變，過於放翁，《感懷》一章意指此。

湘潭夏十二雲溪見余前録蔣厚庵《咏杉》詩，曰「是誠先得我心也」，遂成二章寄我。詩云：「堪嘉名實古今殊，豈有今多古獨無。厥木未曾充《禹貢》，惟喬久已獻皇都。《夏書》栝柏名徒著，楚岫松杉實不誣。寄語工師宜著眼，棟梁材出鬻熊區。」「荆州宜稻不須論，有木如斯豈讓尊。生插天心朝帝闕，死同駿骨重般門。晚成大器堪千古，共仰靈光巋獨存。得遇良工邀特賞，山林廊廟本同根。」雲溪故家子，負才不得志，雖詠木，實自寓也。中年以書記走四方，少所可。晚號固叟，蓋亦戛戛而介介者。曾以《依依山館小照》示余，余戲綴其後云：「固而不固兮，是以長依依。問固胡以固，曰依依依依。」雲溪曰：「是將教余不固邪？」

或謂詩不讀書不能爲，然以書爲詩，則不可。又謂讀書而至萬卷，則抑揚高下，何施不可？非謂以萬卷之書爲詩也。又謂萬卷人或能讀，下筆未必皆有神。又或以滄浪「詩有别才，非關書也」之説當之，尤爲隔壁聽。余謂少陵所云「破萬卷」者，即聖人「温故知新」、孟子「深造自得」之旨也。程子曰：「世人不會讀《論語》。未讀時，是這樣人；既讀了，又是這樣人。只是不曾讀。」則不能破之謂也。聖賢垂訓，皆本之躬行實踐，所謂「先行而後從之」者也。讀書者止習其言，而虚思其所行，已落第二義，况徒作一場話説！世固有一目十行、胸藏《四庫》、倚馬千言、出口成章者，若茅鹿門之《祁禹傳》、見陳雲瞻《簪雲樓雜説》。《禹會塗山記》，見亦復如是。皆成於一夕，自庸俗視之，未必不詫爲奇特。若巨眼覷破，只是記得多，寫得出，久之習慣成自然，竟可將無作有，而於身心切要處，固毫無得也。噫！「破」可易言乎？且非獨記誦詞章之難言「破」也，孔、孟言「未可與權」、「執中無權」，《周易》六十四卦皆言時義，孟贊孔爲「聖之時」。「權」字之解，舉「嫂溺」以發其凡；「時」義則無專詁，而又衍爲大而化聖，不可知之説以示人，究屬迷離惝恍。蓋此等必驗諸躬行，不得徒於語言文字求之也。余嘗謂一部《四書》，不必講一章一句，能體貼得一字透底，便受用不盡。然如此一字者，歷劫不能行，恐亦歷劫不能破，所謂「中庸」，不可能也。顧使於此等機關不加體認，究爲有乖全體。如古來之不識「忠」、「孝」、「廉」、「耻」字者無論已，亦有號讀書真種子，致命遂志，百折不回，誠無愧於篤信守死、殺身成仁、舍生取義之道，而考其他設施，或不滿人意，豈非於「權」與「時」者有未至邪？甚矣！讀書之難也。抑曰「下筆有神」不過爲詞人説法耳，尚須「讀破萬卷」，况欲克全人道乎！於少陵一「破」字尚不能解，乃紛紛下筆乎？余《讀杜有感》云：「六代三唐漢兩京，淩雲健筆掃縱横。須知妙訣無多子，一字工夫集大成。」「曾從碧海掣鯨魚，怒把頭髏擲大夫。識破機關還一笑，神施鬼設總虛無。」「枵腹難登大雅堂，烹經飪史百家糧。華筵莫漫誇多品，至味還從味外嘗。」「思探月窟躡天根，入手先尋道義門。杜老一聯明啓鑰，悠悠耳食向誰論？」

王從之《滹南詩話》專摘抉山谷短處，令古人復起，當亦無辭。蓋公論而非偏見也。竊謂黄與蘇同時，才力本不及蘇，顧不肯自下，欲用間出奇以求勝，而不知其入於魔道，不徒老僧藜杖，瘦驢脚跟，全無生氣也。緣其一意刻削雕鐫，隱辭謎語，自鳴得意，甚至獰狰惡濁，不可嚮邇。後來吕居仁捏稱江西派祖，推波助瀾。耳食者隨聲附和，每況愈下矣。豈非詩之一大厄乎！抑古人樹立，自有本量，詞翰其末也。其人而可傳，則其他一分好，見得有十分好。其人而無可傳，則其他十分好，只算得一分好。且有徒滋口實者，如蔡京書甚工，不得與四家之列。趙子昂書畫冠時，而後人每多譏刺。至馬士英之畫，金陵人嫁名妓女馮玉瑛，則貽臭千古者也。然則山谷之可傳者，固不專於詩乎？頃閱《藁城詩話》，因及此，並繫以詩云：「名教難踰大德閑，詞林學圃寄餘閒。古人别有流傳處，不在戔戔字句間。」

隨園論某人之詩，曰「詩甚清老，頗有工夫。然非之無可非，刺之無可刺，選之無可選，摘之無可摘。孔子稱『剛毅木訥近仁』，某詩只得一『木』字」云云。此一段議論，實足爲老學究破除癥結，爲後人度盡金針。蓋胸中無至理奇情，筆下少靈情活相，只辨得按律循聲，四平八穩，究如木馬泥牛，全無動人處，無怪閲者之思卧也。推之文字無不然，推之作人之道亦然。羅南川尚書有云：「春至時和，花尚鋪一段好色，鳥且囀幾句好音。士君子幸列頭角，復遇温飽，不能立好言、行好事，雖是在世百年，恰似未生一日。」其言致爲痛切。顧此猶止爲温飽輩言之耳，若夫身都貴顯，可以爲所欲爲，乃不能建一奇謀，成一善事，但與時浮沈，因人俯仰，總以能全身家，保妻子，享富貴，謂足了平生事業，此不幾爲木人乎！然則欲詩之不木，當先求人之不木也。余《論詩絶句》云：「摛辭弄筆吐心聲，鉅細洪纖聽得清。砌下秋蟲紛唧唧，誰能湊合當雷鳴。」

有少年自負博通，大言不怍。余笑曰：「子所知者，皆別人之知，而非一人之知也。」夫三教九流、五車四庫，知之所寄也，然俱是現成本子，與我毫無干涉。所謂他人之知也。然則一人之知謂何？曰此歷劫不能曉也。孔子言之矣，曰「無知也」。噫！聖人且然，況其他乎？即其告子路以「知之爲知之，不知爲不知」，試思知乃虛空物事，不惟無形質，并無聲臭，知與不知之界，如何分截割斷？其所以爲法，孔子不言也。推之顔子之高堅前後，《中庸》之察乎天地，《孟子》之引而不發，皆不免依稀髣髴，蓋實有不可言傳者。故子曰：「子欲無言。」噫！聖人尚欲無言，何後來好言者之多也？則皆以無知爲有知故耳！

子曰：「君子不以言舉人。」後世舉人專以言，於是乎識言不識人，究且識名而不識言。使靈均而在，《天問》中必添一重公案矣。同譜陶雲汀澍起服入都，就一故交別。其人故鄉中土監，陶至，盛款止宿，因出其父八十壽文稿求筆削。陶先心易之，閲罷大驚，亟屬主人延致，乃一寒乞少年。叩其囊底，媕雅閎肆，各體俱工。問何不考試？則云：「父以織屨汲水爲生，且以所作呈鄉先生，皆以爲不中，故不敢問世。」陶爲之嗟訝不已，誦其《送行》詩云：「問訊兹行意若何，聊將短句當驪歌。騷人自古親蘭茝，弟子曾經廢《蓼莪》。捧日寸心懸絳闕，追風一騎指黄河。九重側席虚懷待，金鑑從前細揣摩。」「蕊榜生花甲乙聯，階躋内相正華年。六宫争識元才子，萬歲親呼李謫仙。新製渡頭《桃葉曲》，重賡臺上《柏梁篇》。雲霄若念荒山客，莫靳西風尺素傳。」二詩典雅工麗，妙合自然，其格力風神，直造古人深處。有如此才，而無人賞鑒提拔，可慨也。余《游仙》句云：「銀臺金闕閬風巔，欲往從之水接天。聞説蓬萊有清淺，能飛渡此即神仙。」

乾隆年間，有某宰僻縣。歲暮，郭外閒行，見一人曝背觀書，向之乞火，答曰：「無。」讀如故。因前問，云：「此人夫婦兩口，家極貧，倚女工度日。某惟解讀書，雖飢餓不顧。三旬九不食，其常也。」縣令隨遺之米銀，固辭不受。又遺之，兼書片紙，曰：「舊竈無新火，蛛門掛網絲。此公今日苦，似我昔年時。」并囑明日元旦可入見，不必假衣冠。某如言，遂令移住近側，便其日讀書而夜息。縣試首拔之，某由此聯捷成進士。又寧鄉王九溪先生主講岳麓，陳榕門相國爲巡撫，相得甚，見面必作竟日談。陳過書院，必攜手送至河干，王來院轅，或送栅欄所。一日，王偶自家赴省，寓萬福禪林。陳公往候，因問王明年當選拔，書院爲通省人文集聚，先生師席久，必稔知之。時適有肄業十餘人，先侍坐，緣陳公至，皆迴避。先生即呼出見，令其各自報名行禮，曰如某某者，似皆可也。後果俱入格。王文端公杰爲州縣書記，由陳公識拔，一薦之，中鄉試；再薦之劉文正公統勳，文正公竟以其薦札達之高廟，狀頭揆席，有自來矣。嘉慶辛酉，余以貧乏不能具贄，獨自一人求見，和風善氣，藹若芝蘭。公居官數十年，從未干吏議，想見明良一德，上下交而志同也。噫！地方官栽培寒畯，鄉先達獎拔時髦，大臣者薦賢爲國，雖其規模器局不同，而皆出於大公至正，所謂爲天下得人也。此真太平盛事，可以入雅頌而被絃歌者。人才安得不輩出，吏治安得不蒸蒸日上哉！

昔人謂詩文一道，作者難，識者尤難。余謂農夫識穀，織女識布，作與識原是一家眷屬。蓋失則兩失，得則兩得也。乾隆壬午，王文端公杰與錢公辛楣大昕典湖南試。榜前有呈卷於學使吴公雲巖鴻者，公預決五人必售，後果然。口占志喜云：「天鼓喧傳昨夜聲，大宫小徵盡含鳴。當頭玉笋排班出，入眼珠光照乘明。喜極轉添知己泪，望深還慰樹人情。文昌此日欣連曜，誰向西風訴不平。」錢和云：「一一春蠶食葉聲，善鳴此日果先鳴。鑄顔早識心良苦，説項喧傳眼獨明。僞體别裁當代望，愛才如命古人情。三年手植多杺幹，分别無私玉尺平。」王和云：「大雅文章正始聲，春風坐裏玉鏘鳴。品題盡擢荆山秀，摸索欣符藻鑑明。酒酌桂香添逸興，詩聯斑管有餘情。得人誌慶還同願，沅芷湘蘭夾岸平。」他如戴農南「今日文章真有價，昔年辛苦豈無情」，吴古心「一人知己原無憾，兩地同符倍有情」，鄭絅庵「三年登俊常如此，縱落孫山氣亦平」。時和者數十人，吴公寫刊成帙，曾以贈先君子。余愛而藏之。

輕清之反爲重濁，靈活之反爲板滯，判若天淵，不能參立也。河東范明府研雲鶴年有《窥雪山房詩集》，今摘其可誦者。《分房八詠》《食單》云：「筆耒非求食，盤飧亦養賢。計名分舉子，點簿命廚涓。骨董傾群液，侯鯖雜衆鮮。花籃攜伙具，辛苦憶當年。」此首全改。《房籤》云：「升堂三揖罷，分命九官來。」《藍筆》云：「濡毫新翡翠，點水小蜻蜓。知白守其黑，出藍誰是青。」《歸自沅州》云：「花雨滿沅州，紅橋十二樓。樹依青嶂老，水卷碧天流。城郭千年鶴，乾坤一葉舟。明山如有約，宦夢落滄洲。」他如「青松前代寺，紅葉夕陽山」、「雲似無心友，花爲可意人」。《過上黨》云：「十里平蕪百里岡，東來地勢走平陽。樹梢紅日辭滄海，雲影青天落太行。赤狄於今文獻少，碧山如此霸圖荒。不堪懷古登高望，姑射城頭是舊鄉。」《井陘》云：「趙壁不緣更赤幟，漢家終是劃鴻溝。」《哭師》云：「公子只今衣葛帔，故人當日拜綈袍。」又「蠶因作繭身先縛，魚到吞鈎餌亦空。」「僅以詩書求醉飽，不如風月老清貧。」餘不能稱是。

聖賢論理，官司執法，有道之世，是非明而法紀振，人皆知感奮恐懼，而宵小之徒，不敢稍存徼倖之私。衰亂之朝，是非倒置，賞罰無章，摧抑善良，縱容敗類，行欺於衆著，養禍於幽隱。故曰刑罰不中，則民無所措手足。此在身受者可諉諸時數之適然，而執理法者不可援以自詭也。《觚賸》載，順治初，湖北巡按李公立密拿大猾段有章，置於獄，一切請託皆弗應，立杖殺之。段自云早年遇道士，告以「非桃非杏、非行非坐」云云，而以爲數之前定。噫，此猾之所以大也。凡小人無不自顯手段，其爲此言也，蓋謂非我之神通不濟，官之刑罰難逃，乃命運合該耳。試思段若早遇李公，其稔惡或不至於應死，抑使終不遇李公，必且獲保首領以歿。從前臺使之莫敢誰何者，大抵皆碌碌庸庸，貓鼠同眠耳。故吾服李之剛決爲能惡人，而嘆世人之爲所欺也。夫使罹於刑辟之小人而皆以爲數也，斯時之理法尚可問邪？

達觀堂詩話卷五

善化張晉本浣山著

謝公梅莊濟世爲御史三日，即劾奏田文鏡。刑部訊，自稱孔子、孟子，主使謫軍前效力。公用蘇公《獄中寄子由》詩韵，寄其從弟佩蒼云：「嚴霜初隕陡回春，留得銜寒冒雪身。綸綍乍傳渾似夢，親朋相慶更爲人。敢辭弓劍趨戎幕，已免鋃鐺禮獄神。早晚扶歸君莫痛，蹩躄勃窣亦前因。」「尚方請劍心何壯，牘背書辭氣漸低。已分黄泉埋碧血，忽聞丹闕放金鷄。花看上苑期吾弟，蔆護高堂仗老妻。且脱南冠北庭去，大宛東畔賀蘭西。」又《題郭璞墓》云：「雲根浮浪花，生氣來何處。上有古碑存，葬師郭璞墓。」《隨園詩話》云爾。余聞公任湖南糧道時，以清直見嫉，上官誣陷，欲致之死。初次審辦，公幾殆。士民唯恐公去，有「許烏天，一封朝奏九重天；謝青天，夕貶潮陽路八千」之謡。又嗾其公子京控，且醵金請精于筆札者，揭諸誣陷劣跡，人各一道。文甚奇，惜不省記。探得審案者由水路來，用油紙書千百本，順流直達武昌。僅記其對聯二幅云：「齊天大聖能容你，阿彌陀佛不饒人。」以初次審理者爲孫公嘉淦，次爲阿公里衮也。又云「許子衣，許子冠，衣冠禽獸；胡然天，胡然帝，天帝神明。」「許」謂誣陷公者許容，「胡」則看審者胡定也。近讀其《題黄霸受經圖》云：「富貴者，天之桎梏；貧賤者，天之學校；患難者，天之夏楚。處桎梏而能自立者，上智也；處學校而能自立者，中人也；受夏楚而不自立者，下愚也。黄霸非受經必不能爲循吏，非下獄必不肯受經」云云。然則公之勁氣直節，其得力固有深焉者，韵語其餘耳。公爲廣西全州人。

武進趙恭毅公申喬，在湖南自稱九年老巡撫。冰心鐵面，吏畏民懷，流傳軼事甚夥。曾夏日行湘潭道，見車水者由下塘倒入上塘。公問故，答以塘下係某豪田，不許過水，否則必喫他虧。公告以姓，住省中桅竿屋内，命取篾皮，書數字，曰：「若見官，以此示之，必無事。」如其言，縣令詣轅請罪。又嘗夜巡，泊小舟江滸，續有大艦至，鳴金燃炬。使人探問，不告以故。再探之，乃一同知赴新任者，親赴公舟請罪。公詢其眷屬家丁若干？某不能隱。公乃曰：「湖南兵燹之餘，地方彫弊，某缺尤清苦。若往，想爾平素享用慣，必致受累無已。不如歸，毋自討罪受。」遂收其憑而令某回籍。公任事久，士民感激，因年節張燈，紮兩道人，各騎一虎，花面；次紮兩獅子，口銜紙錁。燃斗大油燭，上蓋以青布傘。八人舁之，標題云「虎道皆花面，兩獅都要錢，惟有一枝紅燭照青天」。有宴僚屬詩云：「同荷皇恩寵命叨，偶逢佳節會官僚。滿斟美酒蒸藜血，細砍肥羊百姓膏。燭泪落時民泪落，曲聲高處怨聲高。此番若不行方便，枉到湖南走一遭。」又聞陳恪勤公繫江寧獄，僉人欲致死以滅口，絶其飲食。公故過獄門，大呼曰：「獄官何在，我係某省巡撫，昨面聖，云要一個活陳鵬年還我。」徑去不面。陳公之好善惡惡出于至誠，故能顯此回天手段。嗚呼，仁人哉！

慎齋師主講嶽麓，鋭意培植修舉。雖曰自娱，實欲使從遊者共樂其樂也。甲辰歲，同人製八景標題，師喜，即以會課。龔瀛橋仕達七排最佳，其《桃塢烘霞》云：「仙種移來吐霽華，從新妝點艷陽賒。閒尋曲塢春光好，錯認空山繡色遮。一笑輕盈揺赤岸，微醺體態醉丹砂。烘晴乍映峰腰日，結綬如披谷口霞。聞説金城圍夕照，可能魚尾燦天葩。禁烟冷節疑傳火，紅雨前溪欲浣紗。露井綺羅還處處，武陵雞犬自家家。何如講院争開候，活色生香鬬筆花。」徐峻軒垣云：「好是東風取次開，武陵春到麓山隈。花銜宿雨紅成陣，林燒斜陽錦作堆。照眼漫將丹幘擬，流霞端自赤城來。穠華掩映宫牆外，那羨神仙洞裏栽。」《曲澗鳴泉》云：「蒙泉聞説在山清，因地斜通小澗平。自愛源頭流活潑，還教曲折韵瑽琤。蕉窗夜雨琴音細，松徑秋濤鶴夢驚。切響歸漕同咽石，微吟側耳似彈箏。穿林每載飛花出，傍岸遲留落葉横。緑染苔痕微帶潤，碧涵草色暗藏聲。水哉取爾能知本，逝者如斯貴健行。别有靈泉通道脉，潄芳傾液啓文明。」向魯齋曾賢云：「靈麓飛泉百道通，引來溪澗響虚空。行經詰曲灣環路，聲在依微斷續中。伏枕乍驚清夜夢，開窗旋逗早晨風。潺湲竟日絲絃和，流水高山曲未終。」《柳塘烟曉》云：「晴開曙色曉蒼蒼，弱柳千絲颭野塘。殘月掛梢將掩鏡，新鶯隱葉未調簧。早銜欲放烟猶暝，翠浪纔生露正涼。羃䍦眼窺春水外，模糊腰彈曲池傍。撲衣飛絮侵波亂，踠地柔條夾岸長。萬縷影邊垂釣客，緑陰深處讀書堂。但看翠靄迎朝旭，不比寒蟬送夕陽。此日春風正披拂，喜隨桃李列宫墻。」秦竹浯光倬云：「垂柳依依傍水涯，銀塘小立步晴沙。指摩老眼窺塵鏡，挑剔殘燈隔皂紗。乍聽鶯簧調睍睆，旋看燕翦度横斜。曉風晨月饒清景，贏得耆卿好句誇。」此首全改。徐云：「朝暉初破緑楊堤，一抹濃陰望欲迷。淡淡波光猶駐月，濛濛烟縷似沾泥。迎風睡眼眠初起，出浴新腰舞尚低。最是流鶯來學語，讀書聲和板橋西。」吉青齋啓楠云：「長堤弱柳趁朝晴，低拂銀塘積翠生。淡蕩波光天色曙，霏微雺氣曉烟輕。碧紗籠處初眠起，青眼窺時半送迎。小立東風吹細浪，俄看曉日照啼鶯。」《風荷晚香》云：「梅雨松風麥浪天，荷英披拂曲欄前。獨含清味神俱遠，常對名花我亦仙。衣縐紅雲波外擁，香從白藕畫中傳。竹窗乍啓來書幌，蘭槳輕摇入釣船。可似木樨參鼻觀，還如茉莉散花田。羅囊笑彼薰沈速，扇墜憑渠贈蕙荃。濃吐奇芳平旦氣，淡澄餘滓夕陽烟。由來净植稱君子，好續濂溪説《愛蓮》。」此首改半。徐云：「芙蓉別館扇微涼，暮靄沈沈風滿塘。照水月明初弄影，倚欄人静暗聞香。珠遊翠蓋傾宵露，波擁紅衣漾晚妝。小立不知更漏永，歸來襟袖襲餘芳。」吴桃溪灼警句云：「朗照入懷先得月，清香撲鼻恰當風。微摇花柄波光動，暗襲羅衣露氣融。」秦句云：「微茫波影初生月，淡遠花香恰受風。蓋襲晚涼欹淺翠，粉含宵露墜輕紅。」《桐陰別徑》云：「竹引墻根柳壓池，別開生面徑逶迤。削平道左櫑櫑石，《太玄經》『左右櫑櫑』，音蘲。布種坡心鬱鬱枝。圓果八稜梁苑柿，濃陰十畝蜀江榿。迎風那用揮紈扇，蔽日還同卓羽旗。神禹碑前歸路合，道鄉臺畔步雲遲。青山滿眼題詩處，黄葉無聲落子時。問寺僧徒經樹歇，穿林樵客負擔馳。賢關仰止欽名節，回首來踪認自卑。」周春田鍔云：「丘壑盤紆似道林，膏桐夾道喜成陰。花開三月春當路，客到叢祠緑滿襟。曉露荷珠傾翠蓋，秋風桂子落苔岑。青鞋布韈頻來往，空谷跫然聽足音。」《碧沼觀魚》云：「小築方池貯碧油，天光雲影望中收。生魚得所皆知樂，活水藏焉更自由。曾憶南屏散齋食，今來嶽麓附清流。形成縮項偏耽睡，性近參條雅好遊。飢逐沙蟲穿石甃，飽銜絲草戲金鉤。縠紋波縐纖鱗現，劍脊鬐揚細浪浮。每破竹皮添短籪，同『籪』，編籬以養魚。時抛花月當輕舟。會心人物原同貫，三顧殷勤訪葛侯。」家初田晉元云：「小有江湖樂泳游，紅闌干外碧池頭。幾看變化同河鯉，却喜蕭閒似海鷗。細雨夜摇波影亂，微風晴送藻香浮。

澄觀悟得安身法，新月纖纖下釣鉤。」《花墩坐月》云：「覆簣功成淺水濱，荷池花塢兩相因。同窗挈伴三更月，野卉移栽四季春。曲岸泥鬆初展步，平臺沙軟未揚塵。結趺小坐依苔褥，屈肘微眠藉草茵。疏影橫斜標畫格，奇芬披拂助詩神。沾衣露濕薔薇架，落子風生桂樹輪。柰苑焚香留去客，蟾宮秉燭送歸人。何當皓魄長三五，夜夜芳園會德鄰。」此首全改。傅米青先正警句云：「清氣漸蒸衣濕露，幽香徐度樹生風。地如金谷群英萃，人在冰壺萬慮空。」《竹林冬翠》云：「桃李紛紛媚世容，獨標孤幹耐嚴冬。移來渭畝新篁嫩，散植湘山積翠濃。筠染霜華高節節，葉凝冰片影重重。籌長千丈知栖鳳，籜捲全身定化龍。作畫故應圖木石，盟心端合友梅松。交枝戛玉窗前度，碎篠篩金月下逢。根似垂鞭環紫邏，筍因入篚裹黄封。匠門培植多翹秀，扶老休云藉短筇。」徐云：「歲寒摇落各紛紛，不改青蒼獨此君。抱節工夫能傲雪，干霄意氣久淩雲。色分螺黛當林出，響戛琅玕隔院聞。借問風標誰得似，六朝松樹禹碑文。」時作者三十二人，各體俱備。有填詞者，文繁難備録。龔詩文最敏捷，同人嘗戲拈成文，責以套仿，篇章字句，一毫不差。龔援筆立就，顧往往失之率易，故前詩刪易十九。他作亦然，非徒爲魏公藏拙，亦以見爾時余未知詩，對此遂驚爲河漢也。計同人中，向魯齋以行誼著，嚴櫟園如煜、羅麓西綺以材幹作方面官，餘顯晦不一。由今數之，存者不過四五人而已。每覽遺文，不勝雲散風流之感。爰摘録如右，而繫以詩云：「名山佳勝逐時新，八景標題憶甲辰。四十五年彈指過，後來風月屬何人？」「人隔雲天鬼夜臺，招魂縮地幾徘徊。殘更簡點流傳句，或有吟魂入夢來。」除前十人外，有譚古田人豪、陳心泉常泰、方雲榻林、周潤軒嘉湘、嚴受庵祜、蔣雲逵鴻、康元峰祖告、吉梅坡兆魁、李方川自瑛、朱永齋元誠、易雲庵煥祥、周采亮錫瑜、謝東洲鴻音、陶士升必銓、汪靜軒亨理、周錦堂之光、彭玉峰珴、淩鏡湖玉清、姜綠園适、胡學山光北。

老友王書茳洪《題寧鄉劉復園所刊胡開洛東都竹賓遺詩》有云：「風雨名山舊事非，山中人著女蘿衣。不知衰草咸陽道，覓得吟魂歸未歸。」「京洛緇塵久厭過，廿年蹤跡感流波。刊詩略比《敦交集》，吟偏長歌復短歌。明魏仲遠爲友人刊唱和詩，名《敦交集》。」「迢遞關山客子吟，憐他虛牝擲黃金。傳來隴月邊雲句，北地臙脂畫不禁。」「把卷燈前嘆索居，向余滴泪有蟾蜍。何時黃葉村中住，一事商量且著書。」胡五言云：「未央喚僮僕，日斜猶遠征。夢從騾背續，人戴柳花行。故國青山遠，天涯白髮生。馬周羞作客，攬轡且縱橫。」《洞庭阻雨》云：「飢驅馬足踏秦關，初泊行舟島嶼間。怪鳥呼群能作雨，老蛟噓氣欲沈山。雲邊酒盡偏思買，客裏詩成不忍刪。燈下一杯聊勸影，七盤山外共躋攀。」《商於》云：「楚地無端騙入秦，秦人挾詐楚人真。由來老實終須在，種稻秦人讓楚人。其地種水田者皆楚人。」其他作多悲哀激楚之音，蓋亦不得志於時者之所爲也。

諺稱「穀米天作價」，蓋以一切交易俱從民便，有水旱憂，以常平法濟之，可不至甚貴甚賤，有相去懸絶者。此非法之不至也。《蚓庵瑣語》載明之京錢曰「黃錢」，每文約重一錢六文、七文，值銀一分。外省曰「皮錢」，每文約重一錢十文，值銀一分。至崇禎六、七年後，價漸輕。末年，則京錢百值五分，皮錢百值四分。甚至崇禎通寶，民間絶不行使。本朝順治四、五年間，崇禎錢百文值一分，每錢重一斤，值銀二分五釐。《談往》載明朝錢價，紋銀一兩買錢六百，其出入不過零幾文、數十文；後錢價日賤，至崇禎癸未，竟買到二千餘。乃嚴私錢之禁，凡街坊錢掉一文笞、二徒、三謫戍、四斬；制錢遵隆、萬以來舊例，多一文即斬。又于各門設杵臼，官吏坐守，凡有私錢，俱令呈送搗碎。月餘無應者，乃自買自舂，以糊耳目。而錢價之低愈甚，雖峻罰不能止。如一兩銀兑錢二千四百、六百，明白交付，餘一千、八百則暗遞，或過身再取。以廠衛查察嚴，犯者曾罹法故。合此二條觀之，殆亦有天焉。以人勝天，有道也。孟子曰正人心。

龍之爲物，以一「神」字盡之，其來最古。故聖人于《乾》取象，而有「時乘」、「在天」之説。蓋以爲開闢以來，未有其儔匹也。乃後世竟有犼與龍鬭之事。「犼」字，簡策中少見，字書但云音「吼」，北方獸名，似犬，食人。似此物亦不過豺狼之類耳。余兒時聞市語云：「他就是隻犼，我也喂他一口。」近年坊肆間賣畫者，圖一物甚獰惡，一人以鐵索牽之，爲南極星君伏犼。究未審其神力何如也。頃閲東軒主人《述異記》中卷三十六葉。云：東海有獸名犼，能食龍腦。騰空上下，每與龍鬭，噴火數十丈，龍輒不勝。明末海寧縣某山中一黄龍墮死，長十數丈，蓋爲犼所殺也。又康熙二十五年夏間，平陽亦有此異犼，從海中逐龍空中，鬭三日夜，人共見三蛟二龍，合鬭一犼。一龍二蛟斃，犼亦斃，俱墮山谷中。一物長一二丈，形類馬，死後，鱗鬣中火光猶噴丈餘，蓋即犼也。又康熙癸酉六月，仁和皋亭山中有龍犼鬭，龍吐冰雹，犼吐火。犼如獅子，龍則如常所畫者，鬭至錢塘江而没。余曾晤浙人，云曾目擊。然則俗語所傳，畫工所畫，固非無因。抑自此物出，而龍遂不能獨有千古，且使聖人見之，應歎後來居上矣。但此物不知始見于何時，當質之博雅者。

中階、蓀亭，余皆弔以詩。偶檢故紙，得中階道光元年穀日寄詩墨迹，云：「人日新晴補拜年，孫家橋畔獨流連。狂言相對皆良藥，文字空高不值錢。何事清流遲履泰，由來陋巷慣栖賢。東茅也傍朱門住，南北雖分共一天。」時余住孫家橋巷，額曰「清流履泰」，渠住城南東茅巷徽國祠前。蓀亭《春蟬》四首云：「探徧郊原澹蕩春，清和天氣最怡神。言偕弄月吟風侶，正是飛花落絮辰。深院枯槐前度夢，小山叢桂未來因。翛然心迹都無著，揀得高枝便寄身。」「禪心仙意淡如烟，曾是陳王賦裏蟬。翠竹碧梧同灑落，曉風殘月謝拘牽。螳螂奮臂終爲笑，翡翠摧翎枉自憐。領取山林清静福，憑君消遣送華年。」「蹤跡蕭閒託緑陰，碧闌庭院樹森森。風流自賞平生意，高潔誰明此際心。略比靈禽能對語，翻同騷客愛行吟。守株也似非長策，日向枝頭送好音。」「飲露飱霞可自由，澄懷何必定逢秋。得陪貂珥寧非福，便決榆枋未覺羞。蝴蝶有情終是夢，杜鵑爲客祇言愁。争如塵外幽栖好，一曲新詞上小樓。」二子詩不止此，恐久而并失之也，故録之。

蘄水陳秋舫沆《朱仙鎮》云：「鐃歌聲斷朔風殘，南渡朝廷事事難。一鼓雄心恢六郡，兩河遺烈付群奸。烽銷玉帳旌旗冷，血濺金牌劍戟寒。千古忠魂無限憾，只今憑弔泪闌干。」其父官湖南，以縣令致富。秋舫登鼎甲，弟澐亦入詞垣。秋舫旋以顛卒，父繼之，弟亦罷官，其局面與明季陳礀雲相類。此篇乃秋舫于朱仙途次以紙條書示我者，因録之，而繫以詩云：「河南道上弔朱仙，片紙吟成七字篇。轉瞬聲華成夢幻，姓名留得老夫傳。」

華容貢生松山克謀先生，工古文詞，兼精篆刻，詩亦清挺。答予句云：「吾道尚栖隱，白雲相往還。有時碧湘雨，爲浣門前山。莫問夷惠世，自居廉讓間。知君感意氣，萬事如等閒。」「作述千載上，抗懷蘇李儔。蕭條悲異代，邂逅不相謀。按劍各歧路，吟詩獨我投。知余求友意，江水共悠悠。」道光改元，舉孝廉方正科，因大局遷延，竟拂衣去。即其爲人可知矣。

武陵唐竹谷開韶有《武陵竹枝詞》百，傳七十首。今節録之：「沅江江上泛銀濤，沅江江下網銀刀。此間本是離騷國，漁弟漁兄歌亦騷。」「妾心朗川江水清，妾行朗川江水明。朗川江水古如此，飲水還應識妾情。」「紫姑神降賽家家，賽罷兒童唱採茶。昨夜梁山走風雪，筠籃處處賣蘭花。」「春申宅前春水生，春申墓後鵓鴣鳴。朱履坊前春似水，斜風細雨又清明。」「藥山花發如朝霞，長坡山下多人家。女郎相邀采藥去，歸插滿頭紅藥花。」「浴佛來看善德山，儂船争渡枉川南。花紅旛蓋摇人影，福地争誇五十三。」「木關一水接鹽關，暢好江鄉五月天。河洑鯆魚都上市，老漁撩得搶頭前。」「古墓埋香歲幾更，女蘿山鬼夜頻驚。絶憐一曲《離騷》影，巾幗能傳不死名。」「花骨新栽説玉芳，素瓊才繼珥彤長。誰知一夜瀟瀟雨，愁殺寒閨陳夢梁。」「宿郎堰畔搗衣聲，望城坡上暮雲横。郎在歸途何處宿，妾望郎時郎望城。」「郎行莫到芷頭灣，郎船莫泊牛鼻灘。牛鼻灘頭浪花惡，芷頭灣畔北風寒。」「蓮幕風流十載誇，萬吹樓畔隱蒹葭。補山老去隨園没，誰識能詩胡少霞。」竹谷肆情風雅，有《湖南詩徵》之役，未竟厥志，同人惜之。

先君子北旋，過江西，有某贈句云：「秋水潯江合暮烟，風旌遥識孝廉船。投閒自愧陶彭澤，並駕人迎李謫仙。客是鵾鵬推健翮，舟經鸚鵡讀佳篇。相逢正好忽相别，露冷蒹葭思渺然。」又癸未自廣東學使幕歸，錢塘范松亭先生普贈别云：「江上歸程急，驪歌不可聽。樹深寒日淡，潮落暮山青。鄉夢思蓴鱠，行蹤散水萍。客中還送客，知己共飄零。」「日落孤舟遠，帆開趁好風。嶺猿啼不住，衡雁去無窮。年德蘧君子，寬和張長公。郢歌徒自祕，唱和與誰同？」詩既清真，字復端好，惜墨迹爲人攫去。

石黼庭承藻御史《炎洲行》云：「乘桴忽渡瓊海南，瓊臺一望真海涵。萬里炎荒少遊屐，雖有絶境誰能探。」中一段云：「君不見天開五指攢芙蓉，四州環拱羅青葱。老猿歲釀百花酒，群黎消受沈香風。佛光隱現彩雲裏，星精下降呼吸通。松林山頭見遺井，昔人已去留仙蹤。何不辭家入巖壑，丹成馭氣遊鴻濛。青雲白鶴是歸路，歷千萬劫顔如童。」時泛海至瓊，故云爾。五言云：「我愛慶雲縣，平堤踏軟沙。短墻圍棗樹，曲徑糝楊花。日色全收雨，雲光漸作霞。故人京洛滿，回首悵天涯。」《高州城樓》云：「搔首高涼郡，登臨落照開。千峰排檻出，一水抱城來。地有潘山勝，人傳洗氏才。感時還弔古，繫馬獨徘徊。」他如《觀海》、《望海》七古長篇，皆洋洋灑灑，萬怪惶惑，挾天風海濤之奇。昔人謂詩得江山助，不其然與！

同譜王漢槎泉之以古文自負。曾誦其《田家四時》云：「最愛田家好，當春草怒生。墻頭横犬卧，牛背跨鵶行。桑沃連雲采，秧肥帶月耕。山歌隨處起，睍睆雜流鶯。」「最愛田家好，鋤禾日正長。雨滋瓜蔓緑，風送藕花香。乳燕穿簾黑，兒鵝浸水黄。柴門修竹滿，夜坐引微涼。」「最愛田家好，清風雨袖攜。花村娘酒熟，茅屋子雞啼。雪積舂糧碓，雲鋪割稻畦。農功欣已畢，人語夕陽西。」「最愛田家好，隆冬竹筍鮮。矮簷烘白日，高竈爨烏烟。烏鵲枝頭鬧，牛羊屋角眠。介眉春酒熟，打點過新年。」又於寧都署中見東鄉吴蘭雪嵩梁贈王詩云：「兩京循吏半三公，撫字催科治蹟同。讀史久諳天下計，居官綽有古人風。大蘇文字多奇宕，小范功名願始終。爲我買山分鶴料，易堂原在翠微中。」余愛其自然，不假修飾，於壁上録之。

揚州汪某來長沙坐鹽卡，妻死續娶，浮蕩無人理。前妻生女卿雲，苦無所依。鄒白卿嘗述其《舟次感懷》詩云：「歲歲揚帆逐素波，可憐身世老關河。春風旅館舊相識，柳色故園今若何。三旬九食耐辛苦，萬里孤身受折磨。欲遞黄泉阿母信，請將兒命問閻羅。」語最酸楚。又《題塵奩遺草》云：「傳聞生性愛梅花，我亦貪看竹外斜。底事天公憎玉骨，一歸黄土一無家。」「詠絮才名壓衆芳，流傳題咏滿瀟湘。我如北雁來南國，添寫雲箋字幾行。」

萬安學博嚴範亭，本浙之錢塘人，後寓弋陽理鹽筴，遂占籍焉。早歲倜儻有大志，援例作校官，非其志也。《自遣簡同寅》云：「冷署蕭條遠市城，冷官原不爲謀生。人欽司馬呼君實，我愛歐陽令率更。開徑每懷三益友，論交恰遇十年兄。澆愁欲借中山酒，一醉陶然太古情。」

友人何玉渠呈麟以乾隆乙卯入京，至嘉慶戊辰教習期滿，選蘄水令，塗遇北省某縣汪姓者與俱。何以同寅，故將底裏盡行傾吐，不知汪故險惡，慣殺人媚人者，增飾其語，告於總督汪稼門志伊，入其譖，不許到任。有無名子悼以詩云：「聞説何公到武昌，前呼後擁鬧排場。帶來肚子三千債，遇著冤家大小汪。江夏一杯真禍水，姨娘兩個好京腔。最憐多少攀求者，默默無言返故鄉。」緣何之爲人，外負氣岸，而實坦白無城府，見人下己，即以爲真，而不防世固有射暗箭、燒陰火者，如貴溪之死於分宜是也。《隨園隨筆》稱欠債失官，漢陳信免侯，唐李晟子惎貸回紇錢一萬貫不償，貶定州司户參軍。顧此等必有故發覺，否則朝廷何由知其不償而免之、貶之乎？抑唯在官者，惡其倚勢淩人，故降之罰。何則尚未爲官，且私債止數千金，何遂不許其履任？後小汪以他故褫職獲譴，稼門歷任封疆，頗著清執，既而以事罷官，永不叙用。或亦廉知其居心之刻狹乎？

袁子才不喜考據之學。頃閲其《隨筆》一編，於經典注疏、史家之純駁異同，下及名物象數，無不搜尋剔抉，真所謂博學而詳説者。顧其疏漏處亦往往有之。而最可笑者，尤莫甚于「禁客飯」一節，引方望溪之言曰「主人宴客，客將飯，主人必攔禁，以粗糲爲辭。客必强食之，以爲至美。此古禮也」云云。不思禮始諸飲食，祭祀、燕享無論已，降而至于村翁老嫗，杯酒言歡，亦無不再三酬酢者。烏有文人學士款客延賓，竟默然空坐，是何情理？此等原不足以汙筆墨，乃隨園特書主人以禁客飯爲禮，又從爲之辭，取證雜記。隨園固云漢人解經，每臆造典故。《禮記》雜出漢儒，難爲典要，然止辭祭、辭飧，未禁客食。若全不拈箸，又何緣飽食乎？末引匍匐弔喪，以爲泥古，不思陳烈乃一迂腐酸丁，望溪非其人也，必無識者妄傳也。如其果然，則不近人情，乃在王介甫之上。

隨園又載汪鈍翁嫡長子死，以庶子爲之後，謂本劉原父弟爲兄後，引公孫嬰齊爲例。叠載顧寧人、閻百詩、毛西河、黄梨洲、陳見復五家議論，引經據古，翩翩其言，迄無定指。竊思兄終弟及，乃古帝王家迫于時勢之萬不得已，故歷代皆有之。然所生所後，實有難于處置者。偏於所後，是爲自絶其親；偏於所生，則繼序竟成空談。是以崇奉濮王典禮，宋主每遲遲其行，良以此也。前明大禮一案，諸君子堅執爲後爲子之文，而嘉靖又執繼統非繼嗣之説，與議禮者爲仇。後來小人迎合，至于入廟稱宗。平心論之，君臣皆有所失。先王緣人情而制禮，亦準天理以制情，故逆情不可以爲禮，背理更不可以爲情。古來處人倫之變者，必如夷、齊之各自逃去，方於天倫、父命兩全。瞽瞍殺人，除竊負而逃，舜别無自全之術。後世承大統者，既不能然，於情理交錯處，必有不能直情徑行者。《易》曰：「觀其會通。」又曰：「曲成萬物。」事處兩難，必有委曲通融之術，顧此專爲帝王家言之耳。若士庶之家，無後立後，情也；必昭穆相當，理也。情與理得，遂爲不刊之典禮矣。且讀書之貴博通者，以其明理而知别是非也。是則當法，非則當戒，如史所稱以子爲孫、以孫爲子，此其是非何待辨！汪鈍翁使弟繼兄，是以子爲孫也。孔子爲政，必先正名，今爲兄後，勢必呼嫂爲母，呼父母爲祖父母，呼兄弟爲叔父。名之不正，莫甚於此。然則考據家止有博學工夫，而其他固未計及也。

王景如誦徐青藤《靈澤夫人祠聯》云：「思親泪落吴江冷，望帝魂歸蜀道難。」渾成自然，情景骨韵兼勝，誠古今絶唱。

湘潭王雁亭世峰先生與先君子同譜，其孫芸閣繼暉又與余同年。戊子，遇芸閣之姪雨棠澤序於吉水，贈予長句云：「京華一别十三春，重會章江意倍親。不老張蒼猶健飯，可憐王粲尚依人。流年似水英雄泪，浪迹如萍客子身。明日扁舟更東下，何時把酒醉湘濱。」詩格清拔如其人。

舟行多賈客，至衢州，有遂安汪貢生葆園上彩，一被一籃，耳目昏聵，云少余一歲，性好遊，自開化來，將至富陽度歲。時臘月廿八矣。記誦頗多，其詩文已三刻，贈余云：「胸襟寬作洞庭湖，壽近磻溪舊釣徒。序齒公才先一飯，同舟我喜值三衢。青雲事業心難了，白首風霜興不孤。回憶相門邀特賞，牀頭娩乏酒盈壺。」又和余五古一章，有「年高道路長，各自慎起居」之句。出示近稿，多傷率易。録其《曉起》云：「孤客聞鐘早，魂來自故鄉。窗明終夜月，足冷五更霜。尋夢披衣坐，消寒索酒嘗。金烏偏解事，奮翼起扶桑。」

吴縣吕西白，别號郵寄。早歲幫人服賈，曾三至東洋，有還人黄金八百兩之異，蓋義士也。後自賈於粤東。其《清明有感》云：「天涯遊子老何堪，客裏清明三月三。丙舍白雲環冢上，杏花紅雨夢江南。殘春料峭寒猶在，短髮蕭疏興尚酣。佳節年年邊徼過，鄉園空自種宜男。」五言如「庭前一叢竹，窗裏半房山。」「花含秋露冷，鳥負夕陽還。」「樹深人不見，花放蝶先知。」惜草稿多散佚，今從其子師莊敗紙中得之。

「一片青鸞影，垂垂掃地來。翠痕新劃竹，緑字舊封苔。夜雨心都捲，朝雲手自栽。那知簾閣底，秋扇怕重開。」「新涼生翠幄，竟夕起相思。風竹有聲畫，草蟲無字詩。横塘歌鴨子，小閣鬧蛾兒。貯得清光好，秋燈寫楚詞。」右從逆旅扇頭抄，前一首《咏芭蕉》，次首不解何指。款署「春飃馬炳暉」，云係松江舉人，仕廣東知縣。

吴江周秀才與香烺，少棄舉子業，以筆墨營生。遊江、浙間，無不合，蓋圓妙取容者。自負工詩，云以鍾、譚爲骨。余摘録其可存者，《入韜光》云：「上山不見山，山化一天竹。入竹不見天，天化一山緑。」又「貞士如貞女，難得良媒引。奇窮如奇疾，難得良醫診」。又「我有破書難補，僧有破廟難修。世界從來缺陷，曰儒曰釋同流」。《太白酒樓》云：「世人欲殺刀曰否，留此才作詩人首。沈香亭北醉夢餘，一曲《清平》三百酒。我不能酒頗能詩，酒中滋味詩中有。」皆新穎有意境。七絶云：「主人開徑似柴桑，十日花開九日觴。吟罷新詩還顧曲，東籬韵事入《西廂》。」又吴音讀「河」爲「湖」，故我輩答云：「湖南有中州，湖廣之詰。」與香七律竟有兩歌兩虞韵，且全首用灰韵而以「歸」字起者。歷來無此押法也。嘗面詰之，笑而不答。

鄞縣楊意園本簡與毓星屏中丞岱，李公侍堯子。世誼交好，毓巡撫黔、楚、粤西、江右，楊皆與偕。爲人豁達伉爽，意氣照人。曾誦其舊作云：「風塵卅載馬蹄忙，故我侵尋兩鬢蒼。玄鳥歸來逢戊社，驪駒唱去近端陽。功名漫擬淩烟閣，門第虚傳緑野堂。争似此翁安且吉，閒中歲月傲羲皇。」《題安勤堂》。「秀眉雙偃嫩黄新，珍重芳華欲暮春。青眼不隨飛絮去，畫中人是意中人。」《題新柳便面贈秀珍》。「一帆輕送到京江，無限離情對短釭。願化江心明月影，暗隨流水渡蓮幢。」《寄的香尼》。又述星屏句「蘆簾暫別三秋月，布被新添一秤綿。」「青鐙有泪憐人瘦，細雨無聲覺夜寒。」其清曠之致可想。

震澤薛叟名漣，字可堂，號希齋。自云上學兩年即服賈。頗能撮合字句，如「伯雅三杯未足歡，呼僮添酤報錢完。學淺自知詩料少，愁多偏覺酒腸寬」，殊不惡俗。曾聞捐納府經歷，又兩還少女于母家，其風誼如此。宜其識破紅塵，屢欲投老空門也。

上元徐瑞堂石麟，自云不利童場，學掌書記，旋襄事公府。頗當才調，同譜方西園明府雅重之，呼爲弟子。爲人跌宕風流，不拘繩尺。結識都知，録事甚多。示余詩一帙，清麗芊眠。余戲題曰：「瑞堂情債。」五古云：「合并易歡樂，況乃在他鄉。身世若雲萍，那得無參商。」「君詩未卒讀，我泪先如絲。我哭暗吞聲，君知也未知。」「堂前一尊酒，後會恐難得。試看鐙燭光，已有黯然色。黯然話來朝，相思復相憶。相憶君江南，相思我江北。」近體如：「潮生京口岸，山斷秣陵秋。天上一輪月，人間兩地愁。」「乍離殘暑身猶倦，爲愛清凉睡欲遲。」「只道功名容易得，誰知温飽亦難求。」「人到飢寒才作客，身羈名利竟忘歸。」「箱盈紅豆工調曲，門對青山學畫眉。」「死愛貞娘猶酹酒，生憎假母只論錢。」「故里有家長作客，近年多病每逢春。」「貧交那有他持贈，一路青山遠送君。」「刻下情形須記取，疎星幾點月横天。」「奇福幾時修得到，紅兒捧硯雪兒歌。」《贈吴蔻香》云：「青溪溪水照明妝，三寸横波艷艷長。却月釵摇九子重，飄風衣曳五銖凉。清歌花底櫻桃綻，小語尊前荳蔻香。聞説瑶臺住仙子，水晶簾幕鬱金堂。」吴贈徐有「恨妾逢迎知己少，可人風雅到君稀」之句。徐語余，周石生開麒孝廉欲北上，而缺於資斧，意有所屬，邀飲蔻香所，談次殊無關切意。吴偵知之，酒闌私語周曰：「我有藏金，可以持贈作路費，何喋喋爲！」周遂於是年及第。余嘗有詩咏之。此事自周言，爲意外之遭逢；自吴言，則柔腸而兼俠骨者。孰謂此輩無人耶？

同邑許丈玉田知璣，以辛酉挑發江蘇省。爲人樂易優柔，天真爛漫。在寶應市鎮書「官清民安」四字，屢知煩劇，俱著循聲。公餘恒手一編。所爲詩字烹句鍊，極鏤雪雕冰之能事，蓋性之所近，不能强也。曾和余韵云：「舊識橋頭面，新題漢上名。論詩求峻峭，挾策志澄清。寒雨連牀話，秋雲薄宦情。江南詞賦客，休滯庾蘭成。」「辯口類懸河，軒然起大波。聲催黄葉落，響入白雲多。書劍飄零久，風霜閲歷過。莫愁青眼少，伯玉有吟哦。」《焦山周鼎》云：「曾繙焦鼎篆，傳説製周時。九十有三字，千秋第一奇。史端呼作册，世惠永承鳌。神物空門守，山僧好護持。」《瘞鶴銘》云：「《瘞鶴》碑銘古，傳書自右軍。斷崖都剥落，大字渺烟雲。用筆摹龍爪，搜奇賴恪勤。銘爲陳滄洲先生於水中取出者。至今留片石，真贋究誰分？」《嘉定重修二黄公祠》陶庵、谷簾。云：「文章誦讀仰師資，行事而今備覽之。不以科名争一日，只緣剛大養平時。殘碑石染嵇生血，舊墨痕留宋相詞。名教有功光祀典，瓣香拈得拜新祠。」他如「臘梅信已傳春到，卯酒留因待夜澆。」「枕高凸覺虬髯拂，被短寒同鷺足拳。」「生雲劈斷山腰白，斜日燒殘海脚紅。」「人以多情難會面，話當臨别更回頭。」「署冷冰凝椶拂子，窗鳴風破紙條頭。」「心關痛癢真兄弟，口切哀憐盡路人。」「月明人過黄泥坂，霜重烏啼白下門。」「好句勝斟新釀酒，良朋如對早開花。」「千秋幾个知名士，寸簡誰傳不朽人。」皆生造可喜。至「案恐累民多結早，訟防冤獄每刑輕」，則仁人君子之用心矣。又詩中有「籦枕」字，不解所謂。面問之，則云：「吾鄉俗語，凡夫妻兩願離異，而能周全之使完聚者，謂之『籦枕』。」噫！許離省城不過百十里，此二字余問而始知之，方言之作，顧可少哉！

婺源齊夢樹彦槐《梅麓詩鈔》自注云：「吾鄉王子復流落楚中，登岳陽樓，遇一道士，曰『子欲歸乎？助子資斧』？遂援筆畫螳螂，拍之即躍去。王售此術得歸，歸後再畫，則不靈矣。後有召仙者降乩云：『十年不見王子復，忽訝蕭然兩鬢霜。記否岳陽樓上坐，與君相對畫螳螂？』書一『吕』字去。」

蘇州與灌陽卿秀才鯉泉伯姪居，頗異其迂腐。後聚處半月餘，詢悉其乃父崇祀鄉賢子弟，能守其家法，古所稱尺步繩趨，規言矩行。其中退然如不勝衣，其言呐呐如不出諸其口者，髣髴遇之，久而不變，知其非矯揉造作也。和余詩云：「賦性本迂拙，難忘是最初。遠遊懷世德，執業重藏書。羞抱遺經讀，無能俗氣除。所欣朝夕共，對語憩蘧廬。」「筆法鍾王迹，奚囊絶妙辭。締交頻脱字，贈答每稱詩。苦味蓮心摘，清香佛手貽。談經鄙章句，豁達是吾師。」又云：「踏破長江萬頃烟，春潮秋泛送行船。枯魚仰藉監河貸，活水欣逢陸地仙。京口波濤翻匹練，湖心風月入長篇。歸帆正借吹噓力，世事多奇信有然。」初擬同舟，因舟人不可，乃别去。詩不必工，爲點易留之，所謂因人存也。《傳》曰：「以誌吾過，且旌善人。」

西洞庭羅夢華林，少隨商於善化，讀書負奇氣，不得志於有司，挾策走四方，足迹幾半天下，旋返吴中。幼出許湘嵐明府之門，許令高淳，招掌書記。己丑，余過高淳，一見如舊識。所著有《香雪草堂詩》，五言如「漁歌停遠渡，野色赴斜陽。」「水連孤嶼闊，雲補亂山平。」《黄河》云：「地形天下險，風力片帆爭。」《玉蘭》云：「逸趣宜新霽，清陰耐薄寒。」七言如《冶游詞》云：「釵欹小鳳髻堆鴉，素面頻將畫扇遮。寄語狂奴好擡舉，美人原是可憐花。」《送弟》云：「依依握手重丁寧，計算看交十五春。第一要將嬌性改，他鄉不比在家庭。」《過邯鄲》云：「横被飢驅别故鄉，非關利鎖與名繮。夜來翻爲先生幸，猶作封侯夢一場。」他如「文章自古須知己，面目無心悦衆人。」「才華自昔能除福，世界於今少可人。」其軒昂之氣可想。

有老妓題琵琶亭云：「同雲捲雪雁行斜，何處天涯是妾家。破帳夢回魂亦冷，裂膚風入袖難遮。明知泥裏沾飛絮，敢向春前怨落花。憶遇江州白司馬，暗抛紅泪濕琵琶。」此種情形，何異「白頭閒坐説玄宗」也。

馬伏波畫虎、畫鵠之喻，爲作人言之，詩道亦然。譬人之短長肥瘦，不能强爲增減也。同邑彭茂才鷺西之雋，早歲多出遊，不知其能詩也。爲家庶常掖垣親眷。頃晤於繁昌縣署，出其斷章詩草，善言情。如「孤劍客天涯，行行又日斜。多愁偏善夢，小睡便還家。」「連朝少客至，寂寞掩柴關。貧借談爲樂，時維冬最閒。雲陰寒墮地，野色暝依山。過我俱朋好，今宵何必還。」「敝廬雖不廣，入夜景殊清。月上空階静，風號古木鳴。片燒冬笋脆，芽茁晚菘榮。莫厭頻來往，主人頗有情。」古體如「我有相思人，迢迢千里鄉。我有不平事，鬱鬱九迴腸。欲作八行字，寄去千行泪。與我相思人，説我不平事。」似古諺謡。自云紙墨甚多，爲同人持去。然吉光片羽，亦足以傳矣。閒問作詩法，余謂：「子筆性近王、孟，毋强爲，致犯昔人所訶也。」

論者謂理學諸公往往惑于風水，將平日義利之辨一旦抹撥。不知世之父母肥而子孫瘦，父母壽而子孫夭者多矣。在生之根本，尚無補於枝葉，況死後乎？蔡元定好地理，貶後，人嘲以詩云：「先生果有堯夫術，何不先云去道州？」余謂「不惑」二字，惟聖人踐其言，然猶不敢自任。孟子之不動心，則善學孔子也。若後世之稱道學者，徒能言之，若古人之反躬實踐，或者未能。夫風水之妄誕，稍有知識者能辨之。爲人後者，不思自立以迪前光，乃專恃前人之骨殖，以希富貴血氣之軀，不聽祖考彝訓，偏欲死者爲生人效力，有是理乎？且既附名道學，必奉教於聖賢，經典垂訓，不過反身修己，立德行仁，爲守先待後之本。未聞爲臣子者，必爲君父謀吉穴，乃稱忠孝也。而或藉口於周營洛邑、衛卜楚邱爲形家緣起，不知建都遷國，衹託之筮龜，以決從違。烏有如後世之將八卦五行、干支星宿，揉碎嚼爛，紛紜轇轕，百喙齊鳴？愚者惑之，流毒必不可解。夫流俗波靡，賴賢達者砥柱中流，此道學之所以可貴也。奈何貌其名而貽後人之口實乎？善哉，諺有之，曰：「生人福，死人緣。」此可喚醒聵聵矣。

達觀堂詩話卷六

善化張晉本浣山著

余小滄秀才瑛，紹興籍，僑寓蘇吴。幼負異姿，讀書數十行下，詩文雜撰，援筆立就。爲人跌宕不羈，大有五陵年少氣。在繁昌讀其《香草山房集》，中有《自述》一篇，言改圖之意，然故未棄舉業也。詩才清麗，多隨手散佚，余録其所見者。《安東晚發》云：「夜氣三更静，河流九派清。怒濤堤畔響，殘月樹頭明。村犬迎人吠，輿夫問路行。才過袁浦渡，茅店又雞聲。」《欲雪》云：「欲雪不成雪，吟餘酒一壺。柝聲更斷續，人影月糢糊。凍硯頻呵筆，温衾更擁鑪。梅花消息好，開到故園無？」《晚泊荻港》云：「荻港停舟處，帆收暮靄間。樓臺都近水，村落半依山。晚市喧如畫，清溪曲似環。最憐江上客，不及白鷗閒。」《梅埂》云：「西風片帆緊，梅埂一舟横。日落江天暝，潮迴島嶼平。角聲悲永夜，鐙影暗殘更。放棹中流去，晨星幾點明。」《新安寄友》云：「又向新安道上行，西風吹送布帆輕。隔溪雲起山無影，遠浦潮來月有聲。千里鄉關遊子夢，三春花柳故園情。若耶諸友如相問，才過姑蘇第一程。」《秋海棠》云：「嬌姿如笑復如嚬，淡淡臙脂染未匀。名是斷腸原抱憾，生何薄命不逢春。緑窗夢破悲前劫，紅泪啼殘悟夙因。却與黄花同耐冷，豈真小婢學夫人。」《後惆悵詞》云：「著意尋春不見春，桃源再訪悵迷津。簾前鸚鵡猶呼客，門外花枝空笑人。杜牧重來曾有約，蕭娘一去竟無因。好憑青鳥殷勤探，但得相逢夢亦真。」「仿佛從前歌舞場，風流猶自説王昌。歌殘《金縷》雛鶯澀，舞罷羅裙蔓草芳。舊誓已成烏鰂墨，新詩好貯紫荷囊。一緘難達相思意，聊寄相思淚數行。」有《集疑雨集無題詩》廿四首，文多不録。

「通體黑時猶有骨，十分紅處已成灰。」《詠炭》詩也。語特新緊而危悚，可以勒官箴，可以銘座右。世之極意縱情、往而不反者，下梢多不可問。曷不早誦此詩？

蕪湖黄左田先生鉞，以户部尚書回籍。其《己丑元日》詩云：「我生四值歲朝春，乾隆癸酉、壬辰，嘉慶庚午，及今道光己丑。恰好平頭八十人。世際六朝全盛日，家傳七葉太平民。自當塗遷蕪，凡七代。疎花竹隖寒争艷，生菓椒盤巧鬭新。擫笛高歌娱令節，圍鑪暖酒醉交親。」「六十年前一秀才，何期髮背到黄駘。予以乾隆己丑入學。早從諸老蒙揚舉，晚辱門生謬見推。風月原從無價得，田園却自賜金來。即今歡賞常排日，且覆當筵現在杯。」「書堂深静樹周環，里社三人熟往還。逸少幽情仍白水，謝公雅意在東山。常珍且聽諸兒養，濁酒能移坐客顔。四海鏡清年穀稔，林泉猶辦十年閒。」《子卿太守駿生觀察集人海歸帆賦此》。《上巳偕王謝二公湖亭修禊》云：「老聃貴攝生，淮南好神仙。蘭蕙無久春，龜鶴多長年。浮沈大化中，孰是返自然。遘此上巳辰，愜我平生緣。」「山茨面清漪，桃萼搴朝烟。稍聞清歌發，載聽鳴琴宣。主人知止足，客亦鄙吝捐。俯仰睠流光，蕭散憶前賢。」先生登第後，分部不就，後以朱石君相國保舉進京，即授編修，洊陞今職。聞有專集，未之見也。

丹徒某暱一小尼，有成言矣，中棄置焉。尼鬱鬱成疾，忿而自經。戊子鄉場填榜時，見卷尾有句云：「薄采慈姑寄所私，漫煎益母治相思。臨行再翦羅衫袖，珍重啼痕好護持。」又有四語云：「既已如此，何必如此。早知如此，不該如此。」此陶中丞雲汀爲監臨所目睹者，衆俱駭異。余謂此尼冤魂不散，既令自揚其惡，復拚衆人之明，收謄閲薦，忽發現昭著於公庭揭曉之時，否則負心禽獸，方自以爲莫余毒也。

惠山尼心香素嘉與王秀才師樸交好，王曾述素嘉《偶成》詩云：「孤鐙獨對不成眠，起抱瑶琴舊憾牽。密約未知君記否，月圓今夕爲誰圓？」「獨倚闌干有所思，陰陰天氣落花時。憐渠無限飄零憾，除却東皇總不知。」「讀罷《楞嚴》倦倚樓，經壇蕭寂思悠悠。羨他梁上雙栖燕，不解相思不解愁。」輕靈秀倩，恰是小女兒聲口。素嘉又知琴，臨别時，爲鼓《陽關三叠》。

龔半千句云：「何日山中住，山中廣置田。高原兒力作，精舍我閒眠。二月至八月，鶯天與筍天。總無愁苦法，那得不長年。」予謂自閲歷世故者言之，爲樂天知命，陶徵士一流人也；自自了漢言之，則爲享庸庸之福，所謂犬馬牛羊、芻豢悦口者耳。深心好古之士，當不河漢吾言。

寧國府太平崔姓，巨室也，有名文熙號秀山者，以未入候補，居漢陽城外之青蓮寺。邂逅成莫逆，余贈以聯云：「敢擬淮陰能進食，聊同楚澤與班荆。」自後往來，頗不間形迹。一日謂予曰：「僕少時好遊蕩，揮擲千萬金不惜。有毘陵許静軒者，祖父俱顯宦，以故發官媒。吴城門户家用重價購之，色藝雙絶，非其人，弗顧也。時僕新喪婦，兩相憐愛，遂訂偕老約，顧遷延未决。偶雪夜往尋，適有先至者。許無奈，爲兩解法，恐顧此失彼也。而先至者怒，鳴諸官，幕中友先走信，迨捕來，僕早逸去矣。鴇母憾許甚，鞭之見血，裸而納之雪池中。後當官竟斷與僕，與之相處數年，終以家法故，不能踐前約。今久已屬他人矣。離別後猶常常寄書存問。」云云。初，崔出許所畫蓮花、牡丹、臘梅、天竹等示余，余愛而乞之，酬以詩。中有云：「暫爾離魂同倩女，免教羅刹墮前因。」蓋諷之也。余謂秀山，許惟欲託終身于子，故不惜賠錢，以反結于子，乃離合之際，不無遺憾焉。欲不謂十郎薄倖，不能也。諺云「癡心女子負心漢」，不其然與？抑由是推之，凡院本流傳之李亞仙、玉堂春等等，蓋實有其人，不比詞賦家所稱子虛、烏有。

庚寅夏，登黃鶴樓，見壁間詩片刻紙，向壽山道人索歸。考證詳而詩格亦不俗，因全録之。原序云：「小住武昌，下榻黃鶴樓間，共羽流話茲樓故實，作詩紀之。」其一云：「鵠磯連鵠岸，黃鵠古名山。樓在黃鵠山，上有黃鵠岸、黃鵠磯、鵠灣諸名。費禕洞在黃鵠山陽，吕公洞在黃鵠磯。陸游《入蜀記》統名之曰仙洞，無指實。城影無多曲，江流第幾灣。闌干雲外出，樓閣雨中閒。仙洞陰苔閟，何人跨鶴還？」「當年費文偉，偶向故山歸。仙駕停華表，還如丁令威。滔滔江水下，片片白雲飛。黃鶴重來否，依然舊石磯。《圖經》云：費禕登仙，嘗駕黃鶴憩此，遂以名樓，事見唐閻伯理《黃鶴樓記》。則茲樓之建久矣。禕，江夏鄳人也。」「何處尋仙迹，辛家舊酒樓。果從筵上劈，畫向壁間留。鶴舞金樽夜，雲開鐵笛秋。羽衣曾照影，江水至今流。辛氏市酒山頭。有道人數來飲，辛不計值。道人臨別，取橘皮畫鶴壁上，曰『客至，拍手引之，鶴當飛舞以侑觴』，遂致富。十年後，道人復至，鐵笛作數弄，跨鶴乘雲而去。見《報恩録》。」「亦聞荀叔偉，清宴此延賓。有客雲中下，能言漢代春。齊梁留故蹟，晉魏渺微塵。何事拈毫者，差池到古人。梁任昉《述異記》云：荀瓌，字叔偉，嘗憩黃鶴樓。有駕鶴之賓，降自霄漢。鶴止户側，仙者就席，賓主歡對，既而辭去。蓋遇仙者荀叔偉，所遇之仙則費文偉。文偉，禕字也。而《通志》

引《述異記》以文偉爲叔偉之誤，乃作者不善讀書之故。朱文正公《費公祠碑》始正其失。」「莫誤滕王閣，仙人王子安。偶然下黄鵠，亦似跨青鸞。天净朝雲麗，山空暮雨寒。南齊遺蹟在，江水繞華壇。《南齊書》：黄鶴樓在黄鵠山，仙人王子安騎鶴過此。」「仙客唐朝吕，登高覽八荒。擲桃曾爛石，食棗尚留香。踏月題真聖，乘風過岳陽。枕頭如可借，我欲夢黄粱。世傳吕仙假賣桃以驗衆，皆云「歸與妻子」，無云「奉父母」者。仙乃擲于石，其痕尚存。仙棗亭乃小吏食棗成仙處。或於月夜聞笛，迹之壁間，有詩，末書「吕」字。」「興到詩篇好，崔公偶擅名。狂徒李太白，低首謝宣城。雲樹連天遠，烟波入望平。後來題壁者，此地莫相輕。」「詩老相逢處，東行孟浩然。但聞招雅集，亦未賦新篇。花月容杯酒，江山寄别筵。孤帆樓下去，一棹廣陵烟。」「昔者朱公叔，盤陀舊石頭。曾師吕仙迹，亦與費公遊。峴首新祠在，韓陵片石留。高文參慧業，終古鎮斯樓。朱石君相國爲湖北廉訪日，夢見費公哦『笛聲鶴翼』之句，乃考志乘，爲建祠。又于仙棗亭左勒石祠壁。」「月夜横長笛，梅花滿大堤。我來江上住，三宿此樓西。酒自臨波酹，詩仍畫壁題。乘風欲歸去，漁隱舊西溪。」又有《黄鶴仙人歌》，中有云：「費公忠孝人，烟霞舊儔侣。息駕此山阿，一樓突兀臨江滸。公自何年來，樓自何年起。記異者誰任彦升，遇仙者誰荀叔偉。黄鶴畫壁樓始名，有人紀載留圖經。永泰元年作樓記，後來還有閻伯瑆。」自序云：「余作前詩之次夜，夢見費、吕二仙。吕食以仙棗二，距朱公夢費仙在乾隆丁亥，今恰六十年，亦一異也。」末署「頤道居士藁，碧螺山人録。」據道人云，居士官太守，姓趙，與山人皆不詳何處人。

湘潭何曙亭先生光晟，歷任湖北咸寧、南漳、蒲圻、孝感、宣城，終興國州知州。其令嗣蒲田秀才，以在蒲時有麥秀兩岐之異，故名官麥。敏於詩，繫詩以地。閲其《鹿門樵唱》，有《義牛行》云：「三峴山頭多巨狼，巨狼食人如食羊。牧兒九齡飯牛出，見之股慄心傍徨。轉身亟避牛腹下，牛解兒意巧護藏。狼攫牧兒氣憤猛，牛亦怒視雙目張。賈勇向前肆抵觸，直破狼腹穿狼腸。驚魂未復兒仰卧，牛若奔訴還故莊。血濡頭顱腸繞角，喘息不定汗若漿。主人覓兒見牛返，翻訝兒殆牛所傷。牛不能言介疑似，忿拳争擊牛命償。悲風怒號山鬼泣，牛冤誰與呼穹蒼。須臾兒甦歸數述，乃知大錯欠審詳。孤忠不賞反見殺，止餘牛骨埋道傍。我行見之三太息，牛胡不弔杜罹殃，嗚呼！豈獨義牛不弔杜罹殃。」《仲宣樓》云：「萍梗原非計，依人動遠遊。古今同一慨，詞賦獨千秋。不盡懷鄉感，無聊作客愁。徘徊緬陳迹，憑眺又登樓。」其配雷玉映有《伴吟樓詩帙》，五言如「家貧兒女小，道遠客身孤。」「鳥迎晴旭暖，花怯曉風寒。」「池小能容月，園荒每聚烟。」「老樹多紅葉，秋天淡白雲。」「窗涵春水緑，門對晚山青。」七絶如「銀河渺渺望模糊，莫問填橋事有無。又上針樓拜新月，年年乞巧破工夫。」「幾度懷人入夢思，蟲聲唧唧傍階墀。閒愁任爾尋奴訴，莫向他鄉助别離。」皆清妙無脂粉氣。其嗣南青亦能詩，有《一家吟帙》。

古人登臨憑眺，即景成詩，長歌短詠，皆關興會。老杜《岳陽樓》詩四十字，探喉而出，正如吴道子佛頂圓光，一揮而就。假令再執筆爲之，恐不能也。而説詩者見太白無黄鶴樓詩，遂有「一拳一脚」等語，此乃齊東野人所不出諸口者。又謂太白因傾倒崔詩，其題鳳凰臺七律，遂仿其格局。不思太白天才，豈屑屑於此乎？故論古不可無識。余《題黄鶴樓詩後》云云，爲此而發也。

有傳《都門竹枝詞》者，節録以資噱噱：「最好京腔李老公，狐狸特聘内城中。聽完雜耍閒攜手，扁食樓頭我的東。」「聚賭嚴拿與宿娼，軟棚一例入彈章。褲襠扯破當堂驗，底事便宜蕩子坊。」「帽上玻璨豁遠眸，朝靴粉底著方頭。問君何處當差使，銀號還兼首飾樓。」「新製紗袍號莽安，摇來絹扇白團團。腰間古董争開店，第一鮮明翡翠斑。」「燒料烟壺運氣通，水晶瑪瑙命何窮。地須藕粉雕工巧，就是當年老套紅。」

顧畹君，廣東連平人，能詩工畫，適張氏子而寡。夫家無依，歸老母氏，今年已六十餘矣。曾于友人孔君仰庭處見畫便面一，秀潤清婉，自題云：「不堪回首望鄉關，帆轉湘流九曲灣。烟雨濛濛看未足，更將墨瀋畫房山。」悲凉淒切之情見于言外，可謂怨而不怒矣。聞其自守甚嚴，不輕易動筆。孔爲其戚，故得之。

閩中鄭荔鄉方坤《題古懽堂詩鈔後》云：謂德州田雯號山薑詩。「漁洋披一品衣，拘九仙骨，能於屏風上立，薰籠上行，固是李鄴侯一種標格。山薑則如鄭伯猷之歎崔稜，身長八尺，面如刻削。謦欬作洪鐘響，胸中貯千卷書，令人那得不驚絶。」云云。鄭於負時名者皆有論列如小傳，因詩而及其人，其措辭絶遠塵俗，亦足附傳不朽也。

嘉慶初年，教匪滋事。時盛傳遂寧張船山太史問陶《竇雞題壁》詩，如：「石磴盤紆戰馬瘏，入山符叠辟兵符。殺人敢恕民非盜，報國真愁將不儒。豺虎縱横隨地有，貂蟬恩寵媿心無。荒寒驛路徘徊過，焦土連雲萬骨枯。」「窮山避亂敞軍門，萬里風雲護將垣。不戰豈能收殺氣，無功先已負君恩。

只聞罪過歸諸校，豈有心肝奉至尊。一例沙場鋒鏑死，糢糊誰辨是忠魂。」「功罪朦朧號令寬，苞苴饋贈且偷安。民窮轉覺軍中富，賊至徒從壁上觀。俗吏飛騰推輓易，妖氛飄瞥送迎難。逍遥無暇談攻守，不及鄉民自議團。」「故套輕張《諭蜀文》，舊軍安坐募新軍。圍中城破官仍在，閫外兵譁將不聞。巨港填屍非我溺，連村烈火是誰焚。烽烟未掃先流毒，萬鬼含冤哭陣雲。」「莫倚重關護益州，時艱曾困武鄉侯。田生稂莠堪馳馬，人佩刀鞬盡賣牛。疲卒嬉遊千帳冷，亂民驚噪萬家秋。徵兵籌餉勞宵旰，西望空貽聖主憂。」「嫠也横行啓禍胎，桃花馬上看重來。女戎裝帶纏巾幗，儒將風流捧鏡臺。黄鵠特翻貞女調，白蓮都爲美人開。請纓便是秦良玉，可惜征苗失此才。」「議撫招降計已施，凋殘民力久支持。不明賞罰終何益，真舉才能尚未遲。將相有權甘自棄，英雄無種要人爲。孫吴兵法非天授，誰竭誠謀報主知。」詩凡十八章，録其警策者如右。頃閱其全集，如「莫泥小廉輕郭震，好除常格用齊賢。」「西京人物多儒雅，經世終須讓賈生。」「失算斷難推劫數，負心偏易竊功名。」「難避妖氛悲故里，能成殺運讓庸才。」「消盡名心心血冷，世間何物是公侯。」幾於唾壺欲碎矣。緣伊本故家子，世居蜀中，於當日用兵情事，透熟機關，故敢指斥當事，絶無忌諱，所謂「聞之者足戒」乎？其他抒寫應酬之作，每每目空一切，而託於談嘲笑謔，以盡其疎狂。守萊歲餘即報罷，或者其以是耶？即以詩論之，五言小品略窺王、孟藩籬。五七近體雖窮力追新，而有句無章者甚夥。自言生平不工樂府，以余觀之，其長正在此。七古妙處，奇氣鬱盤，如龍蛇捉不住，非優孟盧、李，英雄欺人，往往如此。又自稱删去之詩幾十之五六，余謂更宜如數删之，略其粗淺而擷其精粹，庶可以傳世行遠。船山復起，當不以余言爲狂。

吴蔻香，金陵妓也。有孝廉與之交好，戊子之冬，擬會試而苦無貲，邀數有力者飲於其家。席既散，吴私語曰：「君此舉得無爲進京計乎？頃見諸人俱不甚踴躍，此事我能了。」遂罄所有資之，某由此得及第。余嘗賦其事云：「絡繹公車速置郵，腰纏無計上揚州。平康設酒邀同輩，永好何人念舊遊。只望財神藏白屋，誰知俠骨在青樓。瓊林宴罷歸來日，好借宫花插鬢頭。」「兒女多情半愛才，優伶曾護狀元來。花花白鏹瑶函裹，裊裊烏絲玉尺裁。奎宿文星明寶曜，珠宫秀氣肇凡胎。尚書雅度傾湖海，娘子風流首重回。」余過江南，聞吴已從良去。孝廉者，周君開騏也。

茶産于南方。武夷則行于東南而溢出外洋，六安則由内地而口外，餘如陽羨、蒙山、普洱、龍井等類，皆不如此兩處之多。安化芙蓉，年充例貢，過黄河可以愈疾，故他省艷稱之，而本地實不甚行。市井標識，不過空名耳。長沙各縣皆産茶，少時居鄉，推園茶爲第一。蓋先燎之以火，繼薰之以黄藤楓毬，色淡香清，入口冰化，故土人每愛食葉，但止宜烹而不宜泡。且六産、閩産，俱可再泡，本地則不能耳。余曾有句云：「頭綱八餅貢嘗新，雀舌龍團佐八珍。至味幽香藏瓦缶，由來名士歎沈淪。」採茶必以其時，故鄉間有穀雨前茶之説。余嘗啜龍泉貢品，有如嚼蠟，以其太早也，乃古人有火前之目。《培蔭軒集》中又曰「明前」，蓋即火前，而變其名耳。

《培蔭軒集》，胡司寇雲坡季堂先生所著也。其《題彭芝庭司馬春暉園》云：「森森喬木世臣家，環蔭春暉景物賒。天子特題慈母竹，祖孫雙占上林花。當年雅望留青瑣，此日清風擁碧紗。最愛平泉瀟灑地，曲闌橋畔水紋斜。」「名園曾説似蓬萊，到眼清華亦快哉。虛閣涵青宜月共，幽軒延緑有風來。寄情時著東山屐，遣興頻傾北海杯。先達今推白太傅，喜依杖履得追陪。」聞先生素以嚴正稱，而詩情婉麗乃爾。

安徽寧國府宣城縣黄池鎮生員陸鑑明，因賭輸錢，將妻焦氏賣與黄心赫爲妾。前一日，焦瞯夫出，作絶命詩十章，自縊死。報縣通詳，督撫題奏，罰黄銀萬兩修祠，並置田百畝。陸革去生員，斷其八指，著在祠侍奉香火。此事余幼聞而疑，疑其非法也。近閲歷數十年，詢諸有識者，云非妄語。伏思純皇帝時出不測之恩威，以風示天下。各大吏仰承風旨，民間非常之事，不敢以細故而壅于上聞。故能使幽貞之淑女，與日月争光；頑梗之忍人，受生前活罪。於以磨世厲鈍，豈不大有裨益乎！今試細讀其詩，淒涼悲惋，正復敦厚温柔。雖窮鳥哀鳴，而絶無絲毫尤怨，真一字一泪，一泪一珠者。緣此等淑女，德備中和，氣鍾靈秀，且其家有積善，門户宜光大，故篤生賢女，以立千古人倫之極則焉。抑思焦氏于歸以來，不知受多少艱難磨折，説幾多危言苦語。無奈夫也不良，冥頑到底，所謂不可以德感、理諭、情移者，至賣身而情理絶滅矣。然夫雖絶婦，婦不可以絶夫。不絶之道，除一死之外無他法，乃於彌留之際，猶復從容暇豫，點筆成詩。此等精神力量，非涵養磨厲數十年不能。孔、孟所云「成仁取義」，正是如此，豈尋常拈弄者所能希其萬一哉？而大聖人操仁、育義，正之權極，財成左右之能事，較之遒人木鐸之徇，其化成尤爲至速矣。彼凡有閑家之責者所宜大書一通，置之座右，所謂究其精微之藴，推類以盡其餘，是在好學深思，心知其意也。其詩云：「風雨淒淒夜正長，鶉衣不耐五更涼。拈毫欲寫衷情事，提起心頭痛斷腸。」「獨坐茅檐積憾多，生辰莫耐命如何。世間無數裙釵女，偏我微軀受折磨。」「風吹庭竹響喧譁，百種憂愁只自嗟。燈檠不知成永訣，今宵猶結一枝花。」「何人設此迷魂陣，籠絡兒夫暮至朝。身倦囊空歸卧榻，枕邊猶自夢呼么。」「暗掩柴扉只自知，妾今視死已如歸。傷心獨有呢喃燕，明日窗前各自飛。」「滄海桑田有變遷，人生百歲總歸泉。寄言堂上宜珍重，切莫悲哀損大年。」「焚香寶鼎告蒼天，默佑兒夫性早遷。菽水奉親書教子，妾歸黄土亦安然。」「調和琴瑟永相依，一旦乖離萬事非。盼望兒夫身早至，可憐幼子守孤幃。」「人言薄命是紅顏，我不紅顏命亦艱。留下青絲巾一幅，給郎觀看泪痕斑。」「爲人豈不惜餘生，我惜餘生勢不行。今日懸梁生死别，他年冥府叙離情。」有恭誦御製《題貞女》詩云：「未謀夫面爲夫亡，不比尋常烈女行。白首尚難全晚節，青年誰不惜流光。魂歸天上乾坤老，骨葬人間草木香。朕泪豈能容易灑，只因千古正綱常。」讀此益信前事之確。

乙丑冬，予由蘇州而白下，至高淳。時寧邑許孝廉湘嵐知此縣，名心源。爲政廉能，日坐堂皇，理愬訟，批駁者責懲準理，則據案寫簽，無發房、檢卷、掛牌等陋規。按程塗遠近，計日訊結，而囑告者勿遠離，畏審者加倍處治。縣無城，每夜必川巡一次。以故案無留牘，盜賊屏迹，獄犯不過一二人。以予所見，治行當爲江南第一。曾有《雜興》詩云：「小艇夷猶鷗鷺群，閒尋舊事繹新聞。逸民高躅懷虞仲，遜國遺蹤想建文。吴地江山鋪錦繡，楚材楨幹會風雲。臚言一帶聽輿頌，縣令清名配撫軍。」時撫吴者爲陶公雲汀，亦人無間言云。

聶羹梅鏸敏《梅花》詩云：「故山幾樹鎖烟蘿，夢裏香魂返舊柯。豈意江湖得相見，可憐晴雪已無多。三千客路遲行棹，廿四番風渺逝波。驛使不來春又半，鄉關縹緲奈愁何。」「綺窗曾與致殷勤，無意尋君每遇君。瘦影蕭疎留畫格，暗香冉裊度江雲。騎驢客去寒猶峭，放鶴人歸日已曛。欲把禪心寫仙骨，散花何以證聲聞。」「半樹猶疑小雪時，翻教殘蕊鬬新姿。渡邊春水生桃葉，屋角斜陽上竹枝。羅襪塵空人去遠，縞衣寒沁夢來遲。鉛華洗盡嬌無語，一點芳心衹自知。」「嫩寒江上曉颼颼，冷透吟肩趣更幽。雅韵欲流仙子笛，新妝好點玉人頭。那堪憔悴塵雙鬢，對此黄昏月一鈎。是否三生曾有約，扁舟到處好勾留。」「小橋流水繞柴門，獨樹支撑野色昏。啅雀枝枯翻碎點，眠鷗沙暖襯殘痕。寒衝庾嶺春如夢，路繞黄州客斷魂。此去江南好風景，含情忍入杏花村。」「遲暮何須悵美人，珊珊翩若不驚春。拗他冰雪催芳訊，拚與烟霞結舊鄰。修到幾生香入骨，别來無恙夢中身。羅浮山下裙腰路，一度花時一愴神。」「最愛冰心浄絶埃，幾番欲去重徘徊。立殘碧草如烟色，踏破空山索笑來。吟客有情終見賞，孤芳何惜更遲開。枝南枝北春先後，寄語游蜂莫浪猜。」「小茅亭畔路三叉，垂柳垂楊左右遮。滿地緑陰聞鶴語，一株冷艷誤梨花。恰疑淮水春風嶺，頗憶孤山處士家。何日卜居攜鐵脚，紙窗竹屋讀《南華》。」右於友人案頭見之，頗無描詩惡習，於昔人所云「超以象外，得其寰中」、「因其自然乃造天妙」者，髣髴近之。老杜《官閣》一篇，純以意運，不落言詮，自是創格。其他詠梅詩，亦無著名如「鶺鴒」、「鴛鴦」者，至「香中别有韵，清極不知寒」，不過一二語。中峰《百詠》可謂現盡神通。此如阿育王造八萬四千塔，其材料不外金銀銅鐵、甎瓦木石，所奇者神速耳。此非凡所爲，學語者慎毋輕下筆。

楊東山謂「暗香」「疎影」、「水邊」「竹外」之句，得梅之神情骨韻，此爲善言詩者。前明艷稱青丘，然如「雪滿山中」、「月明林下」等句，不免描詩之弊。不得已以生峭避之，如「自入山來多雪意，最無人處有烟痕，攜琴未許鶴爲子，柱杖忽聞僧在門」，亦善於藏拙者。

湘嵐先官江北，其《留别安東士民》云：「邯鄲學步未經年，大令芳聲四境傳。燭案香爇成故事，官清民樂當春聯。盛名莫副慚燕石，好句難忘佩董弦。合邑扁聯有「玉潔冰清，一塵不染；準情酌理，半點無私」之句。笑謝題楹衆君子，嗜痂真似古人賢。」「錦棚參錯酒濃斟，潭水桃花千尺深。不效鰥貪原小節，爲藏鳩拙重分陰。殘更城角風吹面，瘦馬街心雪滿襟。市儈潛蹤狙詐息，區區終自愧蹄涔。」「何修得此費沈思，下下陽城撫字宜。折獄不欺方寸地，察辭先在最初時。每逢放告之期，親自收呈，有不實者，即時駁斥。有權敢使諸奴竊，待鞫難容半日遲。只此數端聊自信，微長早被邑人窺。」「一帆河水嘆滄桑，瀕水人家鮮蓋藏。請命定應疏鄭白，撫心空自羨龔黄。尾閭未暢川終壅，釜底堪虞漲易狂。一帆河形勢，上下皆高仰，非挑濬下游，萬難弭患。定有恩波沛天上，春風枯草盡芬芳。」《阜寧留别》云：「射湖彌望渺無垠，繡壤縱横樂利存。四境升沈桑海局，阜邑城外舊爲大海，今數百里皆沃壤矣。百年開創祖宗恩。雍正間始分山陽、鹽城兩縣地置阜寧縣。春風城郭垂楊路，秋水魚鰕落照村。最是西疇好時節，稻鄉風景似湘沅。」「盤根錯節兩經秋，汲水深虞綆未修。七百日慚賢令尹，署事兩年。一千里號大諸侯。汀霜渚雪寒鳴棹，海月湖烟夜唱鷗。欲譜絲桐忙未得，絃歌知待武城游。」「絶無岡阜現嶙峋，一片蒼茫逼海濱。潮勢涌成新邑里，士風留得舊精神。波瀾壯闊增豪氣，丘壑崢嶸待偉人。到底愆尤緣躁動，静中風味最津津。」「萍飄梗泛劇堪憐，愧我無能奠宅田。九死忽逢仁者愛，再生終戴聖人天。爲甦涸鮒分微禄，共飽哀鴻出羡錢。官民共捐銀一萬三千五百餘兩。貸粟趙州千古罕，高風終不愧前賢。」「三春桃李會蘧廬，恰似經師誨學徒。且喜前茅皆脱穎，不教老眼嘆遺珠。文章豈必論窮達，經濟終當屬士夫。他日雲程馳驥足，今兹始駕亦區區。」廉能吏不必以詩鳴，然作官能如此，即以人存可也，故備録之。

四教先文而後行，弟子先行而後文；四科德行居首，文學居末。夫子自云：「文莫猶人，躬行未得。」似文行略有差分，又博、約對舉兩見。嘗因是推之聖人，吐詞爲經，凡其所言，皆其所行，故曰先行其言。非若後人徒肆空言也。聖人之經，惟人自領，雖無行不與。而語之不惰，無所不悦，亦足以發。獨于回有深契，故曰：「夫子之文章，可得而聞；性與天道，不可得而聞。」聖人之經，所謂徹上徹下無二語也。其聞與不聞，在學者之自領耳。一貫之旨，曾子唯門人問，此其徵也。孰謂文章非性道之流乎？夫學至達天，聖人之能事畢矣。子貢問「莫知」，夫子告以不怨不尤，下學上達，而以爲知我其天。是直以天自處矣。聖人之所以異于人，只是從極庸近處做到至精至微，即是絶頂境界。試思此數語者何人可聞，而惟夫子能造其極，所以爲至聖。孟子善學孔子，其言「盡心」、「知性」等，語雖殊而理則一。然則謂文章以外，别有性與天道之言，恐難解也。又孟子稱「尚友古人」，由誦《詩》讀《書》以及知人論世，即誦《詩三百》之旨。蓋古人以其所行者垂爲言，後人因言以考其行，必返躬實踐，與之吻合，乃能收誦讀之益。否則口耳之學，直夢中喫飯耳。近人之詩，去古遠矣，然能以孟法求之，亦可以知人觀政。前在蘇州，于小市敝紙中得《梅麓詩鈔》殘帖，爲婺源齊公彦槐著，清雄奇古，獨出冠時。其言居官行政，透亮人情，切中肯綮。衙齋書壁，委曲周詳，字字金科玉律。今録其二章：「古者禁民訟，矢金緩其慓。今者縱民訟，嘉肺日以黝。下情貴上達，亦審事大小。有質無不受，閭閻豈勝擾。司府檄提人，牽連幼與老。數月不鞫訊，紛紛又取保。争田田已蕪，争屋屋已倒。奸徒旗鼓息，蠹役囊橐飽。兩造累經年，意已如倦鳥。司府提未休，此故不可曉。誰使民失所，孽由州縣造。訟起不即訊，訊之不爲了。」又「倉吏索旗丁，旗丁索縣令。縣令何所索，索之良百姓。民以食爲天，顆粒民之命。一石二斗加，豈曰供惟正。民知丁悉索，縣官無以應。多取苟非虐，亦遂帖然聽。誰爲爾父母，莫制弁丁横。使爾心肉剜，恣彼牙爪競。米苦不能語，美惡無一定。上官飭米色，益授丁以柄。今年欲雖滿，明年氣愈盛。繼長復增高，不知其究竟。一船數百緡，往返宜有剩。通倉亦驗米，囊橐倏已罄。弁丁猶有説，糧艘固無脛。倉吏坐而饕，惡比虎狼甚。朝廷念民艱，頻頻議漕政。倉弊不革除，官民交受病。」《書事》云：「運河與江通，濬者爲泥滓。江潮不到錫，無淤濬何以。夏間石塘涸，正坐旱無水。況兼桔槔聲，晝夜聒人耳。譬猶人一身，剥喪竭精髓。養之元氣復，膏血固充體。所以八月來，河流淙瀰瀰。近且千斛舟，過去輕若屣。江南冗官多，尋事心輒喜。謂將誤漕運，濬河議遂起。制府問太守，守曰濬者是。旋問之監司，心否口則唯。遣官勘丈尺，冠蓋滿涯涘。已貽中丞書，將奏請聖旨。我時聞此信，霹靂驚破耳。急詣中丞陳，中丞怒目視。中丞請勿怒，縣令非得已。勿論費無措，勿論丁難使。兩厓麥青青，飢民命所倚。濬河須去土，土於何處委。今年歲大祲，百室懸磬似。

人心尚安恬，爲有外來米。濬河聲一出，米船不來矣。生靈數百萬，轉瞬皆餓死。糧艘縱有礙，禍害不至此。何況水深通，糧艘無誤理。令更進一説，可塞談者嘴。常州至潤州，平水四百里。常河深及尺，潤河淺過咫。常河三尺後，潤河乾見底。中丞聞此言，粲然啓玉齒。亟稱令果達，所論徹表裏。作書遺制府，濬河議乃止。從善如轉圜，中丞古君子。」讀此，知眼前情事即爲經國大猷，但難爲木偶沐冠者道耳。「亟稱」云云，看似贊頌，意中實奚落不堪也。他如勸賑、散賑，皆綽有實濟。其他登臨、應酬之作，每鑄心而出。《西湖》云：「佳人比西子，名宦自東坡。」《焦公祠》云：「三詔不爲起，雙峰無此高。」《司徒廟古柏》云：「枯倒尚能活，心空更不群。祠非蜀丞相，樹是漢將軍。苔蘚周身結，杈椏十畝雲。大材無大用，終古翠繽紛。」《靈隱寺》云：「塔小如錐卓，亭亭在翠微。懸崖千佛坐，穿洞一僧歸。石樹竟能活，雲峰還欲飛。冷泉清可鑑，洗手弄寒暉。」《高堰堤決》云：「驚聞高堰決西風，汩汩洪濤盡向東。縱保淮揚千里蹟，已隳潘靳百年功。下河大半成魚鼈，比屋無端集雁鴻。圮族由來繫人事，休將浩劫諉天公。民爲邦本食爲天，籌國當籌億萬年。長向東南勸轉漕，何如西北廣屯田。燕遼自足神倉粟，淮泗虚糜御府錢。水利興時河患去，不須神禹奠山川。」蓋謂蓄淮敵黄河，全爲漕計；若水利一興，則不必專仰東南，而河工糜費可省。尋常拈弄家能見及斯乎？七古獨出冠時，自成一隊。公以庶常改官，七年告退，惜未觀其究竟。就所見讀之，誠文行兼優，性道文章，一以貫之者也。漫題其後云：「詞林翰墨本虚名，州縣經綸佐太平。識破機關歸聖哲，循名責實細權衡。」

老友黄雨堂令錢塘，有孫女，絶靈慧。因西溪看梅，遘疾卒，寄棺於楊秀才春湖成模家。余因與結識。杭城葬埋，必男女同殯，且落土必納税，故多庋閣。楊有屋一區，即藉此作生活。予贈以詩，有「一屋西湖鬼，滿園彭澤花」之句。楊劇賞之。亦頗能詩，曾見壁間一絶云：「三升三合茅柴酒，换個瓶兒不用賒。莫道歪斜無好處，閒來也得插梅花。」其風趣可想。和余云：「阿師又過我，俗者去尋山。恕我迎門候，癡兒應對慳。難醫泉石癖，那得性情閒。一絶瓶梅句，撩君説不還。」戊子再過西湖訪之，憾無見面緣也。爲賦一絶云：「一别恬園幾度春，重來似問武陵津。孤山鶴瘦梅花老，不見西湖舊酒人。」

湘潭戴鏡宇瑩秀才，爲他人牽扯來京腔吟社，和余句云：「廿年成久别，今夕又同群。寒柝三更急，秋蟲四壁聞。昂藏留俠骨，羅織慨深文。極目滔滔是，誰將涇渭分。」「著述等身富，群推大辨才。幕遊行李擱，黨籍姓名開。羅網無因密，風雲不測來。秋河正耿耿，攜手鳳凰臺。」頗無俗韻。間壁有蒲圻徐小萊準，援例以佐雜分發廣西，丁憂，僑寓善化，和余句云：「友道由來重，如君興致濃。名登龍虎榜，望重妙高峰。和氣醇醪釀，剛腸快劍鋒。萍逢真有幸，傾蓋喜相從。」「宦落慚余晚，栖遲静掩扉。才疎爲政拙，性僻締交希。閒看花争發，忙憐鳥倦飛。茫茫塵海闊，誰復解賙飢。」嘗語余云：「籌國者開事例，不如汰冗員。」所言殊能見大，孰謂風塵中無俊物耶！

橋之奇險者，爲盤江之鐵索。據陳子重稱，爲前明監司朱公家民所創，趙雲崧則以爲鄂文端。其橋冶鐵爲絙三十七，長數十丈，貫兩崖巨石間，覆以木板，然行者輒動摇。後來兩崖甃以巨石，拄以强材，經以鐵絙，緯以平板，覆以木屋，行者如履平地。至飛越嶺南之瀘定橋，亦以鐵鍊爲橋身，每鍊重二千四百斤，長二十四丈有奇，闊六丈。以九鍊作中幹，四鍊作護闌，闌穿小鍊，如卍字形。中鋪薄板，以濟行人。兩崖埋鐵柱四，橫木縮鐵鍊。每柱重四萬八千斤，通計用鐵二十一萬三千二百斤。是又大于鐵索矣。

龍之後有猊，已筆之前卷。而松柏以外有榕樹，不知何時出世，而閩、粤最盛。余在贛州始見之，然未極其至也。趙雲崧云「廣州署後榕一株，根大五十抱，太守到任必祭，云有神憑之也。滇南又有黄果樹，僰人敬爲神。遮放土司一株，陰大三四畝，其根之著土成根者，亦大盈畝。中多窾竅，如千門萬户。嘗行其中，竟日不能徧，幾迷不能出」云云。又傳千年榕生奇南香，焚之致鶴。植於水濱，其子可以肥魚。細枝曝乾，然爲炬，風雨不滅。鬚製藥，可固齒。脂乳可以貼金接物，與漆相似。最異者枝葉茂密，絶無禽鳥棲止，故納凉者稱美蔭焉。而其壽固不可算計矣。是以黄公石齋有《榕頌》，桂林相國自署「榕門」。爲名公大老引重如此，其聲價不在松柏下。夫松柏勁節貞心，固宜獨有千古；而榕樹晚出，乃自成一種標格。此如特立獨行之士，不因人爲用而自善其用，爲人所愛敬，不爲物所侵害，豈特遠過於「嶢嶢易缺」、「皎皎易汚」者！視彼爲人用不竟用，且爲用所誤者，何如聖人論斷逸民，止曰「我異于是」。然則松柏得不許爲後來之秀耶？爲賦五絶云：「栝柏鉛松《禹貢》傳，丸丸秀發景山巔。誰知漢殿秦城外，別有靈椿享大年。」「駢枝密葉四時青，靛碧洋藍擁翠屏。廣厦萬間分賜予，炎官火傘不教停。」「雲氣爲衣雪作團，招凉那用水晶丸。託根倘過紅梅驛，自保貞心耐歲寒。」「鬚根交互結蓬科，人首松苓未足多。比似德門培植好，班班玉笋慶駢羅。」「空山風雨卧莓苔，天外浮雲任往來。廿八功名入圖畫，清標合讓釣魚臺。」

有人畫三瞽者，各扶杖路遇，作相逢交口狀。有題句云：「似聞路旁人，問我三老漢。如何閉著眼，世事實難看。」亦可謂善謔者。

《熙朝新語》載，建昌水夫文三郎妻徐蓉，年二十三，能書畫。長葛剃頭待詔之羅漢，能闡發傳注，解明《盡心》一節題理；又云此章與宗門某公案相發明，因引諸《尊宿語録》如翻水。是其人固貫穿三教，而不僅以工篆隸精音律見長矣。後一去竟不復來。至睢陽湯家傭工夫婦，每主人與客論詩文，輒竊聽，如是數年。一旦扃門去，留書千言，文詞博奧，援據處多出意表，竟不知何如人。余謂此人抱負不常，或儉德避難，或降志辱身，俱未可知。彼湯姓主人相處數年而不識，真可謂無知者矣。爲賦一絶：「看羊牧豕溷英雄，竈養傷心哭薛公。但解叢林求大木，誰知爨下有孤桐。」

王仙洲瀛《留鬚》詩云：「行年三十六，頰上短鬚添。對鏡憎新影，吟詩得小拈。誰云助之長，毋乃過於廉。一事差堪慰，荆妻尚未嫌。」又有「漁鐙倒影入波長」之句。

十二月十九，傳爲蘇文忠生日。畢公秋帆每于此日作會，懸陳老蓮所畫像于堂，命伶人吹紫簫玉笛，自製《迎神》、《送神曲》，率幕友、屬吏、門生衣冠羅拜。禮畢，張宴設樂，即席賦詩成首唱，和者積至千餘家。余按秋帆未第時，有李桂官爲之佽助，爾後仕運亨通，真所謂「無災無難到公卿」者。文忠早歲通籍，人主知其才而不能竟其用，且屢因人言竄斥。以生前論，蘇不如畢，然蘇之經濟文章，實能垂光百代。秋帆先生傾心景慕，所謂「同聲相應，同氣相求」，而事死如生也。孟子云「尚友古人」，秋帆先生是已。爲賦二絶云：「本是如來座下人，伽藍游戲偶紅塵。生前受盡艱難苦，贏得馨香劫後身。」「禮成環拜曲三終，歲歲稱觴祝長公。吟罷新詩倍惆悵，他年誰唱大江東？」試起畢公于今日，應笑曰：「然也。」

名者浮物，聖人重没世之稱，教人崇實也。乾隆間，有唐公蝸寄英，司榷九江，置筆墨琵琶亭，凡能詩者，悉交關吏呈送，公第其高下酬之。投贈者多，坐是虧累，變産以償，恬然不以介意。去官後，過客思之，爲建白太傅祠，而肖像其側。余謂此雅于好名者。長沙金公方世，辛卯孝廉，司鐸衡陽，性慷慨，任人取求，致破萬金産。卒葬于其地，士林感其德，爲立廟聖宫旁，春秋享祀焉。是又過于唐公矣。頃聞其令嗣孝廉友成，姓名已登天榜，則食報正無涯也。又汪公應綬，號紫崖，初官直隸龍門，内陞通政經歷，外任廣西通判。生平不名一錢，家有薄田，因兄弟同居，不能餬口，日惟餐粥，數十年如一日。爲官廉而能。安南曾欲假道過師，將入境上游，擬用兵，公單騎諭止之。卒于官，民懷其德，建祠以祀。至今民間有忿争者，但云同到公祠去，虚情者遂不敢置辯。此真死而不朽者矣。嘗感賦其事云：「鈔關宜號作詩關，但解吟囊任往還。別有紅綃持贈客，風流蝸寄勝香山。」「儒衣兩袖怯清風，却爲分財轉自窮。他日門生都執贄，瓣香千古祝南豐。」「叢神赫濯仰威靈，宵小難登君子廷。安得如公千萬輩，兩間魑魅盡潛形。」世之急急求名者，觀此可以興矣。

達觀堂詩話卷七

善化張晉本浣山著

前録老友王書荘七絶數首，頃閲《花岩山房詩》鈔本，各體俱工，無美不備。視鄉前輩陳蒼山士松、黄妙皋孝伊及其他之以詩鳴者，有其過之無不及，實近時一大作手也。摘録一二，以概其餘。《潭帖歌》云：「潭州帖本始歐陽，傳家翰墨起瀟湘。兩代書名齊褚薛，一家師法掩鍾王。宋興閣帖推《淳化》，懸金購買高聲價。趙公賞識是知音，雁行《絳帖》兹其亞。當時藻翰與誰親，記得神堯是故人。萬里遠煩高麗使，三宿能通索靖神。子通本是忠清士，人説羲之真有子。名著萬歲通天年，忍教岑公同日死。徐家父子也齊名，唐家姑姪太相輕。松烟萬竈無人使，象管秋毫斷此生。帥潭繼有劉丞相，沆。《閣帖》英華恨凋喪。重摹妙選永州僧，錢希白。坐對衙齋覺神王。兩晉風流起歎嗟，建炎虜騎入長沙。一朝竟落老兵手，燕瘦環肥鏡裏花。三番摹勒失真蹟，蛟螭螻蚓紛填積。字經三寫變焉烏，何以當年充砲石。昭陵玉匣化雲烟，慶歷遺踪亦渺然。同是珍藏輸祕閣，亂離兵火隔千年。別有同時稱墨妙，子明姓秦，四川人。上石都神肖。古法仍歸寶月師，劫火燒餘向誰要？偶過潭城洗筆池，桐花爛漫見題詩。誰家武定收殘本，何處韓陵有斷碑。我生世際昇平久，愧無鏤月裁雲手。三方亭子罩嶽麓，元圭一片遺《峋嶁》。玉軸金題往事非，緑天蕉影記依稀。零縑敗紙今何在，化作湘潭蛺蝶飛。」《會春園歌》云：「會春何處尋遺址，湘門之北招提是。屹屹紅墻殿外松，飄飄玉帶湖頭水。天策將軍開府年，龍頭一舉欲登天。生財大道開茶邸，富國奇謀鑄鐵錢。「龍舉頭」、「猳掉尾」，馬氏興亡之讖。次兒合比高無賴，荆南諜間來從外。西山老將罹非辜，長城自壞非人害。馬希聲殺老將高郁。季子豪華勢莫當，襲封故事踵前王。嵯峨冠劍天家賜，勁利弓刀内府藏。漢陽早報舟師利，諸蠻酋長驚麕至。桂林象郡及牂牁，吐款來歸真得意。戰罷歸來血洗刀，岧嶢銅柱倚天高。漫誇新息威名大，銘筆詞臣重李皋。希範立銅柱，李皋作銘。從來富貴增驕侈，金谷華林一彈指。誰知此地會春園，選舞徵歌偏繼起。破費長沙十萬家，山愁水泣鬼呼爺。書生苦口殊無謂，謂學士拓拔諫。不念吾王喜看花。花花冷落珠璣影，麝香濃處凝妝靚。寂寞含愁對紫蘭，妖嬈弄色扳紅杏。運徐東野詩句語。九龍宮殿鬱嵬峩，沈香牙角舞婆娑。希範作九龍殿，以沈香木爲之。只知趨捧登高座，不惜盤龍金寶多。當時供奉誰家子，吟詩博得君王喜。瀛洲學士十八人，依稀記得徐東野與李宏皋。休言比屋困誅求，滿野哀鴻聽者愁。似聞枯骨猶餘税，不問營田生死牛。馬氏有枯骨税，以牛給營田，不問生死皆税之。世事興衰如夢寐，羊歸忽見猴離次。希崇以申年敗。閣中一夜火飛灰，天册閣火而馬氏敗。神語空中早相避。五馬離群不用鞭，朗州宿將劉亦徒然。龍回關險來斜照，邊鎬破馬兵於龍回關。興馬洲空起夕烟。我向城隅詢故老，枳籬遮斷行人道。疑冢徒留七二堆，荒園一片江南草。眼中陵谷變須臾，笑他草竊亦區區。君不見瓦官兵火燒殘後，御閣淒涼夜照珠。馬氏降於南唐。」《水車謡》云：「車轣轆，水琤琮，蛇骨犖确翻玲瓏。赤日高，火雲起，長虹下飲清江水。咿軋忽作笙簧聲，山歌迸入愁人耳。朝踏車，晚踏車，汗如雨下心如麻。兩膝軒騰兩足胝，足馳千里身在家。東鄰有水車早掛，西鄰無水願言借。水不可借還無時，更恐一借成例也叶。健兒把長鋤,健兒施長杆。相持兩不下,横尸田野間。血肉狼籍且莫顧,全家捉向官衙去。」《漫興》云:「書卷縱横筆暫停,沈吟愁對短檠青。於今力士無朱亥,從古神仙有白丁。齊客吹竽難獨奏,湘妃鼓瑟待誰聽。大都不飲還如醉,莫向人誇我獨醒。」其令嗣定夫麟祐能繼其家學,古體役志盧、李。《洞庭遇雹》云:「黔靂颮艴重湖夕,湖光䨘昱金蛇赤。怪鱷跋浪疾霆轟,陰陽激薄雹雨陀。廣武捧敕出天闕,怒攝寒冰森若戟。霄霏瀻凝三出成,明珠亂迸君山額。獰飆捲地塵沙飛,作使狂濤助湔湱。蕖花艒繫黄頭奔,砉然一聲喪魂魄。或疑補天天忽坼,石破天驚天倒側。或疑山鬼嬉幽篁,夜拾瓦礫當空擲。又疑巨鼇翻地軸,蓬萊壓碎海波立。我時縮頸蒙被池,置身恍惚在羅刹。齋心默叩洞庭君,敦請岳陽樓上客。揮劍莫斫黄龍頭,速驅雹神返幽宅。」《龍川榜人歌》云:「清淺平沙上水遲,長年力盡不勝悲。且隨白傅歌《楊柳》,更聽劉郎演《竹枝》。」「前船咿啞後船過,暮往朝來估客多。好是日斜舟泊處,横樓都唱摸魚歌。」「海天汐落鮫人出,水驛亭虚蜑户來。赤脚蠻兒争販果,木棉時節賣楊梅。」「光隆江上雨廉纖,高髻鬅鬙一笠尖。阿姊肩挑阿妹負,逢人都問買紅鹽。」「招攜阿妞出柴門,海上風光子細論。被是鵝毛扇蚊母,佛桑花下叙寒温。」「龍川城西草芊芊,城下游女呼渡船。阿儂一笑恩恩去,家在雷鄉若個邊。」「買來油畫枹根履,堆就籐筐橄欖餹。榕葉蔭門蠔作壁,家家餉客是檳榔。」「郎家轉水水易轉,妾家清溪心最清。人心那得似溪水,水自平時心不平。」《澳門寄家信》云:「慈母依甥館,嬌兒客外家。别離經歲月,骨肉各天涯。旅況風中柳,行蹤海上槎。衡陽秋雁到,一紙寄長沙。」《潮州接家信》云:「忽接家中信,開緘幾次看。兒方念母老,母更恐兒單。往復催歸數，遲回作答難。通宵愁不寐，伏枕敢求安。」讀此，知其至性有過人者。嘗語定夫，尊公著作宜詮次，以待機緣刊刻。此孝子仁人之用心也。

衡山聶氏兄弟，科甲一門鼎盛，而第三名銑敏者尤爲傑出，撰著甚夥。《蓉峰詩話》自云「表彰幽顯，網羅散軼之意爲多」，持論甚允，不爲激詭，抑隨且表揚吾楚材倍至。今摘録數條於左。

「純皇帝七旬萬壽，彭公芸楣元瑞進《古稀頌》，其《闢土開疆》云：『茫茫坤輿，天覆中外。視德大小，爲地廣隘。畫爲九州，肇自軒轅。横章縱亥，邈矣莫傳。自虞及周，五服十二州，可考而求。漢不滿西南，唐疆圉西蹙。宋更偏據，明鮮外服。我大朝受命，奄有九有。朝鮮比内臣，内扎薩克，四十有九。中山交南，封貢奔走。我皇受之，增其式廓。一尉一侯，逮乎廣漠。古者所稀，請言疆索：上塞畿北，甌脱在明，爲我苑囿，爲我膠釁。迪化惠遠，限於玉關。置爲郡縣，户闥往還。崑崙我皂，濛汜我池。二萬餘里，始達京師。普爾輸賦，騰格鑄號。闐璧入懸，宛駒服皂。暨安集延，痕都斯坦。精鏐磨玉，入貢自遠。土爾扈特，歸自穹邊。傾心向日，仰首見天。籌以游牧，活以衣糧。慰以黄教，膜拜都綱。自我朝肇興，蒙古先服。越百三十年，盡其族屬。尺土我版章，一民我臣僕。象胥不及通，職貢不能繪。極天覆幬，咸襲冠帶。即今方來，西極化人。累歲始達，丹書貝文。持無量佛，獻有道君。猗歟盛事，從古未聞。』通首考核精詳，筆陣尤極雄肆。」

「漁洋詩以風調勝，繼起者有褚筠心廷璋先生，《和秋柳》末章云：『江北江南事可憐，露華濃處遠含烟。相看落日横隋渚，幾度臨春憶楚綿。客裏依人驚晚歲，風前繫馬惜流年。青旗紅板王孫路，祇在寒沙落葉邊。』《大佛寺早發》云：『天涯催騎赴明光，纔聽鐘聲出上方。塔頂高涵初日澹，寺門濃覆野雲涼。馬嘶苜蓿秋連陌，雁語蒹葭水半塘。稍喜塵心消昨夜，松風蘿月夢難忘。』先生以乾隆壬辰視學楚南，丙午丁内艱，重過長沙。時值秋闈，舊時門下士雲集，臨行留別云：『天末苔岑記舊儔，朝來吟共楚江秋。難忘湖岳英靈聚，祇訝風花歲月遒。發篋名山青眼寄，翦燈良夜素心酬。相逢破涕須公等，恰值仙槎泛斗牛。』『四千里外倦遊人，雁語當窗住浹旬。同氣喜能憐素韠，頹齡老尚接文茵。情懷烟月愁難展，事業雲霄望最真。蟋蟀西堂留別夢，湘波終古碧於鱗。』」按公爲學政，端整方嚴，至今署中尚留神位。其遺愛在人如此。韵語之工，其餘事也。

「湘潭張度西先生九鉞，幼應經古，試《湘中吟》云：『三十六灣雲作屏，君山遥點一螺青。岳陽樓上誰人笛，又引波聲下洞庭。』『鼓磉洲前沙似雪，靳江河口月如銀。分明蘆葦漁歌起，行到前汀不見人。』『蕭公洞下嶽雲浮，賈傅祠前湘水流。麥飯一杯原壟上，家家解祭李潭州。』」愚按陶園專集，蓉峰固未之見，此不過以其爲十二歲時作，而羨其夙慧耳。不知先生負絶世之姿，生長世家，閎覽博物，其自命固目空千古，豈屑屑以筆墨見長。今讀陶園全集，其一段雄才浩氣，盤屈字裏行間，使得見諸施行，其建樹當何如者！乃格於科目，以縣令終。然則所云「乾坤浩蕩日月白，中有斯人容不得。空攜駿馬五花裘，調笑風塵二千石」，先生之弔太白者，殆自家寫照也。他日晤其賢後嗣，定當求其行事，證明孟子所謂「知人論世」以此。

「攸邑彭湘南先生與陳恪勤公爲布衣交好，久客陳幕。陳没後，寓金陵，選詩爲事。傳其《將至邯鄲》一首云：『十里垂楊映水流，行人畫裏出磁州。我生未了天涯夢，來抱黄粱舊枕頭。』又有『春去雨中人不惜，杜鵑啼與落花聽』之句。後南歸，見同邑陳蘭莊珪年少多才，有句云：『自憐負郭生涯少，從此陽關别路多。』先生曰：『詩佳矣，其如貧累何！』後陳往來湖湘數十年，以文字爲生涯，而詩名大震。《弔楚霸王》云：『百戰英風掃地無，鴻溝回首失雄圖。楚歌聲裏三軍盡，亭長舟前一騎孤。父老竟羞生面目，故人虚送死頭顱。可憐腸斷虞姬别，泪灑重瞳碧血枯。』他如『出谷樵夫歸路急，探家舟子上船遲。』『浩氣似波平不得，好秋如客送將歸。』『情話那能尊酒盡，才名須似井泉流。』俱有深意，未經人道。」按蘭莊後援例作校官，有《秋水山房詩集》行世。蓉峰想未之見也。

「老友劉雋園善畫山川，字寫《争坐位》。嘗以一琴一劍，往來湖湘間，自繪《琴劍蕭然圖》。蘭莊題句云：『足繭天涯客，張琴手自停。好將流水曲，彈與美人聽。長劍吾空老，悲歌酒不靈。披圖同一笑，相對眼俱青。』雋園嘗有句云：『寒月清詩骨，秋風老客心。』」

「漢陽有石榴花塔。某孝婦殺雞奉姑，姑食雞死，訟上獲罪。臨刑時，以所戴榴花插地，誓云：『我冤不昧，此花當生。』後竟成大樹，土人爲建塔以表之。吴白華省欽前輩作歌云：『塔非塔，孝婦骨。花非花，孝婦血。婦獲事姑，婦不獲事姑。爲殺雞奉姑，爲奉雞殺姑。嗚呼，婦殺雞兮，婦未先嘗。雞殺姑兮，官以婦當。榴花如火然，照我寸心折。插地花生根，落地花成魄。婦憾賫九泉，萬古不磨滅。吁，婦姑二命懸一雞，官乎官乎，封此花根泥。』」余嘗至漢陽，府署中石榴最盛，蓋冤魂所注，歷劫不朽也。感賦二絶云：「漢江游女最夭斜，膩粉凝脂鬥舜華。何似石榴妝寶塔，夫人空自號桃花。」「層層窣堵護靈根，一片花含千泪痕。寄語爰書休孟浪，由來忠孝負奇冤。」

「漢陽閨秀江半嵐，字梅谷。嫁衡州販米者羅姓，絶不厭薄其夫。性耽吟咏，案頭置香山、漁洋詩，著《蝶香閣集》。《柳枝詞》云：『遊絲香暖麴塵天，陌上花飛似去年。殘月曉風人未起，栖鴉啼破一林烟。』『君家蘇小門前住，我昔貞娘墓上行。同過酒旗歌板地，何人不解和鶯聲。』《絶命詞》云：『自從飄泊歎離居，十載家園音問疏。何事秋鴻消息斷，來時不寄一封書。』『梗斷蓬飛夢未甘，浮雲幻迹我曾諳。年來愁絶湘江水，祇送離魂到漢南。』『相思兩地泪沾衣，夢裏還家覺後非。自歎不如梁上燕，年年秋社賦旋歸。』《和吴梅村十美一舸》云：『曾邀歌舞媚宸遊，月擁蓮花夜放舟。誰似若耶溪畔好，五湖烟水總含愁。』《虞姬》云：『天將烈女配英雄，意氣相從見始終。子弟八千同日死，香魂應不過江東。』《鴛舟》云：『香娥影裏畫眉來，柳拂船窗面面開。二十四橋簫管歇，争看仙子下瑶臺。』其他佳句甚多，惜青年早世，遺集不克梓行。」

「吾邑先達，官詞垣者爲歐陽瑶岡先生正焕，以辛酉領解，乙丑館選，官侍御時，館中有三絶之譽。以親老陳情歸養，旋丁外艱，終於家。門人趙鹿泉梓其遺文行世，詩稿未刊。曾記《橘洲泛月》云：『垂楊渡口草連堤，一葉輕舟傍水西。桂櫂欲摇還緩緩，恐驚沙際宿鳧鷖。』『風吹細浪碧鱗鱗，小坐船頭采緑蘋。上下天光都一色，個中魚鳥自相親。』『南臺北去是鄉村，水滿池塘樹蔭門。一抹斜陽穿漏處，不知山市久黄昏。』『疏籬短栅曲闌干，石路横斜逼淺灘。夜啓柴門呼玩月，空舟猶插釣魚竿。』」

「士人需銓解組時，大抵借硯田爲生活，而世之大人先生往往不肯以片言助。噫！安得如老杜所云『萬間廣廈』邪？湘潭老友何麓門啓贊自山左濟寧主講歸，刻《飲河草》，蓋感希齋侍御之盛德而作也。有《答友人》詩云：『石火敲來不禦寒，鄉間就館最艱難。因從館字思其義，謀食終當傍厥官。』趣甚，亦悲甚也。他如『名賢過後難爲客，古蹟當前易咏詩。』『詩多逸句存名士，酒不空樽少醉顔。』『峻宇每嫌遲得月，貧家偏慣早然燈。』皆新色，未經人道。」愚謂世之自了漢有二：其一生長紈袴，不知寒畯之苦，遇有諉託，毫不關情；或因自己寒微時求人不應，一旦得志，遂效人之所爲。不知斯人吾與，宇宙内皆分内事，君臨天下，得人爲先，大臣事君，求賢自助，若僅代謀一噉飯安身之所，乘權借勢，易等吹灰，乃竟不以一字一言相佽助，豈特非休休有容之度哉！聞蓉峰視學川中，汲汲弘奬風流，愛憐寒畯，是真能一雪此言者。

前明李西涯、張龍湖二公，俱茶陵物望，近今則有彭餘山尚書維新，足以接武前輩。性耽書，購墨香閣，所居石壠，距城七十餘里，岡溪環叠，岩洞幽邃。先生曾紀爲《八詠》。《皇雩泉》云：「䆗匝山容複，玲瓏地液通。七星開窾竅，萬斛沸笙鏞。鵝説空王偈，龍依佛子宫。唐蕭師乘鵝至大田，爲謝媪敕龍處。大田徵舊事，霖雨出林叢。」《書堂山》云：「黄卷勝丹沙，仙期應菊花。絳帷騰若士，縞帶悵侯芭。足躡三秋影，衣攢五色霞。至今山殿上，雷電掣金蛇。」《擂鉢》云：「四時濃翠滴，殊特此山光。誰擅丹青寫，還饒草木香。池心迎曉日，廟脊彈平岡。頻覺吟聲近，書樓萬竹傍。」《石窩潭》云：「匡廬懸瀑峽，衡嶽絡絲潭。勝跡寧唯偶，神工此可三。石鬮聯甕盎，岩沫幻烟嵐。爲補圖經缺，標奇夢澤南。」《馬潭》云：「碧石紛矜峭，清溪匯泉流。岸容低渴驥，潭氣壓潛虬。噴雪寒消夏，轟雷劍擊秋。路回横略彴，銀漢一灣浮。」《龍崛》云：「靈物栖人境，衢邊舊户庭。溝塍流蜃氣，風雨帶龍腥。前代遥沾潤，淩晨幻示形。行人無敢唾，葭葦自青青。」《安磵》云：「一徑蒼青合，回環别有天。來衝雲霧窟，行近虎脛泉。農舍依岩樹，齋鐘度澗烟。瀧岡猶未表，涕泪洒崇阡。」《善和沖》云：「丹山回合外，誰信有園林。叢竹迷宵路，危杉作晝陰。池含清鏡影，寺送午鐘音。應是鵝飛去，花香散近岑。」其他著作，惜多散佚。

姚雪門先生頤過衡山值雨，不得登嶽，范明府元颺以《嶽圖》貽之。公用韓《謁嶽廟》詩韵作詩云：「我誠不如退之開雲感天公，三日雨坐篷窗中。又不如杜陵賦朱鳥，詩筆嶽色争清雄。天其巧藏魏收拙，我亦似比阮籍窮。衡山大令好事者，全圖示我開晨風。乍看一片莽迴互，中有徑路風雲通。指點回雁訖靈麓，七十二峰紛插空。高處想見日初出，春寒定有雪未融。天門蜿蜒一徑達，鐵瓦冷逼赤帝宫。傳聞土人至亦少，但驚神廟墻垣紅。我今放眼直到頂，衆山一覽愜素衷。平生五岳未登一，自覺井蛙慙微躬。此行有願不我遂，當年望岱情略同。啓窗環几視諸掌，交口畫師争策功。我今暗與山靈約，暫如曉月窺朦朧。明年終擬按圖一相訪，盪胸雲海紫蓋之西東。」

黄天益學謙詩丰骨娟秀，《看梅》云：「門掩蓬蒿裏，瓊枝照眼新。詩情憐水部，花性愛山人。徑僻香微散，寒多色未匀。羅浮今夜夢，清與月爲鄰。」

吴門勞徵，字在兹，寓嶽麓寺。時李碑爲燒山火所逼，勞偕僧彌嵩率人救息，而碑已焚燬。落石三片，上有十七字，勞貯以錦囊。後避吴逆兵亂，行李千金弗顧，獨抱囊走桐城。姚姬傳贈詩云：「十七字留三片石，二千年遇再來人。」此事人少知者。秦涵村《題北海碑》云：「劫火頻經後，殘碑苔蘚斑。精靈存片石，元氣在名山。三日臥其下，千秋峙此間。猶餘十七字，流落到塵寰。」

先大父環溪公燾《送郭昆甫先生還里》云：「怒龍撼天天門擘，渴蜺飲海海底立。天門海底路渺漫，龍怒蜺渴氣能吸。江左名士周白民，湘中雋才郭昆甫。白民文字臭若蘭，昆甫文章力如虎。場外聞聲無不欲羅致，場中覿面夷然棄如土。古今相士無真假，冶不鎔金金就冶。蓮花寶鍔沈沈在匣時，誰知殺人鋒過血迸瀉。三齊蓮幕漢江水，我送郭君感周子，郭君少年周老矣。」

趙州大石橋，傳爲魯般仙人製。張果老騎驢，夜半試之，橋幾傾，仙以手支撐，得無恙。至今蹄迹手痕猶在。張船山先生有句云：「趙州橋勢如覆瓦，橋上奔騰走車馬。穹窿跨水千餘年，不奔不坼何其堅。媵簇翹疏千石透，庚庚攢插如相救。更尋橋下細水渾，舉頭空闊疑龍門。洞壁旁紐具偏勢，曲而直體真能事。儼如淩雲結構奇，銖兩勻稱不可支。何人執藝巧至此，妙才争説公輸子。匠心復以靈異傳，手痕蹄迹都儼然。殘碑兀立似遺老，云是大業年間造。誰其作者爲李春，胸中躍躍工倕魂。臨流我欲笑煬帝，車輦迷樓作奇技。開河只愛幸江都，才子能爲天子無。道衡高頰能無恙，定有奇人隱於匠。君不見安民羞刻《元祐碑》，氣節竟同皇甫規。」愚謂聖人正樂，《雅》、《頌》各得其所。今日之詩，未必盡能入樂，然如此等題，必配以奇古，方有生趣。若以近體當之，則意味索然矣。

士大夫通顯後，易失當年本色。惟長沙羅尚書方城公源漢，敭歷數十年，家徒壁立，真古之君子也。字學米南宮，詩詞氣醇厚，視學畿輔、粵西，凡有吟詠，親書勒石。《衡水登舟》云：「粼粼聲不斷，忽此聽咿啞。景憶三湘路，人乘八月槎。地淤饒棗栗，水淺足魚鰕，一棹秋光迴，遥天焕晚霞。」《放舟》云：「不覺斜陽落，聊爲放溜行。主人貽緑蟻，娱我泛登瀛。海近流偏急，天高斗自明。舍舟登古岸，譙鼓報三更。」《粤西秋風鳥》云：「决起亦常態，纖纖素不稱。秋風乘幾許，出水竟何能。質本同田鼠，心將學海鵬。羽毛豐滿後，面目記還曾。」《玲瓏木》云：「物以虚中貴，胡爲外亦疏。不甘朽木棄，或恐漏卮如。向日駒光透，迎風蚓竅噓。玲瓏毋過鑿，混沌保真初。」《定州試院和張有堂總憲韵》云：「中山雨過宿雲開，曉日登樓衆景來。題壁媿添新墨跡，懷人空憶舊烏臺。惟期霄漢心懸捧，敢詡狂瀾手障回。聞説韓蘇祠近在，臨風瞻望幾徘徊。」《出定州城》云：「何分北郭與南圻，隴麥浮香處處飛。王事莫教遲信宿，春風常自拂輕騑。人傳陋室無今古，地訪恒陽有是非。柳影橋邊冠蓋簇，顧瞻多士獨依依。」《柏林寺觀吴道子畫水》云：「曾於趙水行經處，市得圖傳墨浪看。偶向柏林問真際，柏林，開山者。忽驚溟海漲香壇。乾坤劫歷諸天護，文武濤翻六月寒。水有文武二種。坐久渾疑浮寶筏，仙風謖謖下雲端。」《肥香道中》云：「西風陣陣響連枷，地美稱肥信不夸。雞犬出林烟萬竈，篝車歸巷月千家。憑教伏鼠分餘粒，那有飛鴻叫積窪。自古豐年書入告，行從原隰咏《皇華》。」《河間試院》云：「近畿文物數名區，星使南來拭目初。地以賢王留勝蹟，士應先我讀遺書。登瀛有路臺依舊，振雅惟人術豈疏。此日生徒環絳帳，睠言稂莠獨躊躇。」《宿魯氏染緑軒看海棠》云：「傍夜濃陰羃不開，且持高燭更徘徊。花神肯赴歸來約，吩咐東風莫浪催。」「香霏閣下倚闌干，探取韶光興未闌。不見花開别花去，膽瓶分得一枝看。」《十八應真過海圖》云：「天吴跳波風伯馳，龍宫晝晦森鱗鬐。蓮目老尊珠火眉，排空駕浪夫何爲。二十八宿分張騎，亢金前導尾虎隨。毿毞眲睒揚厥威，西望結璘東鬱儀。踏倒扶桑嬉咸池，問胡不濡亦不迷。此事或恐喻者希，頗聞佛乘超八維。出入三界無天倪，華嚴海會詞旨微。我覽其理得知之，大生苦海一浮稊。般若無迹功難施，眼中芥子納須彌。識得罔象形可遺，寫生好奇奇非奇。大鵬海運都如斯，兹圖直待解人窺。嗟彼拘儒説夢痴。」《江石行》云：「叠空江石何離離，皺瘦透秀形兼之。自滬徂潯日無事，舟行百里看如斯。或云火離地氣上蒸爍，坎水遘激成瓌奇。又云六鼇出海角，吹沙歛沫凝結爲。玄黄胚胎色太古，風雨剥蝕皴肌皮。支機下落織女泣，雷公掠過搜神椎。憶在長安訪舊苑，假山問價千緡貲。太湖韶音吾昔有，一拳買得堆庭墀。米顛元結多同好，底事瓌瑋淪江湄。維天有柱，維地有維，得毋顧影生嗟咨。我行一步一留盼，寶山空手心忸怩。挈取一片伴虚舫，丘壑在座雲霧隨。石兮石兮，以爾之介堅自持，南山有臺北山閣，葺爾名園大廈點綴潤色良有時。」《遊七星岩》云：「媧皇御天補天缺，手鍊陰陽斲山骨。功成石破閲人寰，風雨淘開混沌穴。粤西城東有古洞，首戴七星腹空闊。春暖朝嘘桂嶺雲，秋清夜吸灕江月。逶迤幾曲到岩前，初入爽朗漸黝密。執火前導緩步尋，凹者沈潭凸丘垤。倏然豁達天門開，瞬忽迴旋地户閉。盎中元氣歲鬱蒸，象外殊觀乳凝結。白澤張眸兕象走，長鯨鼓鬣風霆掣。倒空鐘磬敲欲鳴，點壁棗梨鮮可掇。瑶笋雲芝何葳蕤，仙翁釋老共羅列。安排不假人工修，鏤刻疑經鬼斧截。穿過一洞復一洞，路入溟涬境殊絶。半日如經夢裏遊，移時怳見曙光出。聞道九疑徑可通，好事傳奇難盡説。我行名山愛選勝，南窮岣嶁北少室。揭來鎖院謹操觚，近城一水成隔别。張騫使者霄漢來，追陪因得快所閲。賓從喧閩潛怪逃，閩寂寒崖頓烜熱。臨眺多緣興會生，文章亦藉山水發。桃源好景即虛無，禹穴藏書未磨滅。安得乘閒歲至止，搜抉根源問造物。」《下伏波灘》云：「彌望江心石齒齒，海立雲翻亘十里。伏波人往波未伏，威神震赫常在此。灘頭理楫下灘門，颯沓翕艴喧耳根。老龍張牙兕怒角，白日飛沫陰雨昏。梭流一直復一折，駿馬開頭轡捉勒。束身穿入鴻濛天，迴頭錯認峨眉雪。忽然敲磕哄雷霆，鬼神欲下壯士驚。平生忠信作舟楫，兀坐官艙手一經。我聞將軍之功在南紀，一拳銅柱半壁抵。丹心豈肯涅明珠，偉烈居然耀青史。古木森陰羃素秋，千年祠宇肅江頭。我來打槳過灘下，瓣香展謁風颸颸。吁嗟深箐多罔兩，天留浩氣横來往。鎧甲錚錚怒不銷，至今銅鼓蹴波響。」《岳陽樓醉歌》云：「浩浩乎，壯哉登覽之奇莫奇於此樓。高標星漢雲氣薄，十年夢到來今秋。八百里洞庭水，瀉作玻璃一鏡明雙眸。乾坤四際風雲合，日月兩丸東西浮。下走三吴朝海若，中藏萬怪歸陽侯。青天白日霹靂哄，大鯨吹浪鼉鼉遊。樓上何所有，黄粱枕畔夢悠悠。樓下何所見，蜂房雜遝下上舟。就中一點青不滅，如以弱水環瀛洲。我欲登君山，訪蓬丘，蓬萊縹緲不可求。渚鴻夜叫黄陵月，空餘湘竹泪痕留。我欲從漁父，狎輕鷗。洞庭老人只今在何處，蘆花影裏釣筒收。挹湘酒，聽巴謳。九疑爲豆，七澤爲甌，手挈湖底倒空流。丈夫四海破浪走，拔劍起舞斬螭虯。東風赤壁悲陳迹，伐木塞港指揮能事何優優。况今尾閭無揚波，可以乘槎直上窺斗牛。浩浩乎，壯哉登覽之奇莫奇於此樓。歌罷酒醒客盡散，長空一笛風颸颸。」按公爲先君子年伯，凡同鄉之往來京師者，皆極口誦公盛德無異詞。又其夫人徐姓，子侄與余多同里巷。悉公先人累世忠厚，至公而發跡，兩弟亦登甲乙科。公尤德性純篤，器宇寬綽。通籍後，生産推讓同氣，居官不名一錢，無赫赫之名，有休休之度，真不媿一時人望。生平著作，未見刊行。曾詢其至親，云有手書楷蹟二本，爲人竊去，可惜也。書法蒼老古勁，渾重端嚴，絶不規仿形似，拔幟自成一家。余嘗得其墨刻數段，親筆對聯一副，俱被人攫去，僅存小條幅一方，至今寶藏之。顧其工書人共知之，其工詩則人或不知，所謂以書法掩其名者，故全録之，以志景仰之思。而其他則俟之異日。

江西南昌熊學橋先生爲霖，乙丑翰林。兩持使節，典黔南、關中試事。旋引疾，敖遊江湖。隸摹秦、漢。著有《紀行》十册，以遊衡麓終。其《望嶽麓》云：「天地太好奇，鼓橐鑄山谷。縱勢掀騰之，嚴悍仍收束。南嶽摩青蒼，列炬散華燭。力倦迤邐平，餘勇頓嶽麓。大如韓蘇文，鴻篇轉鼇軸。可望不可褻，紛披走歷碌。大伏亦大起，以羨補不足。卷勢回峰巒，冲抱孕其腹。收拾見精神，澹然老名宿。仰止懷殷勤，展畫再三讀。」《有詢觀日摹碑狀者答以詩》云：「手拍剛風駕紫鸞，須彌芥子展奇觀。一輪海湧扶桑赤，六柱鼇翻貝闕寒。下界星辰歸脚底，中天笑語出雲端。平鋪萬壑兜羅軟，七二餘峰小露盤。爲摩岣嶁破寒雲，南嶽擎天一柱分。翡翠朱沙無定色，螺書鳥蹟是靈文。六丁疑走風雷使，片石曾封虎豹群。可惜昌黎搜未得，誰人解識配皇墳。」《岣嶁碑》在岣嶁峰半雷祖殿後，高及丈，闊五六尺。書法蟉怪，青赤陸離，不可名狀，真四千餘年神物也。《吳越春秋》、《湘中記》、《荆州志》、《南岳志》皆載之。漢、唐以前，隱於榛棘。劉夢得《寄吕衡州書》云：「祝融峰上，昌黎云『岣嶁山尖』，皆誤也。其曰『千搜萬索』，乃言得見之難。」蓋衡山週回八百里，遊屐豈能徧及！後人未親見此碑，遂疑爲荒唐。故歐陽公《集古録》、趙明誠《金石録》、鄭漁仲《金石略》皆未之及，朱子注韓文，直以爲無此碑也。至宋嘉定間，蜀人何子一致遇樵人，引至其地，因於山中取歷來摹本，一刻岳麓，一刻夔門，世始知有虞夏科蚪書。明湛甘泉、顧東橋、林巽峰皆信之，楊升庵、沈靖陽、楊時、喬釋之、王鳳洲、蔡、季諸人又疑之。不知禹碑實古物，惟蒼頡識，李斯、程邈、李潮尚不識，況譯之耶？近日袁簡齋謂石粗刻淺，反不如《北海碑》書法古雅，皆因未至岣嶁峰之故。考《山海經》，衡山一名岣嶁山，後人以禹碑在此，遂專以爲峰。在嶽廟西南五十里，碑承以石座，中斜斷，風雪不剥落。或取升庵釋文鐫於旁，甫及半，雷下擊。可知上古文字，鬼神呵護。學橋先生嘗登峰親摹之，紀以詩云：「東坡借海市，昌黎開衡雲。此中有天數，抑亦資靈根。我來謁南嶽，祝融看朝暾。海水變霞赤，轂轆翻車輪。尋古恣幽討，載訪禹碑文。途行百四十，浹日爲往還。枯藤掛瘦壁，積塊錚輪囷。一柱起岣嶁，絶頂星可捫。懸空萬餘仞，貼地羅山村。東峰曰雷祖，鬟眉老弟昆。神蹟四千年，劫火知幾焚。天匠斲山骨，鎸刻遺鬼神。風雨作光怪，更無苔蘚痕。載拜三摩挲，圭角渾欲刓。字如結蛟螭，漆簡塗紛綸。色如閃青紫，相貝森五紋。仄如勢欲裂，嵌空危存存。列如老梅樁，刮鐵凝乾皴。雷霆夜拍格，丁甲旗槍屯。相與共呵護，褫敚山魈魂。豎儒詫贋本，鼠目何足論。升庵擬箋注，或然或不然。祕奥守元籥，不以口耳聞。惜哉歐陽公，《集古》留遺珍。我願拓千本，典謨常共尊。芝函以奉之，寶玩度朝昏。」先大父《岣嶁碑歌》云：「南岳岣嶁何崒嵂，捫蘿直上咸股栗。霧鎖雲封藏古碑，傳是當年神禹筆。陸離光怪字射人，剔蘚數來七十七。事嚴迹祕不可言，道人偶見仍湮逸。昌黎破涕夢得求，神物至宋乃忽出。彼樵者誰能指引，別摩麓夔何子一。楊、沈好古譯其文，疑信異同紛唧唧。吁嗟神物豈容訛，譯者或訛碑則實。試觀石鼓原父鼎，蝌蚪蛟螭誰能匹。由來古蹟多如斯，不難在作難于述。我欲狂呼湛甘泉，東橋巽峰來石室。眼觀鴻濛抉《洛書》，笑他皇甫絹三匹。」讀此二詩，允爲禹碑定論。

祝融峰拔地九千餘丈，爲南嶽最高處。絶頂有上封寺、望日臺，雞鳴時望東海日出，沆瀣莫分。俄而金縷綫興，錦浪紛騰，火輪躍出，霞天半赤。山下鋪雲海，諸峰出没其間，若筍苞破土，勢[illegible]尣音養竭，屈强也。者，誠奇觀也。熊有歌云：「天雞一唱催朝暾，燭龍銜火當天門。紅旗絳幟整鑾駕，三十六幅朱輪尊。羲和控轡出滄海，玻璃敲響紅嗢哢。是時青島爛霞紫，珊瑚簇簇枝椏繁。萬靈百怪閃恢詭，天吴鞭擘鼉與黿。老龍䮐沓瘦蛟舞，珠宫震蕩愁欲翻。東皇太乙領前隊，四圍丹轂鮮不殷。水晶界地洗心域，大千世界浮冰盤。眼前漸漸有丘壑，排牙列仗紛峰巒。人烟曉霽半青白，樹影蒼茫毫髮端。齊州九點渾不辨，非雲非霧還非烟。一絲好息平旦氣，寂然人静觀初天。我欲飛迹三神山，日吸赬丸爲朝餐。風塵面目變作金童顔。」

潡浦嚴樂園先生如熤薦舉嘉慶丙辰孝廉方正，廷試策末，奏以迫於寸晷，限於尺幅，未及詳陳。越日，於軍機處覆奏《屯田議》、《平匪總論》、《平匪條議》，凡數萬言，擢第一。發陝西以知縣用，不數年升太守。刻《苗防備覽》、《三省風土志略》。書生初釋褐，於運籌、決策，動合機宜，直可謂有將略者。詩刊《洵定集》，沈雄悲壯。如《示洵陽敷文書院生徒》云：「名山風雨憶吾師，薄宦寧忘北面時。吏不詩書真是俗，士能忠孝始爲奇。靈光夜吐終南穴，錦浪春濚漢水池。自古三秦鍾秀傑，瓣香雲麓許分司。」《哭向魯齋》云：「金石交情二十年，南歸消息兩茫然。空懷魚雁平江路，柰此龍蛇小雪天。靈麓幾人風雨夜，春江一葉孝廉船。河汾門下推房杜，禮樂多應讓此賢。」《輓白河令董公補堂殉節》云：「金州城畔別蒼黃，一夜秋風悼國殤。銅馬赤眉成底事，沙蟲猿鶴劇心傷。自來守令朝廷重，如此純臣史策光。憶話前因真不負，果然忠義事堂堂。曾夢放忠義榜，已名列首。」「作吏山城綰墨符，衝鋒陷陣死前驅。輸他世上文官樣，成就人間烈丈夫。怒激神靈轟霹靂，哀生風雨祭頭顱。眼中颯爽英姿在，那用悲歌擊唾壺。」「麟閣雲臺將相多，出師未捷恨如何。共傳虞詡能增竈，誰料王孫竟伏戈。未了英雄悲父老，長留氣節壯山河。《大招》泣續《離騷》句，耿耿丹心定不磨。」《防江憶岳麓諸友陽山諸生》云：「蒼頭一旅掃殘氛，驅馬荒村趁夕曛。長吏自來稱守土，書生底事説能軍。春江赤幟嚴分陣，寒夜青鐙罷論文。却憶故園風月裏，幾人西望悵離群。」「結納詞壇十八人，瓣香我自衍龍津。澧蘭沅芷風騷地，玉蝀金鼇錦繡春。點筆未能忘故態，投戈聊與話前因。深慚俗吏非儒吏，風雨名山入夢頻。」「元龍豪氣未全除，閲歷艱難壯志虚。進步羞增三事秩，退歸應讀十年書。悲涼金石懷知己，迢遞雲山憶起予。春草芊綿春水緑，紫荆峰下是吾廬。」《勸農》云：「瞿瞿良士美風詩，□□□□□□□。天以憂勤銷戾氣，民無偷惰是清時。政煩官不須迎送，賞薄農還別等差。紅綵纏腰花插髻，歡呼門巷有妻兒。」「終南山色霽光融，父老迎春喜氣同。事簡喜能容吏拙，時艱倍要望年豐。已瞻亭障烽烟靖，更願郊原麥秀芃。帝念潢池皆赤子，賣刀從此返淳風。」按甲辰、乙巳間，與予同硯席，爲人疏節闊目，不修邊幅，竟不知其抱負乃爾。使得罄其所長，雖古之蕭、曹、韓、范，當不過是。區區韵語，其膚末耳。既邀特達之知，乃以知縣出身，監司終位，方致慨於資格限人，遇而不遇，然考其治蹟，終不媿爲大雅之才。彼倖竊科名，毫無幹濟者，亦曾作劉蕡下第想邪？

武陵唐竹谷開韶隱居意園，築讀騷館，有《桃源洞竹枝詞》云：「白馬渡頭春水生，緑蘿山下石泉清。捕魚人來歌一曲，洞裏春深無限情。」「桃川宫外春日晴，淵明祠畔方竹生。溪南溪北漲流水，如在山陰道上行。」「澗户岩扉對水開，家家攜酒酌浮杯。白叟黄童多古意，自云先世避秦來。」六月十二，竹谷爲黄文節公作生日，陳吾山繪《涵碧亭雅集圖》，同人皆有題咏。周研山成邑云：「涪翁詩派衍竹谷，西園畫意陳吾山。披圖人境兩清絶，我欲從之時往還。」誠雅人韵事也。

長沙李崙圃象鵠，年少入詞林，未三十而死，有《味閒齋遺草》。《登燕子磯》云：「水圍三面白，雲走萬山青。」《圓明侍直》云：「環山帶水境清幽，金爵稜觚聳上頭。樹古自因連上苑，月明知是近中秋。五更畫角催天曙，萬點寒星入漢流。寄語題詩白太傅，盧郎直下有同遊。」《舟中長至》云：「去歲驅車臨廣武，今年掛席上秦郵。不辭水陸三千里，飽看東南百二州。午睡綿綿分茗局，辛盤細細散觥籌。白駒身世催無奈，贏得清閒是客舟。」他如《春望》云：「緑楊烟暖漁樵渡，紅杏花開水月祠。」若「飛絮一生成薄命，落花三月負春心。」似自識其短折者。

達觀堂詩話卷八

善化張晉本浣山著

湘潭夏楓江先生大觀《和胡公芝廬楚宫弔古》詩云：「玉盌金魚鎖寂寥，墓門芳草莽蕭蕭。嘶風石馬依殘棘，泣露銅駝卧斷橋。燕子重來尋舊壘，杜鵑終古叫前朝。紙錢麥飯墦間祭，猶逐楊花盡日飄。」「芙蓉繡帳醉王孫，蠟炬銀缸笑語温。忍見花飛消白晝，那堪雀噪到黄昏。琵琶誰復邀新寵，環佩何人念舊恩。明月一輪秋最好，不勝風雨過長門。」前明洪武十一年、十三年，命臨川侯胡美董建潭府於長沙，其佔地之廣，幾及十分之九，今所呼黄道街、營盤街、藩城堤，皆由藩府而名也。作詩之法，大題不得小，寬題不可窄，此詩第一首謂「孤墳無主」，次首謂「聲伎寂寥」，且泛泛填寫，全無一字切合。當考胡公原唱讀之。

孝感夏觀川先生力恕，與衡山彭衡陬先生至好，其哭彭詩云：「嗚呼君已矣，有客自黄州來，報君死。去年有字説還山，我遂報書促行李。相知兩不疑，四海相知誰似爾。還山不果，維車道左。以朝以夕，吾喪其我。嗚呼君已矣，晨星落落不可待，君之故人我猶在。憶相逢，在己亥。嶽雲萬叠湘水流，握手長嘯倚天外。再逢君，楚之黄鶴，燕之金馬門。臨皋亭下八十步，十年八九尋君處。憶别君，在丙辰。蔓摇籬隙兒報客，相親一笑款行人。豈知是時遂永訣，半江烟雨緣飛塵。嗚呼君已矣，杜襄陽，死耒陽。彭衡山，死江黄。千古詩人酒人合斷腸，大湖南北多慨慷。君之文，時在手。君之詩，時在口。高吟大叫舉似君，君知否？糟丘未乾，酹以大斗，騎鯨應唱三千首。今年秋月明，秋水遠無際。君之歸兮浮仙槎，下剗君山上砍桂。逍遥九萬此故吾，故人環堵之居尚憔悴。嗚呼君已矣，兩年音問何綢繆，及門諸子乃令我從遊。此豈傳舍抑蜉蝣，然而茫茫千古此道不曾休。君年未滿五十七，黄州已去三之一。彭司鐸黄州。木葉下，洞庭波。悼亡惻怛淚滂沱，翹首西望傷如何。」余按此詩古音古節，非深於情者不能，不止於筆墨求工也。

武陵朱幼芝先生景英，領乾隆庚午解額。癸酉，以知縣分發福建。曾遊許氏園，見一樓顔曰「春雨」，忽語同行者曰：「此樓予生平未歷，而心若識之。」因舉樓上所有經籍圖史，一一記其標目，又誦一聯云：「無可奈何花落去，似曾相識燕歸來。」爲董文敏筆。驗之果然。緣主人有子極聰慧，讀書此樓，不幸夭折。家人痛之，不忍登，一切丹鉛几席，扃閉如故。溯其死，與朱之生年月日同。家人喜，以先生爲再來人，彼此眷戀不舍。時朱石君師方秉臬，贈以聯云：「玉局久吞雲夢大，金環猶憶海山因。」蓋指此也。然則輪迴之説，豈盡荒唐乎？

乾隆甲子、丁卯，南省得兩名元，一爲善化郭公昆甫焌，一爲湘潭羅慎齋師典。郭時文曾刊行，詩未見專集。今傳其《送李光回官滁州》云：「鶯飛草長日重三，水氣浮空蘸蔚藍。直掛雲帆天際去，一時不覺憶江南。」「香泉萬斛瀉雲堆，時有遊人得得來。君去醉翁亭上坐，至今山水亦憐才。」「日從去雁數來鴻，四瀆烟波一棹通。正好明年尊酒會，黄梅雨過芰荷風。」《廣水早發》云：「群雞喔喔欲明天，唬向西樓月正偏。人帶宿酲離野水，馬馱殘夢入山烟。抱頭雲起峰峰立，吹面風來樹樹眠。問訊濁醪沽未有，幾家村落柳條邊。」《贈鄂素亭回京》云：「臨江釃酒莫徘徊，此去驊騮道路開。七夕一揮垂泪雨，五人三上望鄉臺。於今白水猶知己，自古黄金要買才。前度桃花憑問訊，春風匹馬待重來。」《都門留别蔡芳三》云：「暫離易水悲歌地，宜門高陽痛飲身。公醒亦狂何必酒，臣今雖壯不如人。一年花發劉郎樹，八月潮奔伍相輪。未許鉤留終作别，嘑烏栖滿上林春。」他如「深林人語喧喬木，古洞棋聲送落花」、「晴花欲放山頭火，好鳥能呼水面風」，措辭俱雅鍊。予按：《羅洋草》取徑幽仄，意欲拔幟自成一隊，故其韵語亦復爾爾。先生撰著，聞爲刻字人捲去，後次公補堂先生蒐輯之，詩賦雜文，不過二百餘篇。予前卷所述者是也。蓉峰蓋未之見。

慎齋師主講嶽麓久，無道學膚殼，而擅前輩風流，不負名山勝地。憶畢秋帆制府《邀張忍齋學政王夢樓太守過訪》云：「暖谷催梅在雪先，講堂高踞岳雲邊。名山久占關清福，舊雨重逢要夙緣。著述力争千載上，精神强勝廿年前。重圖北苑瀟湘景，隔岸人呼訪戴船。時王蓬心爲臨北苑《瀟湘圖》。」夢樓先生長歌云：「海納百川斯深深，岳備群山斯森森。衡山七十二峰向北走，到此直落湘江陰。湘江涵青山削緑，百道烟霏散還束。以山臨水此其顛，以岳觀山此其足。制府夙鍾川岳靈，言從華嵩來荆衡。嵩形如卧華如立，未抵大賢胸中雲夢吞。我持漁竿過洞庭，天風三日揚飛舲。維舟正草《欸乃曲》，又邀我作名山行。烏府先生返珂里，紫微使者輶軒止。皋比説經鏗若鐘，玉尺量才澄若水。是皆宇内之大儒，高懷樸學同而殊。平時雪棹何處訪，異地忽爾星聚如。從來氣類相感發，雲龍風虎磁引鐵。制府才名三十春，朝野傾心拱卿月。是日風和天宇朗，半陂浸山薈林莽。捫蘿穿磴出幽岑，豁然江流瀉胸平似掌。歸途夕陽松樹顛，山中沈沈如小年。借問友朋山水樂何事，芙蓉城主蓬萊仙。」慎齋師詩不輕作，其和石琢堂師韵云：「理學淵源仰鉅公，山齋雲壑置身崇。塵喧隔斷三洲外，清福流連雙樹中。覓句早梅緣昔有，停車霜葉得今同。兩番題品皆椽筆，後起人來恐未工。」「略彴危橋號詠歸，行吟多趁晚風微。及門官冷能供酒，附尾輿輕得振衣。獨學雄編遺我厚，説書初稿證人稀。直腸傾瀉疑傷俚，未暇推敲任筆飛。」前館朗江時，和朱幼芝《院中賞荷》韵云：「翠影紅香繞壁池，栽培無力負皋比。編成脱穎錐如許，並作生花筆亦宜。謝句芙蓉君手出，《陳風》菡萏我心知。頻來莫算肩輿值，月曉風清雨過時。」余按：慎齋師以撰著自命，所説經俱脱盡前人窠臼，蓋深避昌黎「踵常途」、「窺陳編」之通弊也。故四經皆有作，而三《禮》獨缺。詩非所措意也，而峭硬孤潔，自饒别致云。

麓山所種，皆尋常之花，四時不絶。秦竹吾光倬有《雜花咏》，《山躑躅》云：「鶴林移得幾千株，火齊高懸照夜珠。薄暮花墩待新月，猩紅滿地映氍毹。」《繡毬》云：「粉蝶飛飛繞畫闌，宜春綵勝百花團。玲瓏萬點堆晴雪，醉後三郎仔細看。」《轉珠蓮》云：「向日争傳鴨掌葵，轉珠花樣鬥新奇。芳心暗動何人見，庭院風微露下時。」《桐花》云：「青草黄泥界短墻，膏桐沿徑翠成行。勾輈不住嘑幺鳳，一路花村接道鄉。」《木芙蓉》云：「一夜西風綵練横，拒霜曾否記嘉名。紅雲半壓檐陰墮，直把山齋化錦城。」《薔薇》云：「滿架深紅壓翠條，年來新種玉雞苗。東君著意匀花露，賜與才人奪錦標。」《紫薇》云：「虚白堂前籠絳雪，黄昏閣下鬥緋衣。惜花多是瓊林客，那羨當年杜紫薇。」《郁李》云：「怪道詩人咏反而，春華嬝娜動情絲。月明小步蒼苔露，淡遠風神却是誰。」《玉簪》云：「嫩瓊初試様鮮妍，雅稱人間白鶴仙。好是華清新睡起，玉搔頭𩪘緑雲邊。」《罌粟》云：「秋穀春蔬二妙該，殷黄紅紫結重臺。看花莫羡囊多米，記取中秋撒子來。」江竹溪遴和作云：「漫山掩映簇新株，照眼分明不夜珠。點綴鶴林春一色，緑陰叢裏襯紅毹。」右《山躑躅》。「向日傾心艷蜀葵，玲瓏更數轉珠奇。微風不動回旋巧，大小盤中錯落時。」右《轉珠蓮》。

麓山東、西亭落成，同門俱詠歌其事。戴蒙泉文科云：「一鑑銀塘講院東，就營亭榭壓波中。光摇活水澄秋月，影落長橋卧晚虹。碧瓦遠分荷葉緑，朱闌低映錦鱗紅。道鄉遊罷頻過此，想像瀛洲景略同。」《西亭》云：「依山無數小方池，爲結茅亭一笠宜。香滴野塘荷裛露，陰連官道柳垂絲。晴天翠護江聲遠，午夜泉流月影遲。杖履追隨閒指點，山頭梵宇叩鐘時。」他如彭君蘭譜云：「波光浮檻外，山色落檐前。迎風渾不夏，看月總宜秋。」羅君輝潭云：「遠江帆影山前落，曲澗泉聲雨後通。」向魯齋曾賢、羅麓西琦各有五古大篇，文長不録。又有清平階先生安泰贈句云：「名山宰相無官守，陸地神仙有子孫。」吴棣華前輩云：「瀛洲日下推尊宿，嶽麓雲中炳壽星。」嚴樂園《聞師紀録留館》云：「自是朝廷重韓愈，非關弟子乞陽城。」余按：慎齋師主講嶽麓數十年，八景標題，歲在甲辰。余以丙午出院，猶憶乙丑殿撰彭實臣浚奉以十六字云：「七載門墻，春風化雨。一時瞻仰，北斗泰山。」

余在武陵，高梅知雋亭贈别云：「子才才調儷漁洋，曾爲南豐敬瓣香。風雅不教前輩擅，而今又見魯靈光。」五言如《放鶴亭》云：「欲訪林君復，重過西子湖。鶴歸雙表立，人去一山孤。流水自深淺，暗香時有無。登亭聊小憩，作記憶髯蘇。」《雨後野望》云：「秋雨灑芭蕉，新晴晒柳條。遠山青入郭，野水白通潮。雁陣排雲路，漁舟渡石橋。所思人不見，凝望幾迢遥。」《征婦吟》云：「聞道瓜期近，征夫應到家。小兒知望父，夜夜看鐙花。」他如「遠樹連天碧，斜陽映水紅。」「滿庭涼月螢千點，何處秋風雁一聲。」皆綽有前人遺韵。

沅江駱補山廣文有侍者蘇少坡，聰慧能詩。一日唐明府峻齋戲之曰：「爾名少坡，想係東坡一家乎？」西齋羅退圃曰：「彼乃錢塘蘇小一家也。」蘇應聲曰：「才子隨園愛美人，竟同蘇小認鄉鄰。儂今敢忘眉山譜，却記錢塘派亦親。」學中又有何門斗，老而愿，主人重之。羅曾贈以詩云：「早歲人傳傅粉何，卅年門斗鬢雙皤。心懷同事留遺少，眼見諸生告給多。采菊籬邊常侍駱，種蘭堂下偶依羅。憐渠老去鬚眉古，玉樹臨風憶少坡。」一時傳爲韵事。石湘筠嘗言，其中表張壺山太守家有青衣添籌，客偶以名命對，即應云：「借箸。」嘗過鍾山甕，有句云：「昌山過去是鍾山，一線天開一嶺間。行道詩人添畫景，梅花香徧竹林灣。」居然天籟。余前卷載彭遂川詩已略舉大意，蓉峰搜表及此，誠無人之見者存，爰綴一絶云：「玉堂金馬艷神仙，丘壑幽尋小洞天。增得詩人聲價重，青衣門斗姓名傳。」

湘潭張氏與余先人世好，有蓉裳名家榘者，詩格直逼唐人。《采菱曲》云：「朝來照菱鏡，暮去泛菱塘。菱深莫打槳，中有睡鴛鴦。」吴半江述青衣孟小野能詩，喜誦余詞。七絶云：「傳來好句比吴楓，賓客冬郎未讓工。最是落花三月暮，夜深疏雨一鐙紅。」孟有「三月落花春病酒，一鐙疏火夜懷人」之句。「叔寶風情宋玉才，後堂絃管數追陪。子雲奇字知多少，消受玄亭載酒來。」小野爲半江詩弟子。「熟梅天氣殢人長，吟得新詩齒頰香。寄語多情何水部，莫教瘦盡沈東陽。」「鬢絲禪榻颺茶烟，酒醒香銷午夢圓。歌罷曉風殘月句，吟魂悽斷柳屯田。」《柳枝詞》云：「長板橋南細雨晴，酒旗歌鼓正清明。斜陽畫舫人歸後，風起花飛無限情。」半江《遠歸》云：「飢驅遠道逐雲天，雁杳魚沈閲歲年。京洛緇塵同入夢，湖湘舊雨散如烟。五窮我尚嗟翰愈，三絶君能繼鄭虔。難得梅花好時節，拈來一笑證因緣。」《殘菊》云：「摇落西風夜氣凉，開餘叢菊殿群芳。疏籬入畫三更影，老圃禁寒十月霜。緑酒紅鐙人索莫，白衣烏帽客頽唐。連晨已赴持螯約，更擬餐英到醉鄉。」佳句如「湘江水闊遲鴻雁，楚澤秋深老白蘋。」《春草》云：「渡口夕陽嘶馬去，牧童殘笛飯牛歸。」《秋柳》云：「野水暮烟黄葉渡，殘荷疏雨赤闌橋。」俱饒風韵。余與蓉裳爲南北同年，聞其家赤貧，年弱冠已改業矣。讀書數月遂入泮，蓋其姿禀絶異也。以知縣改作新化校官，擬與之商刻詩文，不謂遽傷溘逝，哭以詩云：「潭州族望老新張，江左風流數謝王。文筆如山推紫峴，騷壇率祖記高陽。一枝迥出瑶林秀，七尺先埋玉樹香。憶得京華團拜日，陶然亭子萃群芳。」「征途雨雪阻公車，仙桂能開十月花。嘉慶辛酉，以雨多，改北闈九月。發榜同鄉聯五友，挑官異數定三家。今上與挑政有辛酉三家之稱，謂蓉裳與汪君家仕、彭君家真。武城暫祕絃歌奏，新化權開學校衙。一夜西風來寶慶，游魂何日返長沙。」

余飲蓉裳所，適有其同姓名杓號中階者至，談次相得。次日袖詩來，《馬當阻雨》云：「昔人快乘風，今我往遇雨。生無子安才，風雨分今古。此行誰爲驅，獨宿馬當下。」《江中晚眺》云：「徙倚樓船暮，江流鏡面平。散花魚出没，掠水燕輕盈。遠岸生漁火，寒塘動角聲。今宵何處泊，愁絶夢難成。」《夏日》云：「一溪梅雨水雲浮，鷗鷺無心任去留。隔岸藕花香不斷，小娃撑出采蓮舟。」《春柳》云：

「星宿自來天上種，風流如此殿中人。」又述其尊甫静山佳句云：「漁燈紅射水，江樹碧摇天。落日忙歸鳥，秋風急暮蟬。」按中階籍桐城，寄善化。道光改元，舉賢良方正。不數年，一夕暴卒。余有詩哭之，載集中。

吴人朱磵東成流寓湘潭，饒于財，兄弟務居積。磵東好讀書，工草字，善墨蘭，媚吟詠。築湖山草堂延客，交盡知名士，窮乏者，分金以助，家遂匱。常赤身走燕、趙，故人官京師者，爲醵金捐縣尉，未仕卒。詩如「愁隨春草長，夢比落花多」、「近宵涼在水，遠樹影疑山」、「背客花無賴，隨人月有情」。《過古塘橋》云：「石磯南畔樹蕭蕭，潭水含烟緑不消。客倚篷窗閒弄笛，梅花香過古塘橋。」余讀《似蘭説》，推許備至，度西先生不妄悦人，則磵東先生之爲人可知矣。其緩急分金，尤足以惇厲薄俗，爲賦詩以志景仰之私，云：「草堂深静築湖山，流水行雲自往還。此是詩人歡喜地，總持風雅入仙班。」「脱贈窮交負熱腸，萬金揮霍賸空囊。如此破家殊不惡，澧蘭沅芷姓名香。」有享大名、膺厚實，視至親如陌路者，視磵東先生爲何如人？

長沙朱文庵焕采，雖援例作小官，而能脱除俗氣。早歲歸休，倡修育嬰堂，刊《壽世良方》，作《四箴説》以勸世。詩格老成，如《過赤壁》云：「臨江釃酒氣何雄，豈識周郎建大功。霸業銷沈人已去，居民猶自説東風。」《平山堂》云：「垂楊十里緑隋堤，人醉東風不自知。遥聽隔簾歌韵好，雙鬟争唱《竹枝詞》。」「凌雲樓閣擬仙都，路轉峰回曲徑紆。好鳥似知遊倦意，聲聲林下勸提壺。」《道鄉臺》云：「忠告寧慚列柏臺，甘心南竄豈褱回。湘城令不容遷客，麓寺僧偏敬黨魁。此日群欽三代直，當年誰識百夫才。屈祠賈宅長鄰近，定有英靈暗往來。」

羅静渠姊淑芳，詩筆清秀。《送兄遊幕》云：「年少他鄉客，家貧作遠遊。去帆連日雨，别柳一亭秋。揮泪情難禁，牽衣語不休。高堂垂念切，莫惜報書稠。」又「一别愁看隔楚雲，遊人風雨渡江濆。無情最是黄金物，能使團圞骨肉分。」《登樓》云：「高樓百尺近垂虹，向晚登臨四望通。江上櫓摇秋色裏，人家門閉夕陽中。一簾新月開明鏡，幾縷殘霞散暮風。隱隱疏鐘何處起，憑闌清聽意無窮。」格律細，聲調響，不比尋常拈弄。

善化蕭雲巢大經，以優貢中北闈，由校官推知縣。詩筆雄奇，近大蘇。其《道州巫》云：「角聲烏烏夜深起，鑪烟縹緲燭花紫。州人有疾不延醫，都説神巫能起死。里中游手一事無，譫言讕語稱神巫。不知何處授真訣，驅使群鬼供奔趨。登壇舞蹈筋斗晃，陰風颯颯庭柯響。忽然瞪目指虚無，靈車甲馬紛來往。病人孽重不可蠲，爲渠宛轉延餘年。吾神示珓兆最吉，沈疴定許來朝痊。但願神君能降福，殺盡雞豚糴新穀。半夜肅揖神巫還，轉身招魂一家哭。」近體如「箐深山磴滑，溜急木橋欹」、「凉風到枕欲成夢，花氣入簾殊醉人。」其弟蒙泉大本亦能詩，《長沙竹枝詞》云：「長沙城似泊舟形，舟去舟來梭不停。臢欲留郎多一宿，朝來風起又揚舲。」「湘流南匯嶽雲奔，拱極攔江灩澦蹲。聞説洲隨湘水長，洪波淹不到樓根。」亦饒風致。

嘉慶庚申，陸平泉、趙芸浦兩先生典試湖南。陸旋視學黔中，門下士留京者公贈詩册，陸以詩留别云：「客歲征軺曾涖楚，今年使節復臨黔。君恩至渥何由報，臣職無他首在廉。心抱冰壺盟潔白，手麾珊網吸幽潛。服膺聖訓惟公正，從此南行馬首瞻。」「昨宵鄰醞酌重陽，又值離筵道左張。出郭早看楓葉醉，銜杯猶帶菊花香。從前夏課論文屢，此後秋期把卷長。驪唱休歌《折楊柳》，臨歧分手意難忘。」「半年几席話盤桓，韜穃心情且放寬。刺股正勞摩揣熟，畫眉宜稱淺深難。豹斑澤霧奇文蔚，鵬翼培風大力摶。遠盼捷音天末至，深慚貢禹快彈冠。」「尚憶開尊玩月圓，殷勤爲作贈行篇。計程沅澧津頻問，得便平安信可傳。華隰遠征幾萬里，瓜期重及待三年。遥知袞袞登瀛苑，屈指歸來步步聯。」四詩情文斐亹，師弟之情，至今猶可想見。按余以是秋貢成均，辛酉到京，稍後已停收考。適值平泉師銜命黔中，余作五排一首，隨同人詩册，未見此詩。後此闈榜發，芸浦師贈白金六兩爲倡，同人和之，余乃得留京會試。後余屢舉不第，見面時慰勉交至，迄今數十年矣。追念前遊，猶縈夢寐，感賦二絶云：「師儒朋友氣交聯，人合何如石漆堅。期望殷勤風義篤，令人回首卅年前。」「性情投契重相知，舞鏡張屏若有思。李杜揚侯傳自古，幾回吟斷妥翁詩。」

西溪山人著《吴門畫舫録》，蓋《南部烟花》、《板橋雜記》之流。題辭甚夥，余最愛陳雲伯文述長歌云：「鑑湖才子西溪客，騷壇旗鼓推詩伯。十年流浪老江湖，倚醉狂歌拓金戟。年來賃廡伯通橋，門外垂楊繫畫橈。《懊惱曲》成還聽雨，吴娘水閣暮瀟瀟。瀟瀟暮雨愁人意，烟雲漠漠紅窗閉。三五佳期二八年，畫樓多少銷魂地。芳草城南路狹斜，窅娘家近泰娘家。慣停短簿祠前棹，偏看長洲苑裏花。長洲苑裏花如許，娥媌都似吴宫女。春風處處扇椒蘭，夜月家家照歌舞。新從花國譜群芳，翦盡秋鐙璧月涼。衆裏嬋娟誰第一，琵琶一曲杜韋娘。烏絲幅幅鴛鴦字，親與紅閨傳軼事。卅首江淹艷體詩，一編張泌《妝樓記》。烟柳如絲緑未齊，相逢最憶板橋西。尊前各醉同心酒，筆下新填絶妙辭。我本文通工賦憾，青衫憔悴無人問。雙蛾描罷亂塗眉，元寶梳成羞掠鬢。十丈緇塵涴素衣，今年纔自鳳城歸。緑楊陰裏孤舟泊，正值盧家飛燕時。緑楊門巷春如畫，盧家燕子留人話。多少花明玉豔人，青綾欲下紅妝拜。潭水桃花碧浪遲，蘭香窈窕謫仙姿。雪中鴻爪風前絮，惆悵紅兒本事詩。宛蘭。絶代娉婷憐史鳳，碧城曾賦游仙夢。重來祇有閉門羹，那容闌入迷香洞。文香。就中心識董雙成，低按雲和度玉笙。親解金環留一顧，願從鴛牒訂三生。雙婷。四百橋邊波似鏡，十三樓上明妝靚。別有雙鬟姿首佳，花前都與芳名贈。鬟卿、輕雲、璧月、小憐。曉風殘月柳屯田，釃酒旗亭意惘然。回首素春高閣上，江南好夢總如烟。何年夢醒山塘路，美人黄土真娘墓。黄鵠重來事有無，烏鴉啼徧蘇臺樹。吴宫花草最相思，南部繁華又一時。但學魏收作佳傳，休令宋玉有微詞。」余按：弄此等筆墨者，皆有託而云然。借兒女之情，灑英雄之泪，升庵所謂消磨壯心，六如所謂烟花醉夢，非如昌黎所訶長安富兒也。原本稍有未妥，爲點易存之，亦同病相憐之意耳。嘗因是推之，名節爲做人根本，此輩於名節何有？顧古來有名人，亦有名妓，且有達官高位爲婦人女子所唾斥者，反不如玉貌花容，尚爲人所憐惜。願與道學家細參。

初公頤園彭齡撫滇南，壬戌除日，同友人陳鷺門、李浦中重遊龍泉，玩唐梅，和陳韵云：「舊遊原不遠，到眼一峰青。好夢欣同續，新詩許共聽。與君俱萬里，相對此孤亭。造化鍾靈異，穠華秘玉扃。」「枝枝含古意，點點媚新春。碧蘚鋪山脚，丹沙養樹身。林泉成二老，尊酒又三人。回首唐朝臘，誰分果與因。」「種花人已去，潭水尚悠然。岸柳頻迎臘，遊魚解樂天。共參頑石法，誰制毒龍禪。幾度拈花笑，期予在隔年。」「雪泥曾有迹，石壁未鎸名。竹外蕭疏影，籬邊顧盼情。欲隨籠雀放，心共渚鷗盟。自得巾車樂，無煩侯吏迎。」余北闈主考爲王文端公杰、那公繹堂彦成，二公止在京謁見。而公癸酉以公事南來，曾呈詩二首，旋看學使印，得不時接見。索余時事書稿，爲歎賞不置，實爲生平第一知己。囑余會試主其家。公旋總督倉場，又撫黔滇，最後撫吴。余就見，遂成永訣。公正色立朝，百僚嚴憚，認真辦事，深契主知，雅負重名。令人聞風生畏，而居心實中正和平。觀其「除日出遊省，騶從免供億」，其御下之寬何如哉！今讀其詩，猶令人欽慕不置云。

凡花草果之香者，以其得天地之和氣也。花如桂、蘭、茉莉，草如芸芷、荃蘅，果如木瓜、佛手，木如黄速、沈檀等，皆以香著，即俱禀和氣也。廣言之，《中庸》言「致和」，子貢稱夫子「温良恭儉讓」，孟子云「時中之聖」，説者以爲如太和元氣之流行於四時，和之時義大矣。顧香一也，凡香皆不及梅之清，以其寒而能清也。惟詩亦然，清者多輕，而不輕者勝；清與淺近，而能深者勝。求之古人，其爲太白乎？以其銜口而出，縱手而成，自如鳳管鸞笙，縹緲雲外，殆天授，非人力也。頃閲《蓉峰詩話》云，過夢五族兄書齋，見詩一卷，因備録之。《木香花下》云：「開門對清溪，春陰護深樹。檻外木香棚，時留白雲住。花落人無言，鳥啼忽飛去。」《山居》云：「山聲送雨來，水石留雲住。古壁上斜陽，蟬聲響高樹。」《春閨》云：「花落春何處，無計留春住。惆悵杜鵑啼，還勸春歸去。」《别詞》云：「征夫語征婦，誓斬樓蘭還。不成有死耳，莫上望夫山。征婦答征夫，君死妾留軀。肯作山頭石，翻忘堂上姑。」《拜月》云：「勞他新月上，爲我寄刀環。不識團圞夜，征人還未還。」《催海棠》云：「不關風信寄春遲，一點柔情强自持。小院月明簾自捲，看花人已立多時。」《山中》云：「斜流一綫水潺潺，兩岸篔簹壓緑灣。滿地白雲啼鳥寂，時聞棋子落松間。」《戍婦詞》云：「槐夏花陰護小樓，蕭蕭梧葉又驚秋。曾聞邊塞風霜早，不待冬天始衣裘。」《夜歸》云：「葦花香送隔江風，堤上人歸月正中。何處紙窗明夜火，讀書聲在小樓東。」《山居》云：「敝廬塵不到，終日掩柴關。明月自來去，白雲時往還。溪聲喧屋角，峰影入窗間。幾欲成高隱，浮生一味閒。」佳句如「日落僧歸寺，雲開客到門。」「梁空聞鬥鼠，果落見懸猿。」《落花》云：「燕歸簾幙春將晚，人倚闌干月又來。」《蜻蜓》云：「尋來花徑飧宵露，立向漁竿曬夕陽。」《蟋蟀》云：「人静閒階秋滿地，夢回空館月三更。」余按：此等詩，令人讀之若不經意者，庶有得於清趣乎！

湘潭秦百二關著《干支偶録》。《元日》云：「三微氣爽風開甲，六幕春回月建寅。」《憶幼子》云：「記數方能知日甲，示書曾解識風丁。」《贈謝南浦》云：「驚人句覓陳無己，幼婦詞工許有壬。」《題吴杜村情詞》云：「能知子貢三挑意，會解丁娘十索情。」《贈張太史》云：「望重丙寅三學士，名齊戊己四先生。」《村居》云：「占時麥喜逢三卯，祛暑符應佩六壬。」《述遊》云：「壬戌泛舟思赤壁，甲申落木憶藍田。」按：百二詩才氣横逸，曾於《雨湖聯吟》見其一斑。此特其無聊游戲耳，非專以此見長也。余嘗戲箴某某云：「凡襞積飣餖，只能向兩廡手下人乞殘杯冷汁，不足以登大雅之堂。」

蓉峰謂泰和姚姓，兩世純孝，乃篤生雪門先生，以光大其門閭。頃閲樂山翁名繼模。以環溪先生令鎮安，作書誡之，愷切詳明，委曲周至，不獨聶氏子孫當奉爲傳家至寶，凡臨民制政者，都宜守爲金科玉律。此榕門相公所以再四披閲，而令載入縣志也。今誦其書，想見此老氣識宏大，韜養深沈，韋布蕭然，有昔人以天下爲己任光景。幸其子爲親民官，遂不覺盡情傾吐，而其植志行身、盛德婆心，包含萬有，豈徒以富貴利達望其子孫哉！然則聶家父子祖孫，科名炫赫，由來有漸，非與姚公一轍乎？近聞京圃兄弟有相訐訟者，是爲遏佚前光，樂山翁當抱憾九泉矣。爲賦二絶云：「一篇懿訓示周行，經濟鴻裁日月光。甕裹醯雞誰鑿竅，科名以外有文章。書尾跋語，以公係布衣，故云。」「楊花吐秈滿春田，雨露栽培本上天。寄語紆青拖紫輩，休將得失付蹄筌。」鄒白卿曰：「末句宜作兩解，一謂先人之培植不可忘，一謂科第之浮名不足重。」

務民之義，敬鬼神而遠之。此聖人教人學《中庸》之道也。故慢神非也，惑於神怪亦非。余病爲喻公赴乩醫治，扶乩者爲蕭實疇。時渠已抱病，後愈劇，臨危之前十餘日，有句云：「先我有天地，未與古人謀。後我有天地，我身不能留。天地自萬古，我身如蜉蝣。不知早與暮，那復計春秋。今日軀七尺，明朝土一丘。人生不百年，何用多煩憂。」死後，渠亦赴乩，云出天醫喻公門下，豈如陽世投師耶？凡真仙降壇地方，陰官皆供役。主清福祠者，自云長沙周姓，隱其名，號半崖。廪膳生，年四十而卒。其《弔大水》詩云：「積雨湘江漲，憑城一望愁。蛟龍離土穴，魚鼈泝羊溝。帆影高於屋，雲陰低入樓。此情殊慘切，何日慶安流。」原本無紀律，爲點易存之。然則鬼神日與人接，但不現形耳，而事鬼神之道，終當以聖訓爲依歸。

錢牧齋致仕，有人題句虎丘云：「入洛匆匆興太濃，蓴鱸歸棹又相逢。黑頭久已羞江總，青史何曾屬蔡邕。昔去倖寬沈白馬，今來應悔賣盧龍。唯餘披拂章臺柳，撩亂秋風付阿儂。」則錢某不待入二臣之傳，已難逃斧鉞之誅矣。此詩末二句蓋指柳如是。顧錢以失節之夫，竟得死夫之妾，真大奇事。又錢與吴梅村俱係二臣，吴詩不如錢，而享名過之。此與温、周同傳，温獨良死，皆事之不可解者。

《清湘樓詩》一帙，冠以衡邑公撰序，稱氏爲鄉民淩名山女、淩懷芳孫女。甲申，年十九，歸譚姓。次年遭時疫，僅存一姑。夫族逼嫁不從，横肆污衊，女以身殉。後經官檢驗，冤始白。詳具自序，尾署云「丁亥中秋夜，渣江孀婦譚淩氏帙女泣撰。」此等苦節，原不必借詩傳，況其詩又清絶。《咏李騰空》云：「永辭黄閣入崆峒，洞口桃花映日紅。今古男兒無志節，孤高那及李騰空。」《感懷》云：「自恨渠儂命不由，人歡春色我含愁。年年水漲湘江岸，忘記凝妝上翠樓。」「殘花如夢草如茵，萬種傷心欲暮春。誰是與奴同下泪，相看惟有鏡中人。」又七律云：「春色無端鬭艷陽，素幃憔悴減容光。眉因失畫休濃掃，首任如蓬卸淡妝。桃片濺餘千點血，柳絲牽斷九迴腸。明知命到紅顔薄，搔首踟躇望彼蒼。」「一座江樓鎖翠微，紅塵漠漠隔重幃。只容璧月穿簾入，那許楊花撲面飛。斷髮欲追曹令女，畫眉羞學絳仙妃。當初願結原難解，不管閒人説是非。」「虞歌唱罷最傷情，大暮旋歸負宿盟。不妬未曾呼爾爾，長離何自唤卿卿。只今泪滴重泉杳，當日詩題一葉輕。地老天荒無告訴，相從我亦憾餘生。」「指臂曾經繫綵緋，郎門入後兩相依。夫妻誼重情何極，伉儷恩深願竟違。愁絶孤墳封馬鬣，悲寒一榻冷牛衣。黄粱夢杳休望醒，國到華胥不復歸。」「清明時節艷陽辰，觸我胸中無限情。最怕呢喃來紫鳦，更愁睍睆聽倉庚。慈雖現在悲嚴父，妹不聊生仗老兄。骨肉拋離今暫聚，那知殘命一毛輕。」「頻年寂寞守幽居，百歲光陰總是虚。滿院花枝忙鳥鵲，當窗嶽色静琴書。恩深答拜人何處，節表懷清我願如。寄語朱門豪俠子，休將濁穢亂清虚。」「無情不被俗情牽，掃地焚香静悟禪。欲種菩提千萬樹，勤翻貝葉兩三篇。塵根拔去芽都盡，浣布燒餘錦倍鮮。苦海深沈求速脱，須從火内種金蓮。」《春日思夫家》云：「芭蕉摇緑上窗紗，展動愁心亂似麻。茅舍竹籬形影在，奴今已化杜鵑花。」《懷姑》云：「泣血題詩奉老姑，奴孤尤痛阿婆孤。空山夜月誰爲伴，見月團圝不見奴。」《元宵》云：「鼇山鐙尖映樓臺，繡户琳窗四面開。欲捲蘆簾旋住手，怕移花影上身來。」《絶命》云：「而今細翦金皮字，死後千年骨定香。」他如《咏武侯》云：「明知鼎足三分定，偏向祁山六出師。」則全不似女郎聲口。惜表章者不識其大，而所流傳僅此也。蓋女以逼嫁不從，被誣自盡，其兄告官檢驗乃白。誣節者不知作何處治，我作士師，必生拔其舌。

寧鄉黄婉璚字葆儀，花耘廣文女，瀏陽歐陽雨舟室。幼聰慧，嫻吟咏，聞聲知琴理。年二十七卒。其卒也，家人以琴殉。有《茶香閣草》一帙。《咏鏡》云：「繡幕緑陰遮，晨窗拓碧紗。髻雲臨鏡挽，紅颭一簪花。」《聽琴》云：「待月焚銀葉，疏香透幾層。松風添逸韵，絃脆七條冰。」七絶云：「小閣春深樹影濃，風摇簷馬韵丁咚。落花滿地無人掃，鸚鵡簾前駡婢慵。」其《和蓉裳三分水二分屋一分居詩》云：「無何鄉裏三間屋，水在東頭竹在西。儘有閒情招客至，更留隙地讓雲栖。筆牀茶竈烟波舫，蟹舍魚莊雪月溪。不羨吾翁詩興好，羨翁占得好詩題。」兼喜填詞，其《江樓晚眺・滿庭芳》一闋，尤爲蓉裳劇賞。詞云：「雲擁遥青，山拖淺碧，暝烟飛上層樓。柳絲摇夢，分緑掛簾鉤。何處書傳錦字，南來雁，聲斷蘋洲。蕭疏甚，楓林斜照，紅染半江秋。　凝眸，天渺渺，帆摇楚尾，心遠吴頭。算多少征魂，空載扁舟。怕聽湘騷寫怨，銷不盡、香草風流。蒼茫裏，愁痕界破，飛起一汀鷗。」《春去・轉應曲》云：「春去，春去。無計挽留春住。飛來飛去晴霞，千樹萬樹落花。花落，花落。天涯數聲殘角。」《寄表妹・行香子》云：「相别多時，相見無期。記從前、團坐深閨。藏鉤硯北，刺繡樓西。正月初明，雲初斂，雁初飛。　亞字闌迴，丁字簾垂。夜將殘、寒透羅衣。欲譜瑶琴，難寄離思。恨嶽雲遥，湘水隔，錦鱗稀。」葆儀生於華族，一門皆文學。所生既珍若掌珠，所天亦甚相得，幾不知人世有憂愁患苦。生前託父叔之交，得與詩伯琴徒來往。身後又有人裝潢點綴，視淩氏所遭萬萬，乃竟不永其年，豈享清福太過耶？而帙女苦矣，割肉之痛在一時，縊死之恨無窮期。

「『江關悽斷别離魂，少婦高樓悵玉門。著雨全非金縷色，披圖空擬翠眉痕。新聲哀怨依羌笛，斜日荒寒下戍村。莫漫經由歌舞地，小蠻消瘦不堪論。』『青帘紅板半凝霜，萬縷寒烟近野塘。露葉久經隨去鳥，風條尚肯拂行箱。三千汴水仳離女，十里秦淮醉夢王。寄語桓宣休太息，武昌何異永豐坊。』『曾入昭陽著舞衣，温柔鄉裏是耶非。吟成洛里知音少，唱罷屯田顧曲稀。伊昔從軍人北往，而今繞樹鵲南飛。靈和殿裏風流歇，回首前期與願違。』『夭斜風致我猶憐，紫玉俄驚化作烟。拾翠遊人悲落絮，踏青詞客憶裝緜。吴宮佳麗剛三月，漢苑悽清又幾年。留得六朝幽恨在，秣陵春色浩無邊。』湘漁邱開來。」右從友人抄得，以其書法活動，爲稍點易其詩句存之。和韵本難見巧，且新城之所以獨步一時者，以其清而腴，淡而永，輕圓而不剽滑，嚴重而不癡肥，不落言詮，不著痕迹。評《秋柳》者，謂其如初寫《黄庭》，恰到好處。實不獨四章爲然也。又謂此詩感弔弘光作，此説信然。

家掖垣星煥以庶常改官知縣，己丑冬，余過繁昌，一見傾倒。曾贈以聯云：「情話纏緜，本來面目；謙光藹吉，大受根基。」遂留度歲，極天涯文宴之樂。歲晚同過捕廳所，見其據案翻閲，就視，則當票也。掖垣謂此不可無詩，余遂作《温當歌示范尉》。掖垣和云：「繁昌四鄉六市鎮，總計典質三十家。民窮吏窮官更甚，窘迫以典爲生涯。客來偶見官理當，詫問一寒至此耶？豈真裝窮故宦態，胡不畏乃息倍加。主人一編手相示，寫之以草押以花。算緡多少各有別，一一暗記無訛差。今兹緜緼抵蟒補，來歲皮裘换單紗。微官亦自具經濟，客莫但以操守誇。去年堂翁失檢點，當十得九徒咨嗟。何如先事早爲計，不問誰知期過瓜。客乃大笑濡毫起，題署《温當》詩話嘉。畢竟窮官當富客，提大青銅刷鉛沙。請君沽酒供一噱，封缸之酒炒青茶。切莫呼作神仙尉，竟使飢煮白石餐朝霞。」又和《元旦》韵云：「地僻官閒日易消，時光虛付與江潮。大千世界春城闊，半百年華酒國饒。屈指山居經八載，齊聲嵩祝徹重霄。瑶階喜得慈雲護，柏茂松承總不凋。」「親朋團坐列群仙，雜湊辛盤上酒筵。作客偶教同守歲，論交難得是忘年。軒開東閣誰爲主，春到深山别有天。竹馬板龍燈節近，好看童叟樂無邊。」時書記彭鷺西之雋和予《除夕》云：「守歲幸同地，思鄉悵各天。感時驚暖熱，會友樂詩篇。古誼人求舊，新知酌讓先。獨憐遠遊子，三度客中年。」《元日》和韵云：「雲淡天空霧乍消，滿城竹爆湧如潮。紅燒寶燭晨光焰，緑泛瓊膏飲興饒。官閣早春知破臘，騷壇逸興欲淩霄。一時新詠齊賡和，出水芙蓉自不凋。」爾時賓主倡酬，極天涯文酒之樂。今掖垣已作古人矣。

希青亭者，因徽商黄希倩克念、程青來奭而名也。明末湘潭童謡云：「朝爲世上人，暮爲泉下鬼。」緣獻賊以殺人爲樂，立剮人樁數百，後叠遭屠毒，致遺骸徧野。黄、程哀之，捐資買地，雇僧檢尋，得骨六百餘石，爲堆二百有一，號曰「骨塚」。越三十餘年，墳漸圮，繼有曹羽皇翊、汪公煒煇續修，建亭塚側，曰「希青」。一切規畫始終，經久之法，詳載《希青亭集》。黄希倩别號湘上癡，集爲其後人所刻。嘗借觀之。余謂商賈，走利者也，而此四人獨能爲人所不爲，真足令聞者莫不興起也。爰作詩美之：「湘水横流血浪渾，無邊由子叫游魂。傷心暴骨同岡阜，誰繼哀丘普大恩。」「涉地迢遥風馬牛，并非胡越與同舟。肩心了却慈悲願，胞與何人説勝流。」

《海粟詩話》稱先大夫批某人文云：「真有曹公筆法，一丈八尺，無接續處。」後見劉跂《暇日記》：楚州勝因院曹溪畫水，有一筆長一丈八尺，無接續痕者。又云：「爾輩好吟弄，或至招尤，宜自封其臂。」後於《畫譜》中載戴琬爲翰林時，每供奉求畫者衆，徽宗爲封其臂。以此見前輩之淹博也。

又黄星，本吴下人，育於湘潭周氏，故名黄周星，字九烟。舉進士，爲户部郎。國變後改名人，字略似。以五日醉，沈於水，作《解脱吟》十二章。中有云：「高山流水詩千軸，明月清風酒一船。借問阿誰堪作伴，美人才子與神仙。」故余曾有句云：「醉讀《離騷》泛酒船，阿誰作伴水中仙。於今五日湘江上，弔罷三閭弔九烟。」

（吴忱、楊焄、張宇超點校）